国家哲学社会科学成果文库

NATIONAL ACHIEVEMENTS LIBRARY
OF PHILOSOPHY AND SOCIAL SCIENCES

中国当代文学理论的经验、困局与出路

童庆炳 著

北京师范大学出版集团
BEIJING NORMAL UNIVERSITY PUBLISHING GROUP
北京师范大学出版社

作者简介

童庆炳　福建省连城县莒溪乡人。现为北京师范大学资深教授、博士生导师。1958年毕业于北京师范大学本科,留校任教。曾任越南河内师范大学、阿尔巴尼亚国立地拉那大学、韩国高丽大学和新加坡南洋理工大学教授。中国海洋大学、中国矿业大学等高校客座教授。中国文艺理论学会顾问,中国中外文艺理论学会副会长。长期从事中国古代诗学、文艺心理学、文学文体学、美学方面的研究,独立著书10余部,论文300多篇。代表性著作有:《文学概论》《文学活动的美学阐释》《文体与文体的创造》《文学审美特征论》《文学活动的审美维度》《童庆炳文学五说》《维纳斯的腰带——创作美学》《童庆炳谈文心雕龙》等。主编的《文学理论教程》曾获国家教委教学成果一等奖,目前已出五版,印书达200多万册,在高校影响巨大。在教学和研究之余,创作并出版了长篇小说《生活之帆》《淡紫色的霞光》和散文集《苦日子甜日子》等。

《国家哲学社会科学成果文库》

出 版 说 明

为充分发挥哲学社会科学研究优秀成果和优秀人才的示范带动作用，促进我国哲学社会科学繁荣发展，全国哲学社会科学规划领导小组决定自 2010 年始，设立《国家哲学社会科学成果文库》，每年评审一次。入选成果经过了同行专家严格评审，代表当前相关领域学术研究的前沿水平，体现我国哲学社会科学界的学术创造力，按照"统一标识、统一封面、统一版式、统一标准"的总体要求组织出版。

全国哲学社会科学规划办公室
2011 年 3 月

目　　录

第一辑　历史与经验

第二辑　困局与出路

CONTENTS

Part I   History and Experience

Part II   Predicament and Prospects

国·家·哲·学·社·会·科·学·成·果·文·库

中国当代文学理论的经验、困局与出路

第一辑

历史与经验

20 世纪中国马克思主义文学理论走过的历程①

　　20 世纪是古老的中国发生天翻地覆的变化的时代。自 1840 年鸦片战争以后，中国人民一方面受到帝国主义列强的百般欺凌，另一方面受到晚清封建腐败政权的严酷统治，整个中国积贫积弱，面临着亡国灭种的严重危险。但是有着斗争传统的中国人民从来没有屈服。在长达百年的救亡图存的艰苦奋斗过程中，经过了无数志士仁人前赴后继的卓绝的努力，我们先结束了长达两千多年的封建统治，建立了以孙中山为领导的新的国家。但是其后的军阀混战又使中国陷入了深渊。中国人民终于觉醒，如果仅仅搞些"洋务运动"之类，没有思想层面的转变，没有一次真正的思想文化解放运动，并实现中国思想文化现代转型，中国最终还是站不起来。这就迎来了 1919 年的以思想解放为宗旨的"五四"新文化运动。

　　中国共产党在"五四"新文化运动的思想解放运动中成立，并选择了马克思主义作为自己的指导思想。在经过了国内革命战争、抗日战争，特别是经过了 1942 年前后的延安整风运动，反对本本主义，才确立了马克思主义必须与中国实际相结合的方向，马克思主义才能成为中国革命的真正的思想指导，这样中国化的马克思主义——毛泽东思想——终于在 1945 年中国共产党第七次代表大会上得到确立。随后在中国共产党的领导下，在毛泽东思想的旗帜

---

　　①　见童庆炳主编：《20 世纪中国马克思主义文艺理论研究》，北京大学出版社 2012 年版，第 1 页。

下，经过三年解放战争，于 1949 年夺取了全国政权，建立了中华人民共和国，实现了梦寐以求的民族独立。新中国从 1949 年开始，又经过了曲折的过程，历尽像"文革"这样的磨难，终于在 1978 年进入社会主义的新时期。邓小平在新时期刚刚开始时发起的思想解放运动，使马克思主义再一次与当时的中国实际相结合，走出了一条以发展经济为中心的、具有中国特色的、实现现代化的道路，逐渐使中国富强起来。中国现代的新文学就是在"五四"新文化运动和其后的斗争过程中发展起来，中国现代的文学理论也是在这个过程中发展起来的。当然，中国革命和建设的曲折也在文学和文学理论中"镜映"出来。

历史证明，文学理论的发展与历史社会文化的发展、社会思潮的变化总是密切相关的。中国马克思主义文学理论的发展当然也是与社会文化、社会思潮密切相关的。

一、危机时代选择了马克思主义文艺思想

中国 20 世纪马克思主义文艺思想的传播、学习、研究和发展，需要纳入到中国现代文学理论整体发展中去把握，唯有这样我们才能看清楚马克思主义文艺思想在中国现当代文学理论中所占的位置，唯有这样才能弄清楚马克思主义文艺思想与其他文艺思想斗争、对话、渗透的情况。

中国现代形态的文学理论于 20 世纪初就开始起步，其标志是 1902 年梁启超发表的《论小说与群治之关系》和 1904 年王国维发表的《〈红楼梦〉评论》。这两篇文章所表达的文学观念是截然不同的。梁启超的文章说："欲新一国之民，不可不先新一国之小说。故欲新道德，必新小说；欲新宗教，必新小说；欲新政治，必新小说；欲新风俗，必新小说；欲新学艺，必新小说；乃至欲新人心，欲新人格，必新小说。何以故？小说有不可思议之力支配人道故。"①梁氏给小说如此众多的负载，这不仅仅是夸大了小说的作用，而且表明了文学活动不是"自己运动"，它的动力、源泉都来自外部，预示着文学要走一条受自身之外的事物支配的"他律"之路，即文学和文学理论将要纳入意识形态斗争的范畴里。但那时不是没有不同的声音，王国维的文章从评论《红楼梦》的角度说，其价值并不高，但文章中所表达的文学观念却另树一帜。他

---

①　梁启超：《论小说与群治之关系》，《新小说》1902 年第 1 卷第 1 期。

说："兹有一物焉，使吾人超然于利害之外，而忘物与我之关系。此时也，吾人之心，无希望，无恐怖，非复欲之我，而但知之我也。"此物为何？王氏回答说："非美术何足以当之乎？"①稍后，王国维直接提出了"游戏说"："文学者，游戏的事业也。人之势力，用于生存竞争而有余，于是发而为游戏。"②"文学美术亦不过成人之精神的游戏"③在这里，文学根本不负载任何东西，文学活动的动因来自内部，文学是超社会和个人功利的，文学的价值应从自身去寻找，文学是"自律"的。王国维的观点在呼唤文学和文学理论走非政治的独立的路。

梁启超的文学"他律"论与王国维的文学"自律"论，如同钟摆的两个不同的方向，它将摆向何方呢？这里决定的因素是我们民族在 20 世纪所面临的境遇和时代的需要。百年来，我们民族受尽封建主义、帝国主义和殖民主义的压迫、剥削和欺凌。"中国之弱，至今日而极矣。居今日而懵然不知中国之弱者，可谓无脑筋之人也；居今日而恝然不思救中国之弱者，可谓无血性之人也。"④中华民族处在前所未有的"危机时代"，一切有良知有血性的人都充满一种政治激情，要为祖国寻找图强、雪耻之路。从辛亥革命推翻帝制到"五四"新文化运动，从十年内战到抗日救亡斗争，从解放战争到新中国的建立，民族独立的任务压倒一切，社会的变革压倒一切，意识形态的争论压倒一切，军事的斗争压倒一切。文学的家园本来是审美的，与社会斗争是相对独立的，可在这样一个以民族斗争和阶级斗争为中心的时代，文学被卷进了社会政治斗争的旋涡之中，是不可避免的，也是顺应时代的潮流的。一方面文学及其理论进入社会的中心，受到人们的普遍关注，文学的社会功能被强调到空前未有的地步；另一方面文学却在某种程度上失去了自身的家园，文学的审美

① 王国维：《〈红楼梦〉评论》，《王国维文集》（第一卷），中国文史出版社 1997 年版，第 3 页。

② 王国维：《文学小言》，《王国维文集》（第一卷），中国文史出版社 1997 年版，第 25 页。

③ 王国维：《人间嗜好之研究》，《王国维文集》（第三卷），中国文史出版社 1997 年版，第 30 页。

④ 梁启超：《中国积弱溯源论》，《梁启超文选》（上），中国广播电视出版社 1992 年版，第 64 页。

特点没有受到应有的尊重，文学被当作工具和附庸看待，文学没有独立性。这样，文学和文学理论的钟摆完全摆到梁启超所希望的"他律"的方向上。此后，中国文学理论的变迁，无不循着按着梁启超"钟摆"而摆动。而马克思主义文艺思想在"五四"新文化运动开始被引入，也是这种"钟摆"效应的一种表现。

中国马克思主义文学理论的起点是李大钊发表于1917年的《什么是新文学》一文，其中说：

> 我们所要求的新文学，是为社会写实的文学，不是为个人造名的文学；是以博爱心为基础的文学，不是以好名心为基础的文学；是为文学而创作的文学，不是为文学本身以外的什么东西而创作的文学。①

李大钊没有引用任何马列词句，但其思想是属于马克思主义的。他对于新文学的理解，第一是为社会，不是为个人；第二是注重文学的"自律"，要求文学不为"文学本身以外"的东西而创作。这两点看似矛盾，实则不矛盾，就是说新文学一定要关注文学自身的规律，但其功能是为社会，即"自律"中有"他律"。就是说，为社会的文学要讲为社会服务，又要讲文学本身的规律。这个起点就超越了梁启超与王国维。如果中国的马克思主义文论从这样的观点发展下去，那文学和文论就会获得健康的发展。同年，陈独秀在《新青年》上发表了《文学革命论》一文：

> 余甘冒全国学究之敌，高张"文学革命军"之大旗，以为吾友（指胡适——引者）之声援。旗上大书特书吾革命军三大主义：曰推倒雕琢的阿谀的贵族文学，建设平易的抒情的国民文学；曰推倒陈腐的铺张的古典文学，建设新鲜的立诚的写实文学；曰推倒迂晦的艰涩的山林文学，建设明了的通俗的社会文学。②

---

① 李大钊：《什么是新文学》，《中国现代文学史参考资料》（第1卷上册），高等教育出版社1959年版，第20页。

② 陈独秀：《文学革命论》，《中国现代文学史参考资料》（第1卷上册），高等教育出版社1959年版，第21页。

应该说，这是"五四"新文学运动的宣言性文字，在写实的、为社会的这两点上与李大钊的文学主张是一致的，陈独秀所讲的是"文学革命"，所以立足点是新旧思想的冲突，于是必然要打倒贵族文学、古典文学和山林文学，用国民文学、写实文学和白话文学与之相对抗。陈独秀的文学理论具有思想解放的性质，而且结合中国的实际，的确给人耳目一新之感。

马克思主义文艺观点先进来，但传播则在后，直到 1919 年，李大钊在《新青年》第六卷第五、六期上发表著名论文《我的马克思主义观》，其中引用了马克思的《〈经济学批评〉序文》（现译《〈政治经济学批判〉序言》）关于唯物史观的著名论点，其中包括"艺术的"、"社会意识形态"的观点，这可以看作是马克思主义文艺思想在中国的最早介绍和传播。马克思、恩格斯的整篇文艺论著的翻译则要晚一些。

特别值得指出的是，鲁迅在"五四"时期结合自己创作提出的一些思想，如说：

> 凡是愚弱的国民，即使体格如何健全，如何茁壮，也只能做毫无意义的示众的材料和看客，病死多少是不必以为不幸的。所以我们的第一要著，是在改变他们的精神，而善于改变精神的是，我那时以为当然要推文艺，于是想提倡文艺运动了。①

这是鲁迅 1922 年说的话，他显然是从启蒙主义的角度来理解文学，认为文学的功能重在改造国民的精神，使人民精神上先觉悟起来，健全起来，然后再去参与挽救民族的斗争，那么民族才能摆脱帝国主义的侵略和欺凌。

1928 年随着当时无产阶级革命运动兴起以后，马克思主义文艺思想的论著才较系统地被翻译、介绍进来，但此时主要译介的是普列汉诺夫、卢那察尔斯基等俄国马克思主义者的文艺论著。如鲁迅从日文翻译的普列汉诺夫的《艺术论》、卢那察尔斯基的《艺术论》和《文艺与批评》，苏联的《文艺政策》以及日本片上伸的《现代新兴文学的诸问题》等。冯雪峰翻译的普列汉诺夫的《艺术与社会生活》、卢那察尔斯基的《艺术之社会的基础》和沃洛夫斯基的《作家论》等。马克思、恩格斯文艺思想的原著则到 20 世纪 30 年代开始才被介绍进

---

① 鲁迅：《〈呐喊〉自序》，《鲁迅论文学》，人民文学出版社 1959 年版，第 5 页。

来。这主要是由于马克思、恩格斯的一些文艺书信发表得比较晚。马克思、恩格斯致斐·拉萨尔的信是 1922 年才发表的，他们致敏·考茨基和致玛·哈克纳斯的信则到 1932 年才发表。也就是在 1932 年，瞿秋白编译了《“现实”——马克思主义文艺论文集》，其中有恩格斯致哈克纳斯的信和致恩斯特的信。随后关于马克思文艺论著的翻译多了起来，研究也开始起步。

值得说明的是，在“五四”之后，中国马克思主义文学理论没有完全沿着李大钊、陈独秀和鲁迅所指引的方向发展，而是受俄国马克思主义文艺思想的影响转而进入了文学与政治关系的不同观点激烈辩论中。20 年代“文学研究会”与“创造社”的对立，尽管有“为人生”和“为艺术”这样简单的判断，但基本上还是“文学从属于政治”大前提下的现实主义与浪漫主义的对立。30 年代的“左翼”作家联盟与“新月派”的对立则是壁垒分明的“文艺从属于政治”的观念与“为艺术而艺术”的观念的对立了。“新月派”说过很多错误的极端的话，但他们不是马克思主义文学理论，我们这里可以不提它。在这一时期，“左翼”作家联盟主要是受苏联文学理论的影响，特别是接受了列宁的文学的党性原则和“辩证唯物主义”的创作方法。对于文艺从属于政治，多数人抱着绝对肯定的态度。例如，瞿秋白在 1932 年与胡秋原和苏汶辩论时，虽然总体上是站在马克思主义的立场上，但也说过很极端的话：

> 文艺——广泛地说起来——都是煽动的宣传，有意的无意的都是宣传。文艺也永远是，到处是政治的“留声机”。问题在做那个阶级的“留声机”……①

这种文艺“留声机”论之所以被提出，一方面，因为当时文艺界的斗争比较激烈，现实的斗争也很激烈，所以以激烈对激烈，这是可以理解的；另一方面，就是受苏联文艺理论的明显影响。从 20 年代初开始，苏联的文论作为“文学革命”的理论武器被翻译过来，夹杂着苏联文艺学家的片面的解释，使当时像瞿秋白这样的具有很高修养的革命家和学者也难以对文艺与政治的关系进行清醒、客观的思考。

---

① 瞿秋白：《文艺的自由和文学家的不自由》，《瞿秋白文集》（二），人民文学出版社 1953 年版，第 963 页。

与此同时发生的还有鲁迅的激烈的"阶级论"对梁实秋的温和的"人性论"批判。在批判与反批判中，双方不可能做到面面俱到。梁实秋的片面、偏激则更为明显，鲁迅也很难做到四平八稳、平和融通。因为那是一个战斗的时代。

1942 年，中国进入抗日战争的相持阶段。毛泽东着重思考了第一次国内斗争的教训，思考了抗日斗争中不断受到第三国际的不了解中国情况的干扰，特别是王明的教条主义的影响，毛泽东发动了中国共产党的"整风运动"，主张把马克思主义的指导思想与中国的革命实际结合起来，即力图把马克思主义中国化。如果说"五四"新文化运动是第一次思想解放运动，中国共产党把马克思主义引入中国的话，那么 1942 年开始的延安整风运动，可以看作是第二次思想解放运动。这第二次思想解放运动的主要目标就是毛泽东提出的反对"本本主义"，主张马克思主义中国化，主张把马克思主义的普遍真理和中国具体的实际结合起来。这个方向无疑是对的。因为中国共产党人面对着中国特殊的情况，他们必须一方面以马克思主义的普遍真理为指导，才不致迷失方向；但另一方面，又必须结合中国的具体情况，才能把马克思主义变成活的、能够结合中国实际的真理，才有可能把中国革命引向胜利。因此既要坚持马克思主义，又要根据中国情况发展马克思主义。在政治问题上是这样，在文艺问题上也是这样。毛泽东在文艺问题上的确也这样做了，这就是他发表的著名的《在延安文艺座谈会上的讲话》。这篇讲话应该说是马克思主义文学思想中国化的产物，其中既讲"文艺"的"他律"，也讲文艺的"自律"。关于文艺的"他律"，毛泽东论述得很充分，如说：文艺是"团结人民、教育人民、打击敌人、消灭敌人的有力的武器"；"文艺作品在根据地的接受者，是工农兵以及革命的干部"；"作为观念形态的文艺作品，都是一定的社会生活在人类头脑中的反映的产物"；"在现在世界上，一切文化或文学艺术都是属于一定的阶级，属于一定的政治路线的"；一切"文艺是从属于政治的"，文艺是"服从党在一定革命时期内所规定的革命任务的"；"以政治标准放在第一位，以艺术标准放在第二位"，等等；关于文学的"自律"，毛泽东也有所论述，如社会生活是一切文艺的源泉；"必须继承一切优秀的文学艺术遗产"；反对最没有出息的"文学教条主义和艺术教条主义"；"文艺作品中反映出来的生活却可以而且应该比普通的实际的生活更高，更强烈，更有集中性，更典型，更理想，因此就更带普遍性"；文艺的普及与提高及其关系，等等。毛泽东这样讲在当时是正确的全面的。但学习它的人们，则更多地从文艺如何从属于政治这样一个角度去强调去理解，即对"他律"的方面大讲特讲，对"自律"的方面则学习不力、强调不够、理解不深。甚至毛泽东本人也因各种复杂的情况把他自己讲过的文学特性的话淡忘了，一味强调文学与政治的密切关系。

20 世纪前 50 年，中国的文学理论上"他律"论超越"自律"论，这里有其历史必然性和现实合理性的。我们没有理由过多地去批评 20 世纪前半叶的"他律"论。我们应该看到，观念与时代需要的关系。观念是种子，时代是孕育这种子的土壤。不适合时代需要的观念，如同没有找到适当土壤的种子，肯定是不会生根、发芽、开花和结果的。如果一种观念不能成为"时代思潮"，那么它必然要被抛弃。梁启超说过："今日恒言，曰'时代思潮'。此其语最妙于形容。凡文化发展之国，其国民于一时期中，因环境之变迁，与夫心理之感召，不期而思想之进路，同趋于一方向，于是相与呼应汹涌，如潮然。始焉其势甚微，几莫之觉；浸假而涨——涨——涨，而达于满度；过时焉则落，以渐至于衰熄。凡'思'非皆能成'潮'；能成'潮'者，则其'思'必有相当之价值，而又适合于时代之要求者也。"①自 1840 年"鸦片战争"以来，中国已经进入一个"危机时代"，从现实层面说，在列强的欺凌下，中华民族面临亡国、亡种、亡教的危机，从精神层面说，人们的精神无所依归，古典的儒家伦理精神靠不住，新的精神信仰还处在争论中。危机的时代需要解救危机的观念。解救危机成为一种时代的需要。一切观念、理论、学说只有切合解救中国的现实和精神危机之"用"，这种理论才是有力量的，才有存在和生长的可能。一切无关乎解决危机的观念、理论、学说都将被抛弃。这是时代的无情抉择。看不到这一点，妄加批判，以今人的观点批判那危难时刻作出的选择，是缺乏历史感的，甚至是违背历史精神的。

20 世纪前 50 年，文学理论所面临的是中国的危难社会局面，当然不能离开这个危难社会局面所作出的选择。20 世纪初，王国维的文学"无利害"论和文学"游戏"论，30 年代前后，梁实秋的"文学是属于全人类"论（见 1929 年发

---

① 梁启超：《清代学术概论》，《梁启超论清学史二种》，复旦大学出版社 1985 年版，第 1 页。

表的《文学是有阶级性的吗?》)、朱光潜的"距离"论(见 1936 年出版的《文艺心理学》),等等,都强调文学自身的特点,力图揭示文学世界的内部机理,探讨文学活动的"自律",从学理上是有根据的,甚至是有谨严的根据的。但是由于这些理论无助于从文学的角度来解救中国的现实与精神的危机,不能适应"危机时代"的需要,或者说是与时代潮流相悖的,它们遭到冷落,甚至遭到批判,这是可以理解的。说到底,不是哪个人抛弃它们,是时代抛弃它们。对于这一点我们必须用历史的观点来考察,不能离开时代历史的需要来一味为它们"鸣冤叫屈"。当然这不妨碍我们今天重新研究和吸收他们的理论,为变化了的时代所吸收所利用。同样的道理,梁启超的小说"新国民"、"新政治"论、鲁迅的文学"改造国民性弱点"论和文学"阶级性"论、瞿秋白的文学是巧妙的"政治留声机"论、毛泽东的文艺"武器"论和"文艺从属于政治"论,他们的观念适应"危机时代"的需要,汇入到时代"思潮"中,成为主流形态。这也不是哪个人选择了它们,是时代选择了它们。我们如果没有这样一种历史的眼光,对他们的学说过多地指手画脚、说三道四,那么我们就离开历史的眼光和时代潮流的需要,也就太"不识时务"了。

　　总之,在危机时代,一种理论,其中也包括文学理论,能不能成为时代的主潮的一部分,不在于它自身是否"精致",是否"全面",是否"科学",是否"完美",首先要考察的是它能不能体现时代的需要,即适应民族解放和解除社会危机的需要。梁启超、鲁迅、瞿秋白、毛泽东的文论主题是启蒙与救亡,尽管在某种程度上漠视了文艺的相对独立性,或者对文艺的特征阐释得不够,但他们的文艺观念与危机时代的"革命崇拜"是完全合拍的,而且是在他们的革命观念的枝条上所结出的文学果实,的确也促进了民族的独立,推动了社会的变革,为解救危机时代的危机作出了贡献。社会实践证明了他们那时的文学主张在那个特定的时代,是具有真理性的。谁能否定在救亡斗争中把本是审美的文学当作团结人民、教育人民的工具和打击敌人、消灭敌人的武器的合理性呢? 正如谁能够指责我们的战士与日本侵略军进行肉搏战时用本是吃饭用的牙齿把敌人的耳朵咬下来那种决死的精神呢? 危机时代是社会的非常态,它需要异态的理论是合理的。中国马克思主义文学理论在 20 世纪上半叶,倾向于对文艺与革命关系的探索是危机时代所需要的。时代需要的东西,就要给它以历史的地位,难道不是这样吗?

二、和平建设时代：文论中心话语的尴尬

1949 年中华人民共和国的成立，标志着一个旧时代的结束，一个新时代的开始。对此，毛泽东明确说过这一点。1949 年 9 月 21 日他在中国人民政治协商会议第一届全体会议上的题为《中国人民站起来了》的开幕词中说："全国规模的经济建设工作业已摆在我们面前。""如果我们的先人和我们自己能够度过长期的极端艰难的岁月，战胜了强大的内外反动派，为什么不能在胜利以后建设一个繁荣昌盛的国家呢？""随着经济建设的高潮的到来，不可避免地将要出现一个文化建设的高潮。中国人被认为不文明的时代已经过去了，我们将以一个具有高度文化的民族出现于世界。"这些具有宣告性的话语，表明了中华民族百年"危机时代"的基本终结，新的"和平建设时代"的开始。事实上，在新中国成立以后不久，在"抗美援朝"战争结束之后，的确开始了大规模的经济建设，在全国人民共同的努力下，取得了巨大的成果。时代的变化，要求一种体现新的时代精神的真正的马克思主义的文学理论与之匹配。在文学和文学理论上也应该完成某种转变，开辟一个体现新时代以"建设"为主题的开放性的新视野。或者我们可以这样说，中国共产党人在新的时代面临的主要是建设自己的现代化国家问题，在文艺上也应该有一次转变。即从强调"他律"转到强调"自律"，起码是像李大钊所说的那样，"他律"与"自律"并重。然而这种转变或者文学理论的开放性新视野在从 1949 年直到 1977 年的近三十年的时间里没有出现。为什么这种本来应该出现的马克思主义的文艺理论新视野没有出现呢？两个关键性的因素遮蔽了我们的眼光。

（一）苏联文论体系及其教条化

20 世纪 50 年代初中期，中国的社会主义建设开始起步。对一个毫无建设经验的新国家来说，瞻望和学习已经有了 40 年社会主义建设经验的以马克思列宁主义为伟大旗帜的苏联，是自然的事情。那时的口号是"苏联的今天就是我们的明天"。全面学习苏联成为一种思想潮流，而根据中国自身实际情况提出的意见、建议和理论遭到忽视甚至打击。这又回到教条主义的倾向。在这种大环境下，新中国成立后最初的马克思主义的文论体系建设也全面地向苏联学习。西方欧美文艺思潮和理论被视为资产阶级的异端邪说，中国古代的文论遗产也被视为落后的东西，很少得到真正的继承，而苏联的任何文艺理论小册子在中国都当作是马克思主义经典，得到广泛传播。苏联文论体系通

过两条渠道进入中国：一是翻译，几乎所有在苏联占主流地位的理论专著和论文及教材，都被一一译介进来，如季摩菲耶夫的三卷本《文学原理》、涅陀希文的《艺术概论》；一是请专家来华讲座，如北京大学请了毕达可夫，北京师范大学也请了柯尔尊，他们在中国开班设课，编写讲义出版，其授课对象是新中国第一代的青年文艺学教师，其影响是巨大的。从理论专著、论文、教材到理论教员的全面引进和学习，不能不使新中国成立后的相当一个时期，我们完全亦步亦趋地跟在苏联文论的后面。

在中国缺乏自己现代文论体系的情况下，50 年代流行的几种苏联文艺学教科书，自有其不可替代的作用。但总体看来，这些文论体系对文学的性质、特征和功能的阐述，普遍存在教条主义和烦琐哲学的弊端。总起来看，苏联文论有两大特性：一是政治性强，一是哲学性强。

从 19 世纪以来，俄国文论充满不同思想的斗争。例如，俄国形式主义文论就强调文学的语言本体，在揭示文学特性方面成为后来英美新批评和捷克、法国结构主义批评的发端。可是，由于当时俄国和其后的苏联社会是一个革命时期，社会化与政治化倾向文论在斗争中占据统治地位。这种政治化传统强调文学的意识形态共性，把文学与其他社会科学都看成是阶级的眼睛和喉舌，只考察文学与社会的外部关系，看重社会历史内容，认为内容才是文学的本体，甚至把这种共性和关系绝对化，忽视文学自身的特点。因此，我们引进的苏联文论体系基本上是政治化文学理论传统在 50 年代的继续和扩大，文学问题被当作政治问题，一些纯文学理论问题由苏共领导个人决定，如"社会主义现实主义创作方法"就是在 1932 年苏联第一次作家代表大会上由斯大林和高尔基亲自敲定的。一些文学问题被纳入苏共中央政治局讨论，并作出决定，反映到党代会的政治报告中去。比如，斯大林的接班人马林科夫在1952 年苏共十九大作的政治报告中竟规定：典型是"党性在现实主义艺术中表现的基本范围"，"典型问题任何时候都是一个政治问题"。文学的典型既已成了政治问题，谁还敢说三道四？后来马林科夫下台，又由苏共的《共产党人》杂志发表题为《关于文学艺术中的典型问题》专论加以纠正。但文学问题始终在政治层面加以判定。

另一个根本性的问题是，苏联文学理论在文学的本质和特征问题上，局限在哲学认识论的范围内，从而把自身完全哲学化了。不少文论家用辩证唯物主义哲学来解释文学现象，特别是用列宁的反映论来揭示文学的规律，取得了一些成果，因为文学中确有一些哲学问题，需要通过哲学的视角才能得到解决。但是哲学不是万能的，文学理论的哲学化带来的常常是理论的空洞化，文学的许多特殊问题在哲学化的过程中，被过分抽象化一般化，结果什么问题也解决不了。比如，文学的本质通常被定义成"以形象的方式反映生活"，典型通常被定义成"共性与个性的统一"，真实性通常被定义成"以形象反映生活的本质"，作品的构成通常被定义成"内容与形式的辩证统一"。定义和说法都正确，但是却丝毫不能解决文学自身的特殊问题。哲学化导致文学理论仅仅成为哲学的例证，而文学自身的复杂问题却很少得到关注。可以说，20世纪50年代引进的苏联文论体系对我国文学理论建设，其影响都是巨大的，不可忽略的。

在斯大林去世之后的1956年，苏联迎来了一个"解冻"时期，思想的自由是"解冻"时期的特征，在各个人文学科领域，都出现了变化，文学、美学问题也重新被拿出来讨论，纠正一些明显的不合时宜的东西。但在中国，"左"的思想却没有得到及时的清除，反而从1957年的反右派斗争、1959年的反右倾斗争、1963—1966年的"四清"运动，直到1966年开始的"文革"，"左"的思想越演越烈，在斯大林时代的苏联文论的教条主义的基础上，更加僵化，更加庸俗化，更加脱离实际。"文化大革命"时期，文艺和文艺思想都不能不走进死胡同。

（二）历史惯性、"战时经验主义"和政治运动

毛泽东文艺思想可以说是对20—40年代"文学革命"和"革命文学"斗争经验以及抗日斗争时期延安时期文艺发展的历史经验的总结和发挥，它运用马克思主义的文艺论述，从当时的民族政治斗争需要出发，结合当时的文艺运动实践，对一系列文艺问题作出了系统的概括，它集中体现在《在延安文艺座谈会上的讲话》中。《讲话》指导了当时的文艺运动，推动了革命文艺的创作。毛泽东文艺思想的一些带有普遍性的内容，如文艺为工农群众服务问题、普及与提高的问题、继承与革新的问题、生活源泉问题、艺术高于生活问题、中国作风和中国气派的问题，等等，至今也没有过时，仍然是中国现代文论中的重要资源。但毛泽东的一些说法，如"文艺从属于政治"、"在现在世界上，一切文化或文学艺术都是属于一定的阶级，属于一定的政治路线的"、"无产阶级的文学艺术是无产阶级整个革命事业的一部分……是整个革命机器中的'齿轮和螺丝钉'。因此，党的文艺工作，在党的整个革命工作中的位置，是确定了的，摆好了的；是服从党在一定革命时期内所规定的革命任务的"等，① 虽然有其历史地位，这一点我们在上一节已从时代需要的角度充分加以肯定，但在以和平建设为主题的新时代，是否应该有新的思考和新的理论视野呢，就成为一个很迫切的问题。应该说，毛泽东是看到了这一点的，例如，1956 年提出文艺领域的"百花齐放，百家争鸣"的方针，1958 年冲破"社会主义现实主义"的文论"宪法"，提出"革命现实主义和革命浪漫主义相结合"的问题，1965 年提出"诗要用形象思维"的问题，此外还提出"共同美"的问题等，都力图挣脱苏联文论的绳索，从"自律"的角度揭示文学世界的奥秘。但是，历史惯性和思维定势作为一种"战时经验主义"是如此强大，"战时经验主义"成为一种有形无形的力量不允许人们从另外的视点来解释文学，人们仍然固定地把文学看成是从属于政治的，从属于阶级的，从属于党的政治路线的。所谓"战时经验主义"就是将抗日战争、解放战争时期指导文艺发展的方针直接挪用为和平建设时期文艺发展的指针，以为既然在战争时期这些指针是正确的，那么在新的时期也应该是正确的，看不到时代的变化已经在呼唤一种新的理论局面和理论视野。其结果就是仍然坚持和推行完全政治化的文论。这种政治化的文论与苏联的文论一拍即合，作为一种主流的话语，统治了新中国成立以后近 30 年的时间。在这种情况下，文艺和文艺理论被看成是政治的晴雨表，一次次政治运动都以文学批评为其发端。文艺思想的斗争一次又一次以文艺和文艺理论为其发端。1951 年发动批判电影《武训传》的运动，毛泽东批评文艺界"也不去研究自从一八四〇年鸦片战争以来的一百多年中，中国发生了一些什么向着旧的社会经济形态及其上层建筑（政治、文化等等）作斗争的新的社会经济形态，新的阶级力量，新的人物和新的思想，而去决定什么东西是应当称赞或歌颂的，什么东西是不应当称赞或歌颂的，什么东西是应当反对的"②，由此发动了新中国成立以来的第一次思想批判运动。1954 年发动了对《红楼梦》研究思想的批判运动，俞平伯和胡适的文学思想被定性

---

① 毛泽东：《在延安文艺座谈会上的讲话》，《毛泽东文艺论集》，中央文献出版社 2002 年版，第 69 页。

② 毛泽东：《应当重视电影"武训传"的讨论》，《人民日报》1951 年 5 月 20 日。

为"资产阶级唯心论",进行了政治性的围攻;1955年掀起了对胡风文艺思想的大规模的批判运动,最后演变为全国性"肃清胡风反革命集团"运动;1957年反右派斗争中,丁玲、陈企霞、冯雪峰等一批著名的革命作家、理论家被错划为右派,他们的观点和创作被提到"反党反社会主义"的政治高度加以无情的清算;1960年又发动了对"修正主义"文艺思潮的批判,其中受批判的观点主要是巴人(王任叔)、王淑明、钱谷融等人的"人情"论、"人性"论、"人道主义"等;1966年史无前例的"文革"爆发,而开始也是从批判吴晗的新编历史剧《海瑞罢官》和文艺界的所谓"黑八论"开始的。这些批判运动产生的历史背景和具体内容虽然不同,但有一个根本点是始终如一的:在政治化的现代传统的影响下,社会化政治化的文学理论和批评一起,往往与政治斗争联系起来,成为社会生活的中心,成为一次次政治运动的入手处和策源地。文艺被看成是时代的政治走向的风雨表,政治问题往往从文艺问题的争论抓起,文艺运动成为政治斗争的先兆。文学理论问题成为社会的中心问题,人人都注目和关切的问题,人人都要学习和谈论的问题,甚至是家喻户晓的全民性问题,这一方面表明文学理论"中心化",成为"经国之大业,不朽之盛事",地位显赫,十分"风光";可另一方面说明文学理论已与政治"并轨",完全"泛政治化",文学理论不但失去了世界性的眼光,而且没有丝毫的学科意识。文学理论"中心化"话语所带来的尴尬与"失态"由此显露无遗。

　　当然在文学理论界和批评界耕耘的人们,也并非无所作为。1956年和1957年上半年,在"双百"方针的感召下,在苏联"解冻"氛围的影响下,文学理论界发表了几篇独立思考的文章。影响比较大的有秦兆阳(何直)发表的《现实主义——广阔的道路》(1956)一文,这篇文章对苏联学者西蒙诺夫的观点表示同感,强调艺术创作所遵循的现实主义原则,就在于要求"作家必须尽可能做到世界观与创作方法,形象思维与逻辑思维的有机结合,使这种统一开始于对于生活的真实认识的把握中,亦即艺术的真实性的创造中"。因此,他认为,现实主义应该是一条广阔的道路,"社会主义现实主义"可以改成"社会主义时代的现实主义",对于文学与政治的关系不能作"庸俗化的理解和解释",文学为政治服务"……应该是一个长远性的总要求,那就是不能眼光短浅地只顾眼前的政治宣传任务,只满足于一些在当时起一定宣传作用的作品。其次,必须考虑到如何充分发挥文学艺术的特点,不要简单地把文艺当作某种概念的传声筒……此外，还必须考虑到如何发挥各种文学形式的性能，必须考虑到作家本身的条件，不应该对每一个作家和每一种文学形式作同样的要求，必须要尽可能发挥——而不是妨碍各个作家独特的创造性，必须少用行政命令的方式对文学创作进行干涉……"①钱谷融在 1957 年发表论文《论"文学是人学"》："想为高尔基的这一意见作一些必要的阐释；并根据这一意见，来观察目前文艺界所争论的一些问题"，对季莫菲耶夫《文学原理》中的"人的描写是艺术家反映整体现实所使用的工具"的观点，提出商榷。他把人的问题引入对文学问题的解释之中，正确地指出："对于人的描写，在文学中不仅是作为一种工具，同时也是文学的目的所在，任务所在。"②文学与社会人生之间不只是一种单纯服务于认识的反映的关系，而且还是一种服务于人的实践的评价关系。只有在对文学性质的探讨中，把文学与人的现实关系突出起来，强调文学要写活生生的人，文学创作中的主体意识所追问和诉求的人生的意义和价值，教导人们怎样对待生活，进行生活，才能从根本上把文学与科学区分开来。巴人于 1957 年发表的《论人情》呼唤文学描写人性、人情："人情是人与人之间共同相通的东西。饮食男女，这是人所共同要求的。花香、鸟语，这是人所共同喜爱的。一要生存，二要温饱，三要发展，这是普通人的共同的希望。如果这社会有人阻止或妨害这些普通人的要求、喜爱和希望，那就会有人起来反抗和斗争。这些要求、喜爱和希望，可以说是出乎人类本性的。""人情也是人道主义。"③王淑明随后发表《论人性与人情》一文支持巴人的意见，他的论文重点在说明阶级性"并不排斥"在人类的一些基本感情上面仍然有"共同相通的东西"，而且认为共产主义的实现就是为了人性"能够得到充分圆满的发展"。④ 应该说，这些理论的视野并不是十分广阔，新鲜的东西也不很多，但考虑到当时的几乎是"以政治代替文论"的背景，他们的思考多少触及了文学自身的规律，就显得难能可贵了。

　　再一个时期就是 1961—1962 年的"调整"时期，此时国家实行了克服"三

---

① 何直：《现实主义——广阔的道路》，《文学探路集》，人民文学出版社 1984 年版，第 13 页。

② 钱谷融：《论"文学是人学"》，《艺术·人·真诚——钱谷融论文自选集》，华东师范大学出版社 1995 年版，第 62—105 页。

③ 巴人：《论人情》，《新港》1957 年第 1 期。

④ 王淑明：《论人性与人情》，《新港》1957 年第 7 期。

年困难"时期后的"调整、巩固、充实、提高"的方针。周恩来总理有三次关于文艺问题的讲话，批评"左"的文艺政策，总结新中国成立以来文学艺术方面的经验教训，同时对艺术的规律问题提出了一些很好的意见，如说："没有形象，文艺本身不能存在"。"寓教育于娱乐之中"、"艺术作品的好坏，要由群众回答"、"典型人物包罗一切"、"所谓时代精神，不等于把党的决议搬上舞台"、"革命者是有人情的"、"以政治代替文化，就成为没有文化"、"没有个性的艺术是要消亡的"，等等。这期间，文艺界先后召开了北京"新桥会议"、"广州会议"和"大连会议"，基于对文学创作中的公式化、概念化和廉价的歌颂以及无冲突论的不满，对新中国成立以来"左"的东西进行清理，在这基础上一些有独立思考能力的作家、理论家针对现实创作中出现的问题，提出了一些观点，如当时中国作协领导人之一的邵荃麟认为："……现实主义深化，在这个基础上产生强大的革命浪漫主义，从这里去寻找两结合的路"；他还指出在写英雄人物的同时，也可以写中间状态的人物，他说："中间状态的人物是大多数，文艺主要的教育对象是中间人物"，"矛盾点往往集中在这些人物身上"，"应该注意写中间状态的人物"。与此同时，理论界的思想也活跃起来，就"题材"问题、"共鸣"问题、"人情"问题、"时代精神"问题进行了一些讨论。

应该说，这些文艺理论家的努力是可贵的。然而也是悲壮的：20 世纪现代中国文学思想和理论的主潮却是政治化的，或者说，是泛政治化的。他们提出讨论的学术观点，在政治一体化的文学思想整合大潮中，被作为反面、反动、反党、反革命，一次次地遭受到批判。

"文化大革命"期间，从批判吴晗的历史剧《海瑞罢官》和江青的所谓在部队文艺工作者的讲话开始，人们已没有可能对真正的文学问题进行探讨。江青、姚文元等称霸文坛，他们一方面批判所谓"黑八论"，肆意践踏新中国成立以来关于文学自身规律的研究成果；另一方面又把 1958 年前后提出的"文艺是阶级斗争的工具"的说法，发展到了十分荒谬的地步。文学和文学理论不过是某些政治家手中的一张牌，文学与政治的关系被一再歪曲和强化。一些自称"左派"的人自己缺乏思考的能力，却以批判见长，口里念着马列的词句，专抓别人的辫子，给别人戴帽子、打棍子，以整人为业。文学理论至此已完全"异化"，先是"异化"为"庸俗社会学"，再"异化"为吓人的"政论"，最终"异化"为阴谋家手中的致人死命的武器。这样的"文学理论"在以"和平建设"为主题的时代很有"地位"，很"中心"很"威严"，但也极端地令人害怕和厌恶，它自身不能不陷入了十分尴尬的境地。

当然不是说"十七年"我们对马克思主义的文学理论毫无建树。建树是有的，如胡风的"主观战斗精神"论，朱光潜的"美学实践"论，黄药眠的"生活实践"论，王朝闻的艺术鉴赏论和读者论，巴人等人的人性、人情论，秦兆阳的"现实主义广阔道路"论，以群、蔡仪的文学理论教材建设等，都是马克思主义文学理论中国化的成果（这些我们都在下面将分章加以讨论），只是这些理论不处于主流地位，在文艺活动的实践中所产生影响比较小，甚至遭受到不应有的批判。

三、社会主义新时期：文学理论的转型

在"文革"中，文学理论问题成为少数人特别是"四人帮"进行阴谋活动的政治工具，这个教训是惨痛的。痛定思痛，粉碎"四人帮"后、特别是在 1978 年党的十一届三中全会之后，人们在社会主义现代化建设和解放思想、实事求是方针的指导下，思想界和理论界开始了对一系列问题的重新思考与检讨。特别是在"实践是检验真理的唯一标准"大讨论的推动下，文学理论界也开始了拨乱反正，逐步克服了长期以来的"左"的思想和旧的思维模式的束缚，许多被搅乱了的理论问题开始得到澄清。

从理论上看，"文艺从属于政治"的观点是导致和平建设时代文学思想僵化和封闭的重要原因。文论界的"拨乱反正"也应该由此开始。"政治"这个概念在现实生活中是个含混模糊的概念，胡乔木明确指出："为政治服务可以并且曾经被理解为当前的某一项政策，某一项临时性的政治任务、政治事件，甚至为某一政治领导者的'瞎指挥'服务。应该承认，为狭义的政治服务，在某种范围内也是需要的（只要这种政治确是代表人民当时的利益），但是决不能用它来概括文学艺术的全部作用，就如同宣传画和讽刺画是需要的，但是毕竟不能用来包括整个的绘画。……艺术的门类品种不同（例如文学、戏剧、电影、美术、音乐、舞蹈、建筑艺术等以及各自的进一步分类），它们服务于社会主义的方法、方面和性质不可一概而论，我们对它们的要求也不能'一刀切'。"[1]在马克思主义思想体系中，意识形态是对政治意识形态、哲学意识形态、伦理意识形态、法意识形态、审美意识形态等一切意识形态的抽象。只有分属不同部门的具体的意识形态，没有绝对抽象的意识形态。更重要的是

---

[1]　胡乔木：《当前思想战线的若干问题》，《中国新文艺大系（1976—1982）：理论一集》，中国文联出版公司 1988 年版，第 51 页。

这些意识形态作为一定经济基础的上层建筑的一部分，它们各自有相对的独立性。马克思、恩格斯从未说过文学艺术作为审美意识形态要从属于政治意识形态。马克思、恩格斯倒是说过文学艺术这些意识形态是"更高地悬浮于空中的思想领域"，具有独立性。从社会的经济基础到文学艺术等审美意识形态之间有许多中间环节。这些中间环节十分重要。文学艺术作为自身历史传统和许多偶然因素的审美意识形态，它与经济、政治的关系"愈来愈被一些中间环节弄模糊了"（恩格斯语）。机械对应的关系是不存在的。恩格斯晚年致力于批判幼稚的"经济决定论"和"政治决定论"，就是教导人们不要把对历史唯物主义基本原理的运用变成"小学生作业"。在常态下，政治与文学相互作用，但政治不能直接支配或彻底支配文艺，它对文艺的影响也只有经过"中间环节"并在文艺领域本身所限定的那些条件的范围内才能发生，不能超越文艺本身所固有的规律。应该说，新时期以来，不论人们对这一点是自觉还是不自觉，文学与文论基本上进入了这一理论轨道。由此文学理论逐渐摆脱"泛政治化"，开始了学术化和学科化的过程。

在这一过程中，按时间的先后，有几次意义重大的理论讨论。继70年代末"共同美"问题、"形象思维"问题和"人性论"问题以及80年代初中期文学的审美本质等理论观念的反思后，80年代中后期，文学问题的讨论深入到文学本体层面。其中比较重要的讨论有：1984年开始"性格二重组合原理"的讨论，1984年开始的文学新"方法论"问题的讨论，1984年提出的"文学审美反映论"，1985年开始的"文学主体性"问题的讨论，1987年提出的"文学审美意识形态"论，1986年前后开始的文体和文学语言的讨论。限于篇幅，对于这些讨论一一作出理论概括是不可能的，但是我们可以看到，讨论的问题是一步步深入的。由基本的观念问题（针对"文艺从属于政治"的公式）转入到文学作品的形象的层面（针对艺术形象单调干瘪的格局），再转入文学创作的主体问题（针对过分强调客观生活对创作的作用），最终深入到作为真正的文学本体的文体和文学语言问题（针对文学语言只是形式的理论）。

这里重点评述几个理论的提出或问题的讨论。

（一）关于文艺是"阶级斗争工具的讨论"

1979年4月号《上海文学》发表"本刊评论员"文章《为文艺正名》，认为把文艺理解为"阶级斗争工具"，不全面，也不科学。由此，先是在上海，后来在全国范围内展开讨论。讨论的内容也从"工具论"扩展到文艺与政治的关系问题上来。虽然仍然有不同的看法，但是大多数人认为，从"左"的单一的政治学观点出发，把文学界定为"阶级斗争的工具"，不能揭示文学的本质。忽略文学艺术自身的、内部的规律，必然会把文艺视为从属于政治，为政治服务的附属物，对于文学的发展，社会作用的发挥以及理论问题的解决是不利的。诚然，文学与政治有密切的关系，但把文学当作政治婢女的观点，不但缺乏科学的理论根据，而且被实践证明是一种扼杀文学创作和发展的有害的理论。因此，文艺与政治的关系问题能否解决好，是包括文学理论在内的一切文艺思想和文艺创作的问题得以解决的关键，是关系到思想和创作能否摆脱禁锢和束缚而得到充分发展的根本问题。

（二）邓小平："不继续提文艺从属于政治的口号"

正是在这个基础上，1979 年 10 月 30 日，邓小平《在中国文学艺术工作者第四次代表大会上的祝辞》中提出："不是要求文学艺术从属于临时的、具体的、直接的政治任务，而是根据文学艺术的特征和发展规律，帮助文艺工作者获得条件来不断繁荣文学艺术事业。"1980 年 1 月 16 日他在《目前的形势和任务》的重要讲话中又提出："我们坚持'双百'方针和'三不主义'，不继续提文艺从属于政治这样的口号，因为这个口号容易成为对文艺横加干涉的理论根据，长期的实践证明它对文艺的发展利少害多。"他同时又指出："但是，这当然不是说文艺可以脱离政治。文艺是不可能脱离政治的。任何进步的、革命的文艺工作者都不能不考虑作品的社会影响，不能不考虑人民的利益、国家的利益、党的利益。培养社会主义新人就是政治。"① 1980 年 7 月 26 日《人民日报》发表题为《文艺为人民服务、为社会主义服务》的社论，明确废止"文艺从属于政治服务"的口号，代之以"文艺为人民服务、为社会主义服务"。社论认为，新的"二为"方向概括了文艺工作的总任务和根本目的，它包括了为政治服务，但比孤立地提为政治服务更全面，更科学。它不仅能更完整地反映社会主义时代对文艺的历史要求，而且更符合文艺规律。

这一理论命题的变革，具有重大的理论和现实意义。它使文艺从曾经作为政治工具的地位上分离出来，找到了自身应有的客观位置。也就是说，文

---

① 中共中央宣传部文艺局编：《邓小平论文艺》，人民文学出版社 1989 年版，第 108 页。

艺自身应具有其客观规律，应有其独立的特殊内容，它的发展规律不能等同于政治发展的规律。新时期，思想界关于文艺与政治关系的厘清，其实是大势所趋，是理论界和文艺界对历史教训的总结，也是社会历史和文艺发展的规律和要求。

（三）"文学审美意识形态"论和"文学审美反映"论

那么，究竟如何理解邓小平的"不再提文艺从属于政治"，但"文艺也不能脱离政治"呢？如何真正从学理上来认识文艺的特性呢？20世纪80年代初、中期，全国掀起了美学热，以审美的观点来解说文学，成为流行的趋势。马克思关于"艺术"掌握世界的思想也给大家以启发。中国古代文论中的"感悟"和"妙悟"理论也成为一种思考的资源。苏联美学论争中的审美学派的研究思路的借鉴、"形象思维"问题和"共同美"的讨论也起到推波助澜的作用。通过高校教科书的流传，包括1984年童庆炳编写的《文学概论》（上、下，红旗出版社）、1989年王元骧编写的《文学原理》（浙江教育出版社）等，终于形成了多数人可以接受的"文学审美意识形态"论和"文学审美反映"论等新的文学理念。

从新中国成立以来影响最大、流行最广的观点是"文学是社会生活的形象的反映"，这是人们从哲学认识论出发对文学本质所做的结论。这种文学本质论认为，文学是一种认识，形象性就是文学的本质特征。这种把形象当成文学的特性的观点，显然承继了别林斯基的关于艺术与科学的"差别根本不在内容而在处理特定内容时所用的方法"的观点。这种观点当然是有一定道理的。从最宽泛的意义上看，文学与科学都反映社会生活，其总的对象和内容是相同的，而且文学的确是用形象的形式反映生活，而科学则用概念的形式反映生活。然而，这种把文学的特性本质归结为形象性的观点，存在着明显的弱点：首先，形象性并非文学作品所独有，文学作品中也存在没有形象的佳作；其次，也是更重要的，这种观点不符合内容决定形式、形式表现内容的辩证法常识。它无法回答这样的问题：如果文学和科学的对象和内容相同，那么为什么它们的形式又会如此不相同呢？或者说，既然文学和科学的形式如此不相同，那么为什么它们的对象和内容又会相同呢？事实上，文学作为一种无法替代的意识形态，它首先是在对象和内容上具有自己的特点。别林斯基虽然在当时已经抛弃了黑格尔的"理念"的概念，但却把来源于黑格尔唯心主义理念说的、关于艺术和哲学同一内容不同形式的论点带进了自己的著作，自己跟自己顶牛：一方面文学与科学的区别不在内容而在形式，可另一方面，他又不止一次地谈到文学与科学的内容是不同的，文学的内容必须是"诗意的"内容。

文学是社会生活的反映，这个提法说明了文学与其他意识形态的共同本质，确认文学是一种社会意识形态。但它并没有从根本上解决文学的特殊本质，说明文学之所以成为文学的充分必要条件。还必须阐明文学反映是什么样的(或者说哪个方面的)社会生活，即文学创作的客体的特征问题；同时阐明文学对社会生活的反映是怎样的一种反映，即文学创作的主体的特征问题。因此，理论家们认识到，只有综合哲学认识论、审美心理学和艺术社会学的方法，从创作的客体与主体、文学作品的内容与形式的统一角度入手，对文学的特征进行把握，才能发现文学的本质。

80 年代初、中期流行的"文学审美意识形态"论和"文学审美反映"论，确认了文学作为一种相对独立的社会意识形态应有的独立品格与自身规律。文学"审美"论消解了"文艺从属于政治"的公式，但又肯定了文学是一种意识形态的理解，把文学的非功利性与功利性结合起来，是辩证思维的成果，其作用是不可低估的，应该充分肯定。80 年代以来，文学主体性的讨论、文学方法论的讨论、文学审美意识形态论的提出和运用等，产生了很大的影响，这些都是 20 世纪 80 年代中国共产党领导下的思想解放的成果，对于我们来说是一笔可贵的遗产。现在有些人不尊重历史，不看时代的选择，在新世纪思想多元化的条件下，以种种理由曲解甚至清算 80 年代留下的文学理论遗产，是一种丧失历史感的狭隘思想的表现。

(四)文学理论学科意识的觉醒

新时期过去了 20 年，中国历史发生了巨变，社会体制和结构都发生了并将继续发生转型重构。文学理论也正是在解放思想、改革开放、市场转型等社会发展的大语境下，伴随着整个国家的政治、经济、思想、文化的重大变化而发展变化，实现了一次重要的转型，即从政治话语转变为学科话语。文学理论作为一种思想和意识，在整个社会生活中的重要性大大降低了，不再被看作是阶级斗争的晴雨表，不再是政治家们发动政治运动的工具，逐渐地获得了独立的学科地位，从而从"中心"逐渐到"边缘"。表面上看来，文学理论边缘化的过程是一个逐渐失去全体听众的过程，是一个从"神气活现"到"神气黯然"的过程。但细细考察，边缘化正是常态化，边缘化的结果是文学理论免遭政治的直接"干预"，文艺学家可以安心做自己的研究。文艺学这个学科经过了百年沧桑，终于回归自身。文艺学学科意识的觉醒表现在如下几点：

第一，表现在文学理论的学科专业化。文学理论通过获得了学科形态，一般不再被政治所笼罩所左右。这样文学理论被看成是一个知识体系。作为一种知识体系，它就要求有自身独特的专业领域，有自身独特的研究对象，形成自身独特的理论范畴、概念和结构关系。同时，它应该具有理论自身所应具有的（相对的）普遍性和稳定性品格。文学理论以人类社会的一切文学现象作为研究对象，从理论高度去研究和阐明文学的性质、特点和一般规律。它以文学创作和文学批评实践以及文学发展史的研究所提供的生动丰富的材料作为立论的基础，同时又对文学创作和文学批评经验以及文学发展史所提出的一般问题进行概括和总结。文学理论研究逐渐回到文学问题自身，建设意识在文论界多数人那里成为共识。近几年有许多文论家在探讨文论的逻辑起点问题，不论这个问题现在意见有多少分歧，但问题本身的提出，就意味着人们思考的是文论自身的根本问题。马克思主义文论界所探讨的问题由写什么转到为什么要写、怎么写、为什么要写、怎么读、怎么评等，都说明文论在面对自身展开问题。从这个意义上，文学理论开始找到自己的家园，文艺学的学科家园感的产生和增强无疑是推动中国特色马克思主义文论建设的精神力量。

第二，研究多样化是学科意识觉醒的最重要的产物。马克思主义文学理论研究的领域多样化主要表现在研究领域的扩展和分工上。文学理论研究的资源不再被限定在马克思、恩格斯的一些涉及文艺问题的书信上，也不再被限定在列宁的党性原则上，也不再被限定在毛泽东的《讲话》中。中国古代文论资源丰富，不但进入了我们的研究视野，而且如何将中国现代马克思主义文论建立在对古典文论的吸收改造的基础上等问题，也被鲜明地提出来了。不论今后中国文论向何处去，中国古代文论传统魅力是永恒的，它将越来越被中国现代的文论所借鉴、所吸纳，中华民族的文化根基不能不在马克思主义文艺思想的发展中起作用，中国现实的文化状况也不能不在马克思主义文艺思想研究中起作用。与此同时，西方文论的众多流派也涌进中国的文论领域。20 世纪西方的现代人本主义文论、科学主义文论以及后结构主义思潮影响下的社会文化意识批评和泛政治化批评都得到惊人的发展，20 世纪因此被称为"批评的世纪"。短短的 20 年，对西方各种现代文论的介绍，在中国文论史上是空前的，如何择取、消化、吸收也是一个无可回避的问题。马克思主义文艺思想与西方各种流派文论的对话，也必然要在中国文论界发生。

第三，思维辩证化是学科意识觉醒的又一个根本性的收获。有什么样的思维模式就有什么样的文学理论，这是被实践所不断证明的一条真理。1985 年曾被称为中国文学理论研究的"方法年"，在此前后，中国文论先后引入系统论、控制论与信息论，各种各样的方法被人们运用来进行理论研究。不管那一年被极力推崇的系统论的方法是否恰当，所获得的理论成果是否重要，但是，它对于过去单一的二元对立的思维模式所形成的巨大冲击，则是无可怀疑的，是非常重要的。由于恩格斯所提倡的"亦彼亦此"的辩证思维被越来越多的学者所接受，文学理论界出现了一种宽容精神。多种意见可以并存，并且可以彼此沟通。定于一尊的权威文论已经过去。虽然泛政治化文论仍然存在，但审美学的文论、社会学的文论、心理学的文论、价值学的文论、符号学的文论、语言学的文论、文体学的文论、象征论的文论、文化学的文论也都不同程度地发展起来，都在文学理论领域获得了一席之地。马克思主义文论的发展也不可能不受思维辩证化的影响。

第四，话语个体化也是学科意识觉醒的一大特色。既然文学理论已经离开中心，不是什么"经国之大业，不朽之盛事"，那么，在大体原则一致的条件下，就可以"和而不同"。既然文学理论并非就是拯救国家和民族之大道，那么，在文论界多几种声音又有什么不好？我们可以看到，近几年，那种文学理论上不是东风压倒西风，就是西风压倒东风的情况已较为少见。在文学理论的学术研究范围内，只要是自己的研究心得和体会，有自己的真知灼见，那么就是众声喧哗，七嘴八舌，南腔北调，各抒己见，又有什么不好的呢？文学理论研究中的互相争论又互相启发、互相补充，不正是一种我们梦寐以求的研究学问所应有的氛围和环境吗？在这种情况下，马克思主义文论的研究也必然会有不同的理解，不同的看法，带有个性的色彩。

在 20 世纪初，王国维期盼"哲学"和"美术"的"独立之价值"："夫哲学与美术之所志者，真理也。真理者，天下万世之真理，而非一时之真理也。"①
20世纪的前50年，对中国而言是一个"危机时代"，社会处于"异态"，文学理
论与救亡图存密切相关，也成为社会的中心，王国维所追求的"天下万世之真
理"是不可得的。只有在经济建设成为社会的中心的建设时代，我们又能克服
危机时代所形成的历史惯性和改变思维定势，文学和文学理论从中心转到边
缘，从政治话语转变为学科话语，文学和文学理论不再有沉重的负载，文学
理论才能进入发展的常态，我们也才可能把文学理论当作学科来建设，才有
可能通过不受干扰的条件下的研究，去获取中国化的马克思主义文学理论"非
一时之真理"。

　　本书力图以平实的叙述和深入的分析，揭示新中国成立以来马克思主义
文学理论所取得的经验和成绩，也指出其面临的困局与出路。

---

　　①　王国维：《论哲学家与美术家之天职》，《王国维学术经典集》，江西人民出版社
1997年版，第105—107页。

苏联文论与中国当代文论建设^①

　　新中国成立以来，在"全面学习苏联"的口号下，苏联文论(主要是苏联20世纪50年代的文论)成为中国当代文论建设的主要参照系。当然，它给我们带来过积极的影响，那就是使当代中国文论建立在辩证唯物主义的基础上。但毋庸讳言，我们也接受了它的庸俗社会学和机械唯物论。在苏联，在它还没有解体之前，七八十年代的文论早已超越了50年代的文论。然而，在我国，情况显得很特别，就文艺理论教学来说，由于多还采用60年代编写的教材，或受60年代旧教材影响的"新"教材，导致我国的文艺理论教学仍然笼罩在苏联50年代文论的阴影中。就文艺理论研究领域而言，一有风吹草动，这种带着"左"的烙印的理论，就钻出来吓唬人、折腾人。理性地反思苏联50年代文论对中国当代文论建设的影响，仍然是一个十分迫切的课题。本文只提出一些极为粗浅的看法，供对此问题有兴趣的同志参考。

　　一、给苏联50年代上半期的文论定性

　　从今天的视点来看，苏联50年代上半期的文论究竟是什么性质的呢？这是我们在研究这个课题时必须弄清楚的问题。苏联50年代的文论是俄苏文论自身演变发展的结果，同时又是特定时代的产物，因此我们在给苏联50年代的文论定性时，必须从这两个方面进行考察。

　　第一，俄苏文论自身有一个发展过程，苏联50年代的文论是19世纪以

---

　　①　发表于《文艺理论研究》1994年第6期。

来俄苏文论的必然发展，因此简略地回顾俄苏文论发展中的一些重要倾向及其斗争是有意义的。历史表明，俄苏文论的发展始终存在两种倾向：一种是强调文学的意识形态共性，把文学和其他社会科学都看成是阶级斗争的工具，因此强调文学与社会的关系，看重内容，认为内容才是文学的本体，甚至把这种共性和关系绝对化，完全忽视文学自身的特点。另一种倾向是，强调文学自身的这样或那样的特性，反对文学成为工具，强调作家的个性，看重形式，认为形式才是文学的本体，甚至把文学形式绝对化，完全割断文学与社会生活的联系。

上述两种倾向从 19 世纪下半期就开始出现了。这就是以车尔尼雪夫斯基、杜勃罗留波夫等革命民主派为代表的现实主义文论和以德鲁日宁、鲍特金、安年科夫等自由派为代表的"纯艺术论"的两种倾向的斗争。车尔尼雪夫斯基等从俄国社会和文学发展的现实斗争的需要出发，认为："美学观念上的不同，只是整个思想方式的哲学基础不同底结果……美学问题在双方看来，主要不过是一个战场，而斗争的对象却是对智的生活底一般影响。"① 基于这样的认识，车氏提出了"美是生活"的命题，并且判定"客观现实中的美是完全令人满意的"，"现实比起想象来不但更生动，而且更完美。想象的形象只是现实的一种苍白的、而且几乎总是不成功的改作"，所以，他认为"再现生活是艺术的一般性格的特点，是它的本质"。② 在他的观念中，文学艺术是现实的替代品，是在现实不在眼前时的苍白的替代品。文学艺术本身并没有独立的意义，它不过是屈从于现实的附属品。文学艺术本身的特征被忽略了。杜勃罗留波夫也是强调"文学的主要意义是解释生活现象"，强调文学的人民性原则，对文学自身的规律也缺乏进一步的探讨。而以自由派为代表的"纯艺术论"，则把文学理论分为两种：一种是"教诲的批评"，上述车氏、杜氏的批评就属于"教诲的批评"，这是只顾道德上的教益，不顾艺术的特点的批评；另一种是"优美的艺术批评"，这是他们所主张的理论，在他们看来，诗的世界与平庸的散文式的现实生活是相互隔绝的，诗人只要以"真、善、美"为永恒

---

① ［俄］车尔尼雪夫斯基：《车尔尼雪夫斯基选集》（上卷），生活·读书·新知三联书店 1958 年版，第 167 页。

② 同上书，第 101—102 页。

的原则，不应该为眼前的现实的利益服务。所以他们认为政治是"艺术的坟墓"，文学理论应着重"解释和阐释作家的魅力、艺术习惯、他的技巧和表现主题的特殊方式"，因为正是这些特征构成了一个作家区别于其他作家的"文学面貌"。① 所以他们认为"如果缺乏明确的艺术形式，单独的人民性并不属于艺术，而属于民俗学"。②

19世纪末的学院派批评也出现过"文化历史学派"和"心理学派"的对立。文化历史学派受实证主义哲学的影响，把文学作品看成是文化史文献，研究文学仅仅是为了了解作品所属的时代的世界观和风尚，忽视了文学的特殊性。心理学派则特别重视作家的个性，认为创作的奥秘在于作家的个性中，艺术创作是通过语言的形象传达一定的生活感受、生活印象和想象的心理过程，艺术作品是心理的产物。因此理论研究要解释创作的心理过程，解释艺术作品的心理内涵，探讨艺术典型的审美内容和作家的审美态度。

应该说明的是，19世纪的俄国，社会处于激烈的斗争中，而文学又几乎成了表达思想的唯一手段，因此特别适合于现实主义文论和文化历史学派的发展。

十月革命前后一段时期，上述两种倾向的对立仍在继续，而且各执一端的情形更加严重。众所周知，俄国形式主义派重视文学的特异性，他们提出"文学性"的概念，并从文学的语言层面的"陌生化"来规定文学的特性，而把社会生活、思想感情都看成是文学的外部的东西。但他们的观点遭到了毫不留情的批判，把文学看成是"经济的审美形式"、"阶级的等同物"、"阶级心理的投影"，看成是阶级斗争工具的观点占了上风。20世纪20年代的苏联文论在"左"的思潮影响下，把文艺与政治的关系简单化、庸俗化。庸俗社会学的学者和"拉普"的领导人完全不顾文艺自身的特点和创作的规律，把文艺当作政治宣传的传声筒和工具，文艺沦为政治的附庸。这里值得谈的是以沃隆斯基为代表的"山隘"派和以罗多夫、列列维奇等为代表的"岗位"派（拉普前身）之间所展开的斗争。这场斗争的核心问题是文艺与政治的关系问题。"岗位"

---

① 转引自刘宁、程正民：《俄苏文学批评史》，北京师范大学出版社1992年版，第139页。

② 同上书，第140页。

派认为文艺是"特定阶级意识形态的产物",是"阶级斗争的有力工具",要在文艺领域划清敌我,进行"一场在政治领域那样的斗争",他们否定过去的文学遗产,认为"以往时代的文学都渗透了剥削阶级的精神",等等。"山隘"派却强调"文艺是对生活的认识",突出文艺的客观性,注意文艺的特点。鲁迅对当时这两派的斗争发表过这样的意见:"对于阶级文艺,一派偏重文艺,如瓦浪斯基等,一派偏重阶级,是'那巴斯图'(即'岗位'派)的人们。"[1]"山隘"派很快被打下去。"拉普"的庸俗社会学错误则没有得到彻底的清算,文艺问题被混淆为政治问题一直延续到50年代中期。30年代初,又提出社会主义现实主义的创作方法,这就把一个政治概念和一个文学概念直接地联系在一起。这个政治与文艺联姻的概念成为了苏联文学发展的"宪法",取得了至高无上的霸权地位。

　　影响我国文艺理论建设的苏联50年代文论,基本上是上述强调文艺的意识形态共性这种倾向的继续和发展,"纯艺术论"和形式主义文论继续受到严厉的批判,形式主义文论的代表人物什克洛夫斯基本来在《共产主义与未来主义》一文中曾断言:"艺术总是离开生活而保持自由,在它的色彩中从来也没有反映出那飘扬在城市堡垒上空的旗子的颜色。"[2]但后来一再检讨,直到1959年出版的《小说管见》一书中,60岁的什克洛夫斯基仍然在纠正20岁的什克洛夫斯基:"当时我在旗子的颜色上抬了杠,不懂得这旗子就决定了艺术。……在诗歌中旗的颜色意味着一切。旗的颜色,就是灵魂的颜色,而所谓灵魂是有第二化身的,这就是艺术。"[3]从他的检讨中,可以看到苏联50年代主流文论对形式主义文论压迫之深。而"拉普"的庸俗社会学和机械论则被当作思想方法问题,没有得到应有的批判,相反,还得到像季摩菲耶夫这样的权威某种程度的肯定。把文学问题当作政治问题成为一条定律。一些纯文学问题被拿到苏共政治局去讨论,并作出决定,或反映到党代会的政治报告中去。最典型的一个例子,就是在苏共十九大马林科夫所作的政治报告中,竟然大

---

① 鲁迅:《鲁迅全集》(第17卷),人民文学出版社1973年版,第669页。

② 转引自[苏]阿·梅特钦科:《继往开来》,中国社会科学出版社1983年版,第157页。

③ 同上书,第160页。

谈艺术典型问题，而且竟然认为典型是"与一定的社会历史现象的本质相一致的"，是"党性在现实主义艺术表现的基本范围"，"典型问题任何时候都是一个政治问题"。既然典型成为已经有了定论的政治问题，谁还敢说三道四呢？文学问题的政治化，是苏联50年代文论的一大特征。

此外就是苏联文论的哲学化问题。应该承认，50年代苏联有不少文论家用辩证唯物主义哲学来解释文学现象，特别是用列宁的反映论来揭示文学的规律，取得了一些成果，因为文学中确有一些哲学问题，需要通过哲学的视角才能得到解决。但哲学不是万能的，文论的哲学化带来的是理论的空洞化，许多文学的特殊问题在哲学化的过程中，被过分抽象化、一般化，结果是什么问题也解决不了。如文学的本质通常被定义为"以形象的形式反映生活"，典型通常被定义为"个性与共性的统一"，真实性通常被定义为"以形象反映生活的本质"，作品的构成通常被定义为"内容和形式的辩证统一"……所有这些定义都对，都正确，可又丝毫不解决文学自身的特殊问题。早在1956年苏联思想比较解放的文论家阿·布罗夫在《美学应该是美学》一文中就谈过这类定义，他说："由于这里没有充分揭示出艺术的审美特征（哲学的定义不会提出这个任务），所以这还不能算是美学的定义。"他认为，对美学和文艺学来说，"它不能仅仅用一般的哲学的方法论原理和概念来说明自己的对象。它必须揭示对象的内在的特殊的规律性，即制定自己的方法论和专门的术语"。① 文论的哲学化，导致文论仅仅沦为哲学的例证，而文学自身的问题则较少进入研究的视野。

第二，苏联50年代的文论不但是俄苏文论自身演变的结果，而且也是时代的产物。第二次世界大战之后，世界进入"冷战"时期，50年代是"冷战"最为激烈的时期。以苏联为首的社会主义阵营和以美国为首的资本主义阵营，在政治、经济、文化等所有的方面全方位对立，双方壁垒森严，互相封锁，互相抵制，"不是东风压倒西风，就是西风压倒东风"。在这种时代背景下，苏联的文论完全处于封闭的状态，自我孤立，自我称霸。他们当时在文化上提出了"反对世界主义"的口号。对西方的文化和文论流派一概斥之为"资产阶

---

① ［苏］阿·布罗夫：《美学应该是美学》，《美学与文艺问题论文集》，学习杂志社1957年版，第36、39页。阿·布罗夫，也译阿·布洛夫。

级的没落颓废货色",完全拒之门外。长期担任苏联领导人之一的日丹诺夫在1948 年一次关于苏联音乐工作的讲话中断言说:"处在衰颓和堕落状态中的现代资产阶级音乐,那是没有什么可以利用的。所以对于处在衰颓状态中的现代资产阶级音乐表示奴颜婢膝,是尤其愚蠢和可笑的。"他甚至把未来主义、立体主义、现代主义统统说成"疯狂的胡闹",① 这就完全断绝了与西方文艺流派和文论流派的来往。更可悲的是对苏联本国产生的一些优秀文论,如巴赫金的文论,也弃之如敝屣。然而,正是巴赫金在苏联建立了一种全新的诗学,他既克服了形式主义只重视文学的语言的片面性,又克服了庸俗社会学把文学等同于政治的错误,把语言和它所表现的意义艺术地联系起来,把外部规律与内部规律结合起来考察,提出了一系列新鲜、独到的观点,如他的社会学诗学、他的复调小说理论等,都是很有见地的。但在 50 年代,他处在社会和学术的边沿,直到 70 年代他的学说才为世人所瞩目,而且他的理论在西方的影响似乎比本国的影响还要大一些。由此我们不难看出,50 年代的苏联文论受"冷战"时期各种因素的影响,基本上是"冷战"时期的理论。

苏联 50 年代的文论当然也并非一无是处,起码有两点是值得注意的:(1)重视用列宁的反映论来解释文学现象;(2)对人道主义与文学的关系的肯定。前一点,使文论建立在唯物主义的基础上,后一点使文学重视人的地位,表现在文学创作中,就是敢于写人的命运和情感的变化,这与 19 世纪俄国文学的优秀传统是相通的。但无可否认的是苏联 50 年代的文论是带有"左"的烙印的政治化的、哲学化的、封闭保守的文论形态,是缺少活力的文学教义。

二、苏联 50 年代文论对新中国成立以来文论建设的影响

50 年代初、中期,是一个全面学习苏联的时期。我国的文论建设也正是在这个时期起步。苏联的文论通过两条渠道进入中国,一是翻译,几乎在苏联占着主流地位的文论的专著和论文以及重要的教材,都一一被翻译过来,如季摩菲耶夫的三卷本《文学原理》、涅陀希文的《艺术概论》,在中国产生了很大的影响;一是请专家来华传授,如北京大学请了毕达可夫,北京师范大学请了柯尔尊,等等,他们在中国开班设课,编写讲义出版,其授课的对象

---

① 　[苏]日丹诺夫:《日丹诺夫论文学与艺术》,人民文学出版社 1959 年版,第 64、68页。

是新中国第一代青年文艺学教师，他们的影响也是很大的。在一个时期里，我们这个有几千年文明史的国家竟然在文学上得了"失语症"，完全是亦步亦趋地跟在苏联文论后面。可以这样说，50年代的苏联文论在新中国开创时期取得了霸权地位，中国文论则完全臣服于苏联文论的脚下。这就不能不带来严重的后果：第一，文学问题的政治化，堵塞了文学理论的普通知识，严重扼杀了敢于独立思考的、有真知灼见的一代文论家的创造。正像苏联把典型问题当政治问题一样，中国也把"写真实"论、"题材广阔"论、"中间人物"论、"人性"论、"人道主义"论当作修正主义来批判。发展到"文革"被概括为"黑八论"，要大批特批，一大批长期从事文学批评和文论研究的专家学者，遭到了惨无人道的摧残。在中国，"左"的路线不但批观点，而且整人。如钱谷融先生，在1957年发表了论文《论"文学是人学"》，"想为高尔基的这一意见作一些必要的阐释；并根据这一意见，来观察目前文艺界所争论的一些问题"，对季摩菲耶夫《文学原理》中的"人的描写是艺术家反映整体现实所使用的工具"的观点，提出商榷，强调文学要写具体的活生生的人，认为"人道主义精神是我们评价文学作品的最低标准"，结果遭到了长期的批判，乃至政治性的批判。秦兆阳发表了论文《现实主义——广阔的道路》一文，不过对西蒙诺夫的观点表示同感，建议把"社会主义现实主义"改为"社会主义时代的现实主义"就遭到了政治的批判和斗争。由于随意把文学问题政治化，文论研究除了重复一些马列词句外，也就无法进行下去。文艺理论成果微乎其微，也就可以理解了。由于把文学问题混同于政治问题，就人为地设置许多禁区，这是文论的悲剧，这不能不说与苏联50年代文论的影响是密切相关的。

为什么苏联50年代和中国当时会把文学问题跟政治问题相混淆呢？

第一，这与如何给文艺学定位有关。按照马克思主义的论点，文学是更高悬浮在上层的意识形态，那么以文学为研究对象的文艺学，也是更高悬浮在上层的意识形态，文艺学与政治虽然有关，但这种关系是比较远的。我认为，应该把文艺学定位在人文学科上面，它有意识形态性，但与政治的关系在非特殊的情况下是比较远的。或者可以这样说，人文精神和意识形态有一定的联系，但它们是两个不同层面的问题，主流的意识形态关心的是作为统治阶级如何延续和加强自己的统治的问题，它对个人的生活命运并不十分关心；人文精神则是关心人的生活的意义和价值，关心人的生活如何变得更丰富、更美好。在政治清明时期，这两个层面的问题有较大的一致性，但在政治走进误区的时期，这两个层面就可能会产生矛盾，如"文革"中，意识形态压倒人文精神，人文精神完全泯灭，人的生活不但失去了意义，而且人本身受到摧残。这样的时期自然没有真正的文学，也没有真正的作为人文学科的文艺学，有的只是政治，错误的政治。

第二，文学问题的哲学化，使文论囿于哲学的视角，不能揭示文学所固有的特殊规律，丧失了理论应有的活力。当然，对文论来说，哲学的前提是重要的。但哲学的解决不能代替美学的解决和文艺学的解决。我们认为，反映论可以解释文学的本质问题，但必须是艺术的反映论，而不是哲学的反映论。如季摩菲耶夫的《文学原理》在谈到文学的本质时，说："形象是艺术反映生活的特殊形式"，或者说文学是"生活的本质"、"生活的规律"的反映，他认为这是"文学原理的核心"。这样来界说文学实际上等于什么也没有说。因为不但文学反映生活的本质和规律，其他许多科学也反映生活的本质和规律，甚至反映得更精确一些。况且像"月是故乡明"这样的诗句，又如何反映月亮的本质和规律呢？月亮是地球的卫星，这才是月亮的本质规定。杜甫这句诗岂不根本没有揭示月亮的本质？如果文学仅是为了反映生活的本质，那么科学更能反映生活的本质，文学也就没有独立存在的权利了。至于"形象"，则不但文学有，其他学科也有。况且有些没有形象的作品也不失为优秀的作品。由此一例，说明哲学化的文论，一旦进入分析艺术事实的时候，就暴露出它的软弱无力和混乱不堪。我国文论建设长期停滞不前的原因之一，就是我们囿于一般的哲学方法论，没有文艺学自身的方法论，因而在揭示文学自身的特性与特殊规律上面，就显得无能为力。

文艺学之所以能成为一门学科，就因为它不是哲学的附庸，它有自身的概念、范畴、体系和自身的方法论。哲学可以影响甚至指导文艺学。但它不能代替文艺学。文艺学中有宏观的哲学问题，但更多的是微观的艺术问题。如果把文艺问题都大而化之只作哲学的宏观的考察，那么文艺学也就可以取消了。

第三，由于苏联50年代文论自身的封闭性、保守性以及它在中国50年代的霸权，使我们的文论在很长一段时间里，既失去了与西方20世纪文论交流、对话的可能，又割断了与传统文论的血脉的联系。因为我们搬过来的苏联 50 年代的文论处于自足状态，与西方文论和中国古代文论不但缺少通道，而且互相排斥。这样，理论的僵化就是必然的了。20 世纪被称为"批评的世纪"，西方各种文论流派纷呈迭出，从各个不同的角度考察文学现象，提出了许多文学观念和批评方法，尽管这些理论流派有这样或那样的不足，但都把握到某些真理性的东西。以开放的心态与西方的 20 世纪的文论进行平等的交流与对话，肯定是有益的。世界各民族的思想家的思考和创造，是世界人民共同的精神财富，理应共享，这不能一味用阶级性加以反对。"反对世界主义"更是狭隘的民族主义心理的表现。至于中国古代和现代的文论遗产，是中华民族长期的精神创造的结果，它的精辟与丰富之论，经过必要的转化，完全可以作为当代文论建设的基础。

第四，苏联 50 年代的僵化理论培养了中国的一些自称"左派"的人。苏联 50 年代文论的一个突出特征就是以批判见长。这种理论思维习惯也传染给我们。在我们的队伍里也出现了一些缺乏思考能力，却善于抓人家的辫子、给人家戴帽子的人。他们以"左派"自居，口里念着马列的词句，以整人为职业，姚文元就是其中最突出的一个。苏式理论最大的危害就是它为我们社会造就了一批姚文元式的人物。不但为我们的文论建设带来障碍，也给我们国家的政治生活带来不健康的因素。这是事实证明了的。

如前所述，苏联文论也有长处，但很可惜的是，列宁的反映论在我们这里常常变成了机械的反映论，而人道主义在中国的命运则比苏联坏得多，经常遭到无情的批判。

三、我们应该汲取什么教训

苏联 50 年代文论之所以能在中国很长一段时间里获得霸权，根本原因在我们自身。在"文革"结束以前的近三十年中，以"阶级斗争为纲"的"左"的路线占了主导的地位。这样在我们的头脑中就很自然地形成了一种"左"的预成图式，当我们去吸取苏联文论时，就与其一拍即合。我们觉得我们需要的就是这些东西，这些东西很对我们的胃口。例如，新时期以前的文学创作存在着严重的"图解化"的毛病，五六十年代就提出过"写中心、画中心、演中心、唱中心"的口号，这是"拉普"的口号在中国的翻版，1931 年斯大林对经济工作作了《新的环境和新的经济建设任务》的报告，"拉普"领导立即作出《关于斯大林的讲话和"拉普"的任务》的决议，认为"斯大林讲话的每一部分都是艺作品有价值的主题"。可以说"拉普"的做法，我们是心领神会的。因此我们似乎不必对苏联 50 年代的文论说三道四，问题还是我们自己身上有"病"。先要治好自己的"病"，我们才可能心明眼亮，那么无论我们面对的是什么对象，都能放出眼光来，有所鉴别，有所取舍。

苏联在 50 年代中期以后，对文艺思想进行了调整。特别是新出现的"审美学派"专注于文学艺术的审美特性的揭示，对 20 年代的形式主义文论流派也有重新的评价；符号论文论也取得了令人瞩目的成果，对西方也采取开放的态度，社会主义现实主义改为社会主义现实主义的开放体系。但在新时期以前的中国，还是延续苏联 50 年代初期的文论。而且后来 60 年代的"反修"斗争，大批人道主义等，不但没有抑制苏联 50 年代初期"左"的东西，相反把其"左"的东西更推进一步，一直发展到"文革"的极"左"的灾难。这是沉痛的教训，不能不吸取。我这样说，丝毫没有把自己排除在外的意思。实际上，我自己从学习苏联 50 年代的文论开始教学和研究的生涯，自己的著作中，也常跟着苏联 50 年代初期的文论的脚印走，错误是很多的。我只是想把自己摆进去，进行理性的客观的反思，从中吸取必要的教训。

以史为鉴，今天我们在评介西方 20 世纪文论时，也不能全盘照搬，一定要放出眼光来，有所鉴别，有所取舍，学会博取众长，熔古铸今，努力建设新的生气勃勃的文艺学形态。

周扬对毛泽东文艺思想的阐释①

　　周扬的文学理论活动，可以分为上海时期、延安时期、北京前期和北京后期四个时期。这里描写北京前期，即通常所说的中华人民共和国成立后的最初的 17 年(1949—1966)的文学理论活动。在此期间周扬历任中央文化部常任副部长、党组书记、中共中央宣传部副部长、全国文联副主席、中国作协副主席。在 17 年中，他实际上主持了全国的文艺和文艺理论的工作。周扬1949 年以来出版的理论著作有《新的人民的文艺》(1949)、《坚决贯彻毛泽东文艺路线》(1951)、《文艺战线上的一场大辩论》(1958)、《我国社会主义文学艺术的道路》(1960)、《哲学社会科学工作者的战斗任务》(1963)、《高举毛泽东思想红旗　做又会劳动又会创作的文艺战士》(1965)等。在周扬代表中国共产党领导新中国成立后 17 年的文艺理论工作，主要关注的是社会主义文艺建设问题。周扬的理论工作可以说成绩与错误并存。从积极的角度说，周扬在这个时期，在贯彻毛泽东文艺思想上面是不遗余力的，并且突出地提出描写"英雄人物"问题，阐释和发挥了毛泽东的文艺思想，对艺术创作的规律也有所探索，如讲文学要通过形象说话，不能概念化。从消极的角度说，周扬时时在揣摩毛泽东的心思，一直忠实执行了"以阶级斗争为纲"的做法。1951 年批判电影《武训传》运动，他忠实地执行了毛泽东的指示，对电影《武训传》作了十分不当的批判。1954 年毛泽东发动反对胡风的运动，批判俞平伯的《红

---

　　①　发表于《东疆学刊》2006 年第 1 期。

楼梦研究》和批判胡适的唯心主义思想，周扬写了《我们必须战斗》，尤其是对胡风的批判是不公正的；1957 年毛泽东发动反右运动，周扬写了《文艺战线上的一场大辩论》的长篇论文，对丁玲、陈企霞等文艺界同志进行残酷斗争、无情打击，周扬对文艺界反右派扩大化负有不可推卸的责任。周扬的文艺思想是占主导倾向的"文艺从属于政治"思想的代表。尽管如此，1965 年毛泽东还认为他"政治上不开展"，毫不客气地指出："你和文化界老人有千丝万缕的联系，你不能再温情了。""文革"中终于被打成中宣部的"二阎王"，被残酷斗争，在北京秦城监狱关了九年之久。

一、人民文艺论——新时代文艺发展的方向

周扬的文学思想的核心是他对社会主义现实主义在中国的极力的提倡，对文学与人民群众关系的反复思考。对于文艺为人民的问题，他在 30 年代上海时期，就提出文艺大众化问题。提出的动机当然是好的，而且经过热烈的讨论，但问题并没有解决。正如他在 1944 年所说："'大众化'。我们过去是怎样认识的呢？我们把'大众化'简单看作就是创造大众能懂的作品，以为只是一个语言文字的形式问题，而不知道同时甚至更重要、更根本地是思想情绪的内容的问题。"①直到他担任延安"鲁艺"院长期间，这个问题仍然没有解决。"鲁艺"的学生当时还是把国统区的一套照搬过来，还是搞"大、洋、古"。在烽火连天的抗日斗争这样一个时刻，不能用手中的笔为抗日斗争服务，还醉心于与现实离得很远的艺术，的确是不应该的。直到 1942 年毛泽东《讲话》后，文艺为工农兵服务的命题提出后，周扬才心悦诚服接受毛泽东的这一思想，这其中还有属于周扬自己的论证，而不是简单附和。周扬的 40 年代最重要的论文《〈马克思主义与文艺〉序言》说："文艺从群众中来，必须到群众中去。"②他通过毛泽东文艺理论的学习，对"大众化"有了新的理解和阐述，认识到人民群众文艺论的确立的关键在作家的人生观的改造过程中。他说："毛泽东同志作了关于'大众化'的完全新的定义：大众化'就是我们的文艺工作者的思想感情和工农兵大众的思想感情打成一片'。这个定义是最正确的。"③周

---

①　周扬：《〈马克思主义与文艺〉序言》，《周扬集》，中国社会科学出版社 2000 年版，第 53—54 页。

②　同上书，第 48 页。

③　同上书，第 55—56 页。

扬的意思是，为人民群众服务的文艺能否产生，取决于作家的世界观、人生观是否得到真正的改造，是否把自己的立足点移到工农兵方面来，移到无产阶级方面来。作家自己的感情是否属于工农兵，这才是文艺为工农兵的关键所在。周扬就这样提出对创造群众文艺的新理解。在日后他所领导的文艺工作中，也是按照这个标准和定义来评判作家和作品的。

　　值得特别指出的是，在周扬关于人民文艺的论述中，更重要的论点是歌颂和表现"新的英雄人物"。这是周扬对毛泽东的"表现工农兵"论点和描写"新的人物，新的世界"论点的发挥和延伸。如果有人问，在周扬的文艺理论活动中，有哪个论点是基本上由周扬独自提出来的，那么我们可以肯定地说，这就是周扬的表现"新的英雄人物"论。这个理论是周扬在新中国成立前后提出来的。早在1949年7月在中华全国文学艺术工作者代表大会上，周扬在题为《新的人民的文艺》的报告中认为，中国人民在反对封建主义和帝国主义的斗争中，克服了困难，改造了自己，涌现了各种英雄模范人物。这种情况表现了新的人民时代的特点。他说：

　　　　我们是处在这样一个充满了斗争和行动的时代，我们亲眼看见了人民中的各种英雄模范人物，他们是如此平凡，而又如此伟大，他们正凭着自己的血和汗英勇地勤恳地创造着历史的奇迹。对于他们，这些世界历史的真正主人，我们除了以全副的热情去歌颂去表扬之外，还能有什么别的表示呢？即使我们仅仅描画了他们的轮廓，甚至不完全的轮廓，也将比让他们湮没无闻，不留片鳞半爪，要少受历史的责备。①

　　这是周扬从历史唯物史观出发，根据新的时代的特点，对人民文艺提出的一个要求，如果不把这种描写当成是人民文艺的唯一要求，肯定是正确的，提出这一理论也是很有意义的。此后，在周扬的理论活动中，只要有机会，就不遗余力地提倡写"新的英雄人物"、写"先进人物"、写"完全新型的人物"的观点，进行了极为详细的论述。我们不能不看到，在写"新的英雄人物"的理论的倡导下，在新中国成立之后一段时间里，一批对新的英雄人物确有体验的作家，创造出一批革命题材的优秀的文学作品，塑造出不少值得人们学

---

① 周扬：《新的人民的文艺》，《周扬集》，中国社会科学出版社2000年版，第67页。

习和敬仰的英雄人物形象，如《红旗谱》中的朱老忠、《红岩》中的江姐、《青春之歌》中的林道静、《林海雪原》中的杨子荣、《红色娘子军》中的琼花，等等，这些英雄人物经作家的创造和出版阅读已成为家喻户晓的人物。这说明周扬的写"新的英雄人物"论的确是有理论价值和实践价值的。周扬在新中国成立后一系列的文章、报告中反复强调写"新的英雄人物"，甚至到了新时期，周扬仍然倡导要写与"四人帮"作斗争的"新型的英雄主义"。但是周扬在提出他的写"新的英雄人物"理论的同时，或多或少把它与鲁迅的描写"国民性"弱点的理论作对比，不能不给他的理论带来某种阴影。他上述的报告中说："中国新文化运动的最伟大的启蒙主义者鲁迅曾经痛切地鞭挞了我们民族所谓的'国民性'，这种'国民性'正是帝国主义、封建主义在中国长期统治在人民身上所造成的一种落后精神状态，他批判地描写了中国人民性格的这个消极的、阴暗的、悲惨的方面，期望一种新的国民性的诞生。现在中国人民经过了 30 年的斗争，已经开始挣脱了帝国主义、封建主义所加在我们身上的精神枷锁，发展了中国民族固有的勤劳勇敢及其他一切的优良品性，新的国民性正在形成之中。……我们不应当夸大人民的缺点，比起他们在战争与生产中的伟大贡献来，他们的缺点甚至是不算什么的，我们应当更多地在人民身上看到新的光明。这是我们所处的这个新的群众的时代不同于过去一切时代的特点，也是新的人民的文艺不同于过去一切文艺的特点。"[1]从理论表述的角度看，也好像没有什么不妥。但问题是鲁迅所批判的中国"国民性"的落后的精神状态真的过去了吗？中国人民真的挣脱了压迫者所加在他们身上的精神枷锁了吗？新的国民性真的在形成中了吗？我们承认在斗争中的确有英雄人物涌现出来，这是事实。但是人民身上的精神奴役的创伤真的就消失了吗？这里就没有遭遇到曲折性和复杂性吗？鲁迅在《对于左翼作家联盟的意见》中说："就社会的根底原是非常坚固的，新运动非有更大的力不能动摇它什么，并且旧社会还有它使新势力妥协的好办法，但它自己是决不妥协的。"[2]周扬缺乏鲁迅这种对旧社会根底十分坚固的深刻认识，以为新中国的成立一切都会焕然

---

① 周扬：《新的人民的文艺》，《周扬集》，中国社会科学出版社 2000 年版，第 68—69 页。

② 鲁迅：《对于左翼作家联盟的意见》，《鲁迅全集》（第 4 卷），人民文学出版社 1959 年版，第 184 页。

一新。实际上，在新中国成立以后，旧社会的痼疾仍然顽强地表现自己，旧社会强加给人民的落后"国民性"继续存在，并给社会和人的发展带来极大危害，鲁迅所批判国民性的文学主题至今没有过时。在"文革"中，封建主义的迷信、奴性、专制、残忍和落后，在一些人身上又来了一次集中爆发，这是周扬没有料到的。特别要指出的是，他的写"新的英雄人物"的理论一方面使像茅盾、巴金、老舍、曹禺等许多对旧社会黑暗对普通人的人性复杂性有深刻了解和体会的作家形成了一种压力，常感自己无法下笔，要熟悉新人新事也不是立刻就能做到的。当然，周扬在新中国成立十余年后自己也意识到了这个问题，也说过："老作家可以写现在，也可以写过去，过去的生活是年轻作者所不能写的。"①但周扬说此话时似乎为时已晚，因为不久"阶级斗争天天讲"的时代开始了，谁还敢去写"过去"。同时周扬的"英雄"论也被"文革"期间"四人帮"发展到极端，构成了对中国文学发展的极大伤害。也许周扬的理论本身没有错，是对的。但它含有对人形成的压力的可能，被人曲解的可能，从而产生负面效果，这不能不说是遗憾的事情。

二、艺术真实——艺术的最高原则

周扬文艺理论活动的兴奋中心，从 1942 年毛泽东的《在延安文艺座谈会上的讲话》起，直到新中国成立前后，差不多一直都在如何贯彻毛泽东的《讲话》的精神以及如何解释苏联作协的"社会主义现实主义"方法。毛泽东在《讲话》里提出了"进行文艺问题上的两条战线的斗争"，意思是既要反对内容有害的作品，也要反对只讲内容不讲形式的所谓的"标语口号"的作品，达到政治与艺术的统一。周扬接过毛泽东的提法，提出"一方面反对文艺脱离政治的倾向，另一方面也反对概念化、公式化的倾向"。② 在文艺如何为人民服务的问题上，周扬的特殊贡献就是提倡写"新的英雄人物"，但是如何写好"新的英雄人物"，由于各种原因，常常出现公式化、概念化的问题。那么在坚持文艺的革命方向的前提下，如何来消除公式化、概念化的问题，使作品"忠实于现

---

①　周扬：《在北京文艺工作座谈会上的总结报告》，《周扬文集》（四），人民文学出版社 1991 年版，第 49 页。

②　周扬：《毛泽东同志〈在延安文艺座谈会上的讲话〉发表十周年》，《周扬文集》（二），人民文学出版社 1985 年版，第 152 页。

实"、"严格忠实于现实",就成为周扬经常思考的问题。周扬作为一位文学理论家当然知道创作一旦陷入公式主义,文学的真实性也就消失殆尽,文学的魅力也就必然失去。所以早在1951年,周扬就说:"文艺上的公式主义的特点,就是把本来是多面的、复杂的、曲折的生活现象,理解成和描写成片面的、简单化的、直线的。公式主义者不按照生活的多样性而按照千篇一律的公式去观察和描写生活,不但把复杂的生活现象简单化,而且把真正的政治,即群众的政治庸俗化。另一方面,形式主义的特点,则是编造不现实的故事,绘声绘色,加以描写,以人为的、'戏剧性'的矛盾和曲折的情节来代替生活本身的辩证法,掩盖生活内容的空虚。"①概念化、公式化与文艺的真实性是相对立的,而周扬认为:

> 无论表现现代的或历史的生活,艺术的最高原则是真实。②

那么如何来认识和解决这个问题,周扬真是费尽苦心。概括起来看,周扬从以下三个角度来分析这个问题:第一,违反艺术真实的公式化与概念化是都是脱离现实、脱离实际的结果。周扬把这一点归结为有些文艺工作者对于毛泽东的"深入生活""时常发生模糊、动摇和抵抗"。周扬说:"毛泽东同志要我们'长期地、无条件地、全身心地'到群众斗争中去,而我们的有些文艺工作者却往往是'暂时地、有条件地、半身心地'。毛泽东同志要我们投入到群众的'火热的斗争'中去,而我们的有些文艺工作者却往往站在这个'火热的斗争'之外。有的文艺工作者甚至主张任何一种生活都有它的意义,不必特别地去追求群众斗争的生活,这样来使自己脱离群众、脱离实际的现状合理化。"③既然作家脱离群众、脱离生活,如何能真实地写出群众生活的真实呢?第二,违反艺术真实的概念化、公式化是粉饰现实、不敢揭示生活矛盾的结果。周扬说:"社会主义现实主义首先要求作家在现实的革命的发展中真实地

---

① 周扬:《坚决贯彻毛泽东文艺路线》,《周扬文集》(二),人民文学出版社1985年版,第54-55页。

② 周扬:《改革和发展民族戏曲艺术》,《周扬文集》(二),人民文学出版社1985年版,第177页。

③ 周扬:《坚决贯彻毛泽东文艺路线》,《周扬文集》(二),人民文学出版社1985年版,第54页。

去表现现实。生活中总是有前进的、新生的东西和落后的、垂死的东西之间的矛盾和斗争，作家应当深刻地去揭露生活中的矛盾，清楚地看出现实发展的主导倾向，因而坚决地去拥护新的东西，而反对旧的东西。因此当我们评论一篇作品的思想性的时候，主要就是看它是否揭露了社会阶级的矛盾——这种矛盾是无微不至地表现在生活的各个方面的——以及揭露是否深刻。任何企图掩盖、粉饰和冲淡生活中的矛盾的倾向，都是违背现实的真实，减低文学的思想战斗力，削弱文学的积极作用的。"①的确，粉饰生活和无冲突论是妨碍文学真实性的一个关键，这一点分析应该说比前面一点分析来得深刻。第三，违反艺术真实的概念化和公式化还由于没有写出"英雄的个性"和"成长过程"。周扬说："我们当然不应当把英雄'神化'或'公式化'。在现实生活中，作为特定的社会典型的人民英雄的性格是有共同性的，但各个英雄又具有自己的个性，他们的成长过程也是各种各样的。英雄所具有的品质是不断地在革命斗争的火焰中，在克服困难中的斗争中锻炼出来的。在这里，我们必须把英雄人物在政治上思想上的成长过程，性格上的某些缺点以及日常工作中的过失或偏差和一个人的政治品质、道德品质的缺陷加以根本的区别。"②周扬的意思是，为了使作家笔下所塑造的人民英雄人物更具有真实性和生动性，应该充分写出不同英雄人物的个性，也可以写他们的成长过程，还可以写他们性格上的某些缺点和工作上的偏差，从而使英雄人物的性格丰富起来，更具有真实感和艺术的光采。这一点分析可以说接触到了人物形象塑造的核心问题。

总之，追求真实性，反对概念化和公式化，是周扬北京前期文艺理论活动的一个基本点，其目的也是为了更好地贯彻毛泽东的文艺路线。但是周扬在探讨这个问题的时候，过分强调深入"火热的斗争"，不承认到处都有生活，不承认生活的各个方面应当联系起来把握，因此也就不能深刻地解决概念化、公式化的问题。违反文学真实性的问题是"文革"前十七年文学发展中一个始

---

① 周扬：《社会主义现实主义——中国文学前进的道路》，《周扬文集》（二），人民文学出版社1985年版，第188页。

② 周扬：《为创造更多的优秀的文学艺术作品而奋斗》，《周扬文集》（二），人民文学出版社1985年版，第252页。

终未能解决好的问题，这不能不说与周扬等人的文学理论的局限有一定的关系。

三、形象和形象思维——文学的特征与规律

周扬在北京前期文艺理论研究的另一成果是他对文学特征问题的揭示。他认为，与科学相比，创造形象以反映生活，是文学的基本特征。与科学家的逻辑思维相比，运用形象思维是作家艺术创作的基本特征。

1955年，周扬在电影创作会议上作了报告，报告的第四部分专门谈论艺术的特征。周扬说："对艺术的规律、特性过去是存在不正确的认识，我想讲讲这个问题。艺术的规律是什么，艺术认识现实的手段是什么？——科学和艺术都是反映现实的，艺术反映现实的特点是通过形象，通过艺术的特殊规律——形象思维，不是艺术没思想，任何艺术都是有思想的，和科学、政治不同的地方是艺术通过形象表达思想，艺术的特点是形象思维。"①很明显，关于艺术特征、艺术规律的这些论述，都没有超越俄国伟大批评家别林斯基的观点，也没有超越苏联伟大作家高尔基的观点，只是对他们观点的一种重复，并不能给我们新鲜的启示。在形象和形象思维论稍有建树的是周扬对艺术概括和科学概括的区别的论述以及对文学的"潜移默化"功能的论述。

关于艺术概括，周扬说："艺术同科学不同之处是艺术用形象，同科学相同的是都有概括的过程，科学的概括同艺术的概括不同，艺术要看许多人、许多个性、许多英雄，作了观察，抽出来变成一个人，这个人和一个普通人又同又不同；相同的是'一个人'，不同的是经过了综合，如只是具体没有概括，那就变成画像，艺术要观察具体的，通过形象，形象要经过概括的过程，和逻辑一样同是经过概括的过程。"②这个说法大体是对的，的确，艺术不是就个别写个别，它需要从具体的个别的事物出发，但也要有一个概括和综合的过程。这一点高尔基、鲁迅在谈到典型人物的创造的时候也都谈到了。

关于文学的"潜移默化"功能，周扬说："中国还有句古话也很好，就是'潜移默化'，使你看了以后，不知不觉就受了它的影响，造成一种环境，使

---

① 周扬：《论艺术的特殊规律》，《周扬文集》（二），人民文学出版社1985年版，第336页。

② 同上书，第337页。

你几个钟头内进入这个真实的环境，能不潜移默化？如果艺术不造成这种环境，就不能潜移默化，顶多是引起你的同感。而艺术是要在不知不觉中把你的灵魂塑成作品中的人物一样，让你不知不觉就像小说里的人物一样。"①周扬借用中国古代"潜移默化"这个词，来说明文学的功能的特点，强调文学就是要造成一种环境、氛围、韵调，使人不知不觉中进入到作品所展现的世界，在不知不觉中受到熏陶和感染，这的确从文学功能的特性的角度，道出了文学的特性。

周扬 1949—1960 年的文学理论活动涉及的问题还很多，但是真正发生影响的理论就是上述一个中心——人民文学论，两个基本点——艺术真实论和艺术形象论。人民文学论是周扬作为一个马克思主义的文艺理论家所坚持的，是他的文学理论的根本，也说明他的理论与列宁的"文学为千千万万劳动人民服务"的思想、与毛泽东"文艺为工农兵服务"的思想的密切联系。艺术真实论是为了反对艺术创作的概念化和公式化，艺术形象论强调为人民的艺术必须有感染力和艺术的魅力，这两个基本点说到底还是围绕着"人民文艺"论这个中心点。

四、文艺的善、真、美与教育工具

这里还要阐释一下周扬对于文艺的价值取向的理解。周扬的文艺思想的核心既然是"人民文艺"论，那么他认为文艺的价值首先是它能成为教育人民的工具，成为鼓舞人民的力量。所以周扬心目中文艺的"功利"（"善"）是首要的，认识、审美则放在次要的地位。对于文学的"功利"价值，周扬的论述是有明确内容的。周扬毫不隐晦地说："为满足群众的日益增长的文化需要，创造优秀的、真实的文学艺术作品，用爱国主义和社会主义的崇高思想教育人民，鼓舞人民向着社会主义社会前进，这就是文学艺术工作方面的庄严的任务。"②又说："文学艺术是整个文化战线的一个重要方面，是影响人民精神生活的一种有力工具。今天它必须在建设社会主义的伟大事业中发挥巨大的作

---

① 周扬：《论艺术的特殊规律》，《周扬文集》（二），人民文学出版社 1985 年版，第 338—339 页。

② 周扬：《为创造更多的优秀的文学艺术作品而奋斗》，《周扬文集》（二），人民文学出版社 1985 年版，第 234 页。

用。"①这里所说的文学"庄严的任务"、"巨大的作用",实际上就是周扬所理解的文学所追求的文学的"善"的价值。为什么这样说呢?很清楚,在周扬的观念中,唯有热爱国家、热爱社会社会主义,这才是最大的"善"。"善"在他的理解中,不仅仅是个人的行为,首先是集体的行为。非常有意思的是,周扬有时候把文艺的这种价值说得非常具体,如把文艺的价值与"五爱"教育关联在一起。他说:"文学的主要教育作用是培养人民爱祖国,爱人民,爱劳动,爱科学,爱公共财产的品德,这'五爱'是彼此关联,不可分割的。爱祖国,就是爱祖国的人民,人民中劳动人民最多,当然要爱劳动,而科学与公共财产又都是人类精神劳动和体力劳动的产物,当然要爱科学和公共财产。"②从这些说法来看,周扬对文艺的价值总的归结为一种教育的"工具"。这种说法来源于毛泽东的《讲话》和社会主义现实主义的定义中,并没有更多新鲜的东西。

关于文艺的真的价值,则是周扬一贯加以肯定的。周扬早在 1942 年发表的长篇论文《关于车尔尼雪夫斯基和他的美学》中多次谈到"真"对于文艺的价值。在谈到车尔尼雪夫斯基强调文学作品要给人留下总的印象,不能一味在细节的修饰上面下功夫的时候,周扬说:"这种现象在我们的文艺界不也存在吗?摈弃一切矫揉造作,使作品首先到达'真实和自然'的标准,这也正是我们努力的目标。"③"真实与自然"成为周扬一生提倡的理论,20 世纪 50 年代,他在反对公式化和概念化的理论活动中,也总是提倡"忠实于生活"、"严格忠实于生活"。但周扬在讲"真"的时候,也反对照搬生活,而是主张通过艺术加工,达到"合情合理"。他说:"戏要合情合理。所谓合情合理不是完全照搬生活事实,而是合乎情理的创造,并使人感到合乎情理。"④但周扬所要求的"真"还是为"善"(革命功利目的)来服务的。

---

① 周扬:《让文学艺术在建设社会主义伟大事业中发挥巨大的作用》,《周扬文集》(二),人民文学出版社 1985 年版,第 472 页。

② 周扬:《文艺思想问题》,《周扬文集》(二),人民出版社 1985 年版,第 270 页。

③ 周扬:《关于车尔尼雪夫斯基和他的美学》,见车尔尼雪夫斯基:《生活与美学》,人民文学出版社 1957 年版,第 134 页。

④ 周扬:《在长春观看吉剧演出后与主要演员的谈话》,《周扬文集》(四),人民文学出版社 1991 年版,第 159 页。

　　当然，在文学的"功利"价值优先的情况下，周扬不总是把真、善、美分开来说，他认为真、善、美是不能分割开来的。如他说："人民的精神需要第一是提高社会主义觉悟，第二是丰富文化知识。……我们的文艺作品应该帮助人们认识生活，扩大生活领域，丰富文化知识。第三，满足人民艺术欣赏的需要，提高人民的审美能力。……提高社会主义觉悟，丰富文化知识，提高艺术鉴赏能力，人的生活无非这三个方面，文艺的作用也是如此。这三个方面分开来说，就是教育作用、认识作用(认识现在和过去的生活，观察未来生活)和美感作用。这三者结合，不能分开。……文艺的教育作用和认识作用，是通过美感作用来达到的……或者说这三个方面也就是真、善、美。善是道德，真是认识过去和现在的社会，美是欣赏。……三者总是紧紧地结合在一起，不可分割。"①应该说，周扬的这段话是那个时期对于文艺价值和功能的比较全面的论述。他强调真、善、美三者的区别和联系，全面评价了文艺的价值和功能。后来写进教科书中的也就是这些论述。但有时候他把真、善、美与用共产主义精神教育人民的观念又联系起来理解。如他说："文艺的特点，就是通过唤起美感的形象，来用共产主义精神教育人民，并培养人民新的审美观念。人们阅读文艺作品，不只要问哪些是真实的，哪些是不真实的？什么是先进的，什么是落后的？而且要感受什么东西是美的，什么东西是不美的？文艺作品应该帮助人民辨别真伪，善恶和美丑，我们的文艺作品和文艺批评，应当帮助人民提高共产主义觉悟和树立共产主义风格。共产主义风格，是最伟大的、最美的风格。"②周扬这段话无论今天看起来是否适当，可思路是比较清楚的，在他看来，我们的文艺作品和文艺批评帮助读者辨别真假、善恶、美丑，归根结底是为了用共产主义精神和风格教育人民，因为共产主义精神和风格就是真的、善的、美的。

五、探索社会主义文艺发展的规律

　　经过1958年的"大跃进"、1959年的"反右倾"，从1960—1962年是"三年

---

　　①　周扬：《在北京文艺工作座谈会上的总结报告》，《周扬文集》(四)，人民文学出版社1991年版，第47—48页。

　　②　周扬：《建立中国自己的马克思主义的文艺理论和批评》，《周扬文集》(三)，人民文学出版社1990年版，第30页。

困难时期"。在检讨了"冒进"之后，当时中国共产党提出"调整、巩固、充实、提高"的八字方针。在 1961—1962 年间，各行各业都进行了总结经验教训的活动。当时的文艺界也不例外。如 1962 年文艺界召开了大连会议，邵荃麟等在会议上在总结如何克服文艺创作中的"公式化"、"概念化"的基础上，提出了"写中间人物"问题。周扬除继续领导文艺工作外，又负责指导文科教材的编撰工作。在这种背景下，周扬的理论思考转向寻求社会主义文艺发展的规律问题。他首次明确提出文艺发展的"共同规律"和"特殊规律"的问题。他在 1961 年说：

> 共同规律与特殊规律不要分开，分开是不对的。过去只谈共同规律，不谈我们自己的特殊规律；五八年以后则只谈我们的特殊规律，不谈共同规律，把共同规律当成资产阶级的东西。这都不对。要知道共同规律是普遍的，既是共同，也就适用于社会主义文学。不要把共同的规律都看成是资产阶级的东西。今天社会主义文学的规律，我们还在摸索。规律是反复多次的东西。探索规律，要有个认识的过程……对于社会主义的规律，有些我们还可能认识得不够，还没有探索到。过去的规律，由于时代变了，有些已不适用于今天；有些则仍然适用，因为今天和昨天，某些条件还是相同的，不然就没有继承性了。当然，今天适用的规律，发展到将来的新的社会阶段，也可能不起作用。但社会虽然变了，文学总是文学，总会有共同的东西。因而我们对共同规律要好好研究。不要把共同规律跟社会主义规律割裂开来。①

周扬这段话表明：（1）社会主义文学发展的规律我们认识还不够，因此要进行探索；（2）文学的发展有适用于各个时代的普遍的规律，又有适用于某个特殊时代的特殊规律，这两者不能割裂；（3）时代变了，过去摸索到的规律可能不适用于今天，因此要随着时代的变化而探索新的规律；（4）不要把文学发展的共同的规律看成是资产阶级的东西。应该说，这些看法都是实事求是之论，与 20 世纪 50 年代那种一味强调无产阶级的特殊的口号是不同的。那么，

---

① 周扬：《对编写〈文学概论〉的意见》，《周扬文集》（三），人民文学出版社 1990 年版，第 245 页。

周扬认为社会主义文学发展的规律是什么呢？或者说如何理解在社会主义文学发展中共同规律与特殊规律的统一呢？在这个问题上，周扬提出了"立足点是工农兵，要一手伸向古代，一手伸向外国"的思想。他在1961年说：

> 我们的立足点是工农兵，要一手伸向古代，一手伸向外国，继承人类宝贵的遗产。立足点是根本问题，这个问题不解决好，只盲目地伸向古代、伸向外国，就危险了，要被淹死的。我们要努力学习党的文艺政策、毛泽东文艺思想，对我们自己的文艺应该怀有满腔热情。对古代的东西、外国资产阶级的东西，也要了解，要分析。①

周扬的上述论述，如果把"立足点是工农兵"、"一手伸向古代"和"一手伸向外国"分开来看，这并不是什么新鲜的论点，但把这三点连为一个整体，还是有新意的。就是说，社会主义的文艺，从根本上说要为人民群众服务，但要服务得好，则必须吸收本国的和外国的人类一切文学遗产中的养分。关于立足于工农兵，从毛泽东《在延安文艺座谈会上的讲话》后，是周扬一贯强调的。关于学习古代文学遗产问题，周扬有很好的分析："我们的文化是社会主义的文化，不是资本主义的文化，也不是封建主义的文化。但是，社会主义的文化同封建主义、资本主义的文化有个继承的关系，我们的文化要继承过去的文化。过去的文化是在封建主义社会和资本主义社会里所形成的。为着保持文化的'纯净'，以免沾染上资产阶级思想、封建主义思想，干脆不要那些遗产行不行？不行！没有遗产，文化就没有根了。"②在这里，周扬以清醒的理性分析了社会主义文化不是凭空产生，文化遗产是发展社会主义文化的"根"。这个提法比毛泽东《在延安文艺座谈会上的讲话》中把文化遗产看成是发展新文艺的"流"的看法更进了一步。"流"强调的是一种惯性，是不得不如此。"根"则是自觉意识到发展新的文艺要扎根于本民族的原有的优秀遗产的土壤中。这是一个规律问题，是不能违反的。对此，周扬从"历史经验"的角

---

① 周扬：《对编写〈文学概论〉的意见》，《周扬文集》（三），人民文学出版社1990年版，第227页。

② 周扬：《继承遗产，发展社会主义文化》，《周扬文集》（三），人民文学出版社1990年版，第20页。

度来论证："根据历史的经验，欧洲的文艺复兴也好，盛唐的文艺复兴也好，大体上都是研究了古代，大量吸收了外来的东西以后形成的。不研究古代，不大量吸收外来的东西，很难设想能有一个文化的高潮。"①这就是使"伸向古代"成为发展新文艺的一种规律。在更具体的论述中，周扬指出了中国古代文论中一些带有民族传统的普遍规律，说："艺术要留有余地，就是要启发人的思想。这样的艺术有表现力。艺术表现要留有余地，这是中国艺术历来的传统，也是全世界的好的艺术规律。留有余地的问题也有强调得过分的，从司空图的'不着一字，尽得风流'，《沧浪诗话》中的'水中之月，镜中之花'，'羚羊挂角，无迹可求'，'不落言筌'，直到王渔洋的神韵、王国维的意境，其中有不要逻辑思维的东西，但他们探索艺术有味道这一点是对的。毛主席也不反对艺术要有味道，他给臧克家的信中，就提到诗应有'诗味'。所谓有味，就是不要把话说尽。"②可以说在文艺为工农兵的这个立足点不动摇的前提条件下，社会主义文艺的发展应该充分继承传统文艺和文论中的有益成分，这是周扬在 1961 年后对于新文艺发展问题的一个基本理解。

发展社会主义文艺，仅仅是"一手伸向古代"还不够，还必须"一手伸向外国"。周扬一直热衷于谈论现实主义，对此发表了许多看法。他在谈到无产阶级现实主义文学和批判现实主义文学的时候，指出这两者之间既有区别又有联系："批判现实主义和无产阶级文学不是简单的对立，有继承的关系，也有朋友关系。光讲对立，不完全。这两个阶级的文学是对立的，但又有统一的方面。许多无产阶级文学家继承了批判现实主义，在共同揭露和批判资产阶级问题上，可以说是做了朋友。二者的世界观不同，理想不同，方法有一部分相同，比如在现实主义某些问题上。无产阶级文学家有理想，要革命。这和批判现实主义作家是不同的。"③周扬在 50 年代凡谈到资产阶级文学，特别是外国资产阶级文学，总是批判过分。但 1962 年这段话，则说得很理性很

---

① 周扬：《对文艺工作的希望和对作家的要求》，《周扬文集》（四），人民文学出版社 1991 年版，第 71 页。

② 周扬：《在北京文艺工作座谈会上的总结报告》，《周扬文集》（四），人民文学出版社 1991 年版，第 56—57 页。

③ 周扬：《在文科教材外文组汇报会上的发言》，《周扬文集》（四），人民文学出版社 1991 年版，第 3 页。

客观。

　　周扬在 1962 年前后对于发展社会主义文艺问题的探索，又一次用了一个中心，两个基本点的表述：中心是为工农兵服务，两个基本点是"一手伸向古代"，"一手伸向外国"。从今天的观点看，周扬当时的探索是符合马克思主义的，也在一定程度上总结了发展社会主义文艺的基本规律。列宁在谈到马克思学说为何是科学的时候说过："凡是人类社会所创造的一切，他都有批判地重新加以探讨，任何一点也没有忽略过去。凡是人类思想所建树的一切，他都放在工人运动中检验过，重新加以探讨，加以批判，从而得出了被资产阶级狭隘性所限制或被资产阶级偏见束缚住的人所不能得出的结论。"①列宁明确指出："应当明确地认识到，只有确切地了解人类全部发展过程所创造的文化，只有对这些文化加以改造，才能建设无产阶级的文化，没有这样的认识，我们就不能完成这项任务。"②但是，他的探索和总结来得太晚，因为这时候"文化大革命"已经接近开始了。

---

　　①　列宁：《青年团的任务》，《列宁选集》（第 4 卷），人民出版社 1972 年版，第 284—285 页。

　　②　同上书，第 285 页。

胡风的"主观战斗精神"论①

胡风(1902—1985),原名张光人,湖北省蕲春县人。1920 年考入武昌启黄中学。1925 年他是南京东南大学附属中学的高中学生,开始阅读"五四"革命文学作品,受革命思想的影响,并于同年参加了中国共产党青年团。1925年暑期进入北京大学预科,一年后改进清华大学英文系。在北京因为革命热情得不到满足,南下回乡参加革命活动。1929 年秋,赴日本留学,考入东京庆应大学英文科。在东京学习期间,他受当时日本普罗文学运动和苏联文学的影响,参加了当地的马克思主义学习组织和普罗文学运动。他曾是中国左翼作家联盟东京分盟的负责人之一。1933 年春,他因在留学生中组织抗日文化团体,被日本当局逮捕,关押数月后,被驱除出境,返回上海。胡风在上海参加左翼文艺活动,曾任"左联"宣传部长、行政书记。1937 年抗日战争爆发后,他在上海出版了《七月》文学周刊,同时还编辑出版《七月诗丛》和《七月文丛》。1938 年中华全国文艺界抗敌协会成立,他当选为常委。1941 年 1 月"皖南事变"后,《七月》被迫停刊,他继续编辑出版文学杂志《希望》。在此期间他发表了大量理论作品,其中最重要的是出版了文艺论集《论现实主义的路》。1949 年 7 月他当选为全国文联委员和中国作协常委,同年还参加了中国人民政治协商会议第一次全体会议。1954 年当选为全国第一届人大代表。

胡风是中国现代文学史上一位重要诗人和独特的理论家。早在 20 世纪 40

---

① 发表于《东疆学刊》2006 年第 4 期。

年代，他的文学理论著作就引起了讨论。50 年代新中国成立之初，他的文学理论再次遭遇批评。胡风于 1954 年写了《关于几个理论性问题的说明材料》，对"五四"以来的新文学运动的历史与现状，发表了自己的看法，同时进行反批评。同年 7 月胡风向中共中央写了《关于解放以来的文艺实践情况的报告》（即"三十万言书"），进一步为自己的思想进行辩护。对胡风文学思想的批评终于演变为"反胡风运动"。胡风被当成是"阶级敌人"、"反革命"，终于被捕入狱，所谓的"胡风分子"也受到株连。学术讨论演变为政治运动，几乎是 50 年代许多运动的一种逻辑。直到 1979 年，胡风才获释。1980 年中共中央本着实事求是的原则，重新审理胡风一案，决定予以平反昭雪，恢复胡风在文艺界的地位。

胡风的文学理论研究跨越了新民主主义革命和中华人民共和国成立两个时期，他的许多思想都是在中华人民共和国成立以前就发表过的，但是他的理论受到广泛关注和批判则是在中华人民共和国成立后，所以我们把胡风放在中华人民共和国成立后来讨论，但我们所研究的则不局限于中华人民共和国成立后。

一、在新文学运动中，胡风对两种倾向提出批评

胡风的文学理论活动主要在 20 世纪 30 年代和 40 年代初的上海以及抗日开始以后的"国统区"。胡风因为受到苏联文学的影响和日本普罗文学运动的影响，他的文学理论肯定具有革命性，这一点毋庸置疑。那么，胡风长期所从事的"现实主义"文学理论的研究主要是针对什么而发的呢？胡风在当时主要对两种倾向不满：一种是对周作人和林语堂的脱离现实的"兴趣主义"和"性灵主义"不满，认为这是与时代精神相背离的；一种是对"左联"内部的从苏联引进的所谓"辩证唯物主义创作方法"以及其后在"左联"作家队伍中所产生的"主观公式主义"、"客观主义"不满，认为这是违背"现实主义"创作原则的。他在这既反右又反"左"的斗争中，从自己和同行的创作中，领悟并创构了一个理论，这就是后来给他带来无穷灾难的"主观战斗精神"论。在论述胡风的这个独特的理论形态之前，我们先要看看置身于当时文坛的胡风，究竟对上述两种他所不满的倾向，做了什么，说了什么。

1933 年胡风从日本返回上海，参加当时上海的左翼作家同盟的工作。他的文学思想当然是现实主义的，文学关怀现实、拥抱现实和真切地反映现实，是他所主张的。当时中国的文坛，首先让他感到不满意的是周作人、林语堂的拒绝社会现实的、脱离社会现实的"个性至上主义"、"性灵主义"和"兴趣主义"。胡风于 1934 年发表了《林语堂论》，对林语堂的思想进行了剖析。他指出林语堂有"他的中心哲学的，那概括了他的过去，也说明着他的现在"，这个中心哲学就是意大利克罗齐教授的表现主义的美学。胡风引了林语堂对克罗齐表现美学的概括："……他（指克罗齐——引者）认为世界一切美术，都是表现，而表现能力，为一切美术的标准。这个根本思想，常要把一切属于纪律范围桎梏性灵的东西，毁弃无遗，处处应用起来，都发生莫大影响，与传统思想冲突。其在文学，可以推翻一切文章作法骗人的老调；其在修辞，可以整个否认其存在；其在诗文，可以危及诗律体裁的束缚；其在伦理，可以推翻一切形式上的假道德，整个否认'伦理'的意义。因为文章美术的美恶，都要凭其各个表现而论。凡能表现作者意义的都是'好'是'善'，反之都是'坏'是'恶'。去表现成功，无所谓'美'，去表现失败，无所谓'丑'。即使聋哑，能以其神情达意，也自成为一种表现，也自成为美学的动作。（《旧文法之推翻与新文法之建造》，《大荒集》，第 83—84 页）"①胡风认为林语堂因为推崇克罗齐的表现论美学，所以在文学批评上也就必然欣赏斯宾加恩（Spingarn）的表现主义批评，也就是"创造与批评本质相同"的创造批评。胡风又引了林语堂对斯宾加恩批评宗旨的概括："Spingarn 所代表的是表现主义的批评，就文论文，不加任何外来的标准纪律，也不拿他与性质宗旨、作者目的及发生时地皆不同的他种艺术作品作衡量的比较。这是根本承认各作品有活的个性，只问他于自身所要表现的目的达否，其余尽与艺术之了解无关。艺术只是在某地某作家具某种艺术宗旨的一种心境的表现——不但文章如此，图画、雕刻、音乐，甚至于一言一笑，一举一动，一唧一哼，一啐一呸，一度秋波，一弯锁眉，都是一种表现。这种随地随人不同的，活的，有个性的表现，叫我们拿什么规矩准绳来给他衡量。（《新的文评序言》，《大荒集》，第 92 页）"②胡风对林语堂的"中心哲学"和文学批评很不以为然。为什么？难道"五四"新文学运动不是主张"个性解放"吗？在胡风看来，"五四"新文学运动所主张的"个性解

---

①　胡风：《林语堂论》，《胡风选集》（第 1 卷），四川人民出版社 1996 年版，第96—97 页。

②　同上书，第 97 页。

放"是反封建社会的礼教的束缚的,是深深地介入社会斗争的;但林语堂所主张的"表现论美学"和"表现主义"批评,则是完全脱离开社会现实的。胡风指出:

> 林氏(或者说克罗齐氏)的个性至上主义作为对几千年来愚民的封建僵尸底否定原应该是一副英气勃勃的风貌,但可惜的是,在这个大地上咆哮着的已经不是"五四"的狂风暴雨了。我们并不是不神往于他所追求的"千变万化"的个性,而是觉得,他底"个性"既没有一定的社会的土壤,又不受一定的社会限制,渺渺茫茫,从屈原到袁中郎都没有区别,追根到底,如果不把这个社会当作"桃花源"世界就会连接到"英雄主义"的梦幻,使那些德、意等国竖起了大旗的先生们认为知己。林氏忘记了文艺复兴中觉醒了的个性,现在已变成了妨碍别的个性发展的存在;林氏以为他的批判者"必欲天下人之耳目同一副面孔,天下人之思想同一副模样,而后称快"(《说大足》,《人间世》第 13 期),而忘记了在食不果腹衣不蔽体的人们中间赞美个性是怎样一个绝大的"幽默"。忘记了大多数人底个性之多样的发展只有在争得了一定的前提条件以后。问题是,我们不懂林氏何以会在这个血腥的社会里面找出了来路不明的到处通用的超然的"个性"。①

胡风在这里清楚地说明了,那个时代是一个多数人仍然处于食不果腹、衣不蔽体的状态,这是一个"血腥的社会",而作为曾经"向社会肯定'民众'"的作家林语堂,却不去关怀那些在饥饿里死里求生的民众,不对残暴的社会提出控诉,却一味主张脱离现实土壤的超然于社会之上的"个性",这是胡风所不能容忍的。他不能不指出,林语堂已经"丢掉了向社会的一面,成为独来独往"的对人民群众没有同情心的人。对于林语堂极力主张的"幽默",胡风也同样表示不满,他批评说:

> 第一是,如果离开了"社会的关心",无论是傻笑冷笑以至什么会心的微笑,都会转移人们底注意中心,变成某种心理的生理的愉快,"为笑笑而笑笑",要被"礼拜六派"认作后生可畏的"弟弟"。第二是,就是真正

---

① 胡风:《林语堂论》,《胡风选集》(第 1 卷),四川人民出版社 1996 年版,第 99 页。

的幽默罢，但那地盘也是非常小的。子弹呼呼叫的地方的人们无暇幽默，赤地千里流离失所的人们无暇幽默，彳亍在街头巷尾的失业的人们也无暇幽默。他们无暇来谈谈心灵健全不健全的问题。世态如此凄惶，不肯多给我们一点幽默的余裕，未始不是林氏底"不幸"罢。①

胡风把林语堂所倡导的"幽默"一棍子打下去，其批评的标准是很明确的，那就是这种幽默在现实生活中，有谁会喜欢。社会问题如此之多，不幸的人们如此之多，你一味在那里提倡什么"幽默"，不过是想转移人们对于社会问题注意的中心，不过是让少数人获得某种心理的生理的愉快，对于广大的不幸的人们并无丝毫益处。对社会的关心、对社会中不幸人们的关心，比什么幽默重要一万倍。不但如此，由于对林语堂不满，又关连到对周作人的"趣味主义"的指责。林语堂对周作人十分欣赏，他曾写《周作人诗读法》，鼓吹周作人能"寄沉痛于幽闲"。胡风就这意思找到了周作人的话给林语堂的话作注释，其中引周作人的话是："……戈尔登堡（Isaac Goldberg）批评霭理斯（Havelook Ellis）说，在他里面有一个叛徒与一个隐士，这句话说得最妙，并不是我想援霭理斯以自重，我希望在我的趣味之文里也还有叛徒活着。（《泽泻集·序》）"胡风在引了这段话来解释他的"寄沉痛于幽闲"之后，又发了这样的议论：

> 这虽是一个最古典的说法，明白不过，但可惜的是，在现在的尘世里却找不出这样的客观存在，霭理斯时代已经过去了，末世的我们已经发现不出来逃避了现实而又对现实有积极作用的道路。就现在的周作人氏说罢，要叫"伧夫竖子"的我们在他里面找出在真实意义上的"叛徒"来，就是一个天大的难题。

很显然，这已经不仅仅是批判林语堂了，而是连周作人也一起批判了。周作人以为自己的"趣味之文"这里既有"隐士"也有"叛徒"，似乎在追求所谓的"趣味"里，也还能对现实起积极的作用。胡风戳穿了这一点，指出我们现在已经不是霭理斯时代，既然是逃避现实，寻找个人的趣味去了，那么也就不能再侈谈什么还能促进现实的变革。

---

① 胡风：《林语堂论》，《胡风选集》（第 1 卷），四川人民出版社 1996 年版，第 103 页。

　　在胡风看来，1934年前后，国家民族的危亡问题已经十分突出，作为文人的知识分子，高谈什么"个性至上"、"趣味第一"，就是脱离现实和逃避现实，就没有尽到一个知识分子的起码责任。由此看来，胡风的文学现实主义，主张联系现实，拥抱现实，反映现实，是扎根于当时中国现实的土壤中的，同时与他对中华民族的热爱的感情也是分不开的。从这里也可以看出，胡风的文艺思想与所谓的唯心主义也是丝毫无涉的。

　　如果说，胡风对于周作人、林语堂的不满所进行的批判，表现了他的文学现实主义思想的客观现实性特征的话，那么后来他对"左联"内部庸俗社会学的不满，导致了他对现实主义理论研究的深化，"主观精神"、"主观战斗精神"就是在反对庸俗社会学和公式主义中提出来的。那么，"左联"内部是否存在使胡风感到不满的庸俗社会学和公式主义呢？胡风从哪里感受和认识到这些东西呢？

　　首先必须说明的是，1933年胡风从日本回到上海，他面对的"左翼"文学理论和批评，还是相当幼稚和混乱的。此前不久，"左联"批判了蒋光慈的"革命加恋爱"的公式主义创作，又清算了钱杏邨的公式化"新写实主义"的文学理论。但是正是在1932年批判钱杏邨的时候，瞿秋白作为当时比较成熟的马克思主义文学理论家提出了苏联"拉普"的"辩证唯物主义创作方法"。文学与政治的纠缠并没有解决，理论上的庸俗社会主义问题没有解决，创作中的公式化问题并没有解决。这样，"左联"的文学理论一方面正与"第三种人"进行论争，拒绝文学超阶级的理论；另一方面还得清理内部的庸俗社会学和公式化倾向，要把现实主义的理论真的弄清楚。对于"左联"内部的这种公式主义，胡风的印象是深刻的。1935年胡风很认真地阅读了张天翼的作品，并写了给他的文学理论和批评带来声誉的《张天翼论》。作者从倾向上肯定了张天翼的作品，但同时也明确指出了张天翼作品的公式化、概念化倾向。他说张天翼的作品"第一是人物色度（Nuance）底单纯。他的大多数人物好像只是为了证明一个'必然'——流俗意义上的'必然'，所以在他们里面只能看到单纯地说明这个'必然'的表情或动作，感受不到情绪底跳动和心理底发展。他们并不是带着复杂多彩的意欲的活的个人，在社会地盘底可能上能动地丰富地发展地开展他的个性，常常只是作者所预定的一个概念一个结论底扮演脚色。"①"第二，非真实的夸大。因为作者只是热心地在他的人物里面表现一个观念，为

<hr>

① 　胡风：《张天翼论》，《胡风选集》（第1卷），四川人民出版社1996年版，第120页。

了加强他所要的效果，有时候就把他们的心理单纯向一个方向夸张了。"①"第三是人间关联图解式的对比。人世随处都存在着矛盾或对立，作家底进步的意识差不多时时都敏锐地倾射在这上面。然而，现实生活漩涡里的每个人都或多或少地接受了种种方面底营养，他的心理或意识不会是一目了然地那么单纯。天翼底这个注意焦点使他的作品得到了进步的意义，但因为他用得过于省力了，同时也就常常使他的人间关联成了图解式的东西。"②胡风对张天翼作品的这一长篇评论，不是一般感想式的东西，而是要通过解析张天翼的作品来表达他的关于现实主义的观念。他一方面肯定了张天翼，认为张天翼的创作，从开始到现在，"始终是面向现实人生"，"面向现实"当然是现实主义的基本特征；但另一方面，他不得不指出张天翼的创作存在着概念化问题，人物单色调，常常为作者所预定的概念扮演角色；人物之间对比关系被图解化、简单化，这是现实主义的不足。那么这种概念化、图解化的问题是怎样产生的呢？胡风认为就在于作者与他所写的人物距离太远，不能向表现的人生作更深的突进。胡风就这一点展开说："读着他（指张天翼）的作品的时候，常常会浮起一个感想：似乎他和他的人物之间隔着一个很远的距离，他指给读者看，那个怎样这个怎样，或者笑骂几句，或者赞美几句，但他自己却'超然物外'，不动于中，好像那些人物与他毫无关系。在他看来：一切简单明了，各各在走着'必然'的路，他无须而且也不愿被拖在里面。他为自己找出了一个可以安坐的高台，由那坦然地眺望，他的'工作'只是说出'公平'的观感。"③胡风对于张天翼的批评，可以说是对当时流行的主观公式主义的批评，把人物只是当作自己观念的注脚，这不是主观主义是什么；同时又是对客观主义的批判，让作者与人物的距离那么远，作者不动于中，超然物外，冷眼旁观，这不是客观主义是什么。看来胡风在《林语堂论》和《张天翼论》中已经开始形成他的现实主义的两个基本点：第一，你必须投身于现实人生，面对现实人生，脱离现实，搞什么个性至上主义，兴趣主义，这不是现实主义；

---

① 胡风：《张天翼论》，《胡风选集》（第 1 卷），四川人民出版社 1996 年版，第121—122 页。

② 同上书，第 127 页。

③ 同上书，第 129—130 页。

第二，作者必须突进现实人生，所写的人物不能与自己无关，更不能远距离地超然地看，要有"痛烈的自我批判精神"。后来胡风把这里所说的第二点加以发挥，提出了"主观精神"论和"主观战斗精神"论。

当然，胡风不仅仅是从张天翼一个作家的创作中看到了庸俗社会学和公式化的弊端，他看到和感受到的是很多的。这就决定了他后来的理论创造始终没有离开文学现实主义这个题目。

二、胡风"主观精神"论的内涵

胡风的文艺思想究竟属于哪种美学形态？这是我们在论述他的"主观精神"论或"主观战斗精神"论前必须弄清楚的。1954年批判胡风的时候，有人把他的"主观战斗精神"论硬说成是"唯心主义"，这不是实事求是，完全没有搞清楚胡风的文学思想的美学属性。胡风是主张辩证唯物主义的，而他的文学思想几乎没有别的选择，只能是唯物主义的反映论。这就是胡风文艺思想大体的美学属性。胡风在1935年所写的《关于创作经验》一文中明确地谈到文学的源泉问题，他说：

> 说作家应该从生活学习，当然是千真万确的，离开了生活从哪里去找创作底内容呢？然而，这样的说法，适用在两种场合：一是为了抨击那些把艺术活动和社会的内容割开，因而也就把作家底成长和实践分开的幻想，一是为了提醒那些虽然有高度的修养然而和社会生活离开了，因而作品的内容也渐渐空虚了的作家底注意。但如果当一个青年作者迷困在现实生活底海里，不晓得怎样处理他的题材，不晓得选取哪一些具体的形象来写出它的人物的时候，我们依然用"向生活学习罢"这种所答非所问的话来压死他们的困难，那恐怕是非徒无益而且有害的罢。①

胡风在这里把问题说得很清楚，对于脱离生活的人来说，生活是第一位的，如果没有生活，你从哪里去寻找创作的内容呢？生活是创作的内容，"现实的认识是创作的源泉"，这一点应该是创作的前提；但是对于那些已经获得了创作的生活源泉的作者来说，那么问题就转移到如何去处理你所获得的题

---

① 胡风：《关于创作经验》，《胡风选集》（第1卷），四川人民出版社1996年版，第201页。

材，就是对题材的艺术加工问题。胡风对于生活和生活经验的重要性，曾经反复强调过，如说："如果靠一两篇或几篇作品走上文坛以后，就从此脱离了生活，戴着纸糊的桂冠趾高气扬地走来走去，失去了对现实人生的追求的热情和搏斗的魄力，那他的生活经验的'本钱'，过不几天就会用得精光，只好乞丐似糊扎纸花度日了。"①生活是创作的源泉，胡风充分肯定这一点。胡风提出的"主观精神"恰恰是在有了生活经验后如何对题材进行艺术加工的一种见解。不能把胡风的"主观精神"孤立起来理解，它处于主客观关系的结构中，我们必须从主客观结构关系来分析它，才能正确理解胡风的思想。关于这一点，胡风在 1935 年写的《为初执笔者的创作谈》中重点谈到这一点。这是一篇评述当时苏联作家创作的文章。法捷耶夫的《我的创作经验》一文中提出仅有生活题材是不够的，这种题材只有与作家蓄积于心中的思想、观念，"起了某种化学上的化合"，零乱的现实典型，才集合成一个整体。胡风从这里受到启发，展开了他的客观与主观关系的论述："作家用来和材料起化合作用的思想、观念，原来是生活经验底结果。也就是特定的现实关系底反映，它本身就是作为在矛盾的现实生活里的一种生活欲求而存在的。这种思想或观念和历史动向的关系如何，主要地决定了作家面貌的轮廓。所以，作家在创作过程中和他的人物一起苦恼、悲伤、快乐、斗争，固然是作家把他的精神活动紧张到了最高度的'主观'的'自由'的工作，但这个'主观'这个'自由'却有客观的基础，'客观'的目的，它本身就是'客观'底成分之一，是决定怎样地对待'客观'的主体。这样的'主观'愈强，这样的'自由'愈大，作品底艺术价值就愈高，和和尚主义的所宣传的'主观'和'自由'也就愈加风马牛不相及了。"②胡风的意思很清楚，主观的思想、观念看起来是主观的，但它们是客观现实关系的反映。没有客观，也就没有主观。在创作中也是如此，作家与他的人物一起动情，看起来是主观的，其实这动情的主观是由客观作为基础的，离开这个基础，那主观就变成毫无根据的胡思乱想了。由此，我们必须

---

① 胡风：《关于创作发展的二三感想》，《胡风选集》(第 1 卷)，四川人民出版社 1996 年版，第 264 页。

② 胡风：《为初执笔者的创作谈》，《胡风选集》(第 1 卷)，四川人民出版社 1996 年版，第 219 页。

在主客观关系的结构中来理解他的关于现实主义理论的"主观战斗精神"。

胡风的"主观精神"论或"主观战斗精神"论可以分为文学创作的认识论和作家成长的人格论两个层面来理解。

从文学创作的认识论的层面看,胡风的"主观精神"论是一种独特的有价值的创作美学。胡风既反对那种革命文学流行的概念化和公式主义,这种概念化和公式主义表面看很"革命",所要注释的都是革命的词藻,可是从文学创作来看,创作变成了用形象去注释观念,或者说文学形象不过成为了概念、观念的注脚,完全违背了创作的规律,当然也不可能达到艺术的真实。其实,这种概念化、公式化的创作,早于17世纪法国古典主义时期就有了,古典主义的创作就是从观念出发,去寻找形象与之相配。古典主义诗学家波瓦洛说:"首先爱义理,愿你的文章永远只凭着义理获得价值和光荣。"①义理是最为重要的,哪怕是标语口号,只要有义理,那就是诗歌。苏联初期的文学理论,以弗理契的文艺社会学为代表,在中国产生了很大的影响,也是公式主义的,也是以形象注释观念。胡风为了消除庸俗社会学对于中国文学创作的影响,提出了他的"主观精神"论。胡风反对的另一倾向,就是他所讲的"客观主义",表面上看,这些创作也摹仿现实、反映现实,实际上由于对于生活没有经过作家的体验、感受、突进、情感的燃烧,结果所反映的现实只是表面的、冷漠的、浮光掠影的东西。上述两种创作现象,无论在"左联"时期,还是在抗日战争时期,都有突出的表现,这样就使我们的文学很难达到现实主义的深度。这可以说就是胡风一生的理论活动想要解决的主要问题。

胡风提出的理论方案:就是主观和客观的相互突进、相克相生。胡风引了苏联阿·托尔斯泰的话:"写作过程——就是克服的过程。你克服着材料,也克服着你本身。"胡风解释说:

> 这指的是创作过程的创作主体(作家本身)和创作对象(材料)的相克相生的斗争;主体克服(深入、提高)对象,对象也克服(扩大、纠正)主体,这就是现实主义底最基本的精神。要实现这基本精神,艺术家对于他底"材料",就不能仅仅是观察、搜集、研究、整理之类,在这之上,

---

① [法]波瓦洛:《诗的艺术》,人民文学出版社1959年版,第4页。

还有别的要紧的事情去做，那就是要决定我自己对于我底材料的态度。换句话说，那就是一切都得生活过，想过，而且重新感受。……这就使艺术家深入了对象内部，开始了那个相克相生的现实主义的斗争。……勇敢地在人道主义和现实主义道路上向现实人生突进，向改造人类精神的革命海洋突进。①

胡风在这里突出提出了艺术家与其对象"相克相生"，强调主体可以强大的精神力量突进客体。后来对于"主观精神"、"主观战斗精神"和"主客观化合"论还有许多表述，强调的方面可能有不同，但大体的意思都包括在这里了。胡风在《论〈北京人〉》中说：

我们知道，作家创作一个作品，一定是对于现实生活有所感动，他底认识能力和现实生活发生化学作用的时候，才能够执笔。当然，也有不少不从这个基本态度上出发的作家。但一个诚实的作家，一个伟大的作家，没有不是这样的；一个好的或伟大作品底完成，没有不是依据这个根本态度的。通常说作家要写他所熟悉的、他所理解的题材，那原因就是我们一方面积极地要求把握现实主义的作者底主观力量，一方面也积极地要求被作者把握的现实生活底客观性的缘故。②

这里胡风提出了主观认识能力与客观现实生活的"化学作用"，提出了"主观力量"，但整个理论与前面所述是一样的。在《青春底诗》一文中，胡风又进一步阐述了他的关于创作的观点：

原来，作者底对于生活的敏锐的感受力正是被燃烧似的热情所推进、所培养、所升华的。没有前者，人就只会飘浮，但没有后者，人也只会匍伏而已罢。没有前者，人当然不能突入生活，但没有后者，人即使能多少突入生活，但突入之后就会可怜相地被裂缝夹住"唯物"的脑袋，两

---

① 胡风：《人道主义和现实主义的道路》，《胡风选集》（第1卷），四川人民出版社1996年版，第69—71页。

② 胡风：《论〈北京人〉》，《胡风选集》（第1卷），四川人民出版社1996年版，第171页。

手无力地抓扑，更不用说能否获得一种主动的冲激的精神了。①

胡风这里说的前者是指"生活感受力"，后者是指"被燃烧似的热情"，前者基本上是客观的，后者则是主观的，在这里胡风兼顾了两者的重要性，但似乎更注重主观。他强调主观要突入客观。胡风在《略论文学无门》一文中，对于某些作者以生活经验不够来说明自己创作的失败，胡风针对这一点提出了创作三要素的思想：

> ……一边是生活"经验"，一边是作品，这中间恰恰抽掉了"经验"生活的作者本人的在生活和艺术中间的受难（Passion）的精神。②

这句话虽然很短，却正说明了胡风的创作美学的基本观念。在胡风看来，文学创作中有三个要素：第一是生活经验，很多人都认识到这一点，以至于创作不成功都归结于生活经验不够；第二是作者的"受难"精神，他用了一个英文字 Passion，Passion 既有"受难"的意思，也有"激情"、"激越"等意思；经过"受难"精神的"燃烧"，经过文字的表现，那么才会有第三要素：作品。胡风显然认为，作家的"受难"精神的"燃烧"这才是最重要的，才是创作成功的关键。

这样一来，胡风把创作"技巧"放到什么地位呢？难道文学创作不需要创作能力吗？胡风这样说：

> "技巧"，我讨厌这个用语。从来不愿意采用，但如果指的是和内容相应相成的活的表现能力而要借用它，那也就只好听便。然而表现能力是依据什么呢？依据内容底活的特质的性格。依据诗人底主观向某一对象的、活的特质的拥合状态。平日积蓄起来的对于语言的感觉力和鉴别力，平日积蓄起来的对于形式的控制力和构成力，到走进了某一创作过程的时候，就溶进了诗人底主观向特定对象的、活的特质的拥合方法里

---

① 胡风：《青春底诗》，《胡风选集》（第 1 卷），四川人民出版社 1996 年版，第 186 页。
② 胡风：《略论文学无门》，《胡风选集》（第 1 卷），四川人民出版社 1996 年版，第 231 页。

面，成了一种只有在这一场合才有的，新的表现能力而涌现出来。①

总的来说，胡风的"主观精神"论首先是一种创作认识论。胡风较有说服力地说明，只有生活，只有题材，只有技巧，都还不是创作的全部条件。最重要的条件是作家在有了创作题材之后，还必须有作家的"主观精神"的"突入"、"拥合"、"受难"、"发酵"、"燃烧"、"蒸沸"，等等，即"经过我们的精神世界的一盆圣火"之后，题材才会带有艺术的养料，艺术的凤凰才经过洗礼，才会自由地飞腾起来。如果我们把胡风的这个思想与毛泽东 1942 年的《在延安文艺座谈会上的讲话》作一比较，也许我们就更能理解胡风的理论贡献。毛泽东在《讲话》中更多地强调文艺是社会生活的反映，强调社会生活是文艺的唯一源泉；当然，在这个基础上，毛泽东也认为文艺作品不等同于生活，"文艺作品中反映出来的生活却可以而且应该比普通的实际生活更高，更强烈，更有集中性，更典型，更理想，因此就更带普遍性。"②但是如何才能达到这"六个更"呢？毛泽东也提出"观察、体验、研究、分析"生活。毛泽东提出的观点是对的，但在创作过程中，作为创作的主体的作家与作为创作的客体的题材之间的关系，没有展开详细的论述。胡风恰好在这个方面详细地补充了毛泽东的观点。在胡风看来，生活是创作的源泉，这是创作的基础，但如何把从生活中获得的材料变成具有艺术素养的题材呢？这是更重要的。就是说，作家在获得写作材料之后，作家必须以主观精神突进材料之中，使材料在主观精神的作用下"发酵"，做到材料中有"我"，同时又必须是材料进入作家的心灵深处，做到"我"的心中有材料。不但如此，要使材料与"我"，做到相互搏斗、"相克相生"，作家完全用自己的情感"燃烧"着材料，材料成为了作家的血肉的一部分。这样题材不再是外在之物，而是作家心灵中的热情、真情。这就如同古代诗人写诗的时候，要做到情中有景、景中有情，情景交融，不可分离，达到"天人合一"的境界，这样诗人才能写出生机勃勃的诗篇。从今天的观点来看，胡风的以"主观精神"论为精髓的创作心理美学，

---

① 胡风：《关于题材，关于"技巧"，关于接受遗产》，《胡风选集》(第 1 卷)，四川人民出版社 1996 年版，第 247 页。

② 毛泽东：《在延安文艺座谈会上的讲话》，《毛泽东文艺论集》，中央文献出版社 2002 年版，第 64 页。

也是精到的、有价值的。20 世纪 50 年代把胡风的"主观战斗精神"论，说成是"唯心主义"是完全没有道理的。

从作家人格论的层面看，胡风在他的文学理论生涯中，所追求的是现实主义文学理论与人格塑造有关。文学现实主义深度与作家的人格精神有密切关系。作家必须敢于面对惨淡的人生，有深刻理解现实人生的人格力量，才能达到现实主义的深度。胡风的"主观精神"论或"主观战斗精神"论与胡风所追求的人格精神有密切关系。

胡风是鲁迅的忠实信徒。他特别钦佩鲁迅的为人。1944 年在《现实主义在今天》一文中，他把现实主义和鲁迅的人格胸襟联系起来思考。他说：

> 新文艺底发生本是由于现实人生的解放愿望，所谓"言之有物"的主张就是这种基本精神底反映。但说得更确切的是，"我的取材，多采自病态社会的不幸的人们中，意思是在揭示病苦，引起疗救的注意。"（鲁迅《我怎样做起小说来》）这里才表出了真实的历史内容，而不止是模模糊糊的"物"了。于是，才能说"为人生"，要"改良这人生"。

> 然而，"为人生"，一方面须得有"为"人生的真诚的心愿，另一方面须得有对于被"为"的人生的深入的认识。所"采"者，所"揭发"者，须得是人生的真实，那"采"者"揭发"者本人就要有痛痒相关地感受到"病态社会"底"病态"和"不幸的人们"底"不幸"的胸怀。这种主观精神和客观真理的结合或融合，就产生了新文艺底战斗的生命，我们把那叫做现实主义。①

这段话在 50 年代被当作典型的唯心主义遭到批判。其实在这段话中，胡风以鲁迅为例，说明现实主义的精髓在于作者既要有为人民的"愿望"，同时还要有对现实的深刻的认识。不但如此作家还必须有那种敢于面对现实的人格胸襟，而完全不考虑自己的得失。由这里可以看出，胡风所提倡的"主观精神"实际上也是一种人格力量的表现。

1945 年胡风写了悼念阿·托尔斯泰的文章《人道主义和现实主义的道

---

① 胡风：《现实主义在今天》，《胡风选集》（第 1 卷），四川人民出版社 1996 年版，第 370 页。

路》，这篇文章分析了阿·托尔斯泰如何由旧俄的伯爵到保卫苏联的热诚的爱国主义者，由批判的现实主义小说家到社会主义现实主义的大师，胡风分析的结果不是别的，主要是托尔斯泰的"工作精神"。什么"工作精神"呢？那就是他对于现实主义的力量，现实主义使"历史的内容""突入"到他的"主观精神里面"。胡风认为，现实主义的艺术创作能使历史要求"侵入"作家内部，由这达到加深或者纠正作家的主观的作用。即历史的现实的要求会以强大的力量扩大和纠正主体的思想感情的偏见。这种现实主义的历史内容可以纠正主观扩大主体的说法，强调了人生与艺术的一致，比上面联系鲁迅论述，更进了一步。

实际上，早在1937年胡风在《略论文学无门》一文，已经把这个意思表达得很清楚。在这篇谈论到日本作家志贺直哉、中国作家鲁迅和苏联作家奥斯特洛夫斯基的文章中，胡风提出了与"主观战斗精神"相似的作家"受难"精神，认为在生活和艺术之间，作家主观的"受难"精神最为重要，经过"受难"精神的洗礼，生活才有可能变成艺术。并进一步提出了后来让大家争论不休的现实主义可以"补足作家底生活经验上的不足和世界观上的缺陷"①的论点。但统观全篇，文章所极力倡导的不是锤词炼句，而是"艺术与人生的一致"、"作者和人生的拥合"、"人生与艺术的拥合"、"作家的本质的态度问题"，实际上也就是作家的人格与文格一致的问题。这些论述，让我们想起了我们古人所说的"文如其人"、"因内符外"、"表里比符"、"文格即人格"等说法。

值得注意的是，胡风在他的理论研究中曾提出过"第一义诗人"和"第二义诗人"的区别。他认为那种为艺术而艺术的诗人，那些把文字弄得像变戏法的诗人，那些不圣洁的诗人，那些不能把自己的精神突入人生的诗人，只是"第二义诗人"。只有那些"抱着为历史真理献身的心愿再接再厉地向前突进的精神战士"才是"第一义诗人"。主观精神的突入对象，是为了表达精神战士的人格力量。

概而言之，胡风的"主观精神"论，一方面是为了创作，只有"主观精神"介入生活，才能使生活变成具有艺术品性的题材，才能达到现实主义的深度；另一方面，"主观精神"论，其实就是要求人生追求、艺术理想的一致，这是

---

①　胡风：《略论文学无门》，《胡风选集》（第1卷），四川人民出版社1996年版，第229页。

一种崇高的人格论。胡风的表述可能有不够准确的地方，但其思想和精神是很有价值的。特别在反对主观公式主义和客观主义的弊病中是起了巨大作用的。应该说，这是20世纪中国马克思主义文论的一次理论创新，应给予充分肯定。马克思主义在客体与主体的关系理论上，从来不抹杀主体对客体的作用，有时候把这种主体的作用看成是主客体关系中的关键之点。马克思在著名的《关于费尔巴哈的提纲》中，开篇即说明："从前的一切唯物主义（包括费尔巴哈的唯物主义）的主要缺点是：对对象、现实、感性，只是从客体的或者直观的形式去理解，而不是把它们当作感性的人的活动，当作实践去理解，不是从主体方面去理解。因此，和唯物主义相反，能动的方面却被唯心主义抽象地发展了，当然，唯心主义是不知道现实的、感性的活动本身的。"①马克思这段话可以说是理解一切人的活动中主体与客体关系的一把钥匙。马克思想要说的是，人的活动（当然也包括文学创作活动）是一种对象性的实践活动，在这种活动中，客体是不能离开主体而存在的，主体则在对象中实现自己的力量。文学创作也是如此，单纯一个什么素材并没有意义，重要的是作为主体作家的精神，要深入到这个素材中去，熟悉它，温暖它，改造它，在素材这个对象里面实现自己的力量。应该说，胡风以他自己独特的语言接近了马克思。

三、"主观精神"论的价值取向

胡风的"主观精神"论，如前所述，是为了反对"妨碍了创作实践成长的主观公式主义和客观主义这两个顽强的倾向"，其价值取向是为了追求高度的艺术真实。应该说，真、善、美都是胡风理论的价值取向，但尤以真实性的价值取向为重。

首先，胡风认为"主观公式主义"是违背真实的。胡风说："主观公式主义是从脱离了现实而来的，因而歪曲了现实，或者漂浮在没有深入历史内容的自我陶醉的'热情'里面；或者不能透过政治现象去把握历史内容，通过对于历史内容的把握去理解政治现象，只是对于政治现象无力地演绎；或者僵化在抽象的（虚伪的）爱国主义里面……"②在胡风看来，主观公式主义既脱离了

① 《马克思恩格斯选集》（第1卷），人民出版社1995年版，第54页。
② 胡风：《论现实主义的路》，《胡风选集》（第1卷），四川人民出版社1996年版，第414—415页。

现实，作者又没有突入对象，完全根据自己一些热情和漂浮的想象来写作，当然是不可能深入历史内容，达到现实主义的真实的。

　　其次，胡风又认为，客观主义离现实主义真实性也是很远的。他说："客观主义是从对于现实底局部性和表面性的屈服，或漂浮在那上面而来的，因而使现实虚伪化了，也就是在另一种形式上歪曲了现实。"①胡风为什么这样说呢？这主要是因为这种客观主义"只是凭着'客观'的态度，没有通过和人民共命运的主观思想要求突入对象，进行搏斗，在作者的考验里面把握到因而创造出来综合了丰富的历史内容的形象，这正是只能漂浮在现实底局部性或表面性上面，向那屈服的根源。"②可见，客观主义貌似客观，似乎可以达到真实，实际上只是浮光掠影，局限于局部和表面上，根本达不到现实主义的真实。

　　那么要怎样才能达到现实主义的真实性呢？胡风认为，艺术的真实性"是不可能自流式地进入人的意识里面的"，这里要靠创作实践，靠创作实践中"火热而坚强的主观思想的要求"，因为"客观的历史内容只有通过主观的思想要求所执行的相生相克的搏斗过程才能够被反映出来"。③ 胡风这里所讲的道理是容易理解的。的确，历史内容并不是摆在表面上的东西，它往往是深藏在历史深处的东西，如果作家不能进入对象，不能以自己主观的与人民共甘苦的精神深入对象，透过现象看本质，怎么能够把历史内容的真实性揭示出来呢？所以我们可以说，胡风的"主观精神"或"主观战斗精神"不是别的，它是一种敏锐的历史感觉，是一种犀利的思想锋芒，它能够深入到人生现实和历史的深处，把真相、真实、真理揭示出来。因此，胡风的"主观精神"论的价值取向主要是"真"。

　　另外，对于胡风的"主观精神"的解释，我们也不能不联系到胡风在文学上的其他主张。因为这些"主张"也是胡风的"主观精神"。1936 年，在抗日战争开始的时候，胡风提出了"民族革命战争的大众文学"。胡风在 1936 年发表

---

　　① 胡风：《论现实主义的路》，《胡风选集》（第 1 卷），四川人民出版社 1996 年版，第 415 页。

　　② 同上书，第 414—415 页。

　　③ 同上。

的《人民大众向文学要求什么？》说得很清楚。他说："'九一八'以后，民族危机更加迫急了。华北问题发生以后，整个中华民族就已经走到了生死存亡的关头。因为这，人民大众底生活起了一个大的纷扰。产生了新的苦闷新的焦躁，新的愤怒新的抗战，凡这一切形成了一个新的历史阶段。这个历史阶段当然向文学提出反映它底特质的要求，供给了新的美学的基础，因而能够描定这个文学本身底性质的应该是一个新的口号——民族革命战争的大众文学！"①以反帝国主义为主要诉求的现实主义，统一了一切社会纠纷的主题，反封建，反压迫，团结民众，抗战到底，成为那个时代现实主义的文学主题，也是胡风在特定历史条件的"主观精神"的"善"的诉求。

胡风对于文艺的"美"是看重的。他在评论张天翼、田间和别的许多作家的作品的时候，都提出过艺术美的要求。但是与那些只讲究词句韵律和一般的技巧的美的人不同，胡风所要求的作品的美也是与他的文学现实主义相联系的，与他的"主观精神"相联系的。胡风拒绝那种表面的东西，拒绝那些从旁观的角度去看的不关痛痒的东西，拒绝那些"戏画"的东西。例如写人物，所描写的不能简单、表面，他说如果写工人士兵好像每个人都成天不离"你妈的"、"你奶奶"……那么这与工人士兵的性格无关。胡风从他的"主观精神"理论出发，要求作品能让读者发生真的感动。他说："艺术家不仅是使人看到那些东西，他还得使人怎样地去感受那些东西。他不能仅仅靠着一个固定的观念，需要在流动的生活里面找出温暖，发现出新的萌芽，由这来孕育他肯定生活的心，用这样的心来体认世界。"②就是说，胡风所要求的美是建立在打动人心的基础上的，是与作者的主观精神一起燃烧的那种情感的美。

概而言之，胡风的"主观精神"论或"主观战斗精神"论的价值取向，有其独特的历史内容，那就是求反封建反帝国主义的历史内容之"真"，求抗日战争时期人民大众要求之"善"，求人民大众所感动之"美"。

---

① 胡风：《人民大众向文学要求什么？》，《胡风选集》（第 1 卷），四川人民出版社 1996 年版，第 274 页。

② 胡风：《张天翼论》，《胡风选集》（第 1 卷），四川人民出版社 1996 年版，第 138 页。

黄药眠的"生活实践"文艺论[①]

　　黄药眠(1903—1987)，广东梅县人。1925 年广东高等师范学校(中山大学前身)毕业。中学时代即参加爱国学生运动。1927 年蒋介石发动"四·一二"政变后，黄药眠逃亡到上海，经成仿吾介绍，参加了创造社，并参与了创造社的工作，开始写诗和文艺论文。学习马克思主义方面，翻译了 La Briola 著《辩证唯物主义和历史唯物主义》，并于 1928 年参加了中国共产党。1929 年秋被派往苏联青年共产国际东方部工作。在苏工作期间，他学会了俄文，接触和阅读了更多的马克思主义经典作家的原著，他的马克思主义水平有了很大的提高，同时更坚定了革命信念。1933 年回国，任中国共青团中央局宣传部部长。由于叛徒的出卖被国民党政府逮捕，被判十年徒刑。抗战爆发后，经八路军办事处保释出狱，随即奔赴延安。1938 年到武汉养病。后撤往桂林，在桂林期间，他担任了中国文协桂林分会的常务理事兼秘书长，实际上负责除四川之外的西南大后方的抗战文艺的理论导向工作，发表了《抗战文艺的任务及其方向》、《目前文艺运动的主流》等论文，参与"关于民族形式问题"的讨论。皖南事变后，他逃亡香港，从事抗日宣传工作。香港沦陷后，他回到家乡，一面等待时局的变化，一面从事著述，散文集《美丽的黑海》和文艺论集《诗论》就是这个时期的著作。1946 年再度到香港，与朋友创立达德学院。1949 年应邀参加第一次文代会和全国政协会议。不久被聘任为北京师范

[①]　发表于《东疆学刊》2007 年第 3 期。

大学中文系教授。

1950 年到 1956 年的这段时间里，是北师大文艺学学科的草创时期。这个时期的北师大文艺学的教学和科研都与黄药眠这个名字分不开。在他的亲自指导下，1953 年北师大率先在全国成立了第一个文艺理论教研室，他亲任教研室主任，同年受当时教育部的委托牵头编写高校第一个文学概论教学大纲，1954 年他主编了当时在全国影响极大的《文学理论学习参考资料》，1956 年他又第一次招收了新中国的第一个文艺学研究生班，1957 年反右运动之前，又是他领头举办了新中国第一个美学问题系列讲座，到校作讲演的有他的"论敌"朱光潜教授、蔡仪教授和他的"论友"李泽厚先生，当然他自己也置身其中，作了两次重要的美学讲演，一时成为美谈。正是在这段时间里，他对美学、文艺学问题的思考是具体的、深入的和带有独创性的。他在这个时段里发表的论文，如《矛盾论与文艺学》、《论人物描写》、《论小说中人物的登场》、《论文学中的人民性》、《论食利者的美学》、《问答篇》，还有来不及整理发表的美学讲演《不能不说的话》等，学术质量之高，创见之多，论证之充实，就是从今天的视野来看，也是很有价值和意义的。不幸的是 1957 年的反右派运动，黄药眠被错划为右派分子，中断了他所热爱的文艺学和美学的研究。黄药眠是一位永不疲倦的真理追求者。他在 1957 年写的《问答篇》说："真理是客观的，人人不得而私；至于谁先找到它，那不是十分重要的事情。"这句精警的话既是黄药眠的自况，也为文艺学学科的发展指出了正确之路。

黄药眠在 20 世纪 50 年代初、中期发表的那些论文，与当时的美学大讨论等密切相关，他的关于文艺主客观关系问题的研究，用"生活实践"的观点，并联系中国的文艺实际，作出了马克思主义的深刻回答。

一、以"生活实践"观点论美和艺术

20 世纪 50 年代初、中期，在"苏联的今天就是我们的明天"的气氛中，"全面学习苏联"成为当时各个行业的口号，尤其在哲学、文艺学这些领域，更是以苏联的理论为真理的标准。比如在文学理论方面，当时苏联正统派文艺学家季摩菲耶夫的《文学原理》(三卷本，平明出版社 1954 年版)、谢皮洛娃《文艺学概论》(人民文学出版社 1958 年版)、涅陀希文《艺术概论》(朝花美术出版社 1958 年版)、毕达可夫《文艺学引论》(高等教育出版社 1958 年版)等几个本子成为文艺学的"经典"，成为流行的套子和引用的基本资料。这些本子关于文学的主要观念是什么？几乎是从一个模子印出来的，那就是文学是现实的反映，而且要反映现实的本质，因此文学是生活知识，是思维，他们甚至把作家的观察和体验也说成是唯心主义的。如季摩菲耶夫说："马克思列宁的文学科学，它的基本观点在于承认文学是思维，文学主要递给我们生活的知识。这观点是我们作进一步讨论的基本前提。"①又如毕达可夫在批判了康德的和黑格尔的唯心主义之后说："主观的唯心主义无论过去和现在，都把作家的创作看成是作家个人对世界观察的结果，对现实直接感受的结果，看作是作家的灵魂、主观的感觉和体验的反映，作家似乎是由于自己有天才，才能用这些东西来'感染'读者。"②这些理论竟然把作家个人的"观察"、"感觉"、"感受"、"体验"也说成是唯心主义，而我们当时不少理论家也亦步亦趋地照搬，有的把这些理论更发展到极端。

　　但是，当时也有一些具有马克思主义理论准备的学者，并没有照搬苏联的一套，而是根据中国文艺发展的实际，以马克思主义的观点，对文艺学问题进行独特的研究，提出一些新鲜的观点。黄药眠就是这些学者中很杰出的一位。

　　黄药眠给人的印象是一位美学家，经常谈论美学问题，最引人注目的是他积极参与了1956年开始的"美学大讨论"，发表了著名的《论食利者的美学》的长篇论文；实际上他关心美学问题，并不是喜欢那种哲学的玄思，而是关心如何用正确的美学观念来解释文学艺术问题。他在1950年发表的《论美与艺术》的论文中说：美和艺术"这两个东西，我想是相连贯的。我们为什么要花这样多功夫去研究，什么是美，怎样才是美的问题呢？我们如果只是一般的去研讨，那是毫无意义的。我们之所以要研究它，目的是在于探究出美的规律性，并从而建设美的艺术。所以从现代人的眼光来看，美学的问题，主要的就是艺术学的问题"③。黄药眠是一位作家，他关切的显然是文学问题，研究美学，提出美学观念，也是为了更深刻地解决文学问题。

　　在1950年发表的《论美与艺术》的论文，可以说是新中国最早尝试用马克

---

　　①　[苏]季摩菲耶夫：《文学概论（文学原理第一部）》，平明出版社1953年版，第13页。

　　②　[苏]毕达可夫：《文艺学引论》，高等教育出版社1958年版，第41页。

　　③　黄药眠：《论美与艺术》，《黄药眠美学文艺学论集》，北京师范大学出版社2002年版，第23页。

思主义的观点来研究美学、文学的论文之一。在这篇论文中，黄药眠提出了
自己对美的解释。他说：

> 美是人们在当时历史的具体条件之下，各自根据其阶级立场、民族
> 传统，从生活实践中去看出来的一个序列的客观事物的典型性。①

在这个关于美的定义中，美是客观事物的典型性，并不新鲜。美是典型
的说法早就有了，如俄国思想家车尔尼雪夫斯基的《艺术与现实的美学关系》
的论文中就引过这样的话："凡是出类拔萃的东西，在同类中无与伦比的东
西，就是美的。"②当然这种东西就是同类中具有普遍的代表性和典型性的。
黄药眠的贡献是对于这个"美是典型"的观点用"生活实践"的观点进行了改造。
他说：

> 所谓同一种类型中的典型性，并不是固定不变的，它本身固然是在
> 推移，但尤其重要的是这些种类，这些典型性是随着人们对于它的看法
> 来转移的。因为每一个事物，都并不是独立的存在，它是和许多其他的
> 事物网状地相联着，同时，每一件事物都有各种不同的侧面，而所谓事
> 物的典型，则正是从这许多事物中的关系去看出来的，也就是说从某一
> 种系列中去看出来的。所以这里所说的种类并不是自然科学的种类，也
> 不是如费尔巴哈他们所了解的"仅仅靠自然的连结，把无数个体联系起来
> 的盲哑的共同性"的种类。这里举个例来说吧。比方，从这一个角度，这
> 一个系列，来看这一个事物的这个侧面，这个事物是有典型性的，可是
> 从另外一个角度，另外一个系列来看这个事物的这个侧面，这个事物却
> 没有典型性了，所以更具体些说，美的典型性，虽然是客观存在着，但
> 它是从人类生活实践中的立场去显现出来的，各人的立场不同，因而各
> 人所遵循着的序列不同，而所谓典型也就不同了。③

---

① 黄药眠：《论美与艺术》，《黄药眠美学文艺学论集》，北京师范大学出版社 2002 年
版，第 22 页。
② ［俄］车尔尼雪夫斯基：《生活与美学》，人民文学出版社 1957 年版，第 4 页。
③ 黄药眠：《论美与艺术》，《黄药眠美学文艺学论集》，北京师范大学出版社 2002 年
版，第 20 页。

　　在黄药眠看来，美作为典型性是"客观存在着"的，没有山川，我们就无从去领略山川的美，这是一方面；另一方面，单个的事物的存在，比方孤立的山川的自然形态的存在，如果它不是与其他事物关联着，譬如这个山川有种种传说，这个山川上面有著名的庙宇，这个山川上面留有古代诗人的诗篇，这个山川曾经是一段重要历史的见证，仅仅是那些自然的树木、自然的流水，还是属于"自然科学的种类"，那么这个山川就与人的"生活实践"没有密切联系在一起，因此也就还不是美的对象。美的对象是"从人类生活实践中的立场去显现出来的"。每个人的生活实践不同，对同一个对象的美的判断也就不同。所以黄药眠在谈到自然美的时候，并不承认有单纯的自然美，他曾说："文学描写自然形象的时候，常常是人的本质的对象化，即把自然加以人化，其所描写的是物的形相，而它所表现的却是人的境界，人的感觉和理想。"①他举梅花为例来说明："梅花之所以能成为某一些人的审美对象，成为吟咏的主要题材，其原因并不是梅花的'孤立绝缘的形相'或它具有什么神秘的意义。梅花的形象，虽然客观地具有美的因素，但是，它之所以能成为诗的形象，原因是在于，诗人们把梅花这个形象和自己的生活实践，过去的经验联系起来，这样才看出它的形象的意义。"②黄药眠对于美的这种理解显然是从马克思的《关于费尔巴哈的提纲》这篇重要的著作中受到启发，马克思的这篇著作自始至终强调的就是实践的观点，他批评费尔巴哈只从感性的或直观的观点看生活，而没有从实践的观点看生活。所以马克思着重指出："人的本质不是单个人所固有的抽象物，在其现实性上，是一切社会关系的总和。"又说："全部社会生活在本质上是实践的。"③那么美作为一种社会现象当然也是实践的产物。黄药眠显然是从马克思这种实践的观点出发，认为美不是自然科学的种类，也不是脱离开社会实践的孤立的存在，美是与生活实践相伴而生的。

　　那么，黄药眠认为美赖以产生的"生活实践"是什么呢？他指出：

---

　　①　黄药眠：《论食利者的美学》，《黄药眠美学文艺学论集》，北京师范大学出版社2002年版，第51页。

　　②　同上书，第48页。

　　③　[德]马克思：《关于费尔巴哈的提纲》，《马克思恩格斯选集》（第1卷），人民出版社1995年版，第56页。

什么叫做从生活的实践去看出美来？如果用更具体的话来解释，意思就是说，当人们认识美的时候，是根据于他在特定的历史发展的社会形态中所处的地位去进行的。每一种社会形态都是受当时的下层建筑所决定的，从而每一种社会形态，都有它自己特定形态的阶级，特定形态的阶级对立，和阶级斗争，因此也就是说，当人们认识美的时候，是根据于那一特定社会形态之阶级斗争的情况，和他们所属的阶级要求来去进行的。①

在这里，黄药眠清楚地表达了他对影响认识美的"生活实践"的理解。就是说，在1950年的黄药眠看来，所谓"生活实践"就是人在"特定的历史发展的社会形态中所处的地位"，具体说就是人与人之间的"阶级斗争"，每个人在阶级斗争中都有自己所属的阶级，都有自己的立场，那么他们也就必然从阶级斗争中所形成的观点去认识美。黄药眠举了无产阶级怎样认识美为例来说明他的观点，认为无产阶级要从它的生活实践中去看出某个序列的客观事物的典型性，"比方，在动员群众作武装斗争的时候，一个在前线最勇敢作战的战士，就是最美的典型，因为从他身上具现了人民的要求，全体战士的要求……他是战士的模范，同时也是革命的摹仿。"②人只有在这类实践中，才能体现出美，他人也才能产生感动从而认识美。正是从生活实践的观点出发，黄药眠说："我们的美不是超越的美，而是生活的美，不是徒供玩赏的美，而是为最大多数人民谋取最大幸福的美，不是从形式上去讲求的美而是反映客观真实的本质的美，不是个人的苦闷的象征的美，而是具有人类的崇高的理想的美。所以这是真善美统一的美。"③尽管黄药眠这些话说得有点片面，如人们休息时候玩赏一些形式的美又有何不可？但我们从他的这些带有片面性的话里，可以体会出黄药眠反复强调的是美与革命的生活实践的联系，强调美的社会性，强调美是通过"特定历史发展的社会形态"才能显现出来。这一点的确是对于美的问题的马克思主义的解释。

---

① 黄药眠：《论美与艺术》，《黄药眠美学文艺学论集》，北京师范大学出版社 2002 年版，第 20—21 页。

② 同上书，第 22 页。

③ 同上。

那么，人们为什么一定就能从生活实践中看出美来呢？人们怎么会把阶级斗争的实践和生产斗争中人的表现与美联系起来呢？对此，黄药眠又提出另一种实践，这就是继承民族传统的"实践"。他说：

> 从生活实践去看出美来的感觉，是从许多世纪以来历史发展的层积所陶养成功的。必须知道，我们今天所接触的世界，也是几百年或者是几千年人类历史的劳绩所堆集成功的，我们从小就在这个环境之下成长，它不能不在我们的美的观赏上起着作用。因此美的典型性之民族传统的因素，就占有着重要的位置。①

在黄药眠看来，民族传统也是我们的先辈的实践，这些实践的经验被"堆集"下来，我们自然而然地会把这种实践继承下来、延续下去。这种继承和延续，也要我们自觉的行动，也是一种实践。由此我们似乎可以概括出黄药眠美学思想的框架：美是一种社会现象，具有鲜明的社会性，现实的生活实践（它应该包括生产斗争、阶级斗争和科学实验等）孕育着美，实践是美的第一根源，是美的首要客体；但为什么生活实践会让我们感受到美呢，这就与继承民族传统的实践有关。民族传统也是客观存在，是美的第二根源，是使美成为美的深层原因。可以说，美是现实的生活实践与继承民族传统实践这双重实践的产物。顺便说一句，黄药眠对于阶级斗争的实践更重视，而对于更基本的生产劳动的实践则谈得不够，这可能与新中国刚刚成立不久的情况相关。

进一步的问题是，在黄药眠这个美学框架中，文学艺术占有什么样的地位呢？对此黄药眠回答说：

> 人类是从生活实践中去找寻出美。但好事的人类，在他从客观事物的序列里看出美来的时候，同时他也想自己主动地去创造出美来。这也即是说，人类不仅经由阶级生活的（这是指社会已有了阶级以后）实践去认识客观事物的美的典型，同时它也在阶级生活实践的过程中（即在阶级斗争中），在各种复杂矛盾的过程中，为了贯彻自己的阶级的（或作为阶级的代表的个

---

① 黄药眠：《论美与艺术》，《黄药眠美学文艺学论集》，北京师范大学出版社2002年版，第21页。

人的)要求而自己动手来创造出美的典型。所以艺术乃是人类的主动的战斗精神的表现。①

这就是说，人类有两种美的活动：在生活实践中鉴赏美，在生活实践中创造美。文学艺术活动属于人类创造美的活动。因此，美的问题与文学艺术问题具有同一性。谈美实际上也是谈艺术，反之谈艺术也实际上是谈美。文学艺术作为美的创造，当然也是要遵循发现美的规律，即文学艺术要创造典型，但这典型的创造，第一要根据"生活实践"，那么"艺术家和作家应深入到生活中去，在斗争和劳动创造中看出美的境界"，② 没有生活实践，也就离开文学艺术创造的根源，是不可能创造成功的；第二，文学艺术创造成为可能，还有赖于对于"民族传统"的"堆集"的实践，所谓"实用的东西变成形式的东西"，所谓"习惯相沿"，离开这后一种实践，文学艺术创作也是不可能成功的。

可以看出，黄药眠在 50 年代初中期以"生活实践"来解释美和艺术，用"实践"一词把文学创作的主观和客观辩证地联系起来，既反对唯心主义，也反对机械唯物主义，是属于马克思主义实践论的一种创造。

二、文学活动：从"生活实践"到文学主体性

黄药眠先生在 20 世纪的 50 年代，曾撰文批判过胡适的唯心主义，也认为朱光潜先生的理论中有唯心主义的东西，可他对那种机械唯物主义实在也不能容忍。到了 1957 年 2、3 月，黄药眠对一味照搬苏联的文论表示不满，特别对那种把唯物主义说得那样僵硬的做法表示不满，对于那种动不动"抓唯心论"也很不以为然。这个时候他从马克思的《关于费尔巴哈的提纲》的观点出发，转向了"文学主体性"方面的思考。

应该说，文学的主体性问题不是 20 世纪 80 年代中期才提出来的问题．在 50 年代初中期朱光潜、黄药眠、李泽厚等人都从不同的角度提出来了。朱光潜先生提出的美是主客观的统一的命题，李泽厚从"人化的自然"的观点对美和艺术作出的分析中，都触及了这个问题。黄药眠先生对于文学的主体性问题则直

---

① 黄药眠：《论美与艺术》，《黄药眠美学文艺学论集》，北京师范大学出版社 2002 年版，第 23 页。

② 黄药眠：《论食利者的美学》，《黄药眠美学文艺学论集》，北京师范大学出版社 2002 年版，第 72 页。

接从文学创作的主体、文学对象的主体、文学鉴赏的主体提出了自己的看法。关于文学创作的主体，黄药眠对于那种一味强调文学的客体而不顾主体的创造的观点表示了不满，指出某些人"一看见人谈论到'主观世界'，马上就以为你是从主观出发，从主观出发就是唯心主义"，他在1957年2月明确指出：

> 作者之所以创作这样的作品，而不创作那样的作品，描写这些现象，而不描写那些现象，喜爱这些东西，而讨厌那些东西，是受当时的时代，当时的阶级关系的总的客观形势，和作者自己的阶级的立场所制约的。但同时，作家的创作是要通过作家个人的具体的感受，通过他个人的全部的生活经验和体验，通过他个人的全部的智慧来创造的。因此，我们对于作品，除了从社会科学这方面去研究以外，也还要从作者个人的主观世界去探索，探索出其中的客观规律。比方，在创作过程最常见的如表象，如联想，如想象，如情感，如情感和想象的关系，等等。①

显然，到了1957年初，黄药眠已经开始意识到，反对"唯心主义"已经反过了头，有可能把文学创作中作家的主体性也反掉了，把创作的基本常识也反对掉，所以他转而强调"作家个人的具体感受"、作家的"主观世界"、作家的"创作心理"，认为时代的和阶级的东西是不能直接宣讲出来的，必须通过作家个人的全部的经验和体验以及全部的智慧才能进行创造。黄药眠十分清楚，"作家是有个性的，是有个人的风格的，因此对象化的时候（这里指文学反映的对象——引者），也必然带有个性色彩。诗人对月抒情，这是完全可以允许的。'借物抒情'，这是文学艺术中所常见的现象。但是现在有人一看见你说'借物抒情'，马上就说你是'唯心论'；他们闭着眼睛不去看事实……倒是一开头就先从抽象的理论出发去抹煞事实"。② 作家个性问题并不是黄药眠的独创，但在1957年初那样一个凡看到什么"主观"、"个人"就要遭到批判的年代，他重提这个作家个性的重要，其意义是很明显的。

与此相联系，他质疑"文学反映客观现实的本质"这个当时流行的命题。这

---

① 黄药眠：《问答篇》，《黄药眠文艺论文选集》，北京师范大学出版社1985年版，第471页。

② 同上书，第474页。

个命题是苏联 50 年代文论的基本命题，也是当时中国文论界一个挥之不去的命题，它简直是不容置疑和讨论的。但是黄药眠先生的《问答篇》借"客乙"之嘴说：

> 凡是一种理论，总是要在实践中经得起考验才能算得上是正确的理论。而现在所谓"文学反映客观现实的本质"这个命题，我就可以举出许多例子来证明，文学并没有反映出事物的本质。比方，天上的云本来是水蒸汽，但文学中描写的云，何尝反映出了这个事物的本质呢？比方，植物的花本来是植物的生殖器官，但文学中所描写的花，何尝反映出了这个事物的本质呢？月亮本来是地球的卫星，但在文学中所描写的月亮，又何尝反映出了月亮的本质呢？……由于这许多事例，所以我就对于"反映现实的本质"的说法，有点怀疑起来了。①

如果联系到当时正当批判胡适唯心主义运动之后，正当苏联的"社会主义现实主义"文学理论在中国泛滥之时，黄药眠先生对"文学反映客观现实的本质"的命题提出质疑，表现了他作为一个理论家的锐利的眼光和勇气。的确，如果说把文学界定为"反映现实的本质"，那么请问哲学、历史学、法学、经济学、教育学等哪一种人文社会科学不是"反映现实的本质"呢？这样一个命题根本无法区分文学与非文学的界限。黄药眠先生不但质疑这个命题，而且对这样一个命题以马克思的"人化的自然"的观点作出了深刻的辨析。他认为："自然现象在文学中的反映，是遵循着另外一种规律的，那就是自然的人化，人的社会本质的对象化。也就是说，文学中所描写的自然乃是人化了的自然，文学(除了某些科学小品以外)并不反映自然现象的本质，而常常是从对象上去客观地揭开人的本质的丰富性。所以在文学里面，月亮并不是被当作为卫星来描写，而是人们通过自然现象的月亮，来表现人的社会本质和人对于生活的看法。客观事物早就存在了，但只有当人的社会越发展，人的本质的力量越丰富，它才能更多地发现客观事物，并通过它来揭开或表现人的本质的丰富性。"②在这里，黄药眠先生深刻地说明了：文学可以描写客观的对象，

---

① 黄药眠：《问答篇》，《黄药眠文艺论文选集》，北京师范大学出版社 1985 年版，第473 页。

② 同上。

但并不是要揭示客观的什么本质，而是通过对象的描写反观人自身，揭示人的本质力量的丰富性。就是说，写的可能是"物"，但实际揭示的则是人自身的思想、感情。这里突出了"人"在文学描写中的主体性位置，是十分深刻的。而且从他的这种看法，说明他感觉到文学艺术问题的解决，不能停留在哲学认识论的存在决定意识、意识反映存在的套路上面，而要从别的更有效的理论来解释文学艺术问题。

不但在作家的主体性问题上，而且在文学对象的主体性问题上，黄药眠先生都提出自己的看法。在他看来，作家笔下的人物、景物作为文学的对象，都有自身的运动轨迹。它们也是主体，有自己活的生命，有自己的喜怒哀乐，有自己的性格和命运，作家不应该为了某个政治性的概念把它们当成傀儡，任意地摆布，随意地驱遣。黄药眠先生对当时一些公式化和私人化的创作现象表示不满，公式化是把一些概念、公式强加给笔下的人物，私人化则是把笔下所有的人物都当成是自己的化身。概念化当然不好，私人化也许更糟。黄药眠说：有的作家"企图以作者之心去猜度人物之腹。作品里面，虽然有各个阶级的人物，也有老少男女，穿着各种不同的衣服，比着各种不同的手势，但仔细一看，这些人，都有一个共同的特征：那就是都有点像作者自己。有时作者甚至粗暴地把自己的话装进作品中人物的口中，硬要六十多岁的老太太说出一些作者希望她说而实际上她是不可能说的话"①。黄先生这样告诫作家：

> 必须记住：作者所描写的人物，他们本身是有着独立的意志的，他们的行动也有着一定的自身的规律。作者绝对没有权利把笔下的人物当作傀儡一样随意地加以驱使。如果作者都把自己所创作的人物当成傀儡，那么他还有什么理由去要求读者们相信他们都是真的人呢？②

如果把黄先生的这些表述与 20 世纪 80 年代中期所讲的"文学主体性"相比较，就不难看出，80 年代"文学主体性"的呼唤，黄药眠早于30 年前就讲得

---

①　黄药眠：《谈人物描写》，《黄药眠文艺论文选集》，北京师范大学出版社 1985 年版，第 312 页。

②　同上书，第 313 页。

再清楚不过了。这里着重要指出的是，黄药眠还认为要使描写的对象获得独立的意志和自身的规律，作家除了观察之外，"作者还必须以自己所经历的思想感情去体会和设想人物的内心的感觉"。他举了巴尔扎克和阿·托尔斯泰的例子，然后说："作者对于自己所写的人物，不仅好像亲自看见这些人，好像亲自和自己一道交谈，一道工作，而且作者好像就是这些人物本身，心里也正经历着人物所经历的一切。"①他在这里提出了"体验人物"的理论命题，强调"以作者自己的经验去体会人物的内心"，正是达到尊重对象的主体性的最重要的途径。

关于鉴赏者的主体性问题，黄药眠于 20 世纪 50 年代初期，十分关心中小学的语文教学，曾先后发表过两篇很有质量的论文，对于鉴赏者的主体性提出了自己独到的看法，至今仍有启发性。首先，他认为，一个文学教师帮助学生去理解文学作品，一定要充分估计学生已有的主体的能力，并调动他们的主体的已有的能力。他说：

> 我想问题是在于了解同学们的理解程度。如果我们以他们所已知的去解释他们所已知的，那他们就一定会感到重复和乏味了，如果我们以他们所未知的去解释他们所未知的，那他们一定会以为过于深奥，难于索解了。但如果我们善于运用他们所已知的来解释他们所未知的，那他们就一定会表示欢迎。②

这里，黄先生已经充分认识到了学生在接受作品之前所存在的"预成图式"的重要性，作为读者的学生在阅读作品前已有一个预成图式，这就是他们的"已知"，是他们理解和鉴赏作品的基础。作为引导者的教师必须充分了解学生"已知"的预成图式，积极调动具有"已知"内容的预成图式，积极引导学生从原有的基础出发主动地去理解作品。我们知道这种预成图式理论是后来发展起来的"接受美学"、"读者反应理论"的基础，读者之所以对同一篇作品

---

① 黄药眠：《谈人物描写》，《黄药眠文艺论文选集》，北京师范大学出版社 1985 年版，第 321 页。

② 黄药眠：《关于文学教学中的几个问题》，《黄药眠文艺论文选集》，北京师范大学出版社 1985 年版，第 369 页。

会有不同的读解，就根源于不同读者的"预成图式"之不同。对于这一思想黄药眠早于 50 年代初已经意识到，并作出了自己的独特的表述。其次，黄药眠认为，文学教师要引导学生理解作品，自己"要能体验和领会作品中的形象"；但这还不够，更重要的是，文学教师必须引导学生在阅读课文的时候，主动投入自己的想象和情感，他说："指导阅读的人的任务之一，是发展阅读者的想象力，鼓舞他去想象作家所描写的生活与自然界的能力；使他看见和听见这样的生活。"又说："要使同学们对作品的叙述和描写有情感上的反应。"①显然，想象和情感的投入是阅读主体能动性的主要表现。再次，黄药眠特别指明文学是一种语言的艺术，提醒大家，文学的形象"正是通过文学的语言表现出来的"，"所以这里文学教师就必须将作者在文字中所暗示的东西，文中所隐藏着的东西显示出来"。② 进一步，黄药眠要求文学教师要善于引导同学们捕捉语言中所表现的感觉。他说："一般的教师在教文学课的时候，常常只注意文字的音、词、义，而忽略了如何去培养同学们关于语言的感觉；常常把词看成为只代表一定的物体、一定的概念、一定的形态和一定的动作的东西，而没有注意到作者通过这个词所表现出来的感觉和情绪。"③黄药眠告诉大家：文学语言就是"富于联想的、旁涉的、暗示的和富于情绪色彩的语言"，因此"语言所表现出来的感觉和情趣，是不能完全从字典上的解释去获得的。我们必须教导同学们从前后文的关系中去体验语言的情趣"。④ 这就是说，文学语言所呈现出来的意味、情趣，不会自动呈现出来，也并非通过查字典可以获得的，读者必须以自己的全部的人生体验的积累，以主动的介入的精神，才可能理解那些联想的、旁涉的、暗示的意义，才有可能理解前后语境，才可能进入文学的丰富世界。在这里黄先生的确揭示了从文本到作品的实现，必须依赖读者的主体及其能动性。

特别值得注意的是，黄药眠强调作家的主体性、描写对象的主体性和欣赏的主体性的时候，很注重"体验"这个概念。实际上在他那里"体验"的概念

---

① 黄药眠：《关于文学教学中的几个问题》，《黄药眠文艺论文选集》，北京师范大学出版社 1985 年版，第 370 页。

② 同上书，第 371 页。

③ 同上书，第 373 页。

④ 同上书，第 374 页。

是与"生活实践"的观点密切联系在一起的。作家如果不深入生活，如何去体验生活呢？所以主体体验是与生活实践密切关联在一起的。"文学主体性"这个在 20 世纪 80 年代中期成为热点的问题，黄药眠先生早在 30 年前就有相当深刻的揭示，只是那时大家都还热衷于"文学反映客观现实"一类的命题，热衷于批判唯心论，他的思考被忽略了。

三、美与艺术：从"生活实践"到"美是评价"

黄药眠是 20 世纪 50 年代的美学大讨论中最为活跃的人物之一，但是他的关于美学的理论贡献是否得到了恰当的评价了呢？我认为没有。50 年代的美学大讨论，被后来的学者总结为蔡仪先生的"客观派"、高尔泰的"主观派"、朱光潜的"主客观统一派"和李泽厚的"实践派"，黄药眠先生的理论只是被提到，但认为他没有"派"。我们觉得既然要总结那个时代的一次学术讨论，那么就应该客观一些，把大家的理论贡献都全面地挖掘出来。根据我的考察，黄药眠先生在诸种美论中，比较同意李泽厚的"实践"观点，这并不是偶然的。如上面所述，他在 1950 年所发表的《论美与艺术》一文比李泽厚更早揭示美的"生活实践"观点。他后来继续思考美学和艺术问题，又提出了"美是评价"的理论观点。他可以说是中国运用马克思的价值理论对美学问题进行考察的第一人。

黄药眠在 1957 年 6 月 3 日那天所作的讲演《不能不说的话》①（这是一篇兼论美与文学艺术问题的精彩讲演）中，强调美与艺术的问题是不能完全切割开的，因为美的最高表现就是艺术，而艺术建立于人的审美判断上面，艺术是审美现象的一部分。在这次讲演中，他结合文学艺术的实际提出了"美是评价"的观点。黄药眠提出这个观点是出于对当时流行的所谓"唯物主义"的"美是客观"的观点的不满。黄药眠先生认为，"美是人类社会生活现象"。② 他反对将客观现实与美混为一谈。他说："物的存在离开我们仍然存在，但美却不能离开人的感觉而存在。假如离开人的感觉而存在，就归到蔡仪先生所说的

---

① 《不能不说的话》的讲演，留下详细记录，后经整理，发表于《文艺理论研究》1999年第 3 期，此文又被收入 2002 年北京师范大学出版社出版的《黄药眠美学文艺学论集》。

② 黄药眠：《美是审美评价：不得不说的话》，《黄药眠美学文艺学论集》，北京师范大学出版社 2002 年版，第 28 页。

是事物本身有美的属性。……如果说美可以离开人的感觉而存在，等于说美可以离开人而存在。"①在黄药眠先生看来，现实如果离开人和人的感觉，就不存在什么美。"一个人若是感到某一事物的存在，这是生理的事实，我们看到花，并不一定构成美的现象，我们看到山水田野，常感到有山水田野，并不构成审美的现象。"②在黄药眠先生看来，客观现实中的颜色、形状，如对称、比例、节奏、黄金分割等，如果不与人的感觉、情感以及各种社会关系发生关联，是不能构成审美活动的。

黄药眠先生认为，审美活动必须有审美的人，"离开人的生活去谈线条色彩是不对的，因为线条在人的社会生活实践中才有意义，故美不是存在于事物本身中，而是人对于客观事物的美的评价"。③黄药眠先生也不认为朱光潜先生的"感觉加上意识形态的反映就构成审美现象"是对的。黄药眠认为，"审美现象首先应从生活和实践中去找寻根源"④，他以原始人的生活和实践为例，说明人在生产实践中，人作用于对象，对象也作用于人，如此反复多次，人与对象之间就建立起了联系，终于人最初对于对象作出了评价，作出了审美的评价。"由于人不断地劳动创造，接触了不少的对象，接触面越来越广，越来越深，人对周围事物感觉力也增多了，这样就产生了人的主观力量，这个主观力量，可以说是为对象所创造与提高的；同时，它又是对象的对立物，没有对象，也就没有主观力量。"⑤黄药眠认为主观力量是人评价对象的前提，没有这个前提，评价活动不会发生，审美活动也不会发生。

但是，黄药眠先生没有抹杀客观对象物的重要，客观对象物的价值性仍然是重要的。他说："我们承认美是客观事物的在人脑中的主观的反映，并不是说美没有客观性。例如，丰收所得的谷物与狩猎所得到的野兽，原始人都感到快乐，因为满足他们的物质的需要，所以感到是美的"，"显然美是有客观性的，不以某个人的意志为转移。我们可以假设，任何原始人类放在狩猎

---

① 黄药眠：《美是审美评价：不得不说的话》，《黄药眠美学文艺学论集》，北京师范大学出版社 2002 年版，第 30 页。

② 同上书，第 28—29 页。

③ 同上书，第 28 页。

④ 同上书，第 29 页。

⑤ 同上。

到许多野兽的环境下，都会感到这些事物是美的。这样看来，可以说美是有客观性，但是通过人的意识表现出来的。"①黄药眠的意思是，美的客观对象不是那种与人没有联系的或只发生生物性联系的对象，如"人的奋斗史，以整个历史来看，它是有客观性的"。抗日战争、解放战争是中国人民的斗争史，它是客观的，它本身具有价值性，可以成为我们的积极评价对象，所以它是美的。由此我们不难看出，黄药眠所理解的客观现实是人的实践的产物，也就是"人化的自然"，不是那种纯然的物自体。这个观点与他 1950 年《论美与艺术》一文中的观点是一脉相承的。

有人可能会问，这样一种美论与朱光潜的"主观与客观的统一"的美论不是一样的吗？看来还是不一样的。关键在于黄药眠不是谈哲学上的"统一"，而始终认为美是主体对于客体对象的"评价"。在《不能不说的话》的讲演录中，"评价"一词出现了 12 次之多，而且语境都差不多，即认为美是对客观事物的评价。这就是说，黄药眠先生对哲学上的这个"统一"、那个"统一"不感兴趣，他在讲演开始时就说："将哲学上的认识论的命题（物先于人存在）硬套在美学上，是不适当的。"又说："我以为只抓着哲学上的教条，对美学上的问题是不能解决的。"②他转而从马克思主义思想武器中寻找新的理论支持，这就是价值论。在"美是一种评价"的命题中，客体要有价值性，主体要有评价的能力，而主体以自己的审美能力揭示客体的价值性的过程，是一种评价的过程，而评价过程是人的一种活动。这样，黄药眠先生就在很大程度上摆脱了简单揭示"美的本质"的命题，而把这个问题转化为"人的审美活动是什么"的问题。这一提问的转变以及阐述视角从哲学转向价值学，把美和美感联系起来考察，大大推进了当时的讨论。如果当时有人沿着他的思路研究下去，那么 20 世纪 80 年代苏联学者斯托洛维奇的《审美价值的本质》也许就不那么新鲜了。

特别值得注意的是，黄药眠用他的"美是评价"的观点来解释文学艺术问题。他认为文学作为人的创造，"写出了人类生活的评价，又写出了艺术家对人的审美生活的评价。故说，艺术既反映了现实生活的美，又反映了艺术家

---

①　黄药眠：《美是审美评价：不得不说的话》，《黄药眠美学文艺学论集》，北京师范大学出版社 2002 年版，第 30 页。

②　同上书，第 28 页。

对生活对艺术的评价"。① 他举了保尔·柯察金这个人物形象为例，说保尔说，人生应该如何如何过，才是有意义的，这是保尔对生活的评价；而作家写出了保尔这样一个英雄人物并加以赞美，则是作家对生活的评价。所以黄药眠认为，我们一方面要承认生活高于艺术，因为生活中许多丰富的东西，艺术都没有完全反映出来；但另一方面，又必须说艺术高于生活，因为艺术家对生活必须加以评价。为了更深入说明这一点，他又提出丑的事物为什么在艺术中可以变成美的问题。这里的关键还是"评价"，他说："丑的事物是由于我们对它的批判所引起的美感。"②所谓"批判"也就是一种评价活动。

　　作为一个文学理论家和美学家的黄药眠，给我们留下了许多具有独创性的并具有普遍的理论价值的东西，需要我们进一步去学习与探讨。他的"生活实践"的观点和"美是评价"的观点，其突出的意义在于在 20 世纪 50 年代，他意识到单一的认识论，即"存在—意识"的二项关系式，不能解决全部文学问题，而认为马克思的实践论和价值论对于文学艺术问题更具有阐释力，这是很了不起的见解。在 20 世纪 50 年代，黄药眠无疑是中国一个重要的文艺理论家。他的声音不应该被埋没，也不会被埋没。

---

① 黄药眠：《美是审美评价：不得不说的话》，《黄药眠美学文艺学论集》，北京师范大学出版社 2002 年版，第 36 页。

② 同上书，第 37 页。

朱光潜的"美学实践论"文艺思想①

　　朱光潜是我国现代美学的开拓者和奠基者之一。他学贯中西，博古通今。他的学术研究一般而言以 1956 年为界分为前期与后期。他前期所撰写、出版的《文艺心理学》、《谈美》、《诗论》等专著，对于我国现代美学的发展具有开拓意义。新中国成立后，朱光潜对自己以前的唯心主义美学思想进行了自我批判。在 1956 年美学问题大讨论中，他清理了自己前期学术研究中的唯心主义思想，努力学习马克思主义，提出了"美是主客观的辩证统一"的观点，并以马克思主义的"美学的实践观点"不断丰富和发展自己的美学思想和文艺思想，他运用他的"美学的实践的"观点来解释文艺问题，对于中国当代的马克思主义的文学理论作出了重大的贡献。

　　从 1952 年开始，朱光潜开始学习马克思主义。1956 年在批判胡适唯心主义运动的思潮中，他对自己学术研究前期的唯心主义作了检讨，写了《我的文艺思想的反动性》一文，发表在《文艺报》上。他当时这样做一方面是承受着外部的压力，另一方面也是出于他真诚地认识到自己学术思想的缺陷，认识到"在唯心阵营里基本态度是调和折衷的，'补苴罅漏'的，所以思想系统是驳杂的，往往自相矛盾的"②，就是说是出于反思自己学术思想的需要。他讲给他

---

　　①　发表于《文艺争鸣》2007 年第 5 期。
　　②　朱光潜：《我的文艺思想的反动性》，《美学批判论文集》，作家出版社 1958 年版，第 11－12 页。

影响最深的书籍是《庄子》、《陶渊明诗集》、《世说新语》，最推崇"魏晋人"的人格理想。他前期的主要著作《文艺心理学》，评介了克罗齐的直觉论、立普斯的移情说、布洛的心理距离说，并联系中国古代的诗歌创作和文论作了详细的发挥，为中国现代的文艺心理学奠定了基础，为中西美学、诗学的比较作出了示范，但的确存在着唯心主义的缺陷。朱光潜在清理了自己的唯心主义的基础上，发愤学习马克思主义。他在《自传》中说，1956 年开展的美学大讨论，"我开始认真钻研辩证唯物主义和历史唯物主义。为此，我在年近六十时，还抽暇把俄文学到能勉强阅读和翻译的程度。我曾精选几本马克思主义经典著作来摸索，译文看不懂的就对照四种文字的版本去琢磨原文的准确含义，对中译文的错误或欠妥处作了笔记。"①在新时期开始以后，他的"中心工作还是对马克思主义经典著作的摸索。我重新试译了《费尔巴哈论纲》和《经济学—哲学手稿》中一些关键性的章节，并作了注释和评介，想借此澄清一下'异化'、实践观点、人性论和人道主义、美和美感、唯心和唯物的分别和关系等这些全世界学术界都在关心和热烈争论的问题"②。朱光潜这种学习和钻研马克思主义经典著作的精神是令人感动的。也正因为他有这种精神，他取得了马克思主义实践论的真经，对美学和文艺学问题作出了新的阐释，对中国当代的马克思主义文学理论作出重要的贡献。

一、"美学实践论"观念的形成及其基本框架

众所周知，朱光潜关于美学与艺术的基本观点是"美是主观与客观的统一"。那么这个基本观念是怎样形成的呢？这个基本观念又包含哪些内涵呢？我们可以从朱光潜对马克思主义的认识论、实践论和世界观的理解这三个角度来加以考察。

能动的认识论。朱光潜对于马克思主义的认识论基本原理，即存在与意识的关系，他一方面承认存在是第一性的，存在决定意识，但更为强调的是意识对存在的反作用。他说："马克思列宁主义的文艺理论和美学有一个总的出发点，那就是反映论：文艺是客观现实的反映。反映论与'存在决定意识，而意识又反过来影响存在'的辩证唯物主义的基本原则是分不开的。这个基本

---

① 朱光潜：《朱光潜全集》（第 1 卷），安徽教育出版社 1987 年版，第 7 页。

② 同上书，第 8 页。

原则肯定了物质第一性，也肯定了人的主观能动性与创造作用，揭示了存在
与思维、客观世界与主观世界、自然与人是既对立而又统一的辩证关系。"①
朱光潜在论述完这个基本原则后，针对 20 世纪 50 年代某些一味强调"客观"
的庸俗社会学，重点批判了美是"不依人的意志为转移"绝对的客观存在的观
点，强调美必须有人的主观能动作用在内。他的理由是反映过程中主观世界
和客观世界的矛盾，必须经过一番斗争及其这斗争的克服，才能达到统一，
这里克服矛盾的方式不是机械的，而是要发挥主观能动性和创造性。所以在
主客观的对立的解决过程中，朱光潜认为主观能动性的发挥是根本。对于艺
术和美，朱光潜根据他对反映论的理解，提出了著名的"物甲/物乙"说。他
说："在这个反映的关系上，物是第一性的，物的形象是第二性的。但是这
'物的形象'在形成之中就成了认识的对象，就其为对象来说，它也可以叫做
'物'，不过这个'物'（姑简称物乙）不同于原来产生形象的那个'物'（姑简称物
甲），物甲只是自然物，物乙是自然物的客观条件加上人的主观条件的影响而
产生的，所以已经不纯是自然物，而是夹杂着人的主观成分的物，换句话说，
已经是社会的物了。"②朱光潜的物甲/物乙说对他来说很重要，他的美是主观
与客观的统一，艺术是主观与客观的统一，都从这里引申出来。

　　审美实践论。但是朱光潜最重视的还不是反映论，而是实践论。朱光潜
认为对于反映论的解释，必须结合实践论才能达到真正的理解。50 年代文艺
学界存在的一大问题，就是只从认识论这一个角度去理解文学，反反复复强
调文学是生活的反映。朱光潜显然对此不满，他于是强调实践论才是马克思
主义哲学的真髓。可以说朱光潜在研究美学和文艺学问题的时候，更钟情于
马克思主义的实践论，而不看好"直观的"认识论。或者说对于美学和文艺学
来说，实践论要高于认识论。对此，朱光潜有过明确的说法：

　　　　马克思在《费尔巴哈论纲》第一条中提到从前唯物主义的缺点"在于把
　　事物、现实、感性（指感性世界——引者）只是从客观方面或从直观方面
　　加以理解，而不是理解为人的感性的活动，不是理解为实践，不是从主

---

① 　朱光潜：《朱光潜全集》（第 10 卷），安徽教育出版社 1993 年版，第 289 页。
② 　朱光潜：《美学批判论文集》，作家出版社 1958 年版，第 48 页。

观方面加以理解”，至于“能动的方面”，却被唯心主义“抽象地发展”了。
这段话指出了马克思主义哲学不同过去形形色色的哲学的关键所在，
也就是指出了马克思主义美学不同过去形形色色的美学的关键所在。
懂透这段话的深广的含义，这应该是学习马克思主义美学的第一课。①

　　朱光潜就马克思的这段话，认为有两种片面地理解现实的方式：一种是
机械唯物主义的片面的仅从客观方面的直观所得的方式去理解现实，一种是
唯心主义的片面的仅从主观能动的方式去理解现实。这两种理解现实的方式
都不可取。“马克思主义理解现实，既要从客观方面去看，又要从主观方面去
看。客观世界和主观能动性统一于实践。所以在美学上和在一般哲学上一样，
马克思主义所用的是实践观点，和它相对立的是直观观点。直观观点把现实
世界看作单纯的认识的对象，只看到事物的片面的静止面，不是像实践观点那
样就主客观的统一来看在实践中的人与物互相因依、互相改变的全面发展过程。
就这个意义来说，不仅是机械唯物论用的是直观观点，而‘抽象地发展能动性方
面’的唯心主义用的也还是直观观点。实践观点是马克思主义以前所没有的，是
马克思主义所特有的。”②那么落实到具体美学对象上面，这种实践观点是如何
体现出来的呢？为此朱光潜举了一个“茶壶”的具体例子来加以说明。他说，比
如说茶壶，这是现实世界中一个对象，如果从直观观点去看，那么它只是一个
现成的、孤立的、只现静止物的客观事物，只是一个单纯的认识对象。如果持
单纯的认识论的直观观点的美学家来认识它，所提的问题不过是：它是否美？
如果说它美，它的美究竟在哪里？在主观方面还是在客观方面？有哪些属性和
形式凑合起来才是美？人对它何以起美感？美感是天生的还是后天培养的？如
此等等。假如我们只用这种客观的直观式的观点看待茶壶和别的事物，那么任
何一种事物都只是现成的、孤立的、静止的存在，这就不能全面地正确地看待
事物。实践的观点不是这样，它以唯物辩证的、发展的、全面的观点，与人密
切相关的观点去看待事物。例如，从实践的观点看茶壶，我们首先要把它看成
是人的一种用具，一件有社会意义的东西，一件创造出来的东西；而人创造这

---

　　① 　朱光潜：《朱光潜全集》（第 10 卷），安徽教育出版社 1993 年版，第 188 页。

　　② 　同上书，第 188—189 页。

种东西，无论是从主观认识和主观能力方面，还是在客观物质条件方面，都有人类生活的悠久的具体的历史条件在起作用。所以持实践观点的美学家看待这茶壶，所提的问题就会是：人在改变自然从而改变自己的长久的生产实践中，为什么要生产这种东西？怎样生产它？在长久的生产过程中，人怎样感觉茶壶的美？人对客观世界的审美关系是怎样一种关系？这关系取决于哪些历史的、社会的、物质的、个人的等因素？它是如何随历史的发展而发展？这就是把茶壶放到社会历史发展的过程中和具体的历史条件的大轮廓中去看。不把茶壶当作单纯认识的对象，而是把茶壶当作实践的对象。最后朱光潜指出："这样看来，美就不是孤立物的静止面的一种属性，而是人在生产实践中既改变世界又从而改变自己的一种结果。发现事物美是人对世界的一种关系，即审美的关系。"[1]这种审美关系中，包含了主观与客观以及两者的统一，这是朱光潜从实践论的更深的层次来说明美和艺术是主观与客观的统一。

人与自然相统一的世界观。从马克思主义实践论的论述过程中，朱光潜发现了马克思主义的世界观从根本上说，就是如何看待世界上两个最根本的事物，即人与自然的关系问题。实践论的特点就在于它不仅重视自然，更重视人对自然的改造以及人在改造自然中又改造了自己。这一点是朱光潜反复强调的。朱光潜对马克思早期的著作《1844 年经济学—哲学手稿》中的关于共产主义的定义特别感兴趣，马克思这部著作中认为共产主义作为充分发展的自然主义就等于人道主义，作为充分发展的人道主义就等于自然主义，共产主义就是人与自然、人与人的对立的真正解决，即达到了自然主义与人道主义的完全的统一。朱光潜认为马克思给共产主义所下的定义是深远的，他解释说："人道主义与自然主义的辩证统一含有两点互相因依的要义：人之中有自然，自然之中也有人。人得到充分发展要靠自然得到充分的发展，自然得到充分发展也要靠人得到充分发展。自然是人的肉体食粮和精神食粮的来源，是人的生产劳动的基础与手段。人在劳动中才开始形成社会。生产劳动就是社会性的人凭他的本质力量对自然的加工改造。在这个过程中，自然日益受到人的改造，就日益丰富化，就成了'人化的自然'；人发挥了它的本质力量，就是肯定了他自己，他的本质力量就在改造的自然中'对象化'了，因而也日

---

① 　朱光潜：《朱光潜全集》(第 10 卷)，安徽教育出版社 1993 年版，第 190 页。

益加强和提高了。这就是人在改造自然中也改造了自己。人类历史就这样日益进展下去，直到共产主义，人和自然双方都会得到充分发展，这就是'人的彻底的自然主义和自然的彻底的人道主义'的辩证统一。"①应该说，这就是马克思的唯物辩证主义的世界观，朱光潜的理解是很深刻的。更进一步，朱光潜用中国古代的名言来加以阐发，说："中国先秦诸子有一句老话：'人尽其能，地尽其利。''人尽其能'就是彻底的人道主义，'地尽其利'就是彻底的自然主义。不过中国这句老话没有揭示人与自然的统一和互相因依，只表达了对太平盛世的一种朴素的愿望。马克思却不仅揭示了人与自然的统一，而且替共产主义奠定了一个稳实的哲学基础，实际上也替美学与艺术奠定了一个马克思主义的哲学基础。"②朱光潜为什么说马克思的关于人与自然的理论为美学与艺术奠定了哲学基础呢？这显然是说，美和艺术既是人的本质力量的对象化，又是人在改造自然中通过美与艺术对自己的丰富。朱光潜强调单靠纯自然不能产生美与艺术，要使自然成为美，人的意识一定要起作用。他解释说："从历史发展看，在人类社会出现以前，自然就不能有所谓美丑。美是随社会的人的出现而出现的。自然本来是与人对立的。人自从从事劳动生产、成了社会的人之日起，自然就变成人的实践和认识的对象，成为人所征服和改造的对象，成为为人服务的生产资料和生活资料。只有到了这个时候，自然才开始对于人有意义，有价值，有美丑。"③所以美和艺术只能是人（主体）和自然（客体）的统一。

由此不难看出，朱光潜后期的美学和艺术理论，是从马克思理论那里引申出来的"美学实践论"，这个理论的基本框架是由能动的反映论、重视主体的实践论和人与自然相统一的世界观三者组成的，他充分肯定存在的、客观和自然的力量，认为这是第一性的东西，但同时又特别强调意识的能动性、主观的视角和人的本质力量的作用。美学和艺术只能在存在与意识、主观与客观、人与自然的交涉和统一中获取规律性的解释。

二、"美学实践论"文艺思想的几个重要命题

朱光潜从马克思主义的美学实践论出发，论述了一系列文艺问题，本文

---

① 朱光潜：《谈美书简》，上海文艺出版社 1980 年版，第 49 页。

② 同上书，第 50 页。

③ 朱光潜：《朱光潜全集》（第 10 卷），安徽教育出版社 1993 年版，第 223 页。

不可能面面俱到，一一论列，只是从其中寻绎出几个重要命题加以论述：

艺术创造的基本原则。朱光潜的美学实践论十分重视艺术美的研究，他认为："由于把艺术美看作最高发达形式的美，由于马克思主义的科学方法论明确指示'人的解剖使我们有可能去理解猴子的解剖'，对高级现象的分析，有助于对低级现象的认识，因此我认为美学对象应该主要的是艺术美。了解了艺术美，就有助于了解现实美。"①由此朱光潜对于文艺问题的研究是十分重视的。在所有的文艺问题中，他认为艺术创造的基本原则问题又是他最为重视的。那么，艺术创造的基本原则是什么呢？朱光潜从他的美学实践论出发，特别重视马克思的关于"劳动生产"的观念。他引了马克思《资本论》中如下的话：

> 通过他的生产而且由于他的生产，自然现为人的作品，人的现实。所以劳动的对象就是人的种族存在的对象化：因为人不仅在认识里以理智的方式复现自己（即意识到自己——引者），而且还在实际生活中以行动的方式复现自己，他就在自己所创造的世界里观照自己。②

朱光潜在这段话的后面说明，自然经过了"人化"之后具有了人的意义，即社会的意义；同时人在生产劳动中改变了自己，使自己成为社会的人（"种族的存在"），发挥了自己的本质力量，在对象中肯定自己，观照自己，认识自己，因而丰富了自己的物质生活和精神生活。这对于理解艺术创造的基本原则就寓含在自然的人化和人的本质力量的对象化的反复回流的过程中。朱光潜继续说："对美学特别有意义的是人'在自己所创造的世界里观照自己'这句话。这正是'用艺术方式掌握世界'，说明了劳动创造正是一种艺术创造。无论是劳动创造，还是艺术创造，基本原则都只有一个：'自然的人化'和'人的本质力量的对象化'。基本的感受也只有一种：认识到对象是自己的'作品'，体现了人作为社会人的本质，见出了人的'本质力量'，因而感到喜悦和快慰。"③我们可以这样来理解朱光潜的论述：文艺创造作为一种艺术美的创造，其基本原则是自然的人化和人的本质力量的对象化的过程。首先是自然

---

① 　朱光潜：《朱光潜全集》（第 10 卷），安徽教育出版社 1993 年版，第 278 页。
② 　同上书，第 196 页。
③ 　同上书，第 196～197 页。

的人化，即不是刻板地一丝不改地照搬自然本身，而是经过具有社会性的作家，进行改造加工，赋予自然以意义和价值，最终使创作的对象显示出人的诗意的意义来。朱光潜曾论及"山水诗与自然美"，认为文艺中的自然不是纯自然，不是自然本身的属性。文艺中的自然"反映了自然，也表现了他自己"①。他还说："人在觉得自然美时，那自然里一定有人自己在内，人与自然必然处于统一体。"②他举《诗经》首篇《关雎》前四句为例，说"这是一篇歌颂新婚欢乐的诗，头两句是自然，后两句是人事，表面上是两回事，实际上是统一体。'关关雎鸠'两句因'窈窕淑女'两句而得到意义，'窈窕淑女'两句因'关关雎鸠'两句而得到具体而生动的形象"③。在朱光潜看来，甚至像王维的山水诗也"毕竟有诗人自己在里面"。其次，文艺创造不但是自然的人化，同时又是"人的本质"的对象化。朱光潜也引过黑格尔的话："人有一种冲动，要在直接呈现于他的面前的外在事物之中实现他自己，而且就在这实践过程中认识他自己。人通过改变外在事物来达到这个目的，在这些外在事物上面刻下他自己内心生活的烙印，而且发现他自己的性格在这些外在事物中复现了。"④朱光潜的意思是，作家对待他创作的对象，有一个从"主观"的角度去看的问题，这就是为什么同样的对象在不同性格作家的笔下可能被写得完全不同的原因。前面所举"茶壶"例子，也充分说明了这一点。

创作主体与创作客体的关系。文艺创作中的主体与客体的关系问题一直是文艺理论重要的问题，又常常是纠缠不清的问题。例如，"文革"和"文革"以前一直认为题材问题是文艺的根本问题，对文艺的价值似乎具有决定的意义。所以很长时间流行"题材决定"论。这实际上过分强调创作客体的重要性，而忽略创作主体的意义。朱光潜从实践论出发，对此问题作了辩证的理解。他说："'艺术'（art）这个词在西文里本义是'人为'或'人工造作'。艺术与'自然'（现实世界）是对立的，艺术的对象就是自然。就认识观点说，艺术是自然在人的头脑里的'反映'，是一种意识形态；就实践观点说，艺术是人对自然

---

① 朱光潜：《朱光潜全集》（第 10 卷），安徽教育出版社 1993 年版，第 223 页。
② 同上书，第 225 页。
③ 同上书，第 227 页。
④ 同上书，第 224 页。

的加工改造，是一种劳动生产，所以艺术有'第二自然'之称，自然也有'人性'的意思，并不全是外在于人的，也包括人自己和他的内心生活。"①这段话可以看作朱光潜对文艺本质的基本理解，这里特别强调文艺与自然是对立的，他曾引用过狄德罗的话"自然有时是枯燥的，艺术却永远不能枯燥"借以说明自然不等于艺术，必须通过人对自然的加工，克服了这种对立，转化为"第二自然"，实现了主客观的统一。

朱光潜基于对文艺的这种理解，对创作主体和客体问题提出了他的见解："一切艺术都要有一个创作主体和创作对象，因此，既要有人的条件，又要有物的条件。人的条件包括艺术家的自然资禀、人生经验和文化教养；物的条件包括社会类型、时代精神、民族特色、社会实况和问题，这些都是需要不断加工改造的对象；此外还要加上用来加工改造的工具和媒介（例如木、石、纸、帛、金属、塑料之类材料，造型艺术中的线条和颜色，音乐中的声音和乐器，文学中的语言之类媒介）。所以艺术既离不开人，也离不开物，它和美感一样，也是主客观的统一体。"②在这里，他不但对创作的主体和客体的关系作了明确的解释，强调艺术加工是连接主体与客体关系的中介，而且对创作主体和创作客体的条件也加以详细地说明。例如主体的条件，包括自然资禀、人生经验和文化教养。自然资禀是先天的条件，人生经验和文化教养则是后天的条件。像人生经验按照朱光潜的理解是生活实践的结果。人总要与外界打交道，其中包括与自然打交道，与社会打交道，这就是生活。生活是人从认识到实践，又从实践到认识的不断反复流转的过程。人就在改造自然和改造自己的过程中获得了"生活经验"。生活经验是创作主体的基本条件，没有刻骨铭心的生活经验（包括体验），创作主体就不具备创作的条件。而且按照他的物甲/物乙说，只有生活实践所形成的生活经验，才能把外在的物变为心中之物，这样创作主体才能与创作客体打通，实现物我交融和主客体的统一。

浪漫主义和现实主义问题。朱光潜早期的艺术思想由于从克罗奇的直觉论出发，所以更高地评价浪漫主义文学，而或多或少地贬抑现实主义文学。后期的艺术思想已经转到马克思主义方面，在文艺界大家都只重视现实主义的气氛

---

① 朱光潜：《谈美书简》，上海文艺出版社 1980 年版，第 107 页。
② 同上书，第 108 页。

中，为何依然钟情于浪漫主义呢？显然，这与他的实践论的美学观念有关。

朱光潜承认现实主义与浪漫主义的区别是普遍存在的。但朱光潜对这种区别并不十分以为然。朱光潜说："我个人仍认为两种创作方法虽然是客观存在，却不宜过分渲染，使旗帜那样鲜明对立。"高尔基说过："在伟大的艺术家们身上，现实主义和浪漫主义时常好像是结合在一起的。"他指责批判现实主义"不能给人指出一条出路"，出路何在？当然在革命。"所以在我们的社会主义时代，我还是坚信毛泽东同志的'革命的现实主义与革命的浪漫主义相结合'的主张。是否随苏联提'社会主义现实主义'较好呢？我还没有想通，一，为什么单提现实主义而不提浪漫主义呢？二，如果涉及过去的文艺史，是否也应在'现实主义'之上安一个'奴隶社会'、'封建社会'或'资本主义'的帽子呢？"①显然，朱光潜从他的实践论的美学观念出发，认为只要是文学创作必然是主客观的统一，在创作中必然留下了作家本人的思想情感的烙印，不可能没有浪漫主义的成分。因此现实主义总是和浪漫主义结合在一起的，而浪漫主义也总是和现实主义结合在一起的，完全的现实主义或完全的浪漫主义是没有的。朱光潜的这种观点应该说是比较符合创作实际的，对于如何完善现实主义和浪漫主义理论是有启发意义的。

三、关于文学起源于劳动观点的新论证

关于"文学起源于劳动"的观点并不是朱光潜提出的。早在俄国的马克思主义者普列汉诺夫那里，这个观点就被鲜明地提出来了，而且得到了论证。普列汉诺夫认为，在原始人类那里，审美与实用密切相关，艺术与劳动密切相关，前者起源于后者，以实用观点对待事物先于以审美的观点对待事物。他通过许多事实证明：劳动过程决定节奏和拍子，劳动在先，艺术在后，劳动是艺术的源头。

但是朱光潜通过学习马克思和恩格斯的著作，对此有了新的论证，这也应该视为对马克思主义文学理论的一种推进。朱光潜特别重视马克思的《1844年经济学—哲学手稿》、《资本论》第一卷第三篇第五章和恩格斯的《自然辩证法》中"从猿到人"一节。朱光潜认为在这些章节中，集中揭示了人与自然的对立冲突中，人改造了自然，同时也在改造自然的过程中改造了自己。自然因

---

① 朱光潜：《美学书简》，上海人民出版社1980年版，第133—134页。

劳动受到人的改造，自然日益丰富化，成为了"人化的自然"；人因为发挥了本质力量，从劳动中肯定了自己，那么他的本质力量也就对象化，也日益丰富了自己，使自己的力量变得自由了。这里充分肯定了劳动对人的作用，正是因为劳动，使人获得了创造的自由，最终才创造了艺术。朱光潜引了恩格斯"从猿到人"中的话，并说："恩格斯也是从生产劳动来看人和社会的发展的。他一开始就说：'劳动和自然界一起才是一切财富的源泉……它是整个人类生活的第一基本条件……劳动创造了人本身。'在人本身各种器官之中恩格斯特别强调了人手、人脑和语言器官的特殊作用。人手在劳动中得到高度发展，到能创造劳动工具时，手才'变得自由'，'所以人手不仅是劳动的工具，它还是劳动的产物'。人手在长期历史发展中通过劳动愈来愈完善，愈灵巧：'在这个基础上人手才能仿佛凭着魔力似的产生了拉斐尔的绘画、托尔瓦德森的雕刻以及帕格尼尼的音乐。'这个实例就足能生动地说明艺术起源于劳动了。"①朱光潜从人与自然对立中，人的劳动不但改造自然，而且改造人自己的手、脚、语言、头脑这样的思路，证明了：说到底是劳动创造了艺术，艺术的起源应从人类最早的劳动中去寻找。

普列汉诺夫通过格罗塞等人所提供的资料，强调劳动本身需要节奏、拍子，是劳动呼唤艺术的产生，说明劳动对艺术的直接作用。朱光潜则通过马克思、恩格斯关于人与自然的对立如何得到解决的过程的角度，强调人在劳动中得到改造，日益变得丰富，人的手、脚、语言、头脑获得了创造的自由，最终才产生了艺术。应该说朱光潜从人作为主体在劳动中获取自身的丰富性、自由性和创造性，并从而创造了人，创造了人类社会，创造了物质和精神财富，创造了艺术的新论证，深刻地重新改写了"劳动创造了艺术"的新命题。

十分可惜的是，朱光潜从美学实践论出发所提出来的这些有价值的文艺思想，在整个"十七年"没有成为主导的文艺思想。当时流行的主要是周扬等人的带有"左"的印记的文艺思想，政治学的文艺理论流行一时，给文学创作带来"公式化"、"概念化"的影响。朱光潜等的具有学理性的马克思主义的文学理论，则处于边缘地位，并没有很大影响。在建设马克思主义新的形态的文学理论中，这是必须吸取的教训。

---

①　朱光潜：《美学书简》，上海人民出版社 1980 年版，第 58 页。

秦兆阳："现实主义——广阔的道路"论^①

1956 年秦兆阳发表了《现实主义——广阔的道路》(副标题为"对于现实主义的再认识")长篇论文是用马克思主义的观点，并结合中国当代文学发展的实际，具有很强学理性研究文学现实主义的著作。作者在这篇论文中，对当时的文坛的主流话语——社会主义现实主义——提出了质疑，深入地探索了文学现实主义的基本特征，结合中国生动的文学实际，发展了马克思主义关于现实主义的论点，对于健康地发展社会主义文学，是具有重要意义的。这一重要论著及其作者在"极左"思潮中遭受不应有的批判，但在新时期开始以后，得到了公正的评价。今天仍显示出秦兆阳这一论著的重要价值。

一、秦兆阳发表《现实主义——广阔的道路》一文的前前后后

秦兆阳(1916—1994)，湖北黄冈人。1936—1937 年即在武汉的报刊上开始发表诗歌、散文作品。1938 年投身革命工作。解放战争时期开始文学写作，逐渐成为华北解放区小有名气的青年作家。在此期间他学习了毛泽东的《在延安文艺座谈会上的讲话》等马克思主义著作。中华人民共和国成立后出版了短篇小说集《幸福》。秦兆阳最重要的经历是他曾于 1949—1952 年、1956—1957 年两度担任《人民文学》杂志编辑(1956—1957 年为副主编)。在担任编辑的过程中，他以自己的独特眼光发现了一些优秀的作品，这些作者有

---

① 见童庆炳主编：《20 世纪中国马克思主义文艺理论研究》第三编第八章，北京大学出版社 2012 年版。

些日后成为著名作家，如白桦、峻青、玛拉沁夫等，同时也发现了当时来稿中存在的许多公式化、概念化问题。他对这些问题进行深入的思考，不断发表分析青年作者创作中所存在的公式化、概念化问题，总结创作的规律，后来这些文章以《论公式化、概念化》结集出版，为他后来撰写《现实主义——广阔的道路》一文作了感性的准备。他在新的条件下，阅读和研究恩格斯的关于"典型环境的典型性格"的论述，则为他的现实主义创作的思考作了理论上的准备。

秦兆阳作为一个作家于1952年请创作假，深入到华北农村体验生活，写出了许多具有诗情画意的作品，出版了短篇小说集《农村散记》。后来创作了现实主义的长篇小说《在田野上，前进》。这些创作经历也为他后来撰写《现实主义——广阔的道路》提供了感性的实践的基础。

1956年5月，当时主管意识形态工作的中央宣传部长陆定一代表党中央作了《百花齐放，百家争鸣》的重要报告。"6月上中旬，作协党组两次开会讨论贯彻双百方针，要求所属刊物带头鸣放。作为作协机关刊物《人民文学》的负责人，秦兆阳在会上说：作协的刊物不宜草率应付，应该善于提出像样的学术问题。但要找人带头写这样的文章很难。关于文学创作问题，我多年来积累了一些想法，想写，却不敢。党组副书记刘白羽高兴地说：写嘛，写出来大家看看。前来参加会的中宣部文艺处长林默涵也在会上说：重大政策出台了，作协不能没有声音、没有反应，这是对主席的态度问题。会后，秦兆阳考虑，写文章的事要慎重。他决定邀约《人民文学》的编委先谈一谈。在何其芳家里，编委们就如何贯彻双百方针——当前文学创作中遇见的普遍关注的问题展开了热烈讨论。秦兆阳讲了自己的看法，比如苏联社会主义现实主义存在的缺陷，我国长期存在的对文艺为政治服务的简单理解和做法，文艺批评中脱离生活、不重视艺术规律的教条主义倾向，某些作品的公式化、概念化，这都对文学创作的发展，产生了消极影响。谁知大家想到一块儿了。何其芳说：文艺为政治服务问题解决不好对贯彻双百方针非常不利。严文井说：艺术规律问题，现实主义问题，很值得思考研究。编委会开过后，秦兆阳信心倍增，他不顾暑热，在小羊宜宾3号那间每天面临西晒的斗室里冥思苦想，突击写成《现实主义——广阔的道路》数万字的论文草稿。他先给同事葛洛阅看。字斟句酌地推敲修改后，改题为《解除教条主义的束缚》，又给编辑部同人阅读，征求意见。但文章的题目接受一位编辑意见仍恢复《现实主义——广阔的道路》，副题为'对于现实主义的再认识'，他觉得这样更切合学术文章的题目。文章送呈周扬、刘白羽等同志阅看，他们阅后还给作者，没有发表赞成或反对的意见。7、8月间秦兆阳去北戴河海滨再次修改此文，9月，在《人民文学》发表。"①这些情况足以说明，秦兆阳的论文中的观点是与当时作协领导沟通过的，也在很大程度上取得了他们的同意，从某种程度上是他们共同的看法。周扬、刘白羽后来看了文章不表示意见是不负责的，因为他们作为领导，如果认为文章有错误，无论从公从私的角度，都应该明白地表达自己的意见，决不可让"错误"意见"放"出来。

秦兆阳的文章发表后，产生了很大影响。各地都有一些作者赞成他论文中的观点。如武汉青年学者周勃发表了论文《论现实主义在社会主义时代的发展》，从现实主义历史发展的角度来说明"社会主义现实主义"的口号是有缺陷的。

同年12月，当时任《文艺报》主编的张光年在该刊上面发表了《社会主义现实主义存在着、发展着》一文，文章的批判矛头直指秦兆阳的文章，认为社会主义现实主义和社会主义文学不容否定，作者的姿态是要捍卫"社会主义现实主义"，捍卫"社会主义文学"。这样，这篇文章未能就秦兆阳在文章中提出的学术问题进行讨论，就被纳入是反对还是赞成"社会主义现实主义"、"社会主义文学"的政治模式中。张光年的文章一出，各类大批判的文章就一致地兴师问罪，秦兆阳一下子就成为了否定"社会主义现实主义"和"社会主义文学"的人。一个学术问题，不容许讨论，就被认为是政治问题，不问学术上的青红皂白，扣上各种各样的"帽子"，是那个时代的一种政治运动的惯性。

"1957年春，在有许多著名作家参加的全国宣传工作会议上，秦兆阳说，我响应号召，贯彻双百方针写了篇文章，没想到引起这么大的反响。一下子变成了政治方面的论争，我很害怕。社会主义现实主义定义作为一个学术问题，难道不可以讨论吗？我希望周扬同志能将我的想法反映给毛主席，听听他老人家的意见。周扬连忙说：秦兆阳你不要紧张嘛！不久，周扬告诉秦兆阳，我已按你说的给毛主席汇报了，毛主席会见几位作家时说：秦兆阳不要紧张，社会主义现实主义是可以讨论的。毛主席不是凭空说的，他有自己的想法。例如延安文艺座谈会上的讲话，他当时讲的是新现实主义或无产阶级

---

① 涂光群：《五十年文坛亲历记》（上），辽宁教育出版社2005年版，第141—142页。

的现实主义，没说社会主义现实主义。只是全国解放后为了跟苏联保持'一致'，才改用了'社会主义现实主义'这个提法。"①但是，就是毛泽东说了这些话，也没有"救"得了秦兆阳。1958年夏天，在反右运动即将结束之际，秦兆阳还是被划为右派分子，下放到广西劳动改造。在"文化大革命"开始之际，秦兆阳的"现实主义——广阔的道路"论，被江青的在部队文艺座谈会上的讲话打成"黑八论"之一，遭受空前无理的批判。秦兆阳为他的"现实主义——广阔的道路"论付出了22年遭受迫害的代价。直到新时期开始，秦兆阳连同他的"现实主义——广阔的道路"论，才真正地被平反。

这里我们说明秦兆阳的"现实主义——广阔的道路"论诞生的前前后后的情况，充分说明了要坚持和发展马克思主义的文艺思想，在中国20世纪50年代的"极左"思潮弥漫的情况下，要实事求是，要解放思想，勇于探索真理，是十分不容易的事情。

二、秦兆阳"现实主义——广阔的道路"论产生的历史文化背景

秦兆阳的《现实主义——广阔的道路》一文，最重要的一点是对"社会主义现实主义"这个苏联的文学定义的内容提出质疑。为此，我们必须探询一下苏联的"社会主义现实主义"是怎样产生的？它在苏联文学发展中扮演了什么角色？它在苏联"解冻"时期所遭受到什么质疑？

社会主义现实主义的经典定义，最早见于1934年第一次苏联作家代表大会通过的《苏联作家协会章程》中：

> 社会主义现实主义，作为苏联文学与苏联文学批评的基本方法，要求艺术家从现实的革命发展中真实地、历史具体地去描写现实；同时，艺术描写的真实性和历史具体性必须与用社会主义精神从思想上改造和教育劳动人民的任务结合起来。

更准确地说，社会主义现实主义是在1932年5月20日由斯大林最早提出的。据了解情况的人回忆，当时准备起草作协章程的小组成员斯捷茨基和格龙斯基到斯大林那里谈文学问题，其中格龙斯基提出，要用"共产主义现实主义"的口号作为苏联艺术理论的基础。但斯大林有不同意见：

---

① 涂光群：《五十年文坛亲历记》(上)，辽宁教育出版社2005年版，第143页。

斯大林思考了片刻，然后不慌不忙、若有所思地说："共产主义现实主义……共产主义现实主义……也许还为时尚早……不过如果您同意的话，那么社会主义现实主义应该成为苏联艺术的口号。"据他的理解，他作了这样的解释；应该写真实。真实对我们有利。不过真实不是轻而易举的得到的。一位真正的作家看到一栋正在建设的大楼的时候应该通过脚手架将大楼看得一清二楚，即便大楼还没有竣工，他决不会到"后院"东翻西找。①

　　格龙斯基在莫斯科文学小组传达了斯大林的指示，后经中央政治局讨论，确定了社会主义现实主义这个名称。这就是说，社会主义现实主义的提出完全出于政治考虑，这里没有更多的学术层面的研究。后来，苏联 30—50 年代的关于社会主义现实主义一整套理论的建构，就是建立在这个纯政治考虑基础上的。特别是斯大林的对"写真实"的解释更是为后来的廉价的乐观主义、理想主义埋下了伏笔。但在很长的一段时间里，社会主义现实主义在苏联文学发展中扮演了重要角色，被当成苏联文学的旗帜和标志。甚至说"社会主义现实主义提出了世界历史上最崇高的美学理想，就是社会主义社会创造者的理想"②，是最基本的美学原则，是决不许更改的。可是据西蒙洛夫的说法，1932 年通过的章程，其中只有"社会主义现实主义，作为苏联文学与苏联文学批评的基本方法，要求艺术家从现实的革命发展中真实地、历史具体地去描写现实"这一句，1934 发表的章程加上了"同时，艺术描写的真实性和历史具体性必须与用社会主义精神从思想上改造和教育劳动人民的任务结合起来"这后面一句。③ 恰恰就是这后面一句给后来的社会主义现实主义文学的实践留下了隐患。

　　概括地说，在四五十年代苏联文学的实践中出现了创作中的"无冲突论"。如我国的苏联文学研究专家后来所说的那样，"很长的一段时间里，社会主义

---

　　① ［苏］奥普恰连科：《致格龙斯基的信》，见倪蕊琴主编：《论中苏文学发展进程》，华东师范大学出版社 1991 年版，第 341 页。

　　② ［苏］季摩菲耶夫：《文学发展过程》（《文学原理》第三部），平明出版社 1954 年版，第 72 页。

　　③ 参见 1954 年第二次苏联作家代表大会上西蒙洛夫的发言。

现实被当作一套僵死不变的文学创作公式，被片面地理解为'只是肯定的现实主义'，因而使文学作品成为某种政治的概念或某项政策的图解与传声筒，文学创作只写些'甜言蜜语'，文学的路子越走越窄。当然，这里的原因是复杂、多方面的，有着深远的思想和社会根源。但不可否认，与社会主义现实主义理论上的缺陷有密切的关系"。① 这是1999年苏联解体很久后所作的结论。

在新中国刚开始的50年代，我们是如何对待"社会主义现实主义"的呢？社会主义现实主义在中国产生什么影响呢？特别是对我们的文学创作产生什么影响呢？秦兆阳写《现实主义——广阔的道路》一文，主要针对的是社会主义现实主义在中国的影响。在50年代初期"全面学习苏联"的"一边倒"的热潮中，我们接受了苏联的"社会主义现实主义"，不但译介了苏联理论家的关于社会主义现实主义的论文，将其奉若神明，而且我们自己的理论家也开始大肆宣扬社会主义现实主义，创作上也深受其影响。中国是在1953年9月召开的第二次全国文代会正式确认"社会主义现实主义作为我们文艺界创作和批评的最高准则"的，但此前早就有各种宣传与解释，如1952年冯雪峰为《文艺报》所撰写的题为《学习党性原则，学习苏联文学艺术的先进经验》的文章中指出："我们现在必须加倍深刻理解：如果社会主义现实主义，不以实践党性原则为其基本原则，那么，它就不能成为我们的正确的文学艺术方法。苏联的文学艺术最重要、最中心的经验，就在于它证明了这一点。正因为苏联的同志们能够努力遵循列宁、斯大林和联共党中央的指示去从事创造，所以他们能够实现了社会主义现实主义。这就是苏联文学艺术的先进经验中的最先进的东西。"②这种解释完全把社会主义现实主义与党性直接捆绑在一起来理解，那意思就是社会主义现实主义等于党性，只要有党性也就有了社会主义现实主义。这种解释与作为文学的社会主义现实主义完全不沾边，连斯大林的"写真实"也被忽略了。高尔基如下的话也被忽略：党性不是一种附加物，不是从外面贴到作品上面去的东西，社会主义现实主义的党性是融化在思想体系中的美学因素。社会主义现实主义原本就有缺陷，再加上这种完全政治化的解释，那么社会主义现实主义在中国的实践，就不能不遭遇到苏联几乎同样的

① 彭克巽主编：《苏联文艺学学派》，北京大学出版社1999年版，第367页。
② 《文艺报》1952年第21号。

问题和矛盾。反映到文学创作上面，就是秦兆阳一直关注的公式化、概念化和对现实的肤浅的廉价的粉饰和歌颂。

但是，在中国确立了社会主义现实主义作为文学创作和批评为最高准则之后几年的 1956 年，秦兆阳究竟从哪里获得向社会主义现实主义质疑和挑战的勇气呢？这里要简要指出三点：

第一，1953 年斯大林逝世后，1954 年苏联开始了一个"解冻"时期，对各种问题进行一些反思，其中也包括对"社会主义现实主义"的反思。最突出的就是当时苏联著名作家西蒙洛夫等人在 1954 年第二次苏联作家代表大会上对原有的社会主义现实主义定义提出质疑，秦兆阳在他的文章中特别引了西蒙洛夫的很长的一段话，基本意思是：社会主义现实主义定义的第二句话（"同时艺术描写的真实性和历史具体性必须与用社会主义精神从思想上改造和教育劳动人民的任务结合起来"）是不确切的，甚至容许有歪曲原意的可能。好像真实性和历史具体性能够与这个任务结合，也能够不结合。作家和批评家则借口现实要从发展的趋势来表现，力图"改善"现实等。由于西蒙诺夫等人的批评，第二次苏联作家代表大会上对社会主义现实主义的定义修改为："社会主义现实主义是要求艺术家从现实的革命发展中真实地、历史具体地反映现实。要达到社会主义现实主义的任务的高度，这就是说，要透彻地了解人们的真正生活，了解他们的思想和感情，对他们的感受息息相关，并且要善于用配得上现实主义文学的真正典范的、动人的艺术形式来表现，同时应当使人领会工人阶级和全体苏联人民争取进一步巩固我国现在已建成的社会主义社会和争取共产主义胜利的伟大斗争。"[1]苏联所发生的这种情况，使秦兆阳以为，既然西蒙诺夫可以批评社会主义现实主义的不完善，既然在苏联那里社会主义现实主义的定义已经作了修改，那么作为中国的作家和学者就不可以对原有的社会主义现实主义提出质疑呢？

第二，更重要的是秦兆阳在长期的编辑工作中对社会主义现实主义在创作中所产生的弊端深有所感，他把他的所感所思用理论讲了出来。如他在 1951 年就根据自己在编辑小说稿过程中的问题进行思考，发表了《概念化公

---

① 人民文学出版社编辑部编：《苏联人民的文学》（上册），人民文学出版社 1955 年版，第 4 页。

式化剖析》一文，1952 年又发表了《再谈概念化公式化》和《形象与感受》，1953 年又发表《环境与人物》和《理想与现实》等文章，都是针对当时文学创作中存在的图解政治和政策的问题，概念化和公式化问题，进行深入的思考与剖析。不能说所有这些问题都归结到社会主义现实主义的定义的缺陷上面去，但的确是与社会主义现实主义的刻板规定有密切的关系。秦兆阳作为一个思考性的正直的编辑和作家，他心里有话要说，要提高到理论上面来说。

第三，这与 1956 年的政治文化环境有关。这一年对于中国来说，最大的政治事件，就是完成了"社会主义改造"；召开了"八大"，中央作出决议，认为急风暴雨式的阶级斗争已经过去，国内的主要矛盾已经转变为建立先进的工业国的要求同落后的农业国的现实之间的矛盾，是人民对于经济文化迅速发展的需要同当前经济文化不能满足人民需要的状况之间的矛盾；确立了"百花齐放，百家争鸣"的方针。4 月，毛泽东发表了《论十大关系》，其中谈到"中国与外国的关系"时，他指出："我们的方针是，一切民族、一切国家的长处都要学，政治、经济、科学、技术、文学、艺术的一切真正好的东西都要学。但是，必须有分析有批判地学，不能盲目地学，不能一切照抄，机械搬用。他们的短处、缺点，当然不要学。对于苏联和其他社会主义国家的经验，也应当采取这样的态度。"①这与新中国成立之初"全面学习苏联"的提法是不同的。秦兆阳肯定是听到了的这些话，他觉得对苏联的社会主义现实主义议论一番，是在政策允许之内的。5 月 2 日，毛泽东在最高国务会议上再次讲十大关系问题。他正式宣布了"百花齐放，百家争鸣"的方针。毛泽东说："在艺术方面的百花齐放的方针，学术方面的百家争鸣的方针，是有必要的。这个问题曾经谈过。百花齐放是文艺界提出来的，后来有人要我写几个字，我就写了'百花齐放，推陈出新'。现在春天来了嘛，一百种花都让它开放，不要只让几种花开放……百家争鸣，是说春秋战国时代，二千年前那个时候，有许多学派，诸子百家，大家自由争论。现在我们也需要这个。"②秦兆阳据说

① 毛泽东：《论十大关系》，《毛泽东文集》（第 7 卷），人民出版社 1999 年版，第 41 页。

② 中共中央文献研究室编，逄先知、金冲及主编：《毛泽东传 1949—1976》（上），中央文献出版社 2003 年版，第 491 页。

是一位古板的认真的人，听了毛泽东说"现在春天来了嘛"，可以百家争鸣了，能不欢欣鼓舞吗？能不响应党的号召吗？于是他在文章开篇就说："在学术问题的研究上，有意见应该讲出来，如果说错了，可以衬托出别人的正确意见来；只要多少有一点道理，就可以起抛砖引玉的作用——这就是我写这篇文章时的心情。"①

三、秦兆阳"现实主义——广阔的道路"论的马克思主义内涵

秦兆阳的"现实主义——广阔的道路"论是不是马克思主义的呢？马克思主义的精髓就是实事求是。因此看一篇论文是否是马克思主义的，首先要看论述是否从客观的实际出发，其次，看它是否用历史唯物主义和辩证唯物主义的观点，总结出若干规律性的东西来。在这两点上，我们认为秦兆阳的论文不但不是修正主义的，而且是中国当代作家和理论家对于现实主义问题的一次联系生动实际的历史总结，是对于马克思文艺思想的贡献和发展。

（一）现实主义：文艺与政治的关系——"一个长远性总的要求"

社会主义现实主义作为一种艺术方法首先遭遇到的问题是，这种现实主义仅是"要求艺术家从现实的革命发展中真实地、历史具体地去描写现实"，强调艺术的真实性呢，还是从外面去贴上社会主义的思想，让文学创作直接地从属于当时的政治或政策？在苏联，这个问题在 1954 年以后的"解冻"时期被不少作家和理论家提出来了，并作出了这样或那样的回答，但是这个问题在当时的中国（实际上直到"文革"）都没有理论的解决。秦兆阳认为，在中国的文艺创作中，常常出现"艺术消失于一般性、抽象的政治概念之中"，让作品"去替某些政策条文作简单的注释"，"机械地去配合某一个具体的工作任务"，这样做怎么能达到现实主义的艺术真实性的要求呢？秦兆阳认为这种情况的产生，一方面与对毛泽东《在延安文艺座谈会上的讲话》的庸俗化理解有关，另一方面也"跟社会主义现实主义的定义所反映出来的不科学的相一致、相结合、相助长"②。

在文艺与政治的关系上，秦兆阳一方面是肯定毛泽东《在延安文艺座谈会上

---

① 秦兆阳：《现实主义——广阔的道路》，《文学探路集》，人民文学出版社 1984 年版，第 136 页。

② 同上书，第 146 页。

的讲话》中的观点的，他认为："文学事业是人民的革命的事业的一部分，应当
为政治服务和为劳动人民服务，这应该是没有疑问的事。……在这阶级斗争异
常尖锐的时代里，特别是针对着那些所谓艺术至上主义者、脱离政治脱离人民
的个人主义者、人性论者，等等，提出文艺为政治服务与为劳动人民服务等原
则来，是具有重大意义的。在这样的时代里，如果作家们企图游离于伟大的群
众斗争和重大的社会变化之外，把自己蜷缩在知识分子狭小的个人主义的生活
圈子和思想领域里，他怎么可能脚步坚实地走上现实主义的道路呢？"①从全文
来看，秦兆阳这些话完全是真诚的，丝毫不带勉强；但另一方面他对文艺如何
为政治服务、如何为劳动人民服务提出了他的独特的看法：

> 文学艺术怎样为政治服务和为人民服务呢？在考虑这个问题的时候，
> 首先应该考虑到这是一个长远性的总的要求，是针对着文艺脱离政治，
> 脱离群众等落后现象而提出来的要求，是一个加强文学艺术对于客观现
> 实的自觉性和战斗性的要求，是一个改造作家的思想意识（世界观）的要
> 求。为了很好实现这一原则，必须经常性加强作家们与现实生活的联系，
> 加强作家们思想意识的锻炼，必须充分发挥文学艺术的特点和现实主义
> 原则，充分发挥作家们的政治热情和对于现实生活的敏感性。②

这就是说，所谓文艺为政治服务、为劳动人民服务，对于正在发展的政
治来说，文学艺术不是近距离地直接地配合，而是一种远距离的间接的"长远
性"要求。如何达到这种远距离的"长远性"要求呢？秦兆阳关注的是作家们生
活源泉的获得、思想意识的锻炼和对于现实生活的敏感，只有做到这三者，
那么作家们才能在自己的"艺术思维里起血肉生动的作用"，也才能"探索出一
条充分发挥创造性的、现实主义的道路"。

关于文学与政治的关系，现在我们不再提文艺为政治服务了，这当然是
很好的。但按照马克思主义的理论，政治、法律、哲学、文学、艺术等都属
于社会经济基础的上层建筑，都是意识形态，它们之间不可能没有关系，因

---

① 秦兆阳：《现实主义——广阔的道路》，《文学探路集》，人民文学出版社 1984 年版，
第 144 页。

② 同上书，第 146 页。

此文艺是无法脱离政治的。那么，从科学的角度看，文艺与政治的关系问题是无法回避的，事情难道不是这样吗？然而问题是像"极左"思潮流行的时候，把两者的关系看成是近距离的直接的配合关系，理解成文艺对于政治的图解关系，还是像秦兆阳这样把文艺对于政治的关系理解为一种远距离的效应关系，或者叫做间接的"长远性的总的要求"，即不求一时之功，但求长远之效。这两种不同的理解哪一种更合乎马克思主义思想呢？在恩格斯看来，全部庞大的上层建筑可分为两大部分：一部分是"政治和法律等上层建筑"，距离经济基础较近，同经济基础的关系较为直接；另一部分是"哲学等意识形态的形式"，如哲学、宗教、文学、艺术等，距离经济基础较远，是一种"更高地悬浮于空中的意识形态的领域"。① 从这里我们不难想见，文学艺术不但距离经济基础较远，距离与经济基础靠近的政治也较远。因此，文艺对于社会经济基础和政治的作用都不是直接的、近距离的。秦兆阳的文艺与政治的远距离论毫无疑问是对于恩格斯上述思想的发挥，是有道理的。

与文艺与政治关系密切相关的就是文艺的真实性问题。就是说在文艺与政治直接配合下，人们是如何来理解"写真实"，而在把文艺与政治的关系理解为一种远距离的"长远性的要求"，则"写真实"的内涵又应该是什么呢？前一种情况下，那就如斯大林所提示的那样，"真实不是轻而易举的得到的。一位真正的作家看到一栋正在建设的大楼的时候应该通过脚手架将大楼看得一清二楚，即便大楼还没有竣工，他决不会到'后院'东翻西找。"就是讲把真实性看成是一个革命信念，即"真实"还未完成，也要相信它已经完成，而且不要到"工地"上面"东翻西找"，把那现实中显示的真实说出来。这样来理解真实，那么真实不过是政治信念的代名词而已。也许是因为斯大林的这个指示，在1934年的社会主义现实主义的定义中，特别加上了"同时，艺术描写的真实性和历史具体性必须与用社会主义精神从思想上改造和教育劳动人民的任务结合起来"这一遭到诟病的句子。对此秦兆阳批评说：

> 如果认为"艺术描写的真实性和历史具体性"里面没有"社会主义精

---

① ［德］恩格斯：《致康·施米特（1890 年 10 月 27 日）》，《马克思恩格斯选集》（第 4 卷），人民出版社 1995 年版，第 703 页。

神"，因而不能起教育人民的作用，而必须要另外去"结合"，那么所谓的
"社会主义精神"到底是什么呢？它一定是不存在于生活的真实与艺术的
真实之中，而只是作家脑子里的一个抽象的概念式的东西，是必须硬加
到作品里去的某种抽象的观念。这就无异于是说，客观真实并不是绝对
地值得重视，更重要的是作家脑子里某种固定的抽象的"社会主义精神"
和愿望，必要时让血肉生动的客观真实去服从这种抽象的固定的主观上
的东西；其结果，就很可能使得文学作品脱离客观真实，甚至成为某种
政治概念的传声筒。①

秦兆阳显然认为，现实主义既然把政治对于文学的关系理解为一种"长远
性"的要求，就不能从抽象的固定的政治观念中去寻找现实主义的"真实"，
"真实"首先存在于"血肉生动的客观"中，作家写真实，第一位的事情尊重客
观的真实。真实必然是存在于现实生活的逻辑性中。关于真实性，秦兆阳多
次谈到，他解释的角度从来不是基于主观的、抽象的、固定的、现成的政治
概念，而首先是客观现实生活的"逻辑性"。新时期开始以后，秦兆阳也是采
取这个角度。如他说："在现实生活中，每一件大小事情，每个人的性格，每
种心理状态，在一定条件下都有其发展的必然性和规律性。反映到文艺作品
里，就成了事件、结构、情节、性格、环境与性格的关系等方面是否合理，
是否真实的客观标准。我把这种可能性、必然性和合理性，叫做生活的逻辑
性。……生活本身的逻辑性就应该是达到艺术真实性的一个重要依据，同时
也应该是衡量文艺作品真实性一个重要尺度。"②当然，秦兆阳当然也知道艺
术真实并不是纯客观的东西，作家的主观的参与也很重要。他说："既然是
'真实的'，就必然要符合客观现实的规律；既然是'艺术的'，就必定是经过
了作家的主观，既然是'艺术的真实'，就必然是主观与客观的结合；结合得
是否正确，是否好，艺术的形象性是否强，其检验的标准无疑的首先应该是
生活的真实性——逻辑性。"③秦兆阳把写真实问题，摆脱政治概念的要求的

---

① 秦兆阳：《现实主义——广阔的道路》，《文学探路集》，人民文学出版社 1984 年版，
第 142 页。

② 秦兆阳：《断丝碎缕录》，《文学探路集》，人民文学出版社 1984 年版，第 267 页。

③ 同上书，第 269 页。

研究角度，转而从主观与客观结合研究角度，这就得出了具有普遍意义的结论。在 50 年代到 80 年代初，这样的研究是马克思主义的。

(二)现实主义：与现实的关系——"以无限广阔的客观现实为对象"

在对社会主义现实主义的理解中，究竟它的对象有多么广阔，无论在理论上还是在创作上一直存在着争论。在苏联，一直到"解冻"时期，所谓社会主义现实主义"只是肯定的现实主义"，应该描写"社会主义的英雄"和"肯定的主人公"的声音，一直占据上风，这种理论导致了创作上的"无冲突"论，在许多创作中回避现实的矛盾，甚至粉饰现实，"改善"现实。如马林科夫在联共十九次党代表大会的报告里曾经说过这样的话："现实主义艺术的力量和意义就在于：它能够而且必须发掘和表现普通人的高尚的精神品质和典型的、正面的特质，创造值得做别人的模范和效仿对象的普通人的明朗的艺术形象。"秦兆阳在论文中引了这段话，并说明日丹诺夫在更早的时候也说过类似的话。① 这种情况在 50 年代初的中国，在确立社会主义现实主义为主导思想后，也是如此。秦兆阳所撰写的《现实主义——广阔的道路》就是想通过理论的研究，改变这种情况。秦兆阳指出，苏联的这种种论调和我们自己的教条主义结合起来，于是就产生了"片面地强调歌颂光明，片面地含糊地理解了所谓'用社会主义……教育……人民的任务'，就产生了我们自己的无冲突论，由于我们片面地机械地解释了为工农兵服务的方针，就缩小了我们观察生活和选择题材的范围"②。突出的问题是要求文学创作描写"新英雄人物"，所谓写"好人好事"，导致文学创作脱离充满矛盾的现实，和文学描写现实范围的大大压缩。秦兆阳作为《人民文学》的编辑，看到大量这样回避现实矛盾的作品和文学创作天地的狭小，他觉得这样来理解社会主义现实主义是不正确的。于是他明确提出：

> 现实主义既是以整个现实生活以及整个文学艺术的特征为其耕耘园地，那么，现实生活有多么广阔，它所提供的源泉有多么丰富，人们认识现实的能力和艺术描写的能力能够达到什么样的程度，现实主义文学

---

① 秦兆阳：《现实主义——广阔的道路》，《文学探路集》，人民文学出版社 1984 年版，第 153 页。

② 同上书，第 154 页。

的视野,道路,内容,风格,就可达到多么广阔,多么丰富。它给了作家们以多么广阔的发挥创造性的天地啊! 如果说现实主义文学有什么局限性的话,如果说它对作家有什么限制的话,那就是现实本身、艺术本身和作家们的才能所能允许达到的程度。①

秦兆阳这些话说得很正确,也说得很透彻。如果我们这样来理解现实主义的边界,那么我们过去所反复讨论的许多问题就迎刃而解。例如,是要"肯定的现实主义"还是也要"否定的现实主义"的问题,当然两者都要,因为它们都只触及生活的一部分,只有两者的结合,生活的全面性才能在作家笔下展现出来。例如,对于歌颂与暴露的问题,歌颂当然要,暴露也当然要,因为光明与黑暗都是现实的存在,而且它们之间是相互联系的相互转换的。例如,是写英雄人物还是写普通人物的问题,当然可以写英雄人物,也可以写普通人物,因为英雄人物和普通人物都是对于现实的反映,而且他们之间也是相互联系相互转化的。在秦兆阳看来,在写什么问题上争论不休没有多少意义,因为我们的时代是一个"集中表现各阶级人们意志特点的时代",是一个"出现许多杰出的英雄和出奇的坏蛋的时代",是一个"人们充分表现其性格特点的时代",是一个"急剧变化的时代",我们有许多机会可以创作出各种各样的艺术世界来,各种各样的艺术形象来。重要的是要有"独特而深刻的眼光和感情,和独特的文字风格"。② 写普通人也好,写英雄人物也好,重要的以"深沉的眼光去看",是写出人物"内心的、个性的、生命的光彩"。

显然,如果我们当时要是能听取秦兆阳的这些意见,那些在新中国成立时不过四五十岁的老作家,如郭沫若、茅盾、巴金、曹禺、老舍、艾芜、胡风等,都可以写自己熟悉的东西,我们的文学创作的天地会更宽阔,我们的文学人物形象的走廊会更丰富,我们的文学现实主义会焕发出更灿烂的光辉。

从今天我们的观点来看,秦兆阳这里所理解的现实主义"以无限广阔的客观现实为对象,为依据,为源泉",不但符合唯物辩证法的关于世界的相互联系的观点,而且也符合历史唯物论。历史唯物论认为人们认识历史,并非把

---

① 秦兆阳:《现实主义——广阔的道路》,《文学探路集》,人民文学出版社 1984 年版,第 137 页。

② 同上书,第 155、154 页。

历史切割成部分，把过去与现在切割开，把正面人物与反面人物切割开，把光明与黑暗切割开，这都是无法切割开的，相反是"要求把历史的内容还给历史"（恩格斯），"把历史当作一个十分复杂并充满矛盾但毕竟是有规律的统一过程"（列宁）。就是毛泽东在谈到文艺为工农兵服务和深入生活的时候，也说作家应该"观察、体验、研究、分析一切人，一切阶级，一切群众，一切生动的生活形式和斗争形式，一切文学与艺术的原始材料，然后才有可能进入创作过程"①。秦兆阳的现实主义认为在文学的对象、依据、源泉上面"无限广阔"的论点是符合马克思主义的。

（三）现实主义：生活与艺术的关系——艺术"不是生活的翻版"

在秦兆阳看来，现实主义还必须正确理解生活如何转化为艺术问题。秦兆阳在当文学编辑期间看到的作品中，最容易犯的毛病是：或者从政治概念出发，写党的政策的一般的贯彻过程，或者在写出"按照生活的本来面貌"的口号下，变成了生活的翻版。这两类作品都忽略现实主义的艺术特点。秦兆阳很重视这个问题。他认为这个问题的解决要回到马克思和恩格斯关于典型问题的论述。他特别重视恩格斯的如下论点，并对其加以阐释：

> 马克思和恩格斯给我们作了许多有名的阐述。恩格斯有几句简明扼要的话："照我看来，现实主义是除了细节的真实之外，还要正确地表现典型环境的典型性格"——在现实主义的领域内，这之所以是有名的原则，是因为，一方面，它是根据现实主义是以现实生活为土壤、为目的而不是生活的翻版这一大前提发生出来的；其次，它确定了怎样把现实生活集中地表现在作品里的最合理的艺术途径（或者说是"方法"）；因而它也最充分地阐明了、同时也是最充分适合于艺术的特点。②

生活本身还不是艺术。生活的翻版也不是艺术。生活必须经过作家的典型化（这里强调的是典型环境与典型性格的关系），才有可能转化为艺术。这

---

① 毛泽东：《在延安文艺座谈会上的讲话》，《毛泽东文艺论集》，中央文献出版社2002年版，第64页。

② 秦兆阳：《现实主义——广阔的道路》，《文学探路集》，人民文学出版社1984年版，第138页。

一点秦兆阳在 1956 年那个年代就加以注意，是很难得的。对于典型化作为创造现实主义艺术的方法，秦兆阳有许多精彩的论述。例如，对于"极为普通的普通人的典型形象"，他认为："劳动人民每一个人都是很普通的。但是，作为一个作家，不但要看得见他们普通的一面，也要看得见他们身上和他们生活里那种一般人所注意不到的、深刻的、因而也是似乎不大普通的东西。把一般人习以为常但并不注意也不理解的东西突现在一般人面前，这是一个作家发挥其独创的创造性的一个重要方面，是每一个现实主义者应该追求的本领。"①如何才能从普通的人中写出不普通的东西来呢？如何创造出典型环境中的典型性格呢？秦兆阳认为这里没有现成的公式可找，不能定出"一个死板而狭小的公式"，他推荐大家去读鲁迅的作品、高尔基的作品、肖洛霍夫的作品以及莎士比亚、塞万提斯的作品。他分析了其中的一些作品。引导大家通过这些作品的阅读去总结现实主义创作的艺术规律。

(四)现实主义：传统与时代——"社会主义时代的现实主义"

社会主义现实主义在苏联的提出，不过是斯大林一时的提议，并未经过充分的学术讨论。其定义有过许多解释，"常常是昨天还认为是很正确的解释，今天又被人推翻了"。针对这种情况，秦兆阳把文学现实主义理解为一个历史发展过程。现实主义不是今天才有的，古往今来都有现实主义，都有一些共同的特点。就是今天存在于资本主义社会的现实主义，也很难说明它们是哪一类现实主义，"因此，想从现实主义文学的内容特点上将新旧两个时代的文学划分出一条绝对不同的界线来，是有困难的"②。据此，秦兆阳就提出了后来遭到无穷麻烦和批判的"社会主义时代的现实主义"的论点：

> 我认为，如果从时代的不同，从马克思主义和革命运动对于人类生活的巨大影响，从现实主义文学已经发展到了对于客观现实的空前自觉的阶段，以及由此而来的现实主义文学的某些必然的发展，我们也许可以称当前的现实主义为社会主义时代的现实主义。我们可以而且应该号召作家学习马克思主义，该在自己的思想意识中，使得文学能够更好地

---

①　秦兆阳：《现实主义——广阔的道路》，《文学探路集》，人民文学出版社 1984 年版，154 页。

②　同上书，第 143—144 页。

反映现实和影像现实。①

这样一个结论应该说是符合马克思主义的历史发展的辩证法的。在马克思主义看来，一切观念、原理，都不具有永恒的性质，都必然要随着社会关系的发展而发展，都是一种暂时的存在。马克思在《哲学的贫困》一书中说："人们按照自己的生产方式建立相应的社会关系，正是这些人又按照自己的社会关系创造了相应的原理、观念和范畴。所以，这些观念、范畴也同它们所表现的关系一样，不是永恒的。它们是历史的、暂时的产物。"②文学现实主义也是一种观念、范畴，也是"历史的、暂时的产物"，因此把"社会主义现实主义"固定化、永恒的概念，并不很科学。提出"社会主义时代的现实主义"无非是把历代的文学现实主义都看成是"历史的、暂时的产物"，把现实主义作为一个历史发展中的概念，这样做也许更合乎历史发展的辩证法。最起码，这个问题是可以讨论的，毛泽东也说社会主义现实主义"可以讨论"，为什么1958年批判秦兆阳就非得把"社会主义时代的现实主义"说成是"修正主义"呢？

秦兆阳1956年提出的"现实主义——广阔的道路"论应该说是马克思主义与中国生动的文艺实际相结合的产物。就秦兆阳所提出的观点看，是从马克思主义立论的，无论他对文艺与政治的理解，还是对文艺与现实的理解，对艺术与生活的理解，对现实主义传统性与时代性的理解，都是从马克思主义出发，同时又有所发挥。更重要的是秦兆阳的理论建树，不死守固有的理论观念，而能从中国当代的文艺实际出发。特别是他在担任文学编辑和从事文学创作期间，对于如何实现现实主义的真实性、艺术性、思想性等，有正反两方面的真切体验，依据这些真切的体验，他进行了深入的思考，真正做到把马克思主义与中国文学实际结合起来，形成了理论的创新。

秦兆阳的"现实主义——广阔的道路"论的影响是深远的。特别是到了新时期，在解放思想、改革开放的旗帜下，文艺与政治的关系的问题、现实主义的对象问题，再次被提出，进行了反思。尽管这是一个"艰苦的过程"，但

---

① 秦兆阳：《现实主义——广阔的道路》，《文学探路集》，人民文学出版社1984年版，第144页。

② 马克思：《哲学的贫困》，《马克思恩格斯选集》（第1卷），人民出版社1995年版，第142页。

秦兆阳关于文艺与政治关系的论述，特别是他的"文艺为政治服务，不应该是临时性的对政治的图解，首先应该考虑到这是一个长远性的总的要求"的思想，终于被新时期党的领导集体接受，提出以后不再提"文艺为政治服务"的口号，这样就为文艺的发展开辟了广阔的发展道路。

以群、蔡仪的哲学化文学理论教材[①]

　　1960 年，党中央对全国的经济工作提出了"调整、巩固、充实、提高"的八字方针，对农业、工业、商业等制定了调整的政策和工作条例。与此同时，教育、科学、文艺的调整也提上日程，积极进行。文学艺术方面的变化更为显著。1962 年 3 月，文化部和中国剧协在广州召开话剧、歌剧、儿童剧座谈会（史称"广州会议"），对表现新时代新生活、题材风格多样化问题、戏剧冲突和表现人民内部矛盾问题等进行了热烈的讨论；还对几个受过批判的话剧作了新的、肯定的评价，给受到错误处理的作者平了反。同年 4 月 30 日，中央批准《关于当前文学艺术工作若干问题的意见（草案）》，简称《文艺八条》，其中包括：一、进一步贯彻执行"百花齐放，百家争鸣"的方针；二、努力提高创作质量；三、批判地继承民族遗产和吸收外国文化；四、正确地开展文艺批评；五、保证创作时间，注意劳逸结合；六、培养优秀人材，奖励优秀人材；七、加强团结，继续改造；八、改进领导方法和领导作风。同年 8 月，中国作家协会在大连召开农村题材短篇小说创作座谈会（史称"大连会议"）。这次会议提出，文艺创作要打破简单化、教条主义和机械论，向现实主义深化，提倡人物形象塑造的多样化，不但要写正面、反面，还要写中间人物。中央调整了关于文艺问题的方针政策，在一定程度上批评了"左"的文艺路线，

---

　　① 　见童庆炳主编：《20 世纪中国马克思主义文艺理论研究》第三编第九章，北京大学出版社 2012 年版。

重新确定了"百花齐放，百家争鸣"的方针，总结了新中国成立以来文学艺术建设的经验和教训，同时提出了一些符合艺术规律的意见和看法，如"没有形象，文艺本身不能存在"、"寓教育于娱乐之中"、"以政治代替文化，就成为没有文化"等。文学理论界的思想相应地也得以一定程度的激活，"题材"问题、"现实主义深化"问题、"人情"问题、"时代精神"问题都受到了深入关注和探讨。理论批评界一度出现少有的繁荣气象。

一、文学理论教材编写的指导思想

正是在这种环境中，1961 年，中央决定，集中中青年学者，在老专家的带领下开始文科教材的统一编写工作，由当时中央宣传部副部长周扬直接领导。在这一年当中，周扬作为文艺界的领导，一直坚持"文艺从属于政治"的主导倾向，但经过了 1958 年到 1960 年，国家进入"三年困难"时期，思想多少有所反思，文艺思想的倾向也有了一些变化。他在中央的支持下指导文科教材的编写，不能不提出各个领域的规律的探讨问题。所以他多次针对教材建设发表重要意见，这些意见既包括编写教材的原则和方向，也包括非常细致的具体实施建议，多有新的见解。

例如，关于如何认识毛泽东文艺思想的指导作用，周扬表现得既清醒又大胆，既强调教材"要把毛泽东文艺思想贯穿在里面"，因为"毛泽东的文艺思想是发展了的马克思主义文艺观点"，又指出："我们用毛泽东思想挂'帅'，是把它作为红线，作为灵魂，进行总结。教科书不同于具体政策，如果句句都引用毛泽东主席的话，就会使'帅'变成兵将，红线变成红布，灵魂变成肉体了。"[①]在如何正确处理文艺与政治的关系的问题上，周扬指出不要混淆二者的界限，注意避免将文学理论政策化，防止产生不良影响："我们要研究特殊规律，不把一般代特殊，以政治代文艺。……同样，政治只能包括而不能代替文艺，一般只能包括而不能代替特殊。""我们既然要领导文艺工作，就得研究艺术的客观规律。研究它在各时代、各民族的共同规律，也研究它在中国、在社会主义时代的特殊规律。""文艺是要通过它的特点来为政治服务的。不通过文艺特点，也可以服务，但服务得不好。比如标语口号式的文学，可以服务而作用不大。只有通过文艺的特点，通过艺术感染力才能服务得好。"

---

① 周扬：《周扬文集》（第 3 卷），人民文学出版社 1990 年版，第 228、198 页。

"文学概论要写得生动，引人入胜，不要形成仅仅是对文艺政策的解释。""不要把文学概论写成对党的文艺政策的解释。""不至于仅仅把政策看成条文，而知道政策是从事物的发展规律中总结出来的，有着深刻的理论根源。"①

又如，在文学理论教科书的具体写法上，周扬也强调要注意科学性和准确性，贯穿历史与逻辑相结合的研究方法和编写原则，文学规律应当从历史研究中来。他说："理论教科书回答的是'是怎样'或'不是怎样'，而不是回答'应当'怎样和'必须'怎样。'是'与'不是'对于'应当'和'不应当'有参考作用，但教科书不要去解决'应当''不应当'的问题。""写这本书，要照顾到容易为人接受，高深的著作也应如此。深入浅出，篇幅多些也不要紧。条理逻辑要清楚，要有史有论。""研究问题，从历史出发就好办；反之，从理论概念出发，就得不到正确的认识。""规律一定要从历史研究中得来。没有找到规律，就不要凭空编造，老老实实，没有就不写。研究文学史固然要总结规律，但不要勉强，也不要硬搬外国的概念。""写理论，历史的方法和逻辑的方法要统一，文学发展的过程需要讲，在文学概论中要贯穿历史的观点，这样，知识、材料才会丰富，否则，单在概念中兜圈子，会陷在里面走不出来的。""在叙述上应当采用历史的方法，不要只用概念的方法。""总之，要有阶级观点和历史观点。不要以今天的眼光去套古人，要按历史的具体状况去研究。"②

又如，关于教材建设要注意批判继承、科学吸收古今中外的优秀文化遗产，从而更好地建立中国化的文学理论问题，周扬认为："我们的立足点是工农兵，要一手伸向古代，一手伸向外国，继承人类宝贵的遗产。""我们现在是根据马克思主义普遍真理，回过头来总结中国的文艺遗产和'五四'以来的文学经验。再从中得出我们的马克思主义理论——中国化的理论。我们的方向就是这样。""通过这次搞教材，我们应该把中国的历史经验和几十年革命文学的理论经验条理化一下。历史就是过去的经验，没有历史就没有理论。文学理论如果不总结中国的经验就很难成为我们自己的理论。""总结经验需要时间。中国文学的经验，理论的遗产，过去长期被忽视。中国的文论、画论、

---

① 周扬：《周扬文集》(第3卷)，人民文学出版社1990年版，第347、346－347、348、235、236、240页。

② 同上书，第246、248、230、232、240、262页。

诗论都非常丰富，问题是没有很好地系统化。在世界上像《文心雕龙》那样的书是很少的。""还要继续吸收外国的好东西。所以要编出一个好的教材首先要总结自己的经验，整理自己的遗产，同时要有选择有批判地吸收外国的东西，只有这样，才能编出具有科学水平的教材，才是中国的教育学，中国的文艺学。"①

再如，周扬指出，教材要处理好文学的外部关系和内部关系："关于文学概论研究的对象、内容。要讲两个方面：文学的外部关系——文学与社会生活的关系，基础、上层建筑与政治的关系；文学的内部关系——内部结构。""先要把文艺在社会中的位置、地位、作用摆好，再来分析内部结构，位置没摆好先谈内部结构，就会把文艺当作一个孤立的、高于一切的东西。"②周扬甚至还就教材的结构和章节提出了自己的设想：第一编（即第一章）"文学的本质与基本特征"；第二编包括二、三、四章，讲"文学发展与社会经济发展的关系"，"文学与政治"和"文学发展的继承、革新与相互影响"；第三编五、六、七、八章，是关于文学创作的。包括"文学的创作过程"，"文学作品的内容和形式"，"世界观与创作方法"，"作家的劳动和修养"；第九章"文学的鉴赏与批评"；第十章"文艺批评和思想斗争"；第五编（第十一章）"社会主义文学的发展与共产党的领导"。③即以现在看来，周扬对教材编写的指导原则大多都是符合文艺规律的，对文学理论教材编写起了极大的促进和指导作用。

但我们不要把周扬文学思想的变化估计过高，他当时的文学思想处于政治论的文艺学与认识论的文艺学之间，突出的还是文学反映论，反映论在 20 世纪60 年代初的历史语境中就是中国文学思想所能达到的高度了。

二、教材的文学本质特征论与认识论

在周扬的领导下，以群和蔡仪分别担任主编，汇集了一大批专家、学者，成立了两个文学理论教材编写组，新教材的编写工作全面启动。不久，以群主编的《文学的基本原理》出版（1961 年成稿，1963、1964 年分上、下册出

①　周扬：《周扬文集》（第 3 卷），人民文学出版社 1990 年版，第 227、231、241、256、303 页。
②　同上书，第 231、232 页。
③　同上书，第 250—254 页。

版)、蔡仪的《文学概论》(讨论稿，1963 年完成)两部统编教材诞生。

以群本的绪论和蔡仪本的第一章，在界定文学的本质时，所提出的文学观念是基本一致的。他们都认为文学是社会意识形态。以群主编的《文学的基本原理》在讲到文学性质时候，首先肯定文学是一种社会意识，这种社会意识是社会存在的反映。其次，又说明了这种社会意识如何又演变为"社会意识形态"："人不是孤立的存在，他总是生活在一定的社会、一定的人与人之间的关系中，因此，他的思想情感，他对于周围世界的反映，不能不受到社会发展、受到人与人之间的关系的制约，具有一定的社会性。换句话说，文学艺术同哲学、科学一样，从本质上看，都是社会意识。"接着教材在引了恩格斯在马克思墓前的演说那段最著名的话后，指出："人类社会的一切精神活动的产物，包括政治、法律的观点以及宗教、道德、哲学、科学和文学艺术，等等，统称之为社会意识形态。文学属于社会意识形态，而社会意识形态又是上层建筑的一个部分；上层建筑最终为经济基础所决定，而又反转过来为基础服务，对基础发生反作用。"①蔡仪主编的《文学概论》对于为什么文学是"特殊的意识形态"则主要通过生活是文学的源泉、文学反映生活的角度加以论述。具体说法略虽略有差异，前者为"社会意识形态"，后者为"特殊的意识形态"。这里需要评述的是，两部教材都把文学看成是"意识形态"，完全符合马克思主义的历史唯物主义对于文学的规定。马克思在《〈政治经济学批判〉序言》中说："随着经济基础的变更，全部庞大的上层建筑也或慢或快地发生变革。在考察这些变革时，必须时刻把下面两者区别开来：一种是生产的经济条件方面所发生的物质的、可以用自然科学的精确性指明的变革，一种是人们借以意识到这个冲突并力求把它克服的那些法律的、政治的、宗教的、艺术的或哲学的，简言之，意识形态的形式。"②马克思的这段话明确把"艺术的"与"法律的、政治的、宗教的"、"哲学的"相并列，说明这些精神领域的部门，不论是理性的观点还是感性的情感与形象，都是"意识形态"的某种形式。应该说这两部教材都从马克思的历史唯物主义的社会结构理论，来确定文学在社会结构中地位，并从这一角度来理解文学的性质。

---

① 　以群主编：《文学的基本原理》(上册)，上海文艺出版社 1963 年版，第 14、16 页。

② 　《马克思恩格斯选集》(第 2 卷)，人民出版社 1995 年版，第 33 页。

　　但是，在论述到文学作为意识形态的特征的时候，两部教材都引了别林斯基的《1847年俄国文学一瞥》中的关于文学与哲学的区别："哲学家用三段论法，诗人则用形象和图画说话，然而它们说的都是同一件事。政治经济学家被统计材料武装着，诉诸读者和听众的理智，证明社会中某一阶级的状况，由于某一种原因，业已大为改善，或大为恶化。诗人被生动而鲜明的现实描绘武装着，诉诸读者的想象，在真实的图画里面显示社会中某一阶级的状况，由于某一种原因，业已大为改善，或大为恶化，一个是证明，另一个是显示，可是他们都是说服，所不同的只是一个用逻辑结论，另一个用图画而已。"以群的本子虽然也引了马克思的关于"对世界的艺术的、宗教的、实践—精神的掌握"的论述，但没有展开论述，编者更重视的还是别林斯基的上述论点。用"图画"与"逻辑结论"，能不能区分开文学与哲学呢？仅用"图画"作为文学的特征能不能成立呢？这完全是可以讨论的。

　　从周扬到这两部教材的编者都用"图画形象"来规定文学的特征，这里存在两个层面的问题：第一层面，别林斯基的看法明显是一种认识论的文学特征论。他认为文学与哲学认识的对象是"同一件事"，对象完全是相同，所不同的仅仅是形式，即一个用图画，一个用逻辑。这种理解把文学看成是对社会生活的一种认识。这是不符合文学实际的。应该看到，文学有认识，但又不止于认识。文学从其本性上说更多的是价值，甚至可以说文学基本上是一个价值系统。一部作品可以不提供什么认识的内容，但却是具有审美价值的。像李白的诗句"黄河之水天上来"、"白发三千丈"，杜甫的诗句"月是故乡明"，"钟声云外湿"，从认识上说，可以说毫无意义，甚至可以说它们遮蔽了事物的本质，但它们流传千古，因为它们提供了诗情画意，具有审美的价值。也正为此种理解，两个本子都特别看重典型，设专章专节来讲典型。因为典型与认识的关系特别密切。实际上，优秀的文学作品往往比认识宽阔得多，或者说有很多非认识因素。有的作品，只是一种情绪，一声叹息，一种氛围，一种气息，一点情调，一些色泽，一种气势，甚至只是一点诗意的议论。所以形象特征论并不确切。两书的编者还不太理解马克思提出的"艺术的掌握"、"诗意的裁判"、"莎士比亚化"的真正意义。

　　第二层面，形象特征论特别适合于文艺服从政治的思想，与新中国成立后占主导倾向的"文艺从属于政治"特别合拍。因为这种政治论的文艺学，过分强调强调文艺为政治服务，解释政治结论和政策条文成为创作中不易解决的公式化、图解化的顽疾。这种被歌德称为"为一般找特殊"的弊病，恰好需要文学的特征是形象的理论，因为一般的政治概念如何能够成为"文学"呢？那就通过特殊的形象的事例，来对一般的政治概念作生动的解释。这样作家所面对的不是整体的、具有审美价值的生活，更不必研究这种生活，而只需要寻找到可以与某些政治观念相匹配的形象就可以了。实际上，新中国成立后一些被赞扬的作品，如短篇小说《不能走那条路》等，都是对政治观念的形象图解，都是"席勒式"的作品，但符合文学的特征是"用图画说话"的理论。

实际上这两部教材存在的另一个问题，就是继续强调"文艺从属于政治"。以群主编的教材列"第二章文学与政治"，重点讲文学的阶级性，强调"文学为一定的阶级的政治服务"。蔡仪的教材列了专节阐述"文学与政治的关系"，节下分三个标题：一、阶级社会的文学的阶级性；二、文学从属于政治并为政治服务；三、无产阶级的党的文学原则。其内容还是新中国成立以来的主导的文学思想倾向——"文艺从属于政治"。

由此看来，从两部教材的文学观念和对文学特征的理解看，是政治论的文艺学与认识论的文艺学结合的产物。它们比之于1958年只讲"毛泽东文艺思想"当然有了改变，学理性也加强了，也有了某些对文学规律的探索，但从实际内容看，处处流露出对主导的"文学从属于政治"的倾向与思潮的臣服。

三、教材体系内容与反映论哲学

我们再从这两部教材的体系结构看它们与反映论哲学的关系。

以群主编的《文学的基本原理》分为十一章，前面设"绪论"：

绪论①

第一章　文学与社会生活

第二章　文学与政治

第三章　文学的继承、革新与各民族文学的相互影响

---

① 该绪言分为"历来关于文学的基本性质与特点的见解"、"文学是一种社会意识形态"、"文学是语言的艺术"三节。

第四章　文学的形象与典型

第五章　文学的创作方法

第六章　文学作品的内容与形式

第七章　文学语言

第八章　文学的体裁

第九章　文学的风格、流派和民族特点

第十章　文学鉴赏

第十一章　文学批评

蔡仪主编的《文学概论》没有分编，具体包括九章：

第一章　文学是反映社会生活的特殊的意识形态

第二章　文学在社会生活中的地位和作用

第三章　文学的发生和发展

第四章　文学作品的内容和形式

第五章　文学作品的种类和体裁

第六章　文学的创作过程

第七章　文学的创作方法

第八章　文学欣赏

第九章　文学批评

我们可以看到，不管是以群主编的本子还是蔡仪主编的本子并没有完全照搬周扬的"五编"来撰写，而是基本将全书分为四编，即本质论、发展论、创作论、鉴赏论。具体而言，两本书去掉了周扬的第五编，但其内容已消化到前四编之中。

这种本质论、发展论、创作论、批评论的结构模式后来成为文学理论教材的基本结构。60 年代的这两部教材标志着我国文学理论教材对苏联模式的文学理论的某种克服，体例与表达也逐步走上了中国化道路。应该肯定，这两部教材基本上运用马克思主义的观点与方法，结合我国的文学实际，总结了此前的文艺理论某些研究成果，建立起自己相对完整的理论体系，为我国建设具有自己特色的文艺理论迈出了第一步。这两部教材一方面力图阐明马克思主义的文艺思想，也较清晰地描绘了当时的文学状态。它们既是对苏联理论的突破，也是在摹仿中实现的第一次创新；它们的框架结构与理论言说方式对以后的文学理论教材编写产生了极其深远的影响。

以群主编的《文学的基本原理》和蔡仪主编的《文学概论》是新中国成立以来两部比较成功的教材，影响很大。这两部教材有几个重要的特点：第一，坚持文学反映论，但不完全生搬硬套，并且开始了对文学规律的探讨。第二，与原来的苏式教材相比，出现了较新的思路和体系，在原来以本质论、作品论和发生与发展论的基础上，增加了与文学的本质紧密相关的创作论、欣赏论的内容。第三，消除了对文学与政治关系的单线条描述，揭示了文学与生活的多维联系。最为重要的是，在重视文学外部规律的前提下，加强对文学自身规律问题的探讨，如对文学形象、文学创作、文学批评等问题的解说已呈现出不同以往的面貌。第四，较为空洞的纯粹政治说教减少了一些，富有学术意味的言说则有所增加，注意文学理论问题研究。第五，开始逐步重视中国古代文学理论资源，以科学的态度继承、吸收中国古代文学理论的宝贵资源。以群主编的《文学的基本原理》和蔡仪主编的《文学概论》的诞生标志着我国文学理论教材建设的真正起步。两部教材的问世，受到文学理论界和高校师生的普遍欢迎，文学理论教学也出现了较为可喜的新局面。对于这两部教材在中国发展马克思主义文艺思想的贡献必须充分肯定。

但是从这两部教材的体系结构、具体内容看，对于马克思主义的文学方法论究竟是什么，仍然没有解决。无论是体系结构，还是具体内容，主要的是把文学问题提到哲学的层面来加以安排与阐释。体系结构，从文学的一般问题到文学的特殊问题的安排，是完全哲学化的。更重要的是对于文学问题的解说，也是哲学化的。例如，对于文学性质，则说"文学以形象反映社会生活"；对于文学创作的规律，则说"文学创作是对生活素材的加工改造"，"关键在于形象的典型化"；对于"内容与形式的关系"，则完全套用哲学的思路："作品的内容和形式的相互依存关系又有主导的一面，即内容决定形式，形式服从于内容。作品有怎样的内容就要求有怎样的形式，而它的某种形式总是为了表现特定的内容的。"①而对于文学的典型，则说"典型人物就是指在典型

---

① 　蔡仪主编：《文学概论》，人民文学出版社 1979 年版，第 142 页。

环境中形成的具有鲜明的个性又足以表现一定历史条件下的阶级、阶层或集团的某些共同本质的人物形象"①。这个定义只是对典型是个性与共性统一的一种变化而已。教材对主要文学问题阐述都是哲学化的。问题是哲学方法论能不能替代文学方论呢？哲学的反映论是不是马克思主义文艺方法论呢？这就是值得思考的问题。

首先，哲学方法论不能替代文学方法论。两部教材显然认为马克思主义的辩证唯物主义和历史唯物主义就是马克思主义的文学方法论。我们不否认辩证唯物主义和历史唯物主义作为解决文学问题的前提的重要意义。这是必须肯定的。但是用哲学方法论替代文学方法论是不是正确的呢？按照两部教材的理解，似乎文学理论就是用文学的具体事例去填充哲学观念，文学理论自身并没有方法论。文学理论如果没有自己的方法论，那么文学理论还能不能成为一个独立的学科呢？更进一步，我们可以来考察一下，哲学能不能解决文学中的复杂、微妙问题。其实这个问题，在苏联"解冻"时期就被当时具有独立思想的一些文学理论家提出来了。如阿·布罗夫在 1956 年的《文学报》上发表了题为《美学应该是美学》的文章，其中说："美学科学——这首先是一种方法论，因此它对哲学科学比对任何其他科学总要接近得多。但是应该注意，这正是美学的方法论，不是一般哲学的方法论。因此，它不能仅仅用一般哲学的方法论原理和概念来说明自己的对象。它必须揭示对象的内在的特殊的规律性，即制定自己的方法论和专门术语。然而这并不是说，哲学前提可以被忽视。……但是局限于哲学前提，就等于停留在美学科学的哲学阶段上；然而可惜得很，这种情况常常发生，并且还有发展为一种方法论的危险。例如，在关于典型的理论方面，可以把一般和个别的辩证关系的一般规律重述和确认多少次，难道现在不应该提出艺术中一般和个别的特征问题吗?! 把典型看成是通过具体的和单一的事物来表现'一定现象的实质'，这个定义早已不能令人满意了。从一般哲学意义上来看，这个定义仍旧是对的，但从美学上看，则丝毫不能说明什么。这里指的是什么样的'实质'呢？大家知道，任何意识形态都力求揭示'一定现象的实质'。但有各种各样的实质。雷雨的真正实质在于：这是一种大气中的电的现象。是否可以说，诗人在描写雷雨

---

①　以群主编：《文学的基本原理》（上册），上海文艺出版社 1963 年版，第 211 页。

的时候给自己提出的任务是揭示这种物理实质呢？显然，不能这样说，因为诗人在描写雷雨的时候所提示的实质是另一种东西。请想一想‘我喜爱五月初的雷雨……’这句诗。这里不仅没有表明雷雨的物理实质，而且从严格的科学的观点来看，这种实质似乎被‘遮掩’起来了，假如愿意的话，还可以说是被歪曲了。”①阿·布罗夫所提的方法论问题是很重要的，也很有启发意义。的确，文学所描写所抒发的东西，并不是物理学意义上的事物，是诗人、作家诗意化的事物，如果只是从辩证唯物主义的角度，即科学的角度去解释，有许多文学描写和情感的抒发以及想象、夸张、象征等，都是无法解释的，因为这属于美的领域，属于艺术的领域。文学理论和批评在辩证唯物主义、历史唯物主义的前提下，寻找自己的独特的方法论。两部教材的编者可能因为当时“反修批修”的关系，而忽视了诸如阿·布罗夫的提醒，仍旧用哲学的方法论取代文学理论的方法论，这种文学理论哲学化的倾向，是当时留下的重要问题之一。

　　其次，在马克思看来，文学理论的方法论究竟是什么呢？马克思、恩格斯对于文艺问题有许多论述，如关于文艺要表现无产阶级的斗争，关于“莎士比亚化”与“席勒式”，关于“典型环境中的典型人物”，关于文艺的真实性问题，关于“诗意的裁判”问题，关于“按照美的规律”创造问题，关于“艺术掌握”方式问题，关于文学生产问题，关于批判地继承个革新的问题，等等。我们认为关系到文学理论与批评的方法论的阐述从恩格斯在 1959 年《致拉萨尔》的信中，对拉萨尔的历史剧《弗朗茨·冯·济金根》作出的评论中提出来的。马克思和恩格斯都先后给拉萨尔写了信，他们对拉萨尔的剧作的批评很接近，都肯定是一部经得起批评的、感动人的、有价值的剧作，但同时又都提出了类似的批评。恩格斯在批评之后说：“我是从美学观点和历史观点，以最高的标准来衡量您的作品的。”②“美学观点和历史观点”看起来似乎是讲文学批评的标准问题，实际上远远超出批评标准的范围。正是在两封给拉萨尔的信中，

---

　　①　［苏］阿·布罗夫：《美学应该是美学》，《美学与文艺问题论文集》，学习杂志社1957 年版，第 39—40 页。

　　②　陆梅林辑注：《马克思恩格斯论文学与艺术》（一），人民文学出版社 1982 年版，第182 页。

马克思批评说："……你就得更加莎士比亚化，而我认为你的最大缺点是席勒式地把个人变成时代精神的单纯传声筒"，"描写得太抽象了"①等；恩格斯则提出"一个人物性格不仅表现在他做什么，而且也表现在他怎样做"，并同样认为"我们不应该为了观念的东西而忘掉现实主义的东西，为了席勒而忘掉莎士比亚"②。文学首先应该是"美学"的园地，要有审美的特性，离开审美的特性，文学就不成为文学，这是马克思和恩格斯共同要表达的观点；但仅有"美学观点"对文学来说是不够的，还必须有"历史"感，把文学所描写的主要的内容放到历史原有的语境中去把握，所以马克思、恩格斯都不约而同地批评了在拉萨尔的剧作中，没有写出历史的必然性，脱离开原有的历史的环境。他们都认为拉萨尔的剧作贵族代表"占去了全部注意力"，而"农民和城市革命分子的(特别是农民的代表)倒是应当构成十分重要的积极的历史背景"③。美学，是根植于历史的美学，历史是根植于美学的历史。美学—历史的合力，成为一个整体，成为一种方法论。如果我们把马克思、恩格斯在这里的美学的、历史的论述与他们的关于"艺术的掌握"、"诗意的裁判"、"伟大的历史感"等思想联系起来思考，那么"美学的—历史的"方法，应该是文学理论和批评这个学科的独特的方法，真正的文艺学的方法。但是，在 20 世纪 60 年代初，一些政治观念占去了编者过多的注意力，而没能深入地学习马克思主义文艺经典著作，因此也还不可能提出文艺学自身的方法来。哲学的方法取代了文艺学的自身方法，这是历史的局限。

---

①　陆梅林辑注：《马克思恩格斯论文学与艺术》(一)，人民文学出版社 1982 年版，第174、175 页。

②　同上书，第 179、180 页。

③　同上书，第 174 页。

走向新境：中国当代文学理论 60 年[①]

　　1949 年中华人民共和国建立，对有五千年文明的古老中国来说，是划时代的事件。它标志一个旧时代的结束，一个新时代的开始。毛泽东早在 1949 年 9 月 21 日发表的《中国人民站起来了》一文中明确指出："全国规模的经济建设工作业已摆在我们的面前。""随着经济建设的高潮的到来，不可避免地将要出现一个文化建设的高潮。"事实上，这个"高潮"由于受到其后的"阶级斗争为纲"的路线的影响，并没有很快到来。人民共和国已经走过 60 年的历程，明显地可以分为三个时期，即新中国成立后十七年时期、"文革"十年时期、改革开放三十年时期。在第一个时期，我们在曲折与艰难中发展，在第二个时期我们在错误与失误中遭遇挫折。最终，在新时期，中国共产党实现自身的更生，领导全国人民摆脱了"文化大革命"的"极左"路线的羁绊，走上了改革开放的坦途。改革开放三十年所取得伟大成就令世人瞩目，我们终于可以说，人民共和国屹立在世界大国之林，中华民族的伟大复兴已经可以翘首期待。文学理论作为一门学科的发展与整个社会的发展同步。它不能不是时代变化的一面镜子。文学理论在前 30 年在曲折中有发展，在失误中有成绩，并最终迎来了新时期 30 年的转型、变化与多元的发展。回顾文学理论 60 年，既是为在这个领域艰难耕耘作出无私奉献的前辈一个纪念，也是给后来的文学理论研究者提供一点历史的启示，看一看中国当代的文学理论的路是如何

[①]　发表于《文艺争鸣》2009 年第 9 期。

走过来的。

一、新中国成立后"十七"年(1949—1966)：两种倾向、两种话语并存

新中国成立后的"十七"年，文学理论成绩与错误并存，两种倾向同在，两种话语同在，但一种倾向与话语压倒另一种倾向与话语。文学理论作为当时"时代的风雨表"，所产生的起伏，所经历的风雨，使人能够从一个侧面，来回望共和国在思想文化方面所走过的富于理想而又充满失误的艰难历程。

(一)主导的倾向——文艺从属于政治

20 世纪 50 年代文学理论是在"五四"以来文学思想斗争经验的基础上，带着历史的惯性发展而来的。从 21 世纪的视点看，它是一个以马克思列宁主义为指导，在全国范围内传播毛泽东的政治化文艺思想的时代。1942 年毛泽东发表的《在延安文艺座谈会上的讲话》，正确地指导了当时的文艺运动，推动了革命文艺的创作。其中带有普遍性的内容，如文艺为工农群众服务问题、普及与提高的问题、继承与革新的问题、生活源泉问题、艺术高于生活问题、中国作风和中国气派问题，等等，在 50、60 年代成为全国指导性的文艺思想，所取得的成绩是应该取实事求是的态度的。至今，它们仍然是中国现代文艺思想中的重要成果。毛泽东 1942 年《在延安文艺座谈会上的讲话》中的一些提法，从当时看，的确是站在政治高度，从文艺从属于政治的角度，对以往文艺斗争的总结和发挥。我们应该从 20 世纪的整体高度，从我们民族在 20 世纪所经历的民族解放战争和人民解放战争的需要的角度，充分加以肯定。

实际上新中国马克思主义文学理论的起步就是毛泽东的《讲话》以及后来毛泽东的一些补充论述。客观地看，《讲话》以及毛泽东在新中国成立后的文艺问题论述的内容包含两种思想因素，其大体框架是这样：

> 文艺方向——工农兵方向；
>
> 文艺性质——从属于党在一定历史时期的政治路线；
>
> 文艺源泉——社会生活，文艺反映社会生活；
>
> 文艺资源——古为今用，洋为中用；
>
> 文艺加工——典型化，即"六个更"；
>
> 文艺思维——形象思维；
>
> 文艺方法——社会主义现实主义或革命浪漫主义与革命现实主义相

结合；

　　文艺家道路——与工农群众相结合、改造世界观；

　　文艺功能——团结人民、教育人民、打击敌人、消灭敌人；

　　文艺批评——政治标准第一，艺术标准第二；

　　文艺方针——百花齐放，百家争鸣；

　　文论学习对象——苏联文论；

　　文论价值取向——民族的、大众的、科学的。

　　以上十三点，包含两种元素、两种倾向：一种是强调文艺从属于政治，强调文艺的方向必须是政治性的，如说文艺是"团结人民、教育人民、打击敌人、消灭敌人的有力武器"、"在现在世界上，一切文化或文学艺术都是属于一定的阶级，属于一定的政治路线的"、"党的文艺工作，在党的整个工作中的位置，是确定了的，摆好了的，是服从党在一定革命时期内所规定的革命任务的"、"文艺是从属于政治的，但又反转过来给予伟大的影响于政治"、"文艺服从政治"……在这些理论前提下来强调文艺为人民服务，实际上就是强调文艺从属于政治。另一种元素和倾向就是承认文艺和生活都是美，但"文艺作品中反映出来的生活却可以而且应该比普通的实际生活更高，更强烈，更有集中性，更典型，更理想，因此就更带普遍性"，承认"继承与借鉴决不可以变成替代自己的创造"，"文学艺术中对于古人和外国人的毫无批判的硬搬和摹仿，乃是最没有出息的最害人的文学教条主义和艺术教条主义"，提出文艺创作要"观察、体验、研究、分析"的过程，提出革命文艺要求达到"政治与艺术的统一，内容与形式的统一，革命政治内容和尽可能的完美的艺术形式的统一"，提出"缺乏艺术性的作品，无论政治上怎样进步，也是没有政治力量的"，提出反对"标语口号式"的倾向，诗要用形象思维，等等。不难看出，前一种元素和倾向是重视政治的统领文艺的作用，重点要强调的是文艺的方向、文艺的服务对象、文艺的客体、文艺与党派的关系、文艺与时代的关系，等等，大体上属于文艺的外部规律的问题；后一种元素和倾向则重视文艺的特殊性，重点承认文艺的艺术性、内容与形式的统一、形象思维、文艺的主体精神，反对文艺上面的教条主义，大都涉及文艺内部规律的问题。

　　新中国成立后，文艺理论界面临一种对毛泽东《讲话》以及后来的文艺问题论述的解读和选择。由于新中国成立不久，又面临当时内部敌人的反对和外部敌人的挑衅，如国民党残余势力的破坏，不得不进行"肃反"运动，美国挑起的朝鲜战争，不得不进行抗美援朝，等等。就是说，虽然建立了新的国家，但"战争"在内部和外部并未结束。在这种情势下，当时文艺界领导和主流理论家出于对政治的热情都选择了毛泽东文艺思想的前一种元素和倾向，同时忽略了后一种元素和倾向，这样，毛泽东文艺思想的后一种元素和倾向，不但受到压抑，其部分探讨者也遭受了无情的批判与斗争。

　　就是毛泽东自己，也主要是强调其文艺思想的政治方面。特别是在1951年批判电影《武训传》的时候，毛泽东指出："在许多作者看来，历史的发展不是以新事物代替旧事物，而是以种种努力去保持旧事物使它得免于死亡；不是以阶级斗争去推翻应当推翻的反动封建统治者，而是像武训那样否定被压迫人民的阶级斗争，向反动的封建统治者投降。我们的作者们不去研究过去的历史中压迫中国人民的敌人是些什么人，向这些敌人投降并为他们服务的人是否有值得称赞的地方。我们的作者们也不去研究自从1848年鸦片战争以来的一百多年中，中国发生了一些什么向着旧的社会经济形态及其上层建筑（政治、文化等）作斗争的新的社会经济形态，新的阶级力量，新的人物和新的思想，而去决定什么东西是应当称赞或歌颂的，什么东西是不应当称赞或歌颂的，什么东西是应当反对的。"①当然，就这些话来说是正确的，并没有什么问题。问题在于新中国成立后文艺方针政策是否应当有所调整呢？这本来是应该有所作为的。1957年毛泽东发表了《关于正确处理人民内部矛盾问题》的重要文章，其中提出"百花齐放，百家争鸣"的方针，认为"百花齐放"是促进艺术发展的方针，提出"艺术上不同的形式和风格可以自由发展"。②这是非常正确的意见。但是随着1957年的反右派斗争和其他运动，这个重要的方针在现实中并没有得到实现。

　　从今天的观点看，不论当时还遭遇到多少内外挑战，应该说以经济建设为主题的新时代开始了。这一点毛泽东曾早在1948年3月的《在中国共产党

---

　　①　中共中央文献研究室编：《毛泽东文艺论集》，中央文献出版社2002年版，第136—137页。

　　②　同上书，第158页。

第七次中央委员会第二次会议上的报告》中说过："我们不但善于破坏一个旧世界，我们还将建设一个新世界。"而且指出各项工作都要"围绕着生产建设这一中心工作并为这一中心工作服务的"，他强调："如果我们在生产工作上无知，不能很快地学会生产工作，不能使生产事业尽可能迅速地恢复与发展，……我们就会站不着脚，我们就会要失败。"新中国成立后，也明确了把恢复和发展生产作为一切工作的中心。

在这样的背景下，国家的文化和艺术事业，在思想上是否也要立足于建设；在文学理论上，是否应该发展毛泽东文艺思想中后一种元素和倾向，是否应该有新的视野和思考，就成为一个迫切需要解决的问题。应该说，毛泽东是看到了这一点的，例如，1956 年提出文艺领域的"百花齐放，百家争鸣"的方针，1958 年冲破"社会主义现实主义"的文论"宪法"，提出"革命现实主义和革命浪漫主义相结合"问题，1965 年提出"诗要用形象思维"的问题，此外还提出"共同美"问题等，都力图挣脱苏联文学思想的束缚，从新中国文艺的实际重新加以思考。但是，毛泽东本人思想具有两面性：一方面，他坚持文学从属于政治的思想，丝毫不愿在这个问题上有所改变。随后毛泽东的注意力集中到当时的知识分子的思想改造，所以不久又发动对俞平伯的《红楼梦研究》的批判，尤其是对胡风文艺思想的批判，甚至把胡风定为"反革命"，更加深了人们对于政治裁判学术是合理的印象；但另一方面，毛泽东于 1957 年发表了《关于正确处理人民内部矛盾问题》的重要文章，其中提出"百花齐放，百家争鸣"的方针，认为"百花齐放"是促进艺术发展的方针，提出"艺术上不同的形式和风格可以自由发展"。[①] 这是非常正确的意见。这种主张似乎又开辟新的思考和新的方向；这就使人们不能明确地判断他的思想走向，加上当时他的崇高威望和人们的绝对推崇，再加上抗日战争、解放战争政治热情的持续发酵，在整个 50—70 年代的历史惯性和思维定势是如此强大，主流的理论家不允许人们从其他视点来解释文学，文学仍然固定不变地看成是从属于政治的。终于，文学从属于政治的观念，从 1949—1956 年的泛政治化文艺倾向，演变为 1957—1960 年的批判右倾的文艺思潮，演变为 1962—1966 年的

---

　　① 中共中央文献研究室编：《毛泽东文艺论集》，中央文献出版社 2002 年版，第 158 页。

批判修正主义的文艺思潮，最终演变为 1966—1976 年长达十年的给国家带来灾难性后果的"文革"。

因此，从主导的倾向上看，当时自称是马克思主义文艺理论家的领导者，并没有结合中国的实际推进马克思主义的文学思想，相反让人家想到苏联的"拉普"派，想到庸俗社会学，想到"社会主义现实主义"的简单公式。这不能不是历史的悲哀。

当然，就是在上述"文艺从属于政治"为主导文学观念的时期，也已经显露出难以为继的状况。这就出现了 1956 年至 1957 年上半年的文艺思想"早春天气"的活跃和 1960—1961 年文学思想的"调整"时期。虽然这两段时间很短暂，但提出了许多新问题、新思想，这些新问题和新思想是结合中国当时的实际，对于马克思主义文学思想的补充与推进，但遗憾的是这里新问题、新思想只能成为一种非主导的倾向与话语。

文艺从属于政治文艺观念的另一个推动力就是新中国成立初期苏联文论在中国的传播。在新中国成立的 20 世纪 50 年代，在文学理论方面全面学习苏联成为一种潮流。苏联的任何文艺理论小册子都当作是马克思主义经典，得到广泛传播。苏联 50 年代初期的文论也是政治化的。如典型问题就提到苏共党的代表会上去，并认为是政治问题。从理论专著、论文、教材到理论教员的全面引进和学习，使得我们在相当一个时期内，完全亦步亦趋地跟在苏联文论的后面。50 年代流行的苏联的文艺思想，当然有其历史的原因，也自有其不可替代的作用。但总体看来，这些文论体系对文学的性质、特征和功能的阐述，普遍存在着教条主义、烦琐哲学和庸俗社会学的弊端。

过分政治化的文艺倾向与苏联的文学理论一拍即合，成为一种主流的话语，时续时断统治了新中国成立初期到"新时期"开始近 30 年的时间。在这期间，文艺思想和文学理论往往成了阶级斗争的主战场，文艺被看成是政治斗争的晴雨表。如前所述，1951 年发动批判电影《武训传》的运动；1954 年发动了对俞平伯《红楼梦研究》思想批判运动；1955 年掀起了对胡风文艺思想的大规模的批判运动，最后演变为全国性肃清"胡风反革命集团"运动；1957 年反右派斗争中，丁玲、陈企霞、冯雪峰等一批著名的作家、理论家被错划为右派；1960 年又发动了对"修正主义"文艺思潮的批判，其中受批判观点主要是"人情"论、"人性"论、"人道主义"等。连"文革"也是从批判吴晗的历史剧《海瑞罢官》作为开篇。文艺思想成为一次次政治运动的入手处和策源地，文学理论竟然家喻户晓，成为全民注目、关切、学习和谈论的问题。政治化、阶级斗争化使文艺思想视野狭窄化，使思想自身的品格丧失，文艺思想的尴尬与失态也因此显露无遗。终于酿成了1966年开始的"文革"的"极左"文艺路线对新文艺事业的严重破坏。

因此，1949年到1966年的文学思想，从主导的倾向上看，当时自称是马克思主义文艺理论家的领导者，并没有结合中国的实际去认真学习马克思主义的文学理论，他们并没有把握住马克思、恩格斯所提出的重要的具有指导意义的文学思想和方法论，如"艺术的掌握世界"的文学观念和"美学的历史的"方法论及其现实主义文学思想等，并没有进入他们的视野，我们只需阅读作为文学界的领导者或理论家的一些重要著作，如1957年为反对文艺界所谓右派"反党"集团而发表的周扬的《文艺战线上的一场大辩论》，1966年发表的《林彪同志委托江青同志召开部队文艺工作座谈会纪要》，就会立刻感到他们违背了马克思主义的"实事求是"的基本路线，因此根本谈不到他们如何推进马克思主义的文学思想。

（二）非主导的倾向：对人与人性的呼唤，对艺术规律的探求

1949年到1966年的历史并非没有起伏，历史的发展并非是笔直的而是曲折的。1956年到1957年上半年，1960—1961年，对于研究新中国文学思想发展史的人来说，是两个非常重要的时段。正是在这两个时段，当时中国的部分领导人和一些学者，接续了马克思主义文学理论的血脉，结合中国当时的实际，提出并部分回答了文学理论在中国遇到的新课题，从而推进了文学理论。只可惜持续的时间都不长，而且很快就被占主导的思想和势力压制下去。

1956年到1957年上半年，这是一个重要的时段。在这个时段可以用毛泽东的话说是"春天来了"。毛泽东的"春天来了"是一种象征的说法，它所反映的是当时中国的实际，即经过几年的努力，社会主义改造已经提前完成，社会主义的经济建设全面开始。"一九五六年，对中国来说，是一个非常重要的年份，国内国外都发生了重大变化。在国际上，整个形势趋向缓和，在可以预见的时期内，比如十年或者更长的时间，战争打不起来。在国内，三大改造接近基本完成，作为中国最后一个剥削阶级——资产阶级将不再存在，中国正在进入一个新的历史阶段，建立起社会主义制度，党和国家的工作重心正在向着大规模的社会主义建设转变。"①毛泽东在这一年发表他的《论十大关系》，所论述的就是这种转变。中国共产党的第八次代表大会也在这一年召开。大会的政治报告的决议中，明确了当时社会的矛盾"已经是人民对于建立先进的工业国的要求同落后的农业国的现实之间的矛盾，已经是人民对于经济文化迅速发展的需要同当前经济文化不能满足人民需要的状况之间的矛盾"，因此提出党和国家的主要任务是"保护和发展社会生产力"。其实，毛泽东早在 1956 年 1 月 25 日就说："社会主义革命的目的是解放生产力"。② 就是说，在 1956 年，建设的主题凸显出来了，阶级斗争被认为"解决"了。这种巨大的转变不能不反映到文学艺术及其理论方面。

　　1956 年 5 月 2 日，毛泽东在最高国务会议上的讲话中说："我们在中共中央召集的省、市、区委书记会议上还谈到这一点，就是百花齐放、百家争鸣。在艺术方面的百花齐放的方针，学术方面的百家争鸣的方针，是有必要的。这个问题曾经谈过。百花齐放是文艺界提出来的，后来有人要我写几个字，我就写了'百花齐放，推陈出新'。现在春天来了嘛，一百种花都让它开放，不要只让几朵花开放，还有几种花不让它开放，这就叫百花齐放。百家争鸣，是说春秋战国时代，二千年以前那个时候，有许多学派，诸子百家，大家自由争论。现在我们也需要这个。……在中华人民共和国宪法范围之内，各种学术思想，正确的、错误的，让他们去说，不去干涉他们。李森科、非李森科，我们也搞不清楚，有那么多的学说，那么多的自然科学学派。就是社会科学，也有这一派、那一派，让他们去谈。在刊物上、报纸上可以说各种意见。"③毛泽东的讲话精神通过各种渠道传达下来。如当时中央宣传部部长陆定一向科学家、文学家、艺术家作了题为《百花齐放，百家争鸣》的讲话，传达了毛泽东的精神，并更为系统和具体："提倡在文学艺术工作和科学研究工作中有独立思考的自由，有辩论的自由，有创作和批评的自由，有发表自己

---

　　①　中共中央文献研究室编，逄先知、金冲及主编：《毛泽东传 1949—1976》（上），中央文献出版社 2003 年版，第 484 页。

　　②　中共中央文献研究室编：《毛泽东文集》（第 7 卷），人民出版社 1999 年版，第 1 页。

　　③　中共中央文献研究室编，逄先知、金冲及主编：《毛泽东传 1949—1976》（上），中央文献出版社 2003 年版，第 491—492 页。

意见、坚持自己意见和保留意见的自由。""提倡建立在科学基础上的尖锐的学术争论。批评和讨论应当以研究工作为基础，反对采取简单、粗暴的态度。应当采取自由讨论的方法，反对采取行政命令的方法。应当容许被批评者进行反批评，而不是压制这种反批评。应当容许持有不同意见的少数人保留自己的意见，而不是实行少数服从多数的原则。对于在学术问题上犯了错误的人，经过批评和讨论后，如果不愿意发表文章检讨自己的错误，不一定要他们写检讨的文章。在学术界，对于某一学术问题已经作了结论之后，如果又发生不同意见仍然容许讨论。"关于文艺工作陆定一说："党只有一个要求，就是'为工农兵服务'，今天来说，也就是为包括知识分子在内的一切劳动人民服务。社会主义现实主义，我们认为是最好的创作方法，但并不是唯一的创作方法；在为工农兵服务的前提下，任何作家可以用任何自己认为最好的方法来创作，互相竞赛。题材问题，党从未加以限制，只许写工农兵题材，只许写新社会，只许写新人物，等等，这种限制是不对的。""清规戒律，只会把文艺工作窒息，使公式主义和低级趣味发展起来，是有害无益的。"①

这不能不给包括文学家、文学理论家的知识分子以极大鼓舞。文学家更是敏锐，认为这是"早春天气"，于是开始针对文学和文学理论的多年的禁锢而开始"鸣"与"放"。

1956 年到 1957 年上半年，发表了一些具有新感情、新思想、新格调的作品，如王蒙的《组织部新来的青年人》、刘宾雁的《在桥梁工地上》、陆文夫的《小巷深处》、宗璞的《红豆》等作品，这些作品或者是对于社会的消极现象有所批判，或者写爱情而摆脱了教条主义的模式，给人以耳目一新之感。这是前所未有的。虽然当时有争论，但属于正常现象。毛泽东还多次对王蒙的《组织部新来的青年人》表示支持。

在文学理论方面，1956—1957 年上半年，批评教条主义成为引人注目的现象，何直（秦兆阳）的《现实主义——广阔的道路》、周勃的《论现实主义及其在社会主义时代的发展》、钟惦棐的《电影的锣鼓》、钱谷融的《论"文学是人学"》、巴人的《论人情》、陈涌的《关于社会主义的现实主义》等文章，对于当时流行的导致文学创作公式化的教条主义倾向，进行了具有学理性的讨论。

---

① 陆定一：《百花齐放，百家争鸣》，《人民日报》1956 年 6 月 16 日。

这里的突破，集中在两个问题上：

第一就是对苏联的"社会主义现实主义"创作方法的质疑。其中又以秦兆阳的《现实主义——广阔的道路》所提出的论点最为尖锐。文章批评了苏联作家协会章程对社会主义现实主义的规定。苏联的定义强调"艺术描写的真实性和历史具体性必须与用社会主义精神从思想上改造和教育劳动人民的任务结合起来"，秦兆阳批评说，似乎"社会主义精神"只是作家的一种主观的观念，并存在于生活的真实之中，不是有机地存在于艺术描写的真实性和历史具体性之中，而必须外在地加以结合。这样一来，岂不是用世界观取代创作方法了吗？岂不是以政治性取代真实性了吗？秦兆阳在这里实际上提出了"文艺从属于政治"这种观念是否合理的问题。

第二是巴人、钱谷融、王叔明提出的文学与人、文学与人情、人性关系问题。如果说秦兆阳立足于破除非马克思主义的文艺观念的话，那么巴人、钱谷融的文章重在建设，即要建设文学的人的基础、人性的基础，而这是马克思《1844年经济学—哲学手稿》所讨论许多问题中的一个重要问题。

巴人的"人情"论在这时期具有特殊的意义。巴人（1901—1972）早年曾参加文学研究会，后来参加中国共产党和左翼作家联盟，曾编辑过《鲁迅全集》，其思想受鲁迅的影响。1939年出版《文学读本》，1949年更名为《文学初步》出版。新中国成立后，巴人一直在文化部门从事领导工作，并曾任人民文学出版社副社长和总编辑。他于1952—1953年把《文学初步》改写为58万字的《文学论稿》，1954年由新文艺出版社正式出版，成为新中国成立后最早用马克思主义观点撰写的系统的文学理论著作。巴人对于新中国成立后的文学创作缺少人情味、没有艺术魅力十分不满。他在《新港》1957年第1期发表了《论人情》。巴人在这前后，发表的短论还有《给〈新港〉编辑部的信》、《以简代文》、《真的人的世界》、《唯动机论者》、《略论要爱人》等，这些文章的主题差不多都在呼唤文学创作少一点政治味，多一点人情味。巴人说，他遇到许多长期参加革命的老战士，喜欢看旧戏，不喜欢看新的戏剧，原因就是新的戏剧中"政治气味太浓，人情味太少"。因此巴人提出"人情、情理，看来是文艺作品'引人入胜'的主要东西"。他认为"能'通情'，才能'达理'。通的是'人情'，达的是'无产阶级的道理'"。然后他提出什么是人情呢？他回答说："我认为，人情是人与人之间共同相通的东西。饮食男女，这是人所共同要求的。花香、鸟语，这是人所共同喜爱的。一要生存，二要温饱，三要发展，这是普通人的共同的希望。"①巴人还认为："我们有些作者，为要使作品为阶级斗争服务，表现出无产阶级的'道理'，就是不想通过普通人的'人情'。或者，竟至认为作品中太多人情味，也就失掉了阶级立场。但这是'矫情'。天下的事情是人做的，不通人情而能贯彻立场，实行自己理想的事是不会有的。"②值得注意的是，巴人的论述已经与马克思的"异化"理论联系起来，看得出他的观点是对于马克思主义的人道主义的活的运用。巴人说："说这是'人性论'吗？那么还是让我们来看一看马克思和恩格斯说的话吧。在这里，我就不能不'教条'一番了。列宁在《马克思和恩格斯〈神圣的家族〉一书摘要》中有下面一段'摘要'：'有产阶级和无产阶级同样是人的自我异化。但有产阶级感到在这种异化中是满足的和稳固的，它把这种自我异化看作自己的强大的证明，并在异化中获得人的生活的外观。而无产阶级则感到自己在这种异化中是被毁灭的，并在其中感到自己的无力和非人生活的现实。这个阶级，用黑格尔的话来说，就是在被唾弃的状况下对这种状况的愤恨，这种愤恨是由这个阶级的人类本性和它的生活状况之间的矛盾必然地引起的，这个阶级的生活状况是对它的人类本性的公开的、断然的、全面的否定。'那么，无产阶级要求解放还不是要回复它的人类本性，并且使它的人类本性的日趋丰富和发展吗？而我们的文艺上的阶级论者似乎还不理解这个关键。"③巴人的文学人情论，从对文艺与生活的感受切入，然后提升到马克思的"人的异化"理论的视野，得出了无产阶级的文艺写人情，就是要摆脱自我异化，回归人类的本性，因此无产阶级的文艺展现人类的本性，写人情写人性是理所当然的。此前我们还没有看到在中国有人从马克思的这一理论出发，对文学的人性基础作出这样明确无误的论述，这不能不说正是巴人接续马克思主义文学理论的血脉，是十七年时期马克思主义文艺思想的一大收获。后来关于文学与人性的许多讨论，包括周扬在新时期论述文学与人道主义的关系，就立论的核心点看，并

---

①　巴人：《论人情》，《新港》1957 年第 1 期。又见巴人：《点滴集》，浙江人民出版社1982 年版，第 2—3 页。

②　同上。

③　同上。

没有超越巴人。

与巴人相呼应的还有王淑明，他在《新港》1957 年第 4 期发表了题为《论人性与人情》一文。他在肯定人具有阶级性的同时，认为这"并不排斥人类在一些基本感情上，仍然具有'共同的相通的东西'"。"如果不承认人性也具有普遍性的一面，也会低估着无产阶级在为恢复人性的本来面目斗争的实际伟大的意义"。王淑明论述的精彩之处是把人性的存在与无产阶级的斗争联系起来，认为无产阶级斗争的最终目标就是为了"恢复人性的本来面目"。他的这一论述与马克思《1844 年经济学—哲学手稿》关于共产主义就是为了自然主义和人道主义的"复归"的观点不谋而合的。

与巴人相呼应的是当年华东师范大学的青年教师钱谷融（1919—　），他也在上海的《文艺月刊》1957 年 5 月号发表论文《论"文学是人学"》："想为高尔基的这一意见作一些必要的阐释；并根据这一意见，来观察目前文艺界所争论的一些问题"，对季靡菲耶夫《文学原理》中的"人的描写是艺术家反映整体现实所使用的工具"的观点，提出商榷。他把人的问题引入对文学问题的解释之中。钱谷融提出了人在现实生活中和文学中究竟处于什么地位的问题。他回答说："人和人的生活，本来是无法加以割裂的，但是这中间有主从之分。人是生活的主人，是社会现实的主人，抓住了人，也就抓住了生活，抓住了社会现实。反过来，你假如把反映社会现实，揭示生活本质，作为你创作的目标，那么你不但写不出真正的人来，所反映的现实也将是零碎的，不完整的；而所谓生活本质也很难揭示出来了。所以，文学要达到教育人、改善人的目的，固然必须从人出发，必须以人为注意的中心；就是要达到反映生活、揭示现实本质的目的，也还必须从人出发，必须以人为注意的中心。"①在教条主义弥漫文坛的时候，钱谷融的以"人"为中心的文学观念，是十分难得的。马克思《1844 年经济学—哲学手稿》中心命题就是"人"。人的异化，人的劳动的异化，都是把人变成非人。因此，马克思呼唤人、人性、人道主义的复归，提出人以全面的方式占有自己的全面本质。当时马克思的《手稿》还没有翻译成中文，但钱谷融从生活和文学中感悟到的要"抓住人"，以及"人是生活的主人"的思想，不也很相似吗！

---

①　钱谷融：《论"文学是人学"》，人民文学出版社 1981 年版，第 7 页。

但是，1956 年和 1957 年的上半年的"早春气息"只是短暂的、非主导的插曲，秦兆阳、巴人、王淑明、钱谷融的论点，不但受到批判，而且很快就遭到 1957 年 6 月开始的反右派斗争运动沉重的打击，秦兆阳、钱谷融、巴人等无一例外地遭到清算，有的被错划为右派分子，有的其后被划为右倾分子。"文艺从属于政治"的主导倾向，演变为更强大的思潮。这就是当时的文学理论的现实。

为什么 1956 年和 1957 年上半年的"百花齐放，百家争鸣"局面，仅仅经过一年半的短暂时间就出现了回到"文艺从属于政治"的巨大反复，为什么到 1957 年 5 月初还开门整风，要创造"生动活泼"的局面，而却在短短几周之后，就风云突变，被反右派斗争"扩大化"这种更"左"的思潮所主导呢？这当然要详细考察国内外在此前后所发生的事件以及毛泽东本人的思想的变化。但这不是本文的任务，这里只能很概括地作一点说明。这段时间，国际上发生的最大事件，就是苏联共产党总书记赫鲁晓夫于 1956 年 2 月 24 日的深夜至凌晨作了长达四个半小时的《关于个人崇拜及其效果》的秘密报告，无情地揭露斯大林执政期间所犯的各种错误，这在国际共产主义运动中是石破天惊的大事。毛泽东对此的反应是：赫鲁晓夫的秘密报告一是揭了盖子，一是捅了漏子。说它揭了盖子，就是讲，这个秘密报告表明，苏联、苏共、斯大林并不是一切正确的，这就破除了迷信。说它捅了漏子，就是讲，赫鲁晓夫作的这个秘密报告，无论在内容和方法上，都有严重错误。[1] 因此毛泽东对于苏共二十大对斯大林的批评，一则以喜，一则以忧。喜的是揭开了对斯大林神化的盖子，破除了迷信，解放了思想，使大家敢讲真话，敢于想问题。忧的是对斯大林全盘否定，一棍子打死，由此会带来一系列严重后果。[2] 后来发生了波兰事件、匈牙利事件，肯定使毛泽东的忧多于喜，警惕多于反思。除了国际共产主义运动发生的巨变外，对于毛泽东来说，1957 年上半年的整风运动则是先喜后忧。所谓先喜，是说毛泽东原来想吸取苏共的经验教训，并通过整风，克服主观主义、教条主义和官僚主义，建立起生动活泼的政治局面，

---

[1] 中央文献研究室编，逄先知、金冲及主编：《毛泽东传 1949—1976》(上)，中央文献出版社 2003 年版，第 496 页。

[2] 同上书，第 500 页。

更快地推进中国的社会主义建设事业；所谓后忧，则是各地整风开始后，并不像他想象的"和风细雨"，纯粹给党提点意见和建议，其中也夹杂一些诸如"党天下"、"党党相护"、反对"党委制"、"轮流坐庄"一类的反对的声音。他对这些声音十分忧虑，认为"事情正在起变化"，决心打退资产阶级右派的进攻。终于发动了"反右派斗争"。国内外的事变使毛泽东的思想转向，对于阶级斗争的形势作出了过于严重的错误判断，重新确定无产阶级与资产阶级的矛盾为社会的主要矛盾，推翻了"八大"对国内矛盾的基本判断，在短短的一年多里发生了如此重大的改变。这样，所谓"百花齐放，百家争鸣"也只能变成口号，并不能真正实行，所谓的"生动活泼"的政治局面非但没有建立起来，反而更加僵硬了。毛泽东的思想的"欲进还退"、"欲活还僵"的变化，是对于当时国际、国内发展形势错误判断的综合体现。这种"欲进还退"、"欲活还僵"的思想取向反映到文学观念上面就是更加强调"文艺从属于政治"的观念，从他对周扬的《文艺战线的一场大辩论》的修改意见中，对文艺界反右斗争的指示中，也充分透露出了这种信息。

1958 年搞"总路线"、"大跃进"和"人民公社"所谓"三面红旗"。1959 年庐山会议本来应该展开纠正"左"的冒进错误，可又突然展开反右倾的斗争。以上种种"左"的错误，当然不能完全算到毛泽东的头上，但毛泽东的责任是无法回避的。这些"左"的思潮和错误严重破坏了社会的政治和经济的发展。在"天灾人祸"的影响下，中国进入了 1960—1962"三年困难"时期。1961 年中央在严峻的现实面前，确定了"调整、巩固、充实、提高"的方针。毛泽东处于被动地位，他把这"八字方针"理解为"就地踏步，休养生息"。文学艺术和文学理论也进行调整。这就迎来了处于非主导倾向的文学理论再度活跃的 1961 年和 1962 年。

"八字"方针对于当时社会生活的影响是全面的。文艺界由于一直生硬地强调"文艺从属于政治"，公式化、概念化、庸俗化的问题越来越严重，文艺创作和文学理论批评的路越走越窄，因此正如周恩来所说的那样："三年来（指 1958—1960）的工作中出了一些毛病，需要调整、巩固、充实、提高，精神生产方面也不例外，所以同样需要规划一下。"①

---

① 周恩来：《在文艺工作座谈会和故事片创作会议上的讲话》，《周恩来论文艺》，人民文学出版社 1979 年版，第 86 页。

从 1961 年到 1962 年间，召开了一系列的会议。1961 年中宣部在北京新桥饭店召开文艺工作座谈会，文化部召开故事片创作会议，简称"新桥会议"；1962 年 3 月，中国戏剧家协会在广州召开全国话剧、歌剧、儿童剧创作座谈会，简称"广州会议"；1962 年 8 月，中国作家协会在大连召开农村题材短篇创作座谈会，简称为"大连会议"。以上三个会议，都是针对三年来文艺界的"左"的倾向，同时也针对新中国成立以来"文艺从属于政治"的主导倾向，导致文艺创作中存在的问题，展开了讨论，提出了一些马克思主义文艺新思想。周恩来在这几个会议上作了三次讲话，以实事求是的精神探索文艺的规律，力图纠正此前错误的说法和做法。同时中宣部经中央同意也出台"文艺八条"，意在总结经验教训。

1961 年到 1962 年间提出的符合文学活动实际的文学理论有如下几个方面：

1. 文艺自身的特征的强调。艺术形象的创造问题当作艺术的特征问题得以凸现出来。如周恩来说："文艺为政治服务，要通过形象，通过形象思维才能把思想表现出来。无论音乐语言，还是绘画语言，都要通过形象、典型来表现，文艺本身就不存在，本身都没有了，还谈什么为政治服务呢？标语口号不是文艺。"[①]周恩来不是理论家，他不可能从学理的角度论述文艺的特征，但从他的直感上觉得文学的特征是艺术形象，在当时看来，还是很难得的，形象特征论在那个时段还是对于文艺特征的最好的理解，因为当时的文艺创作重在宣传政治观念，配合政治的需要，完全不顾及文艺本身的形象的真实创造。强调文艺的形象特征、形象思维的特征，与马克思主义反对"席勒化"，反对把文艺变成时代精神的号筒，完全是一致的。

2. 题材多样化的呼唤。长期以来，反复强调要歌颂英雄人物，歌颂新社会，歌颂党的方针政策，批判和批评的维度完全缺失，在题材问题上有很多禁区，束缚了作家、艺术家的手脚。特别是批判了胡风的"到处有生活"的观点后，许多作家、艺术家熟悉的生活不能写，而不熟悉的生活则又写不好，"写什么"成为作家、艺术家面临的一个困难的选择。题材狭隘化也是产生公

---

①　周恩来：《在文艺工作座谈会和故事片创作会议上的讲话》，《周恩来论文艺》，人民文学出版社 1979 年版，第 91 页。

式化、概念化的一个原因，因为许多作家并不熟悉新英雄人物，硬要去写，结果当然写不好，只能用某些观念去套。1963 年第 3 期《文艺报》发表了专论《题材问题》，这篇文章当时未署名，现在已知道是张光年写的，后来收入了张光年的《风雨文谈》集子里面。这篇文章认为，鉴于长期以来题材问题设置了许多禁区，"文学创作的题材，有进一步扩大之必要，题材问题上的清规戒律，有彻底破除之必要"。文章认为，无产阶级是世界上最先进的阶级，因此无产阶级的社会主义的文艺，就应该在题材问题上，开辟出前人所未曾开辟的新的天地。无产阶级的文艺当然要表现自己，但"无产阶级在表现自己的同时，还要以革命的眼光，以批判的态度描写历史，以领导者的地位来关心社会上各个阶级、各种人物的动态和心理，以主人公的心情来欣赏自然界的一切美好事物。不但前人未曾见过的新时代的一切新鲜事物……就是前人曾经写过的旧社会的许多题材，只要符合今天的需要，也都可以进入社会主义文学艺术领域"。生活有多么广阔多样，题材就可以有多么丰富多彩。这种题材广阔多样的观点，被当时文艺工作者所一致接受。实际上题材狭隘化问题是"文艺从属于政治"的必然反映。反过来说，要求题材多样化，就是要求松动"文艺从属于政治"观念的一种呼唤。

在张光年呼唤题材多样化不久，1962 年 8 月在大连会议上，邵荃麟提出了"中间人物"论，实际上也还是题材问题。他当时作为作家协会副主席和作协党组书记，提出了文艺要反映人民内部矛盾问题，尤其是提出了写"中间人物"问题，主张要扩大和丰富社会主义文学的人物画廊。他说："强调写先进人物是应该的。英雄人物是反映我们时代的精神的。但整个来说，反映中间状态的人物比较少。两头小，中间大；好的、坏的人都比较少，广大的各阶层是中间的，描写他们是很重要的。矛盾点往往集中在这些人身上。我觉得梁三老汉比梁生宝写得好……"①他的理论是从中国实际情况出发，实事求是的，也探索了文学创作的一个规律，是很有意义的。

3. 现实主义文学要深化。如何深化文学现实主义，是一个比题材多样化更为深刻的问题。如果说题材多样化涉及的是"写什么"的问题，那么"现实主

---

①　邵荃麟：《在大连"农村题材短篇小说创作座谈会上"的讲话》，《邵荃麟评论选集》（上册），人民文学出版社 1981 年版，第 393 页。

义深化"则是涉及"怎么写"的问题。"文艺从属于政治"最大的问题就是对"怎么写"的一种制约。政治胜利了，就看不到矛盾，就一味歌颂，这种歌颂有时候就变成了"无冲突论"。邵荃麟在 1958 年"大跃进"失败后说："1958 年有人说，两年零八十天就可以进入共产主义，现在看来是可笑的。"①

他提出了"现实主义深化"论，他的意思是我们从事的革命和建设事业，既要肯定方向，但更应看到"道路是长期的、复杂的和曲折的"。他说："搞创作，必须看到这两点：方向不能动摇，同时要看到长期性、复杂性、艰苦性。没有后者，现实主义没有基础，落空了；没有前者，会迷失方向，产生动摇。"②他认为当时创作的一些作品，"革命性都很强"，但反映现实的深度不够，反映革命斗者的长期性、复杂性、艰苦性不够。所以他提出："我们的创作应该向现实生活突进一步，扎扎实实地反映现实。"③那么怎样才能达到"现实主义的深化"呢？他说："现实主义是创作的基础，生活是现实主义的基础。写出好作品的作家，必然是深入生活的；但只是深入生活，不一定写得出好作品。创作有它自己的规律。……作家应该有观察力、感受力、理解力。光感受还不行，还应有理解力——通过形象及逻辑思维进行的，要有概括力。没有概括力，写不出好作品。……不体察入微，对现实的分析、理解就不深。没有强大的理解力、感受力、观察力，就不可能有高度的概括力。……作品中能给人以新的思想，这和作家对生活的理解有关。"④邵荃麟的论述并不多，却很精要和深刻。可以这样说，毛泽东《在延安文艺座谈会上的讲话》，对于创作的对象和客体讲得比较清楚，因此强调作家深入生活。邵荃麟的讲话则认为光深入生活是不够的，作家必须经过多方的修养、锻炼，充分发展作家主体的观察力、感受力和理解力，没有创作主体的感性的和理性的力量的调动，创作仍然是不能成功的。邵荃麟是少数几位用马克思主义来探索文学创作规律一位重要理论家。应该说，邵荃麟的"现实主义深化"论，是击中了"左"的创作思潮的要害，同时也站在历史唯物主义的高度，为中国的文学创

①　邵荃麟：《在大连"农村题材短篇小说创作座谈会上"的讲话》，《邵荃麟评论选集》（上册），人民文学出版社 1981 年版，第 397 页。

②　同上。

③　同上书，第 399 页。

④　同上书，第 400—401 页。

作指出了一条健康发展的路，一条充满荆棘又充满成功的路。

从中央领导层说，在此期间，周恩来总理有三次关于文艺问题的讲话，批评"左"的文艺政策，总结新中国成立以来文学艺术方面的经验教训，同时对艺术的规律问题提出了一些很好的意见，如"没有形象，文艺本身不能存在"、"寓教育于娱乐之中"、"艺术作品的好坏，要由群众回答"、"所谓时代精神，不等于把党的决议搬上舞台"、"革命者是有人情的"、"以政治代替文化，就成为没有文化"、"没有个性的艺术是要消亡的"，等等。这些似乎是常识，但周恩来引导大家不要过分热衷于"文艺从属于政治"的观念，而要进入对文艺规律的探索，这对新中国成立以来"左"的东西进行清理大有益处。

应该说，1961—1962 年，周恩来和巴人、邵荃麟等文艺理论家的努力是可贵的。然而也是悲壮的：20 世纪现代中国文学思想的主潮是政治化的，或者说，是泛政治化的。他们提出讨论的学术观点，在政治一体化的文学思想整合大潮中，在"文艺从属于政治"的思潮和路线下，被视为"反动"，被一次次地批判和攻击。但整个"十七年"仍然有学者重视艺术规律，一再发表意见，表现出政治上的清醒和学术上的勇气。如黄药眠 50 年代初、中期的"生活实践"论，朱光潜的"美学实践"论，王朝闻的强调读者的艺术鉴赏论，以群、蔡仪主编的文学理论教材等，尽管不是主导的思想，但今天我们回顾这段马克思主义文艺思想史的时候，仍具有意义，限于篇幅不能展开。然而非常可悲的是，"十七年"中(主要是 1956—1957 年，1960—1961 年)那些合乎文学规律的理论探索，呼唤真善美的现实主义话语，在"文革"期间，竟然被江青诬蔑为"黑八论"，加以"莫须有"的严厉批判。

二、"文革"十年(1966—1976)："极左"意识形态霸权的文学理论话语

"文革"的发生是毛泽东对当时中国阶级斗争形势、特别是对党内斗争的错误估计的结果。"文革"的发生与苏联在斯大林逝世后的变化密切相关。如前面所说苏联共产党总书记赫鲁晓夫于 1956 年 2 月 24 日深夜至凌晨作了长达四个半小时的《关于个人崇拜及其效果》的秘密报告，无情地揭露斯大林执政期间所犯的各种错误，这不能不引起毛泽东的警惕。毛泽东忧虑对斯大林的全盘否定，会带来一系列严重后果。1957 年发动了"反右派斗争"，反映了毛泽东对于阶级斗争的形势已经作出了过于严重的错误判断。在 1958 年的"大跃进"运动之后，所遭遇的"三年困难"时期，是毛泽东的一个观察国内斗

争动向的时间。那么他从这三年观察到什么呢？他的观察首先反映在 1962 年
10 月召开的中共八届十中全会的讲话中，他说："社会主义是一个相当长的
历史阶段。在社会主义这个历史阶段，还存在着阶级、阶级矛盾和阶级斗争，
存在着社会主义同资本主义两条路线的斗争、存在着资本主义复辟的危险性。
要认识这种斗争的长期性和复杂性。要提高警惕。要进行社会主义教育。要
正确理解和处理阶级矛盾和阶级斗争问题。不然的话，我们这样的社会主义
国家就会走向反面，就会变质，就会出现复辟。我们从现在起，必须年年讲，
月月讲，天天讲，使我们对这个问题有比较清醒的认识，有一条马克思列宁
主义路线。"这段话被作为党的"基本路线"。特别是对所谓的"六二年的歪风"，
即"单干风"、"翻案风"和"黑暗风"毛泽东一直记在心里。1965 年他在听取了
罗瑞卿的一次汇报后说："修正主义也是一种瘟疫。""领导人、领导集团很重
要。我曾经说过，人长了个头，头上有块皮。因此，歪风来了，就要硬着头
皮顶住。六二年刮歪风，如果我和几个常委不顶住，点了头，不用好久，只
要熏上半年，就会变颜色。许多事情都是这样：领导人一变就都变了。"①这
些话说明毛泽东在头脑中思考的已经不是基层出歪风的问题，而是"领导人"、
"领导集团"出修正主义的问题。党内出了修正主义，领导集团里面出了修正
主义，这就是当时毛泽东对国内形势的判断。这个判断直接导致毛泽东决定
发动自下而上的"文化大革命"。1966 年 5 月 16 日的《中国共产党中央委员会
通知》中，毛泽东亲自加了两段话，其中一段说："混进党里、政府里、军队
里和各种文化界的资产阶级代表人物，是一批反革命的修正主义分子，一旦
时机成熟，他们就会要夺取政权，由无产阶级专政变为资产阶级专政。这些
人物，有些已被我们识破了，有些则还没有被识破，有些正在受到我们信用，
被培养为我们的接班人，例如赫鲁晓夫那样的人物，他们现正睡在我们的身
旁，各级党委必须充分注意这一点。"②"5·16"通知的发表，"文革"正式开
始，灾难的十年由此揭幕。"文革"时期的文学理论是整个"文革"的一部分，
以"极左"的意识形态为标志，以阶级斗争为纲领，成为江青等"四人帮"篡党

①　中共中央文献研究室编，逄先知、金冲及主编：《毛泽东传 1949—1976》(下)，中
央文献出版社 2003 年版，第 1393 页。

②　同上书，第 1409 页。

夺权的一种工具，也就是必然的了。

(一)"文艺黑线专政"论及其真实内涵

"文革"时期主流文学理论的唯一代表作品就是1966年2月炮制的《林彪同志委托江青同志召开的部队文艺工作座谈会纪要》一文(下文简称《纪要》)，此外就是上海和北京的一些写作组对《纪要》的一些解释。这篇《纪要》不简单。虽然是江青对当时部队文艺方面领导数人的谈话，但先后经过张春桥、陈伯达的修改，毛泽东前后审阅三次，也作了增益和修改。发表时林彪也有批示。那么这篇《纪要》主要的观点是什么呢？这就是江青发明的"文艺黑线专政"论，《纪要》说：对于毛泽东文艺思想，"文艺界在新中国成立后的十五年来，却基本上没有执行，被一条与毛主席思想相对立的反党反社会主义的黑线专了我们的政，这条黑线就是资产阶级的文艺思想、现代修正主义的文艺思想和所谓三十年代文艺的结合。'写真实'论、'现实主义广阔的道路'论、'现实主义的深化'论、'反题材决定'论、'中间人物'论、反'火药味'论、'时代精神汇合'论，等等，就是他们的代表性论点，而这些论点，大抵都是毛主席《在延安文艺座谈会上的讲话》中早已批判过的。电影界还有人提出所谓'离经叛道'论，就是离马克思列宁主义、毛泽东思想之经，叛人民革命战争之道。在这股资产阶级、现代修正主义文艺思想逆流的影响或控制下，十几年来，真歌颂工农兵的英雄人物，为工农兵服务的好的或者基本上好的作品也有，但是不多；不少是中间状态的作品；还有一批是反社会主义的毒草。我们一定要根据党中央的指示，坚决进行一场文化战线上的社会主义大革命，彻底搞掉这条黑线。搞掉条黑线之后，还会有将来的黑线，还得再斗争。所以，这是一场艰巨、复杂、长期的斗争，要经过几十年甚至几百年的努力。这是关系到我国革命前途的大事，也是关系到世界革命前途的大事。""十七年"时期如我们前面所说，成绩还是很大的，尤其是创作了一批具有现实主义艺术力量、格调高昂的文学作品，也有问题，但主要是"左"的问题，用"文艺从属于政治"束缚创作和理论创造的问题，是对古代外国学习不够的问题，决不是江青所说的"文艺黑线专政"的问题。

江青有意制造"文艺黑线专政"论，其内涵是就是"三黑"，即文艺路线是"黑路线"，文学理论是"黑理论"，文艺创作是"黑作品"。

所谓"黑路线"就是指"十七年"的文艺界"离马克思列宁主义、毛泽东思想之经，叛人民革命战争之道"。江青这番话显然是对党在文艺界的领导人周扬发的难。因为不是领导人或领导集团的成员，不可能提出什么"路线"的。这种"黑线"专政论完全是对事实的歪曲。应该说，"十七年"时期，占主导的是不断地阐释毛泽东文艺思想。代表党领导文艺工作的周扬，自《在延安文艺座谈会上的讲话》之后，毕生都在努力阐释毛泽东文艺思想和党的文艺路线。他在"十七年"的失误不是违背毛泽东文艺思想，而是他没有面对和平建设的新情况，对党的文艺政策进行新的必要的调整，把文艺创作和文艺理论引导到更加开阔和自由的方向去。他的许多讲话都还太"左"。这一点直到改革开放以后，他自己才觉悟到。他在 1979 年四次文代会上重新解释毛泽东的文艺反映生活的论点，说："文艺是社会生活的反映，它把生活的整体作为自己的对象。它从生活出发，又落脚于生活，并给与伟大的影响于生活。作家任何时候都应当深入生活，忠实于生活，写他自己所熟悉的、有兴趣的、感受最深的、经过深思熟虑的东西。作家不应只根据一时的政策，而应从更广阔的历史背景来观察、描写和评价生活。正是在这个意义上，文艺的真实性与政治性是统一的。"①在这句话中，周扬对于文艺反映社会生活的理解，不再停留在"十七年"时期反复重申深入生活这一点上，而提出过去从未提出过的作家可以"写他自己所熟悉的、有兴趣的、感受最深的、经过深思熟虑的东西"，"应从更广阔的历史背景来观察、描写和评价生活"。这是考察视点的变化，不是从政策的统一视点去看生活，而是从个人体验为本位的视点去看生活。这两个不同的视点是有根本的区别的。后一个视点才真正符合创作的内在规律。如果周扬在新中国成立之初就有这种理解，那么像茅盾、巴金、夏衍、田汉、老舍、曹禺等一大批中老作家就不会纷纷搁笔，而乐于拿起笔，写自己熟悉的、有兴趣的、有体验的、深思熟虑的生活，从更广阔的历史背景来观察、理解、描写和评价生活，那么我们"十七年"的文学该会涌现出多少优秀作品？实践证明，新时期的文学创作正是走了这一种文艺与生活关系之路，才走出一片新的天地。由此看来，江青的"黑路线"论是颠倒黑白之论。

所谓"黑理论"就是江青所指的"写真实"论、"现实主义广阔的道路"论、

---

① 周扬：《继往开来　繁荣社会主义新时期的文艺》，《周扬集》，中国社会科学出版社 2000 年版，第 222 页。

"现实主义的深化"论、"反题材决定"论、"中间人物"论、反"火药味"论、"时代精神汇合"论。这些理论究竟是不是"黑"的呢？当然不是。它们都是针对"十七年"时期文艺创作的公式化、概念化提出来的理论，不但具有鲜明的问题意识，而且具有深厚的现实主义美学意涵的理论。对此，我已经在上节讨论过，此不赘述。要说明的是，江青反对这些具有现实主义品格的理论，只能证明他们自己的文艺思想背离马克思主义的文艺理论很远很远。

所谓"黑创作"，就是指江青把古今中外优秀文艺作品统称为"封资修黑货"。对于新中国成立以来创作的作品，则认为是"在资产阶级、现代修正主义文艺思想逆流的影响或控制"的产物，认为"十几年来，真歌颂工农兵的英雄人物，为工农兵服务的好的或者基本上好的作品也有，但是不多；不少是中间状态的作品；还有一批是反社会主义的毒草"。周扬在新时期针对"四人帮"横扫一切文化的言行批判说：我们一向主张批判地吸收其精华，既不是全盘吸收，也不是一概排斥。"四人帮"对文化遗产采取"彻底扫荡"的态度，他们不但否定 30 年代的革命文艺，新中国成立以来的文艺工作的成绩，而且否定马克思主义以来世界无产阶级文学的成就，否定整个人类进步文化的财富，对人类所创造的一切采取虚无主义的态度，大批的古典的进步的文艺书籍被禁止出版和阅读，说什么从《国际歌》到那几个"革命样板戏"一百多年中间，全世界无产阶级文艺是一片"空白"，只有到了江青，才开辟"无产阶级的新纪元"。[1] 的确，如何对待文化遗产，是"文革"时期"四人帮"做得最极端的事情之一，把一切文化遗产都说成是"封资修"的大黑货。文化的饥饿、审美的饥饿是空前的。周扬说："不介绍、不研究外国文学，不了解外国文学的情况，不同它交流，不向它学习于我们有用的东西是不行的。这是一种愚蠢的政策。另一方面，盲目崇拜外国文学，对它亦步亦趋，不用马克思列宁主义、毛泽东思想为指导来对它进行评价和批判，对它们的反动倾向不进行坚决的斗争，那就是投降主义，当然也不行。"[2] 采取这种既吸收又批判的态度，才是对待中华文化遗产和世界文化遗产的正确态度。

---

①　参见郝怀明：《如烟如火话周扬》，中国文联出版社 2008 年版，第 338 页。

②　周扬：《在外国文学规划座谈会上的讲话》，《周扬集》，中国社会科学出版社 2000 年版，第 122 页。

　　江青的"文艺黑线专政"论所得出的"三黑"论，其真实内涵是凭借他们手中的权力，宣扬"极左"的意识形态霸权的话语，为整人找根据，为"四人帮"的狭隘集团谋利益服务；他们以"写英雄人物"和"文化方面的兴无灭资"为借口，来扫荡古往今来的一切文化，突出他们的所谓阶级斗争观念。这是文化虚无主义的极端化，在理论上是完全是站不住脚的。

(二)"革命样板戏"及其理论

　　江青在《纪要》中说："文化革命要有破有立，领导人要亲自抓，搞出好的样板。资产阶级有所谓'创新独白'，我们也要标新立异，要标社会主义之新，立无产阶级之异。"以"文艺黑线专政"论来"破"除他们所要破除的东西，这是一方面，另一个方面就是要"立"，这就是江青及其同伙的所搞的"革命样板戏"。对于"革命样板戏"应从两个层次来分析，第一层次，即你搞样板戏，也让人家根据自己的生活体验来搞创作，实际不是这样。江青搞"革命样板戏"是排他性的，即不许人家根据实际来搞创作。不但不让别人搞创作，还让图书馆把古今中外所有优秀的作品都封存起来，使广大群众除了面对几个"样板戏"之外，就没有书籍可以阅读，没有作品可以欣赏。八亿中国人只有八个样板戏，这能让广大的人民群众不陷入审美的饥饿中吗？这完全是江青一伙的"文化霸权"心态。第二个层次，即"革命样板戏"究竟怎么样，是不是像江青说的那样好？江青从她的阶级斗争的角度出发，把"革命样板戏"吹到天上去，《纪要》写道："近三年来，社会主义的'文化大革命'已经出现了新的形势，革命现代京剧的兴起就是最突出的代表。从事京剧改革的文艺工作者，在党中央的领导下，以马克思列宁主义和毛泽东思想为武器，向封建阶级、资产阶级和现代修正主义文艺展开了英勇顽强的进攻，锋芒所向，使京剧这个最顽固的堡垒，从思想到形式，都起了极大的革命，并且带动文艺界发生着革命性的变化。革命现代京剧《红灯记》、《沙家浜》、《智取威虎山》、《奇袭白虎团》等和芭蕾舞剧《红色娘子军》、交响音乐《沙家浜》、泥塑《收租院》等，已经得到广大工农兵群众的批准，在国内外观众中，受到了极大的欢迎。这是对社会主义文化革命将会产生深远影响的创举。它有力地证明：京剧这个最顽固的堡垒也是可以攻破的，可以革命的；芭蕾舞、交响乐、雕塑这种外来的古典艺术形式，也是可以加以改造，来为我们所用的，对其他艺术的革命就更应该有信心了。"这些自吹自擂的话，是为她后来掌握权力捞取政治资本。

那么为什么要搞这些"革命样板戏"呢？除了"向封建阶级、资产阶级和现代修正主义文艺展开了英勇顽强的进攻"之外，其主要目的是什么呢？《纪要》说："要努力塑造工农兵的英雄人物，这是社会主义文艺的根本任务。我们有了这样的样板，有了这方面成功的经验，才有说服力，才能巩固地占领阵地，才能打掉保守派的棍子。"为什么"塑造工农兵的英雄形象"就是"社会主义文艺的根本任务"呢？江青自己没有说，但一些"写作组"替她说：把"塑造无产阶级英雄人物"看成是"无产阶级文艺同一切剥削阶级文艺，包括资产阶级的文艺'复兴'、'启蒙运动'及 19 世纪批判现实主义文艺的根本区别"①。这种完全拒绝一切优秀文学遗产的观点，与马克思主义对待文化遗产的批判地继承的观点是对立的，显得十分幼稚和无知。至于只有让"无产阶级英雄人物"占领舞台，才能实现无产阶级对资产阶级专政，则更是"文革"八股，也不用多谈。

进一步的问题是，他们搞"革命样板戏"积累了哪些创作经验呢？这就是"文革"期间尽人皆知的所谓"三突出"的"无产阶级创作原则"。于会泳 1968 年 5 月 23 日在《文汇报》发表了《让文艺舞台永远成为宣传毛泽东思想的阵地》一文，文中说，江青"特别重视突出主要英雄人物的塑造。我们根据江青同志的指示，归纳为'三个突出'，作为塑造人物的重要原则，即：在所有人物中突出正面人物来；在正面人物中突出主要英雄人物来；在主要英雄人物中突出最主要的即中心人物来"。这就是后来的"三突出"的来由。此外还总结出"主题先行"、"高、大、全"、"从路线出发"等创作经验。从思想上看，这些原则与经验，不是从作家的生活体验出发，不重视观察、研究、分析生活，而从观念出发，从概念出发，把各类人物类型化、脸谱化，背离了生活源泉的基本观点和典型化的要求。同时也反映了江青一伙的极端个人主义。革命的英雄人物是需要我们去塑造的，但英雄也是人，也是平凡的人，也有七情六欲，也要有家庭的生活，也会有缺点，他们不是神，不能搞个人偶像崇拜。江青一伙这些理论和经验与马克思主义文艺思想中的现实主义美学原则离得很远。

值得指出的是，江青一伙搞革命样板戏，其目的是为了捞取政治资本，

---

①　上海京剧团剧组：《努力塑造无产阶级英雄人物的光辉形象》，《红旗》1967 年第 6 期。

为他们篡党夺权目的服务，并不是真正地为满足人民群众的艺术审美的需要，并不是真的要为革命历史留下艺术的画卷。

当然，今天，在"文革"已经过去了三十多年后，样板戏中个别的唱段，仍然能够得到部分群众的欣赏，这是因为部分群众中有怀旧的心理，愿意再听听过去熟悉的唱腔；另外样板戏的原作品一般是优秀的作品，如《林海雪原》、《芦荡火种》等，其改编者中也不乏像阿甲、汪曾祺这样的专家和艺术家，他们的努力也使样板戏的部分场景、唱段和对话写得比较生动。

总体看，"文革"十年，文艺界受到江青的"文艺黑线专政"论的压迫，他们把文艺变成为政治的婢女，变成为所谓专政的工具；许多作家、艺术家和理论家遭受到不应有的批判斗争，有的被投入监狱，有的还被迫害致死；文坛消失；文艺创作是失败的，文学理论更一无建树。连毛泽东也不时抱怨，如1975年毛泽东同邓小平谈话时提出："样板戏太少，而且稍有点差错就挨批。百花齐放都没有了。别人不能提意见，不好。"又说："怕写文章，怕写戏。没有小说，没有诗歌。"①我们似乎还可以补充一句：没有文学理论，有的是"极左"的意识形体霸权话语。

值得指出的一点是，"文革"时期"极左"的文学理论霸权话语的横行，与"十七年"的占主导倾向的文学理论不是没有联系的。"十七年"时期就把"文艺从属于政治"提到很高的程度，已经影响了创作和理论的发展。"文革"是把"十七年"的"左"的东西，提升为"极左"的东西。这里的内在逻辑关系是必须予以重视，才有利于我们总结文学理论建设中的经验与教训。

三、改革开放三十年（1978—2009）：文学理论的转型与发展

"新时期"②是对从1976年（或从1978年十一届"三中全会"起）中国共产党打倒"四人帮"、实行解放思想、改革开放30多年来的一个总称。它是对此前十年"文革"时期的一次告别。从1978年起，在"实践是检验真理的唯一标准"的讨论后，在党的十一届三中全会后，实事求是，解放思想，改革开放，"以

---

①　中共中央文献研究室编，逢先知、金冲及主编：《毛泽东传 1949—1976》（下），中央文献出版社2003年版，第1742页。

②　邓小平在1979年使用"新时期"这个词，如他1979年发表过题为《新时期的统一战线和人民政协的任务》一文，见中共中央文献研究室：《邓小平文选》（第2卷），人民出版社2001年版，

经济建设为中心"的政治路线取代了"以阶级斗争为纲"的错误路线。在这种情况下，文艺界和其他各界一样进行了反思。终于迎来了文学理论发展的最好时期。1978年改革开放以来一直到现在的，是文学理论转型和发展时期。这个时期的特点是学术话语专业化、学术化，并且追求古代文论的现代转化，西方文论的中国转化。

从1978年到现在的30多年中，文学理论虽说仍然存在许多问题，但这成绩是令人瞩目的，因为文学理论终于实现了转型，并开始了新的发展。这"转型"可以概括为三个"转变"：从一家"专政"式的独语，转变为"百家争鸣"式的对话；从政治话语转变为学科的学术话语；从非常态的中心话语转变为自主发展的常态话语。这三种变化也可称为对话化、学术化和常态化。这是在解放思想的旗帜下，依靠文论界老、中、青三代人的共同努力所获得的丰富成果。我们没有理由不珍惜它。

下面我试图把这种转型和发展概括为反思期、文学理论自主期和多元综合创新期加以概要的描述。

（一）反思时期（1978—1984）

在新时期开始的时候，文学理论的反思从何开始呢？应该着重指出的是，从1962年10月中共八届十中全会开始就正式实行了"以阶级斗争为纲"的基本路线，在中苏论战的背景下，在"反修防修"的背景下，毛泽东不但认为国际上阶级斗争没有解决，国内的阶级斗争也很严重，甚至认为党内领导人和领导集团也有搞修正主义的危险。从中苏论战、社会主义教育运动，全党"以阶级斗争为纲"，直至演变为"文革"。中国现代以来的政治文化具有极强的制约力和渗透力，政治文化改变了，各行各界都要跟着改变。"以阶级斗争为纲"的政治路线直接影响到文艺理论。文艺理论理所当然也成为阶级斗争的工具。凡是离开阶级斗争的文艺理论都反动的，都在"文艺黑线"之内。因此，在"文革"结束之后，在新时期开始之际，文学理论界的"反思"尽管是多方面的，如当时"形象思维"的讨论（针对概念化）、"共同美"讨论（针对文艺的阶级性）、"真实性"问题的讨论（针对单一的政治倾向性）和典型问题的讨论（针对"样板戏"的类型化、脸谱化），尽管也很重要，也解决一些问题，但都还不是根本问题。这个根本问题是关于文艺与政治关系的讨论，即文艺是从属于政治，还是要解除文艺对政治的从属关系？文艺是阶级斗争的工具呢，还是文艺对于阶级和政治可以有相对的独立性？这才是要反思的根本。

1. 不继续提"文艺从属于政治"的口号

《上海文学》编辑部于 1979 年第 4 期以评论员的署名，发表了《为文艺正名——驳"文艺是阶级斗争的工具"说》一文，文章认为，"文艺是阶级斗争的工具"说，是造成文艺公式化、概念化的原因之一，是"四人帮"提出的"三突出"、"从路线出发"和"主题先行"等一整套唯心主义创作原则的"理论基础"。"如果我们把'文艺是阶级斗争的工具'作为文艺的基本定义，那就会抹煞生活是文艺的源泉，就会忽视文艺的多样性和丰富性，就会仅仅根据'阶级斗争'的需要对创作的题材与文艺的样式作出不适当的限制与规定，就会不利于题材、体裁的多样化和百花齐放。"①文章的作者意识到，"文艺是阶级斗争的工具"说，与文艺从属于政治的提法有关，因此提出，"工具说"离开了文艺的特点，离开了真善美的统一，从而把文艺变成政治的传声筒。虽然还不敢说文艺从属于政治的提法不科学，但强调毛泽东的"政治不等于艺术"。应该说《上海文学》这篇文章触及了文艺从属于政治的根本问题，引起了一场大讨论。从《上海文学》的文章开始，从 1979 年到 1980 年，对文艺与政治的关系问题进行了讨论，维护文艺从属于政治的学者和认为文艺不从属于政治的学者进行了针锋相对的争辩。双方都从马克思、恩格斯的著作里面找根据，从文学发展的历史找根据，但由于大家都只找对自己的观点有利的方面，所以当时的讨论真如"盲人摸象"，交集点很少，当然不能得出一致的结论。

这个问题的转机是从周扬在 1979 年全国第四次文代会的报告《继往开来，繁荣社会主义新时期文艺》的"征求意见稿"开始的。当时担任中国社会科学院院长的胡乔木和副院长的邓力群就"征求意见稿"于当年 9 月 8 日给胡耀邦写了一封信。信中说："全文的关键似在对文艺与政治的关系作出新的提法，不再因袭过去的文艺为政治服务、文艺从属于政治的提法。过去的提法有许多讲不通的地方，过于简单化，但现在不必加以批评，还是要给以历史的积极的解释和估价，因为它是时代的产物，也发挥了积极的作用（当然也产生了消极作用），但现在仍然因袭就不适当了。我们想这可能是这次文代会能否开好的

---

① 《上海文学》1979 年第 4 期。

一个关键。"①这是从毛泽东的《在延安文艺座谈会上的讲话》以来，党内专家第一次提出不提"文艺从属于政治"。但那次文代会周扬的报告并未否定"文艺从属于政治"的口号。然而邓小平《在中国文学艺术工作者第四次代表大会的祝辞》中说："党对文艺工作的领导，不是发号施令，不是要求文学艺术从属于临时的、具体的、直接的政治任务"，"写什么和怎样写，只能由文艺家在艺术实践中去探索和逐步求得解决。在这方面，不要横加干涉。"②随后不久，邓小平又在《目前的形势与任务》(1980 年 1 月 16 日)中说："不继续提文艺从属于政治这样的口号，因为这个口号容易成为对文艺横加干涉的理论根据，长期的实践证明它对文艺的发展利少害多。但是，这当然不是说文艺可以脱离政治。文艺是不可能脱离政治的。"③胡乔木在《当前思想战线的若干问题》(1981 年 8 月 8 日)中，对此作了进一步阐释："我们的一切政治归根结底都是为大多数人谋利益的手段，政治本身并不是目的"，"我们不能为政治而政治，所以也不能为政治而文艺，等等"。

1980 年 7 月 26 日《人民日报》发表了《文艺为人民服务，为社会主义服务》的社论，正式以"文艺为人民服务、为社会主义服务"的口号取代"文艺从属于政治"、"文艺为政治服务"的口号，这对新时期的文学理论界来说，是在反思中所实现的一次重要的一步，从根本上解决了一个大问题，为文艺的发展、文学理论的发展开辟了广阔的道路。

当然问题不仅仅在于不继续提"文艺从属于政治"口号本身，而在于这是一次真正的"拨乱反正"。所谓"乱"者，是长期以来，完全把政治意识形态与文学意识形态之间的关系，看成是不平等父子关系。似乎父为子纲、儿子依附于父亲是理所当然的。"从属"者，按照《现代汉语词典》解释，即依附，附庸之意。所谓文艺从属于政治，就是文艺是政治的依附和附庸。马克思主义从来不是这样来理解意识形态之间的关系的。按照马克思主义的社会结构理论，社会经济基础决定上层建筑，上层建筑分成两部分，即制度的部分和意

---

① 参见《从胡乔木、邓力群给胡耀邦一封信谈起》，《人民政协报》2004 年 10 月 21 日。

② 中共中央宣传部文艺局编：《邓小平论文艺》，人民文学出版社 1989 年版，第 9、10 页。

③ 同上书，第 108 页。

识形态的部分。意识形态多种多样，政治、法律、哲学、历史、宗教、艺术等，它们之间相互联系、相互作用，但又相互独立。就是说，政治意识形态、法意识形态、历史意识形态、宗教意识形态、艺术意识形态，它们之间的关系不分主仆，是平等的，但又相互作用，这里没有父子、主仆之分。这才是"正"。我们不继续提"文艺从属于政治"，这是20世纪30年代以来第一次"拨乱反正"。文艺的相对独立性，强调文艺自身的特点，使文艺和文艺理论摆脱了狭窄的约束，获得了前所未有的广阔的空间。在这期间，不少理论家发表了不少很好的意见，如王春元的《"文艺为政治服务"是个错误的口号》（《文艺理论研究》1980年第3期），林焕平的《文艺为社会主义服务》（《文艺研究》1980年第3期），邹贤敏、周勃的《文艺的歧路》（《新文艺论丛》1980年第3期），曹廷华的《"文艺从属于政治"是不科学的命题》（《文艺研究》1980年第3期），等等。

2. 从人性、人道主义的讨论到"文学是人学"命题的重新确立

实际上，"文艺从属于政治"的口号，更深的根源在我们是否承认人性、人道主义是马克思主义的一部分，在于是否承认文艺要表现人性、人情才会有魅力。众所周知，鲁迅由于特定的环境批判过人性论，毛泽东的《在延安文艺座谈会上的讲话》也批判过人性论和人道主义。这样人性论与人道主义问题就一直成为学术的"禁区"。如果有人重提人情、人性、人道主义这些与文艺问题息息相关的话题，那么就必然会遭到毫不留情的批判。中华人民共和国成立以后，先后有钱谷融、巴人等提出过"文学是人学"、文学应该"写人情"，都遭到无情的批判。

但是"反思"的声音终于出现，从1978年到1984年这段时间，讨论人性、人道主义的文章达到三四百篇，形成了理论界的一个热点问题。老一代的文艺理论家如朱光潜、周扬、黄药眠、王元化、汝信、钱谷融等都发表了论文，参与这一重要的讨论。为什么这些大家都参与这些问题的讨论呢？我想原因起码有二：第一，在"文革"中，不尊重人、不把人当人的现象到处都是，不讲人性、人道的思想和行为达到一个顶峰，大家不但目不忍睹，而且深受其苦；第二，这个问题是比"文艺从属于政治"更深层次的问题，这个问题真正解决了，文艺与政治关系问题才能理顺，也才能得到真正的科学的解决。

文学理论界提出的问题主要有：（1）人性、人道主义是什么？（2）人性、

人道主义与文学的关系是什么？(3)人性、人道主义是否是马克思主义理论的一部分？下面就这三个问题简单评述前边提到的几位大家的观点。

朱光潜的观点。(1)"人性就是人的自然本性"，"人的肉体和精神两方面的力量"就是人性。"据说是相信人性论，就要否定阶级观点，仿佛是自从人有了阶级性，就失去了人性，或者说，人性就不起作用。显而易见，这对马克思主义者所强调的阶级观点是一种歪曲。人性与阶级性的关系是共性与特殊性或全体与部分的关系。部分并不能代表或取消全体，肯定阶级性并不是否定人性。"①(2)"人情"是人性中的一个重要因素。"在文艺作品中的人情味就是人民所喜闻乐见的东西。有谁爱好文艺而不要求其中有一点人情味呢？"②同时朱光潜认为只有肯定人性、人情的存在才能有"共同美感"的存在，而历代作家创作的许多悲剧、喜剧等都是具有共同美感的。(3)朱光潜认为"马克思《经济学—哲学手稿》整部书的论述，都是从人性论出发的，他证明人的本质力量要尽量发挥，他强调的'人的肉体和精神两方面的本质力量'便是人性。马克思正是从人性论出发来论证无产阶级革命的必要性和必然性……"③就是说，朱光潜认为人性作为人的自然属性是天然的存在，文艺作品要有人情味、写出共同美，才是人民喜闻乐见的。而人性论是马克思所强调过的，甚至是他论证无产阶级革命的必要性和必然性的一个出发点。这就冲破了长久以来的一个学术禁区。

黄药眠的观点。黄药眠的观点与朱光潜不一样。(1)他不同意人性是人的自然属性，他认为是所有人类共同的特质，是人类有别于动物的东西。他在承认自然人性存在的前提下，认为："马克思主义者并不首先强调生物的本性，好像这个本性因为受外界事物的刺激，于是形成了感觉。不，马克思主义者认为，人并不是被动地去感受外在的刺激，而首先是在劳动实践中，在改造世界的过程中，主动地去感觉和认识世界，同时并在感觉和认识世界的历史过程中积累了许多经验，因此人的感觉，有别于动物的感觉，它是社会

---

① 朱光潜：《关于人性、人道主义、人情味和共同美问题》，《文艺研究》1979年第3期。

② 同上。

③ 同上。

文化历史所造成的结果。人一生下来，就在社会历史环境中生活、劳动，人们所闻所见以及其他一切感觉所及，几乎全部是人化的事物。人们就是在和这些事物接触中养成了人化的感觉，因此人的感觉也只能是社会化的感觉。"①总起来看，黄药眠认为人的感觉，是人区别于动物的感觉，也就是人性，人性是人在社会实践中形成的，人性的本质是它的社会性。（2）他用上述观点来理解人性与文学的关系。他肯定文学作品是要写人性的，但不是写动物性，而是写具有社会性的人性。"古往今来的文学艺术作品，就可以看出它们并不表现自然人的赤裸裸的本能。同样是写恋爱，在'五四'前后，我们对于描写男女青年的恋爱小说，是把它当作提倡民主反对封建礼教的进步运动的一部分来看的。至于到了后来没完没了的卿卿我我的恋爱小说，那就被当作左翼文艺的对立物而加以批判了。《金瓶梅》对性行为方面的赤裸裸的描写是比较多的，但我认为这本书的好处恰恰不是在这个地方，而是在作者把小城市的恶霸生涯以及人情世态写得栩栩如生。"②（3）马克思主义是阶级论者不是人性论者。应该说，黄药眠的看法，特别是他对人性的社会性的看法，是符合马克思主义的社会实践理论的；他对文学与人性描写的见解也较切合文学作品的实际。

周扬的观点。周扬在 1983 年 3 月 16 日的《人民日报》上发表了《关于马克思主义的几个问题的探讨》一文，最后一个问题是"马克思主义与人道主义的关系"。周扬首先说明"文革"前 17 年，我们对人道主义、人性问题的研究以及有关文学作品的评价，曾经走过一些弯路。现在认识到，那时把人道主义、人性论当作修正主义来批判，"有很大的片面性"。他提出现在要"恢复人的尊严，提高人的价值"。周扬关于人道主义的主要论点是：（1）马克思主义包含人道主义。他说："我不赞成把马克思主义纳入人道主义的体系中，不赞成把马克思主义归结为人道主义；但是，我们应该承认，马克思主义是包含着人道主义的。当然，这是马克思主义的人道主义。"③"马克思主义确实是现实的人道主义"。④（2）马克思改造唯心主义的人道主义，提出无产阶级的人道主

①　黄药眠：《关于文学中的人性、阶级性等问题试探》，《文艺研究》1980 年第 1 期。

②　同上。

③　《周扬集》，中国社会科学出版社 2000 年版，第 386 页。

④　同上书，第 388 页。

义，这一转变过程中，与"异化"问题有密切关系。他提出社会主义社会仍然存在异化。"彻底的唯物主义者应当不害怕承认现实。承认有异化，才能克服异化。"①在舆论的压力下，周扬于 1983 年 11 月对社会主义异化论作了检讨。1984 年 1 月胡乔木发表了《关于人道主义和异化》的长篇论文，对周扬的社会主义异化论提出批评。但后来胡乔木又认为周扬所谈的人道主义和异化问题，仍然属于学术问题，他的文章过于政治化了。②非常遗憾的是周扬没有谈到人性、人道主义与文学的关系。在 50、60 年代，周扬是批判人性论、人道主义的主将之一，他在新时期的这一转变是具有解放思想的意义的。

20 世纪 50、60 年代直到"文革"十年，人性、人道主义问题都是理论禁区。当时仍有一些追求真理的人发表了这方面的文章，如巴人在《新港》1957 年第 1 期发表了《论人情》，钱谷融在《文艺月刊》1957 年 5 月号发表了《论"文学是人学"》，王淑明在 1963 年第 3 期的《文学评论》发表了《关于人性问题的笔记》，都遭到了无情的批判，"文革"中被说成是"黑八论"。新时期开始以来的这次人性、人道主义和文学问题的讨论，的确是冲破了禁区。尽管对人性问题、人道主义问题存在着不同的意见，但总的发展趋向是肯定人性、人道主义是存在的，认为是马克思主义的一个命题，如认为虽然不能说人道主义是马克思主义的历史主义，却可以说是马克思主义的伦理原则，人学成为新兴起的一门学科。人性、人道主义的正面探讨，大大促进了人们对文学的理论，如认为文学实际上是人、人性的全部展开，是人的本质理论的对象化等论点已经被普遍接受。这种认识表明了在新时期开始之际，在文学理论领域，

---

①　《周扬集》，中国社会科学出版社 2000 年版，第 389 页。

②　在龚育之在为郝怀明的著作《如烟如火话周扬》所写的"序"中，龚育之说："周扬作为论战一方，当然认为他讲人道主义和异化问题自有他的道理，那道理就写在他那篇文章里面；而论战的另一方，批评周扬那样讲人道主义和异化问题的胡乔木，当然也认为那样批评自有他更大的道理，那道理也写在那篇批判文章里面。这两篇文章现在都收在他们两人的文集里，胡乔木的文章，把这场争论定性为'是关系到是否坚持马克思主义的基本原理和能否正确认识社会主义实践的重大现实政治意义的学术理论问题'。"1988 年上海一个内部刊物发表一篇文章，认为胡乔木那篇批评文章把问题过分地政治化了。这个刊物的编辑很想知道胡乔木的意见。别人向我说了，我向胡乔木传达了。胡乔木告诉我，他已看过这篇文章，他同意作者的观点，的确是过分政治化。证据是，后来就没有不同意见的文章在报刊上发表和讨论了。"

人和人性的觉醒成为一个明显而重要的表征。

　　人性和人道主义问题的深入讨论的一个结果，就是"文学是人学"命题的重新确立。"文学是人学"是高尔基的提出的命题。1957 年钱谷融发表了《论"文学是人学"》一文，他发挥了高尔基的"文学是人学"的思想，阐明了文学与人性、人道主义的内在联系，认为"文学的对象，文学的题材，应该是人，应该是时时在行动中的人，应该是处在各种各样复杂的社会关系中的人"。在文学创作中，"一切都以人来对待人，以心来接触心"。"人"是文学的中心、核心，"文学是人学"。在这个命题中"伟大的人道主义精神"还得到特别强调。[1]该文发表后长期受到批判。新时期开始，钱谷融再次强调，"文学既然以人为对象，当然非以人性为基础不可，离开人性，不但很难引起人的兴趣，而且也是人所无法理解的。不同时代、不同民族、不同阶级所产生的伟大作品之所以能为全人类所爱好，其原因就是由于有普遍人性作为共同基础。""作家的美学理想和人道主义精神，就应该是其世界观中对创作起决定作用的部分。"在文学领域，"一切都是为了人，一切都是从人出发的"，"一切都决定于作家怎样描写人、对待人"。[2] 王蒙指出，人性具有多样性和可塑性，"文学作品是写人的，一篇作品的思想力量和道德力量和他们具有的人道主义精神是不可分的"，"三中全会以来的文学作品中，人道主义精神的发扬，对于人性和人情的诸多方面的关注、刻画或美化，对于人的尊严的维护和召唤，成为一个重要的特点"，但"作品的内容决不限于人道主义和人性，等等"，马克思从未反对也不拒绝真正的人性和人道主义，不敢描写具体的活生生的人性就不可避免的导致创作的模式化、概念化而走向反艺术的道路。[3] 钱中文认为人性共同形态是人物性格、典型的构成要素，可从真实性、历史性与道德要求等三方面评价人性共同形态的描写。他认为以往把人性片面理解为阶级性，并将阶级性进一步狭隘化为人为的斗争，这在文学作品中表现为对人的血肉之躯的恐惧，反映于文艺理论中表现为对于人性的恐惧。经过讨论，大家大体上确认除了阶级性，还有共同人性，这"乃是这场人性问题讨论的重要收

---

① 钱谷融：《论"文学是人学"》，《文艺月刊》1957 年 5 月号。

② 钱谷融：《〈论"文学是人学"〉一文的自我批判提纲》，《文艺研究》1980 年第 3 期。

③ 王蒙：《"人性"断想》，《文学评论》1982 年第 4 期。

获"。而共同人性，与阶级性一样是现实的人的根本特征，是社会现实关系的组成部分。问题不是文学中有无共同人性，而是如何认识和描写人性。文学中人性描写具有抽象性与具体性两重性，因此不能把对于人性的共同形态的反映笼统地称为抽象的人性描写，也不能把文艺人性描写统称为人性论宣传。唯物史观反对人性论，但不排斥人性。"只有那些具体、生动地描写了健康的、符合生活逻辑的人性共同形态的作品，才能给人以审美享受。"人性的共同形态是人物性格、典型的构成要素，有时人物性格的刻画直接通过人性的共同形态来表现，人性论的典型和庸俗社会学的典型论都离开了现实的人。对于人性共同形态的描写可以从真实性、历史性与道德要求等三方面进行评价，"这三个方面大致可以用来区别文学创作中的资产阶级人性论和无产阶级文学中的人性形态描写之间的不同，也可以用以区别无产阶级文学和优秀的古典文学中人性共同形态描写的同异"。[①]

钱谷融、王蒙和钱中文的论述获得文论界多数人的认同，可以视为"文学是人学"命题的重新确立。从 20 世纪 30 年代以来，由于社会斗争和其他各种原因，人性论、人道主义一直遭受批判。在新时期开始之际，人性、人道主义这个与文学创作和评论密切相关的问题，被肯定为马克思主义的命题，这是一个根本的转折，是文学理论界的重大收获，也从更深的层次否定了"文艺从属于政治"的口号。应该说，从 1978 年到 1984 年文学理论界讨论的问题很多，但以文学与政治的关系问题，人性、人道主义与文学的关系这两个问题最为重要。可以说，新时期的文学理论由于反思了上述两大问题，真正获得了发展的新起点。

（二）追求文学理论自主性时期（1985—1990）

如果说 80 年代初的反思时期，主要的努力是在拨乱反正，破除"极左"思潮的"泛政治"语言对文学理论的束缚的话，那么到了 80 年代中、后期。文学理论研究者似乎获得了充分的信心，开始了文学和文学理论的自主性的追求，开始了文学理论作为一个学科特有的话语的建设，文学理论学科意识的生长也大为加强。

1. 追求文艺学方法论的突破

---

① 钱中文：《论人性共同形态描写及其评价问题》，《文学评论》1982 年第 6 期。

　　新时期文学理论自主性的追求是从"文艺学方法论"的讨论切入的。1985年被称为"方法年"。北京、厦门、扬州、武汉等地都召开了的专门讨论文艺学方法的学术会议。为什么文艺学的方法会引起大家的关注呢？这原因可能是多方面的，但主要是传统的社会历史批评方法，不但没有获得生动的丰富的发展，反而某种程度上被庸俗社会学化。单向的、孤立的、静止的、线性因果关系、机械的思维方式，使文艺学研究陷入狭窄的学术空间，大家对此的不满演变为对于方法的多样性讨论。其目的是企图通过各种不同的方法的运用，获得不同的学术视角，对于文学事实进行不同的解释，对文学经验获得不同的理解，对文学问题作出不同的解答，这样文学理论不但可以学术化，而且研究空间和维度也大为扩大，而不必紧紧地跟随政治的单一风向的变化而变化。换句话说，文学理论能不能变成一种自主的学问，很大程度上依赖研究方法自觉性和多样化，研究空间的拓展，特别是对文学问题解释的多样化。"只此一家别无分店"的独断态度和个人独语，并不是学问。学问是追求真理，真理个人不得而私，真理属于许多学者不同路径的探讨过程和结果。作为人文学科的文学理论，其中当然有科学认识，但更多的往往是一种价值判断。作为一种价值判断和科学认识并存的学科领域，人言言殊的情况是时常发生的。因此，方法的革新和多样化对于文艺学来说就是必然的。

　　1985年，刘再复发表的论文《文学研究思维空间的拓展——近年来我国文学研究的若干发展动态》影响很大。刘再复把方法论发展趋向视为文学研究思维空间拓展的需要，认为文艺研究必须注意新观念和方法，并对传统观念和方法作某种程度的反省。新方法论的介绍和运用，目的在于从更深的层次上理解文学自身各方面的本质特征，揭示文学历史发展进程，以促进文学创作与文学研究的繁荣。认为近年来文学研究在方法论上除了从破到立这个总趋向之外，还有四个突出的趋向：（1）由外到内，由着重考察文学的外部规律转向深入研究文学的内在规律；（2）由一到多，由单一的哲学认识论或政治阶级论维度来考察文学现象转变为从美学、心理学、伦理学、历史学、人类学等多种角度来考察文学；（3）由微观分析到宏观综合，由孤立地就一个作品、一个作家或一个命题进行思考、分析转变为从联系的、整体的观点进行系统的宏观综合；（4）由封闭体系到开放体系，吸收外来的西方的文论的养料和不断吸收文学之外的其他学科的养料。最后指出这四种趋向的七个较突出的具体表现。① 刘再复的文章因其对传统的方法批评而引起了一些人的不满。但大体而言，这次文艺学方法论的讨论不但是十分有必要的，而且讨论的结果也是有益的，主要是开阔了视野。

从今天的观点看，1985年的文艺学方法问题的讨论，是两种完全相反的思想倾向的表演：一种是科学主义的方法，一种是人文主义的方法。两种方法代表了两种不同的思潮，代表了对文学的两种不同理解。

科学主义方法，在当时最主要就是新、老"三论"的兴起。"新三论"就是系统论、控制论和信息论；"老三论"则是协同论、突变论和耗散结构论。在这新、老"三论"被引进文艺学研究的同时，生物学的、物理学的、神经生理学、脑科学、模糊数学等自然科学的方法也纷纷被引进文艺学研究领域。他们力图把文艺学纳入到定量化、精密化和科学化的轨道，使文艺学学科的研究获得完全的科学性，可以避免文艺学的研究随着政治的风向的变化左右摇摆。当时有不少学者热衷于科学主义的方法，发表的文章很多，生僻的自然科学术语被大量运用，自然科学术语"大爆炸"，晦涩艰深的文章流行于文学研究刊物与报纸。方法热中这一股科学主义思潮，形成了对传统文艺学的冲击。不过在过了20多年之后的今天，我们已经很少能记住这些文章说了什么。真正给人留下印象的是林兴宅教授发表于1984年第4期《中国社会科学》的论文《论文学艺术的魅力》。林兴宅《论文学艺术的魅力》运用系统论、信息论、控制论等现代自然科学的方法论描述和研究文学的魅力，他突破了以往对文艺的经验性描绘，建立起了艺术魅力的结构模式、对应模式和个体发生模式，力图打开探索文艺魅力的新视角。他指出，艺术魅力本质上是文艺作品的复杂功能体系产生的综合美感效应，它不是纯粹的对象的客观属性，而是欣赏者对作品的审美关系的产物。真实性、新颖性、情感性、蕴藉性是文艺作品的四种基本审美素质，魅力的产生的内在根据是文艺作品的美学结构与欣赏者的审美心理结构的对应。艺术魅力作为艺术认识的一种表现，它的实现是一个生成过程。艺术魅力是文艺作品的美的信息对欣赏者的刺激导致欣赏者的审美心理结构历史积淀和心理组织作用形成的合力。② 特别要提到

---

① 刘再复：《文学研究思维空间的拓展》，《读书》1985年第2、3期。
② 林兴宅：《论文学艺术的魅力》，《中国社会科学》1984年第4期。

的是他运用了这种新方法，对一些文学现象进行新的阐释，发掘出传统文学方法论不曾发现的新视域，比如在《论阿Q性格系统》①中对于阿Q性格系统的阐释，给人以耳目一新之感，在当时引起了学界的轰动。这篇论文可以看成是科学主义方法在当时取得的实绩。

很明显，科学主义的方法论者认同唯有科学才能解决一切问题，并认为文学领域的问题也完全是属于认识论的，既然完全属于认识论的，那么就可以借助于科学一步步去接近文学问题的本质，从中去寻找不可更改的规律来。但是科学主义的方法在短暂的流行之后，遭到了批评。这主要是由于不少科学主义的文艺学研究论文，生搬硬套，滥用术语，晦涩费解，未能与研究的对象（文学事实、文学经验和文学问题）相契合。很自然地，另一些主张人文主义方法的学者对科学主义方法提出质疑。如有的学者提出："艺术精灵"的意义永远是"测不准"的，"从学科的整体意义上看，建立一门'严密的'、'精确的'、'客观的'、'规范的'文艺科学是不切实际的"。② 有的人的批评更为尖刻，说：不要将刚刚从政治学中解放出来的文艺学匆匆卖给自然科学。当然这些说法都言过其实。因为后来的事实证明，科学主义的文论引进了俄国20世纪初的形式论文论、英美的"新批评"、法国20世纪60年代兴起的结构主义批评（包括叙事学），此外还有文体学批评、符号论批评、语义学批评等，经过中国学者的加工改造，都取得了一定的成果。

那么，人文主义方法论这一派学者对于文学是怎样理解的？对于文学学科又有何见解？他们又提出来什么方法呢？他们显然认为文学是情感的领域，是美的领域，情感和美的领域的事情是极为微妙的，是测不准的，绝对不可以定量化、精确化、严密化和模式化。文学学科主要是情感评价问题，对于文学事实、文学经验和文学问题，更多要靠体验，在感性体验的基础上，才可能上升为理论的概括和分析。这种理论的概括和分析不是纯科学的，经常糅进了主观的因素，对同一事实可以作出不同的个性化的解释。因此，他们提出的人文主义的文艺学方法，在那时主要是文艺心理学的方法。出版于1982年的金开诚的《文艺心理学论稿》，尽管仍然使用普通心理学的观念解释

---

① 林兴宅：《论阿Q性格系统》，《鲁迅研究》1984年第1期。
② 鲁枢元：《艺术精灵与科学方法》，《文艺报》1985年7月13日。

文学，但受到青睐。1985 年出版的陆一帆的《文艺心理学》、余秋雨的《戏剧审美心理学》、鲁枢元的《创作心理研究》也受到好评。稍晚一些的还有余秋雨的《艺术创造工程》(1987)、王先霈的《文学心理学》(1988)、夏中义的《艺术链》(1988)等。这些著作作为人文主义方法的第一批成果，有一定的理论深度，在朱光潜 30 年代的《文艺心理学》基础上结合新的文艺实际大大前进了一步。后来随着西方现代文论的引入，直觉主义的、生命哲学的、精神分析学的、现象学的、存在主义的、接受美学的等方法，成为人文主义文艺学方法论的一些流派。

对于上述科学主义的和人文主义的文艺学方法，当时就有学者指出，这两种方法是相反的，但又是可以互补的。朱立元说："在我看来，文艺现象本身是极为复杂的动态网络结构系统，它允许人们从各个方面、视角、层次去剖视它，从总体上把握它，从静态方面去考察它，从动态中去研究它。若就其能否定量化、精密化、模式化地研究这一角度而言，我认为文艺存在着两重性：它既有理性、形式、结构等可测定的方面，也有感情、内容、灵感等'不可测关系'。这就为科学主义与人文主义两种方法论都提供了用武之地。文学就是人学，文艺学的研究中心也应该是艺术活动的主体——人。人的艺术活动同样有可测定与不可测定两方面。所以，目前科学主义方法论并不排斥人，而且也往往把研究的触角伸进主体领域。在这一点上，两者是互相渗透的。"①

当时，对于文艺学方法论的讨论，也发表过一些为传统的社会历史方法辩护的论文，这些论文一方面坚持马克思主义的历史唯物主义和辩证唯物主义的方法，这诚然是正确的，但另一方面又批评这种方法论的更新是违背马克思主义的。从今天的观点看，1985 年开始的方法论讨论，不论科学主义或人文主义都从不同的角度坚持了辩证思维，应该说在哲学层面上没有动摇马克思主义的根本，但在具体方法有所探索、有所发展，这对于文艺学研究如何解放思想、如何开创新局面影响深远。更何况在文艺学方法论的讨论中，马克思主义的"美学的、历史的"的方法，得到深入的讨论，有的学者较深入

---

① 朱立元：《对文艺学方法论更新的若干思考》，《理解与对话》，华中师范大学出版社 2000 年版，第 57 页。

地考察了马克思、恩格斯在文学批评中运用比较方法的特征，指出：第一，在文学的比较研究中，自觉地贯彻和坚持唯物辩证法；第二，自觉地把比较对象置于一定的历史联系中，强调历史主义的观点；第三，注重文艺的特殊规律，把美学的观点渗透到作家、作品的比较研究中，又通过作家、作品的深入比较总结出艺术创作的美学规律。辩证逻辑的、历史的、美学的观点三者的统一是马克思、恩格斯文学研究的基本特点。马克思、恩格斯文学批评运用的辩证性、历史性和美学性三大特征，恰恰反映了这种统一的三个侧面。这种三统一的特点，对于我们文艺学等研究都具有普遍性的指导意义。[1] 这些讨论都加深了对马克思主义关于文艺学方法论的理解，这不能不说是重要的收获。

2. 文学主体性问题的论争

1986 年被称为"文学观念年"。文艺学方法的讨论首先要落实到文学观念的革新上面。特别是"文学是人学"这个命题的重新确立，很自然地要从文学之"根"的人的角度去思考文学观念的革新。政治功利主义、庸俗社会学和机械反映论的思想相结合，从根本上说，就是忽视人和人性。如在文学活动中忽视主体的人的问题变得十分严重，如创作问题上，一味强调写重大题材，而忽略了作家作为实践主体的感受与体验；对文学作品中人物命运的轨迹和性格逻辑的破坏，把人物当作傀儡来调动；作品写出来，不论读者喜欢不喜欢，硬塞给读者，忽视读者在文学活动中的能动作用等。这些情况都在呼唤文学主体性的出场。

《文学评论》1985 年第 6 期和 1986 年第 1 期发表了刘再复的长篇论文《论文学的主体性》。刘再复的论文的主旨是："构筑一个以人为思维中心的文学理论与文学史研究系统"，"我们的文学研究应当把人作为主人翁来思考"，"把人的主体性作为中心来思考"。[2] 论文的这个主旨有明确的针对性，那就是苏联的"社会主义现实主义"的庸俗社会学和机械认识论倾向及其对中国当代文学的影响。在批判"极左"思潮和教条主义中，主体性问题的提出可以说

---

① 朱立元：《马克思、恩格斯在文学批评中运用比较方法的特征》，《复旦大学学报》1984 年第 4 期。

② 刘再复：《论文学的主体性》，《文学评论》1985 年第 6 期。

恰逢其时。刘再复《论文学的主体性》主要论点是："文学中的主体性原则，就是要求在文学活动中不能仅仅把人（包括作家、描写对象和读者）看作客体，而更要尊重人的主体价值，发挥人的主体地位，以人为中心、为目的。具体说来就是：作家的创作应当充分发挥自己的主体力量，实现主体价值，而不是从某种外加的概念出发，这就是创作主体的概念内涵；文学作品要以人为中心，赋予人物以主体形象，而不是把人当成玩物与偶像，这是对象主体的概念内涵；文学创作要尊重读者的审美个性和创造性，把人（读者）还原为充分的人，而不是简单地把人降低为消极受训的被动物，这是接受主体的概念内涵。"①刘再复就上述观点展开了洋洋洒洒的论述。刘再复论文的意义不在于具体论述一个问题，而在于文学观念的转变。即从过去的机械的反映论文学观念，转变为价值论的文学观念。因为在强调文学的主体性的时候，刘再复核心的思想要论证人、主体的人、人的经验、人的尊严、人的思想感情、人的性格、人的命运、人的活动等才是最具有意义和价值的。一切离开"人"这个主题的文学是没有意义和价值的。

刘再复的"文学主体性"论受到多方面的肯定。如孙绍振认为："刘再复主体性论的提出，标志着在文艺理论上被动的、自卑的、消极反映论统治的结束，一个审美主体觉醒的历史阶段已经开始。这不是低层次经验的复苏，而是理论上的自觉。在新的逻辑起点上，刘再复提出新的范畴：实践主体性和精神主体性，创作主体性和欣赏主体性。"这些范畴对于认识实践真理、对于从反映论向认识结构的本体深化、对于突出个体的主体性有重要意义。② 有的学者认为，艺术家在社会生活中不仅是实践、认识和创造新生活的主体，而且是审美的主体。在艺术家和社会生活之间横亘着的不是镜子，而是具体的活生生的人。文艺对社会生活反映势必带有个人色彩，打上人的烙印，因此反映的过程就是主体积极活动的过程。社会生活是艺术的源泉首先在于它造就了艺术创造的主体。写心灵是体现创作深度和创作广度的艺术原则，作家就是用自己的心灵浇铸自己的艺术形象，从而在文艺产品中自然显示出自

---

① 刘再复：《论文学的主体性》，《文学评论》1985 年第 6 期。

② 孙绍振：《论实践主体性、精神主体性、和审美主体性》，《文学评论》1987 年第 1 期。

己的心灵和人格。① 但刘再复的理论也遭到了一些人的质疑。比较有代表性的是陈涌对刘再复的主体性文学论提出严厉批评，认为刘再复主体性理论否定了马克思主义观点、方法和指导思想，歪曲了中国革命文艺以来的文学发展的实际，对马克思主义文艺原理进行了错误的概括，这是"直接关系到如何对待马克思主义基本原理的问题，是关系到社会主义的命运的问题"②。姚雪垠认为刘再复主体性理论把作家和作品中人物的主观能动性"作了无限夸张"，"违背了历史科学"，"包含着主观唯心主义的实质"，"基本上背离了马克思主义"。③ 当然对这种批评也有反批评。

那么刘再复的文学主体性理论是反马克思主义，还是合乎马克思主义呢？刘再复在论文中引了马克思《1844 年经济学—哲学手稿》中的论述。马克思曾说："人是一个特殊的个体，并且正是他的特殊性使他成为一个个体，成为一个现实的、单个的社会存在物。同样地他也是总体，观念的总体，被思考被感知的社会主体的自为存在，正如他在现实中既作为社会存在的直观和现实享受而存在，又作为人的生命表现而存在一样。"刘再复还引了马克思关于人的生命活动与动物的生命活动的区别的论述。然后他指出：对于被作家描写着的对象的人来说，他是被描写的客体；但对于生活环境来说，他又是主体。所以要把人当成人。作品中的人物是有自主意识和自身价值的活生生的人，按照自己的灵魂和逻辑行动着、实践着的人。而在后来的论争过程中，更多的学者引用马克思的《关于费尔巴哈的提纲》中的一段话："从前的一切唯物主义（包括费尔巴哈的唯物主义）的主要缺点是：对对象、现实、感性，只是从客体的或直观的形式去理解，而不是把它们当作感性的人的活动，当作实践去理解，不是从主体方面去理解。"④由此看来，主体性问题是马克思主义题中应有之义，文学主体性问题的提出引发人们思考庸俗社会学的弊端，文学主体性理论对单纯认识论文艺学的批评有某种程度的合理性，标志着不同于认识论文艺学的主体性文艺思想的出现，这对于中国文艺学的变革与发展是

---

① 鲁枢元：《审美主体与艺术创造》，《文艺报》1983 年第 5 期。

② 陈涌：《文艺学方法论问题》，《红旗》1986 年第 8 期。

③ 姚雪垠：《创作实践和创作理论》，《红旗》1986 年第 12 期。

④ ［德］马克思：《关于费尔巴哈的提纲》，《马克思恩格斯选集》（第 1 卷），人民出版社1995 年版，第 54 页。

有重要意义的。但总的看来，刘再复 1985－1986 年间提出文学主体性，不是没有逻辑的概念的缺陷，因此引起人们的争论与批评也在情理之中。

3. 走向文学审美特征论

文学主体性问题论争没有获得一致的成果。许多问题被转化为文艺心理学的研究。但相对自主的文学观念寻求，仍然困扰着许多学者。于是"审美"一词在经过数年的积累后被凸显出来。其实用美学的观念来界说文学的做法早在 70 年代末和 80 年代初就有了。1979 年李泽厚在《形象思维再续谈》中说：文学是"一种强大的审美感染力量。审美包含认识理解成分或因素，但决不能归结于等同于认识"①。这里力图把文学中的认识与审美区分开来。著名美学家蒋孔阳教授于 1980 年发表了《美和美的创造》一文，其中说："艺术的本质和美的本质，基本上是一致的。美具有形象性、感染性、社会性以及能够实现人的本质力量的特点，艺术也都具有这些特点，正因为这样，所以我们说，美是艺术的基本属性。不美的'艺术'不能成为真正的艺术。"②这里把艺术的本质和美的本质联系起来思考，已经暗示出以"美"为属性的文学观念。童庆炳于 1981 年发表了《关于文学特征问题的思考》，批评了在中国理论界影响很大的别林斯基的文学形象特征论，提出了文学的美的特性问题。③ 李泽厚、蒋孔阳和童庆炳的论述不能不说是新时期文学观念转向文学审美特征论的先声。

80 年代中期，文学"审美反映"论文学观念终于诞生。基于对"认识反映"论的不满，他们认识到，仅仅把文学看成是社会生活的一般反映是不够的，这种看法只是在认识论的层面给文学定位，不能说明文学的特殊性。童庆炳在 1984 年出版的《文学概论》（上、下卷）第一章第三个标题是"文学是社会生活的审美反映"，他认为："社会生活是文学的唯一源泉。文学是社会生活的反映。其实，包括文学在内的全部意识形态（政治、法律、道德、哲学、艺术、宗教等）和一切社会科学，都是客观的社会生活的反映，都以客观的社会生活为源泉，所以文学是社会生活的论断只是阐明了文学和其他意识形态以

---

① 李泽厚：《形象思维再续谈》，《美学论集》，上海文艺出版社 1980 年版，第 559 页。
② 蒋孔阳：《美和美的创造》，江苏人民出版社 1981 年版，第 52 页。
③ 童庆炳：《关于文学特征问题的思考》，《北京师范大学学报》1981 年第 6 期。

及一切社会科学的共同的本质，只是回答了'文学是什么'的第一个层次的问题。然而，我们仅仅认识文学和其他社会意识形态以及一切社会科学的共同本质是不够的。……我们还必须阐明文学区别于其他社会意识形态以及社会科学的特征。弄清楚文学自身特殊的本质，即回答第二层次的问题。那么，文学反映生活的特殊性是什么呢？我们认为文学对社会生活的反映是审美的反映。审美是文学的特质。……文学之所以是文学就在于它是对社会生活的审美反映，文学的崇高目的是要按照一定的社会审美理想来改造人的生活，使人的生活变得更美好。"①童庆炳随后按照审美反映的"独特的对象、内容和形式"展开对文学"审美反映"论的论证。1986 年钱中文教授也提出文学"审美反映"论，他说："文学的反映是一种特殊的反映，由于其自身的特殊性，较之反映论原理的内涵，丰富得不可比拟。反映论所说的反映，是一种曲折的二重的反映，是一种有关主体能动性原则的说明。审美反映则涉及具体的人的精神心理的各个方面，他的潜在的动力，潜伏意识的种种形态，能动的主体在这里复杂多样，而且充满种种创造活力，这是一个无所不在的精灵。"②钱中文的论文不但是从根本上区别了一般的反映论与文学"审美反映"论，而且还从"心理层面"、"感性认识层面"和"语言、符号、形式的体现"层面说明了文学"审美反映"论的特征，这是十分有意义的。当时另一位学者王元骧教授早就对文学审美论有所研究，他对文学的"审美反映"进行了很具体深入的解说，他 1988 年发表的一篇论文中论证"文学审美反映"的各个方面，他从反映的对象、反映的目的和反映的形式三个角度作了阐释，并指出文学审美反映是"以崇敬、赞美、爱悦、同情、哀怜、忧愤、鄙薄等情感体验的形式来反映对象的"。③王元骧教授的文学"审美反映"理论是很完整也很深刻的，大大加强了对文学"审美反映"论的影响力。

于此相映成趣，这几位学者又提出文学"审美意识形态"论。钱中文教授于 1984 年又提出了文学"审美意识形态"论，他说："文学艺术固然是一种意

---

① 童庆炳：《文学概论》（上），红旗出版社 1984 年版，第 46—48 页。

② 钱中文：《最具体的和最主观的是最丰富的》，《新理性精神文学论》，华中师范大学出版社 2000 年版，第 157—158 页。

③ 王元骧：《艺术的认识性和审美性》，《审美反映与艺术创造》，杭州大学出版社 1992 年版，第 52 页。

识形态；但我以为是一种审美的意识形态；文学艺术不仅是认识，而且也表现人的情感和思想；审美的本性才是文学的根本特性，缺乏这种审美的本性，也就不足以言文学艺术。看来文学艺术是双重性的。"①很显然，这是运用马克思主义的社会结构学说，即社会基础与上层建筑理论对于文学艺术观念问题的一次解决。1987 年钱中文教授又发表了题为《文学是审美意识形态》的论文，正式确认"文学是审美意识形态"，并展开了论证，其结论说："文学作为审美的意识形态，以情感为中心，但它是感情和思想的认识的结合；它是一种自由想象的虚构，但又具有特殊形态的多样的真实性；它是有目的的，但又具有不以实利为目的的无目的性；它具有社会性，但又具有广泛的全人类的审美意识的形态。"②钱中文提出的"文学审美意识形态论"具有广阔的阐释空间，从哲学的观点看，文学确是一种意识类型，与哲学、伦理等具有意识形态的共同特性，但是文学之所以是文学，是因为文学的一种具体的意识形态类型，即审美意识形态。王元骧在他的《文学原理》中也赞成"审美意识形态"论。童庆炳则在 2000 年还提出"审美意识形态"是文学的第一原理。③"审美反映"论与"审美意识形态"论是一致的，其区别主要在前者从马克思主义存在与意识的关系的角度提出，后者从马克思主义社会经济基础与上层建筑的关系的角度提出。两说都建立在马克思主义的基础上，但又延伸了马克思、恩格斯的思想，具有完整的理论创造，成为中国现代学者提出的马克思主义的新的文学观念。在后来进一步的论说中，他们认为"文学审美反映"论和"文学审美意识形态"是一个完整的概念，不是"审美"加"反映"，不是"审美"加"意识形态"，它们是一个具有单独的词的性质的词组，不是审美与反映、审美与意识形态的简单相加。它们本身是一个有机的理论形态，是一个整体的命题，不应该把它切割为"审美"与"反映"，"审美"与"意识形态"两部分。"审美"不是纯粹的形式，是有诗意的和思想的内容的；"反映"、"意识形态"也不是单纯的思想，它是具体的、有形式的。而实践是审美与意识形态结合的中

---

① 钱中文：《文学艺术中的"意识形态本性论"》，《文学理论：走向交往与对话的时代》，北京大学出版社 1999 年版，第 87 页。

② 钱中文：《文学是审美意识形态》，《新理性精神文学论》，华中师范大学出版社 2000 年版，第 136 页。

③ 童庆炳：《审美意识形态论作为文艺学的第一原理》，《学术研究》2000 年第 1 期。

介，正是在实践中，审美的话语产生审美意识形态的话语，把"审美反映"论和"审美意识形态"论这两个观点并存甚至相互为用。应该说文学"审美反映"论、文学"审美意识形态"论，是一代学人（除了前面已经提到的钱中文、王元骧和童庆炳外，从不同角度提出类似观点的还有胡经之、杜书瀛、陈传才、王向峰、孙绍振、王先霈、朱立元等）根据时代要求提出的集体理论创新。它是对于"文革"的文学政治工具论的反拨和批判。它超越了长期统治文论界的给文艺创作和文学批评带来公式主义的"文艺从属于政治"的口号，在意识形态与审美升华之间取得了一个结合点，但它的立场仍然牢牢地站立在马克思主义上面。多数人对新说形成了共识。新说终于取代了旧说。不久"审美反映"、"审美意识形态"就进入了文学理论教材。据我所知，目前国内最重要的20多部"文学理论"教材都采用了文学审美反映论或文学审美意识形态论。当然，近几年来曾经同意过文学审美意识形态的人，甚至也很早就把它编入教材的人，又对"文学审美意识形态"论提出质疑，他们或否认文学是一种社会意识形态，或对马克思的《〈政治经济学批判〉序言》的翻译提出问题，或认为"审美意识形态"是"审美"与"意识形态"的简单焊接。钱中文、王元骧、童庆炳、冯宪光等先后写了答辩文章。① 我相信，真理总是愈辩愈明的。

从文艺学方法论的探求，中间经过文学主体性问题的论争，到文学审美反映论、文学审美意识形态论的提出和完成，经过十余年的努力，中国当代文学理论学人对于建设相对独立自主的文艺学学科，付出艰苦的劳动，取得了相当巨大的学术成果。这种努力，这种劳动，这种成果，将经过历史的检验而获得肯定。

（三）综合创新期（1991—2007）

90 年代以后，中国社会状况发生了很大的变化，社会正式步入市场经济轨道，国民经济迅速发展，而社会问题也进一步呈现出来。在文学创作方面，文学形式的探索方兴未艾。作为理论对变化了的现实的回应，文艺学形成进一步开放的态势：文艺学研究的资源进一步得到开发，如当时学者们所说，中国当代文论建设面对四种资源：马克思主义文论资源、中国古代文论资源、

---

① 这些论文收入北京师范大学文艺与研究中心编：《文学审美意识形态论》，中国社会科学出版社 2008 年版。

西方古代和当代文论资源、中国"五四"以来文论新传统所形成的资源；文艺学研究的视角进一步开放，如文艺社会学的视角、文艺心理学的视角、文艺美学的视角、文艺人类学的视角、文艺符号学的视角、文艺解释学的视角、文艺文体学的视角、文艺叙事学的视角、文艺语言学的视角、比较文论的视角、文艺文化学的视角，等等，各种视角的研究都有人在尝试，也都获得了不少结实的成果；文学观念进一步多样化，每一种视角的背后几乎都存在一种文学观念。正如有的学者所说，这是一个"多元共生"的时期。但在上述所谓"多元"的"杂语喧哗"中，"语言论转向"、"古代文论的现代转化"和"人文精神的呼唤"成为最重要的三种思潮。

1. 语言论转向

20 世纪 90 年代以来最早出现的是所谓"语言论转向"。"语言论转向"是西方引进的一个词语。语言论文论是指西方 19 世纪末期发生"语言论转向"以来盛行于 20 世纪的以语言问题为中心的文学批评流派，最重要的是俄国形式主义、英美"新批评"、分析美学、结构主义、后结构主义等批评流派。其主要特征是：以语言取代理性而成为文艺批评中心问题；放弃对文艺本质及其他本质问题的追问，注重用语言学模型去分析文艺作品；不要理论的系统化和体系化，强调具体文本分析。这些理论被引进后，有人述评梳理西方的相关理论，重在介绍；但也有人加以改造，发展为中国化的文学文体学理论、文学语言学理论、文学叙事学理论等。西方文学批评的"语言论转向"转变为中国文论话语后，一个重要特征是它没有局限于语言形式本身，没有回避社会历史，没有看成是完全的所谓"内部研究"。其中最具代表性的是童庆炳主编的"文体学丛书"（共五部）。童庆炳的《文体与文体的创造》①一书在对中西文体论进行了历史回顾和反思的基础上对文体作出新的界定："文体是指一定的话语秩序所形成的文本体式，它折射出作家、批评家独特的精神结构、体验方式、思维方式和其他社会历史、文化精神。"从表层看，文体是作品的语言秩序、语言体式；从里层看，文体负载着社会的文化精神和作家、批评家的个体的人格内涵。该书从对中西文体的历史回溯入手，深入论述了文体系统、文体功能、文体创造等问题，在对于语体的认识以及内容与形式的辩证关系

---

① 童庆炳：《文体与文体的创造》，云南人民出版社 1994 年版。

等上都有新的理解和推进。陶东风的《文体演变及其文化意味》①从语言学、心理学和文化学的角度考察了文体演变问题，阐释了文体演变的社会文化心理内涵，认为文体不仅是符号的编码方式，而且是社会文化的表征，文体的演变折射出人的生活方式以及人对于自身与世界的理解方式。在此基础上对于当代中国实验文学的文体特征进行了描述和评价，并揭示出其文体产生演变的内在文化机制。另外，文学叙事学研究可以说是"语言论转向"中所取得的最重要的成果，主要著作有：徐岱的《小说叙事学》、罗钢的《叙事学导论》、傅修延的《讲故事的奥秘——文学叙事论》和《先秦叙事学——关于中国叙事传统的形成》、高小康的《市民、士人与故事：中国古代社会文化中的叙事》、杨义的《中国叙事学》、申丹的《叙事学与小说文体学研究》、格非的《小说叙事研究》、赵毅衡的《当说者被说的时候——比较叙事学导论》、胡亚敏的《叙事学研究》，等等，其中那些结合中国古代、现代和当代文学叙事的研究，特别具有意义，新意迭出，冲破了此前的语言工具论的研究模式。

2. 中国古代文论的现代转化

这个命题是1996年提出来的，在当年西安的专题讨论会议上和在《文学评论》上进行过热烈的讨论，包括季羡林、钱中文、张寿康、陈良运等一大批学者参与了讨论，绝大多数持肯定的态度。实际上文论研究中古今比较的研究并不是90年代才有的。20世纪以来，许多文论大家都参与了这种把古代文论转化为现代性文论的研究。王国维、鲁迅、宗白华、朱光潜、邓以蛰、梁宗岱、钱钟书、郭绍虞、罗根泽等，就是其中最具有代表性的学者。对于中国古代文论的研究、可取的路径有资料学的研究、语义学的研究、解释学的研究、比较诗学的研究等。1996年提出的"中国古代文论的现代转化"属于比较诗学的研究，具体说就是古今、中西对比中相互阐发的研究，通过比较和阐发，揭示中国古代文论中某些具有普适性的命题，使中国古代文论资源重新获得生命活力，使其中一些范畴在经过解释后融合到现代文论的体系中。新时期以来，早就开始了这方面的工作，并取得了一些可喜的成果。如王元化的《文心雕龙创作论》(1984)、叶维廉的《比较诗学——理论的构架的探讨》(1983)、曹顺庆的《中西比较诗学》(1988)、黄药眠、童庆炳主编的《中西比较

---

① 　陶东风：《文体演变及其文化意味》，云南人民出版社1994年版。

诗学体系》（上下卷，1992）、陶东风的《中国古代心理美学六论》（1992）、顾祖钊的《艺术至境论》（1993）、张隆溪的《道与逻各斯》（1992）、狄兆俊《中英比较诗学》（1992）、张法的《中西美学与文化精神》（1994）等。1996 年开始的"中国古代文论的现代转化"不过是从王国维开始以来的中西诗学互释互证互动研究的延伸，它力图寻求中西共同文学规律和共同的美学据点，或者在中西碰撞中延伸出新的理论，这是一个广阔的很有学术前景的领域，并不像某些人所说的这是什么"伪命题"。1996 年后，这一方面发表的论文很多，著作则有曹顺庆的《中外比较文论史（上古时期）》（1998）、杨乃乔的《悖立与整合——东方儒道诗学与西方诗学的本体论、语言论比较》（1998）、赵毅衡的《当说者被说的时候——比较叙述学导论》（1999）、李思屈的《中国诗学话语》（1999）、余虹的《中国文论与西方诗学》（1999）、饶芃子主编的《中西比较文艺学》（1999）、饶芃子的《比较诗学》（2000）、童庆炳的《现代学术视野中的中华古代文论》（2000）和《中国古代文论的现代意义》（2001）、赖干坚的《二十世纪中西比较诗学》（2003）、顾祖钊的《中西文学理论融合的尝试》（2004），等等。这些著作所提出的新见解，是"中国古代文论转化"所取得的实绩，可能要很长时间才能被逐渐消化。

3. 人文精神的呼唤

随着 90 年代以来商业主义的流行，文学艺术中的价值取向低俗化，文艺的真、善、美的价值遭到挑战，这不能不引起人们的思考和回应。1993 年第 6 期的《上海文学》，发表了王晓明等人的《旷野上的废墟——文学和人文精神的危机》，提出了文学和人文精神危机的问题。不久《读书》、《东方》、《文汇读书周报》等报刊也纷纷发表文章参与了讨论，这就是人文精神讨论。这次讨论主要涉及人文精神危机、人文精神的内涵和人文精神重建等问题。在讨论中有争论，如对人文精神的理解、对人文精神是否"失落"等问题上，都存在不同的理解，但不能不说，这次讨论是针对当代文学所面临的精神价值的失落而提出的。随着讨论的深入，人们超越了单纯的文学危机问题，进一步去探讨世纪之交整个人文学科的现状问题、知识分子的人文环境、知识分子自身的生存方式、终极关怀和精神追求等问题。讨论中呼唤"重建人文精神"，重新确立文学的意义、价值，重新确立人类精神生活的终极追求。这次人文精神讨论体现出当代知识分子对于当代社会现实的主动介入和深入思考，是学者们为恢复和确立文艺的地位和价值所作出的一次努力。实际上，这次人文精神的讨论的意义，主要是在物质主义、商业主义和科技主义流行的条件下，对人的关注，对人性的关注，对文学的精神价值的关注。

值得注意的是，在这次人文精神的讨论中，文艺学界的学者提出了一些新说，以回应现实人文精神的失落。这里主要有钱中文提出的"新理性精神文学论"（1995）、童庆炳提出的"文化诗学"（1998）和鲁枢元、曾永成、曾繁仁的"生态文艺学"、"文艺生态学"和"生态美学"等。限于篇幅，这里仅就"新理性精神文学论"简要予以述评。钱中文认为，文学艺术价值的下滑、人文精神的淡化和贬抑，与人的生存质量、处境密切相关。当前，我们需要寻找一个新的立足点，重新理解和阐释人的生存和文艺的意义和价值。他认为，新的人文精神的立足点，就是新理性精神。新理性精神的大视野是历史唯物主义。从历史唯物主义大视野出发，首先来审视人的生存意义，看到了人的生存的挫折感，物对人的挤压，科技进步造成的人文精神的下滑。在对"新理性精神"具体内涵的理解上，钱中文认为，新理性精神作为一种对于文化（包括文学艺术）内在的精神信念，是对旧理性的扬弃，它从现代性、新人文精神、交往对话精神、感性与文化问题等四个方面确立自己的理论关系：（1）新理性精神的出发点不是返回古典，不是倒退，而是要促进社会进入现代社会发展阶段，使社会不断走向科学和进步。因此新理性呼唤一种与现代社会相适应的理性精神、启蒙精神，一种现代意识精神和时代的文化精神。现代性本身是一个矛盾体，应当看到它的两面性，以避免使其走向极端。现代性与传统有密切联系，但又要使传统获得不断发展。（2）新理性精神把新人文精神视为现代社会的血脉。人文精神是针对现实生活中的非人性与反人性来说的，是针对物的挤压、人的异化来说的，是针对当今现实生活中大大小小而极有威力的潜性暴力来说的，是针对文学艺术漠视人的精神伤残来说的。新理性精神的核心就是要弘扬人文精神，以新的人文精神充实人的精神，以批判的精神对抗人的生存的平庸与精神的堕落。（3）在现实的人的异化、精神的堕落的状况下，人与人之间常常无法对话，古今中西的对话也遭到障碍，所以新理性奉行交往对话精神，倡导人与人之间、思想与思想之间确立起一种新型的平等的交往对话关系；在对历史现实、文化遗产的评价中，提倡一种可以去蔽的、历史的整体性观念，一种走向宽容、对话、综合、创新的包含了一定的价值判断、总体上亦此亦彼的思维。这是对阻碍文艺学、美学突破、创新的二元对立思维方式的重要超越。(4)新理性精神虽然崇尚理性，但也给感性以重要的地位，因为生活本身就是感性的表现。人的感性需求应是人的文化的需求，即具有文化内涵的感性的需求。新理性精神承认非理性乃至反理性的存在的合法性，特别承认在文艺创作中非理性有着理性所不可取代的重要作用，但同时它反对以非理性的态度与非理性主义来解释现实与历史。总结这四个方面，可以把新理性精神理解为一种以现代性为指导，以新人文精神为内涵与核心，以交往对话精神确立人与人的相互关系，建立新的超越二元对立模式的思维方式，包容了感性的理性精神。这是以我为主导的、一种对人类一切有价值的东西实行兼容并包的、开放的实践理性，是一种文化、文学艺术的价值观。① 显然，钱中文的"新理性精神"作为一种文化精神的呼唤，完全是根据自己对于现实生活的体验，针对现实问题而发的，不是那种从书本出发的纯概念的拼凑。新理性精神文学论的重要贡献在于把现代性、人文精神、交往对话和理性与感性关系这四者，连成一个具有内部联系的整体来思考，建立起来一种回应现实新的文化精神和思维的方法。这四者分别来看，的确不是新东西，是人们长期谈论的问题，但倡导"新理性精神"的作者，以反思和批判精神，使这些问题深刻化和现实化，构成了一种新的精神，也构成一种方法论，成为显示作为人文知识分子存在身份的根据、对社会的应履行的责任和思考社会文化问题的方法。

　　4. 文化论转向

　　文化论转向是指以陶东风、金元浦、王晓明等中青年学者为代表的以及他们所倡导的从西方引进的文化批评。这股思潮兴起于90年代中、后期。他们的问题意识在于，随着中国商品经济的大发展，电子传媒的大发展，大众文化的多样化，消费主义的流行，人们对于文化生活的选择的空间大大扩大，文学不但失去轰动效应，而且最终要走向终结。而"文学性"则在日常生活审美化的过程和活动中蔓延。因此认为原有的文学理论的一套话语已经脱离生活而过时，"文艺学的当务之急是重建文艺学与现实生活之间的有机、积极的

---

① 钱中文：《新理性精神与文学理论》，《东南学术》2002年第2期。

学术联系。"①认为文学理论家若要生存下去唯有"越界",越过文学之界,去
研究"日常生活的审美化",即去研究城市广场、酒吧、广告、流行歌曲、时
装、美容、时尚杂志、城市规划、购物中心、街心花园等才会获得广阔的前
景。"越界"论并没有给文学理论研究带来成果。因为研究时尚也需要有关时
尚的知识准备。显然他们的这种准备不足,因此并没有对时尚的研究给出什
么有影响的学术成果来。更重要的是,其中有些文化批评论者,自身就在鼓
吹消费主义,陷入世俗化的泥潭,把审美单纯理解为欲望的满足,代富人立
言,就谈不到什么理论研究了。

　　但在"文化批评"进一步的发展中,他们提出的文学理论研究的历史文化语
境和反对本质主义的思维方式以及文论研究的政治维度等问题,却产生了较大
影响。以往的文学理论知识的确有不少跨时空的拼凑,而不追问文本的语境和
历史的、民族的文化语境的现象,结果"遮蔽了文学理论知识的历史具体性和差
异性","遮蔽了文学理论知识的地方性(民族具体性和差异性)",导致对文学理
论不能作出具体的真实的理解。为此他们正确地提出:"只是社会学的视角要求
我们摆脱非历史的、非语境化的知识生产模式,强调文化生产与知识生产的历
史性、地方性、实践性和语境性。"②他们进一步还提出理论的事件化的问题。
对于文学理论文化语境的强调,的确是很重要的,应该视为今后文学理论的研
究努力的一个方向。另外他们提出的反本质主义论的思想,强调事物都是变化
的发展的,不是凝固的、僵死的,提出事物的本质常常是建构的观点,也具有
针对性和前沿性。至于提倡研究文学理论的政治维度,转向外在的批评,这在
现代社会政治矛盾不断涌现的今天,也具有一定的前沿意义。不容否认,在文
化论转向中,也有杂乱的声音。陶东风的《当代中国的文化批评》一书对中国化
的文化批评有较全面的概括和分析,是值得称道的。

　　限于作者的眼光,同时也限于篇幅,本文在概说中肯定有疏漏、有不足,
甚至有谬误,恳请同行批评指正。

---

① 　陶东风:《日常生活审美化与文艺社会学的重建》,《文艺研究》2004 年第 1 期。
② 　陶东风:《当代中国的文化批评》,北京大学出版社 2006 年版,第 17—19 页。

周扬晚期的文艺思想^①

　　在"文化大革命"中，周扬作为中宣部副部长，被当成"二阎王"和"文艺黑线"的"祖师爷"遭到无情的批判与斗争。他被关到秦城监狱，孤独、悲惨地度过了九年的时光。1975 年 7 月 2 日毛泽东在林默涵给他的信上写批语说："周扬一案，似可从宽处理，分配工作，有病养起来并治病，久关不是办法。"当年 7 月 14 日，周扬走出秦城监狱。直到 1976 年"四人帮"垮台之后，周扬才获得了真正的解放。1977 年 10 月被任命为中国社会科学院副院长兼研究生院院长。1979 年 9 月召开的中共十一届四中全会上被增列为中央委员。同年 10 月第四次文代会后，周扬官复原职，回到中央宣传部，继续担任副部长，主管全国文艺工作。他的许多讲话和文章，与当时的时代思潮同步，对全国文学艺术的发展产生了影响。周扬晚期(1977—1989)的文艺思想对马克思主义文艺思想的中国化作出了独特的贡献。他晚期的文艺思想是在改革开放、实事求是的路线形成前后发表的，这里有对于"四人帮"的文艺思想痛彻骨髓的批判，有对于自己在 20 世纪 50 年代和以前的种种言行、特别是对于历次政治思想运动"左"的不当做法和说法的深刻的反省和真诚的检讨，有对于文学艺术问题难得的自由的感悟，因此，周扬晚年的新鲜活泼的文艺思想应该受到特别的重视。这些思想可以说是中国化的马克思主义文艺思想的一部分。在改革开放三十周年之际，重新审视周扬晚期的文艺思想，也许能给我们一些启示。

---

　　①　发表于《文艺研究》2009 年第 10 期。

一、批判"四人帮"文艺思想

批判"四人帮"对文艺事业的破坏，批判"四人帮"的文艺思想，是周扬晚期在几乎所有的讲话和文章中首先要做的事情。周扬认为，我们与"四人帮"在文艺问题上有着根本的分歧。1977 年 12 月 30 日《人民文学》编辑部召开座谈会，批判"文艺黑线专政论"，周扬讲了三个问题，一是正确评价 30 年代革命文学的历史；二是正确估价新中国成立以来的文艺工作；三是我们同"四人帮"在文艺问题上的分歧。在谈到最后一个问题时，周扬认为我们同"四人帮"文艺思想的分歧主要表现在以下三个方面。这里以此讲话为主，兼及周扬的其他文章，做一个梳理。

（一）如何对待文化遗产

我们一向主张批判地吸收其精华，既不是全盘吸收，也不是一概排斥。"四人帮"对文化遗产采取"彻底扫荡"的态度，他们不但否定 30 年代的革命文艺、开国以来的文艺工作的成绩，而且否定马克思主义诞生以来世界无产阶级文学的成就，否定整个人类进步文化的财富，对人类所创造的一切采取虚无主义的态度，大批的古典的进步的文艺书籍被禁止出版和阅读，说什么从《国际歌》到那几个"革命样板戏"一百多年中间，全世界无产阶级文艺是一片"空白"，只有到了江青，才开辟"无产阶级的新纪元"[①]。的确，如何对待文化遗产，是"文革"时期"四人帮"做得最极端的事情之一，把一切文化遗产都说成是"封资修"的大黑货。文化的饥饿、审美的饥饿是空前的。周扬说："不介绍、不研究外国文学，不了解外国文学的情况，不同它交流，不向它学习于我们有用的东西是不行的。这是一种愚蠢的政策。另一方面，盲目崇拜外国文学，对它亦步亦趋，不用马克思列宁主义、毛泽东思想为指导来对它进行评价和批判，对它的反动倾向不进行坚决的斗争，那就是投降主义，当然也不行。"[②]采取这种既吸收又批判的态度，才是对待中华文化遗产和世界文化遗产的正确态度。

（二）需要什么创作方法

我们坚持现实主义的传统；"四人帮"主张"主题先行"、"三突出"之类的

---

① 参见郝怀明：《如烟如火话周扬》，中国文联出版社 2008 年版，第 338 页。

② 周扬：《在外国文学规划座谈会上的讲话》，《周扬集》，中国社会科学出版社 2000 年版，第 122 页。

主观主义、公式主义，认为创作可以不从生活实际出发，而从主观概念出发，闭门造车，向壁虚构。"三突出"的思想基础是英雄创造历史的反动的唯心主义历史观和极端个人主义思想①。周扬认为英雄人物还是要写，但不能像"四人帮"那样写。他说："要塑造我们时代的英雄人物，但不能要求把这种人物写成天生的英雄，十全十美，高大完美，没有任何缺点，没有成长过程，这样的英雄在现实生活中是没有的，按照'四人帮'的'三突出'公式制造出来的什么'英雄人物'，正是英雄人物的反面和丑化，只能引起读者的厌恶与嘲笑。"②可以说，"四人帮"笔下的英雄是编造出来的，没有现实生活基础的；周扬所说的英雄则是真实生活中有血有肉的人，这就把我们写英雄与"四人帮"写英雄区别开来。

（三）要不要实行"百家争鸣，百花齐放"方针

实行"百花齐放，百家争鸣"的方针，发展科学和繁荣艺术，而非实行法西斯文化专制，毁灭文化，毁灭艺术，这是我们同"四人帮"的根本分歧之一。"四人帮"将"百花齐放，百家争鸣"的方针束之高阁，多少年都不提它。③ 周扬在批判"四人帮"的时候，特别谈到"科学无禁区"的问题，他说："科学无禁区这句话原来是针对'四人帮'设置的大大小小的禁区讲的，这些禁区窒息了人民的民主空气和活泼思想，严重阻碍了科学与艺术的自由发展，造成了封建法西斯的恐怖局面。不打碎他们设置的禁区，人们的思想就不能解放，我们的科学就不能发展。给科学设置禁区，那就是承认某些客观事物的领域是科学所不能接触、不能探索的，那就是否定科学之所以为科学，就是扼杀科学，宣布科学的死亡，那就必然要引导到不可知论、怀疑论、神秘主义、迷信和宗教。我们就不能实现从必然王国向自由王国的转化，就不能有所发现、有所发明、有所创造、有所前进。"④

在全国第四次文代会上，周扬的报告把对"四人帮"的批判提高到路线的

---

①　参见郝怀明《如烟如火话周扬》，中国文联出版社 2008 年版，第 339 页。

②　周扬：《关于社会主义新时期的文学艺术问题》，《周扬集》，中国社会科学出版社 2000 年版，第 168 页。

③　同上。

④　周扬：《关于真理标准的讨论》，《周扬集》，中国社会科学出版社 2000 年版，第 139 页。

高度。他说："'四人帮'推行的路线，是一条为篡党夺权阴谋服务的极'左'路线。他们篡改和歪曲毛泽东同志的文艺思想，割断文艺和人民的血肉联系，否定社会生活是文艺创作的唯一源泉，用谎言和伪造代替生活和艺术的真实，极大地败坏了革命文艺的声誉。他们歪曲文艺与政治的正确关系，用反革命政治奴役艺术，使文艺成为'阴谋文艺'，成为反动政治的奴婢。他们在文艺上传播的诸如'三突出'、'主题先行'之类的谬论和帮八股的恶劣文风，及其所推行的各种荒诞措施，给党的文艺事业造成了严重的灾难，其流毒之深，至今尚待肃清。"①这些批判是严正的，打中要害的，它为新时期文艺界的思想解放开辟了道路。

二、对毛泽东文艺思想全新的阐释

周扬对毛泽东文艺思想情有独钟，不但在延安时期和在新中国成立后的50、60年代致力于对毛泽东文艺思想的阐释，而且在新时期开始以后，在实践证明毛泽东在文艺问题上也有不当说法之后，周扬晚年仍然充满热情地重新阐释毛泽东文艺思想。但是他的阐释有了全新的内容，这是他顺应时代变化的结果。他的阐释主要包括文艺与生活的关系、文艺与政治的关系、文艺上继承传统与革新创造的关系三个方面。

(一)文艺与生活的关系

周扬不再像五六十年代那样过分强调深入生活、深入工农兵的斗争和知识分子的思想改造，而是另外开辟了一个向度来理解文艺与生活的关系。他说："文艺是社会生活的反映，它把生活的整体作为自己的对象。它从生活出发，又落脚于生活，并给与伟大的影响于生活。作家任何时候都应当深入生活，忠实于生活，写他自己所熟悉的、有兴趣的、感受最深的、经过深思熟虑的东西。作家不应只根据一时的政策，而应从更广阔的历史背景来观察、描写和评价生活。正是在这个意义上，文艺的真实性与政治性是统一的。"②在这段话中，周扬对于文艺反映社会生活的理解，不再停留在深入生活和改造思想这一点上，而提出过去从未提出过的、作家可以"写他自己所熟悉的、

---

①　周扬：《继往开来　繁荣社会主义新时期的文艺》，《周扬集》，中国社会科学出版社2000年版，第216页。

②　同上书，第222页。

有兴趣的、感受最深的、经过深思熟虑的东西"，"应从更广阔的历史背景来观察、描写和评价生活"。这是观察视点的变化，他不是从政策的统一视点去看生活，而是从以个人体验为本位的视点去看生活。这两个不同的视点是有根本的区别的。后一个视点才真正符合创作的内在规律。如果周扬在新中国成立之初就有这种理解，那么像茅盾、巴金、夏衍、田汉、老舍、曹禺、沈从文等一大批中老年作家就不会纷纷搁笔，放弃文学创作，而会乐于拿起笔，写自己熟悉的、有兴趣的、有体验的、深思熟虑的生活，从更广阔的历史背景来观察、理解、描写和评价生活，我们"十七年"的文学该会涌现出多少优秀作品！实践证明，新时期的文学创作正是由于走了这一种文艺与生活关系之路，才走出一片新的天地。

对于歌颂与暴露的问题，周扬也有新的解释。他说："作家和艺术家在认识和反映生活的时候，应该努力以马克思主义的科学的世界观作指导。这种世界观承认社会生活是充满矛盾的，没有矛盾就没有世界。社会主义文艺要勇于揭露和反映生活中的矛盾与斗争。是正视矛盾、揭露矛盾，还是回避矛盾、掩盖矛盾，这是两种不同的世界观、艺术观的反映。所谓歌颂与暴露，并不是彼此对立的、不相容的，而是一个问题的两方面，关键在于站在什么立场，歌颂什么，暴露什么。文艺创作既要描写人民生活中的光明面，也要揭露社会的阴暗面。有光明面就有黑暗面，有颂扬就有批判。社会主义文艺负有批评与自我批评的任务。'辩证法不崇拜任何东西，按其本质来说是批判的和革命的'（马克思）。丢掉这种批判精神，它的革命性就丧失了。"①这个问题从根本上说，还是要不要和敢不敢呈现生活真相的问题，如果敢于呈现生活的真相，那么无论是光明的还是黑暗的，都可以进入文学作品，因为有光明就会有黑暗，在这里对创作不设置禁区是理所当然的。

（二）文艺与政治的关系

邓小平在1980年提出以后"不再提文艺从属于政治"的口号，周扬在此前与此后对于文艺与政治的关系问题都有所阐述。1979年，周扬在第四次文代会上的报告中对于这个问题的阐述从两个角度切入：首先，这个问题实际上

---

① 周扬：《继往开来　繁荣社会主义新时期的文艺》，《周扬集》，中国社会科学出版社2000年版，第223—224页。

"也就是文艺与人民的关系",周扬认为:"我们所说的政治,是指阶级的政治,群众的政治,不是少数政治家的政治,更不是一小撮野心家和阴谋家的政治。我们党所制定的政治路线和政策,归根到底,都是为了实现人民的长远利益和当前利益。因此,文艺反映人民的生活,不能与政治无关,而是密切相连,只要真实地反映人民的需要和利益,也就必然给予伟大的影响于政治。"①这第一个角度是把政治理解为人民的利益与需要,所以文艺不能脱离政治。其次,周扬又在这个问题上,考虑到党如何领导文艺工作的问题:是不是党提什么政治口号,就要求文艺紧跟,并且图解这个政治口号呢? 在这里周扬提出:"党对文艺工作的领导,应当是依靠群众包括尊重专家的群众路线的领导,应当是由外行变为内行,按照文艺规律办事的实事求是的领导,而决不应当是凭个人感情和主观意志发号施令的领导。作家写什么和怎样写,应有自己的自由,领导不要横加干涉……"这第二个角度是从党领导文艺的方式方面进行论述。尤其是最后一句"作家写什么和怎样写,应有自己的自由,领导不要横加干涉",真正解放了作家和艺术家的思想,给创作带来了广阔的自由的空间。这两个角度互相补充,一方面说文艺不能脱离人民的政治,一方面呼吁给作家创作的自由,这种理解是可取的。

邓小平提出不再提"文艺从属于政治"但"文艺也不能脱离政治"后,周扬对文艺与政治的关系作了进一步的阐述。周扬首先是从唯物史观出发,来梳理文艺与政治和社会经济基础的关系。他说:"文艺作为一种意识形态,它从属于经济基础,往往要通过政治作为中介,因为政治是经济的集中表现,但推动文学艺术发展的最后动力还是经济基础。政治是上层建筑,文艺也是上层建筑,最后决定它们的发展的还是经济基础。"②"经济基础与上层建筑之间,以及各种上层建筑主要是政治上层建筑和意识形态上层建筑之间的各种关系是极其错综复杂的,而不是简单的、直线式的。……马克思、恩格斯都十分重视政治对文学艺术的巨大影响;但他们都从来没有讲过艺术要从属于

---

①　周扬:《继往开来　繁荣社会主义新时期的文艺》,《周扬集》,中国社会科学出版社 2000 年版,第 224 页。

②　周扬:《解放思想,真实地表现我们的时代》,《周扬集》,中国社会科学出版社 2000 年版,第 244 页。

政治。艺术不但受政治的影响，也受宗教、哲学、道德等其他意识形态的影响，各种上层建筑之间的关系是密切联系的，互相影响的，各种意识形态同时又都各有其相对的独立性。当然，不是绝对的独立性，因为它们归根结蒂最后被经济基础所决定。……如果否定了包括文艺在内的意识形态对经济基础的相对独立性，否定了包括文艺和政治在内的上层建筑各个部分之间的相互影响，否定文艺除接受政治影响之外，还接受其他意识形态的影响，否定了除政治作用于文艺之外，文艺也反作用于政治，总之，把上层建筑同经济基础之间的以及上层建筑各种因素之间的本来是极为复杂的关系过于简单化、庸俗化，这就不是真正的唯物主义，而是走向了它的反面。"①周扬在这里像马克思、列宁、毛泽东以及许多中外学者那样，首先肯定文学是一种意识形态，在这个前提下再论述了意识形态各部分之间的联系与区别，作用与反作用，认为文学在各种类型的意识形态之间具有"相对独立性"，从而否定了"文艺从属于政治"的命题，这在理论上是符合唯物史观的，是很有说服力的。其次，从"从属"的狭隘性的角度，周扬也作了论述："文艺从属于政治、文艺为政治服务的口号决不能穷尽整个文艺的广泛范围和多种作用，容易把文艺简单纳入经常变化的政治和政策的框框，在文艺与政治的关系上表现狭隘功利主义和实用主义的倾向，导致政治对文艺的粗暴干涉。"②最后，周扬认为政治分为两个部分，即虚的部分和实的部分。虚的部分是政治思想、政治态度、政治观点。实的部分就是政党的领导。但政党的领导要落实到人，这"人"就是人民群众，所以文艺为政治服务说到底是为人民群众服务。"文艺从属于政治"的口号也能从历史的角度作出说明：形势永远在变化，过去认为是正确的东西，现在已经不适用了，这样就不能不随着形势的变化提出新的口号。

（三）文艺上继承传统与革新创造的关系

这个问题周扬在多篇文章和讲话中谈过。主要重复了毛泽东的对待文化遗产应批判地继承、古为今用、外为中用、推陈出新的思想。周扬新的解释不多，主要是认为只有熟悉中外各种文化艺术遗产，我们才能继承，也才有

---

①　周扬：《解放思想，真实地表现我们的时代》，《周扬集》，中国社会科学出版社2000年版，第244—245页。

②　同上书，第243页。

资格批判。但考虑到他的文章与讲话都是在"文革"刚刚结束之后，所以重复毛泽东这些正确的论点和基本原则，还是有意义的。

三、针对人道主义、异化问题的争论及留下的思考

周扬在新时期最重要的理论话语，是他在纪念马克思逝世一百周年大会上的关于人道主义和异化问题的讲话，这个讲话最后以《关于马克思主义的几个理论问题的探讨》为题发表于《人民日报》1983 年 3 月 16 日。讲话分为四部分：一、马克思主义是发展的学说；二、要重视认识论问题；三、马克思主义与文化批判；四、马克思主义与人道主义的关系。引起争论的就是第四部分。争论在中央高层进行，整个过程比较复杂。目前已有相关的学者记叙此事[①]。我们这里不再争论描述的过程，仅就周扬的相关思想作一些分析和评价。

当年胡乔木从政治的角度来批判周扬是否妥当呢？这一点胡乔木生前自己就有回答。在著名的党史学家龚育之为郝怀明的著作所写的"序"中，龚育之说："周扬作为论战一方，当然认为他讲人道主义和异化问题自有他的道理，那道理就写在他那篇文章里面；而论战的另一方，批评周扬那样讲人道主义和异化问题的胡乔木，当然也认为那样批评自有他更大的道理，那道理也写在那篇批判文章里面。这两篇文章现在都收在他们两人的文集里，胡乔木的文章，把这场争论定性为'是关系到是否坚持马克思主义的基本原理和能否正确认识社会主义实践的重大现实政治意义的学术理论问题'。""1988 年上海一个内部刊物发表一篇文章，认为胡乔木那篇批评文章把问题过分地政治化了。这个刊物的编辑很想知道胡乔木的意见。别人向我说了，我向胡乔木传达了。胡乔木告诉我，他已看过这篇文章，他同意作者的观点，的确是过分政治化。证据是，后来就没有不同意见的文章在报刊上发表和讨论了。"[②]既然是学术问题的讨论，那么，给周扬的言论上政治的纲，就显然不恰当了，这还堵塞了继续讨论的空间，把人道主义问题重新定为禁区。时间又过去了

---

① 可参见卢之超《80 年代那场关于人道主义和异化问题的争论》（载《当代中国史研究》1999 年第 4 期）、顾骧《晚年周扬》（文汇出版社 2006 年版）一书的相关部分，以及郝怀明《如烟如火话周扬》一书的相关部分和龚育之为该书所写的"序"。

② 参见郝怀明：《如烟如火话周扬》，中国文联出版社 2008 年版，"序"第 4 页。

二十多年，今天我们完全把人道主义当作学术问题，可以实事求是地探讨周扬所说的话是否正确。

周扬关于人道主义和异化问题的看法，可以分成以下几点：

(一)十七年文艺界批判人性论、人道主义的教训必须记取

他说："在'文化大革命'前的17年，我们对人道主义与人性问题的研究，以及对有关文艺作品的评价，曾走过一些弯路。这和当时的国际形势的变化有关。那个时候，人性、人道主义，往往作为批判的对象，而不能作为科学研究和讨论的对象。在一个很长的时间内，我们一直把人道主义一概当作修正主义批判，认为人道主义与马克思主义绝对不相容。这种批判有很大片面性，有些甚至是错误的，我过去发表的有关这方面的文章和讲话，有些观点是不正确或者不完全正确的。'文化大革命'中，林彪、'四人帮'一伙把对人性论、人道主义的批判，发展到了登峰造极的地步，为他们推行灭绝人性、惨无人道的封建法西斯主义制造舆论根据。过去对人性论、人道主义的错误批判，在理论上和实践上，都带来了严重的后果。这个教训必须记取。"①周扬在这里所说的都是事实：第一，十七年一直批判的人性论、人道主义不能被当作研究的对象。如1957年巴人发表了《论人情》，同年，王淑明发表了《论人情与人性》，陈梦家发表了《论人情》，徐懋珍发表了《过了时的纪念》，钱谷融发表了《论"文学是人学"》等，都遭到毫不留情的批判。其实，巴人等发表的言论都是常识性的，并非什么高深的理论，如巴人说："人情是人与人之间共同相通的东西。饮食男女，这是人类所共同要求的。花香、鸟语，这是人所共同喜爱的。一要生存，二要温饱，三要发展，这是普通人的共同希望。如果这社会有人阻止或妨害这些普通人的要求、喜爱和希望，那就会有人起来反抗和斗争。这些要求、喜爱和希望，可说是合乎人类本性的。"可能出于鲁迅对文学的非阶级性的批判，出于毛泽东对人性论的批判，于是把人道主义和人性论当作学术的禁区，不许涉及，不许研究，结果连这些普通的常识也被当作反动的言论来对待，被不留情面地批判。第二，周扬作为文艺工作的主持者，自己过去也错误地批判过这些言论，对此周扬做了诚恳的检

---

① 周扬：《关于马克思主义的几个理论问题的探讨》，《周扬集》，中国社会科学出版社2000年版，第384页。

讨，说"我过去发表的有关这方面的文章和讲话，有些观点是不正确或者不完全正确的"。的确，周扬在 1960 年第三次文代会和中国作协理事会上，做了题为《我国社会主义文学艺术的道路》的讲话，列一章"驳资产阶级人性论"，他说："'人性论'是修正主义者的一个主要的思想武器。他们以抽象的共同的人性来解释各种历史现象和社会现象，以人性或'人道主义'来作为道德和艺术的标准，反对文艺为无产阶级和劳动人民的解放事业服务。"其中还直接点名巴人，进行严厉的批判。二十多年过去了，周扬对此做了检讨，应该受到欢迎。最后，周扬自己在"文革"中遭到非人性甚至反人道的对待，有了刻骨铭心的感受，体会到人道主义是多么重要，不能不起来与林彪和"四人帮"的惨无人道和灭绝人性的言行进行斗争。这说明一个领导者或学者空谈理论是不行的，必须在生活实践中对相关问题有深刻的体验，才能站在正确的理论立场上，与自己和别人的错误思想划清界线。这也说明周扬为什么对他发表的关于人道主义和异化的意见一直不肯放弃，始终认为自己是有道理的。

(二)马克思主义包含人道主义，资产阶级的人道主义可以成为马克思主义的同盟军

周扬在文章中说："我不赞成把马克思主义纳入人道主义的体系之中，不赞成把马克思主义全部归结为人道主义；但是，我们应该承认，马克思主义是包含着人道主义的。当然，这是马克思主义的人道主义。"[①]在这里，周扬一方面跟"西马"划清了界限，不同意把马克思主义纳入人道主义的体系之中；另一方面则认为马克思主义包含人道主义。马克思主义包含人道主义也是一个事实判断，是没有问题的。马克思在他的《1844 年经济学—哲学手稿》中，多处讲人性、人道主义，甚至把人道主义与共产主义联系起来谈，例如："共产主义是私有财产即人的自我异化的积极扬弃，因而是通过人并且为了人而对人的本质的真正占有；因此，他是人向自身、向社会的即合乎人性的人的复归，这种复归是完全的、自觉的和在以往发展的全部财产的范围内生成的。这种共产主义，作为完成了的自然主义＝人道主义，而作为完成了的人道主义＝自然主义，它是人和自然界之间、人和人之间矛盾的真正解决，是存在

---

① 周扬：《关于马克思主义的几个理论问题的探讨》，《周扬集》，中国社会科学出版社 2000 年版，第 386 页。

和本质、对象化和自我确证、自由和必然、个体和类之间的斗争的真正解决。
它是历史之谜的解答，而且知道就是这种解答。"①马克思在这里给共产主义
下了定义，共产主义对私有制的扬弃，其目的就是"为了人而对人的本质的真
正占有"，是"人性的复归"；他认为共产主义要解决人和自然、人和人之间的
矛盾，那么怎样来解决呢？马克思提出自然主义和人道主义这两个重要的词。
按照朱光潜的解释，所谓"自然主义"就是"物尽其用"，所谓"人道主义"就是
"人尽其才"。就是说只有实行这样的自然主义和人道主义，才能解决人与自
然、人与人之间的矛盾，共产主义才能实现，人的解放也才能实现。所以，
周扬讲马克思主义包含了人道主义，或者叫做马克思主义的人道主义，完全
出自马克思的著作。周扬继续阐述："在马克思主义中，人占有重要地位。马
克思主义是关心人，重视人的，是主张解放全人类的。当然，马克思主义讲
的人是社会的人、现实的人、实践的人；马克思主义讲的全人类解放，是通
过无产阶级解放的途径的。马克思把费尔巴哈讲的生物的人、抽象的人变成
了社会的人、实践的人，从而既克服了费尔巴哈的直观的唯物主义，并把它
改造成实践的唯物主义；又克服了费尔巴哈的以抽象的人性论为基础的人道
主义，把它改造成为以历史唯物主义为基础的现实的人道主义，或无产阶级
的人道主义。"②在这里，周扬强调马克思主义的人道主义不是抽象的，而是
社会的、实践的，从而与费尔巴哈的理论相区别。这完全站在马克思主义的
历史唯物主义严正立场上，可以说，周扬的马克思主义的人道主义与胡乔木
的社会主义的人道主义是一致的。

　　关于资产阶级的人道主义也可以成为马克思主义的同盟军这一问题，周
扬说："作为欧洲文艺复兴时期出现的资产阶级人道主义（亦译人文主义），是
资产阶级先进思想家提出来的，在打破封建思想束缚，揭露中世纪神学和宗
教统治方面，曾经起过非常积极的作用。……在某种条件下，资产阶级人道
主义也可以成为马克思主义的同盟军。"③这段话所说的也不过是一个事实而

---

　　①　［德］马克思：《1844 年经济学—哲学手稿》，人民出版社 2000 年版，第 81 页。
　　②　周扬：《关于马克思主义的几个理论问题的探讨》，《周扬集》，中国社会科学出版
社 2000 年版，第 386 页。
　　③　同上。

已。因为，马克思主义在其发展过程中，不但要反对资产阶级制造的谎言，揭露其剥削、压迫人民的本质，而且也要反对比资产阶级更为腐朽的封建主义思想的束缚，反对宗教对人的控制，而在后一种情况下，马克思主义与资产阶级的人道主义就可以结成同盟军，向共同的敌人——封建主义和神学作斗争。我们可以补充说，马克思主义者之所以对巴尔扎克、列夫·托尔斯泰等批判现实主义作家及其作品持肯定的态度，甚至加以赞扬，也是基于这些作品充满了人道主义精神，可以通过它们来为无产阶级革命寻找部分依据。从这个意义上看，周扬说的人道主义可以成为马克思主义的同盟军这一问题，完全是言之成理的。在中国，由于封建主义的势力特别强大，从"五四"开始引进的马克思主义，面对的敌人是"三座大山"——帝国主义、封建主义、官僚资本主义。在反对封建主义的具有启蒙性质的民主革命斗争中，我们还要团结民族资产阶级，因此，人道主义成为我们反对封建主义的一种武器，也就可以理解了。土地改革中贫苦农民对地主的控诉，就常常是自觉不自觉地运用了人道主义这个武器。就是在改革开放的今天，实事求是地说，封建主义思想仍然是横亘在我们面前的障碍，资本的非人道的剥削重新浮出水面，这时候我们也仍然可以借用人文主义（也就是人道主义）的思想武器，对一切反人文的现象进行批判。正是从上述意义上，周扬说"人道主义是马克思主义的同盟军"，应该是有道理的。并且，周扬在讲了"同盟军"问题之后，又进一步指出资产阶级人道主义的根本缺陷。他说："必须指出，资产阶级人道主义的思想体系，与马克思主义的思想体系是根本不同的。它的根本缺陷，是用抽象的人性、人道观念去说明和解释历史。尽管这种人道主义学说，对旧制度的抨击，也曾经显示出某些激动人心的力量；对历史的认识，也有过片断唯物主义的见解，但总的来说，未能跳出社会意识决定社会存在的历史唯心主义的框框。作为整个思想体系，未能成为科学。"①周扬是在批判的前提下来讲"同盟军"，因此他的"同盟军"论并没有混淆资产阶级人道主义与马克思主义的界线。

作为一位文艺理论家，周扬为什么要讲人性论和人道主义呢？这是因为

---

① 周扬：《关于马克思主义的几个理论问题的探讨》，《周扬集》，中国社会科学出版社 2000 年版，第 386 页。

过去经常呼吁人性和人道的常常也是文艺理论家。巴人、钱谷融等都是文艺理论家，他们呼吁文学要写人性、写人情，讲"文学是'人学'"，但都遭到了无情的批判。周扬此时出来讲人性、人道，当然是对这些被批判的人表示抱歉的意思，同时也说明文艺创作需要人学的基础。文学艺术如果不写人性、人情，就不可能动人，不可能获得成功。这三十多年来的文学创作，其成功的原因之一就是在写人性、人情上面放开了手脚。

(三)不是说社会主义就没有任何异化了

这是周扬遭到最多责难的一个论点。首先是对"异化"概念的理解。周扬说："所谓'异化'，就是主体在发展的过程中，由于自己的活动而产生出自己的对立面，然后这个对立面又作为一个外在的、异己的力量而转过来反对或支配主体本身。'异化'是一个辩证的概念，不是唯心的概念。……马克思讲的'异化'，是现实的人的异化，主要是劳动的异化。"[①]周扬所讲的"异化"概念与马克思在《1844年经济学—哲学手稿》所讲的"异化"是一致的。马克思认为，在资本主义的条件下，"工人对自己的劳动产品的关系就是对一个异己的对象的关系。因为根据这个前提，很明显，工人在劳动中耗费的劳动越多，他亲手创造出来反对自身的、异己的对象世界的力量就越强大，他自身、他的内部世界就越贫乏，归他所有的东西就越少"[②]。马克思所讲的劳动的异化是说，工人生产出产品，但产品成为一种异己之物，反过来支配工人。周扬正是在领会了马克思的概念之后提出他的看法的。这两者之间没有根本的区别。其次，也是根本的，就是社会主义时代有没有异化现象。这是争论的焦点。周扬说："承认社会主义的人道主义和反对异化，是一件事情的两个方面。社会主义消灭了剥削，这就把异化的最重要的形式克服了。社会主义社会比之资本主义社会，有极大的优越性。但这并不是说，社会主义就没有任何异化了。在经济建设中，由于我们没有经验，没有认识社会主义建设这个必然王国，过去就干了不少蠢事，到头来是我们自食其果，这就是经济领域的异化。由于民主和法制的不健全，人民的公仆有时会滥用人民赋予的权力，转过来做

---

①　周扬：《关于马克思主义的几个理论问题的探讨》，《周扬集》，中国社会科学出版社2000年版，第387页。

②　[德]马克思：《1844年经济学—哲学手稿》，人民出版社2000年版，第52页。

人民的主人，这就是政治领域的异化，或者叫权力的异化。至于思想领域的异化，最典型的就是个人崇拜，这和费尔巴哈批判的宗教异化有某些相似之处。所以，'异化'是客观存在的现象，我们用不着对这个名词大惊小怪。彻底的唯物主义者应当不害怕承认现实。承认有异化，才能克服异化。"①如果我们认为周扬对"异化"的界说可以成立的话，那么就必须承认，在今天的社会主义初级阶段，正面的力量由于各种原因转化为异己的力量，这种事实的确存在于经济领域、权力领域和思想领域。就经济领域说，由于非公有经济日益强大，私人企业主实际上就是资本家，他们对工人的剥削是明显存在着的，工人劳动的异化不但没有克服，而且有所增加。这个问题我们只需考察一下农民工与私营企业主的关系，就可以得出实事求是的结论。在权力领域里，由于官员的贪腐现象仍然严重存在，官员变成罪犯的现象也是屡见不鲜的，这些官员从人民的公仆变成人民的蛀虫，就是说人变成虎豹豺狼，变成非人，这是不是异化呢？思想领域的问题更多，我们需要物和钱，但物欲和钱欲一旦发展起来，就成为拜物主义和拜金主义，人反过来被物和钱控制和支配，这是不是异化呢？所以，周扬所讲的三个领域的异化被社会实践证明是正确的。

80年代初期留下的那场讨论，既然如胡乔木后来所承认的那样是学术讨论，就不能政治化，不能随意上纲上线，就不能扣帽子。学术问题不能设禁区，只能用百家争鸣的方法去解决。另外，有些问题，不要忙着下结论，要等待实践的检验。不能一边在讲实践是检验真理的唯一标准，一边又用主观意志对待学术讨论问题，匆忙下政治结论，不给学术讨论留下必要的空间。再一点，学术面前人人平等，不是谁的官大，真理就握在谁的手里。胡乔木当时是政治局委员，周扬是中央委员，但真理不在于谁的官更大。这是那场讨论给我们留下的思考。我们必须吸取这个教训。

周扬的文艺思想经历了四个时期，即"左联"时期的幼稚、延安时期逐渐走向成熟、北京前期遭遇到的尴尬、北京后期的反思和新的探索，虽然一度又成为争议的对象，但应该看到，他经过大风大雨的不寻常的考验之后，经

---

① 　周扬：《关于马克思主义的几个理论问题的探讨》，《周扬集》，中国社会科学出版社2000年版，第389页。

历了起伏跌宕的时代变迁和自身的艰辛磨砺之后，他北京后期的文艺思想，是重新学习马克思主义的体会，是反思的结果，是感悟的产物，所讲的是真话、实话和诚恳的话，他为现代中国的马克思主义文艺思想的建设作出了独特的贡献，并留下了宝贵的遗产。

苏联的"审美学派"及其对
我国文艺学建设的启示①

一

　　1956 年，对于苏联的美学界、文艺学界来说，是一个十分重要的年头。这一年，马克思的《1844 年经济学—哲学手稿》和马克思其他早期论著以《马克思恩格斯早期著作》的名义第一次公开出版。《手稿》中丰富的美学思想立即引起了广泛的兴趣和热烈的讨论。与此同时，两部观点对立的美学专著——德米特里耶娃的《审美教育问题》和布洛夫的《艺术的审美本质》——的出版，也引起了美学界和文艺学界的极大关注，持对立观点的人展开了各不相让的激烈的争论，一场长达 10 年之久的关于审美的本质和艺术的本质的大讨论的序幕就这样揭开了。

　　这场学术讨论中，形成了两种截然不同的学术观点。以德米特里耶娃、波斯彼洛夫、叶果罗夫、阿斯塔霍夫、别立克、科尔尼延科等人为代表的一派持"自然说"，即认为美的本质在于对象的自然属性，它不以与人的关系为转移，无论是在人类出现之前，还是出现之后，美作为一种对象的自然属性，都是存在的。拿波斯彼洛夫的话来说，美是事物的"同类中的优越者"。"例如，特别对称的螺旋状的银河，或被海潮磨光的卵石，或黄昏时刻布满白雪的林中旷地和斜坡等，是美丽的。但所有这些都属于物理性本质的现象，在

---

　　①　发表于《百科知识》1987 年第 5 期。

这些现象中，其本质表露得特别完备。"①按照这个思路推演下去，他们认为艺术作为一种意识形态，其本质是认识，它的特征是形象性、典型性等。他们断定："生活中没有任何现象，其本质是审美的。艺术当然也不例外。它的本质本身绝不是审美的。"②以布洛夫、斯托洛维奇、万斯洛夫、鲍列夫·塔萨洛夫、帕日特洛夫、戈利津特里赫特等人为代表的一派则持"社会说"，简要地讲，他们从马克思的《1844 年经济学—哲学手稿》的"人化的自然"的观点中受到启发，从而认为美的本质并不单纯是对象的自然属性，首先是对象的社会属性。任何事物只有在与人发生一定的关系时，才可能是美的。在人类出现前，尽管存在着种种客观事物，但因为没有人，即没有主体，无所谓美与不美。只有在人类出现以后，人类在社会实践中与周围的事物建立起一定的关系，即审美关系，美才显现出来。拿布洛夫的话说："美在基础上是客观性质，但是它（这种性质）没有主体就不能作为美而显现出来。"③拿鲍列夫的话说："审美的本质是'超自然的'，并具有社会历史的和社会文化的性质，这种性质是通过感性的对象材料获取其外在的表现的，在其与人的实践关系中，在其作为物种的人的价值中，物的自然特征和社会特征从审美上得到体现。"④拿斯托洛维奇的话说："审美属性就其内容来说是社会属性。"⑤他举例说："按'自然'性质来说最不足道的现象，如果被引入具有社会历史重要性的事件中去，就会获得审美意义。这个事实说明了社会关系对审美属性的制约性。"⑥

这派人从上述美学观点出发，认为艺术是审美关系的最集中和最高的体现，并把艺术的本质说成是审美的和艺术的。他们十分强调把"审美"的观念引进文艺学的各个领域，认为只有这样，才有可能揭示艺术的审美特性和艺术规律。这派观点在苏联和东欧各国美学界、文艺学界引起了浓厚的兴趣并

① ［苏］格·尼·波斯彼洛夫：《论美与艺术》，上海译文出版社 1981 年版，第137－138 页。

② 同上书，第 142 页。

③ ［苏］斯托洛维奇：《现实中和艺术中的审美》，生活·读书·新知三联书店 1985 年版，第 24 页。

④ ［苏］鲍列夫：《美学》，中国文联出版公司 1986 年版，第 55 页。

⑤ ［苏］斯托洛维奇：《现实中和艺术中的审美》，生活·读书·新知三联书店 1985 年版，第 33 页。

⑥ 同上书，第 34 页。

产生了巨大的影响。连他们的对立派的代表人物波斯彼洛夫也不得不承认"他们著述很多,相互支持,形成一条牢固的阵线,虽然内部也存在一些分歧。他们并且坚信,他们的观点就是马克思列宁主义美学。……这种情况,自然给人留下强烈的印象,因而这个新学派已经有了许多坚定不移的追随者"。①正是波斯彼洛夫把这一学派命名为"审美学派",并充分肯定了他们作出的两大贡献:"他们令人信服地论证说,美学问题的探讨,不应离开人类社会的实际历史,而应该立足于这个历史,立足于对这个历史的具体的、历史唯物主义的理解上。""新学派的另一个贡献是以其著述大大提高了我国广大群众对于美学问题的兴趣。"②

在这篇短文里,要想弄清楚"审美学派"的全部美学观点并加以评价是不可能的。但介绍一下他们对文艺的本质和特征问题的看法,也许对于我国的文艺学的建设不无益处。

二

在苏联,关于文艺的本质和特征问题的探讨,走过了一条曲折的道路。在十月革命前的俄国和革命后的 20 年代的艺术学领域,流行一种"庸俗社会学"观点。"庸俗社会学"歪曲马克思主义的社会经济基础决定上层建筑的理论和阶级分析的方法,用社会生活的经济、政治情况直线式地、片面地、简单地说明艺术现象,把艺术与其他意识形态完全等同起来,完全抹煞艺术的审美本质和自身的规律。30—40 年代,"庸俗社会学"遭到了毁灭性的打击。这个时期,人们十分注意从反映论的角度来解释艺术,把艺术的本质归结为认识,把审美关系也仅仅归结为认识关系。

别林斯基的如下一段话在许多文艺理论书籍中被一再引用:"人们只看到,艺术和科学不是同一件东西,却不知道它们之间的差别根本不在内容,而在处理一定内容时所用的方法。哲学家用三段论法,诗人则用形象和图画说话,然而他们所说的都是同一件事。"③他们借此力图说明,文艺的本质同科学是一样的,都是认识,文艺的特点是形象性。这就使他们得出了这样一

---

① ［苏］格·尼·波斯彼洛夫:《论美与艺术》,上海译文出版社 1981 年版,第 17 页。
② 同上书,第 22—23 页。
③ ［苏］别列金娜选辑:《别林斯基论文学》,新文艺出版社 1958 年版,第 20 页。

个定义："艺术以形象的形式反映生活。"

到了50年代，尽管这一定义还广泛流行，但新崛起的"审美学派"从其美学观点出发，都不满意这个定义，并进而对别林斯基的论点提出怀疑和批评，布洛夫早在1953年发表的《论文艺内容和形式的特性》一文中就对别林斯基的论点提出质疑。1956年布洛夫在《文学报》上发表的题为《美学应该是美学》的文章中又这样写道："在我们的美学中几乎成为老生常谈的是这样一个原理：艺术是用形象的形式来反映现实，它与科学和思想体系不同，后两者虽也反映现实，但是用另一种形式即逻辑形式来反映的。"从哲学的认识论的观点来看，这个定义一点也不错，因为艺术在事实上是反映客观现实，认识现实并以形象的形式来表现现实的。但是，由于这里没有充分揭示出艺术的审美特征（哲学的定义不会提出这个任务），所以这还不能算美学的定义。如果研究一下这个定义，就会得出结论说，艺术和其他意识形态之间的差别在于表现形式，而决不在于内容。内容在这里和那里都是一样的。于是，似乎艺术就没有特殊的审美内容，艺术中一切审美的东西都取决于形式。这样一来，内容就被排除在美学范围之外，而形式简直就成了美学的基础。在同一篇文章中布洛夫断定，这不是唯物主义的定义，而是康德主义的定义，而"从康德主义出发只有两条路可走：不是纯粹形式的创作，就是把艺术的内容和其他社会意识形态的内容庸俗化地等同起来"。

"审美学派"十分强调艺术不仅在形式上而首先是在对象和内容上有区别于其他意识形态的、自身独有的特征。斯托洛维奇针对别林斯基的上述观点和其他论者的相同观点质问道："难道科学、宗教、道德、艺术、哲学都反映同样的生活方面吗？如果真是这样的话，那么，怎样解释它们的存在呢？每种社会意识形态都表现一定的社会需要，服务于社会实践的一定方面，因此，都面临着自己的独特的任务。在解决这些任务时，各种社会意识形态反映现实的独特方面，这些方面就是它们的独特对象，或者特殊客体。"①那么，艺术区别于其他意识形态的特殊对象是什么呢？或者说艺术作为一种特殊的意识形态反映现实哪个独特方面呢？

---

①　［苏］斯托洛维奇：《现实中和艺术中的审美》，生活·读书·新知三联书店1985年版，第196页。

　　为了回答这个问题，他们首先论证了人与周围的现实建立了各种各样的关系：功利实践关系、科学认识关系、道德关系、伦理关系、宗教关系和审美关系等。而每种关系都是对现实的一个方面的反映，或者说都有只属于自己的特殊对象。现实的功利价值是功利实践关系的对象，现实的自然属性是科学认识的对象，现实的道德价值是道德关系的对象……同理，现实的审美价值是审美关系的对象。那么，艺术作为人与现实的审美关系的最集中和最高的表现，其独特的对象当然是现实的审美价值，或者说艺术反映的是现实的审美属性这一独特方面。由此，他们认为艺术的本质不是认识而是审美，审美才是艺术区别于科学的独具特性。他们断定："无论审美关系还是艺术都不归结为认识；艺术和科学各自有着不同的认识功能和不同的社会功用。"①针对对立派强调艺术是对现实的认识的说法，他们指出："如果情况是这样的话，那么艺术的存在只能由科学知识的不发达状况来解释。而根据科学——无疑是最重要的认识领域——发展的程度，使用艺术这样陈腐的认识工具的必要性自然逐步消失；艺术既不利用规范地进行的实验，又不利用现代科学研究的逻辑。"②就这样，他们高举起"审美"这面旗帜，向传统的理论提出了挑战。

　　然而，把艺术的认识对象规定为现实的审美价值，而把现实的其他属性和价值撇在一边，把艺术的本质归结为审美，而把"认识"从艺术的本质中剔除，这会不会把艺术狭隘化呢？会不会陷入唯美主义的泥潭？对此，斯托洛维奇作了两点说明：第一，审美价值不是自身闭锁的世界。"审美价值本身把各种社会——人的关系包括在它的内容中，因此对世界的审美关系不仅不排除道德关系、政治关系等，而且还以特殊的方式折射这样的关系。"③当然，现实的道德价值、政治价值同艺术的审美意义并不是折衷地共存并处，而是交融到审美冶炉中。这样，艺术虽是审美的，但不排除认识，它以特殊的方式来发挥认识作用。第二，现实的道德关系、政治关系等也有它们的审美方面。"它们在具体可感的表现中可以作为美或丑、崇高或卑下、悲和喜。正因

---

　　①　［苏］斯托洛维奇：《审美价值的本质》，中国社会科学出版社 1984 年版，第 14 页。

　　②　同上。

　　③　同上书，第 166 页。

为如此，这些关系能够进入艺术的内容中。"①基于这样的理解，把艺术的本质归结为审美，并不会把艺术狭隘化，也不会陷入唯美主义的泥潭。

我认为苏联"审美学派"对艺术的本质的探讨是十分有益的和令人信服的。长期以来，人们一直对于艺术的本质特征不加重视，这是造成艺术的公式化、图解化的原因之一。传统的理论把艺术的本质归结为单纯的认识，说艺术是现实的形象的认识，这只是从艺术和其他意识形态相同的方面去研究，尽管这种研究可以确定艺术的社会形态性质，是必要的，但却是不够的，它不可能揭示艺术独具的本质特征和艺术固有的规律。"审美学派"的探讨既肯定了艺术的意识形态性质，把理论建立在马克思主义的哲学基础上，同时又不停留在一般哲学的层次，而是从哲学的层次进入了美学的层次，鲜明地提出并回答了艺术区别于其他意识形态的审美特征问题，这无疑是把对艺术本质问题的研究推进了一步。苏联"审美学派"在艺术本质问题上跨出的这关键的一步对我国的文艺学建设是有启迪作用的。

三

毋庸讳言，新中国成立以来我国文艺学的建设是从学习苏联开始的。但我们学习的主要是苏联 30—40 年代的东西，至多是 50 年代初期的东西。例如，关于文艺的本质问题，我们的许多文艺理论教科书都总是说，文艺是生活的反映，文艺和科学不同之处在于科学用逻辑的形式来反映生活，文艺则用形象的形式来反映生活。很明显，这个定义并非我们的创造，它是别林斯基提出来的，并为苏联 30—40 年代文艺理论教科书所反复强调过。

如前所述，这个定义从哲学认识论来说是绝对正确的，但它只强调了文艺与其他意识形态的共性，却没有强调文艺独具的个性，因而不能揭示文艺的审美特性。又如典型问题，我们的理论总是说，典型是个性和共性的统一。这个定义也不是我们自己研究的结果。从黑格尔、别林斯基直到苏联的各种文艺理论教科书，都在重复这个结论。当然，我们也发现了这个定义的不足，于是在"共性"一词前面加上"充分的、深刻的"的修饰语，在"个性"一词前面加上"鲜明的、丰富的、独特的"的修饰语（笔者自己过去就是这样做的）。然而，什么叫"充分的、深刻的"？什么叫"鲜明的、丰富的、独特的"？这是无

---

① ［苏］斯托洛维奇：《审美价值的本质》，中国社会科学出版社 1984 年版，第 166 页。

法作出科学规定的，于是提法的核心还是那个"个性与共性的统一"。把文艺作品中的典型界定为个性与共性的统一，从哲学角度看当然是绝对正确的，可又丝毫也解决不了文艺典型自身的问题，因为岂止文艺典型是个性和共性的统一，世界上的万事万物，大至宇宙，小至鱼虫，有哪一个事物不是"个性与共性的统一"呢？这就说明文艺学虽然要以哲学理论作为自己的基础，但仅运用一般的哲学原理是提不出也解决不了文艺学自身的问题的。

近几年来，我国文艺学界有相当多的学者已觉悟到单一的哲学认识论难以解决文艺学中种种复杂问题，对传统的定义和理论进行反思，改造和革新文艺学的呼声甚高。于是各种各样的理论蜂拥而出，现代科学的各种理论都想在文艺学中一显身手。就以文艺的本质这个问题来说，第一种学者说，文艺是一个系统；第二种学者说，文艺即信息；第三种学者说，文艺是定向控制、定度控制、定势控制；第四种学者说，文艺是符号学体系；第五种学者说，文艺是社会学现象；第六种学者说，文艺是价值；第七种学者则说，文艺是模糊集合……这众多的说法对不对呢？可以说都对，因为这些方面的确也说明了文艺和其他事物的某种共同属性和功能；但我们又可以说，这些说法又都不对，因为这众多的理论没有一种理论能够揭示文艺自身的特征和规律。往这条路上走，同往哲学认识论走，看起来是那样的不同，但有一点又是那样的相同：只见森林，不见树木，或者说只见共性，不见个性。

当我国的文艺学界正在寻找新的出路的时候，我认为苏联的"审美学派"给了我们以有益的启示。首先，文艺学的建设必须坚持以马克思主义的哲学作为理论基础。苏联的"审美学派"在强调"审美"的时候，并没有抛开马克思，相反他们从马克思早期的著作和后期成熟的著作中寻找理论根据。在"审美学派"看来，马克思的《1844 年经济学—哲学手稿》虽保留有费尔巴哈思想的痕迹，但它包含着丰富的、至今仍未充分挖掘出来的美学、艺术学思想。如关于"人化的自然"的观点，要是加以阐发、引申，就必然得出美不能脱离人和社会而存在的结论。特别是马克思所阐发的哲学认识论、价值论，在把握艺术与社会生活的关系、审美主体与审美客体的关系等方面都是最有力的理论武器。因此，当我们对传统文艺学进行反思时，我们决不可对马克思主义哲学理论基础有丝毫的动摇。其次，文艺学的建设着重要解决文艺的特征和自身艺术规律的问题，不能总是在外部规律上面绕圈子。而要达到此目的，就必须把文艺学的一般哲学的探讨深入到审美的探讨，要充分阐明艺术的审美本质，并在文艺学的各个范畴里引入"审美"这个观念。苏联的"审美学派"认识到艺术是美的领域，以"审美"的观点来审视各种艺术现象，才能揭示其内在的规律性。而这一点正是我国文艺学建设的最薄弱的方面。

新时期文学审美特征论及其意义[①]

20世纪70年代末80年代初中国迎来了一个"文革"后的新时期。"反思"成为当时最为流行的一个词。与各个领域的"反思"潮流相联系，文学艺术界对长期以来的"文艺为政治服务"、"文学从属于政治"的理论进行反思，并提出了文学的"形象思维"论、"人物性格多重组合"论、"文学主体性"论，以及"文学向内转"论，等等。在今天看来，最重要的是提出了文学"审美"特征论。

一、文学"审美"特征论产生的历史文化背景

我们不能不先追溯一下"审美"特征论产生的社会文化语境。如果我们不知道这一社会文化语境，那么我们似乎可以把文学说成是任何一种事物。因为文学和文学活动涉及的范围很宽，怎么来理解文学都可以。文学是摹仿，文学是复制，文学是再现，文学是反映，文学是表现，文学是情感的表现，文学是有意味的形式，文学是义理，文学是道，文学是抒情言志，文学是语言，文学是社会意识形态，文学是更高悬浮于上层的意识形态，文学是特殊的意识形态，文学是原型，文学是格式塔，文学是教育，文学是真善美的统一……我们还可以这样一路说下去。所以早就有学者认为，与其问文学是什么，还不如问文学不是什么。任何一种文学界说，都有它产生的社会历史背景，都有它针对和批判的对象。

那么，20世纪80年代初，在文学的界定上面，我们遭遇到什么问题呢？

---

① 　发表于《文学评论》2006年第1期。

1966 年 2 月林彪委托江青在部队召开文艺座谈会，会议有个"纪要"。在这个"纪要"里，江青说："文艺界在新中国成立以来，却基本上没有执行毛主席思想路线，被一条与毛主席思想相对立的反党反社会主义的黑线专了我们的政，这条黑线就是资产阶级的文艺思想、现代修正主义的文艺思想和所谓三十年代文艺的结合。'写真实'论、'现实主义广阔的道路'论、'现实主义的深化'论、反'题材决定'论、'中间人物'论、反'火药味'论、'时代精神汇合'论，等等，就是他们的代表性论点，而这些论点，大抵都是毛主席《在延安文艺座谈会上的讲话》中早已批判过的。电影界还有人提出所谓'离经叛道'论，就是离马克思列宁主义、毛泽东思想之经，叛人民革命战争之道。"应该说，新中国成立以后的文艺工作由于过分强调"文艺为政治服务"，到了 1957 年以后已经有"左"的倾向，公式化概念化的作品到处可见。可是，江青认为还不够"左"，不够"革命"，甚至认为新中国成立后的文艺路线是"反党反社会主义的黑线专政"，全盘否定了新中国成立后的文艺工作，根本不顾基本事实的存在。

　　"文革"开始后，江青把"极左"的东西推到了极端。那时"八亿中国人只有八个样板戏"，过去的一切作品，除少数的作品外，差不多都被批判为"封资修"大"黑货"。那时"政治"就是一切，"阶级斗争"就是一切，"无产阶级专政"就是一切。那么文学是什么？"文革"前开始流行的"文艺是阶级斗争的工具"，被接过来加以延伸，形成了所谓的"三突出"、"从路线出发"和"主题先行"等唯心主义理论。1974 年，原上海市委写作班子插手编写的《文学基础知识讲话》，第一讲副标题就是"文艺是阶级斗争的工具"。1975 年张春桥论"全面专政"的文章，又把这一理论推进一步，提出"文艺是对资产阶级实行全面专政的工具"。文艺工具论甚嚣尘上，到了"文革"后期，连毛泽东自己也不满了，1975 年年初他在与邓小平谈话中说："样板戏太少，而且稍微有点差错就挨批。百花齐放都没有了。别人不能提意见，不好。"邓小平说："现在文艺并不活跃。"毛泽东又说："怕写文章，怕写戏。没有小说，没有诗歌。"[1]20 世纪 70 年代末与 80 年代初，我们遭遇的就是"文革"留下的这种僵死的对于文学的

---

　　① 中共中央文献研究室编，逄先知、金冲及主编：《毛泽东传 1949—1976》（下），中央文献出版社 2003 年版，第 1742 页。

解说和混乱的文学情况。

提出新说取代旧说，是那时一代文艺理论工作者遇到的棘手问题，也是重要的历史使命。当时遭遇的困难是：一方面，那些"极左"的僵硬的旧说不行了，可仍然有部分人对旧说"感情太深"，一时难以摆脱，变着花样维护旧说。例如，1979年《上海文学》第4期以评论员的名义发表了《为文艺正名——"文艺是阶级斗争的工具"说》，文中说："造成文艺作品公式化概念化的原因是多方面的，其中一个主要原因，就是创作者忽略了文学艺术自身的特征，而仅仅把文艺作为阶级斗争的一个简单工具。"[①]文章认为："马克思主义认为，文艺同理论思维一样，是人类掌握世界的一种方式。人类所以在理论之外还需要通过文艺来认识世界，就因为文艺具有理论不可替代的特点和作用。文学艺术的基本特点，就在于它用具有审美意义的艺术形象来反映社会生活。"[②]这样一篇拨乱反正的平和的文章，在当时就引起了强烈反响；有赞成的，也有反对的，而且反对的声音很响亮。一篇题为《坚持无产阶级的党的文学原则——"文艺是阶级斗争的工具"不容否定》的文章指出："在存在着阶级矛盾和阶级斗争的社会里，一切文学艺术都是阶级斗争的工具，这是一条不依人的意志为转移的客观规律，是不容否定的马克思主义文艺理论、毛泽东思想的基本原理。否定文艺是阶级斗争的工具，就是否定文艺事业应当成为无产阶级总的事业的一部分，成为整个革命机器中的'齿轮和螺丝钉'，因而就是否定无产阶级的党的文学原则。一切革命者必须坚持这一根本原则，因为它是无产阶级文艺的生命线。"[③]实际上，无论是马克思，还是毛泽东，都没有说过"文艺是阶级斗争的工具"，只有江青自己说过。这类带有"左"的情绪的文章在当时触目可见。这说明当时要进行理论上的拨乱反正仍十分艰难。另一方面，我们又不能把西方流行的关于文学的各种解说照搬过来，如说文学是形式，文学是原型，文学是语言，文学是自我表现，等等。西方的社会情境与我们毕竟不同，文学的具体情况也有很大区别，更何况我们是要以"马

---

①　陆梅林、盛同主编：《新时期文艺论争辑要》（下），重庆出版社1991年版，第1145页。

②　同上书，第1146页。

③　《上海文学》1979年第7期。

克思列宁主义毛泽东思想"为指导，即使我们是在谈最富情感特征的文学的时候，我们也没有任何理由脱离马克思主义。

正是在这困难的时刻，1979 年召开了"中国文学艺术工作者第四次代表大会"，邓小平同志在会上发表"祝辞"，其中说：

> 围绕着实现四个现代化的目标，文艺的路子要越走越宽，在正确的创作思想的指导下，文艺题材和表现手法要日益丰富多彩，敢于创新。要防止和克服单调刻板、机械划一的公式化概念化倾向。①

> 党对文艺工作的领导，不是发号施令，不是要求文学艺术从属于临时的、具体的、直接的政治任务，而是根据文学艺术的特征和发展规律，帮助文艺工作者获得条件来不断繁荣文学艺术事业……②

> 我国历史悠久，地域辽阔，人口众多，不同民族、不同职业、不同年龄、不同经历和不同教育程度的人们，有多样的生活习俗、文化传统和艺术爱好。雄伟和细腻，严肃和诙谐，抒情和哲理，只要能够使人们得到教育和启发，得到娱乐和美的享受，都应当在我们的文艺园地里占有自己的位置。③

这些"祝辞"如同春雷，振奋了文艺界人们的心。不久，邓小平在《目前的形势与任务》一文中更明确指出："不继续提'文艺从属于政治'这样的口号，因为这个口号容易成为对文艺横加干涉的理论根据，长期的实践证明它对文艺的发展利少害多。但是，这当然不是说文艺可以脱离政治。文艺是不可能脱离政治的。任何进步的、革命的文艺工作者都不能不考虑作品的影响，不能不考虑人民的利益、国家的利益、党的利益。"文学理论工作者受邓小平"祝辞"和关于今后不继续提"文艺从属于政治"思想的鼓舞，开始解放思想，力创新说。于是，当时的文学理论界不约而同地从"审美"或"情感"这个角度切入，来研究"文学是什么"这个千百年来反复研究过的问题。在整个 80 年代，蒋孔

---

①　邓小平：《在中国文学艺术工作者第四次代表大会上的祝辞》，《邓小平论文艺》，人民文学出版社 1989 年版，第 7 页。

②　同上书，第 9 页。

③　同上书，第 6 页。

阳、李泽厚、钱中文、王向峰、孙子威、胡经之、王元骧、童庆炳、杜书瀛、陈传才、畅广元、王先需等文学理论界的学者都力图从"审美"这一视角立论，力图给文学一个新的界说。当然，这个建立新说的过程是充满艰难的，考虑到 20 世纪80 年代的"反精神污染"和"反自由化"，他们每走一步都不能不左顾右盼，不能不谨慎从事。并不像现在的年轻学者想象的那样，以为提出文学审美特性不过是举手之劳。

二、文学审美特征论的形成

在不再提"文艺从属于政治"和"文艺为政治服务"的情况下，如何来解释文学艺术呢？当时的学界是将文学艺术与美联系起来思考。近代以来，首先把艺术与审美联系起来的是康德。康德把人的心理结构分为知、情、意三种。知就是认识，它的对象是自然，其产物就是合规律性的科学；情就是愉快不愉快的情感，它是一种判断力，他的产物就是合目的性的艺术；意就是欲求，它是一种理性，它的产物是既合规律性又合目的性的道德。但是在新中国成立以后的十几年时间里，哪有胆量去承认康德呢？康德是唯心主义的大师，避之唯恐不及，哪敢讲什么康德呢？所以新时期把文学艺术与审美联系起来思考仍然是新鲜的、可贵的，它既有现实的针对性，也有理论的深刻性。

（一）美是艺术的基本属性

新时期文学审美特征论最初的思考是把文学艺术与美联系起来思考，认定美是文学艺术的基本属性。著名美学家蒋孔阳先生于 1980 年发表了《美和美的创造》一文，提出：

> 艺术的本质和美的本质，基本上是一致的。美具有形象性、感染性、社会性以及能够实现人的本质力量的特点，艺术也都具有这些特点，正因为这样，所以我们说，美是艺术的基本属性。不美的"艺术"不能成为真正的艺术。从事艺术工作的人，不管他办不办得到，但从本质上说，他都应当是创造美的人。创造美和创造艺术，在基本的规律上是一致的。①

---

① 蒋孔阳：《美和美的创造》，江苏人民出版社 1981 年版，第 52 页。

他还补充说：

> 艺术美不美，并不在它所反映的是美的东西，而在于它是怎样反映的，在于艺术家是不是塑造了美的艺术形象。生活中美的东西，固然可以塑造为美的艺术形象，就是生活中不美的甚至丑的东西，也同样可以塑造为美的艺术形象。①

很显然，蒋孔阳先生对于文学艺术的本质思考，已经转移到"美"这个十分关键的概念上面。他把文学艺术的性质归结为美，而不是此前所认为的是形象化的认识或政治，这是很重要的。更重要的是他认为文学艺术的美的问题不仅是反映对象问题，更是怎么写的问题，丑的事物，经过艺术加工也可以塑造为美的形象。写什么并不具有决定作用，更重要的是怎样写。这种理解是很有意义的。当然，这种看法并不是蒋孔阳先生最早提出的。蔡仪在1942年撰写的《现实主义艺术论》就说过："自然美固然可以成为艺术美，即自然丑也可以成为艺术美。米罗斯(Melos)的维纳斯表现着艺术美，罗丹的老妓女也表现着艺术美。"②蔡仪先生的论点可能来自罗丹的《艺术论》，其中说："一位伟大的艺术家，或作家，取得了这个'丑'或那个'丑'，能当时使它变形，……只要用魔杖触一下，'丑'便化为美了。——因为这是点金术，这是仙法！"③前人的这些说法，并不能湮没蒋孔阳先生论点的光芒。因为经过了长达十年的"文革"后，在一个新纪元的开始，"说真话"仍然困难，普通的知识的提出也会有种种风险。特别是蒋孔阳的论点有特殊的针对性，那就是江青、姚文元的"题材决定"论。长期以来，主流的说法一直主张写英雄人物和表现崇高的事物，谁要是写"小人物"、"中间人物"都是罪恶。现在提出艺术加工可以化丑为美，这实际上是为"反题材决定论"平反，在题材问题上"正本清源"。所以蒋孔阳先生关于美是文学艺术的基本属性和生活丑可以化为艺术

---

① 蒋孔阳：《美和美的创造》，江苏人民出版社 1981 年版，第 52 页。

② 蔡仪：《现实主义艺术论》，作家出版社 1958 年版，第 166 页。

③ [法]罗丹口述、葛赛尔记：《罗丹艺术论》，人民美术出版社 1978 年版，第 24 页。这是新时期开始最早翻译的美学著作之一。但新中国成立前，罗丹此书曾以《美术论》翻译出版。值得注意的是，1978 年人民美术出版社出版此书时仍加上一个"出版说明"，认为罗丹是"资产阶级艺术家"，论点中有不少是"唯心主义"的。

美的理解，在当时是很有意义的。

（二）文学的特征是情感性

美学家李泽厚也谈到了对文学艺术的理解。早在 1979 年，在讨论"形象思维"的演说中，李泽厚就强调文学艺术不仅仅是"认识"，"把艺术简单地看作是认识，是我们现在很多公式化概念化作品的根本原因"。① 他同时又认为，文学艺术的特征也不是形象性，仅有形象性的东西也不是艺术。他强调指出：

> 艺术包含有认识的成分，认识的作用。但是把它归结于或者等同于认识，我是不同意的。我觉得这一点恰恰抹杀了艺术的特点和它应该起的特殊作用。艺术是通过情感来感染它的欣赏者的，它让你慢慢地、潜移默化地、不知不觉地受到它的影响，不像读本理论书，明确地认识到了什么。②

> 我认为要说文学的特征，还不如说是情感性。韩愈《原道》这篇文章之所以写得好，能够作为文学作品来读，是因为这篇文章有一股气势，句子是排比的，音调非常有气魄，读起来，感觉有股力量，有股气势。所以以前有的人说韩愈的文章有一种"阳刚之美"或者叫壮美。③

李泽厚在这里批评了流行了多年的文学艺术是认识、文学艺术的特征是形象的观点，应该说是很深刻的。"认识"这是所有的科学和哲学社会科学都有的功能，它不足以说明文学艺术的特点。文学形象特征说流行了多年，其实有形象的不一定是文学，动植物挂图都有形象，但不是文学。像韩愈的文章没有形象，倒是文学。把文学仅仅看成是通过形象表现认识，的确为公式化、概念化开了方便之门。由此他认为文学的特征是情感性，也就是审美。后来他又在《形象思维再续谈》(1979)中直接说文学是"一种强大的审美感染力量。审美包含有认识——理解成分或因素，但决不能归结于、等同于认

---

① 李泽厚：《谈谈形象思维问题》，《李泽厚哲学美学文选》，湖南人民出版社 1985 年版，第 340 页。

② 同上书，第 341—342 页。

③ 同上书，第 344 页。

识"①。李泽厚上述理解连同蒋孔阳的论述不能不说是新时期文学观念转向文学审美特征论的先声。

(三)文学反映具有审美价值的生活

笔者于 1981 年发表了《关于文学特征问题的思考》一文，明确提出了文学的情感特征，1983 年又发表了《文学与审美》一文，阐述了文学审美特征论。笔者认为：

文学反映的生活是人的美的生活。人的整体的生活能不能成为文学的对象、内容，还得看这种生活是否跟美发生联系。如果这种生活不能跟美发生任何联系，那么它还不能成为文学的对象。文学，是美的领域。文学的对象和内容必须具有审美价值，或是在描写之后具有审美价值。美并不单纯是客观事物的属性，它跟审美主体的主观作用有密切关系。什么是美的生活，什么是不美的生活，什么生活可以进入作品，什么生活不能进入作品，是一个极其复杂的问题。但文学创造的是艺术美，艺术美来源于生活美，因此只有美的生活才能成为文学的对象的道理，却是容易理解的。诗人们歌咏太阳、月亮、星星，因为太阳、月亮、星星能跟人们的诗意感情建立联系，具有美的价值；没有听说哪一首诗歌吟咏原子内部的构造，因为原子内部的构造暂时还不能跟人们的诗意感情建立联系，还不具有美的价值。诗人吟咏鸟语花香、草绿鱼肥，因为诗人从这些对象中发现了美；暂时还没有听说哪个诗人吟咏粪便、毛毛虫、土鳖，因为这些对象不美或者说诗人们暂时还没有发现它们与美的某种联系。②

笔者的论述显然从苏联文论界的"审美学派"吸收了"审美"和"审美价值"这两个概念。苏联在 50 年代的"解冻时期"，就对文学艺术的本质和特征展开了如何克服教条化的讨论。但是当时由于中国自身的情况所限，并没有认真从那次讨论中吸收营养。例如，布罗夫在 1956 年就提出："艺术是审美意识的最高的、最集中的表现。"他说："美学的方法论不是一般的哲学方法论"；"把典型看成是通过具体的和单一的事物来表现'一定现象的实质'，这个定义

---

① 李泽厚：《形象思维再续谈》，《美学论集》，上海文艺出版社 1980 年版，第 559 页。
② 童庆炳：《关于文学特征问题的思考》，《中国新文艺大系(1976—1982)·理论一集》，中国文联出版公司 1988 年版，第 658—659 页。

早已不能令人满意了。从一般哲学意义上来看，这个定义仍旧是对的，但从美学上来看，则丝毫不能说明什么。这里指的是什么样的'实质'呢？大家知道，任何一种意识形态都力求揭示'一定现象的实质'。但有各种各样的实质。雷雨的真正实质在于：这是一种大气中的电的现象。是否可以说，诗人在描写雷雨的时候给自己提出的任务是揭示这种物理实质呢？显然，不能这样说，因为诗人在描写雷雨的时候所揭示的实质是另一种东西"。① 如果说，以前的文学理论总是从哲学、社会学的角度来看待文学艺术的本质特征的话，那么布罗夫的论述真正从美学的角度接触到了文学艺术问题，因此他得出的关于文学艺术的审美特性的结论，对于苦苦想摆脱"文艺从属于政治"羁绊的新时期的中国学者来说，显然具有很大的启示意义。笔者由此受到启发，提出了"文学的对象和内容必须具有审美价值，或是在描写之后具有审美价值"。在这个表述中至少有三点是值得注意的：第一，提出了审美价值的观念。价值就是对人所具有的意义。审美价值就是对人所具有的诗意的意义。从这样一个观点来考察文学，显然更接近文学自身。第二，提出了文学的特征在于文学的对象和形式中。过去的理论受别林斯基论述的影响，认为文学与科学的区别仅仅在于反映方式的不同，文学和科学都揭示真理，科学用三段论法的理论方式揭示真理，文学则用形象的方式揭示真理。笔者不同意别林斯基的论点，认为文学与科学的区别首先是反映的对象的不同。第三，文学反映的对象可以有两个层面：一是本身就具有审美价值的生活，如优美、壮美、崇高等；二是经过描写后会具有审美价值的生活，如悲、喜、丑、卑下等。这样笔者就从文学反映的客体和反映主体两个维度揭示了文学的审美特征。

（四）文学审美反映论

在当时学界多数人都认同文学的审美特性的情况下，进一步要做的工作，就是提出严谨的关于文学审美特征的学说。这时已经到了 80 年代的中期，所谓"方法"年、"观念"年的出现，使文学审美特征论者获得了更好的研究环境和更宽阔的视野。

文学"审美反映"论的构建，是基于对"认识反映"论的不满。笔者在 1984

---

① ［苏］阿·布罗夫：《美学应该是美学》，《美学与文艺问题论文集》，学习杂志社 1957 年版，第 30—40 页。

年出版的《文学概论》(上、下卷)第一章第二节标题是"文学是社会生活的审美反映",认为:"社会生活是文学的唯一源泉。文学是社会生活的反映。其实,包括文学在内的全部意识形态(政治、法律、道德、哲学、艺术、宗教等)和一切社会科学,都是客观的社会生活的反映,都以客观的社会生活为源泉,所以文学是社会生活的论断只是阐明了文学和其他意识形态以及一切社会科学的共同的本质,只是回答了'文学是什么'的第一个层次的问题。然而,我们仅仅认识文学和其他社会意识形态以及一切社会科学的共同本质是不够的。……我们还必须阐明文学区别于其他社会意识形态以及社会科学的特征。弄清楚文学本身自身特殊的本质,即回答第二层次的问题。那么,文学反映生活的特殊性是什么呢? 我们认为文学对社会生活的反映是审美的反映。审美是文学的特质。……文学之所以是文学就在于它是对社会生活的审美反映,文学的崇高目的是要按照一定的社会审美理想来改造人的生活,使人的生活变得更美好。"①笔者随后按照审美反映的"独特的对象、内容和形式"展开了对文学"审美反映"论的论证。1986 年钱中文也提出文学"审美反映"论,他说:"文学的反映是一种特殊的反映,由于其自身的特殊性,较之反映论原理的内涵,丰富得不可比拟。反映论所说的反映,是一种曲折的二重的反映,是一种有关主体能动性原则的说明。审美反映则涉及具体的人的精神心理的各个方面,他的潜在的动力,潜伏意识的种种形态,能动的主体在这里复杂多样,而且充满种种创造活力,这是一个无所不在的精灵。"②钱中文的论文不但从根本上区别了一般的反映论与文学"审美反映"论,而且还从"心理层面"、"感性认识层面"和"语言、符号、形式的体现"层面说明了文学"审美反映"论的特征,这是十分有意义的。王元骧也就文学审美论进行了研究,对文学的"审美反映"做了非常具体深入的解说。他在 1988 年发表的论文《艺术的认识性与审美性》中,论证了"文学审美反映"的各个层面。首先,从反映的对象看,与认识对象不同,"在审美者看来,它们的地位和价值就大不一样。这就是因为审美情感作为审美主体面对审美对象所生的一种态度和体验,总是以对象能否契合和满足主体自身的审美需要为转移的:凡是契合和满足主体

---

①　童庆炳:《文学概论》(上册),红旗出版社 1984 年版,第 46—48 页。
②　钱中文:《新理性精神文学论》,华中师范大学出版社 2000 年版,第 157—158 页。

审美需要的，哪怕是在别人看来微不足道的东西，也会成为主体爱慕倾倒、心醉神迷的对象；否则，不论事物本身的客观意义多么重大，人们也照样无动于衷，漠然置之"①。其次，就审美的目的看，与认识目的以知识为依归不同，"由于审美的对象是事物的价值属性，是现实生活中的美的正负价值（即事物美或丑的性质），而美是对人而存在的，是以对象能否满足主体的审美需要为转移的；凡是由审美所生的愉快，总是以主体的审美需要从对象中获得某种满足而引起的。所以，从审美愉快中所反映出来的总是主体对于对象的一种直接或间接的（即通过对丑的否定来肯定美）肯定的态度，亦即'应如何'的问题。这就决定了审美反映不可能以陈述判断，而只能是以评价判断来加以表达"②。第三，一般认识的反映形式是逻辑的，而审美反映是"以崇敬、赞美、爱悦、同情、哀怜、忧愤、鄙薄等情感体验的形式来反映对象的"③。王元骧的文学"审美反映"论从反映的对象、反映的目的和反映的形式等三个方面来阐述"审美反映"论的要点，很完整也很深刻，大大深化了对文学"审美反映"论的理解。

（五）文学审美意识形态论

与文学审美反映论相映成趣的是，钱中文于 1984 年发表了《文学理论中的"意识形态本性论"》，提出了文学"审美意识形态"论："文学艺术固然是一种意识形态，但我以为这是一种审美的意识形态，文学艺术不仅是认识，而且也表现人们的情感、思想；审美的本性才是文学的根本特性，缺乏这种审美的本性，也就不足以言文学艺术。看来文学艺术的本性是双重性的。"④很显然，这是运用马克思主义的社会结构学说，即社会基础与上层建筑理论对于文学艺术观念问题的一次解决。1987 年钱中文又发表了题为《文学是审美意识形态》的论文，正式确认"文学是审美意识形态"，并展开了论证，其结论是："文学作为审美的意识形态，以情感为中心，但它是感情和思想的认识的结合；它是一种自由想象的虚构，但又具有特殊形态的多样的真实性；它是有目的的，但

---

① 王元骧：《审美反映与艺术创造》，杭州大学出版社 1992 年版，第 52 页。
② 同上书，第 53 页。
③ 同上书，第 54 页。
④ 钱中文：《文学理论：走向交往与对话的时代》，北京大学出版社 1999 年版，第 86 页。

又具有不以实利为目的的无目的性；它具有社会性，但又具有广泛的全人类的审美意识的形态。"①钱中文提出的"文学审美意识形态论"具有广阔的阐释空间，从哲学的观点看，文学确是一种意识形式，与哲学、伦理等具有意识形态的共同特性，但是文学之所以是文学，是因为文学是一种具体的意识形式，即审美意识形态：它将审美的方法和哲学的方法融合一起；它以感情为中心，但又是感情与思想的结合；它是一种虚构，但又是特殊形态的真实性；它具有阶级性，但又是一种具有广泛社会性以及全人类性的审美意识形态。

迄今为止，"审美反映"论与"审美意识形态"论这两个观点并存甚至相互为用。应该说文学"审美反映"论、文学"审美意识形态"论，是一个时代的学人根据时代要求提出的集体理论创新，它是对于"文革"的文学政治工具论的反拨和批判。它超越了长期统治文论界的给文艺创作和文学批评带来公式主义的"文艺为政治服务"的口号，但它的立场仍然牢牢地站立在马克思主义上面。新说终于取代了旧说。"审美反映"、"审美意识形态"进入了目前国内最重要的 20 多部"文学概论"教材，便是有力的说明。"审美反映"论与"审美意识形态"论的提出，其意义是深远的。

三、"文学审美反映"论和"文学审美意识形态"论的理论特点

文学是审美反映，文学是审美意识形态，这个学说的基本内涵是什么呢？它们在理论上具有什么特点呢？根据笔者的理解，有这样几点。

(一)"文学审美反映"论和"审美意识形态"的整一性

"文学审美反映"论和"文学审美意识形态"是一个完整的概念，不是"审美"加"反映"，不是"审美"加"意识形态"，它们是一个具有单独的词的性质的词组，不是审美与反映、审美与意识形态的简单相加。它们本身是一个有机的理论形态，是一个整体的命题，不应该把它切割为"审美"与"反映"，"审美"与"意识形态"两部分。"审美"不是纯粹的形式，是有诗意内容的；"反映"、"意识形态"也不是单纯的思想，它是具体的、有形式的。正如布罗夫所说，不存在抽象的"意识形态"的实体，他说：

"纯"意识形态原则上是不存在的。意识形态只有在各种具体的表现

---

① 钱中文：《新理性精神文学论》，华中师范大学出版社 2000 年版，第 136 页。

中——作为哲学意识形态、政治意识形态、法意识形态、道德意识形态、审美意识形态——才会现实地存在。①

这种对"意识形态"的理解不但是正确的，而且是极有意义的。可惜布罗夫对这个问题未能展开论述。不过我们如果细细体会的话，其中有两点值得我们注意：第一，意识形态都是具体的，而非抽象的。通常我们所说的"意识形态"只是对具体的意识形态的抽象和概括，那种无所不在的一般的"意识形态"是不存在的。意识形态只存在于它的具体的形态中，如上面所说的哲学意识形态、政治意识形态、法意识形态、道德意识形态、审美意识形态，就是这些具体的形态。没有一种超越于这些具体形态的所谓一般的意识形态。第二，更重要的是，所有这些具体形态的意识形态——哲学意识形态、政治意识形态、法意识形态、道德意识形态、审美意识形态——都是一个完整的独立的系统。哲学意识形态不是"哲学"与"意识形态"的简单相加，政治意识形态也不是"政治"与"意识形态"的机械拼凑……当然，所有这些形态的意识形态有它们的共性，即它们都是社会生活的反映，但不同的意识形态反映的对象是不同的。哲学意识形态是对社会生活的总体的根本性的反映，着重回答思维与存在、精神与物质的关系何者为根基的问题。政治意识形态一般而言是反映社会生活中不同集团之间的利益的冲突与妥协问题。法意识形态则是对于社会生活中统治集团按其意志，并由国家强制力保证执行的行为规则所反映出来的思想领域……审美意识形态一般而言是对于社会中人的情感生活领域的审美反映。意识形态的不同形态的对象的差异，也导致它们的形式上的差异。这样不同形态的意识形态有自己独特的内容与形式，并形成了各自独立的完整的思想领域。自然，各个形态的意识形态是相互联系、相互作用、相互影响、相互渗透的，但又相互独立。这些不同的意识形态领域，对于社会的经济基础来说，的确有靠得近与远的区别，但它们并无"高低贵贱"之分。它们之间并不存在谁为谁服务的问题。它们之间的相互作用是不可避免的，但不存在谁控制谁的关系。例如，审美意识形态与政治意识形态的关系，并不总是顺从的关系，相反，审美意识形态对政治意识形态的"规劝"、"监督"、"训斥"等，却是十分正常和合理的。例如，西方的浪漫主义和批判现实主义，

---

① ［苏］阿·布罗夫：《美学：问题和争论》，上海译文出版社 1987 年版，第 41 页。

总的说来是对于资本主义政治秩序的不满，是对资本主义政治意识形态主导下人性的丧失、人的异化、人的悲惨生存状况以及非人生活环境等，进行"诗意的裁判"。在这种情况下，审美意识形态自身形成一个独特的思想系统，它的整体性也就充分显现出来。因此，文学艺术作为审美意识形态，是意识形态中一个具体的种类，它与哲学意识形态、政治意识形态、法意识形态、道德意识形态有联系，但它们的地位是平等的，不存在简单的谁为谁服务的问题。像过去那样把文学等同于政治、把文学问题等同于政治问题是不符合马克思主义的理论精神的。80年代学术界提出文学"审美意识形态"论、"审美反映"论等，也就不是简单地把"审美"和"意识形态"嫁接起来，更不是什么权宜之计，而是根植于马克思主义基础上的理论建树。当然，我们强调各种意识形态之间的独立性和平等性，不是绝对的。在某个特殊时刻，如在中国人民的抗日战争时期，毛泽东《在延安文艺座谈会上的讲话》提出文艺"武器"论、"军队"论、文艺为政治服务论，这是非常时期特殊的理论要求，是有其合理性的。但是，在常态时期，各种意识形态应该是相对独立的。"文学审美反映"论也应作如上的理解。

（二）"文学审美反映"论和"文学审美意识形态"论的复合结构

当我们说明"文学审美反映"和"审美意识形态"概念的整一性的同时，并不否认这两种理论核心内容上的复合结构。

从性质上看，这两种理论是集团性与全人类共通性的统一。文学作为审美反映，作为审美意识形态，的确表现出集团的、群体的倾向性，这是无须讳言的。但是，无论属于哪个集团和群体的作家，其思想感情也不会总是被束缚在集团或群体的倾向上面。作家也是人，必然会有人与人之间相通的人性，必然会有人人都有的生命意识，必然会关注人类共同的生存问题。

从功能上看，这两种理论既强调认识又强调情感。文学是社会生活的反映，无疑包含了对社会的认识。这就决定了文学有认识的因素，不包含对现实的认识是不可能的。但是，我们说文学的反映包含了认识，却又不能等同于哲学认识论或科学上的认识。文学的认识总是以情感评价的方式表现出来。文学的认识与作家情感评价态度是完全交融在一起的。

从功能上看，这两种理论既强调无功利性又强调有功利性。文学是审美的，那么在一定意义上它就是游戏，就是娱乐，就是消闲，似乎没有什么实用目的，仔细一想，它似乎又有功利性，而且有深刻的社会功利性。文学是非功利与功利的交织。

从方式上看，这两种理论既肯定假定性又强调真实性。文学作为审美意识与科学意识是不同的。虽然艺术和科学都是人类所钟爱的两姊妹，都是对真理的追求，但它们创造的成果是不同的。科学所承认的意识，是不允许虚构的，科学结论是对客观规律的揭示。文学意识是审美意识，它虽然也追求真实，但它是在艺术假定性中所显露的真实。这里，科学与文学分道扬镳了。"文学审美反映"论与"文学审美意识形态"论，既超越政治工具论，又超越形式主义论，它们在文学的内部与外部找到了一个结合点和平衡点，以包容文学的多样性、复杂性、辽阔性和微妙性。

总之，"文学审美反映论"和"文学审美意识形态"论，与一般抽象的认识或意识形态不同，它们力图说明文学作为人类的审美活动，它在审美中就包含了那种独特的认识或意识形态，在这里审美与认识、审美与意识形态，如同盐溶于水，体匿性存，无痕有味。根本看不到哪是"审美"，哪是"意识形态"，它们作为复合结构已经达到了合而为一的境界。

文学的复杂性不是我们强加给文学的，文学本身就是一个复杂的事物，有时候文学复杂到我们很难理解它，很难接受它，很难解释它。我们的论说不过是还其真面目而已。《红楼梦》简单吗？那里什么都有，社会的、非社会的、功利的、非功利的、真实的、虚构的、情感的、思想的、阶级的、非阶级的、民族的、人类的、感性的、理性的、游戏的、非游戏的、诗意的、非诗意的……就是这些的复合、结合与统一，构成了《红楼梦》。一篇作品况且如此复杂，更何况文学活动呢。至于方法论问题，恩格斯在《自然辩证法》一书中早就提出了"亦此亦彼"的论点。恩格斯认为事物不是单一的，我们的判断也不应该是单一的。"对立统一"是辩证唯物主义的基本方法论之一。

四、文学审美特征论的价值观

在文学理论经过了 90 年代的"语言论的转向"和当前的"文化研究"的洗礼之后，"文学审美反映"论和"文学审美意识形态"论是否失效或过时呢？

实际上，"审美反映"论和"审美意识形态"从一开始就没有忽视文学的语言问题。例如，钱中文在 1986 年发表的论文《最具体的和最主观的是最丰富的——审美反映的创造性本质》中，明确指出："审美反映是通过语言、符号、形式的体现而得以实现的。一般谈论审美，很少涉及这一方面。但是没有这些因素，就很难使上述几个层面相互交织，往返渗透而形成动态的审美结构。"①笔者主编的《文学理论教程》也指明文学是一种语言艺术，而且进一步说明文学的"语言蕴含"问题。文学审美反映或文学审美意识形态不是指一种像哲学那样的思想体系，它虽然包含人的认识，但更重要的是情感的体验和评价，它不能离开文学语言这个"家"。"文学审美反映"、"文学审美意识形态"与语言的关系是十分密切的。所谓的"语言论转向"没有"摧垮""文学审美反映"论和"文学审美意识形态"论，而是使两者结合起来，更准确地界说了文学。

特别需要指出的是，20世纪90年代以来，文化研究在中国的出现，是一种社会思潮的兴起。它关注的往往不是文学内部的问题，它也不屑于给文学的性质做一个界说。发展到今天，某些专门搞"文化研究"的人更无视文学的存在，终日迷恋所谓的"阶级"、"种族"、"性别"、"地域"等概念，它们实际上是社会学和政治学的话题，与文学并无多少关系。近来，又有人从外国贩卖来了所谓的"日常生活审美化"，去解读什么广告、时尚杂志、美女图像、街心花园、模特走步、居室装修等。他们怎么搞法是他们的事情，只要他们不要把他们研究的一套取代文艺学学科固有的对象，我们不想干预也无权干预。但是这些在各个学科之间行走的人，突然一再要"反思"文艺学和美学，其论点之一就是认为始于70－80年代的文学审美特征论是一种根本不顾及文学外部文化蕴涵的"审美主义"，提出要走出"审美城"。这些本来也赞成文学审美反映论或文学审美意识形态论的人突然变了脸，有意无意地把"文学审美反映"或"文学审美意识形态"说成是没有文化价值取向的"审美主义"，从而加以反对。他们这样说是否符合事实呢？"文学反映"论和"文学审美意识形态"论是否真的完全不顾及文学外部文化蕴涵的纯粹的"审美主义"呢？我们不妨考察一下王元骧、钱中文和笔者三人的相关论点。

笔者在提出文学"审美反映"论时，曾着重强调审美与非审美价值的关系。早在1983年的论文《文学与审美》中就说过："当然，这里我们要特别强调这样一点：当我们说文学艺术的独特对象是客观现实的审美价值的时候，不要把现实的审美价值当成是独立的存在。现实的审美价值永远和现实的自然属

---

① 　钱中文：《新理性精神文学论》，华中师范大学出版社2000年版，第160页。

性以及其他价值内在地联系在一起。文学艺术对客观现实的反映，的确是在撷取其审美的价值，但这撷取并不是也不可能是孤立地撷取。审美价值与其他价值是矛盾的统一，一方面，审美价值不同于其他价值，另一方面，审美价值又和其(他)价值互相渗透。现实的审美价值和现实的其他价值并不是相互隔绝的，它们之间不存在鸿沟。应该看到，现实的审美价值具有一种溶解和综合的特性，它就像有溶解力的水一样，可以把认识价值、道德价值、政治价值、宗教价值等都溶解于其中，综合于其中。因此，文学艺术撷取现实的审美因素，不但不排斥非审美因素，相反，总是把非审美因素的认识因素、道德因素、政治因素、甚至自然属性交融到审美因素中去。这样，文学艺术所撷取的审美因素总是以其独特的方式凝聚政治、道德、认识等各种因素。"①在这里，笔者认为审美价值是具有溶解力的，它可以把作为非审美因素的政治的、道德的、宗教的、历史的等一切价值溶解于其中，当然这种溶解是真正的溶解。这些非审美因素的价值，如政治、道德、宗教和历史等，不就是后来"文化研究"中的文化价值吗? 可见，文学审美特征论并不是什么单一的"审美主义"，它早就思考并阐述了文学中审美与文化的关系。

王元骧发表于 1988 年的《艺术的认识性和审美性》一文，专门讨论了文学艺术审美性与认识性两者的统一关系。他在充分肯定了"把艺术的性质界定为审美的这应该是确定无疑的"前提下指出，"当我们在判定艺术不同于一般认识，它是以审美情感为中介来反映现实生活的时候，如何防止把情感与认识完全分割开来、甚至对立起来，进而以情感来否定认识的情况。这是科学地阐明艺术的审美特性所要解决的一个关键的问题"②。那么他是如何来解决这个问题的呢? 他说："艺术家的审美反映，都是在认识基础上产生的，并由认识分化而来的，因而必然要依赖于认识而存在。所以'应如何'与'是什么'，价值原则与认识原则，在根本上毫无疑问应该是统一的。……只不过这些认识内容不是直接以认识成果(概念、判断、推理)的形式直接进入作品，而是通过作者的审美感受和审美体验间接地流露出来；作家和艺术家的思想认识，哪怕最深刻、最有价值的思想认识，要是不能转化为自己的审美态度和评价，

---

① 童庆炳：《文学审美特征论》，华中师范大学出版社 2000 年版，第 29 页。

② 王元骧：《审美反映与艺术创造》，杭州大学出版社 1992 年版，第 56 页。

那就必然会失去审美的价值，自然也不能在作品中获得表现了。由此可见，审美尽管有它的特殊性，但是在审美情感的形成过程中却始终离不开认识因素的参与和作用。"①不难看出，王元骧的"审美反映"论，始终是文学艺术中审美与认识的统一。他所理解的"认识"，我们从他对《阿 Q 正传》的分析中，就可看出是指艺术的真、善，主要是指向社会文化的。

钱中文主张文学"审美意识形态"论，他一再强调文学的审美特性与意识形态特性之间的和谐联系。他说："审美文化同样具有某些非审美文化的精神文化特性。更重要的是，审美文化中的感情与思想认识是互为表里的。当然，两者在文学中的关系，并不是机械的、一半对一半的平分秋色的结构。思想在文学中不能自我完成，它必须通过感情的传达而得以体现。……在审美意识中，感情连接着种种心理因素，如感知、想象、无意识活动，但同时也表现着理性的认识。"②他这里所说的"非审美文化"、"理性认识"，当然包含政治、道德、历史、宗教、法律等文化的价值，他也从未把文化排除在文学艺术之外，这是很清楚的。

王元骧、钱中文和笔者三人的论述几乎是不约而同地回答了文学中审美与非审美两者的关系问题，而且深刻地说明了审美与非审美是内在地关联在一起的。指斥"文学审美反映"论、"文学审美意识形态"论为"审美主义"是完全没有事实根据的。有些人不过是不再喜欢文学，不再喜欢审美的文学，而有意无意把文学审美特征论扭曲为一种纯审美的东西。

此外，"文学审美反映"论和"文学审美意识形态"论还有一个重要的特点，即把真、善、美内在地联系在一起，文学审美中内在地包含了真和善，这既超越了先前的"文学从属于政治"的提法，也超越了苏联的"社会主义现实主义"理论。苏联的"社会主义现实主义"流行了几十年，在毛泽东的 1942 年《讲话》后直到 1962 年的"反修"前，几乎成为"文艺宪法"。它规定："社会主义现实主义，作为苏联文学和苏联批评的基本方法，要求艺术家从现实的革命发展中真实地、历史地和具体地去描写现实。同时艺术描写的真实性和历史具体性必须与用社会主义精神从思想上改造和教育劳动人民的任务结合起来。"

---

① 同上书，第 57—58 页。

② 钱中文：《新理性精神文学论》，华中师范大学出版社 2000 年版，第 131 页。

这个定义在苏联"解冻时期"曾遭到西蒙洛夫等人的质疑，认为后一句话是多余的，是附加上去，似乎真实性和历史具体性可以结合思想教育任务，也可以不结合。1956年秦兆阳发表的《现实主义——广阔的道路》一文，也对此提出质疑。可见社会主义现实主义的定义的确把真实性、历史具体性和思想教育任务割裂开来，是很不确切的。"文学审美反映"论和"文学审美意识形态"论显然看清了"文学从属于政治"和"社会主义现实主义"的弊病，而强调真实性、教育性就内在地蕴含在审美之中。

例如，王元骧强调指出："认识内容不是直接以认识成果（概念、判断、推理）的形式直接进入作品，而是通过作者的审美感受和审美体验间接地流露出来；作家和艺术家的思想认识、哪怕最深刻最有价值的思想认识，要是不能转化为自己的审美态度和评价，那就必然会失去审美的价值，自然也不能在作品中获得表现了。"[1]如果说王元骧强调的是审美感受和审美体验的话，那么钱中文所强调的是审美传达："文化感情与思想认识是互为表里的。当然，两者在文学中的关系，并不是机械的、一半对一半的平分秋色的结构。思想在文学中不能自我完成，它必须通过感情的传达而得以体现。"[2]没有感情的传达，就没有文学所包蕴的文化，文学的真和善是不能从外面贴上去的。笔者则从审美价值与非审美价值互相渗透来解决这个问题："审美价值与其他价值是矛盾的统一，一方面，审美价值不同于其他价值，另一方面，审美价值又和其（他）价值互相渗透。现实的审美价值和现实的其他价值并不是相互隔绝的，它们之间不存在鸿沟。应该看到，现实的审美价值具有一种溶解和综合的特性，它就像有溶解力的水一样，可以把认识价值、道德价值、政治价值、宗教价值等都溶解于其中，综合于其中。"[3]现实的审美价值与其他价值的关系是相互渗透的，文学中的审美价值和真、善价值也是互相渗透的。文学的真是审美的真，是艺术的真，是诗意的真，是情感的真，不是科学的真；文学的善也是审美的善，是一种理想的烛照，是心灵的启示，是人文的关怀，而不是现实中实际的伦理道德说教。这样，真、善、美融于一体，从

---

① 王元骧：《审美反映与艺术创造》，杭州大学出版社1992年版，第58页。

② 钱中文：《新理性精神文学论》，华中师范大学出版社2000年版，第131页。

③ 童庆炳：《文学审美特征论》，华中师范大学出版社2000年版，第29页。

而科学地阐明了文学的价值观。

应该看到，此前的文学理论在价值观问题上始终没有解决好。就以文学的真实性问题来说，新中国成立以来经过了多次讨论，但很少有人把真实性提到审美的领域来思考。新时期以来又一次开展了对文学真实性问题的讨论。但这些讨论往往停留在哲学的、社会学的层次，而没有进入独特的审美层次。笔者早在1985年发表了《文学真实性问题漫议》一文，批评了"本质"论的艺术真实观，并把文学艺术真实性问题提到了审美的层次加以论证。笔者提出了"合情合理"四个字来说明文学艺术的真实性。所谓"合情"，就是指作品的艺术形象要反映人们真切的感受、真挚的感情和真诚的意向；所谓"合理"就是指符合艺术假定中的生活逻辑，指它可以被人理解的性质。① 这种对文学艺术真实性的理解是一种审美领域的理解，它具有巨大的阐释力，任何作品的真实性都可从这个说法中得到合理解释。因为这种艺术真实性理论不是从现成的哲学范畴那里搬来的，而是从文学艺术的审美特性实际出发所作出的论述。

以上所论表明，"文学审美反映"论和"文学审美意识形态"论，决不是如某些人所说的是纯审美，是什么"审美主义"，因为它充分考虑了真与善的文化维度。顺便说一句，目前有些中年学者对"审美"不屑一顾，有的人提出"欲望的满足"才是现实的主题。这是我们不能苟同的。欲望是人与兽都有的，人之所以成为人，就是他能控制欲望，而达到了具有精神超越性的"审美"境界。今天提倡"欲望的满足"莫非要使人重新退回为"兽"？这是笔者感到十分困惑的。

结　语

新时期以来，在文学理论方面，我们对外国文论引进很多，但属于自己的理论创新并不太多。那么，"文学审美反映"论和"文学审美意识形态"论是不是中国人自己提出来的呢？是不是属于中国学术界的理论创新呢？

蔡仪在1942年所著的《现实主义艺术论》一书中提出过文学的"美感教育"观点，他说："就现实主义的观点来说，艺术要真实地描写现实，创造艺术典型，创造艺术的美，它的社会教育的意义不是一般的，而是美感教育的潜移

---

① 童庆炳：《文学审美特征论》，华中师范大学出版社2000年版，第79—81页。

默化以陶情淑性，它的思想宣传的意义，不是别的，而是艺术魅力的悦目赏心而移风易俗，这样的现实主义艺术，它的艺术效用和艺术特性是统一的。"①蔡仪的观点是不错的。特别是他强调艺术效用与艺术特性统一的观点尤其可贵。但是，他提到"美感教育"、"潜移默化"只是说明艺术的效用，而不是阐明艺术的特性本身。

苏联"审美学派"的主将之一的布罗夫在1956年的《文学报》上发表了《美学应该是美学》的文章，他对文学的见解明显地与前此流行的文学认识论完全不同，他批判了文学是生活的反映，是用形象来反映的观点。布罗夫的确接触到了文学所以是文学的艺术特性问题，但他没有提出"审美反映"论。在近20年后，布罗夫在《美学：问题和争论》(1975)一书中提出了"审美意识形态"这个词，这就是前面我们引用的话："……'纯'意识形态原则上是不存在的。意识形态只有在各种具体的表现中——作为哲学意识形态、政治意识形态、法的意识形态、道德意识形态、审美意识形态——才会现实地存在。"布罗夫的意思是说意识形态没有抽象的，只有具体的。但是很难说他完整地提出"文学审美意识形态"这个论题并加以论证。

英国学者特里·伊格尔顿的《审美意识形态》一书出版于1990年，且是一本对英国经验主义和欧洲启蒙主义美学问世以来的美学观点的评述，与我们所提出的"文学审美意识形态"论关系不大。因此，"文学反映"论和"文学审美意识形态"论的确是当代中国学者从马克思主义的社会结构理论出发，在总结了中国现代文学理论发展正反两方面经验之后，根据文学艺术的实际，用自己的心血所作出一次理论创新。它的理论及其意义将接受时间的检验。

现在有些人喜欢夸大当前文学理论的危机。我们不否认有"危机"，这主要是文学理论对创作实际的脱离，对文学理论教学实际的脱离。至于说到20世纪中国文学理论的发展，总的看来是不断前进的。我们不能不说，前20年因为我们有王国维、鲁迅(早期)等是辉煌的，而后20年因为新时期有相对宽松的学术环境和自由讨论的风气，也有不少理论创造，值得我们去总结它、珍惜它。

---

① 蔡仪：《现实主义艺术论》，作家出版社1958年版，第169页。

钱中文文艺思想的时代与学术特征^①

在当代中国 60 岁到 70 岁左右的这一代文艺理论家中，钱中文以其对现实的关切和深刻的思想是很具有代表性的一位。历史将证明，当代中国的文艺理论就总的趋势看，是根植于中国社会现实中的，是根植于中国当代文艺发展中，是随着时代的变化而变化，是对于"五四"新文化传统的继承与发展。新时期以来文学理论方面的创新是有目共睹的。理所当然，我们必须看到成绩，总结成绩，概括成绩。在这许多成绩中，钱中文作为中国当代文艺理论的开拓者和组织者之一，他对于中国当代文艺理论的贡献是巨大的。

那么钱中文的文艺思想的时代特征是什么呢？其学术特征又是什么呢？我以为可以用"回应与超越"这两个词来概括。

一、回应当今复杂的现实

中国自 20 世纪 80 年代改革开放以来，生产力获得了空前的解放，国家在实行社会主义市场经济之后，经济获得了空前的活力，发展的速度走在世界各国的前列，人民的生活水平有了很大的提高，城乡的面貌日新月异；但是伴随着经济的发展也出现许多社会文化问题，其中最严重的是拜物主义和拜金主义的流行，正是这拜物主义和拜金主义导致各种社会问题丛生。钱中文以他的高度的社会责任感和敏锐的观察力，既为国家经济发展而高兴，同时也为种种社会文化弊病问题而忧心不已。钱中文在 90 年代中期对于这些社

---

① 　发表于《学术月刊》2003 年第 4 期。

会弊端，有过这样的深刻的理论概括。他说："物的挤压则如排山倒海之势随之而来，而且随后这种挤压愈演愈烈。诚然，人要生存，需要衣食住行，需要不断提高、改善它们的质量。人在对物的需求中，形成一种物欲，它一面激发人的热情，使财富不断创造出来，使人不断获得物的满足与享受，这是不容争辩的。然而对物的无尽的追求的内在规律是，造成了对人的挤压，物的阴影遮蔽了人。物欲的发展不断转化为对金钱权力的追逐，使自身成为一种异化力量，使人变成了物的奴隶。首先，这力量是物质的，但它与权结合，一夜之间就可造就成千上万的暴发户与亿万富翁，在物质上掠夺另外一些人，人被物挤兑。……其次，这力量又是精神的，它使社会弊病丛生，贪污盗窃、损公肥私层出不穷，甚至利用公众的失语与无言，变本加厉地进行，使社会普遍需要的公德、伦理蒙上血腥的污秽。人间的羞耻、良心、血性、同情、怜悯、诚实、公正、正义等等，进入了新的衡量秩序，即要以斤两来计算它们……"①钱中文所揭示的社会弊病，既概括了西方世界的情况，而且也概括了改革开放以来中国所面临的问题。在这里，钱中文没有停留在对于各种社会问题的感性的描述上面，而是作出了精当的理论的概括，说明了物挤兑人、物欲与权力结合，必然会出现人的异化、精神文化的失衡等，这乃是市场经济的伴生物，并不是纯偶然的东西，而且认为这种拜金主义和拜物主义可以转化为物质的力量和精神的力量，使社会与人蒙受"血腥的污秽"。

正是为了回应这样的现实，钱中文经过深思熟虑提出了新理性精神文学论。新理性主义的提出不仅仅是针对当下的文学情况而发的，是对于社会文化问题的回应。它虽然不能"挽狂澜于既倒"，但这是一种对于社会文化问题的精神疗救。因为它的核心是新人文精神，并以这种精神改造社会与人。用钱中文自己的话说："它要在大视野的历史唯物主义的观照下，弘扬人文精神，以新的人文精神充实人的精神。"②按照我个人的解读，钱中文的新理性精神有多个维度：如物质发展的维度，钱中文当然知道人首先要有肉体生存的需要，通过对自然和科技的运用，创造财富以满足人的这种需要，这也是

---

①　钱中文：《文学艺术价值、精神的重建：新理性精神》，《新理性精神文学论》，华中师范大学出版社 2000 年版，第 5—6 页。

②　同上书，第 9 页。

属人的需要，也是新理性精神的体现。我们必须承认人必须首先满足吃喝住穿，然后才能从事别的活动，或许正是在这个意义上说，新理性精神并不一概排斥感性与欲望，它是容纳健康的感性与正当的欲望的。

又如新理性精神的精神维度。在钱中文看来，精神的维度是更重要的。即要在物质家园中的基础上营造精神安居家园，并要有精神文化的建构与提高。在人的精神家园里，支撑其精神家园的就是人文精神，人何以成为人，要成为什么样的人，确立哪种生存方式更符合人的需要，所有这些理想、关系与准则，这就是人文主义，也即是新理性主义的核心。钱中文在当前的社会语境中，提出新理性精神，是有的放矢的，深刻有力地回应了时代的要求。同许多一味介绍西方文论的观点的文章不同，钱中文的新理性精神的提出是根植于中国的现实的土壤中，是根植于时代的历史要求中的，这是中国学者喊出的声音，它属于当代中国。

又如新理性精神的批判维度。批判一切不符合人文的和反人文的东西。钱中文指出："在经济全球化的发展趋势中，一些富国在物质上获得了极大的丰富，但在总体上并未解决大多数穷国的贫困，这些国家的大多数人，依然在饥饿、死亡线上挣扎。同时，今天崇尚财富的时尚，以及无限追求物的欲望与享受，形成了物的普遍的挤压，使人情日益淡化，以致使不少人成为失去人性的人，使人在精神上成为空虚的人、平庸的人、丑陋的人。"[1]钱中文按照这个思路对于现代社会的弊病进行了有力的批判。充满了现代批判精神。从这个意义上说，新理性又是战斗的武器。

新理性精神充满理想的品格。它是对我们民族数千年优良精神文明的延续，也是对"五四"新文学运动精神的延续。我们民族的一切对人的关系的和谐，对自然的热爱，对劳动的尊重，对社会责任，对祖国的挚爱，作为一种理想，应包含在新理性精神中。"五四"新文化运动以来对于自由、科学、民主、人权的追求，作为一种理想也理所当然包含在新理性精神中。理想属于未来，是我们追求的东西，但又立足于现实。新理性精神是用理想来烛照现实。

---

① 金元浦编：《多元对话时代的文艺学建设——新理性精神与钱中文文艺理论研究》，军事谊文出版社 2002 年版，第 3 页。

新理性精神的传统维度。钱中文指出："新理性精神主张现代性是在传统基础上建立起来的现代性，又是使传统获得不断的发展、创新的现代性。""必须保护传统、继承传统。文化传统是过去创造的，是新文化创造的出发点与先决条件。我们无法绕开原有的文化传统，而必须继承传统。继承传统，自然必须保护传统文化、清理传统。"①在钱中文看来，在传统中，不仅有腐朽的、落后的、应该抛弃的东西，同时还有属于未来的东西，这些东西可以作为建设新文化的必要资源。钱中文本人并不研究中国古代文论，但正是他率先于 1996 年提出"中国古代文论的现代转换"的命题。

新理性精神的现代维度。钱中文认识到，今天的现实中存在着"后现代状态"，但我们不能做一个"后现代知识分子"。实际上今天我们仍然需要的是追求意义与价值的"现代性"。钱中文指出："新理性精神把现代性看作是促进社会进入现代社会发展阶段，使社会不断走向科学、进步的一种理性精神、启蒙精神，一种现代意识精神，一种时代的文化精神。这种现代意识精神、时代的文化精神，作为一种尺度，是我们建设新文化、新的文学艺术需要长久遵循的原则。现代性是引导人们进行文化建设、精神创造的思想，这是一个人类的'未竟的事业'。"②的确，中国现代知识分子面临一种选择，是采取现代立场呢，还是采取后现代立场？采取后者意味着对现实的一切采取默认的态度，什么都行，怎样都可以，对现实失去了应有的关怀、责任和批判，采取后者则意味着以人的理想关怀社会人生，关怀现实，并追求意义与价值。这是一种建设性的积极的态度。难道我们不应采取这种态度吗？

钱中文的新理性精神的内涵十分丰富，但是它的每一点都不是空论，都是针对社会现实发出的，它是呐喊，但呐喊中有呐喊者深刻的观察、体认、感悟、责任、思考、见解、呼唤和对时代的恳切的回应以及适合时宜的主张。

二、超越文学理论的旧套路

从学术研究发展的视野看，钱中文新时期以来的种种关于文学理论的新思考、新见解、新论点、新建树，是对于陈旧的文艺思想和理论的超越。这

---

①　金元浦编：《多元对话时代的文艺学建设——新理性精神与钱中文文艺理论研究》，军事谊文出版社 2002 年版，第 6 页。

②　同上书，第 5 页。

种超越，首先表现在思维方式的超越。在 1908 年以前的文论中，所体现的是非此即彼的二元对立的僵硬的思维模式。这种思维模式一方面承接了僵硬的政治观念，一方面又使文学理论陷入简单化庸俗化的理论模式中，并脱离开文艺创作的实际。新时期开始，钱中文对这种僵硬的思维模式进行了反思，毅然抛弃了这种思维模式。他在多次讲话中，强调有条件下的"亦此亦彼"的思维。后来又强调对话思维。思维模式的改变使他的思考因切合实际而获得了空前的活力。他对旧的理论的不满，并希望改变它就是理所当然的了。他曾说："文学理论要走出落后的社会意识的影响，就要以现代意识、现代精神进行观照、审核，使之符合当代人的审美意识与当代文学创作的实际，以促进今天的文学艺术的发展。""比如，文学观念问题，旧的文学观念实际上已经显示了它的不科学性，并已成了文艺中出现简单化与庸俗化现象的理论根据，从而显示旧的理性精神的滞后。"基于这样认识，钱中文开始了文艺理论创新的艰苦跋涉。他以历史唯物主义的大视野，以高度敬业精神，以开阔的学术胸襟，以严谨的学风，提出并论证了一系列的新思想、新观念、新论点，大大地丰富了中国当代的文艺思想。

他提出的"文学审美意识形态"理论，成为学界多数人对于文学本质特征的问题的共识。"文学审美意识形态"理论的建立，应该说是百年来中国现代文论的一大收获，它不是西方的"审美无功利"论，也不是"文艺从属于政治"论，也不是别林斯基的片面的形象特征论，他是当代中国文艺理论家寻找到的在诗意审美和社会功利之间、文学"自律"与"他律"之间取得某种平衡的现代文学理论。历史将证明，这一思想的确立是中国现代文论观念走向成熟的一个标志。

他提出并论证的文学现代性理论，也是很有价值的。我对钱中文文学现代性的解读是，现代文学理论应该有自己的家，文学理论不能永远寄人篱下。比如，寄政治的篱下。钱中文说："文学理论要求的现代性，只能根据现代性的普遍精神，与文学理论自身呈现的现实状况，从合乎发展趋势的要求出发，给以确定。我以为当今文学理论的现代性的要求，主要表现在文学理论自身的科学化，使文学理论走向自身，走向自律，获得自主性；表现在文学理论走向开放、多元与对话；表现在促进文学人文精神化，使文学理论适度地走向文化理论批评，获得新的改造。"①这种开阔视野观照下的文学理论的现代性理论，既富于现代的包容精神，又充分考虑到文学理论自身的学理要求，是难能可贵的。当然钱中文的文学理论现代性的理论远比这里所说的要丰富。

此外钱中文对于文学语言的理论，关于小说的复调理论，关于多元对话理论，等等，都超越了文学理论的旧的范式，给人以耳目一新之感。他的理论创造是我们这一代人理论创造的重要代表，历史将会证明这一点。

---

① 钱中文：《新理性精神文学论》，华中师范大学出版社 2000 年版，第 33—34 页。

国·家·哲·学·社·会·科·学·成·果·文·库

中国当代文学理论的经验、困局与出路

第二辑
困局与出路

自主性·开放性·弹性^①

一

　　建立新的文学理论体系的呼唤，已经有好几年了。这种呼唤是有其合理性的。因为这是时代的呼唤，历史的呼唤。十一届三中全会以来，时代的嬗变，使文学这块园地里，出现了许多令人眼花缭乱的新现象，产生了许多令人困扰的新矛盾，提出了许多令人惶惑的新问题。当人们把建立于 20 世纪 50年代、发展于 20 世纪 60 年代的文学理论范式运用于当前的错综复杂的文学实践，企图去解释它时，就立刻发现新的实践往往已不接纳旧的范式，或者说旧的范式已往往无法介入新的实践。

　　按库恩的见解，科学发展是一种动态结构。科学的历史发展要经过四个时期。(1)原始科学时期。各种学派相互批驳、辩论是这一时期的特征。(2)常规科学时期。经过长期批驳、辩论，意见趋于统一，建立起"范式"。"范式"的确立，意味着科学的发展进入相对稳定时期。人们的研究不是改变"范式"，而是在已有的"范式"内作累积性的填充、阐释。(3)"革命"科学时期。"反常"现象层出不穷，旧范式在解释这些现象时，屡遭失败。人们对旧范式产生不信任感，要求建立新的范式。(4)新的常规科学时期。部分或全部抛弃旧的范式，建立起适应新的情况的新范式。在新范式建立之后，科学发展进入更高层次稳定发展的常规时期。那么作为一种科学的我国文艺理论，目前正经历着一个怎样的发

----

　　① 　见论文集《当代文艺学探索与思考》，高等教育出版社 1987 年版。

展阶段呢？库恩说："面对着异例或危机，科学家对于现存的范式就采取了不同态度，他们的研究的性质也就随之改变了。互相竞争的阐释增加，愿意试试任何东西，表达出明显的不满，求助于哲学对基本原理的辩论，所有这些就是由常规研究过渡到非常规研究的征象。"联系到五六十年代建立起的文学理论体系在大量的新的文学现象面前无能为力的情况，在说明问题时混乱的情况，不难看出，作为一门科学的文学理论正经历着扬弃旧范式并要求建立新范式的革命科学时期。建立新的文学理论体系的呼唤是科学发展的必然。

然而，重要的还不是我们需要建立的文学理论体系，重要的是我们根据什么来建立新的文学理论体系。人们已经提出了各式各样的关于新理论的框架，可是令人满意的、能够为大家所接受的理论体系似乎一个也没有。当然，这需要讨论、辩驳、论战，在经过长期的研讨之后，基本构想也许会趋于一致，到那时，一个或数个新的文学理论体系的框架可能会被人们接受。但就目前而言，我认为重要的是找到建立新体系的根据。

可以找到各种各样的根据。但我以为最重要的根据是时代。人们现在喜谈"超越性"，追求"超越性"，不愿像动物那样只有适应性，没有超越性。这种超越性希望我们的理论超越时空和历史条件的制约，获得一种亘古不变的永恒的普遍的终极真理。但这不过是一种良好的愿望而已。实际上，任何一种理论都不过是时代的产物，任何一条真理都有它出生的时刻，理论（包括文学理论）无论如何总是这样或那样地受到时代的制约。而且理论也只有接受时代的制约，锲入特定时代的生动活泼的实践，才不至于很快过时，才有可能获得某种超越性。自由是对规则的认识，超越是对制约的顺从。有规则，才有自由；有顺从，才有超越。因为任何理论只有当它有特定时代提供的立足的事实时，它才可能有某种生命力，才不至于速朽。作为一种理论，其真正的超越性，只存在于它具体的历史进程中，要有无数"受制"，才能达到真正的"超越"。恩格斯说：人的思维，"按它的本性、使命、可能和历史的终极目的来说，是至上的和无限的；按它的个别实现情况和每次的现实来说，又是不至上的和有限的"①，恩格斯这里所说的"至上"、"无限"，实际上就是今天

---

① ［德］恩格斯：《反杜林论》，《马克思恩格斯选集》（第3卷），人民出版社1995年版，第427页。

人们所说的"超越"。那么我们作为凡人，我们的生命都是有限的，我们只处在历史总进程的一个瞬间，我们所能达到的就是"个别实现"，因此我们的理论是"不至上的"，亦即非超越的，"有限的"。这个"限"，首先就是我们所处时代的限制。雄鹰诚然可以高高飞翔，但它能无限地高飞吗？我们今天生活的时代诚然是伟大的，但我们能离开伟大时代的制约而随意超越吗？一种理论的产生必须深深地扎入一个时代，吸足一个时代可能有的养分，并能充分地表现这个时代，在后代面前代表这个时代，它才有可能这样或那样地超越时代的局限。如果我们上面这些理解是正确的话，那么我们就应该有这样的觉悟：要建立文学理论新体系，首先的问题是认识我们所处时代的特征。新时代的特征规定了文学理论新体系的性质。

二

在我看来，1976年10月是一个划时代的岁月。从那时起，一个新的时代已悄悄在中国大地上诞生。迄今为止，我们对时代的嬗变的认识还远非充分。土地还是这块土地，人还是这些人，但时代已进入另一个轨道，一个为中国大多数人所乐于接受的轨道。"改革"一词庄严地登上了历史舞台。我们面对的景观（物的层次）改变了，我们的理论和制度（心与物的结合层次）也发展了，我们的心态结构（心的层次）也正在变化，一句话，从物质、精神到生活方式、思维方式、价值观念都在发生变化，整个的文化场都在更新。

我们所处的新时代是从改正错误起步的。在中华人民共和国成立的前夕，毛泽东的思想本来是很清醒的。他在《论人民民主专政》一文中说："严重的经济建设任务摆在我们面前。我们熟习的东西有些快要闲起来了，我们不熟习的东西正在强迫我们去做。""我们必须学会自己不懂的东西。"然而，在中华人民共和国成立以后的近20年的时间里，实际的生活往往偏离上述的正确思路。我们常常迷失自己固有的目标。在"以阶级斗争为纲"的思想指导下，我们主要不是把建设作为自己的事业。这样，新时代面临的第一个任务就是寻找回失落了的"思路"，使国家的功能转向自身。"实现工作重点的转移"，使国家转入搞建设的轨道，使工农兵学商各安其业，就是"转向自身"的实现。所以我们所处的时代是一个由外而内的回归自身的时代，自主性是它的首要特征。

时代的自主性要求我们时代的文学理论也应该有自主性的品格。然而，迄今为止，文学理论仍甘心当人家的附庸，失去自身应有的特征。本来，文学理论应该是文学的理论。可实际上，我们的文学理论长期以来是哲学的理论，政治学的理论，近来又变成了系统论的理论，模糊数学的理论……名为"拓展"，实则失去自己应有的个性和自主性。

我们的文学理论至今还是哲学的生硬的套用。千万不要误会，我不是说文学理论不需要辩证唯物主义和历史唯物主义作为自己的哲学基础。哲学基础永远是需要的。马克思主义哲学基础可以保证文学理论在正确的轨道上运转。这一点我们任何时候也不能动摇。但是，哲学也不是万能的，就是把最正确的哲学原理直线式地、简单地套用于文学理论，也丝毫解决不了文学理论本身的问题。我们一直反对庸俗化，但不能说我们在文学理论方面的庸俗化已经肃清。譬如，文学的本质特征问题，典型问题，真实性问题，文学作品的内容和形式问题，等等，我们的文学理论是充分哲学化的，是正确的，可又什么问题也没有解决，因为这种理论不是文学的理论，而是哲学理论配以文学的例子而已。

且拿文学的本质特征这个问题来说，我们的文学理论教科书总是说：文学与科学不同，科学用逻辑的形式来反映社会生活，文学是用形象的形式来反映社会生活。很明显，这个定义也并非我们的创造，而是别林斯基首先提出来的。别林斯基在《1847年俄国文学一瞥》中说："人们只看到，艺术与科学不是同一件东西，却不知道它们之间的差别根本不在内容，而在处理一定内容时所用的方法。哲学家用三段论法，诗人则用形象和图画说话，然而他们所说的都是同一件事。"这样说对不对呢？从哲学认识论的角度来说，是完全对的。因为事实上，文学和科学都反映客观世界，文学用形象的形式来反映，科学用逻辑的形式来反映。但是这个定义仅仅是哲学定义，还不是美学的定义。因为这个定义所重视的是形式，而不是内容。文学和科学的内容反正都是一样的，所不同的仅是形式。离开了文学的内容，仅凭文学的形式，怎么能揭示文学所固有的审美本质特征呢？哲学的定义只能回答共性的问题，而回答不了各种事物的特殊性问题。就像一个正确的哲学原理演算不了最起码的数学问题一样，也回答不了文学本质特征问题。文学的本质特征必须是在正确哲学的指导下进入具体的美学领域，才有可能提出来的，并做出独立自主的符合实际的回答。

又如典型问题，从黑格尔那里开始，就总是说典型是个性与共性的统一。我们也一直在重复这个定义。当然，我们发现了这种定义的不足，就在"个性"一词之前加"鲜明的、丰富的、独特的"这样的修饰语，在"共性"一词之前加上"充分的、深刻的"这样的修饰语（笔者自己过去也是这样干的）。然而，什么叫"鲜明的、丰富的，独特的"，什么叫"充分的、深刻的"？刘心武笔下的谢惠敏达到这个标准了吗？达到典型的高度了吗？谌容笔下的"马列主义老太太"达到典型的高度了吗？谁也拿不出具体的、可计量的尺度。于是问题又回到"个性与共性的统一"上面来。但是，谁能告诉我们，世界上万事万物——从一片叶子到一个星球——哪一个不是个性与共性化的统一呢？典型是个性与共性的统一，从哲学认识论看，是绝对正确的，可对于文艺学来说，又丝毫不能说明什么。如果典型问题不是从美学的领域提出来并充分地揭示它的审美特征，那么就根本不可能揭示文学典型的本质。

再如那个长期争论不休的真实性问题，一翻开教科书，我们就会看到这样的界说：艺术的真实是以艺术形象"表现出社会生活某些方面的本质和规律性"。从一般的哲学意义上来看，这种界说也是完全对的。可是从审美角度看，它又一点也不对。我们知道，包括文学在内的所有的社会意识形态，都要揭示"社会生活某些方面的本质和规律性"，这仅是社会意识形态的共性。因此，把艺术真实与表现社会生活的本质和规律性联系起来，丝毫也没有揭示艺术真实区别于一般真理的独特个性。有各种各样的"本质和规律性"。譬如，月亮，就它的本质而言，它是地球的卫星，它环绕地球一周要用 $27\frac{1}{3}$ 天的时间，它本身无风、无云、无雪、无水，它本身不发光……我们能不能说，诗人们吟咏月亮时给自己提出的任务就是揭示月亮的这种物理性质呢？当然不能这样说。"星垂平野阔，月涌大江流"（杜甫）、"床前明月光，疑是地上霜"（李白）、"高星灿金粟，落月沉玉环"（白居易）、"上人分明见，玉兔潭底没"（贾岛）、"暮云收尽溢清寒，银汉无声转玉盘"（苏轼）、"平生绝爱初三月，况是平池浸玉钩"（陆游）、"月色溶溶夜，花阴寂寂春"（董解元）、"桂宫袅袅落桂枝，露寒凄凄凝白露"（沈约）……中国古典诗歌中这类咏月诗多得不可胜数，可有哪一首咏月诗是在表现月亮的物理本质呢？诗人们在吟咏月亮时所揭示的"本质和规律性"是另一种东西。具体说是不同情景下的月亮在诗人心中所引起的感受。无论是李白还是苏轼，他们在咏月的时候，都没有企图去揭示月亮作为一个物理存在的本质。相反，他们的种种描写，从严格的科学观点来看，如果不是掩盖了这种本质，就是歪曲了这种本质。然而，他们表现的是文学所必需的那种本质——诗意的感受，这就说明文学的真实性是诗意领域里的问题，这样的问题是哲学提不出来也回答不了的。

至于那种单纯从狭隘的社会学（即政治学）对文学问题所得出的结论，如"文学是阶级斗争的工具"、"文学是无产阶级专政的工具"、"文学是干预现实的武器"，等等，是在一种特殊环境下产生的理论，那明显的是一种政治的理论，而不是文学的理论，现在多数人已倾向于不接受它们，其理由也不必赘述了。

可能是出于对上述单纯的哲学化、政治学化的文学理论的不满，近年来，人们热衷于拓宽文学理论研究的领域，于是"反传统"的新的文学理论如雨后春笋般涌现。就以对文学本质特征的界说来看，那新的定义也很不少，"文学是一个系统"，"文学是一种信息"，"文学是一种定向控制、定度控制"，"文学是一种模糊集合"，"文学是一种符号"，"文学是一种人类文化"，"文学是一个长句子"……总之，改换一种科学方法，我们就有了一个新定义和一大堆新名词。而且这些定义和随之而来的名词，从系统论，或信息论，或控制论，或模糊数学，或符号论，或文化人类学，或结构论来看，没有一个不是完全正确的。文学理论就这样"走向科学"。这些新的定义跟传统的定义是那样的不相同，可有一点却又是那样的相同，那就是让文学理论归顺别的理论，剥夺它的自主性，使它寻找不到自己的家园，使它不能转向自身。

我们的社会已"实现工作重点的转移"，从阶级斗争转移到物质文明和精神文明建设，这是一种对时代性的回归，由外向内的回归。我们的文学理论也应随着时代的回归而实现自己的回归。文学理论应该有自己的（不是别的学科）范畴、概念、术语和方法论，应该有自己的家园。在我看来，文学是一种审美活动，它的家园是"审美"。当然，这种观点一点也不新鲜。在苏联，早在50年代中期，就提出并开始系统地论证这个观点。但一种理论的优长不在于它新鲜不新鲜，而在于它正确不正确。长期以来，我们把文学的功能过分夸大了。似乎一部文学作品可以兴邦，也可以丧邦。这是极大的误会。文学没有这样大的作用。诚然，在民族矛盾、阶级矛盾激化的时期，文学可以是战斗的武器，可以"团结人民，教育人民，打击敌人，消灭敌人"。但在非常时期，在面对敌人的时刻，岂但文学可以成为武器，一切都可以成为武器，连你的牙齿、指甲、唾沫（如果用得上的话）都可以成为武器，尽管按其本职而言，牙齿、指甲、唾沫并不是为了战斗而准备的武器。文学在非常时期成为武器，也是如此。它本身不是武器，但在必要时，用它"代替"武器也是可以的。但不能因为它曾经"代替"过武器就改变其性质。文学的本性只能是也仅仅是审美而已。在一般的情况下，文学的作用充其量是只能"干预灵魂"，弥补人性的某种残缺，为人性建构尽点力。因此文学理论应是审美理论之一种，审美才是文学理论的家园。文学理论与美学是一家，它们之间人为设置的壁垒应当拆除。文学理论的方法不应该是一般哲学的方法、社会学的方法，也不应该是一般系统论的方法、信息论的方法、控制论的方法、模糊数学的方法、符号论的方法、文化人类学的方法、结构论的方法，它应该有自己的方法——文艺学的方法（即美学的方法）。文学理论有其自身的研究对象，应该执行自己的、美学的任务。文学理论只有是文学的理论而不是其他的理论的时候，才能对生动活泼的文学实践活动产生有力的影响。

把审美说成是文学的家园，把文学理论说成是审美理论之一种，这会不会把文学和文学理论狭隘化呢？会不会陷入"为艺术而艺术"的唯美主义泥淖呢？有人有这种担心是可以理解的。的确，文学不是自然的产物，而是社会的产物，社会的各种存在总是这样或那样地制约着它，它不能超越社会而以纯而又纯的审美形态独立地存在着。实际上，作为一种艺术，文学与其他艺术相比，是更趋向社会性和理性的，它蕴含更加丰富和深刻的历史、政治、道德、宗教、认识、心理等社会内容。因此，问题的关键在于如何理解审美与历史、政治、道德、宗教、认识、心理之间的关系。文学的审美属性是否能够溶解政治、道德、宗教、认识等社会因素。在这一问题上，我认为文学的审美因素可以以特殊的形式折射社会因素。苏联美学家列·斯托洛维奇在《审美价值的本质》中这样说："我们坚持的观点是，审美价值本身把各种社会——人的关系包括在它的内容中，因此对世界的审美关系不仅不排除道德关系、政治关系等，而且还以特殊的方式折射这些关系。所有这些关系也有它们的审美方面。它们在具体可感的表现中可以作为美与丑、崇高或卑下、悲和喜。正因为如此，这些关系能够进入艺术的内容中。"他又进一步说："艺术价值不是独特的自身闭锁的世界。艺术可以具有许多意义：功利意义（特别是实用艺术、工艺品艺术设计和建筑）、科学认识意义、政治意义和伦理意义。但是如果这些意义不交融在艺术的审美冶炉中，如果它们同艺术的审美意义折中地共存并处而不有机地纳入其中，那么作品可能是不坏的直观教具，或者是有用的物品，但是永远不能上升到真正的艺术的高度。"显然，斯托洛维奇这些对艺术而言的见解，同样也适用于文学。文学本身并不是单一的结构，不是一种纯美。它是社会的各种要素和审美要素的有机结合。就文学的内容而言，它已把历史、政治、道德、宗教、认识、心理等因素熔于一炉。社会各种因素本身在其具体感性的表现中，就具有审美属性。因此，它与文学的审美本质是可以统一的。但是我们又必须进一步指出，文学中历史、政治、道德、宗教、认识、心理等因素，又不是在原来的历史学、伦理学、宗教学、认识学、心理学中的概念，而是由文学的审美本质所规范、所制约着的社会因素。

在一定的情况下，文学内容的审美因素也可能与文学内容的历史因素、政治因素等有矛盾。在历史学、政治学那里，只能尊重历史和政治本身，不能让历史、政治评价服从审美的评价。但在文学这里，首先必须考虑的是审美，历史、政治因素有时不得不违反自身的本意而服从审美。黑格尔和恩格斯都说过贪婪的恶是历史前进的杠杆。就历史学、政治学而言完全可以如实地肯定这一点，但文学则无论如何不能去肯定它。因为在文学中肯定了贪婪的恶就失去了文学固有的审美特性。从历史学、政治学的角度看，对曹操的评价应肯定他在统一中国这件事上所起的进步作用。但若把曹操写进文学作品中，那评价就可以多种多样。《三国演义》把他写成一代奸雄，而郭沫若的《蔡文姬》则把他写成一代英雄。然而读者竟不去深究这两个曹操形象哪个更符合历史的真实，而差不多是不分轩轾地同样加以接受。这就是因为这两个曹操都是诗意化的，读者并不介意作品中不同的是非判断。直言之，一切历史、政治、道德等因素一旦进入文学，就都必须归顺文学的审美本质。如果我们认识不到这一点，那么文学与其他学科就无法区分开来，文学就变成了一种没有质的规定性的非审美的大杂烩，文学理论也就变成没有自主性的、由别的学科所拼凑起来的七色板。如果我们认识到了这一点，那么文学就可以用自己的审美冶炉接纳更多的社会因素，文学理论作为一种审美的自主性的理论，也可以借用别的学科知识和方法来丰富自己。

三

　　如果说文学理论的自主性是由时代的由外而内的回归运动所决定的话，那么，文学理论的开放性则是由时代的由内而外的解放运动所召唤的。

　　由十一届三中全会所开启的新时代的又一历史行动，就是批判了"两个凡是"，让"实践是检验真理的唯一标准"的思想深入人心，并化为行动。实践的洪流冲开了理论的堤坝。"联产计酬"、"承包"、"合资"、"特区"以及"一国两制"在马列的辞典里找不到，那没关系，让实践来证明它们是真理，让后来编辞典的人再加上就是了。这就是我们时代的又一特征——"开放性"。在我看来，开放不应简单地理解成向外国开放。开放的准确含义是打破理论的封闭性，向生动的实践开放。实现由内而外的解放运动。我们搞马克思主义，马克思主义不是要追求理论本身僵化的完备，而是与社会实践的活的联系。

　　时代的开放性要求文学理论也向生动活泼的文学实践开放。目前文学理论还缺乏一种内在的活力，它给人的是一种双重的印象。一方面，它头头是道，一环扣一环，自满自足，给人以极其严整完备的感觉。对于那些准备考研究生的学生来说，是极其方便和适用的。而另一方面，当用它去分析新出现的文学事实时，就觉得无从下手，显得极其软弱无力和不适用。因此作家们一提到文学理论不是感觉莫测高深，就认为是一大堆概念在兜圈子。为什么会产生这种双重性呢？究其原因，就在于它把自己封闭起来，切断了与生动活泼的文学实践的联系。一种文学理论只有在镶入正发展着的文学实践中时，它才能稍稍免除理论的"灰色"，而保持生命的"常青"。文学理论同任何一种理论一样，其活力只能来自实践。打破自身的封闭性，敞开通向实践的大门，这才是文学理论的唯一出路。在文学理论发展史上，没有一个有影响有建树的文学理论家不是面向他那个时代的文学实践的。对德国文学理论产生了巨大而深远影响的文艺理论家莱辛，他的理论成果不是根据某一个逻辑起点，抽象地推论出来的，而是对汉堡民族剧院的实践的批评和探讨。至今仍深深地影响着苏联和中国的文学理论研究的别林斯基，他的一系列文学观点的提出和阐发，都与对普希金、果戈理、莱蒙托夫、涅克拉索夫、屠格涅夫、冈察洛夫的文学实践的具体而深入的评论联系在一起。鲁迅没有什么系统的文学理论专著，可他从那个时代文学实践出发做出的种种结论，至今仍闪烁着耀眼的光辉。

　　文学理论开放性的实现，必须解决以下两个问题：

第一，要正确理解理论与实践的关系。

理论与实践总是处于对立统一过程中。对立是经常的，统一则是暂时的。文学实践是不断发展的，每时每日都在产生新现象，涌现新矛盾，提出新问题。这样，旧理论与新实践就产生了矛盾。一旦与新实践相统一的理论建立起来，更新的实践又向它提出了挑战，于是又产生了矛盾。实践是无止境的，理论却是有局限的，理论与实践总是有矛盾的。诚然，理论可以指导实践，但实践有自己的腿和脚，它总不会完全按某种理论规定好的路子去走。这样，理论就永远在追赶着实践，并不断地在新的实践面前反省自己。这也许就是歌德所说的"理论是灰色的，生活之树常青"的内涵！就拿创作方法问题来说，我们先前的做法总是想定于一尊，先是照抄苏联的社会主义现实主义，后又提出革命的现实主义和革命的浪漫主义相结合，稍有异议，哪怕改动一个字，重新作些解释，就被视为异端邪说，就被推到受审席上（想一想秦兆阳同志写了《现实主义——广阔的道路》后的命运吧）。问题不单是提法的凝固不变，更成问题的是那作为规定的界说，也是僵化不变的。譬如社会主义现实主义必须用30年代产生的"苏联作家协会章程"的规定，即"社会主义现实主义，作为苏联文学和苏联文学批评的基本方法，要求艺术家从现实的革命发展中真实地、具体历史地去描写现实。同时艺术描写的真实性和历史具体性必须与用社会主义精神从思想上改造和教育劳动人民的任务结合起来"。这两句话，少一句不行，改几个字也不行，作家都必须按这个创作方法去进行创作。后来提出"革命现实主义和革命浪漫主义相结合"的创作方法，有时用刘勰的"酌奇不失其真，玩华不坠其实"来界说，有时又用情智结合的说法来界说。有时又用革命的求是精神与革命的英雄气概相统一的观点来界说，界说虽有不同，但都力图把"二结合"看作是一堆既定的原则，脱离实际的概念，抽象的范畴，固定不变的规范。然而，一个真正的作家是按事先规定好的既定的方法去创作的吗？用这种事先规定好的创作方法能创作出丰富多彩的文学作品来吗？很清楚，这种创作方法理论并不是真正从创作实践中总结出来的规律，而是按某种概念的需要人为地提出来的。由于这种理论远离创作实践，因此它的提出及规定，就不但不能促进文学创作实践，而且还妨碍了创作。不是吗？自从有了社会主义现实主义和"两结合"的理论之后，像茅盾、巴金、田汉等老作家就基本搁笔了，不敢去写自己熟悉的生活了。因为按过去的路子去写，很可能就要违背这种理论的规定。直到1978年，一直鼓吹创作方法理论的周扬同志才似乎明白过来，说："不应当也不可能规定一个固定的公式，下一个固定的含义。一个真正的作家是决不会按公式或定义去写作的。"作为社会主义现实主义创作方法的故乡的苏联，他们自己也为此付出了代价。他们的理论家解释不清楚社会主义现实主义创作方法为何物，深陷困境而不能自拔。人们在这方面无谓地浪费了许多时间不说，文学创作还因此受到了这种理论的束缚，在一段时间里，粉饰现实的、灰色的公式主义的创作流行。苏联作协主席德·马尔科夫也不得不承认："那种把社会主义现实主义看作是一些硬性规定的公式、标准指令和规章细则的观念也阻碍了我们理论的发展。"现在他们自己改了口，说社会主义现实主义是一种"新型的艺术意识，一种多方面地认识和真实地表现生活的、历史地开放的"体系，那么，开放到什么程度，譬如向不向西方的现代主义开放？于是有人又对此提出批评："这一公式还需要说得更确切些。这个公式也可以被解释成这样：似乎社会主义现实主义把艺术中其他创作流派和方法所开创的形式都兼收并蓄了。"看来，问题又转回到对社会主义现实主义要有个具体的规定上面。一种文学理论如此转来转去，一再陷入困境，这是怎么回事呢？现在是到了该反省的时候了。在我看来，"创作方法"这种理论从根本上就是脱离实际的，不科学的，在文学创作实践中，从古到今从未有过什么清一色的固定不变的"创作方法"。作家们是按自己的创作个性和艺术感觉写作，而不是按什么既定的创作方法写作。如果说有什么"创作方法"的话，那是人人各异、个个不同的，是无法概括的。文学理论发展史上出现的"现实主义"、"浪漫主义"、"古典主义"、"批判现实主义"、"现代主义"等概念，不是什么"创作方法"概念，而是思潮、风格、流派的概念。而且一般地说：是先有某种带有共同性的创作思潮、风格、流派出现，然后才有"现实主义"、"浪漫主义"等概念产生。至于所谓"创作方法"，既无必要也无可能做出什么概括。因为这种东西如果有的话，是千差万别地存在着的，是无法一一抽象的。就像一棵树上的叶子，大小、形状、颜色也不尽相同，却不必一一命名一样。连作家也只能说明自己的追求的潮流、风格，属于哪个流派，却说不清楚自己用了什么既定的创作方法。

　　文学实践如滔滔的江河长流不息。它永远会出现不符合习惯的、异样的、不合既定规格的、不合某种原理的东西，文学理论应该向新的事实开放，向无止境的文学实践开放。当遇到原有的理论不能解释新的现象时，不能不分青红皂白立即举起批判的旗帜；相反，倒是应该反省自身，在反省中更新自己，在更新中获得生命的活力。

第二，摒弃僵硬结构，建立弹性结构。

如果我们只是一般地议论理论与实践的关系，不把问题转向文学理论本身的结构，那么文学理论的开放性就不可能实现。不能说我们现在的文学理论没有严整完备的体系。无论是 60 年代编写的教科书，还是近几年出现的新教材，都是有体系的，而且那体系、那结构，既面面俱到，又合乎逻辑。问题恰好就在于它的体系、结构太完备了，太自满自足了。新的观念无法在其中立足，新的问题无法从其中提出，以至于巨大的文学实践的洪流，也冲不破它那逻辑体系的坚硬外壳。哪怕稍稍吸收一些新的东西，也显得极不协调。最终为了保持体系的完备，而不得不把新东西清除出来。不难看出，旧体系的抽象的自满自足是以失去同生动活泼的实践的联系为代价的。作为一种理论，一旦付出了这样的代价，那它自己的生命力也就很有限了。由此，我们应该获得这样的认识，不顺应实践要求，而单纯追求体系的严整、结构的完备，这不是我们追求的目标。黑格尔的《美学》的体系和结构严整不严整？完备不完备？严整极了，完备极了！它从"美是理念的感性显现"作为逻辑起点，层层相因，环环相扣，演绎出了一个涓滴不漏，令人叹为观止的逻辑体系，作者力图赋予它以永恒的、终极的色彩。但是，人们一旦将其体系付诸实践，它就现出了原形——它脱离实际，漏洞百出，在实践面前，它的完备恰好是十分的不完备。这真是一种理论的悲剧。马克思主义放弃了提供终极真理的目标，认为"认识就其本性而言，或者对漫长的世代系列来说是相对的而且必然是逐步趋于完善的，或者就像在天体演化学、地质学和人类历史中一样，由于历史材料不足，甚至永远是有缺陷的和不完善的……"[1]认为"每一科学原理的真理界限都是相对的，它随着知识的增加时而扩张、时而缩小"[2]。甚至认为"真理和谬误，正如一切在两极对立中运动的逻辑范畴一样，只是在非常有限的领域内才具有绝对的意义"，"对立的两极都向自己的对立面转化，真理变成谬

---

① ［德］恩格斯：《反杜林论》，《马克思恩格斯选集》（第 3 卷），人民出版社 1995 年版，第 431 页。

② ［苏］列宁：《唯物主义与经验批判主义》，《列宁选集》（第 2 卷），人民出版社 1972 年版，第 134 页。

误，谬误变成真理"。① 马克思主义不提供永恒的非历史的终极的真理，不是说明自己无能，恰好说明自己脚踏实地和有远见。自然科学的新发展，特别是哥德尔定律证明：任何公理系统或者是不相容，或者是不完备。这一切都说明了在实践没有走到它的终点（也不会有这样的终点）以前，任何一种理论要建立毫无漏洞、内部和谐统一的体系是不可能的，科学的有生命力的理论体系只能是富有弹性的体系。

就文学理论而言，摒弃僵硬的结构，建立那种"随着知识的增加时而扩张、时而缩小"的弹性结构，也应提到研究的日程上来。我以为文学理论体系的弹性结构应是一与多的统一。"一"就是一元化，即马克思主义的哲学基础。我们只能有这一个基础，而不能有第二个基础。但基础也仅是基础，基础不能代替一切。我们要在这基础上向多种多样的实践敞开大门，向古今中外一切合理的东西敞开大门，提出一切可能提出的问题，回答一切可能回答的问题，这就是"多"。这种弹性结构可能是不完备的，不严整的，但由于它与实践保持生动活泼的联系，它肯于容纳古今中外一切合理的东西，具有扩张和缩小的弹性，从这个意义上说它又是最完备、最严整的。

就当前情况看，要建立文学理论体系的弹性结构，比较重要的问题有两个：一个是向实践开放的问题，这个问题上面已说过了，此不赘述；另一个是如何对待从西方涌入的唯心主义的、资产阶级的形形色色的文学理论的问题。如"新批评"（还有俄国形式主义、法国结构主义）、表现论、符号论、接受美学等。它们的理论缺陷是明显的。但它们在某一方面的研究，如"新批评"对文学作品语言结构的研究、表现论对文学作品内容的独特性的研究，符号论对文学作品内容与形式及其关系的新研究，接受美学对文学接受的研究，又都含有某些新鲜的、合理的、深刻的成分。这些理论与我们传统的理论是那样的不同，在旧的体系里不但容纳消化不了这些东西，而且必定会简单地贴上一个"唯心主义"的、"资产阶级"的标签而弃之不顾。对于新体系的弹性结构来说，应该在用马克思主义进行批判和鉴别的基础上让外国的一切有合理因素的理论，均有立足之地。在这种弹性的体系里，对立的两极能够对话，并达到必要的补充和必需的平衡。过去我们一见唯心主义就皱眉头，一见唯

---

① ［德］恩格斯：《反杜林论》，《马克思恩格斯选集》（第 3 卷），人民出版社 1995 年版，第 431 页。

物主义就欣然接受。似乎只有唯物主义才提供了真理性的东西，而唯心主义则一无是处，一无可取。实际上，在历史上，唯心主义和唯物主义一样，也曾提供过某些启人思考的东西。马克思在《关于费尔巴哈的提纲》中曾说过，和唯物主义相反，唯心主义却发展了它的能动方面。肯定了唯心主义的某些功绩。所以像过去的体系那样，动不动就是唯物主义和唯心主义两条路线的斗争，把唯心主义连同它的主观能动性理论一笔抹掉的做法是不可取的。爱因斯坦说过："寻求一个明确体系的认识论者，一旦他要力求贯彻这样的体系，他就会倾向于按照他的体系的意义来解释科学的思想内容，同时排斥那些不适合于他的体系的东西。然而，科学家对认识论体系的追求却没有可能走得那么远。他感激地接受认识论的概念分析；但是，经验事实给他规定的外部条件，不容许他构造他的概念世界时过分拘泥于一种认识论体系。因而，从一个有体系的认识者看来，他必定像一个肆无忌惮的机会主义者；就他力求描述独立于知觉作用以外的世界而论，他像一个实在论者；就他把概念和理论看成是人的精神的自由发明（不能从经验所给的东西中逻辑地推导出来）而论，他像一个唯心论者；就他认为的概念和理论只有在它们对感觉经验之间的关系提供出逻辑表示的限度内才能站得住脚而论，他像一个实证论者；就他认为逻辑简单性的观点是他的研究工作所不可缺少的一个有效工具而论，他甚与还可以像一个柏拉图主义者或者毕达哥拉斯主义者。"[1]有人一定会认为这是脚踏两只船的机会主义认识论。实际上，爱因斯坦正是因为能寻找到沟通对立两极的桥梁，促使对立两极互补，从而克服了认识的片面性，才作出了伟大的科学贡献。马克思在《共产党宣言》中也说过：过去那种地方的和民族的自给自足和闭关自守状态，被各民族的各方面的互相往来和各方面的互相依赖所代替了。物质的生产是如此，精神的生产也是如此。各民族的精神产品成为公共的财产。民族的片面性和局限性日益成为不可能。西方也是一个有亿万人口的世界，他们要生存和发展，他们的学者不可能天天搞歪门邪道。西方学者中不乏严肃的人们，他们创建的学说也不乏真理之光。我们完全可以吸收和利用。当然，我们不能全盘照搬。在吸收和利用外来的东西时，我们要有眼光，要加以鉴别和批判。

---

① ［德］爱因斯坦：《爱因斯坦文集》（第 1 卷），商务印书馆 1979 年版，第 480 页。

中国当代文论建设：对话与整合^①

　　中国文学理论工作者之多，可能占世界第一位。因为与外国的高校同类的系科不同，中国高校的中文系都要开一门乃至数门文学理论课程，这些课程都要文学理论教师去开设。另外从中央到地方的社会科学研究所，也都有专门的文学理论研究所或研究室。更为重要的是，新中国成立以来的历届政治运动，也往往以文学理论的论争为开端。由于这一原因，许多非专业的文学理论工作者，也特别关心文学理论界的争论，进一步是参与这种争论，有时甚至是全民的争论，这也使许多非专业的文学理论工作者在一段时间里转为"专业"的。文学理论的队伍的"庞大"为天下"第一"。但是，我们如此庞大的文学理论工作者队伍却往往没有属于中国的和当代的自己的"话语"。在新中国成立之初，在"全面学习苏联"的口号下，我们的文学理论不顾中国自身的文学传统和实践，完全搬用苏联的一套理论，我们操用的是季摩菲耶夫、毕达可夫和他们的老祖宗"别、车、杜"的"话语"^②，中心概念是"社会主义现实主义"和"典型人物"。几乎苏联的每一篇重要的文学理论论文都以最快的速度被翻译发表。任何一种不同的声音，都可能是严重的"错误"或"反党反社会

---

①　发表于《文艺争鸣》1998 年第 1 期。
②　季摩菲耶夫是苏联某大学的教授，他的教科书《文学原理》第一、二、三部被翻译成中文，一时成为引证的重要著作。毕达可夫是苏联某大学的讲师，50 年代初被派来北大讲学，他的讲义《文艺学引论》，也一时被奉为圭臬。"别、车、杜"是别林斯基、车尔尼雪夫斯基和杜勃罗留波夫的简称。

主义"的言论，而痛遭批判。最典型的例子是秦兆阳的论文《现实主义——广阔的道路》和钱谷融的论文《论"文学是人学"》一发表即遭到无情的批判。虽然此时苏联国内的风向改变了，可理论的惯性不能容忍对"社会主义现实主义"的任何一点修改。20 世纪六七十年代是"反修批修"和"文化大革命"时代，其中心概念是"文艺为政治服务"，甚至连文学的"真善美"问题也成为理论的禁区，"三突出"等理论大行其道。我始终认为毛泽东的《讲话》在那个时代发表，其思想是从实际出发的，的确给当时的文艺发展指明了方向，其中的一些论点直到今天也还有意义，是不可否定的。但也绝不能把它作为教条来崇奉，因为时代在变化，文学的实践也在变化，我们应该而且可能在新的历史条件下，做出一些新的理论概括，建立起新的理论体系。新时期开始后，了解世界的窗口被打开了，我们看到了西方世界几乎发展了一个世纪的各种各样的文论，20 世纪在西方被称为"文论的世界"，他们所形成的理论之多，提出的理论之新，理论变化之快，都是空前的。我们在差不多 10 年的时间里，把他们的东西介绍过来，翻译过来，那吸收的"欲望"是"如饥似渴"，那吸收的方式是"生吞活剥"。我们的论文和著作中又都"充塞"他们的话语。这一回我们已没有什么中心概念，每一位理论家都可以拥有一个或多个概念。你觉得俄国形式论的批评有理，我觉得英美新批评的细读方法有用，他觉得法国的结构主义或解构主义合理，还有的人热衷于弗洛伊德的精神分析或新近流行的女权主义、新历史主义等，不一而足。上面我描述了我们新中国成立以来文论发展的三个时期——50 年代的"学习苏联"时期；六七十年代的"反修批修"时期；80 年代的改革开放时期。这三个时代的中国文论的发展是很不相同的，但却有一个共同的特征，那就是搬用外来的东西或教条式的东西，而没有自己的"话语"。我们基本上还没有建立起属于中国的具有当代形态的文学理论，我们只顾搬用，或只顾批判，建设则"缺席"，中国具有世界"第一多"的文学理论家却没有自己一套"话语"，这不能不使我们陷入可悲的尴尬的局面。我自己亲身走过了这三个时期，我感到异常的痛苦，作为一个文学理论教师还有什么比不能讲自己的话更痛苦的呢？"建设"的意识一直在我心中萌动。

多年以前我跟我的老师黄药眠教授讨论过这个问题。我们一致感到文论的建设要从"中西对话"、"古今对话"开始。我的基本思路是这样的：文学理论的真理性的内容并不存在于一家一派的手中，而存在于古今中外的各家各派的手中，存在于古今中外文学创作实践中。因此，我们要建设具有中国特点的当代形态的文学理论，就要走整合的路。在整合古今中外文论的基础上，建立一种与我们当代的创作实践相适应的，具有时代精神和民族特色的文论体系。而要整合古今中外，就要从"古今对话"和"中西对话"开始。值得注意的是这种对话不是简单的类比，更不是简单类比它们的相同方面。对话首先要确定对话的主体。"古"、"今"、"中"、"外"大致说来是四个主体。对四个主体自身的内容及其复杂性要有充分的了解和研究。

　　先谈古今对话。多年来，我一直认为，对中国在长达两千余年所形成的古代文论，绝不能摒除在我们今天的文学理论工作者的视野之外，仅仅把它作为一种历史传统来研究，仅仅给它一个必要的历史地位，是不够的。想简单地将它抹去更是不可能的。应该认识到传统作为一个民族的"经历物"，是永远不会消失的，中国的文化传统在每一个中国人的血液中流淌着，你想摆脱也摆脱不掉。而且传统并非一切都不好，其中有许多精华的、精致的、美好的、充满魅力的成分，我们怎么可以把这些珍宝置之不顾呢？我们必须把中国古典，其中也包括文论传统作为一个对象，向它走进去，把其中一切对今天仍然具有意义的东西进行充分的研究，并把它呈现出来，使它成为我们今天文论建设的一种重要的资源和参照系。当然古今对话不是说一句"古为今用"就能解决问题的。这里首先遇到一个历史观的问题。旧的历史观把社会历史的发展看成是静止的，通过客观的研究是可以复原的。在这种历史观的制约下，把作者的生平、文本产生的历史背景看成是客观的可以复原的对象是合理的，因此选择作者或文本的社会历史背景进行单维的研究就比较可行。马克思的历史观则是发展的历史观。他在《路易·波拿巴的雾月十八日》一书中说："人们选择自己的历史，但是他们并不是随心所欲地创造，并不是在他们选定的条件下创造，而是在直接碰到的、既定的、从过去承继下来的条件下创造。"但他又说："当人们好像只是在忙于改造自己和周围的事物时，恰好在这种革命危机时代，他们战战兢兢请出亡灵来给他们以帮助。"马克思这段著名的话，表达了两重意思，一方面，历史是既定的存在，永远不会过去，先辈的传统永远纠缠着活人，因此，任何一个新的创造的事物都要放到历史的天平上加以衡量；另一方面，今人又不会恭顺历史，他们以自己长期在现实中形成的预成图式去理解和重塑历史，甚至"请出亡灵来给他们以帮助"。因此，今人所理解的历史，已不可能是历史的原貌，它不是古人视野中的历史，而是今人心中眼中的历史。如果把马克思的这种历史观运用于中国古典文论的研究，那么一方面当然要尽可能把历代的文论放置到原有历史背景中去考察，尽可能回复到历史的真实；但另一方面则要重视主体对固有文论的独特解说，使这种解说带有时代的和个性的特征。新近西方的文论新流派——新历史主义——有一句重要的话："文本是历史的，历史是文本的。"他们的观点继续马克思的观点又有所发挥。所谓"文本是历史的"，也就是我们在上面所讲的任何文本都是历史的产物，它们总具有历史的品格，因此任何文本都必须放置到原有的历史背景中去考量，这样才是尊重历史的态度，也才能揭示文本的本质。所谓"历史是文本的"，是说任何历史（如历史活动、历史人物、历史事件、历史作品等）对于今人来说，都是不确定的文本，因为人们无论如何必然会以今天的观念去理解历史"文本"，改造和构设历史"文本"。而且随着观念的更新，人们会不断地构设出新的"历史"来，而不可能使历史完全复原。之所以会如此，关键的原因是作为认识主体的人和人所运用的语言工具。人是具体历史的产物，他的一切特征都是特定历史时刻的社会氛围所熏染的结果，人永远不可能超越历史，而回到古代。语言也是这样，语言是所指和能指的结合，因此语言的单一指称性是极不可靠的。这样当具有历史性的人运用指称性不甚明确的语言去阅读历史文本时，会发生什么情况呢？肯定地说，他所展现的历史，绝不可能是历史的本真状态，只能是他自己的观念构设的历史而已。特别在解释历史文本的"义理"时，更是如此。这样一来，我们面对历史文本进行解释时，必然是一种"对话"，一方面历史文本向我们发出了信息，另一方面，解释者也以自己固有的观点，向历史文本投射出信息，这就形成了历史文本和解释者的双向对话，古与今的双向对话。在这种情况下，文本的原有意义，永恒的真理，已不容易寻找，能够办到的主要是作为主体的解释者运用语言对历史文本的重新构设和解说。随着解释这观念的变迁，对历史文本的构设和解说也就不同。由于不同时代的解释者的观念的不同，对同一部历史文本的意义的构设和解说也就不同，那么这个历史文本的意义就不断增加，最终成为一个永远不断增加的意义链。我的一些著作就是"古今对话"的产物，例如《中国古代心理诗学与美学》和《中国古代诗学心理学透视》等，可以说是"古今对话录"，中国古代诗学的历史文本向我发出了信息，我也把现代审美心理学的信息投射到古代诗学的历史文本上面，两种信息进行比较、交流，显示出"同中之异"和"异中之同"，更奇妙的是在两种信息的交汇中，一种新的信息产生出来了。这种新的信息往往就是我们久久在寻找的自己的思想和"话语"，可以说这也正是建设新的理论所需的"砖瓦"。我目前正在从事着《文心雕龙》和中国诗学史的教学和研究，我发现历史文本正在某个"岔路口"等着我们，我们和它们将进行对话，我无意给"古代"的人物穿上现代的西装，我只是认为"古今""遭遇"是不可避免的，与其采取被动的态度，还不如主动打开对话之门。从这里我们会惊喜地感到"古今"互相"发明"的境界。

再谈谈中西对话。我既不赞成"全盘西化"（它的背后是民族虚无主义），也厌恶"固守传统"（它的背后是极端民族主义）。我认为"中西对话"是可取的。中国创造的文化可以作为一个主体，西方文化也可以作为一个主体，两个主体之间进行平等的对话。通过对话彼此沟通，互相借鉴，取长补短，共同"富裕"。不同民族的文化（当然也包括文论），由于地域和历史多方面的原因，都可能有短处。就中国传统文化来说，千好万好，就是缺少两样东西，这就是科学和民主（请注意，我说的是"缺少，不是完全没有"）。我们的"五四"先辈早就觉悟到这一点，所以不论"左派"和右派，都不约而同地把目光转向西方。另外，我这里想强调"共享"这个概念，人类的文化（不论是东方的文化还是西方的文化），是人类智慧的结晶，理应共享，西方人可以采用东方的文化，东方人也可采用西方文化，各以对方之长补己之短。我们吸收西方的文化，只是利用人类的创造，这并没有辱没自己，并不是什么可耻的事。有人认为在物质文化方面互相吸收是比较容易做到的，而精神文化的互相吸收，由于文化形态不同，吸收起来就困难了。我的想法是困难诚然是困难，但绝不是不可能的。我们只要看一看列夫·托尔斯泰如何学习孔子，海德格尔如何吸收老庄，荣格如何神往东方神秘文化，冈布里奇和苏珊·朗格如何激赏中国古代美学……再看一看魏晋和隋唐时期如何学习西来的佛学，"五四"先辈如何学习西方，那么我们也就可以鼓起勇气，克服困难，在对话中开辟出一条道路来。就文论方面的中西对话来说，像朱光潜、宗白华、钱钟书、王元化等学贯中西的大师，都给我们做出了榜样，我们完全可以循着他们的足迹走去。

黄药眠和我主编的《中西比较诗学体系》（上、下）一书，还有我的文体学专著《文体与文体的创造》，是中西比较的一次尝试，不论成功与否，比之于一味重复别人的"话语"总是前进了一步吧！

在古今对话、中西对话基础上的"整合"，是建设中国当代形态的文学理论的必由之路。"整合"不是简单的对接和拼凑。无论古今的整合还是中西的整合都是"异质"文论之间的交汇，这种交汇不能不充满冲突和竞争，不能不进行必要的调整和适应，不能不达到整一的交融，不能不产生一种具有新质的思想和语言。这个过程无疑是复杂的长期的，需要有识之士长期的共同的努力。特别重要的是，我们的整合必须以历史唯物主义和辩证唯物主义为指导，与当代的文学创作实践相结合。离开方法论的指导和当代的创作实践，自己搞一套"话语"是注定要失败的。

生命有限，而学术的高峰永远在前面。我总觉得自己在文学理论这块园地里的耕耘很匆忙，耕作粗放，收获甚微，不能令人满意！好在一代年轻的学者已经成长起来，他们准备充分，虎虎有生气，我相信，在他们的努力下，我们一定会有属于中国属于当代属于自己的文学理论"话语"。

在"五四"文艺理论新传统基础上"接着说"①

自"五四"新文化运动以来的一百年中，中国现代文艺理论是否形成了自己的新传统？这是我们当前实现文艺理论创新面临的一个必须回答的问题。如果说我们已经有了一个现代文艺理论的新传统，那么就是在已有的传统的基础上"接着说"，说出一些新的东西来，也就是如何更上一层楼的问题；如果我们根本就没有新的传统，那么今天我们谈理论创新，就是"白手起家"，重起炉灶，这谈何容易呢？目前有一种说法是否定我们有"五四"以来的文艺理论的新传统。他们说，中国古代文论与中国现代文论其文化精神的内核时时处处冲突碰撞，后者我们已经将之归入西方即欧美文学理论在中国的延伸，它的基本要素与理论范畴来源于西方文学理论。在某些人看来，中国文学理论不过是欧美文学理论的附庸，完全没有自己的时代的和民族的根性，这种看法符合不符合中国现代文学理论发展的实际呢？

中国现代文学理论如果从 1899 年梁启超提出"诗界革命"、"文界革命"和不久之后又提出"小说界革命"算起，已历尽百余年。诚然，在这百余年间，有过"全盘西化"的提法，有过唯西方文论的马首是瞻的人物，有过西方文论名词轰炸的时刻，至今仍有一些年轻的或不太年轻的学者亦步亦趋追赶西方的文论浪潮，这个事实不容回避。但也有比较客观评介西方文论的著作，把西方文论的术语、概念经过我们的改造，变成中国自己的东西。我们应该看

---

① 发表于《文艺研究》2003 年第 2 期。

到，中国百年现代文论的主流是随着中国时代的变迁而变迁的，它对西方文论话语的取舍，对中国古代文论话语的取舍，都与时代的发展和现代文学的发展密切相关，与当下的社会文化状况密切相关。中国现代文学理论的"根"在中国的现实及其发展中，在中国文学的实际及其发展中。可以说，从梁启超、王国维到鲁迅、郭沫若、茅盾、宗白华、朱光潜、冯雪峰、胡风、杨晦、黄药眠、何其芳、钱钟书、王元化、蒋孔阳、李泽厚等，再到"文革"时期被批判而后活跃于 20 世纪五六十年代的所谓"黑八论"的作者，诸如秦兆阳、巴人、周谷城、钱谷融等，再到新时期开始后中国当代新文论形态的建设者，绝大多数都是立意做本土化的中国现代文论的。不难看出，中国现代文论经过一代又一代人前仆后继的努力，已经形成了一个新的传统。尽管可能我们较多地借用了西方的一些文论术语，但其内涵已经根据中国的民族精神，中国正在发展的现实和中国正在发展的文艺实际而具有中国的特色。如真实性、典型性、审美、再现、表现、形象、形象体系、现实主义、浪漫主义、现代主义、艺术思维、审美意识形态、艺术生产、思想性、艺术性、内容、形式、鉴赏、接受美学等等术语，由于与中国文学发展的实际相结合，用以说明和分析与西方不同的中国现代文学，它们的本土化特征是很明显的，也是多数人所认同的。

就鲁迅而论，他在现代新文学的建设中，既创造了优秀的文学作品，成为现代文学最早一批最具艺术实力的成果，又实现了文学观念的改造。鲁迅的文艺理论完全是属于中国现代的。这样说的根据何在？在鲁迅那里，无论是对于西方文论的择取，还是对于中国古代文论的继承，都是从当时中国的实际出发的，针对性很强，他的阐释糅进了对于中国种种情况的分析和理解，已经有了新的含义，不是简单生硬地照搬照抄。鲁迅主张现实主义文学，特别提出"真实性"的概念，有过多次精辟、深刻的阐述，使"真实性"成为最早成熟的中国现代文论观念，并对创作产生了极大的影响。为什么这个源于西方的"真实性"概念会最早进入鲁迅的视野呢？这是因为"五四"新文化运动的目标之一是反对封建主义的虚伪的、虚假的、欺骗的和不敢正视现实的弊病，鲁迅的"真实性"观点是在批判封建主义文学的"瞒和骗"的过程中阐发的。在鲁迅看来，"瞒和骗"是违反真实性的，是与艺术相敌对的。1925 年，鲁迅在《论睁开了眼看》的重要文章中说："中国人向来因为不敢正视人生，只好瞒和骗。由此也生出瞒和骗的文艺来，由这文艺，更令中国人更深地陷入瞒和骗的大泽中，甚而至于自己不觉得。世界日日改变，我们的作家取下假面，真诚地，深入地，大胆地看取人生并且写出他的血和肉的时候早到了。早就应该有一片崭新的文场，早就应该有几个凶猛的闯将。"鲁迅还重点抨击中国封建时代的"十景病"和"团圆主义"，指出"十景病"是中国国民性的祖传病态之一，这种病态的要害是掩饰缺陷；"团圆主义"的"曲终奏雅"，则完全是撒谎，是对黑暗现实的粉饰。这些都清楚说明了鲁迅的"真实性"的概念的提出，完全是根据中国的现实情况所作出的理论选择，已经有现代的独立的眼光和立场。当一种理论已经扎根于中国现实的土壤中的时候，那么它已经获得新的内涵，已经在很大程度上民族化和本土化了。如果还说这"归于西方"，那就失去了理论应有的客观的态度。再如鲁迅对于中国古代文论某些概念的继承也不是完全的照搬照抄，而是进行现代转化，使旧的概念获得新的意义和内容。"形似"与"神似"是传统画论和文论的重要范畴，鲁迅根据现代现实主义文学的要求，认为"神似"当然重要，但"形似"也很重要，"神似"与"形似"可以并重，这就超越了中国古代那种单纯"文贵神似"的观念。鲁迅对于古典的文化遗产的态度是"弃其蹄毛，留其精粹，以滋养及发达新的生体"（《论"旧形式的采用"》）。那么根据什么标准来"弃其蹄毛，留其精粹"呢？这就是中国现代现实的需要。以这样一种态度去对待中国古代的文化遗产，那么我们就可以获得新的眼光新的内容。

在这里，我们还可以简要解析一个术语个案。中国现代文论引进了"审美"这个词语，但引进后"审美"的含义已经有很大的变化。在西方，"审美"作为一个概念，大致上就是康德所说的"审美无功利"。但自从王国维在20世纪之初引进"审美"这个观念之后，"无功利"的含义已经大大被削弱，而渗入了审美也可以"有功利"的思想。这是由于中国自晚清以来遭受帝国主义列强的侵略，沦丧为半殖民地的境地，亡国灭种的危险日益迫近，这不能不引起一些有起码爱国心的知识分子的忧虑。所以他们从西方引进"审美"的观念，就不仅是纯粹的游戏，完全的逍遥，按照西方的"审美无功利"照搬，而要加以改造和变化。王国维提倡审美，一方面也强调文艺审美的独立性，强调文艺的独特的功能，甚至也宣扬"游戏"因素，但是他自己又自觉地把"审美"与通过教育改变"民质"相联系，审美中不能不夹带着启蒙，这里就有了功利目的。

自此以后，中国的文论家、美学家一般将审美的无功利与有功利视为可以相容的方面，审美无功利和审美有功利并存。王国维和鲁迅都先后提出过艺术"无用之用"、"不用之用"的主张，所谓"无用"、"不用"即艺术审美无功利，所谓"有用"就是艺术审美有功利。20世纪50年代美学大讨论，美学家李泽厚就明确审美无功利与有功利统一的看法，这个看法被很多人所采用，蒋孔阳先生也采用这个说法，在许多学者那里一直延续到如今。可以这样说，在民族社会矛盾十分突出的时期，审美的"无功利"一端被放到次要的方面，"有功利"的一端凸显为主要的方面，于是强调文艺为政治服务。如抗日战争时期毛泽东《在延安文艺座谈会上的讲话》中就提出文艺从属于政治，认为文艺是"团结人民、教育人民、打击敌人、消灭敌人的武器"，功利性可谓强矣，但毛泽东也不是不要审美，只是"政治标准第一"，"艺术标准第二"，功利是主要的，但也要艺术，也要审美。这种说法一直延续到"文革"时期。新时期开始以来，文艺学界为了纠正"文艺为政治服务"口号的偏颇，根据实事求是和解放思想的精神，做出了很大的努力，提出了文学"审美"特征论，其中有的提出"审美反映"的观点，有的提出"审美意识形态"的理论，直到1999年笔者仍写了一篇《审美意识形态是文艺学的第一原理》的论文。所谓"审美反映"和"审美意识形态"，既强调文学的感性特征，同时又强调文学的理性特征；既强调文艺的无功利性，又强调文艺的功利性。就其实质而言，就是要在文学的感性与文学的理性的紧张关系中取得某种平衡，在文艺审美的无功利与功利的紧张关系中取得某种平衡。这些观点及其在历史发展中的变化都不是完全照抄外国的教条，它针对的是中国的现实，并获得了中国本土眼光与内涵。不难看出，"审美"这个外来词，已经成为了中国现代文论、美论的有机组成部分。关于中国现代"审美"这个关键词如何被引进，如何随着历史的变化而变化，如何获得区别于西方的"无功利又具有功利"的内涵，等等，可以写出一篇很长的论文来。这个个案分析足以说明中国现代文论虽然用了部分外国的概念，但在其历史发展中，已经获得了本土化的内涵，成为一个新的传统。

以上简要的论述说明，中国现代文论就是符合中国现实发展和现代文学发展实际的文论，就是与中国的民族精神结合的文论，它植根于中国自身的民族奋斗的现实中，它是归于中国的，而并非西方文论的延伸，并不能不加分析就说归于西方。要是我们中国现代的文艺理论是失语的，是归于西方的，并不存在中国现代文艺理论，那么社会科学中文艺学作为一个学科，还能不能成立呢？当然，我并不认为中国现代形态的文论已经完全成熟，它仍在途中。也正因为还在途中，还在发展中，所以我们觉得有创新的必要。如果我们根本没有"五四"以来现代的文论传统，甚至一点基础也没有，根本就不具有"接着说"的前提条件，那么我们的创新就要变成"凭空"说了。根据我个人的体会，所有的"创新"都不可能是凭空的创造，创新在大多数的情况下是"旧中之新"，而不可能是绝对的"新"。

　　"原创"可能还会有，但在人文社会科学领域，"原创"的时期似乎已经过去。对于文艺理论界来说，我们多半只能在"五四"所开创的文艺理论新传统的基础上"接着说"。

政治化—学术化—学科化—流派化^①

——从三十年来文艺学学术的发展看高校学术组织任务的演变

从 20 世纪 80 年代初以来，中国高校文科各个专业不但在争取硕士点、博士点上面下了很大的功夫，80 年代后期又开始建立国家级重点学科，目前国家重点学科也建设到了第三期。在世纪之交，教育部又下大决心确立了 100 个人文社会科学重点研究基地，目前基地的建设也进入到了第二期。国家为什么要拿出这么多经费来建设文科博士点、重点学科和研究基地呢？这些学术组织担负的任务是什么呢？北京师范大学文艺学学科有悠久的历史，1953 年建立了全国第一个文艺理论教研室，1983 年建立了全国第一个文艺学专业博士点，2000 年文艺学研究中心被确立为教育部的人文社会科学重点研究基地，2002 年该专业又被评为国家级重点学科。我自己一直置身其中，参与了文艺学专业的学术组织工作，有一些体会。我想从中国新时期文艺学专业三十年学术的发展来分析高校文科学术组织的任务，回答上面提出的问题，以便加强和提升自觉建设文科学术的意识。

一、政治化——"路线"话语

新时期开始之际，文学理论界所面临的问题，是如何从"文革"路线的完全政治化的话语中解放出来。"文艺为政治服务"、"文艺从属于政治"就是"文革"路线留给我们的"遗产"。我们是要继续接受和背负这份"遗产"呢，还是要

---

① 　发表于《江西社会科学》2007 年第 3 期。

拒绝这份"遗产"？这就展开了"凡是"派和解放思想派之间的斗争。

　　1979 年对文艺学界来说是一个重要的年份。这一年，《上海文学》第 4 期发表了《为文艺正名——驳"文艺是阶级斗争的工具"说》一文，文章认为，"文艺是阶级斗争的工具"说，是造成文艺公式化概念化的原因之一，是"四人帮"提出的"三突出"、"从路线出发"和"主题先行"等一整套唯心主义创作原则的"理论基础"。"如果我们把'文艺是阶级斗争的工具'作为文艺的基本定义，那就会抹煞生活是文艺的源泉，就会忽视文艺的多样性和丰富性，就会仅仅根据'阶级斗争'的需要对创作的题材与文艺的样式作出不适当的限制与规定，就会不利于题材、体裁的多样化和百花齐放。"①文章强调，"文艺是阶级斗争的工具"说，与文艺从属于政治的提法有关，并认为"工具说"不符合文艺的特点，结果把文艺变成政治的传声筒。政治错了，文艺也跟着错。应该说，这篇文章从解放思想的立场触及了文艺从属政治、文艺为政治服务的根本问题，从而引起了一场大讨论。以这篇文章为导火线，1979 年至 1980 年，文艺学界围绕文艺与政治的关系问题进行了讨论，维护文艺从属于政治的学者和认为文艺不从属于政治的学者，进行了针锋相对的争辩。双方都从马克思恩格斯的著作里面找根据，从文学发展的历史找根据。应该说，不论当时争论双方是否意识到，他们所说的所主张的都不是个人的话语，而是不同"路线"的话语。

　　"路线"话语的变化，还是自上而下展开的，是从周扬 1979 年 11 月 1 日在全国第四次文代会的报告《继往开来　繁荣社会主义新时期文艺》"征求意见稿"开始的。当时担任中国社会科学院院长的胡乔木就"征求意见稿"于当年 9 月 8 日给胡耀邦写了一封信。信中说："全文的关键似在对文艺与政治的关系作出新的提法，不再因袭过去的文艺为政治服务、文艺从属于政治的提法。过去的提法有许多讲不通的地方，过于简单化，但现在不必加以批评，还是要给以历史的积极的解释和估价，因为它是时代的产物，也发挥了积极的作用（当然也产生了消极作用），但现在仍然因袭就不适当了。我们想这可能是这次文代会能否开好的一个关键。"②这是自毛泽东的《在延安文艺座谈会上的

---

　　①　本刊评论员：《为文艺正名——驳"文艺是阶级斗争的工具"说》，《上海文学》1974 年第 4 期。

　　②　《从胡乔木、邓力群给胡耀邦一封信谈起》，《人民政协报》2004 年 10 月 21 日。

讲话》以来，党内专家第一次提出不提"文艺从属于政治"和"文艺为政治服务"。邓小平《在中国文学艺术工作者第四次代表大会上的祝辞》(1979年10月30日)中说："党对文艺工作的领导，不是发号施令，不是要求文学艺术从属于临时的、具体的、直接的政治任务"，"写什么和怎样写，只能由文艺家在艺术实践中去探索和逐步求得解决。在这方面，不要横加干涉。"①随后不久，邓小平又在《目前的形势与任务》(1980年1月16日)中说："不继续提文艺从属于政治这样的口号，因为这个口号容易成为对文艺横加干涉的理论根据，长期的实践证明它对文艺的发展利少害多。但是，这当然不是说文艺可以脱离政治。文艺是不可能脱离政治的。"②胡乔木在《当前思想战线的若干问题》(1981年8月8日)中，对此作了进一步阐释："我们的一切政治归根结底都是为大多数人谋利益的手段，政治本身并不是目的"，"我们不能为政治而政治，所以也不能为政治而文艺等等。"

作为政治化话语向学术化话语的过渡，这段时间文艺学界讨论了毛泽东过去提出的"形象思维"问题、"共同美"问题。

我想强调的是，在新时期开始之际，文艺学界似乎很热闹，每个人都在发言，但我不得不说，多数人的发言仍然是有不同"路线"背景的，并没有进入到深厚的学理层面，因此这不是众声喧哗，不是百家争鸣，如果说有"家"的话，就是"极左"一"家"，或反"极左"一"家"。不论你那时说了什么，不过是两家中某一"家"的话语而已。因此，那时高校的学术组织虽然大多恢复了"教研室"的活动，但活动的内容主要是教学，至于学术观点上同一个"教研室"就可以有两种不同的声音，即两种政治化的"路线"的声音。除一些例外，"教研室"不展开任何学术研究的活动，也没有学术研究的任务。

我还想强调的是，从意识上说，对于建立学术组织各高校不但还无此要求，甚至有可能认为是一种"负担"。那时，各个高校的许多老教授渡过了"文革"的险滩，存留下来，但无论老、中、青，对于申请博士点，建立学术组织

---

① 中共中央宣传部文艺局编：《邓小平论文艺》，人民文学出版社1989年版，第9—10页。

② 邓小平：《目前的形势与任务》，《邓小平文选》(第2卷)，人民出版社1994年版，第255—256页。

的意识，都还十分薄弱，或者根本看不到博士点对于将来学术发展的重要意义。等到 20 世纪 80 年代后期和 90 年代以后，各高校建立学术组织和学科的意识有了，甚至意识很强烈，但那些能够领衔建立博士点的老教授先后辞世，各校相同的学科之间竞争十分激烈，要申请下一个博士点又谈何容易。大家知道，新中国建立学位制是 1980 年的事情。国务院学科组遴选头一批博士点，文艺学学科根本没有任何一个学校去申请。我当时隐隐约约意识到"博士点"的重要，便去找了我的老师黄药眠教授，提出要申请文艺学博士点的愿望，希望他能够领衔"出马"。黄先生当时对我说："我们要博士点干什么？我不是博士，你也不是博士，我们如何能带出博士？"我无言以对，觉得自己是不是有"非分"之想，于是退了回来。1983 年国务院学科组评选第二批博士点，这一次我鼓足勇气，向身体还算健康的黄药眠先生再次提出北京师范大学要以他为带头人申请文艺学博士点的愿望。黄药眠先生毕竟有眼光，这一次他同意了。我填了两张纸的简单得不能再简单的表格。当时担任国务院语言文学学科组的负责人钟敬文教授后来告诉我，对于黄药眠先生的申请，评审组只是用几分钟议论了一下，大家都表示同意，就通过了。我们当时的申报条件就是一位正教授、两位副教授和若干名讲师。当时有这样条件的何止我们一家？不过我们的"意识"比他们领先一步而已。

二、学术化——个人话语

如果说 20 世纪 80 年代初的反思时期，主要的努力是在拨乱反正，破除"极左"思潮的"泛政治"话语对文学理论的束缚的话，那么到了 80 年代中后期，文学理论研究者似乎获得了充分的信心，开始文学和文学理论的自主性的追求。个人的学术话语从 80 年代初就有了，但没有形成潮流。直到 80 年代中期，解放思想已成定局，在现实需要的背景下，在西方当代文论涌进的背景下，在读书成为热潮的背景下，在学术视野得到开拓的背景下，个人的学术话语才应运而生。

1985 年被称为文艺学"方法年"。北京、厦门、扬州、武汉等地都召开了专门讨论文艺学方法的学术会议。长期以来我们传统的文学批评方法，即社会历史批评，不但没有获得生动的丰富的发展，反而在某种程度上被庸俗社会学化。单向的、孤立的、静止的、线性因果关系的、机械的思维方式，使文艺学研究陷入泛政治化的境地。思想解放的结果是，大家意识到一定要拓宽各种不同的方法的运用，获得不同的学术视角，对于文学事实进行不同的解释，对文学经验获得不同的理解，对文学问题作出不同的解答，这样文学理论才能走向学术化。1985 年，刘再复发表的论文《文学研究思维空间的拓展——近年来我国文学研究的若干发展动态》影响很大。他认为近年来文学研究在方法论上除了从破到立这个总趋向之外，还有四个突出的趋向：（1）由外到内，由着重考察文学的外部规律转向深入研究文学的内在规律；（2）由一到多，由单一的哲学认识论或政治阶级论维度来考察文学现象转变为从美学、心理学、伦理学、历史学、人类学等多种角度来考察文学；（3）由微观分析到宏观综合，由孤立地就一个作品、一个作家或一个命题进行思考、分析转变为从联系的、整体的观点进行系统的宏观综合；（4）由封闭体系到开放体系，吸收外来的西方的文论的养料和不断吸收文学之外的其他学科的养料。文章最后指出这四种趋向的七个较突出的具体表现。①

果然，方法的革新很快取得了学术成果。1986 年被称为"文学观念年"。"泛政治"话语"退场"，学术话语终于"出场"。在《文学评论》1985 年第 6 期和1986 年第 1 期上，刘再复发表了长篇论文《论文学的主体性》。刘再复论文的主旨是："构筑一个以人为思维中心的文学理论与文学史研究系统"，"我们的文学研究应当把人作为主人翁来思考"，"把人的主体性作为中心来思考。"②论文的这个主旨有明确的针对性，那就是苏联的"社会主义现实主义"的庸俗社会学和机械认识论倾向及其对中国当代文学的影响。

《论文学的主体性》的主要论点是"文学中的主体性原则"，"就是要求在文学活动中不能仅仅把人（包括作家、描写对象和读者）看作客体，而更要尊重人的主体价值，发挥人的主体地位，以人为中心、为目的。具体说来就是：作家的创作应当充分发挥自己的主体力量，实现主体价值，而不是从某种外加的概念出发，这就是创作主体的概念内涵；文学作品要以人为中心，赋予人物以主体形象，而不是把人当成玩物与偶像，这是对象主体的概念内涵；文学创作要尊重读者的审美个性和创造性，把人（读者）还原为充分的人，而不是简单地把人降低为消极受训的被动物，这是接受主体的概念内涵"。③ 刘

---

① 刘再复：《文学研究思维空间的拓展》，《读书》1985 年第 2、3 期。
② 刘再复：《论文学的主体性》，《文学评论》1985 年第 6 期。
③ 同上。

再复就上述观点展开了洋洋洒洒的论述。刘再复论文的意义不在于具体论述一个问题，而在于文学观念的学术立场的转变，即从过去的机械的反映论文学观念，转变为价值论的文学观念。因为在强调文学的主体性的时候，刘再复的核心思想是要论证人，主体的人，人的经验，人的尊严，人的思想感情，人的性格，人的命运，人的活动，等等，这才是最具有意义和价值的。一切离开"人"这个主题的文学是没有意义和价值的。

　　总的看来，刘再复 1985 年至 1986 年间提出的文学主体性思想，尽管不是没有逻辑的概念的缺陷，但作为一种与"社会主义现实主义"不同的文学观念，即主体性文学观念，还是让人们充分意识到，文学主体性理论相对单纯认识论文艺学的批评而言有某种程度的合理性，标志着不同于认识论文艺学的主体性文艺思想的出现，这对于中国文艺学的变革与发展是有重要意义的。尽管他的学术化的理论也遭到了不少质疑，但已经属于正常的学术讨论了。立论者和批评者已经失去了政治的考量，一个学术化话语的时代终于降临了。可以说，以讨论文学主体性为发端，文艺学界各种学术话语从此不断涌现出来，提出了许多不同的文学观念，出现了文学的内部研究和外部研究，所谓"多元共生"的理论局面终于形成。就是在新世纪，学术化的话语也一直延续着、发展着，学术研究走上了正轨。

三、学科化——团队学术话语

　　随着 20 世纪 90 年代国家经济的迅速发展，随着"985"工程和"211"工程的实施，国家对于哲学社会科学研究的投入越来越大，哲学社会科学对于国家的贡献也越来越大。各个高校建设文科学科的力度大大加强。理工科学校也纷纷转型，朝着文、理、工兼备的综合大学方向发展。为了一个文科博士点，各高校可以说花了"血本"，为建立一个博士点动辄投入几十万元、一二百万元。各个高校"争夺"博士点的高地"战争"愈演愈烈。建设学科成为各高校的主题。一个学校的优势已经不再是每年能招多少学生，也不是一个学校有多少教授，而是有多少硕士点和博士点。文艺学博士点由北京师范大学一个点，到 1985 年复旦大学建第二个点，1987 年山东大学建第三个点。到现在文艺学专业在全国已经有 20 多个博士点。

　　建立博士点意味着学科化的团队话语开始形成。因为凡要组建博士点都得设立几个有特色的学术方向。既然要设立学术方向就不能不相互靠拢，或共同研究同一个课题，实现理论创新，团队学术话语成为一种新的动向。以北京师范大学文艺学专业的研究方向为例，从 1983 年建立博士点开始，发扬"团队精神"，锐意创新，形成更为宏大的课题规模，先后组织"六大战役"：一是完成国家教委项目，其成果形式为《中西比较诗学体系》（上、下卷，人民文学出版社 1991 年版），这是中国第一部中西比较文论的专著，参加的老师和学生近 20 人，这部专著在境内外学界产生较大影响；二是完成国家"七五"规划重点项目"文艺心理学研究"，出版系列著作 15 部，其中由中国社会科学出版社 1996 年出版的《现代心理美学》，把朱光潜教授 20 世纪 30 年代的《文艺心理学》大大推进了一步，引起学界瞩目，参加人员达到 14 人；三是编写出观念更新的教材10 多部，其中高等教育出版社出版的《文学理论教程》被国内高校广泛采用，发行量达百万册，获国家级教学成果奖，参加人员 20 多人；四是撰写出版具有开拓性的"文体学丛书"（5 部）和"文艺新视角丛书"（5 部），其中文学文体学方面的著作具有开创意义；五是出版"文化与诗学丛书"共10 本，提出并实践了"文化诗学"的研究方法，在学界产生了较大影响；六是组织出版"文艺学与文化研究丛书"，共 14 本，在学界已有很好反响。自1985 年始的 20 余年间，我们的学科团队承担了国家、省部级和国际合作项目45 项，获得科研基金 300 余万元，出版著作 60 余部。我们之所以把完成这些科研项目叫做打完"战役"，就是因为它们不是一个人、几个人完成的，是十几个、几十个人长期相互切磋、通力协作完成的，靠的是学术团队的整体力量。这些话语，已经不完全是个人的学术话语，而是学术团队的集体的话语。虽然我们的著作不是没有缺点和问题，但从研究规模上，团队协作上，理论创新上确有质的变化。

不仅我们北京师范大学文艺学学术团队这样做，其他各个高校的优秀的文艺学学术团队也同样如此做，这可以说是各个高校的自然的共同的选择。当然，大家这样做的时候，并不是放弃了个人的学术话语，实际上个人的学术研究仍然在做，但已经对自己的研究作出了适当的调整，以便参与到团队的学术活动中去。

更出人意料的是，世纪之交，教育部投入大量经费建立了百所人文社会科学研究基地，革新国家级重点学科的评审办法。"基地"的设立是 2000 年到2001 年发生的事情。国家重点学科的再次评定是 2002 年发生的事情。这两件事情，让所有在高校从事专业的教师们意识到，教育部要组织"国家队"了。于是，一个高校的业绩如何，已经不能停留在学校有几个硕士点和博士点上面，而是要看你所在的学校有多少个"基地"、多少个"国家级重点学科"。非常幸运的是，北京师范大学文艺学学科点于 2001 年被列为教育部百所人文社会科学重点研究基地，又于 2002 年被列为国家级重点学科。因此，我们更深切地感到在建立这些学术组织的背后，就是要求高校不但要很好地建设专业和学科，而且要进一步发扬团队精神和协作精神，担负起与我们国家发展相称的科学研究任务，实现理论创新，出色完成基础研究和国家急需的实用研究，为我们国家在世界上攀登各个专业的学科的学术高峰作出贡献。

四、流派化——学派学术话语

可以预见的是，学术团队的话语的进一步发展，必然要根植于我们国家的现实的土壤，必然要总结中华民族的悠久的光辉灿烂的历史文化遗产，必然要批判地借鉴外国的相关专业、学科的理论知识，必然要建设具有中国特色的社会主义的学术文化，只有这样，我们的学术话语才会进一步提高与创新。对于学术文化而言，这也是一个历史机遇期。我们可以实现古典学术文化的现代转化，同时也可以实现西方学术文化的中国转化。就文艺学专业来说，虽然当前文学受到高科技电子媒体的冲击，影响甚巨，甚至有人提出"文学走向终结"。但文学本身有其内视性特点，文学人口仍然很多，文学的存在会变化，但文学不会终结。实际上，目前文学所面临的问题比任何时候都更多，其情况比任何时候都复杂。问题多，情况复杂，这对学术研究来讲绝对不是坏事，而是好事。文学本身是一个广延性很强的事物，现在又遭遇电子媒体的冲击，它必然为文艺学专业的学者提供了更为宽广的研究视域。这就有可能使各高校的文艺学的学术组织分别关注文学的不同方面，就某一个方面或侧面进行深入的探索，提出新鲜的见解，并逐渐形成本校的研究特色，形成自己的学术流派。因此，"学派化"应该是文艺学界可以预见的未来状况。

以北京师范大学文艺学研究中心而言，我们于 1998 年便提出了"文化诗学"的主张。这种文化诗学理论作为一种文艺学新的方法论，其目标是超越持续了三十年的所谓内部研究与外部研究，从当前的文学实际出发，植根于社会现实，走一条以"审美"为中心的"双向拓展"的路——一方面向宏观的历史文化拓展，一方面则向微观的文本细读拓展，并把这两者紧密地结合起来。

我们为这一新的构想，写了不少论文，文化诗学的批评实践也取得了成果。我们还将进一步建立课题，进行艰苦的深入的探索，为形成文艺学新的学派准备条件。

在流派化的背后，学术组织的团队精神将得到进一步的加强。这时候，在大体统一的学术话语的前提下，个人的学术话语也将更为活跃，但彼此相互支持。就如德国的法兰克福学派，他们有大体一致的学术目标，但每一个成员之间的见解又有所不同，每个人都有自己的新问题、新概念、新理论。

只要国家大力支持，充分发扬学术民主，允许试验，允许失败，同时又规范我们的学风，扎扎实实，一步一个脚印，新的学派一定会在中国的学术地平线上出现。

新时期文艺批评若干问题之省思^①

　　新时期的文艺批评走过了三十年的路程。从批评发展的过程看，从 20 世纪 80 年代初充满思想解放激情的启蒙主义批评话语，到"重写文学史"的提出；从对"五四"文化运动是否导致传统的"断裂"的研究，到 90 年代初人文精神问题的讨论；从语言论转向下的文体批评的兴起，到具有反思性的政治化的文化批评的流行；从消费主义支配下的时尚化的文化研究，到对《满城尽带黄金甲》、《无极》之类影片的批评与讨论……是有针对性的、有现实感的，没有回避问题，也敢于面对各种各样的挑战。从批评形态的探求看，先后提出了"新启蒙批评"、"美学历史批评"、"圆形批评"、"学院派批评"、"文体批评"、"理论的批评化"、"批评的理论化"、"文化诗学批评"、"生态批评"等等。这些批评形态的提出，都积极尝试解决中国当代文艺批评中遭遇到的一些紧迫的现实问题，带有浓厚的理性精神，反映了文艺批评界的反思深度和理论建构努力。因此在我要提出当代文艺批评需要进行反思之前，我们不能不看到，中国当代文艺批评总的说是随着时代的变化而变化，随着文艺创作的发展而发展的。新时期的文艺批评工作是不可缺少的，是有意义有价值的。也正是在这一过程中，涌现出了一批有学养、有智慧、有眼光和训练有素的批评家，为新世纪的文艺批评打下了良好的基础。

　　但是，中国当代的文艺批评仍然有若干问题值得我们去反思。富有针对

---

　　①　发表于《文艺争鸣》2008 年第 1 期。

性的省思，是开创文艺批评新局面的起点。

一、文艺批评的商业化问题

商业的赚钱原则渗入到当前的文艺批评，这是一个不争的事实。无穷无尽的作品讨论会变成了为一个又一个作者的"捧角"会，"树碑立传"会。各种媒介的广告评论，千篇一律，根本不看作品的好坏、高下、精粗；它们变尽各种技巧，热闹"炒作"，吸引眼球，为的是电影公司、电视台、电影院或出版社的"滚滚财源"。商业大潮对文艺批评的渗透，问题还不完全在这里，而是在于这种以金钱为目的的商业逻辑，腐蚀了文艺作者和批评家。作者为了商业目的而不惜迎合读者、观众的不健康的趣味，而批评家则昧着良心当起这些作品的吹鼓手。更有甚者，有的批评家不惜用学理和自己的声名做赌注，硬把作品中一些丑恶至极的内容曲解成有意义的有价值的东西，极尽吹捧之能事。在这商业性的"炒作"中，批评家似乎也可以分到一杯羹。当然也有的批评家同样是为了商业上的考虑，而搞所谓的"酷评"，硬把一些作品的缺点或根本算不上缺点的地方加以放大，用似是而非的理由加以"抹黑"，完全丧失了实事求是之心，其目的是为了使文章或著作"轰动"，发行量飙升，这样就可以拿到一笔可观的稿酬和别的利益。

其实，商业大潮对文艺批评的渗透，与"文革"中和"文革"前那种高喊"文艺从属于政治"、"文艺是阶级斗争的工具"、"文艺是无产阶级专政的工具"的极端政治化看似不同，看似处在两个端点上，实际上其思想方式如出一辙。极端政治化的批评把一切都归结为阶级斗争，当帮派的"打手"，以获得"赏识"，获得话语权，进而坐收"左派"的权与钱之利；商业化的批评的目标则是提高收视率或促使图书畅销，其等而下之者甚至打着批评的幌子，或明或暗中饱私囊。就是说，这两种批评都把文艺当成是"依附性"的，前者依附于政治权力，后者依附于金钱利润。他们把文艺批评贬斥到"依附性"的地位，最终都是为了一己的权与利。这两种批评的一致点还在于，在批评的背后都缺失了人、人性、人文关怀。这是最要害的问题。他们明知是在说假话，却仍然要说假话，这不能不说丧尽了批评家的良知。

在市场经济条件下，文化产业已成为政策，这当然是必要的。文化产业的发展趋势已经不可阻挡，也是可以预计的。在这种情况下，作家和批评家的作品可能会被纳入到产业中去，理所当然成为商业的一部分。问题在于作家、批评家自己应该明白自己的态度和立场：那就是自己所做的是"事业"还是"产业"？真正的作家、批评家当然要凭着自己的人生信念，把创作和批评当事业来做。既然所做的是"事业"，那么就是为"道"，为了信念，而不仅仅是为了钱。孔子说"朝闻道，夕死可矣"。尽管我们无须达到孔子那样的境界，可对于批评家来说，"说真话"，说自己想说的话，总是起码的要求。"真"、"真实"、"真诚"，无论对作家还是批评家而言，都是一种"道"。如果连这个"道"也达不到，那么就要想一想俄国大批评家别林斯基说的话："……在我看来，说你所不想说的话，用自己的信念投机，这不仅不如沉默和忍受贫穷，甚至不如干干净净死掉。"①

二、文艺批评与文艺创作的关系问题

在商业化的条件下，商业的原则渗入文艺批评活动，这的确是一种不正常的现象。与此相关联，又产生了一个批评家与作者的关系问题。那就是，批评对于创作来说是否是独立的？较长的一段时期以来，人们有一种误解：认为创作高于批评。批评不过是创作的附庸。似乎创作是根本，批评不过是创作的点缀。创作可以独立产生意义，批评则不能独立产生意义。不但作家、艺术家这样看，连批评家自己也这样看。对于作家和艺术家，社会承认他们，给予各种重要的或荣誉的职务，批评家就很少获得这种机会。这样一来，似乎批评家不过是依附作家、艺术家的"食客"。我认为这种局面不改变，那么文艺批评就太可怜了，甚至会失去存在的条件。

这个问题不但关系到文艺批评的地位，而且也关系到文艺批评的根基。文艺批评的根基在哪里？应该说，它既不在政治，也不在创作，而在生活、时代本身。生活、时代既是创作的根基，也是批评的根基。创作与批评都具有时代性。创作与批评的根基是同一的。批评家不是随便说一说一部作品思想和美学上的优点或缺点。优秀批评家应该根据自己对生活与时代的理解，对作品做出自己独特的评判，或者借作品的一端直接与社会文本对话。这样，一个优秀的批评家如何来理解现实与时代，想对现实与时代发出怎样的声音，就成为他的批评赖以生存的源泉。还是来谈谈别林斯基。大家知道在 19 世纪 40 年代前，别林斯基有过一个与现实"妥协"的时期，他接受了黑格尔"一切

---

① ［苏］别列金娜选辑：《别林斯基论文学》，新文艺出版社 1958 年版，第 255 页。

现实的都是合理的，一切合理的都是现实的"的思想，错误地认为既然俄国专制农奴制是现实的，那么也就是合理的，他写了一些为俄国农奴制辩护的批评文章，他的批评也就无足轻重，不但不可能产生积极的意义，相反依附于反动势力的威严之下。为此他受到赫尔岑严正批评。19世纪40年代初，他迁居彼得堡，耳闻目睹当时俄国京城贪官污吏的腐败和专横之后，悲愤地写道："这个丑恶的俄国现实充满着对金钱和权势的崇拜、贪官受贿、腐败堕落、道德沦丧、昏庸愚昧等现象，任何聪明才智、高尚举止都会遭到欺压、蹂躏，书报检查横行，思想自由被根除。……如果我还为这一切进行辩解，就叫我的舌头烂掉。"①这是对现实的全新的态度和深刻的理解，这种对于现实的新态度、新理解为他后来的文学批评事业开辟了新的道路。

　　创作与批评是两种不同的社会"身份"。这里不存在高低贵贱之分，也不存在谁依靠谁的问题。但它们合作，共同生产意义。例如俄国19世纪早期的文学意义是由普希金、果戈理和别林斯基共同生产的。普希金、果戈理的作品对时代文本发言，别林斯基则把他们的发言提升了一步，共同对现实发出激奋的声音，这才构成了那时俄罗斯文学的景观。"批评总是跟它所判断的现象相适应的：因此，它是对现实的认识……在这里，说不上是艺术促成批评，或者是批评促成艺术，而是两者都发自同一个普遍的时代精神。二者都是对于时代的认识，不过批评是哲学的认识，而艺术是直感的认识。"②批评并不寄生于创作。创作与批评是同一个硬币的两面。批评家对"一部伟大的作品说些什么这个问题，其重要性是不在这部作品本身之下的。不管你对作品说些什么——请相信我，你的文章一定会被人阅读，激起人们的热情、思考、议论"③。如果我们现在的批评家有这种认识，那么文学批评就会构成"不断运动的美学"，那么批评家创造的世界是与作家、艺术家所创造的世界是同样重要的。当然，你的批评话语不能是不痛不痒的，你必须在评论作品中，要么提出了现实的问题，要么回答了现实的问题，或者其中有关于生活的玄远的

---

　　① ［俄］别林斯基：《别林斯基书信集》（第2卷），俄文版，1955，第120页。转引自刘宁、程正民：《俄苏文学批评史》，北京师范大学出版社1992年版，第69—70页。

　　② ［俄］别林斯基：《关于批评的讲话》"第一篇论文"，《别林斯基选集》（第3卷），上海译文出版社1980年版，第575页。

　　③ 同上。

哲学思考。

既然创作与批评是平等的，那么，作家、艺术家与批评家之间的关系也应该是平等的关系。批评家对于作品则应该是好处说好，坏处说坏，秉持科学的态度对作品的优长和短处做出艺术的总结和概括。不能因为彼此之间是朋友，抹不开面子，就不敢批评。批评的要义就是敢于批评和善于批评。如果面对作品严重的问题，而不能发现，或发现了不敢说真话，这算什么批评家。作家、艺术家面对这样的敢于和善于批评自己作品的短处的批评家，则应以敬重之心待之，乐于接受批评，甚至表达感谢之意。沈从文在《记冯文炳》一文中，并没有因为冯文炳（废名）是自己的朋友，就放松了对其作品不足的批评。沈从文真的是好处说好，坏处说坏。他说《莫须有先生传》"把文字发展到不庄重的放肆的情形下，是完全失败的一个创作"，这样的批评是尖锐的，也是真诚的。在我看来，越是名作家名艺术家的创作就越要对其严格批评，因为读者与观众对他们的作品抱有更高的期待，其作品的影响也更大。批评家不但对艺术负有责任，也对社会大众负有不可推卸的责任。

要达到上面我所说的文艺批评的理想境界，关键是批评家要有自己的生活信念、社会理想和文艺理想。没有社会理想，就不可能对现实做出深刻的理解。没有文艺理想，就不会有对艺术的追求，从而不能对文艺作品做出深刻的评判。没有独特文艺信念的人，一味依附别人的人，不是批评家。批评家在信念的支持下，要有自己独特的思想和批评空间，要有坚定的立场。不应该看着人家（例如作家）的脸色行事。同时他也要有自己的批评路径和专业技巧，能说人所不能说，道人所不能道。批评与创作合作，创作家与批评家携手，共同对社会发出自己的声音。

三、文艺批评的对象与方法问题

文艺批评的对象是文艺作品和各类文艺现象，有时也涉及这些作品的作者，这本来是不成问题的。但是，自消费主义思想流行以来，时尚的文化批评似乎要取代文艺批评，似乎文艺批评已经过时了，文艺批评的对象应该锁定在广告、模特走步、选美、网络、咖啡馆、街心花园、房屋装修、"超女"、《红楼梦》演员选秀、"华南虎照片"等泛文化现象上面。其理由是，纯正的文学艺术已经边沿化，文学更要走向终结，趁审美还在这些似乎与文艺有点关系的活动上面蔓延，赶紧实现文艺批评的文化转型，以便文艺批评能够继续下去。对此问题，我已经发表过意见，这里不想多谈。我只想说一句，纯正的文艺虽然随着时代的发展而变化，但不会灭亡，借用主张过"文学终结论"后又改变观点的美国学者希利斯·米勒的话来说：文学是安全的，艺术是安全的……文艺批评也是安全的。

这里我想就当下文艺批评要不要细读作品的问题谈点看法。

现在有一种现象，有些批评家只聚焦于文学事件或文化事件，而很少阅读和研究当代文学作品。有的批评家甚至公开声称，他不读某个作品也照样可以批评。可见，这些批评家所关注的不是作品的性质或价值，而是围绕在作品周围的事件。这种不读作品只是关注围绕作品周围的事件所发生的批评，其目的不过是商业炒作，把人们从作品的思想与艺术上引开。这种批评对于商业也许有意义，对于人们在无聊时候助谈兴也许有意义，但对于真正的文艺批评毫无意义。真正的文艺作品可以有三个层面：第一层是"悦目悦耳"，第二层是"悦心悦情"，第三层是"悦志悦神"。真正的文艺批评应该进入到作品的全部三个层面。而这种不读文艺作品的文艺事件批评，连作品的"悦目悦耳"这个最表面的层面都没有触及，那么请问，这种批评能进入文艺作品的世界吗？能理解作品所抒写的情志吗？能揭示作品所具有的美学的历史的意义吗？不把作品当批评对象只是把事件当批评对象的批评在今天的流行，还是商业"炒作"的小伎俩，对于真正的批评来说，也可以说是一种消解，一种亵渎。

关于文艺批评的方法，新时期以来经过了多次变化。但如果我们忽略那些细节不计，大致可以归结为"向内转"的批评和"向外转"的批评，即相当于韦勒克提出的"内部批评"和"外部批评"。在20世纪80年代，那时候为了摆脱僵硬的"文艺从属于政治"的批评模式，理论批评界提出了回归到文艺自身的"向内转"，就批评而言突出的有审美批评和形式批评，这种批评在今天看来是不全面的，但在那时却具有"拨乱反正"的作用，它具有治疗"极左"顽症和解放思想的伟大意义。现在似乎有个别人想开历史倒车，又要起来清算80年代反"极左"的时候提出的文学理论和文艺批评思想，这完全是枉然的。看来当前重要的问题还是"防左"。90年代后随着"语言论"转向，叙事学流行，形式批评进一步升温，批评于是进入一个回避现实境况的批评学问化时段，这当然也是可以理解的。但在90年代后期，随着国家经济的发展，商业大潮的涌动，各种社会问题丛生，人们的思想重新活跃起来，此时，恰好有关文化研究的批评方法从英国的以威廉斯为代表的伯明翰大学学派那里被引进。这样就出现了所谓的批评的"向外转"，即相当于韦勒克所说的"外部批评"。相对于 80 年代的"向内转"而言，所谓"向外转"就是批评家从文艺形式这个端点一下子又跳到文艺社会政治内容这个端点。这时候出现了"阶级批评"、"性别批评"、"后殖民主义批评"、"新历史主义批评"、"生态批评"。这类批评要是做得好，那是很有益的。但目前这类批评一般是不顾文艺的表现形式，仅就作品的内容而展开的一种批评形态。这些文化批评的一个特点就是不去考察作品艺术上的优劣、高下、精粗的程度，而只是关注作品对"阶级"、"种族"、"性别"、"生态"等观念内涵的符合的程度。

　　不难看出，无论是"向内转"的审美批评、形式批评和"向外转"的文化批评，都是有其时代的根据的，具有时代精神的，必须给予充分的历史的评价。但是就批评的方法和形态而言，"向内转"和"向外转"的批评都是不完整的、片面的，不能整体地深刻地揭示文艺作品的思想和艺术的价值与意义，也是不能保持活力的，不能持久化的。因此早在 20 世纪末就有人提出具有综合性的"文化诗学批评"的构想。"文化诗学批评"的立意，是在坚持文艺的审美特征的条件下，把形式批评中对作品的细读和文化批评中对作品社会文化意义的阐释结合起来，形成一种新的批评形态。这种批评可以从作品的文体研究入手。我在 1994 年出版的《文体与文体创造》一书中指出："文体是指一定的话语秩序所形成的文本体式，它折射出作家、批评家独特的精神结构、体验方式、思维方式和其他社会历史、文化精神。"就是说，文体有三层面，第一层面是作品的语言体式；第二层面是作品语言体式所折射出的作家的精神结构、体验方式和思维方式；第三层面则是作品语言体式中所蕴含的社会历史、文化精神。一个批评家完全可以从细读作品开始，深入作品的语言体式，进一步揭示作品语言体式所表达作家对生活的体验、评价，所显现的精神结构；最后则要联系社会历史语境，深入揭示作品所体现的时代文化精神等。这样我们就把内部批评与外部批评综合起来，结合起来，形成对作品的整体性的深入的把握。这样一种批评方法既不同于那种感想式的、印象式的批评，又不同于刻板的机械式的单纯的社会学批评。对于批评来说，方法的革新不是无关宏旨的事情，科学方法的确立，可以使批评真正变得具有穿透力，使批评保持活力和生命力。

四、文艺批评的价值取向问题

关于文艺批评的价值取向，常常被理解为批评标准。说到标准，似乎是把一部作品用一种标尺去衡量，显得机械而刻板，因此有些批评家宁愿回避标准，说自己的批评是没有标准的。我觉得用价值取向来取代标准也许更科学一些，更容易被人接受。实际上，任何一个批评家的批评都不可能没有价值取向。没有价值取向的批评是不存在的。当前的文艺批评中的价值取向在一定程度上是混乱的。几乎对每部作品都有两种以上的不同评价。似乎公说公有理，婆说婆有理。究其原因就是批评家的立场不同，观点不同，视界不同，或者说是价值观的不同导致价值取向的不同。

我们的批评要坚持社会主义的核心价值，这就是在批评中要坚持爱国主义、集体主义和社会主义。难道我们不要爱国主义而要卖国主义吗？难道我们不要集体主义而要极端的个人主义吗？难道我们不要以人为本、科学发展、公平、正义以及学有所教、病有所医、老有所养、住有所居等为理想的社会主义，而要不把人当人、等级森严、贫富悬殊、学无所教、病无所医、老无所养、住无所居的官僚资本主义吗？当然不是。社会主义的核心价值在批评中必须得到确认和坚持。

但是我们又不能不看到，在具体的实际的批评中，批评的价值取向问题远比上面所说的要复杂。因此我们应在坚持社会主义核心价值的前提下，结合文艺的特征、文艺批评的特征展开对这个问题的深入思考。

从20世纪末以来，我一直在研究当代文学创作的精神价值取向问题，先后发表过几篇文章。我一直认为，当代文学创作的精神价值取向可以有许多维度，包括休闲、娱乐、宣泄、鉴赏等都可以是其中的维度，但应该有三个基本维度，这就是历史理性、人文关怀和艺术文体三者的辩证统一。

历史理性是对社会全面进步的肯定性评价。其中经济的发展与进步又是社会全面进步的基础。一百多年前马克思就在《〈政治经济学〉序言》中说："物质生活的生产方式制约着整个社会生活、政治生活和精神生活过程，不是人们的意识决定人们的存在，相反，是人们的社会存在决定人们的意识。"马克思去世之后，恩格斯《在马克思墓前的讲话》认为马克思一生对于人类社会发展的规律有几大发现，其中第一大发现就是："人们首先必须吃、喝、住、穿，然后才能从事其他社会活动，才能谈到精神生活的追求。"因此文艺创作和批评的精神价值取向之一，就必须充分肯定和高度评价一个社会的发展，其中特别是经济发展。发展的确是社会的第一要义。因此像 80 年代初产生的所谓"改革文学"，竭尽全力鼓吹当时开始的中国的社会经济变革，塑造了像乔光朴那样的企业改革的英雄，就创作而言是有意义的，当时的文艺批评给予高度的评价，也是理所当然的，因为这种批评抓住了"历史理性"这个维度，充分肯定改革开放的必要性。但是这种价值的批评够不够呢？不够。因为它只是历史理性这单一的维度。如果统计学家、经济学家、社会学家、企业家等有理由对经济的高速发展感到完全满意的话，那么作为作家、艺术家、批评家就还必须问，这种经济的高速发展是否付出了高昂的人文精神失落的代价，是否付出了环境污染、生态失衡的沉重的代价，是否付出了贫富差距拉大的心酸代价？只可惜那时文艺家都没有前瞻性的眼光，因此这些问题没有提出来。但作为一个批评家本来是应该有这样的眼光的。早在西方的工业革命开始以后，给人类带来了无穷的财富，但也导致环境的污染和人的异化，解决这种矛盾一直是西方的思想家致力研究的基本问题。批判和揭露工业化带来的种种社会问题，也一直是 19 世纪西方进步文艺的一个重要主题和价值追求。所以中国的作家、艺术家和批评家早就应该预料到中国的工业化高速发展也同样会付出种种代价，早就应该预料到在中国工业快速发展中也会出现历史理性和人文关怀悖立的现实，从而在我们的文艺创作和批评中确立起历史理性和人文关怀这两个缺一不可的价值维度。遗憾的是，直到这种现实尖锐地呈现在我们的面前，我们的文艺家仍然没有进行深入思考，而批评家也不能明确地用历史理性与人文关怀两个维度的价值来评价新涌现的作品。实际上，文艺家与批评家应该有自己的不同于统计学家、经济学家、社会学家、企业家的特性，这特性就是他既要历史理性的价值，也同时要人文关怀的价值。两者都要，一个也不能少。可能有人会说，这是熊掌与鱼不可兼得。问题就在这里。如果对统计学家、经济学家、社会学家、企业家来说，"不可兼得"是他们对发展的理解的话，那么对文艺家来说，特别是对批评家来说，就是要"熊掌与鱼"兼得。这尽管可能是一个乌托邦，在实际生活中也许不能实现，或不能完全实现。但作为批评家则应该坚持价值的理想，无论如何痛苦的追索，也要坚持这种"兼得"的价值取向，并以此去评价作品。

　　还有，历史理性和人文关怀的价值理想，如何呈现在艺术作品中呢？这就要依靠艺术文体。艺术文体作为语言体式，它所传达的每一种感觉，每一种情绪，每一种思想，每一种情景的描写，每一种言说，都应该充满诗情画意。如果艺术文体不具有诗意，它就不可能使历史理性和人文关怀的价值理想升华为艺术的境界。时至今日，艺术文体问题的重要性仍不被文艺家所理解。艺术文体的基本功能就是对题材的塑造。一个看起来很平凡的题材，经过艺术文体的塑造，可以变得很不平凡。这就是艺术文体的力量。对于批评家而言，文艺批评首先要检查作品是否具有审美的特性，如果缺少艺术文体，缺少诗情画意，那么这部非诗的作品就不值得我们过多地去谈论它了。正是基于上面这些理由，我们认为文艺批评的价值取向应该是历史理性、人文关怀和艺术文体的统一。

　　中国当代文艺批评应该思考和解决上面这些基本问题。这些问题的讨论、研究和解决，将帮助文艺批评解决种种困扰，帮助文艺批评迎来一个绚丽的明天。

当代中国文学的世界性问题^①

当代中国文学的世界性问题，不是凭空提出来的。自 1978 年中国改革开放以来，中国不再与世界隔离，当代中国文学也不再与世界隔离。中国作家的作品走向世界，受到外国作家和学者的关注与研究。与此同时，世界各国的文学和理论潮流也进入中国，受到中国作家和理论家的关注与研究。文学创作界和理论界这种互动是空前的。正是在这种互动中，形成了中国当代文学世界性的应有的环境与氛围。特别是经济和文化全球化的趋势更推动了这种互动的过程。正是在这种互动中，在这种新的开放的环境和氛围中，当代中国文学的世界性问题凸显出来了。

文学的世界性是多元的聚拢，是世界各民族文学丰富性的结合。这里没有霸权，没有独尊，没有"一言堂"，没有"你死我活"，有的是对话。对话是生活的本质，也是现代性的本质，理所当然也是文学世界性的本质。换言之，文学的世界性我更喜欢把它理解为世界各民族文学之间的平等的对话。既然是对话，就可能有同质性的成分，也有异质性的成分。其中我认为异质性的成分是更为重要的，各民族都把反映本民族生活最具特色的文学作品拿出来，那么全世界的读者就能欣赏文学的赤橙黄绿青蓝紫，就能听到众声喧哗的奏鸣曲。如果说文学的世界性是大海的话，那么不拒众流方能成其为大海。如果文学的世界性"好的很"的话，那么，"好驴马不逐队行"，这是明末清初王

---

① 发表于《文艺争鸣》2008 年第 11 期。

夫之说的一句话。我的意思是说，在世界文学的大海里，具有民族性的成分越多，各具特色的东西越多，那么文学的世界性也就越强。即使是普适性的东西，如关注个人自由、社会公正、生态文明，关注人的命运、人的生存状态，一句话，一切衔接世界文学的主题，也要有不同的描绘，不同的情调，不同的韵律，不同的色泽。

如果我们这样来理解文学的世界性，那么当代中国文学怎样才能具有世界性呢？那就要尽量拿出中国自己的特质来。就是说，我们只能从中国文学的民族性的独特性走向文学的世界性。

那么在走向文学的世界性问题上，我们做得怎么样？是不是应该检讨中国当代文学有哪些不足，妨碍了我们走向世界？我认为必须深入回答这些问题。

自 1978 年以来的新时期三十年涌现出了很多优秀作品，特别是 80 年代初、中期，每一篇优秀作品的产生，都引起了轰动效应，人们争相阅读。作品中新的思想、新的情感、新的艺术如潮水般涌到读者的面前，让人倾心，让人激动，让人难忘。但 90 年代后，作品的数量大大增加，比较优秀的作品也时有涌现，然而总的说没有太多的新东西，加上影视等电子媒体的迅速发展所形成的"挤压"，文学或多或少失去了光彩，失去了吸引人的魅力，这是不争的事实，尽管得各类奖项的作品大大增加，读者却掉头不顾了。根本的原因在哪里？是不是文学在电子媒体的挤压下真的要走向终结？我认为不是。根本的原因是我们的文学作品大部分太平庸，不能随着现实生活的发展而发展，太缺少新的元素，不能紧紧地吸引人的眼光。

所以我认为，文学创作如何增加时代的精神新元素和艺术新元素是提高当前中国文学创作的关键所在，也是我们的文学如何能更好具有文学世界性的关键所在。

关于新的思想精神元素的深刻发现。深刻地钻研和理解当代中国极其复杂的生活，应该是作家们首先要做的功课。在新的世纪，中国的现实与 80 年代、90 年代完全不同。我们面临一系列的"双轨"所带来的社会问题：如我们在实现社会主义市场经济转型期所发生的一些官员以权谋私、贪腐等现象。如为了发展经济，不能不开发自然资源，但自然资源有限，过度的开发已经让"自然"在哭泣，这又是一对矛盾。还可能举出贫穷与富裕、城市与农村、东部与西部、提倡集体主义与现实中的个人主义，等等问题。这些问题当然是政府官员、经济学家、社会学家要解决的问题，但也是作家们面对的问题。问题是作家面对这些社会问题，要有自己的眼光，自己的人文的视野，自己的诗意的深度，自己的艺术的把握，并从中提炼出新的思想精神元素来。想想看，我们中国的水利建设规模世界第一，为此而产生的移民，其规模也是世界第一，但是我们创作出像俄罗斯作家拉斯普京《告别马焦拉》那样的震撼人心的作品了吗？拉斯普京的作品认为建筑大坝、水电站是应该的，但那么多农民背井离乡就应该吗？农民对世代生养自己故乡的哭泣就没有价值吗？农民对失去自己爱恋的老家而愤怒就没有价值吗？作家完全可以与经济学家、水利学家的想法不同，对于生活可以有自己的基于人性的深刻理解，有自己基于对生活的独特观察和质疑。我们也写战争题材，出现了《激情燃烧的岁月》、《历史的天空》、《亮剑》等被一些人认为是比较优秀的作品，但说实在的，我的看法只是"及格"而已，其中并没有很多新东西，只是在突出主人公的个性上着了点墨，而且这几位主人公无一例外都违反纪律，不断用脏话骂人，作品仍然缺少新的动人的精神元素。苏联同样是写战争题材的作品，如肖洛霍夫的《一个人的遭遇》、西蒙诺夫的《生者与死者》、瓦西里耶夫的《这里的黎明静悄悄》、拉斯普京的《活着，但要记住》等众多作品，既充分地描写了战士的英勇无畏，不怕牺牲，又深情地描写了战争给人带来的无可挽救的精神创伤，作品所带给我们的感动令人久久不能释怀。苏联这些作品写得好，就因为他们在 1956 年有一次思想"解冻"运动，重新确立了文学创作的新路线，这种新路线体现出一种以人道主义为核心的新的思想精神元素。难道我们的作家不可以从这里受到启发吗？通过这种比较，就会发现当代中国文学的世界性不足。我们的作家为什么不可以与俄罗斯当代文学对话，写出属于自己的战争文学来呢？如果真正是属于自己的，那就一定有独特的浓郁的民族性，让外国的读者觉得新鲜，觉得喜欢，觉得感动，就像我们 2008 年奥运会的开幕式那样，让世人惊叹中华文化的宏伟和壮丽，并使他们激动和震颤，我们的文学创作要是也能做到这个水平，那么也许我们的文学就有了世界性。

关于当代中国文学要注重具有新质的人物形象的创造。人是文学的永恒主题。人物的创造是文学叙事的中心。人物是小说的栋梁。人物的精神、性格、命运总是吸引读者的最重要的艺术力量。作家应该在人物塑造上面推出新的元素。莎士比亚也许只需要创造出一个哈姆雷特就够得上世界级作家。曹雪芹只需创造出贾宝玉和林黛玉，就可以与世界上任何一位最伟大的作家相媲美。歌德只需要塑造一个浮士德就享誉全世界。鲁迅只要塑造出一个阿Q就无愧于世界文学。海明威只要创造出一个老渔夫桑地亚哥就在世界文学中占有一席之地。但可叹的是当代中国作家写了那么多作品，有几个人物形象能让普通读者记住？前面我所说的人物都是具有新质的人物，即在文学的人物画廊上别的作家不曾创造过的具有新的社会意义和独特的审美意义的人物。可喜的是2006年出现的一部电视剧《士兵突击》塑造了一个许三多这样一个士兵形象，这位许三多，看起来有点傻、笨、木讷，又缺心眼，凡事慢半拍，让人觉得他无论如何都要被淘汰，永远不会成功；但他有一种令人感动的执着精神，一心一意的精神，锲而不舍的精神，不会就学的精神，毫无私心杂念的精神，独立不依的精神，不争强却好胜的精神，不吹牛拍马的精神，不推诿责任的精神，不计较报酬多少的精神，不计较别人嘲讽的精神，遵守纪律遵守到"刻板"的精神……"许三多"是当代中国商业社会不同流俗的具有新质的人物。我们一生可能会忘掉文学作品中许多人物的名字，但我想"许三多"这个人物名字我不会忘记。但总的说，我们当代文学作品中，让人们记得住的人物名字不多，我们自己都记不住，怎能让别的国家的读者记得住？当代中国文学世界性的不足也从这里显露出来了。

　　关于文学文体意识真正彻底的觉醒。文体这个概念不是很容易说清楚的，但大致说来是一种文学语言体式，其背后反映作家的创作个性和时代的、民族的精神。鲁迅生前就被人封了很多头衔，但似乎最喜欢的一个头衔，就是有人叫他"文体家"，可见他对文体的重视。新时期文学中真正具有文体意识自觉的作家屈指可数。严格地讲，只有汪曾祺、王蒙、莫言、贾平凹少数几位作家具有真正彻底文体意识的觉醒。也许还有一位，他是王朔。一切作品的题材、故事都可以从一个作家的笔下转到另一个作家的笔下，唯有文体属于作家自己，是不会被摹仿而转到别人笔下的。在我的小说阅读经验中，20世纪80年代只有三篇短篇小说具有真实的作家个人的文体，这就是汪曾祺的《受戒》、王蒙的《风筝飘带》和莫言的《红高粱》。这三篇小说的故事都很简单，甚至可以说简陋。《受戒》不过写一个小和尚和邻居的一个小姑娘朦朦胧胧的爱意，《风筝飘带》则写男女两位知青回到偌大的北京，他们谈恋爱而找不到地方。《红高粱》的故事也不很曲折。但它们有文体，这种文体延伸为艺术性的发挥。具体地说，作家通过他们的文体，写出作品的氛围、情调、韵味和色泽，从而让读者似乎闻到春天时节田野里面泥土的新鲜气息，并展现出鲜活的生命的美丽。氛围、情调、韵味和色泽的重要性，常被一些作家忘记，其实它们的重要几乎等于文学的全部。汪曾祺、王蒙、莫言的这几篇作品注定成为新时期的翘楚之作。可惜的是我们多数作家并没有文体意识，或文体意识并不很强，他们只会用一般人也会用的语言编织故事。故事谁不会编？一位没有文化的农民也会在闲暇的时候随便编出几个故事来。难道事情不是这样吗？只有文体几乎是不可翻译的。

当代中国文学的世界性问题，是一个复杂的问题，以上这些也许都是一孔之见，肤浅之谈，不妥之处，请各位批评。

反本质主义与当代文学理论建设[①]

最近几年在文学理论界掀起的"反本质主义"的话题，已经产生了一定的影响。我读了一部分相关的文章，觉得这是一个很有意义的话题，应该把"反本质主义"与我们正在建设的文艺学学科联系起来思考。

一、反本质主义作为一种开放的思维方式

反本质主义，"反"的对象就是本质主义。那么本质主义是什么？对此，我们要有正确的理解。本质主义并不是一种"有头有尾"、"有名有姓"的思潮，而是一种后来被追加的命名。总体上来说，我们现在把自柏拉图、亚里士多德开始的某种西方的哲学思潮称为"本质主义"，因为柏拉图追求绝对真理。他的"绝对理念"并非历史的产物，先天注定就是一切真理的来源。亚里士多德似乎比他的老师好一点，不追求"绝对理念"，但他仍然脱离开历史语境来追求事物的"第一因"。其后，西方许多哲学家都标榜他们发现了普遍的、永恒的真理。从而不自觉地把自己也纳入到"本质主义"的行列里。但是，似乎没有一个"本质主义者"自称自己是"本质主义者"的。这些都是 19 世纪以后的批评者给他们的冠名。西方的哲学发展史表明，本质主义首先是一种思考问题的方式，西方的哲学家自柏拉图、亚里士多德开始就乐于追问"事物的普遍真理"（即某类事物成为某类事物的最后根据和客观规律）。特别认为事物的现象与本质二元对立，在丰富的变化无常的多样性的现象后面，会发现普遍的

[①] 发表于《文艺争鸣》2009 年第 7 期。

共同的本质规律，规律一旦找到了，现象本身就没有意义了，可以把丰富的现象简约成一句话或几句话的本质，真理的发展到此结束。这样，当新的现象再次涌现出来时，即生活发展了，也不必继续追问了。真理就此僵化了。这种思考问题的方式长时间里主导着西方思想界，并发展出了各种不同的分支。与文学理论、美学密切相关的学者康德、黑格尔都被视为本质主义者。

19世纪以来，起来反本质主义的学者，首先是具有唯物史观的马克思。马克思一生研究"资本主义"，但他的研究方法是历史的，即把资本主义放到人类发展的长河中去把握，他预言资本主义必将灭亡，但他同时对资本主义进行实事求是的研究，认为资本主义是社会发展上升阶梯的倒数第二阶。资本主义也创造了许多美好的东西，这些美好的东西将会在社会主义社会中保存下来。他对于资本主义不是一概抹杀和打倒。马克思说过："一切发展，不管其内容如何，都可以看作一系列不同的发展阶段，它们以一个否定另一个的方式彼此联系着。任何领域的发展不可能不否定自己从前的存在形式。"①马克思还在《哲学的贫困》中认为，一切事物是发展的、变化的，没有什么东西是永存的，所有的观念和范畴也同它们所表现的关系一样，它们仅仅是"历史的暂时的产物"。既然一切事物都是"历史的暂时物"，没有事物不处在变化发展之中，研究者应该把历史的内容还给历史，我们没有任何理由把不能固定的事物固定下来。马克思的历史观就是反本质主义的。另外，就是马克思的实践观和活动论，也强调人与世界的活生生的关系，认为事物的变化才是永恒的。马克思人文社会科学理想总的是，一切科学最终将趋向于历史科学。

继马克思之后，对这样的本质主义的思维，发起挑战的还有尼采。尼采最惊世骇俗的举动，就是他通过查拉斯图拉的嘴宣布"上帝死了"，他不相信基督教文明所建立的乐观主义的、明朗的、秩序井然的理性，认为这种理性不但不是万能的，而且根本解释不了这个世界。他揭露传统道德的虚伪，甚至认为除了人的生命本身，就没有什么可以相信的了。因此，世界需要超人来加以拯救。

此后，萨特、海德格尔等都站在反本质主义的立场。整个20世纪，这种

---

①　［德］马克思：《道德化的批评和批评化的道德》，《马克思主义经典作家论历史科学》，人民出版社1961年版，第128页。

批判持续不断。我认为 20 世纪 40 年代初延安整风时期的毛泽东，提出各个国家有各个国家的历史与现实的情况，提出讲马克思列宁主义的普遍真理与中国革命的具体实践互相结合；提出要研究现状，研究历史；提出理论与实际统一；提出反对宗派主义、教条主义和主观主义，反对有万古不变的教条，反对党八股，反对洋八股，反对那种认为坏就一切皆坏、好就一切皆好的绝对主义；提出看问题不要从定义出发，要从实际出发；提出实事求是；提出具体问题具体分析；提出实践是检验真理的唯一标准；提出不能把马克思主义的某些个别词句看作现成的可以包医百病的灵丹妙药；提出改造我们的学习；等等，也是反本质主义思潮的一部分。顺便说一句，邓小平的思想十分看重历史形成的中国特色，也有反本质主义的成分，如"白猫黑猫"论，"摸着石头过河"论，实践是检验真理的唯一标准论，"不要争论"的说法，"一国两制"的方针等。当然就世界的思潮而言，福柯的理论在我看来具有决定性意义。这一点陶东风在他主编的《文学理论基本问题》"导论"中提到福柯在《方法问题》著作中的"事件化"看法，就是很重要的代表观点。福柯批评某些历史学家说："由于历史学家失去了对于事件的兴趣，从而使其历史理解的原则非事件化。他们的研究方式是把分析的对象归于整齐的、必然的、不可避免的、最终外在于历史的机械论或现成结构。"陶东风解释说："事件化意味着把所谓的普遍'理论'、'真理'还原为一个特殊的'事件'，它坚持任何理论或真理都是特定的人在特定的时期、出于特定的需要与目的从事的一个'事件'，因此它必然与许多具体的条件存在内在的关系。"①这个解释是很好的。

　　我不认为今天的思想界仍然抱着本质主义的思维方法，本质主义与反本质主义的战争其实早就已经结束，已经没有了悬念。我们已经不追问"什么是真理"或者"真理是什么"，而关心"真理的话语是怎么被生产出来的"。我们已经不关心什么可以超越历史，亘古不变，而开始关心，什么样的社会和历史语境会产生什么样的话语和思潮。本质主义者倾向于把世界中的各类事物看成是不变的机械的实体，这种机械实体包含着不可与其命名分割的必然的特征和定义。与此相反，反本质主义者倾向于把各类事物还原到关系之中，认为有关各类事物的命名、标签以及看似牢固的真理，实则都是建构的结果，

---

　　①　陶东风：《文学理论基本问题》，北京大学出版社 2004 年版，第 22 页。

都是历史的产物。它们并非恒久不变，而是随着社会语境、历史语境的变迁而不断有所变化。举个最简单的例子，本质主义者则会认为，"人"是有着某种内在本质的物种，譬如，"人"会使用语言，有社会关系，会思考，等等。而反本质主义者则会认为，"人"这种类别从来就是有着历史特殊性的，不同时代，不同族群，不同文化对于"什么是人"这个问题的想象和答案都不相同。妇女、儿童、奴隶，这些群体都曾经在特定的时空中不被认为是"人"。因此，并没有一个有关"人"的绝对的超历史的真理；相反，对于"人"的认识从来都是历史的、文化的、社会的。我们今天对于人的看法肯定还会继续变迁。现在在西方社会科学界，大家都在讨论克隆技术给本质主义带来的冲击。过去，本质主义认为，人首先是自然的产物，而克隆技术让我们看到，人类的文化和技术也可以制造人。过去本质主义认为，一个人必然有着一个亲生父亲，一个亲生母亲，而目前已经在全球普遍使用的受孕技术，让婴儿有了两个母亲（一个提供 DNA，一个提供蛋白质）。而在实践中，有时候谁被追认为孩子的母亲，根本与生物学和医学无关，完全是取决于谁付了钱，取决于非常复杂的文化、经济因素。我们已经看到，过去被看作是不可撼动的定义、真理，已经开始松动了。顺便说几句，我之所以说反本质主义的战争已经结束，就是我认为中国近代以来的三次思想解放运动，即"五四"新文化运动、延安整风运动和新时期以来的思想解放运动，总的看都是反本质主义的，都是主张社会的变化与发展，主张人的思维方式应该是生动活泼的、前进的、革命的、批判的，而不是宗教化的、教条化的和八股化的。这三次思想解放运动都取得了胜利，我们的思想就是在这三次思想解放运动中开辟了前进的道路。

但我们反本质主义并不意味着事物没有本质。事物本质还是有的。事物的本质是指事物所呈现出的相对稳定的一致性的特征，它是被历史社会文化语境建构起来的。就是说，事物被建构后是可能有本质的。历史的、社会的、文化的语境有一种巨大的建构的力量，将把不确定的东西在特定时间里确定起来，把看起来不可定义的东西在特定时间里加以定义，把似乎是不能确定本质的东西在特定时间里确定为本质。换言之，历史的、社会的、文化的语境具有一种无穷的凝聚力和改造力，把事物凝聚在同样的谱系中，把事物改造为适合它的要求。历史的、社会的、文化的主体是人，因此这种力量是人这个主体的建构力量。例如，文学就是这样一种东西。大家知道《诗经》有很强的意识形态性而不再具备文学意义。一直到汉代的儒家，仍然没有把它当成文学，它仅仅是一种对统治者实行美刺的工具。但魏晋以后，由于新的历史文化语境的作用，人的观念改变了，《诗经》的经学功用逐渐被淡化，特别是"文以气为主"（曹丕）、"诗缘情"（陆机）、"情者文之经"（刘勰）等观念的出现，文学的自觉性开始萌芽，《诗经》"感物吟志"的性质被发现，这才逐渐被当成文学。正是在历史的、文化的语境的变迁中，《诗经》被当时的人建构为文学，以至于我们今天可以说，《诗经》是我国最早的一部诗歌总集，文学史也可以把《诗经》作为中华民族文学的一个源头。但这些是历史的建构、社会的建构、文化的建构，并不是说《诗经》本然如此。我想再举一个与文学理论有关的例子，就是我们今天如何来看待毛泽东《在延安文艺座谈会上的讲话》，有些学者完全不顾《讲话》发表的中国人民抗战历史文化语境，一味贬低它的价值。这是离开历史文化语境的一种评价。在当时，中国遭受日本的侵略，面临着生死存亡的危机，民族主义精神复兴、抗战成为时代的主题，我们的一切都为了抗战，文学本来不是武器的，但在那样一个时刻，说文学是"团结人民、教育人民、打击敌人、消灭敌人"的武器，是抗日的要求，是合理的，可以理解的。文学本来不从属于政治，但在那样的一种环境中，说文学要为政治服务，"文学从属于政治"，也是合理的，可以理解的。这就是说，在那种时代语境中，从武器的角度、政治的角度来定义文学，未尝不可，这都是文学的功能性的借用，毛泽东的确不是从文学的定义出发而从实际出发来建构文学。但这种武器的文学、政治的文学在新中国成立以后，由于历史的、社会的和文化的语境已经发生了根本的变化，对文学应该有新看法。战争的结束，建设的开始，这意味着我们所面对的已经是一个新的时代，原有的文学规定已经不适用，或不完全适用，这就要及时加以调整，不调整"文艺从属于政治"的提法，把文学固定在"武器论"上，固定在"从属论"上，这就是本质主义了。新的时代语境要求重新建构新的文学话语。我的意思是想表达，事物的本质是建构性的，历史文化语境以其强大的力量改变事物的本质，同一事物不同的历史文化语境中可以有不同的理解，不同的定义，不同的命名。换言之，我们提出本质性的时候，一定要看历史的关联性。

对于反本质主义要有明智的看法。反本质主义不能走向极端。走向极端的反本质主义必然要导致不可知论和虚无主义。我们赞成的是作为思维方式的反本质主义，而不是它的某些确定的结论。用偏执的反本质主义是不可能编写什么教材的。我们赞成的是反本质主义求解问题的方式和超越精神，即不能把事物和问题看成是僵死的、一成不变的，并且要有不断进取精神，超越现成之论，走创新之路。我隐隐感到担心的是，有些作者在有意无意间似乎把凡是给事物下定义的，凡是想明确回答问题的，凡是把事物分成现象与本质的二元对立的，凡是想搞体系化的著作的，都叫做本质主义。如果把这四个"凡是"作为衡量是否是本质主义的模式，那么这种给学术设置禁区的做法本身，给学术立这些规则的做法本身，就是本质主义的。这样，他们就不是为学术研究开辟道路，而是设置障碍了。

二、反本质主义与我的教材编写

现在文论界发表的一些文章中，或多或少都谈我主编的《文学理论教程》，或多或少地认为它"有本质主义的痕迹"。这是我所不能同意的。这些文章都谈反本质主义就要历史地看问题。但他们的看法就不是历史的，他们没有把我主编的《文学理论教程》放到应有的历史文化语境中去考察。如果熟悉我的人，就应该知道，早在80年代，我的思想方式就很自觉地转到"亦此亦彼"上面。我在《文学自由谈》上面发表了一篇短文，题目就是《亦此亦彼》。没有唯一真理，更没有绝对真理，一切都在变化中。对一个问题可以有多种回答，这多种回答都可以是正确的。历史语境的观念是建构我的"文化诗学"的一个重要方面。这也都有文章可查，此不赘述。我主编的《文学理论教程》可以称得上一个事件，应该用福柯的"事件化"来加以解释。那是1990年，教育部决定编写两部"文学概论"教材。综合大学联合编一部，主编指定为王元骧教授。师范大学联合编写一部，主编指定是我。综合大学编写的那一部因内部意见分歧，只内部出了一个提纲，整个教材编写则是流产了。我主编的《文学理论教程》于1992年出版，但开始编写的时间是1990年，第一次策划会议是1990年10月在当时的西南师范大学中文系召开的。大家应替我想一想，在90年代初，在国内的形势发生了很大的变化的情况下，我在那种历史语境中，能够拿出怎样的教材的指导思想和体系构架？在1991年统稿会上，由于有不同意见，我们几乎是一字一句地对话、争论，最后达成妥协。在批评我主编的教材的时候，是必须把这些情况考虑在内的。就教材的指导思想而言，我提出要以马克思的唯物史观为指导。我们在比较了广义的、狭义的、折中义的多种文学概念之后，专列一节把文学定义为"显现在话语含蕴中的审美意识形态"。这个定义是当时的历史环境所允许走到的最远方。因为这个文学定义可以理解为邓小平在 1980 年提出的"文艺不从属于政治，但也不能脱离政治"的一种学术表达，同时也是一代学人在"文革"结束后提出的新论，这是一个兼顾到文学自身的审美特性和文学的意识形态性的理论，大体上符合那个时代语境的历史要求，也可以为当时多数人所接受。我们的文学定义的历史维度是很清楚的。我们没有吸收当时已经在中国开始流行的俄国形式主义和英美新批评的纯语言的文学观，也拒绝回到单一的"文学从属于政治"的僵硬的文学观，我们的时代意识也是很清楚的。从教材体系的构架上，我们用文学活动论加以展开，这里我们不但吸收了艾布拉姆斯的文学活动四要素论，更重要的是运用了马克思的人的活动论，运用了活动是人的本质力量的对象化的思想。我们没有把立论孤立起来写，我们所写的都是文学活动中的关系，生活与作者的关系，作者与作品的关系，作品与读者的关系，作品与批评者的关系，文学生产与文学消费的关系，等等。整个教材为了教学的需要，尽量给一些重要概念下定义。但是，下定义就一定是本质主义吗？用判断词"是"就一定是本质主义吗？当然，教材有一章专讲"社会主义时代的文学活动"，描述具有中国特色的文学活动的指导思想等，遭到了一些人的议论。但我们要看到，中国的文学活动情况确有自身的一些特点，难道不应该讲一讲吗？这些具体情况都属于历史的一部分，属于 1990 年发生的一次文学事件，无视这些情况，不了解事件的详细经过，就很难获得批评别人的权利。自 1992 年第一版印行以来，《文学理论教程》修订了四版，发行量在 100 万册以上，在同类教材市场中占比百分之九十以上。在后来的修订中，我们特别把"艺术交往"论作为马克思主义文艺思想的一部分，这里也不难看出我们的一片苦心。当然，我们不是把马克思没有的东西强加给马克思，马克思著作中的交往思想是突出的，只是过去不为人所重视与了解。值得一提的是，我们的教材在谈到文学理论应有的品格时，第一点就是文学理论的实践性，其中写道："由于文学理论的实践性品格，所以它总是随着文学运动、文学创作、文学接受的发展而发展，它永远是生动的、变化的，而不是僵化的、静止的。"这些话不是随便写上的，我要求各章都要体现这个思想。我们的教材不标榜"反本质主义"，但被某些人当作本质主义的典型来批评是公平的吗？

　　这里，我想说明一点，我主编的同类教材有多种。我不想一一提到。但有另外两种有特色的，是必须提到的。一种是人民文学出版社 1995 年出版的《文学理论要略》。这部教材除被大陆的部分高校采用或作为教师参考书外，还被香港中文大学和中国台湾地区的大学所采用。至今也印了七版。从体例上，我们分为上编与下编，上编是理论，下编是历史。这种包含中外文论历史发展的叙述的文学概论性质的教材，这是唯一的一家。更重要的是，我们在指导思想上采用"一元多视角"的做法。文学性质一章是马克思主义的，文学创作一章则是格式塔心理学学派视角的，文学作品一章则是新批评流派视角的，文学接受一章是接受美学学派视角的。全书没有一个思想贯穿到底。各种不同流派的观点在教材中形成了对话关系。2006 年我们又修订了由北京师范大学出版社出版的《文学理论新编》，主编是我，副主编是赵勇。这部教材销路也很好。整个教材完全换了一副新面貌。这部教材一改原先教材编写的方法，我们设置的各章之前，都放了两篇文论经典原著，对原著产生的历史语境做了揭示，并对原文的重要词语进行注解，在此基础上，我们对各章的问题进行了历史的梳理。全书不给文学下定义，我们只是指出文学大概在审美、语言、文化之间，教师、学生据此可以有自己的不同的建构和理解。我们的教材才真正是反本质主义的、开放的、建构的。但我们从不这样标榜自己。

　　对于一个作者主编的教材是不是本质主义的，不能仅仅看他一本书中的一部分，要看全人全书，还要看这个作者的其他教材编写的状况，这才是公允的。

三、反本质主义与当前文学理论建设

　　现在有些学者过分夸大文艺学的危机。危机是有的，不但文学理论学科有，其他各个学科同样也有。整个文学创作也有危机。就全社会而言，精神文明的建设也存在这样那样的危机。金融危机以来，经济的发展也同样面临危机。所以，不要光喊文学理论的危机。

　　对于文学理论的危机，人们的看法不一样。在一些人看来，文学理论的危机主要表现在研究对象上面。是不是说，原有的文学已经终结，或即将终结，只是"文学性"还在电视节目、网络节目、审美化的日常生活中"蔓延"，并认为这种"蔓延"才是文学的真正发展。原有的一套理论已经解释不了这些

"文学性"的"蔓延"部分，因此要"跨界"，改变文学理论原有的研究对象，这样才能跟得上时代的发展，在求解问题上则要用反本质主义的思维方式，否则文学理论就永远要陷入危机之中。

我不太同意上面这些看法，发表了几篇文章，这都是大家知道的。今天我想补充一点看法。中国当代文学创作的发展的确有新的因素的介入，如市场化因素的介入而产生的问题，就是一个很重要的问题；又如电视、电影和网络节目等大众图像文化对于文学所形成的挤压，也是文学发展中的新因素。生态批评、身体写作，也是现实中涌现出来的新问题。我们的确要调整我们的视角，去研究这些文学活动中所产生的新情况、新问题。不能以不变应万变。所有关系到文学自身发展的新情况新问题都应该得到深刻有力的研究。但是我们似乎可以把我们的研究对象分成两类：一类是就是上面所说的新情况、新问题、新因素；一类是文学理论这门学科所呈现出相对稳定的一致性的特征，它是被历史社会文化语境建构起来的，这就是文学理论的基本问题。这些问题很多，如原道与载道，文学性与非文学性，文学与审美，文学与语言，文学与历史，文学与文化，文学与政治，文学与革命，文学与自然，文学与生命，文学与民间，文学与时间，文学与地域，文学与民族，文学与生态，文学与身体，文学与文体，继承与创造，感情与形象，典型与意境，文本与作品，比喻与象征，隐喻与反讽，接受与对话，抒情与叙事，假定性与真实性，审美与审丑，崇高与卑下，优美与壮美，欣赏与玩味，古典主义与伪古典主义，浪漫主义与现实主义，现代主义与后现代主义，等等，这里只列了三十多对，我们还可以列出许多来。这些问题是在不同的历史文化语境中提出来的，应该给予充分的逻辑的历史的研究。用我们的理解来说，就是予以文化诗学的研究。北京师范大学文艺学教授程正民曾深刻指出："文艺学研究可以从历史出发，也可以从结构出发，但如果是科学的研究，它所追求的必然是历史与结构的统一。文艺学如果从历史出发，那么历史研究的客体就是审美结构；如果从结构出发，那么也只有靠历史的阐释才能理解结构的整体意义，对结构的认识和理解只有通过历史的阐释才能得到深化。"①这种

---

① 程正民：《俄罗斯文艺学的历史主义传统与创新》，《程正民自选集》，山东文艺出版社 2007 年版，第 249 页。

看法把历史的与结构的研究结合起来，是很合理的，很有启发性的。只有这样去做，才能克服所谓的"内部研究"与"外部研究"所带来的片面性，文学研究也才能实现再一次的"位移"，即移到整体的"文学场"及其要素的联系上面来。这种研究会使中国文学理论这门学科建立在对这些问题深入研究的可靠的基础上，使文学理论成为有根底的学科。说实在话，对上面这些问题，我们是否都研究清楚了，都把历史的内容还给历史了，我看没有。在我的有限的阅读中，只有一个典型和典型化问题这一论题，因王元骧教授在 80 年代的《文学评论》上面发表了长文，把典型与典型化的来龙去脉梳理得比较清楚，可以说解决了一个问题。钱中文教授用六万字梳理、阐释了"审美意识形态"的生成，也可以说解决了一个问题。新时期三十年来，文学理论取得了巨大的成绩，有许多成果，仅钱中文和我主编的"文艺学建设丛书"六套，共 36 种，这些成绩不是随便吹的。不能动不动就说危机如何如何。但我们必须承认，许多文学理论的基础性问题我们都是浅尝辄止，没有拿出像样的东西来。这与长期以来浮躁的学风有关，与刊物的万字文体制有关，与评职称的规定有关。我现在的体会是，不论你方法多么先进，你反本质主义多么坚决，这些都还是次要的。重要的是学者的坐冷板凳精神，刻苦勤奋的精神，对于自己的研究对象熟悉得如数家珍的精神，研究现状和研究历史的精神，缺少这种精神，不能做出系统的深刻的具有学理的研究，只是匆忙发表一些意见，那么我们的文学理论学科就缺乏学术的根基，如果说文学理论有危机的话，我认为最大的危机在这里。有人会说，这些基本问题就是研究得再深刻也解释不了当下涌现到我们面前的新问题。我当然知道这一点。但我要问的是，你作为一位文学理论工作者连这些基本问题都不甚了了，基本的功底都不行，又怎么去解决那些新问题呢？

因此，我觉得当前的文学理论建设，必须是两条战线同时作战。一部分人专心研究文学理论基本问题，这些问题虽然是旧的，但我们可以通过研究做到"旧中出新"，实际上"旧中出新"才是真正的出新。尤其是大学的博士生、硕士生的论文选题，最好做这些具有打基础性质的课题。对于文学理论家来说，他一辈子弄清楚三五个问题，成为这方面的专家，就应该得到大家的肯定。另一部分人，则可以去研究"文学性"在各个领域的"蔓延"，去研究日常生活的审美化。介入当下的文化的制作，他们上电视台，我们也可以上电视台，用批判精神、敏锐的眼光，谈我们的研究成果，推动精神文明的进展。我这里说"谈研究成果"，是说面对这些新情况、新问题、新因素的时候，也不是简单地谈谈看法，是谈经过深入调查和研究之后的看法。其实，我一直认为，日常生活审美化问题，是文化社会学问题，不是文学理论问题，但鉴于目前是一些从事文学理论专业的教师对此感兴趣，而且也已经搞起来了，又鉴于有人搞得还不错，产生了影响，那么我们无妨越界去研究它。跨学科的研究也应该提倡。还有，有些学者精力比较充沛，学问功底较好，就可以既研究基础性的理论，也可以搞前沿性的问题，兼顾两种学问，那就更好。

当我这样说的时候，实际上我知道我在妥协。我这个人是走"中道"的，我不搞极端化的东西。我的用心是在研究对象上面也"亦此亦彼"。就是说，一部分人研究文学理论基本问题，你不能随便批评人家保守，没有进取精神，危机是你们造成的，你这是本质主义。当然，搞基本理论问题的人也不应对你们搞的当代文化社会学问题说三道四，不随便指责你们学风浮躁，不务正业，追时髦，连文学作品都不看还说自己是文学理论家。两部分人各自建设，互相补充，相互为用，把文学理论这个学科建设成既基础深厚又具有前沿性的学科。如果彼此实在不能容忍，也可以交锋，彼此对立，百家争鸣，在论战中求得问题的深化，也未尝不是好事。

文学理论的中国话语从哪里来^①

新时期以来，文学理论界为了解决中国自身的问题，从中国文艺发展实际出发，向马克思主义文论、西方文艺理论（特别是西方当代文艺理论）、中国古代文论传统和中国现代文论传统寻找理论资源，加以融合创造，逐渐形成了中国当代文论的一些新鲜话语，取得了与时代同步的成果。如我们摒弃了"文艺从属于政治"的带有"左"的印记的话语，为文学理论的研究扫清了道路；提出了文学人性基础论，改变了过去的简单的文学阶级论；提出了文学的主体性，改变了过去的机械的反映论；提出了文学"向内转"，改变了文学单一"向外转"；提出了文学审美特征论，取代了过去的文学形象特征论；提出了文学审美反映论和文学审美意识形态论，改变了过去的非诗意的社会反映论；提出了"新理性精神"、"文化诗学"等，批判商业化出现所引起的拜金主义和拜物主义；提出生态批评，力图回应现实的环境污染问题；提出了文学性在大众文化中蔓延的观点，力求扩大文艺学的研究领域；提出了完整的文体论、叙述学，完善了过去的零散的技巧说。应该说，新时期以来文学理论所取得的成绩是有目共睹的，是老、中、青三代理论家的心血凝结而成的，应该加以充分肯定。在这期间所形成的部分具有中国特色的新鲜话语，将成为建设新的具有中国特点的更完整的文学理论话语的重要基础。我不太同意现在一些学者的做法，为了创新、突进前沿，就首先拿上述一些观点"开刀"，似乎只有打倒这些曾经发生了影响并继续发生

---

①　发表于《中国社会科学报》2009 年 12 月 7 日。

影响的理论，才能推出新理论。"后新时期"只能是"新时期"改革开放、思想解放的继续，而不是倒退，更不是简单否定。这种前后的承继关系一定要处理好，我们新的出发才有一个清晰的起跑线。

是的，现在的社会情况，包括文学活动的情况，与新时期伊始的那几年已经大不相同，发生了很大的变化。国家强大了，人民的生活水平有了很大提高，社会面貌也焕然一新。但随之而来的是大家都深切感受到的各种矛盾和问题。文学活动的情况也发生了重大改变，由于电子媒介的鹊起、大众文化的泛滥，文学失去了轰动效应。虽然文学创作的数量很多，但质量下降。读者把阅读文学的热情，投入到电视剧之类的大众文化中去。连教学和研究文学理论的教师、研究者，对文学作品的阅读也很少了，有的干脆就不再阅读文学作品。你研究的是文学理论，却不阅读新出现的文学作品，这种情况是严重的。更严重的是，有的学者只顾阅读西方学者的论著，把一些与中国的国情相距甚远的理论拿过来，照抄照搬，大肆宣扬，以为这就是理论"创新"了。还有一种学者，不顾中国的国情，硬要去碰目前情况下难以解决的问题，而且是非文学理论自身的问题，这是危险的。此种情况若不改变，文学理论的中国话语就难以形成。我们需要明确，我们是在建设文艺学这个学科，而不是借文艺学的所谓"话语"去搞非学科的问题。我们根本解决不了那些问题，如果一定要这样做，那么"十个有十个是要失败"的。

文学理论的中国话语从哪里来？只能从中国当下的文艺实际情况中来。毛泽东在延安整风期间，对于马克思主义如何与中国实际情况相结合，发表了很多言论，对于我们今天如何去寻找和创造中国特色的文学理论话语，仍然具有启示意义。毛泽东说："眼睛向下，不要只是昂首望天。没有眼睛向下的兴趣和决心，是一辈子也不会真正懂得中国的事情的。"当下，对中国文艺学工作者来说，最重要的事情，就是要摸清楚当前中国文艺创作的现状，有哪些成绩，又有哪些问题。这就需要对当下的文艺创作有一个系统的、深入的调查研究。在调查研究的基础上，把那些成功的创作经验提升到理论的高度来把握，提出具有创新意涵的理论形态来。对于问题更需要具体的研究，寻找出产生这些问题的根源，揭示这些问题的实质，弄清楚种种问题间的联系，提出解决问题的理论方案。只有在这种针对当下文艺实际的深刻理论总结和具体研究中，在对话和争论中，才能创建具有中国特色的文学理论话语。

冲破文学理论的自闭状态^①

　　新时期以来，文学理论取得了丰硕的成果，获得了很大的成绩。这些成果与成绩已经渗入到文学的其他学科之中，成为整个文学学科的思想灵魂。因此，我们不必夸大文学理论的危机。但当下文学理论的确存在着脱离实际、封闭、孤立等倾向，需要我们寻求破解的办法。

一、危　机

（一）理论脱离实际

　　不能回答和解决社会转型后提出的亟需解决的问题。如当前的文学创作没有出现伟大的作家和伟大的作品，出现伟大作家和伟大作品需要什么条件？构成伟大文学作品的要素是什么？作家的作品如何获得这些要素？伟大作家仅仅展现人民的生存状况和命运就够了吗？他们要不要通过其创作提出独特的深刻的思想？作家要不要与社会学家、经济学家区别开来，显示出自己的思想个性？现在我们的社会是否仍然可以出现像屈原、陶渊明、李白、关汉卿、曹雪芹、鲁迅那样永恒的作家？作家如何应对市场经济的挑战？作家是否一定就要加入市场化的潮流？如网络文学成为一个更加庞大的文学创作群体和阅读群体，这和精英文化知识分子的创作构成一种什么关系？我们如何应对网络文学这支新军？如对于电影、电视等媒介的不断强大，文学如何自处？是加入它们的潮流，作为它们的同盟者，还是拒绝它们？文学是否可以

---

　　①　发表于《社会科学报》2010 年 5 月 20 日。

划界独立发展？这两条出路的条件是什么？文学消费中的问题是什么？如何能让那些更喜欢读图的人转向读书，包括读文学作品？我们在这方面可以做哪些工作？怎样的工作才是有效的？我想还可以列出许多问题。

文学活动是文学理论赖以存在的根基。但现在文学理论的现状是理论脱离实际，文学理论对这些问题或者是漠不关心，不予理睬；或者是虽然作了一些回答与解决，却显得力不从心，功效甚微。这就是危机。这些问题的出现是由于中国 20 世纪 90 年代社会转型所导致的。今天的社会已经不是 20 世纪五六十年代的社会，也不是 80 年代的社会，这是一个对我们来说既熟悉又陌生的社会。说熟悉是因为我们就生活其间，每天都感受到这类问题；说陌生是因为所遇到的问题是我们以前从未遭遇过的、没有认真研究过的。

(二)封闭和孤立

从 20 世纪 80 年代以来，文学理论学科反复提到的一个提法，就是让文学回归文学自身，回归审美的家园，我们拒绝政治对文学的干预，力求探讨文学的内部规律。在批判了文学等同于政治后，提出了文学与人性的关系、文学主体性、文学审美特性、文学的层面结构、文学的形象类型、文学语言、文学文体等问题，这在当时的"拨乱反正"时期，这样做是完全对的，适应了时代的要求。那个时代，文学理论在整个社会科学中是时代的先锋，是思想的尖兵，是引领风气之先的领域，文学理论的影响遍及人文社会科学各个学科。但随着社会的变化，人文社会科学的变化，文学自身的变化，文学理论失去了昔日的风光，文学理论沉寂下来了；我们不去关注其他学科的发展，自闭在文学理论自己的小屋子里。而这个时候，各种人文社会科学蓬勃地发展起来。特别是经济学、社会学、民俗学、考古学、传播学、影视学等更是勃勃有生气。文学理论似乎得了自闭症。这是我们的危机。这时候，文学理论界的一些中年学者意识到了这个问题，他们引进了文化研究。文化研究的引进是适时的，是力图冲破文学理论的自闭状态的，他们用文化视野来考察文学的问题，实现了视点的转换，这是有贡献的。但毋庸讳言的是，中国的文化研究或文化批评有两个弱点：第一，照搬的痕迹过于明显，缺少我们自身的问题意识，过于重视西方人提出的阶级、种族、性别这三个关键词及其问题。这几个关键词及其问题是针对英美社会提出来的，与中国的社会情况有很大的区别。中国的社会问题主要是贫富不均、贪污腐败，环境污染，东西部发展不平衡，受教育的不平等问题，高房价引起的百姓不满越来越严重，等等。我们的文化研究没有完全进入自身的问题域，而跟着西方去研究女权主义之类的问题，针对性不强。第二，一味扩大文化的概念，提出"日常生活审美化"，把街心花园、咖啡馆、模特走步之类的问题也列为研究对象，结果所研究的问题溢出了文学活动的问题范围；更令人不解的是还有少数学者提倡眼睛的美学，为富人的时尚化、装饰化、时髦化做吹鼓手。其实这个问题威廉斯本人就意识到了，无限扩大研究对象是有问题的。他说："对于文化这个概念我们必须不断扩大它的意义，直至它与我们的日常生活几乎成为同义的。"既然文化与日常生活同义，那么文学理论岂不是要去研究"日常生活"本身吗？此种一味泛化的做法，引起学科意识的再度兴起，人们质疑这种文化研究是属于文学理论这个学科吗。

（三）学术研究浅表化

从 80 年代开始，我们在文艺学博士的论文中看到的是一个主题之下的论点"排队"，硕士论文更是这样。问题的严重性还在于连某些博导的论著也是如此。一篇论文，引文占了全篇的百分之三十、四十甚至五十，真正属于自己的阐述和分析很少。这些不同时代不同民族不同国家的相同或相似的论点被排起队来了，资料真是丰富啊，学问真是渊博啊。可是并不知道这些论点是在怎样的历史语境下产生的，为了回应什么问题而提出来的。这样我们就知其然不知其所以然。非历史化的研究，使我们只知道某些论点，对这些论点的深度就缺乏必要的理解。我一直有一个感觉，就是文学理论的研究方法，从大的方面说，就是"理解"。"理解"是非常困难的，要持久地关注某个观点，尤其要把它产生的历史文化语境弄清楚，要把它解决的问题弄清楚，要把它与其相似观点的区别弄清楚，要把研究它的意义弄清楚，要把它的表层意义和深层意义弄清楚，要把这个观点变成自己的血和肉，变成自己的家产，而且能做到如数家珍。在理解的基础上，理论的批判性功能才能发挥出来。80 年代以来，我们就看到了过多的生涩得让人看不懂的论著。这不是它的道理深奥到让人无法理解，而是作者没有真的理解，只停留在表面的拼凑上面，东摘一句，西凑一句，这完全是一种没有理解问题的浅表化、肤浅化的表现，不会分析问题的表现。这里并不是有什么大学问难于言传的问题。当然，我这里说的，主要不是表达问题，主要是对问题的理解问题。

二、破　解

(一)追求当下性

当前文学活动中存在的问题是与当下社会问题联系在一起的问题，是与社会广泛流行的拜物主义、拜金主义的流行密切相关的。上面所说的社会问题如何变成为文学理论问题呢？这就要找到文学理论自身的问题域，找到自身的切入点。换言之，文学理论是文学的理论，而非政治学理论、经济学理论、社会学理论，必须把社会问题通过一种途径，一种转换，把当下社会问题变成为文学理论问题。例如，"五四"时期，鲁迅等根据当时社会的状况，提出了"改造国民性"问题，就成为了文学理论的有效话语。"五四"时期的一整套文学理论话语，如白话文运动话语，平民文学话语，文学真实性话语，文学与革命关系话语，等等，都有鲜明的针对性，因此文学理论就必然具有时代性。

今天，我们亲身感受到当下的社会问题，但似乎没有足够的能力把这些社会问题转化为文学理论问题，就是提出了这样的问题，也没有引起足够的重视。1993年第6期的《上海文学》，发表了王晓明等人的《旷野上的废墟——文学和人文精神的危机》，提出了文学和人文精神危机的问题。不久《读书》、《东方》、《文汇读书周报》等报纸、杂志上也纷纷发表文章参与了讨论，这就是人文精神讨论。这次讨论主要涉及了人文精神危机、人文精神内涵和人文精神重建等问题。但可惜这次讨论未能持久。实际上这个问题是针对在商业大潮中文学失去了真善美的品格而提出来的。1995年，钱中文在《文学评论》发表《文学艺术价值、精神的重建：新理性精神》一文，提出了新理性精神。后面钱先生又多次发表讨论新理性精神的文章，探讨人的生存与文化艺术的意义，探讨在物的挤压下，在反文化、反艺术的氛围中，重建文化艺术的价值与精神，寻找人的精神家园，呼唤新的人文精神。这是很有意义的话题，但遭到了某些人的批判。1998年笔者在央视"百家讲坛"作《走向文化诗学》的讲演，也是植根于当下现实土壤中的文学理论，呼唤历史理性和人文精神，来对抗现实的种种社会弊端。但没有引起足够的重视。另外，在这期间，曾永成、鲁枢元、曾繁仁等提出并论证"生态批评"、"生态文艺学"、"生态美学"，针对现代工业给环境带来的污染，做出了理论建构的努力，但关注的人仍然不够。新世纪以来，陶东风率先发表文章，提出了犬儒主义问题，有点重提"国民性改造"的意涵，问题具有当下性，值得讨论。我这里回述文学理论界为文学理论的当下性所提出的这些问题，意在希望这一领域的学者应该更加关切这些问题，即使这些问题的论述有待进一步完善，但它们是重要的，我们可以进行深入的讨论，进一步去完善它，而不应被淹没在众多的无意义的话语里，或遭到嘲弄和摒弃。我们要分清楚今天文学理论中，哪些话语是具有当下性的，哪些是不具有当下性的，要给予具有当下性的文学理论话语足够充分的关注。

(二)加强学科关联性

有一段时间，我们为文学理论要不要"越界"进行讨论，其实这不是一个真实的问题。因为文学的版图是无比辽阔的，只要你研究的对象是文学和文学活动，那么就会有辽阔的空间。我一直认为文学活动是人类精神活动之一，是人的本质的对象化，或者说是人的特性的最充分最自由的展开。这些论点基本上成为人们的共识，无须再作论证。那么，人区别于一般动物的本质或特性是什么呢？我以为，人之所以为人，在于其建立起了两种独特的、动物所没有的关系。首先，人在长期的历史发展过程中，从动物界脱颖而出，成为了一种具有主体意识的特殊的动物，并与其对象世界建立起了主体和客体的关系。其次，在形成主体与客体关系的同时，人的个体性和社会性也得到了发展，并建立了个人与社会的关系。

如果上述关于人的本质和特性的理解符合实际的话，那么作为人的本质和人的特性所展示的人类活动，就既可在主体—客体关系的"认识论、价值论轴线"中得到解释和评定，也可在个人—社会关系的"社会学、心理学轴线"中得到解释与评定。文学活动作为人的本质特征的充分的、自由的展开，则应在上述两根轴线的交叉所形成的"力场"中得到解释和评定。过去人们探讨文学的问题，往往只从一个单一的角度切入，没有形成一个能够把握文学的整体结构和多元性质的认识网，不可能在文学的全部多样性、复杂性中去把握文学的问题，因此，文学就像泥鳅一样一次再次地从人们手中滑走。现在，我们必须改变做法，把文学放置在人所具有的主体—客体系统、个人—社会系统所交织而成的认识网、价值论网、社会学网、心理学网中去考察，把单视角变成多视角和跨视角。点变成线，线又变成面，变成整体，这就为我们在文学的全部多样性的整体中来把握文学的问题提供了可能性。

如果我们从这条轴线交叉的观点来理解文学活动，那么文学的版图不但十分辽阔，而且所涉及的与它密切关联的学科也很多。文学理论不论有无危机，我们都应与别的学科进行关联性研究。文学与哲学，文学与美学，文学与政治学，文学与社会学，文学与心理学，文学与符号学，文学与语言学，文学与人类文化学，文学与民俗学，文学与宗教学，文学与经济学，文学与传播学，文学与翻译学，文学与艺术学，文学与科学，等等关联性，都可以进入我们的研究视野。通过这种学科之间的跨学科研究，我们就可以进入文学版图的各个省区。其意义是：(1)文学理论的学理性之根，通过这种跨学科的关联性的研究，一定会扎得更深更广；(2)关联性的研究必然具有综合性的品格。当人们把孤立的事物，重新整合在一起，做出关联性的考察，就有可能从中找出事物的共性，关联的方式和功能；(3)关联性强调整体性和关系。关联性的研究可以拆散固定的概念，寻求新的关系，正是目前研究者超越、开辟未来，重新认识文学世界的新作为。

(三)提倡历史语境化

长期以来，我们总是把文学理论看成是一个逻辑结构的系统，这当然有它的道理。但是一味重视概念、范畴，一味注重判断、推理，就会使文学理论失去了历史的根基。特别是我们编写的教材，差不多都是逻辑结构系统，没有历史感。其实文学理论是历史文化的产物，真正的文学理论必须是在特定的历史文化语境中产生的。因此，我们按照一个理论主题，搜集古今中外所有相似相同的观点，并把它们连缀在一起，构成所谓的论文，并没有太多的意义。因此，一定要使理论历史化，或者叫做重建历史语境。

重建历史语境是相当困难的。因为这些古今中外似乎相同的观点，诞生在不同的历史文化语境中，各自有不同的意义。我们的连缀工作，可能是扭曲了原来的意义，或与原来的意义相去甚远。我常举的一个例子，就是王国维的"境界"说。王国维在晚清那样面临亡国灭种的时期，他标举词的"境界"说，到底是什么含义，我们一直不甚清楚。过去我们的做法是按照王国维说过的只言片语，说"境界"就是"情景交融"，或说"境界"就是"虚实相生"，或说"境界"是"诗画一体"，等等。一旦真的要重建王国维"意境"说的历史文化语境，所面对的问题就复杂起来，不是三言两语能解决的。原有的历史已经无法寻找，已经变成为一个"文本"，不同的人对这个"文本"的解读，可能完全不同。但我仍然坚持重建历史文化语境是重要的。因为只有重建历史文化语境，我们才会真正地理解概念或范畴的意义。"重建"就是要重新从"无"中发现"有"，从原始性中发现现时性，从复杂性中发现一致性，从偶然性中发现必然性，从暂时性中发现规律性。所以重建历史文化语境，并不是拼凑陈旧的琐碎的历史故事和趣事，重要的是发现历史发展或转型的规律，其中也包括大规律中的小规律。"历史文化语境"是要"把历史的内容还给历史"（恩格斯语），发现历史的必然的联系。

当前文学理论发展新趋势

——以罗钢教授的王国维《人间词话》学案研究为例①

清华大学教授罗钢积十年之力，完成了他的王国维《人间词话》反思性研究，向朱光潜、宗白华、李泽厚等许多重要学者的看似不可超越的学术结论提出了挑战，对百年来的"意境"论研究做了澄清，获得了令人信服的不可多得的成果，也给当前文学理论研究以重要新启示，诚为难能可贵。读了他的十余篇长篇论文后，深化了我近几年关于如何摆脱当下文学理论危机的思考，心中涌动着一些要表达的话。本文围绕着罗钢教授的对王国维《人间词话》及其相关反思性研究，来谈谈我对当前文学理论研究的一种新的思考，试图揭示当前文学理论发展的一种新趋势。

一、学案研究作为反思百年现代文学理论的结节点

如果从王国维 1904 年发表的《红楼梦评论》为现代文学理论与批评的起点的话，那么中国现代文学理论已经走过了一百多年的路程。当下，在商业主义浪潮滚滚的影响下，低俗、庸俗、媚俗的文学作品随处可见，文艺美学界某些人的"眼睛的美学"也喊得令人心烦，高级形态的具有精神品格的审美没有多少人理睬，文学和文学理论不但失去了轰动效应，而且陷入了危机状态。我们作为长期从事文学理论教学和研究的学者，应该做出怎样的努力，来摆脱这种危机状态呢？

---

① 发表于《探索与争鸣》2011 年第 9 期。

　　我个人认为在当前情况下，有两件事情值得我们去做：第一件是重建文学理论与现实生活的密切关系，我曾经提出克服当下文学理论研究的理论脱离实际、学科的封闭性和研究的浅表化三点看法，提出了文学研究的"当下性"、"关联性"和"重建历史语境"三点意见。"当下性"力图解决文学理论的现实功能问题和理论批判性问题，"关联性"则强调研究的跨越学科问题，"重建历史语境"则力图使文学理论获得历史的视野，获得纵向感和深度。或许这样做，可以摆脱当下文学理论的自闭状态。这些我已经发表了文章，此不赘述。①

　　第二件就是对于百年文学理论的回顾性、反思性的学案、文案研究。这第二件事情，也有不少人开始做，如夏中义的学案研究，李洁非的文案研究，但最有代表性的是罗钢的王国维《人间词话》学案再研究。

　　既然中国现代的文学理论历经百余年，那么回顾与反思一下百余年来我们走过的路究竟走得怎么样，就不能不是一个重要的问题。"回顾"不是一般的总结经验，核心的内容是反思。总结经验加上反思问题，我们才能知道中国现代文学理论所取得的成绩有哪些，有多么重要；存在的问题又有哪些，又有多么严重。反思者，就是一个自我对话的过程，是今天与昨天对话的过程，在这对话过程中，进行反省、诊断、思考和重建。罗钢教授以十年之力来反思中国现代文学理论的开山祖师王国维及其名著《人间词话》，作为一个学案来研究，获得了重大成功。

　　那么，罗钢的研究究竟获得哪些成果呢？主要说来，大致有四个方面：

　　第一方面，通过缜密的考证，揭示了王国维《人间词话》提出的"境界说"，主要思想来源是叔本华的认识论美学，与中国古代文论和美学无关，"境界说"乃是"德国美学的横向移植"。

　　一般研究者都有一种误解，以为王国维的《人间词话》是用文言写的，其中主要研究对象是五代以来的词，又使用了中国古代诗论和美学中很多词语，因此认为其思想来源基本上是中国古代诗论和美论。如兴趣、神韵、情与景、言情体物、言外之味、弦外之响等这些词语，甚至《人间词话》中"以物观物"、"以我观物"都是邵雍的原话，再加上他所举的诗词的例子都是古代的佳作，因此就认定王国维的"意境说"必然是在继承了中国古典的诗论和美论的基础上形成的

_____

　　①　参见童庆炳：《冲破文学理论的自闭状态》，《社会科学报》2010 年 5 月 20 日。

新的理论建构。罗钢通过他的研究，破除了这些误解，揭开了词语现象的掩饰，看清楚了王国维的思想实质。他用一系列的证据，证明了王国维的"境界说"与中国古代诗论、美论无关，是王国维借用叔本华的认识论美学和海甫定的心理学美学为理论支点，所提出的看似是中国化的理论创新，实则是德国美学理论的一次横向移植。罗钢的论文从寻找王国维境界说立论的思想来源入手，从根本上说明了王国维的"境界说"是叔本华美学认识论的翻版而已。罗钢为了揭示这一点，他必须熟悉和理解王国维思想的变化，必须熟悉和理解德国的尤其是叔本华的认识论美学，也必须熟悉和理解中国古代诗论和美论。

罗钢的论文深入到王国维撰写《人间词话》时期的思想状态中。他的论文指出，《人间词话》是王国维从"哲学时期"转入"文学时期"时候写的。王国维从哲学转入文学，与他对早年笃信唯心主义哲学的怀疑与失望有直接的关系。王国维在《三十自序二》中，他写道，哲学学说"大都可爱者不可信，可信者不可爱"，"伟大之形而上学，高严之伦理学与纯粹之美学，此吾所酷嗜也，然求其可信者则宁在知识上之实证论。伦理学上之快乐论与美学上之经验论，知其可信而不能爱，觉其可爱而不能信，此近二三年最大之烦闷，而近日之嗜好所以渐由哲学而移于文学"。①

罗钢说："这种思想变化直接影响他对叔本华美学的取舍。不待言的是，叔本华所谓'意志本体'、'理念'等，都属于'可爱而不可信'的'形而上学'，这使得王国维逐渐疏远了它们，而与'理念'原本有着密切瓜葛的'直观说'则由于属于经验的范畴，和他后期服膺的心理学有某种程度的重合，因而被保留下来，并在《人间词话》中潜在地发挥了重要作用。"②当然罗钢的研究并不停留在此种比较笼统的说明，他追根溯源，把王国维的思想变化的每一点新动向，《人间词话》中每一个具体说法，与叔本华等一系列德国美学的相关的具体论点，进行极细致的比对，务使王国维《人间词话》的思想都落到实处。罗钢的论文《眼睛的符号学取向——王国维"境界说"探源之一》，主要是追寻

---

① 王国维：《王国维遗书·静安文集续编》（第 3 册），上海书店出版社 1983 年版，第 611 页。

② 罗钢：《眼睛的符号学取向——王国维"境界说"探源之一》，《中国文化研究》2006 年第 4 期。

王国维"境界说"中"真景物"与"真感情"两个概念的西方思想渊源，认定叔本华的直观说与海甫定的情感心理学分别构成了二者的理论支点，而所谓"观我"的理论则是连接二者的桥梁。说明西方的二元对立的认识论美学是王国维建构"境界说"所依赖的最主要的资源。但他洋洋洒洒写了两万多字，旁征博引，务使王国维《人间词话》的"真景物"、"真感情"以及两者的联系，每一处都用事实和证据说话，这就不能不让人信服。研究要达到这种地步，不能不实现中西古今的汇通。

第二方面，通过反复的论证，揭示出朱光潜、宗白华和李泽厚的"意境"的理论建构，也是受到德国不同认识论学派的支撑，虽有不同，但都不是来自中国古代的诗论和美论，不过是在"传统的现代化"背景下的理论实践中变成了"自我的他者化"。

自王国维的"境界说"一出，中国现代文论界、美学界似乎觉得找到了文论和美论的中国话语，一些大家，如朱光潜、宗白华和李泽厚就纷纷进行理论的建构，提出了各种不同的说法。80年代以来的后继者以为朱光潜、宗白华和李泽厚这些文论界、美论界的权威都肯定了王国维的"境界说"，就认为是"不刊之鸿论"，深信不疑，纷纷引用，继续研究。罗钢则以他学术家的勇气，在他的论文中，向这些权威提出挑战，指出他们所建构的理论资源同样也来自德国等西方美学，并不是中国土生土长的自己创造的理论。罗钢承认，"意境"这个词"是中国传统诗学遗留下来的符号"，但"这个符号原本具有的意义空间的包容性、模糊性、不确定性，使王国维得以在其中寄植了不止一个，而是一束西方美学观念。"[①]而后来者朱光潜的意境论，经过罗钢梳理，认为在说明诗的审美本质上，与王国维是一致的，而且王国维和朱光潜是在用不同的语言重申康德制定的审美独立性原则，两人又不约而同都强调"观"在意境中的重要性，但罗钢的研究表明：如果说王国维的境界说的思想主要来源于叔本华美学的话，那么朱光潜的意境论的思想主要来源于意大利学者克罗齐的"直觉"说；就情景关系而论，朱光潜的意境说比较圆融，强调"情景的契合"。罗钢发现，"意境"是"情景交融"的始作俑者是朱光潜，而不是王国维。但朱光潜"情

---

①　罗钢：《眼睛的符号学取向——王国维"境界"说探源之一》，《中国文化研究》2006年第4期。

景的契合"也不是中国古代文论中的"情景交融",罗钢说:"一个关键的区别就是,朱光潜仍然是在德国美学关于感性与理性、直觉与概念这一二元对立关系内部来处理情景问题"。所以朱光潜的意境说也不是什么中国古代美学的总结形态,它仍然是从西方移植过来的。

罗钢对于大家都深信不疑的宗白华的"中国艺术意境"说,罗钢也有他的独到发现。宗白华在 1944 年发表了《中国艺术意境之诞生》,罗钢说:这篇文章"不仅郑重地在'意境'之前冠以'中国'二字,而且他在论文中所引用的也多是中国古代诗论和画论的文献,这使人们以为他的意境理论完全是在中国艺术的民族土壤中成长起来的,甚至认为其价值就是'揭示了中国艺术不同于西方的独特的意蕴、内涵和精神'(见叶朗主编的《美学的双峰——朱光潜、宗白华与中国现代美学》)。几乎没有人会怀疑他的'意境'理论会和某一种西方美学发生渊源性和系统性的思想联系。"[①]但是罗钢仍然用他的缜密的考证,令人信服地揭示了宗白华的"中国艺术意境"并非"中国"的,宗白华的"中国艺术意境"说,虽用了不少中国的诗论和画论的文献,但其理论根基仍然是德国美学。罗钢说:"如同在王国维身后站着叔本华,在朱光潜身后站着克罗齐,在宗白华身后站立着一位 20 世纪德国著名美学家恩斯特·卡西尔。"[②]罗钢以他的那种一贯的寻找充分证据的方法,揭示了宗白华与新康德主义马堡学派卡西尔的文化哲学,"构成了宗白华所谓'中国艺术意境'的美学基础。"罗钢把大家最为欣赏的宗白华境界三层面,即"从直观感相的模写,活跃生命的传达,到最高灵境的启示"也给解构了。

李泽厚是新中国成立后美学界中国"意境"论的有力推动者,他发表于1957 年的论文《意境杂谈》影响甚巨,也被同行看成是不可动摇的坚实理论。李泽厚最著名的论点是"诗画(特别是抒情诗、风景画)中的'意境'与小说戏剧中的'典型环境中的典型人物'是美学上平行相等的两个范畴,它们的不同主要是艺术部门特色的不同所造成,其中的本质内容是相似的,它们同是'典型化'具体表现的领域。"[③]罗钢认为,李泽厚在这里引了恩格斯的"典型环境中

---

① 罗钢:《意境说是德国美学的中国变体》,《南京大学学报(哲学·人文科学·社会科学版)》2011 年第 5 期。

② 同上。

③ 李泽厚:《美学论集》,上海文艺出版社 1980 年版,第 325 页。

的典型人物"的话，实际上是与黑格尔美学直接联系的。他明确指出，李泽厚曾说过"意境"是"中国美学把握艺术创作的实践所总结的重要范畴"，实际上这句话也是虚的。李泽厚的"意境"是"典型"的思想都来源于黑格尔的"美是理念的感性显现"的观点。虽然李泽厚关于"意境"的论点中，提出了"形"与"神"、"情"与"理"这对看似完全是中国古代美学的范畴，但经过罗钢深入细致的分析，发现这些话语的深层仍然是和德国美学中一般与特殊、有限与无限等思维模式密切相关的，所以"在李泽厚的'意境'框架中，显然没有这种中国艺术经验存身的空间"。① 罗钢认为李泽厚的"意境"说是"苏联社会主义现实主义的反映论"，这都不无道理，甚至可以说切中要害。

罗钢的研究表明，一直被文学理论界奉为中国古代美学核心范畴和审美理想的"意境"说，与中国的艺术经验和理论貌合神离，它离开了中国美学的根本。从外观上看，这些理论是彻底中国化的，从实质上看，这种理论又是极度西化的。用罗钢的话来说，如果把王国维、朱光潜、宗白华、李泽厚的中国"意境"说比作一棵树，叔本华、克罗齐、卡西尔、黑格尔等的美学构成了这棵树的树干，而他们所使用的中国美学和艺术元素则是这棵树的枝叶，远远望去，我们看见的是外面纷披的枝叶，而一旦走近，拨开枝叶，我们就会发现，即使这个树上似乎最富于中国特征的枝叶，也仍然是从德国美学的躯干里生长出来的。

第三方面，如果说王国维、朱光潜、宗白华、李泽厚为意境说作了理论的建构的话，那么许多后继者盲从学术权威，在这些权威的影响下，对"中国艺术境界史"进行了旷日持久的建构，耗费了大量的时光。特别是自 20 世纪80 年代以来，随着"文革"的结束，文学理论开始学科化，不少具有民族情结的学者对一时间大量涌入的西方文论的话语不满，急切地想从中国古代文论中去寻找文学理论资源，实现古代文论的现代转化，以寻找到中国化的现代的文学理论话语。这种用心和努力是值得称赞的，也是有意义的。但是由于王、朱、宗、李等大家所提供的关于"意境"论的理论范式的深刻影响，于是中国一些学者热衷于"中国艺术意境史"的话语建构。罗钢一一考察了这些关

---

① 罗钢：《意境说是德国美学的中国变体》，《南京大学学报(哲学・人文科学・社会科学版)》2011 年第 5 期。

于意境史的历史建构，考察了蓝华增的以"形象思维"为意境论核心的论文《古代诗论意境说源流刍议》，考察了古风的"人与自然的统一是意境的审美本质"的学术专著《意境探微》，考察了夏昭炎的以"余味曲包"为意境实质的学术专著《意境概说》，考察了薛富兴的强调"意"的概括力的学术专著《东方神韵：意境论》，罗钢肯定还考察了另外一些的"中国意境史"的写作，罗钢发现，"比较几种中国古代意境说的历史版本，会使我们深深的困惑。尽管每一位学者都声称自己发现的是客观和真实的意境思想史，但这些历史之间却相互矛盾。某一位古代批评家在这一部历史中，被荣幸地接纳为'意境说'这个大家庭的成员，在另一部历史中又被无端地驱逐出去。某一种中国诗歌理论，在这一种历史中，被描绘为'意境'发展的关键环节，在另一种却湮没无闻。我们究竟应当相信哪一种'意境史'才是客观的真实的历史呢？也许真实的答案是，在中国古代诗学史上，根本就不存在这些首尾一贯的、自成体系的'意境范畴史'，有的只是种种依据王国维等人提供的理论范式，人为地建构起来的'学术的神话'。"①罗钢从研究中发现的这些问题难道不令人深思吗？实际上，中国古代的诗话、词话中，的确有人提到"意境"这个词或与"意境"相关联的却又有根本区别的一些提法和思想，这些思想都是高度历史语境化的，意义是不同的，如果我们不是把这些词语放置到特定的语境中去考察，只是寻章摘句，随心所欲地去联系，形成系统，那么我们就根本不可能作出客观的真实的历史理解。如刘勰的"意象"，王昌龄的"物境、情境和意境"，皎然的"取境"，刘禹锡的"境生于象外"，王夫之的"情景交融"，陈廷焯的"意境"，等等，都各有自己的意思，绝不可"一锅烩"。令人敬佩的是，罗钢不是专门研究古代文论的，但他却花了很多时间对这些词语所产生的不同的语境，所表达的不同的意涵，一一作了考辨，清理得比较深入，这是很难得的。由此，罗钢就做出了这样的结论："尽管在中国古代诗学史上出现过各种以'境'论诗之说，却不存在一种今人所谓的'中国古代意境说'。这种'意境'说乃是一种'学说的神话'。"②毋庸讳言，我自己也在研究古代文论时，发表了一些文章，在"意境"问题上，也说了一些脱离语境的话，也犯了罗钢所指出的"学说的神

---

① 罗钢：《学说的神话——评"中国古代意境说"》，《文史哲》2012 年第 1 期。

② 同上。

话"的错误。我总是觉得学术批评是有益的，因此我们永远不要拒绝批评。只有在批评中，我们才能有所醒悟，有所提高，有所进步。罗钢在他的《学说的神话——评"中国古代意境说"》一文中，曾引陈寅恪在冯友兰的《中国哲学史》上卷的"审查报告"的话提醒我们："今日所得见之古代材料，或散佚而仅存，或晦涩而难解，非经过解释及排比之程序，绝无哲学史可言。然若加以联贯综合之搜集及统系条理之整理，则著者有意无意之间，往往依其自身所遭际之时代，所居处之环境，所熏染之学说，以推测解释古人之意志。由此之故，今日之谈中国古代哲学者，大抵即谈其今日自身之哲学者也。所著之中国哲学史者，即今日自身之哲学史者也。其言论愈有条理统系，则去古人学说之真相愈远。"陈寅恪这里所言，即提醒我们了解古人学说之不易，特别是我们企图把古人的学说条理化系统化之时，我们的主观性愈强，离古人的学说可能愈远，所谓"学说的神话"也就这样产生了。

　　第四方面，罗钢通过研究，对 20 世纪初王国维在《人间词话》中所提出的"意境"说，得出了李泽厚、佛雏以外的第三种独特的全新的理解。有关"意境"说，学界大致有三种观点。第一种就是"中心范畴"说，认为"意境"说是"中国美学的中心范畴"，是中国美学一次历史性总结，是中国审美的最高理想。罗钢通过他的研究，认为这种说法脱离古代美学的实际，是没有根据的，因而是站不住的；第二种是"中西融合"说，认为王国维的"意境"是中国美学和西方美学结合的产物，是"中西融合"的典范。如资深研究家佛雏就持这种看法，他在《王国维诗学研究》中说："王氏标举传统诗学的'境界'（意境）一词，而摄取叔氏关于艺术'理念'的某些重要内容，又证以前代诗论词论中有关论述，以此融贯变通，自树新帜。他的'境界'说原是中学西学的一种'合璧'。"①罗钢认为王国维思想中有中西的"冲突"，他的论文《一个词的战争——重读王国维诗学中的"自然"》，《王国维的"古雅说"与中西诗学传统》、《词之言长——王国维与常州词派之二》，并没有什么"融合"，有的是"冲突"，所以他也不同意这一说；第三种就是"横向移植"说，这是罗钢对王国维的"境界"（意境）的全新的理解。他以无可辩驳的证据，证明了王国维的"境界说"虽然也研究中国的诗词，也找了不少中国美学的词句，但不是从中国词学的土

---

① 佛雏：《王国维诗学研究》，北京大学出版社 1999 年版，第 208 页。

壤里生长出来的，其骨子里面始终是叔本华的二元对立的认识论美学，不过是对西方美学观念的一次横向移植而已。

罗钢关于王国维《人间词话》"境界说"的反思性研究，是中国文学理论的一个重要的学案研究，收获甚大。他的研究结果像一面镜子，映照出百年来我们中国现代文学理论走过的路。在这一百年间，我们搬用西方的理论不少，但我们自己建构的学说却很有限。这不能不令人深思！

二、学案研究方法的精确选择

罗钢的学案研究，深刻说明"中国文论传统的现代转化"中诸多复杂问题。其中最重要的一个问题就是，为什么中国学者著书立说，总是在有意无意间把别人的理论看成是自己的现代化的理论呢？罗钢从文化霸权理论的角度，做出了很好的回答。他说："这种自我的他者化是西方文化霸权对第三世界文化采取的一种行之有效的控制和支配方式。在葛兰西看来，文化霸权从来不是一种简单的、赤裸裸的压迫关系，并不是由文化霸权的拥有者把自己的意识形态强制地灌输给从属的文化集团，而需要从属的文化集团的某种自愿的赞同。就此而言，自我的他者化是心理上生产被压迫主体的最有效的方式。它从无意识的心理层面彻底摧毁了被压迫者的主体性，把它的反抗巧妙地转化为认同。意境说的理论家们其目的原本是在西方文化的冲击下重建民族美学和诗学的主体性，然而结果是完全丧失了自身的主体性；他们的初衷是与民族的诗学传统认同，结果是与一种西方美学传统认同；他们力图克服近代以来中国所遭遇的思想危机，结果是更深地陷入这种危机。这些理论家留给我们教训是，为了抵抗西方文化霸权，我们必须时时对这种自我的他者化保持足够警惕，正如斯图亚特·霍尔所说，在文化认同的问题上，我们或许应当把传统的'我们是谁'的追问转变为另一个问题，'我们会成为谁'？"①是啊，总结百年现代文学理论的进程，的确要追问我们自己的主体性究竟有多少？在大量引进西方理论的时候，我们不但要问我们是谁，而且还要问我们已经变成了谁？

罗钢以十年的学术跋涉，通过王国维"境界"说这个学案研究，不但说明

---

① 罗钢：《意境说是德国美学的中国变体》，《南京大学学报(哲学·人文科学·社会科学版)》2011 年第 5 期。

了"传统的现代化"中种种复杂问题，对于文论界所热衷的"中西对话"的不容易，给予诸多启示，而且他研究的思路和方法的有效性，也值得我们认真地思考和借鉴。就我阅读他的论文的感受来说，罗钢的论文经常使用的揭示"学说的神话"说、"思想探源"法、"症候阅读"法、"求同辨异"法和高度历史语境化这五者。这是罗钢文论研究的五种方法，显示出研究的有效性，应予以充分重视。"学说的神话"说上文已经提到，此不赘述。这里想扼要地谈谈他撰写论文中经常使用的另外四种方法。

"思想探源"法是罗钢的研究得以成功的最重要的方法。树有根，水有源，任何人的思想与学问都是有思想根源的，因此，我们若要弄清楚某个学问家及其著作中的思想，就必须追根溯源，这根源是"中"，还是"西"，这是研究的关键。罗钢这一手很厉害，他不为王国维借以建构的研究对象多么的中国化所迷惑，不为他笔下那些古代美学的词语——兴趣、神韵、情与景、言情体物、言外之味、弦外之响、以物观物、以我观物、句秀、骨秀、赤子之心、淫词、鄙词、游词、自然神妙等——所迷惑，不为宗白华标举"中国艺术意境"所迷惑，不为李泽厚大谈"中国美学把握艺术创作的实践所总结的重要范畴"所迷惑，不为那些"中国意境史"里所举的古人的种种说法所迷惑，而能拨开这些枝叶，径直寻找到思想的树干和根基。罗钢说："王国维、朱光潜、宗白华、李泽厚等中国现代美学家，尽管他们从德国美学中获取的具体的资源并不相同，他们的理论取向也有鲜明的差异，如有人倾向于认识论，有人倾向于表现论，有人倾向于形式论。甚至同时倾向于认识论，王国维秉持的是一种非理性的认识论，而李泽厚服膺的却是一种理性主义的认识论。但是我们发现无论表面上存在多么严重的分歧，他们关于'意境'的种种思考，都始终围绕着德国美学几个核心的思想主题，如感性与理性的统一，主观与客观的统一，一般与个别的统一，有限与无限的统一。这些特殊的思想主题，构成了他们之间相互对话的基础，也构成了意境说的思想轴心。"①罗钢这种抓思想主题、思维模式的方法，构成了他的"思想探源"法的基础，无疑对我们有启示意义。

---

① 罗钢：《意境说是德国美学的中国变体》，《南京大学学报（哲学·人文科学·社会科学版）》2011 年第 5 期。

"症候阅读"法。法国学者阿尔都塞提出的"症候阅读",最初属于哲学词语,后转为文学批评话语。此问题很艰涩,不是三言两语能说清楚的。我们这里只就文本话语的改写表现了作者思想的变动的一种"症候"来理解的。由于王国维的《人间词话》有好几种不同文本,文本的话语是增加、改动或删掉,都可能表现王国维的思想变化的"症候"。罗钢对此特别加以关注,并加以有效的利用。如他举例说,《人间词话》手定稿第三则原本中间有一个括号,写道:"此即主观诗与客观诗所由分也",但在《人间词话》正式发表时,这句话被删掉了。为什么被删掉?罗钢解释说:"比较合乎情理的解释还是王国维在写作这则词话时思想发生了变化。"①再一个例子也是罗钢论文中不断提到的,就是王国维的《人间词话》原稿中都有一则词话:"昔人论诗词,有景语、情语之别,不知一切情语,皆景语也。"他发现,这则"最富于理论性"的词话被删掉了,这又是怎么回事呢?罗钢告诉我们:"王国维此处'一切景语皆情语'的说法,其实脱胎于海甫定,即他在《屈子文学之精神》中所说的'其写景物也,亦必以自己之深邃之感情为之素地'。但这种观点和他在《人间词话》中据以立论的叔本华的直观说产生了直接的冲突,如果把'观'分为'观我'和'观物'两个环节,那么'观物'必须做到'胸中洞然无物'。只有在这种'洞然无物'的条件下,才能做到'观物也深,体物也切'。这种'洞然无物'是以取消一切情感为前提的,所以王国维才说'客观的知识与主观的情感成反比例',这种'观物'与'观我'是相互联系的两个方面,它们统一于一种审美认识论,假如站在这一立场上,'一切景语皆情语'就是大谬不然的。这就是王国维最后发生犹疑和动摇的原因,这也说明,王国维企图以叔本华的'观我'来沟通西方认识论和表现论美学,最终是不能成功的。"②罗钢对于"症候阅读"法的运用,使他的论文常常能窥视到王国维等大家的思想变动的最深之处和最细微之处,从而作为有力的证据来说明他想说明的问题。

"求同辨异"法。罗钢的王国维研究发现,王国维等人的意境说移植于德

---

① 罗钢:《七宝楼台,拆碎不成片断——王国维"有我之境、无我之境"说探源》,《中国现代文学研究丛刊》2006 年第 2 期。

② 罗钢:《眼睛的符号学取向——王国维"境界说"探源之一》,《中国文化月刊》2006年第 4 期。

国美学的各种思想主题，有许多雷同，但与中国古代的诗学和美学则从根本上相违背，这样罗钢的研究就不得不从事实出发，以"求同辨异"，即求证王国维等人提出的意境说与德国美学之同，辨析其与中国诗学、美学之异。"求同辨异"的方法，除了揭示王国维与德国美学思想的紧密联系外，主要是细致地清理了王国维思想的来龙去脉，看看他提出的意境说的思想基础到底是什么，是中国古代的"比兴"诗学呢，还是叔本华的认识论美学。罗钢所采用的这种方法，不仅重视一些具体概念的细致比对，更重要的是从思想根源上寻绎。换句话说，求同辨异都要以知识准备为条件的。罗钢通过研究，对德国美学家的认识论美学、表现论美学、形式论美学摸得很透，理解得很深，这是一个条件；同时，罗钢又对中国传统的以"比兴寄托"为宗旨的诗学摸得很透，理解得很深，这又是一个条件；再就是对王国维等人的现代美学思想摸得很透，理解得很深，这是第三个条件，三个条件都具备了，那么他就必然会揭示出王国维如何走出中国古代诗学的以"比兴寄托"为核心的"阐释共同体"，而进入西方诗学以"形而上学"为特征的"阐释共同体"。他的论文《历史与形而上学的歧途——王国维与常州词派之一》分析王国维诗学与常州词派的异质性，写得很精彩。他的另一篇论文《本与末——王国维"境界说"与中国古代诗学传统关系的再思考》，通过求同辨异的方法，指出王国维的"境界说"来源于叔本华"直观说"为代表的西方美学传统，而严羽的"兴趣"说和王士祯的"神韵"说，属于中国传统的"比兴"诗学，王国维在《人间词话》中说他的"境界说"为"本"，而"兴趣"、"神韵"说为"末"，完全是没有根据的。这篇论文也同样写得很精彩。这种从思想根源上来"求同辨异"方法是治学的基本方法。

高度历史语境化。罗钢做学案研究，多不采取逻辑演绎的方法，重视历史语境化的方法，这是向来文学理论研究所缺乏的。历史上的某一个问题总是由于某种历史语境才产生的，那么现在我们要合理地解释它，自然也要放回到原有的历史语境中去考察。这种"放回历史语境中考察"的方法，才能使我们准确地把握问题、解释问题和解决问题。罗钢深知此点，所以他笔下的研究结果，都是高度语境化的，其结论也是有充分说服力的。例如他在《学说的神话——评"中国古代意境说"》，罗钢之所以敢于断言，中国美学无所谓"中国意境史"，就在于他把学者们提到的如刘勰的"意象"，王昌龄的"物境、情境和意境"，皎然的"取境"，刘禹锡的"境生于象外"，司空图的"言外之意"，严羽的"兴趣"，王夫之的"情景交融"，陈廷焯的"意境"，等等，都放置于各自特殊历史的、文化的、学派的语境中加以考察，指出它们之间意义指向不同，因此并不存在"一线而下"所谓的"意境"。离开语境必然要陷入"时代的误置"，研究不得要领是可以想见的。

以上五点，作为学案研究方法的精确选择，是十分有效的，值得我们加以借鉴。罗钢的王国维研究，让我想起了他 1987 年答辩的博士论文《历史汇流中的抉择》，从中可以看到他追求真理所走过的一贯的艰苦而有意义的道路的轨迹。我不得不说，当他拿出他的王国维"意境说"研究的时候，他更成熟了，更干练了，更精准了，视野也更开阔了，气魄也更宏大了，学术水平也更高了，所研究的问题也更具深远的意义了。

三、学案、文案研究是当下文学理论发展的新趋势

现代文学理论发展由于时代的原因是有其阶段性。因此，学案的研究也要看时机。中国现代文学理论历经百年，留下了许多文案与学案。厘清这些文案与学案，才能知道我们在什么问题上是有理论建树的，应该加以发扬；什么问题上我们是有错误的，应该加以改正，以利文学理论朝着正确的方向更好地发展。但并不是什么时候都适合于这类文案和学案研究的。

在抗日战争时期、解放战争时期，抗击日本侵略和解放人民大众以及求得民族的独立，是第一位的事情，就是当时的学术研究，只要有可能，也要为配合此时的抗日和解放的任务，无暇去搞学案研究，是可以理解的。新中国成立之后的一段时期，政治运动不断，文学理论基本上无所作为，也是可以理解的。80 年代以来，改革开放，首先是要"拨乱反正"，在那种思想状态下，在那种急迫的情势下，也不可能做什么带有科学性的学案研究。可以说，当某种意识形态处于偏执状态下，是不可能有真正的学术讨论的，因此也不可能有真正的学案研究。

90 年代初以来，开始实行社会主义市场经济政策，一时间商业化的浪潮席卷全国。大众文化流行全国。文学失去了轰动效应，文学理论也随之陷入危机。

但文学理论的危机没有阻止文学理论的话语生产。因为全国各高校和研究机构按照论文、专著的数量评职称。于是学术研究以量取胜，重复之风盛行，无效的学术研究盛行，甚至抄袭之风盛行，一句话，是急功近利盛行。

虽然文学理论学界纷纷建构各种理论体系，但这些理论体系会不会又成"学说的神话"还很难说。人们终于发现我们为了评职称在取得某些研究成果的同时，也制造了许多学术垃圾。据古风《意境探微》一书中说，仅 1978—2000年，"约有 1452 位学者，发表了 1543 篇'意境'研究的论文，平均每年约有 69位学者发表 73 篇论文。"而且还有大量的以"意境研究"为题的专著出版。[①] 以这大量论文和专著去参评教授，不知为中国增加了多少教授。但是大量的论文和专著又有多少学术元素呢？这是值得怀疑的。也许这不是说明学术的兴盛，恰恰说明学术的萎缩。

上述两种背景，逐渐使文学理论陷入危机。危机有危机的意义。它不得不使文学理论沉寂下来，寻找摆脱危机的办法。正是在这种时候，像罗钢教授这样功底厚实的中年学者，他们不去申请什么社科基金课题，不必急忙去结项，也不去参加学术会议，不去赶那些没有学术意义的热闹，因为没有经费。他们在不被人关注的情况下，安下心来，以一种平和的心态，放慢了节奏，慢慢地搜集资料和证据，以"十年磨一剑"的工夫，无比坚韧的研究精神，去研究一个众说纷纭却始终没有解决的学案，找出了新的证据，写出新鲜有力的文字，注入新的学术元素，形成新的学术趋势，从而给现代文学理论发展校正航标，拨正航路。这是不是摆脱文学理论危机的一种办法呢？我想是的。

文案、学案研究正当其时。我们需要这种研究。我伸开双手欢迎这种研究。

---

① 古风：《意境探微》，百花洲文艺出版社 2001 年版，第 16 页。

中西文学观念差异论①

　　新时期以来，全国各高校编写的《文学概论》一类的书，据统计有三百多种。通过反复的编写，积累了经验，也产生了问题。问题之一，就是许多教材按照文学理论专题，把西方文论和中国古代文论的资源融合在一起，建构成一种专题性的理论体系。但是，把西方文论和中国古代文论融合在一起不是没有"风险"的，原因是西方文论是西方历史文化的产物，中国古代文论则是中华古代历史文化的产物，它们所提的问题可能有相同之处，但其对问题的回答则有很大不同，换言之，它们是"异质"的理论形态，可以进行比较，而要完全融合到一起，则可能是勉为其难的。硬要把中西文学理论融合到一起，其牵强、拼凑的问题就暴露无遗。因此，我们目前的文学理论研究和教学，特别是对于中国古代文论的现代转化的研究，都不能离开中西文化和文学观念差异的比较，都不能否认中西文学观念的"异质"性，都不能离开中西文化所产生的不同历史语境的探讨。这样，对于文学理论中核心问题——中西文学观念——的再反思，就不能不是有志于研究文学理论的学者重新面对的一个重要问题。

　　一、中国文学观念——以"抒情"为主——审美论

　　中西文学观念的比较研究，此前也有不少相关论著，但一般都认为西方重再现，中国重表现。现在看来，这种说法仍嫌简单，首先是没有进入历史

---

　　①　发表于《文艺理论研究》2012 年第 1 期。

语境，没有深刻说明中西文学观念差异所产生的不同历史和文化根源；其次是对于中西思维模式缺乏深刻的认识，导致中西方文学观念的差异比较停留于较浅的层次上。

中国古代文学观念与以欧洲为中心的西方文学观念有巨大的差异。总体而言，中国古代文学观念是情感论。中国文学的开篇《诗经》几乎都是抒情诗。与《诗经》几乎同时的《尚书》中的"尧典"说："诗言志，歌永言，声依永，律和声。"①这段话的前面是"帝曰"，这个"帝"就是"舜帝"，是他告诫掌管音乐的人"夔"的一席话，意思是说：你听好了，诗要表达意志，歌要把诗的言辞咏唱出来，声调则随着咏唱而抑扬顿挫，韵律则使声调和谐统一。过去解释这段话的学者，常常只注意"诗言志"三个字，没有把这句话联系起来理解，是不够的。《尚书》这句话，意思是要把诗、歌、吟唱、韵律四个因素联系起来。或者说，诗在当时是应歌唱的，歌唱则要讲究"吟唱"，怎样才能达到"吟唱"的效果呢？那就要讲究韵律和谐。这样联系起来理解，那么《尚书》这句话所说的就是："诗"作为一种活动，一定要以韵律的语言用吟唱的方法充分表达情感志意。"诗言志"的"志"是什么？《春秋左传正义》在解释"好、恶、喜、怒、哀、乐"等六志时说："在己为情，情动为志，情志一也。"②这个解释很好，说明情志是相通的。不论是个体性的情感（如《诗经·关雎》）还是社会性情感（如《诗经·硕鼠》），都是抒发情志的，这里没有严格的区别。"诗言志"不是舜帝一人的意见，几乎是后来众多不同流派学者对诗的共同理解。《庄子·天下》："诗以道志"；《荀子·儒效》："诗言是其志"；《左传·襄公二十七年》："诗以言志"。这样说来，朱自清说："诗言志"是古代诗学的"开山的纲领"③，就可以成立了。为什么中国文学观念一开始就与人的情感联系起来，根本原因是中国古代没有"上帝之城"，也就没有像柏拉图那样的无所不在的超越现实的"理式"。

汉武帝年间，中国版图扩大，国家的雏形开始形成，皇权思想也日益强大，

---

① 《尚书·尧典》，见张少康、卢永璘编选：《先秦两汉文论选》，人民文学出版社1996年版，第4页。

② 《春秋左传正义·昭公二十五年》，见（唐）孔颖达：《春秋左氏传正义》。

③ 朱自清：《诗言志辨》，凤凰出版社2008年版，第4页。

"独尊儒术"成为主导的倾向，开始把先秦儒学批判社会的理论，变为控制人的思想情感的统治者的意识形态。孔子删过的诗三百零五篇受到尊崇，被定为经典。汉代传诗是一种重要的意识形态活动，传诗的有鲁、齐、韩、毛四家。鲁、齐、韩三家传"诗"用汉代流行的文字隶书，被称为今文经。唯有毛亨传"诗"用先秦文字记录，被称为古文经。当然四家诗不仅所用的文字不同，这是由于当时存留的"诗"，通过口耳相传，记忆和理解有出入，各家所传的诗在内容、义疏和理解上也就各有不同。又因为当时"独尊儒术"，事关大局，谁家传的"诗"是正统的还是非正统的，这关系到各家地位高下的问题，不能不进行论辩，这就形成了古文学派与今文学派的斗争。后来鲁、齐、韩三家今文经亡佚，独有古文经毛诗流传下来。"毛诗"对各篇诗都有义疏和解释，称为"诗序"。第一篇《关雎》不但解释本篇意义，而且还对诗的性质、功能、分类等作了阐释，被称为"诗大序"。"诗大序"可以称为中国古代第一篇完整的诗论篇章。它继承了"诗言志"的思想，但被意识形态化了，所以被称为"诗教"。"诗大序"说："诗者，志之所之也，在心为志，发言为诗。情动于中而形于言，言之不足故嗟叹之，嗟叹之不足故永歌之，永歌之不足，不知手之舞之，足之蹈之也。"这段话把诗看成是将诗、歌、舞联系在一起的活动，实际上是对《尚书·尧典》中关于"诗言志"那段话的更具体的解释，其思想是一脉相承的，都认为诗是个人的抒情活动。但"诗大序"的后面就把诗和政治、伦理联系起来，说："治世之音安以乐，其政和；乱世之音怨以怒，其政乖；亡国之音哀以思，其民困；故正得失，动天地，感鬼神，莫近于诗。先王以是经夫妇，成孝敬，厚人伦，美教化，移风俗。"又指出"诗有六义"，这就是风、雅、颂、赋、比、兴。认为"上以风化下，下以风刺上，主文而谲谏，言之者无罪，闻之者足以戒，故曰风"。"刺"就是批评、批判，"主文而谲谏"，则是说批评的时候，要用隐约的文辞劝诫，不可直言过失。更重要的是诗的批评只能"发乎情，止乎礼义"。① 总的说来，"诗大序"虽然仍然强调"诗言志"的情感理论，但这里的情志已经偏重于社会性的情志，个体性的情志受到了压制。当然"诗大序"的作者不是不知道情志首先是个人的，如"诗大序"说："发乎情，民之性也；止乎礼义，先王之泽也。"所谓情是

---

① 《毛诗大序》，见张少康、卢永璘编选：《先秦两汉文论选》，人民文学出版社 1996 年版，第342—345 页。

"民之性"，就是承认有个人性的情感，但这个人性的情感不可任意发挥，必须受先王教化原则的制约。这样，汉代的"诗教"理论所透露出来的文学观念虽然仍抒发情志，但注重抒发社会性的情志，即具有儒家人伦政治的情志，而个人性情感的抒发受到限制。

到了魏晋六朝时期，随着社会的变化，个体意识的逐渐觉醒，加之社会混乱，民众生活颠沛流离，人们对圣人之言产生怀疑，儒家的意识形态开始走向衰微。人们意识到人首先是个人，于是文学的观念从"言志"说转向陆机的"缘情"说，转向刘勰的"物以情观"说、"情者，文之经"说，从而对中国诗学的情感论作出了重新的理论阐述，凸显出中国文学理论强调文学乃抒情之作品的性质。那么，这"情"是什么呢？《礼记·礼运》说："何谓人情？喜、怒、哀、惧、爱、恶、欲，七者，弗学而能。"这就是说，情是指人的生命的情感。生命的情感怎样转变为文学的内质的呢？这就是中国古文论中反复强调的"物感"说和"情观"说所力图说明的。"物感"，指人的情感虽然是天生的，但只是潜在的能力，必须"感物"才能"起情"。"物感"说，最早由《礼记·乐记》提出，到了刘勰《文心雕龙·明诗》作出了这样的解释："人禀七情，应物斯感，感物吟志，莫非自然。"值得指出的是，在中国古代文论的研究中，有不少学者常把"物感"说与毛泽东《讲话》中的"生活源泉"说相比附，认为"闪烁着唯物主义的光辉"①，这是大谬不然的。中国古代的"物感"说，强调的是"应物斯感"的"感"，人必须先有天生的"七情"，然后触物才有"感"，"七情"在先，"物感"在后，换言之，是情感触物后对物的情感评价，强调的是"感"，而不是"物"。这是属于"审美"论；毛泽东的"生活源泉"说，是先有生活，然后才有人的意识的反映，才有文学形象的反映。这是属于近代哲学上的唯物主义的反映论。两者是不同的，不可随意比附。

刘勰《文心雕龙·诠赋》篇提出的"情以物兴"和"物以情观"则说明了魏晋六朝时期有见识的士人已注意到了诗人、作家的整个创作过程。所谓"情以物兴"，是说明诗人、作家创作之初是触物起情，即人天生的情感由于外物的触动而引起情感的兴发，这个过程可称为情感的"移入"，即由外而内；但对诗人、作家而言，情感的"移入"仍然不够，诗人作家还必须"物以情观"，即用自己的情感去观看、评价外物，使外物也带有人的情感，这个过程可称为情

---

①　参见彭会资编：《中国文论大辞典》，百花文艺出版社1990年版，第2页。

感的"移出"，即由内而外。在中国文学理论看来，文学创作就是情感的"移入"和"移出"的双向过程。诗人、作家不过是围绕着情感来做文章，实际上是围绕着人的生命来做文章。中国古代文学理论最重要的范畴之一就是"赋比兴"的"兴"。所谓"起兴"、"兴味"、"兴趣"、"兴象"、"兴寄"、"感兴"、"入兴"、"兴义"、"兴体"、"勃兴"等，都是指情感的兴发状态。

　　总的说来，在魏晋六朝时期，诗人既是社会性的存在，更是个体性的存在，因此与汉代一味主张抒发社会性情感不同，而主张诗人可以抒发个人性情感。晋代时期的大诗人陶渊明的大部分诗歌，如"结庐在人境，而无车马喧"、"今日天气佳，清吹与鸣蝉"、"采菊东篱下，悠然见南山"、"种豆南山下，草盛豆苗稀"、"暧暧远人村，依依墟里烟"、"狗吠深巷中，鸡鸣桑树颠"等，都是个人性情感的抒发。但我们又要看到，像陶渊明这样独特的诗人，也正如鲁迅所说的那样"并非浑身全是静穆"，他也有"精卫衔微木，将以填沧海。刑天舞干戚，猛志固常在"之类的"金刚怒目"式的诗篇。① 所以，我们说魏晋六朝诗人主张抒发个人性的情感，也不是绝对的，仍然有不少诗人写出"志思蓄愤"的"为情而造文"②的社会性很强的抒情作品。

　　到了唐代，特别是到了盛唐，诗歌作为当时主要的文学种类，个体性抒情与社会性抒情取得了多样的发展，既有单纯抒发个人情感的诗，也有完全抒发社会情感的诗，而更多的是，他们往往通过抒发个人性的情感去表达社会性的情感。个人性情感中有社会性情感，社会性情感中也有个人性情感。诗人们看似在抒发山水花鸟之情，实际上渗透了对于社会兴衰动乱的抒写。另外，此时虽有唐传奇一类叙事性作品出现，但文学抒情的观念并未改变。不过唐代诗人的抒情无论是个体性的，还是社会性的，都主张"兴寄"。唐前期的陈子昂对齐梁间诗，"彩丽竞繁，而兴寄都绝"十分不满，主张诗人写诗抒情要有"兴寄"。③ 稍后一些的白居易也主张"文章合为时而著，歌诗合为事而作"④。且不用说杜甫的"三吏"与"三别"这些诗，也且不说白居易的"新乐

---

① 鲁迅：《题未定草七》，《鲁迅论文学》，人民文学出版社 1959 年版，第 245 页。

② （南朝梁）刘勰：《文心雕龙·情采》。

③ （唐）陈子昂：《与东方左史虬修竹篇序》，见周祖譔编选：《隋唐五代文论选》，人民文学出版社 1990 年版，第 70 页。

④ （唐）白居易：《与元九书》。

府"诗，就是直接写自然景物或亲情、爱情的篇章，如李白的《宣城见杜鹃花》、《早发白帝城》、《秋浦歌》等，如李商隐的那些"无题"诗等，也都是在抒情中有寄托的诗篇。"兴寄"是唐诗抒情的一个重要特征。

宋代是中国封建社会的一个转折期。叙事性的话本兴起。但主要的文学种类还是诗词。不可否认的是，宋代儒学继先秦儒学、汉代儒学进入了儒学的第三期，这就是理学的儒学。理学的兴起与活跃加之儒学理学化，不能不影响到文学的抒情，即抒情中有人生哲理的渗入，这就引发了宋人严羽的批评，认为宋诗"遂以文字为诗，以才学为诗，以议论为诗"①。不但宋代当朝人这样批评，其后代也有"资书以为诗"②的批评，连明清之际的王夫之也批评苏轼与黄庭坚："除却书本子，则更无诗。"③这就可能引起不知中国宋诗的人的误解，以为中国文学从此抛弃情感的抒发，转变为与西方相仿的知识的形式。其实不然。这里且不说当时涌现的大量的词完全是抒情的，而且多是抒发个体性情感的，就以诗来说，严羽、王夫之等的说法显然是太夸张了。应该说，宋诗的确没有刻意摹仿盛唐诗歌的作法，也的确多有议论入诗，更重视诗歌语言的字斟句酌和推敲，却表现出宋诗的独特面貌，那就是它崇尚"理趣"，在"理趣"中来抒发情感。如苏轼的《饮湖上初晴后雨》，在悖论式的理趣描写中，热情地歌唱了西湖的美好，情感就寓含在把西湖比西子中。苏轼的《题西林壁》更是在无尽的理趣中抒发了庐山的无穷魅力。以黄庭坚为代表的江西诗派中许多人的诗都有这个特点。这些都可说明宋诗虽自成面貌，但在抒情这点上，与前代是一致的。

中国古代社会后期，社会世俗化大为加强，明清以来，戏曲、小说作品的大量出现，从表面看，文学创作似乎离开了抒情传统，转向了叙事方面。其实也不尽然。因为第一，明清两代抒情的诗仍属于正统，是高雅的标志；第二，就中国古代戏曲和小说作品而言，仍然贯穿着中国独特的抒情传统。明代著名戏曲家汤显祖其创作思想的核心就是一个"情"字。他讲"情"，一方

---

① （宋）严羽著，郭绍虞校释：《沧浪诗话校释》，人民文学出版社 1962 年版，第 24 页。

② 钱钟书：《宋诗选注》，人民文学出版社 1982 年版，第 17 页。

③ （清）王夫之：《船山遗书》卷六十四《夕堂永日绪论》内编。

面是不满宋明理学；另一方面是不满现实的"法"的限制，所以他在戏曲创作中追求"有情之天下"。他在《牡丹亭记题词》中解释他笔下的人物杜丽娘，说："如丽娘者，乃可谓之有情人耳。情不知所起，一往而深，生者可以死，死可以生。生而不可与死，死而不可复生者，皆非情之至也。"①他说杜丽娘生而死，死而复生，是她的情所致。实际上，《牡丹亭》之所以能写出这样一个死而复生的人物，乃是根源于作者有情感郁积于心中，不得不发。又，汤显祖在《董解元西厢题辞》中说："余于声律之道，瞠乎未入其室也。《书》曰：'诗言志，歌永言，声依永，律和声。'志也者，情也。……嗟乎，万物之情，各有其志。董以董之情而索崔、张之情于花月徘徊之间，余亦以余之情而索董之情于笔墨烟波之际。董之发乎情也，铿金戛石，可以如抗而如坠。余之发乎情也，宴酣啸傲，可以以翱而以翔。"②董解元、汤显祖创作戏曲，都是为了抒发自己的情感，董有董的情感，汤有汤的情感。这就说明了中国戏曲以讲故事为表，以抒发情感为里。清代小说评点家金圣叹在《西厢记·警艳》的总批里提出：戏曲创作作家，是巧借古人往事"以自传道其胸中若干日月以来，七曲八取之委折"，这再次说明戏曲表面是讲故事，深层则仍然是要抒发自己的情感。小说的情况与戏曲相似。金圣叹在《水浒传·序三》中谈到施耐庵"十年格物一朝物格"后，指出："夫然后物格，夫然后能尽人之性，而可以赞化育，参天地。"③也是说明中国小说的创作还是要"尽人之性"，抒人之情。正如一部《红楼梦》，不过是作者感叹自己的身世，感叹生命的快乐与悲哀而已。后来的"红学"完全用认识论来解读，说什么《红楼梦》是中国封建社会的百科全书，是写封建社会由兴盛到衰败的过程，写封建社会必然要走向崩溃，等等，这种种说法，是否正确，是可以商讨的。曹雪芹在第一回一开篇，就借空空道人之嘴说，此书"大旨不过谈情"，就点名《红楼梦》虽是叙事作品，要讲一个完整的故事，但却带有抒情的性质。后又借贾宝玉之口说："女子是水做的骨肉，男人是泥做的骨肉"，这里蕴含着作者的感叹。黛玉葬花及其哀伤

---

① 　(明)汤显祖：《牡丹亭记题词》，见蔡景康编选：《明代文论选》，人民文学出版社1999年版，第282页。

② 　(明)汤显祖：《董解元西厢题辞》，见蔡景康编选：《明代文论选》，人民文学出版社1999年版，第282—283页。

③ 　(清)金圣叹：《水浒传·序三》，见王运熙、顾易生、王镇远、邬国平编选：《清代文论选》(下)，人民文学出版社1999年版，第776页。

的歌咏，是在抒发一种不得意的感伤之情。《红楼梦》中诗词歌赋随处皆是，成为作品的有机组成部分，也是作者的生命情感的叹息。我们可以说，《红楼梦》是在歌唱故事，而不是一般地叙述故事。现在中国学者不少人摹仿西方学者在研究中国叙事学，这诚然是很好的事情，但如果看不到中国古代叙事文学的抒情特点，就没有找到中国叙事文学的根本所在。

　　总而言之，我们通过对中国文学发展几个时期文学观念的梳理，可以见出中国的文学观念是抒情性的。中国古代文学所重视的是人的生命感情形态的言语表现。文学有历史知识的成分，但文学不仅仅是历史知识，文学从根本上说是人的生命感情形态的言语表现。当然，中国文学观念中，也有摹仿观念，如汉赋中的铺陈描写，被刘勰《文心雕龙·诠赋》篇称为"写物图貌，蔚似雕画"。但刘勰不看好汉赋一类的作品，认为这是"图状山川，影写云物"的再现性作品"习小弃大"。特别是中国画论中的"度物象以写真"的思想，也对文学有影响。故此，我们不能绝对地说中国文学中没有摹仿观念。但无论如何这种摹仿的观念，在中国的文学观念中始终未占主导地位，则是可以肯定的。中国古代文论一般较少讲西方文学反复强调的"真实"问题，而是讲"真诚"的问题，《庄子·渔夫》："真者，精神之至也。不精不诚，不能动人。故强哭者虽悲不哀，强怒者虽严不威，强亲者虽严不和。……"①一般地说，中华古文论中讲到"真"的地方，多数情况下，都可作如是解。因为既然文学是抒情，那么不同的诗人有不同的情，只要各自抱着一颗诚心，做到"物以情观"，也就能在诗篇中尽自己之情，达自己之意。如果我们要寻找一个现代词语，来概括中国古代文学抒情观念的话，那么我觉得可以用"审美"论来表述，是相差不远的。因为所谓审美，简言之，就是"情感的评价"。

　　二、西方文学观念——以"摹仿"为主——认识论

　　如果说中华古代文学肯定文学是人的生命感情的言语表现的话，那么西方文学就把文学看成是人的知识形态的抒写。

　　西方文学的源头就是把文学看成是摹仿。在公元前 500 年的古希腊思想家赫拉克利特就提出了"艺术摹仿自然"的观点②。但真正为摹仿论奠定基础

① 　《庄子·渔父》，见郭庆藩：《庄子集释》，中华书局 1961 年版，第 1023 页。
② 　见《欧美古典作家论现实主义和浪漫主义》（一），中国社会科学出版社 1980 年版，第 7 页。

的柏拉图。文学"摹仿"观念，用车尔尼雪夫斯基的话来说，统治西方文学理论两千多年，整个西方的文学和文学理论虽屡经变迁，从写实主义到古典主义，再到浪漫主义，再到 19 世纪的批判现实主义，始终或显或隐地贯穿着"摹仿"这个概念。以至于德里达也认为"摹仿"说处于西方文学理论和美学的中心地位。以欧洲为中心的西方文学既然如此看重"摹仿"这个概念，那么，文学摹仿什么呢？最初是摹仿"自然"。柏拉图在《理想国》中有个著名的"床喻"，这是大家都熟悉的。他认为有三个世界：一个是神所创造的"自然"世界，这是神凭着"理式"所创造的；二是工匠所创造的世界；三是艺术家笔下的世界。柏拉图说："假定有三种床，一种是自然的床，我认为那是神创造的。一种是木匠造的床，再一种是画家画的床。画家、木匠和神分别是三种床的制造者。神制造了本质的床、真正的床。神从未造过两个以上这样的床，以后也不会再造新的了，因此是床的'自然制造者'。自然的床以及所有其他自然事物都是神的创造。木匠是某一特定的床的制造者。（画家则是神与木匠所造东西的摹仿者。）我们把与自然隔着两层的作品的制作者称为摹仿者。悲剧诗人既然是摹仿者，那他就像所有他们摹仿者一样，自然而然地与国王或真实相隔两层。"①柏拉图决定要把诗人赶出他的"理想国"。原来文学摹仿的自然，是神所创造的，神凭着什么创造？凭着"理式"。唯有"理式"才是真实的，是一切事物的原型，是一切知识的本原。人们唯有追寻到它，才获得真实的知识，才会有价值。柏拉图告诫人们，千万不要相信画家和作家的制作，因为他们是摹仿者，就像一个人拿着一面镜子到处照的话，那么你会看到动物、植物和你自身的影像，只有小孩和愚笨的观众才会相信。如果你上了摹仿者的当，那么你就"分不清什么是知识、无知和摹仿这三件东西"。由此我们不难看出，柏拉图要求的是文学应该是真实的知识，可由于诗人、画家只会摹仿，不能获得"理式"，因此就不能提供真知，所以不喜欢他们，要把他们从"理想国"撵走。

后来，他的学生亚里士多德在《诗学》中，试图取消"理式"，认为我们人所看到的自然就是真实的，就具有真知的价值，所以认为诗人的摹仿是有价值的。亚里士多德为文学的摹仿寻找理由，他说："写诗这种活动比写历史更

①　转引自王柯平：《〈理想国〉的诗学研究》，北京大学出版社 2005 年版，第 213 页。又参见［古希腊］柏拉图：《柏拉图文艺对话集》，人民文学出版社 1959 年版，第63－86 页。

富于哲学意味，更被严肃的对待；因为诗所描述的事带有普遍性，历史则叙述个别的事。"①所谓"更富于哲学意味"，"更被严肃对待"，"所描述的事带有普遍性"，是从不同的角度告诉人们，诗虽然是摹仿，但它不是摹仿个别的无意义的事情，而是描写具有普遍真理的事情，诗人陈述的是我们需要的真知识。这样看来，虽然柏拉图和他的学生对待"摹仿"的态度不同，一个是否定的，一个是肯定的，但有一点是完全一致的，即认为文学是知识。如果柏拉图认为是假知识的话，那么亚里士多德认为是真知识。这里要提一句的是，亚里士多德是有矛盾的，他在强调现实是真的同时，又认为这现实背后还有"第一因"。这不可追寻的"第一因"实际上又回到他老师柏拉图的"理式"上面。

其后西方的文学由摹仿自然转为摹仿人生再转为摹仿现实，但始终是摹仿的观念。文艺复兴时期的巨匠达·芬奇把诗画几乎看成是一样的东西，他说："绘画是不说话的诗歌，诗歌是看不见的绘画"，他认为诗歌和绘画都是摹仿："绘画是肉眼可见的创造物的唯一摹仿者，如果你蔑视绘画，那么，你必然将蔑视微妙的虚构，这种虚构借助哲理的、敏锐的思辨来探讨各种形态的特征：大海、陆地、树林、动物、草木、花卉以及被光和影环绕的一切。事实上，绘画就是自然的科学，是自然的合法的女儿，因为绘画是由自然所诞生。"②本来关于西方的文学摹仿论我们可以引用的资料很多，为什么要单单引达·芬奇这句画论呢？这是因为达·芬奇这段看似违背常识的话，恰好最能说明西方文学摹仿观念的本质。"虚构"就是作家的虚拟，可达·芬奇为何要把"虚构"看成是对于世界的哲学的思辨呢？按照我们现在的理解，绘画明明不是"自然的科学"，而是人文的科学（如果可以说"科学"的话），可达·芬奇为什么要违背常理把绘画（连同诗歌）看成"自然的科学"呢？实际上，达·芬奇说出了西方摹仿说的最根本之处。就是说，西方的文学摹仿说，把文学艺术看成是真理和知识的形态，而不看成是主观的情感的表现。在摹仿说看来，无论是诗人还是画家都是真理的追求者和知识的发现者，虚构则是一种科学的探讨，这与人的情感无关。达·芬奇的看法与柏拉图的看法是一

① ［古希腊］亚里士多德：《诗学》，人民文学出版社 1962 年版，第 29 页。
② ［意］达·芬奇：《论绘画》，《欧美古典作家论现实主义和浪漫主义》，中国社会科学出版社 1980 年版，第 104 页。

脉相承的，虽然达·芬奇不再相信"理式"，而相信"自然"。

18—19 世纪，西方各国的资本主义已经达到了一个顶峰，资本主义有两个维度，一个维度是资本主义创造了空前未有的财富，正如马克思恩格斯所说："资产阶级在它的不到一百年的阶级统治中所创造的生产力，比过去一切世代创造的全部生产力还要多，还要大。"①但这巨大的财富造就了资产者和无产者的对立；另一个维度是人压迫人、人剥削人的罪恶充分暴露出来，人的异化也达到了空前的地步，不但无产者被异化了，资产者也被自己的贪欲所异化。

于是那个时代的作家、诗人分别走了两条不同的路，一条就是批判现实主义的路，他们还是主张文学摹仿、再现和揭露罪恶的现实，狄更斯、巴尔扎克、列夫·托尔斯泰等作家就是其中最杰出的代表；另一条是浪漫主义的路，他们不再主张文学是摹仿和再现，而主张文学是理想的照耀，是想象的表现，是人的情感的自然流露，借此或烛照现实或躲避、疏离现实。渥兹渥斯②、柯勒律治、雪莱、雨果等就是其中最杰出的代表。

然而在西方文学的发展过程中，摹仿说深入人心，它能统治西方文坛两千余年。任何伟大作家都要变着法，说自己的作品是摹仿自然或摹仿现实的产物，以表明自己是有"真才实学"的人。如法国伟大作家巴尔扎克就说："法国社会将写它的历史，我只能当它的书记。编制恶习和德行的清册，搜集情欲的主要事实、刻画性格、选择社会的主要事件、结合几个本质相同的人的特点揉成典型人物，这样我也许能写出许多历史家没有想起的那种历史，即风俗史。"③当法国社会历史的"书记"，写出"风俗史"，依靠的就是"摹仿"。但巴尔扎克比别的作家深刻的地方，在于他看到"现实"本身有时不真实，因此需要"典型人物"，需要"文学真实"，他曾这样说："生活往往不是过分充满戏剧性，或者就是缺少生动性。并不是现实生活中发生的一切都得描写成文学中的真实。"④所以他认为"文学真实"高于"现实真实"，因为文学真实是不

---

①　［德］马克思、恩格斯：《共产党宣言》，《马克思恩格斯选集》(第 1 集)，人民出版社 1995 年版，第 277 页。

②　今通译华兹华斯，本书中沿用旧译渥兹渥斯。

③　［法］巴尔扎克：《〈人间喜剧〉前言》，《巴尔扎克论文学》，中国社会科学出版社 1986 年版，第 62 页。

④　［法］巴尔扎克：《〈古物陈列室〉、〈钢巴拉〉初版序言》，《巴尔扎克论文学》，中国社会科学出版社 1986 年版，第 142 页。

但经过作家的再现，而且有虚构，有综合，有加工，这就比真还真，比看到的现象更具有本质的真实。

可是主张走浪漫主义的诗人们因为偏离了文学"摹仿"的路线，就要遭到别人的责难，于是诗人们就不得不站出来"为诗辩护"。历史上有两篇同名的"为诗辩护"的文章。一篇是16世纪文艺复兴时期英国菲利普·锡德尼爵士的《为诗辩护》，他是有感于英国一位清教徒斯蒂芬·高森写了一本题为《骗人学校》，大肆攻击诗歌、演员和剧作家而写的。高森认为诗不能为人提供真的知识，而且败坏人的德性。锡德尼不同意这种看法，写了《为诗辩护》一文，他认为诗歌和其他文学，作为"摹仿和虚构"的作品，所提供的知识比自然更多。锡德尼说："只有诗人，不屑为这种服从所束缚，为自己的创新气魄所鼓舞，在其造出比自然所产生更好的事物中，或者完全崭新的、自然中所从来没有的形象中，如那些英雄、半神、独眼巨人、怪兽、复仇神等等，实际上，升入一种自然，因为他与自然携手并进，不局限于它的赐予所许可的狭窄范围，而自由地在自己才智的黄道带中游行。自然从未以如此华丽的挂毯来装饰大地，如种种诗人所曾作过的：……它的世界是铜的，而只有诗人才给予我们金的。"①锡德尼为诗辩护的理由为诗创造另一种自然，升入另一种自然，从而不为原本的自然所束缚，带来了新知，扩大了视野，因此他认为文学是更有价值的，原本的自然是"铜"的，而诗中的自然则是"金"的。另一篇同名文章《为诗辩护》是雪莱撰写的。这是他去世的前一年写下的一篇文章，直接的原因是他的一个朋友皮可克写了一篇短文《诗之四个阶段》，即远古时期诗的铁的时代，古希腊时期的黄金时代，罗马帝国时期的白银时代，以及渥兹渥斯等人开创的浪漫主义时期的铜的时代。雪莱认为他的朋友对于近代的抒情诗评价太低，于是写了这篇为诗辩护的文章。实际上，根本的原因是18世纪末到19世纪初，以渥兹渥斯、柯勒律治、骚塞为代表的浪漫主义诗派，在诗的观念上有了一次革新，那就是把诗理解为情感的表现，渥兹渥斯在那篇著名的《〈抒情歌谣集〉序言》中多次说过诗不是摹仿："一切好诗都是强烈情感的自然流露。"而且说："是情感给予动作和情节以重要性，而不是动作和情节

---

①　[英]锡德尼、扬格：《为诗辩护　试论独创性作品》，人民文学出版社1998年版，第70页。

给予情感以重要性。"①这在西方诗学历史上，是一个石破天惊的改变，它把柏拉图、亚里士多德建立的摹仿说给颠覆了。按照摹仿说，诗是摹仿，在诸要素中并没有情感，现在渥兹渥斯却说"诗是情感的自然流露"，而且把摹仿说诸要素中作为第一要素的"情节"放到次要的地位，认为是情感给予了情节以重要性。但是奇怪的是，渥兹渥斯虽然改变了摹仿的观念，却仍然认为诗是知识的发现。他说"科学家追求真理"，但"诗是一切知识的菁华，它是科学面部上的强烈的表情"。甚至说："诗是一切知识的起源和终结。"这就给人提出一个问题，诗所注重的既然是"情感的自然流露"，怎么又说"诗是一切知识的起源和终结"呢？情感是主观的，知识是客观的，这是常识，渥兹渥斯的说法不是自相矛盾吗？雪莱也是浪漫主义诗人，与渥兹渥斯、柯勒律治在诗的观念上是一致的。所以他的《为诗辩护》一文，与渥兹渥斯的观点也是相似的。雪莱说："一般说来，诗可以作想象的表现"，又说："诗是最快乐最良善的心灵的瞬间的记录。"这不就是说诗是人的主观情感与想象的表现吗？可雪莱在为诗辩护时，则把理由转向知识的发现，即转向客观的发现。如说："诗人们，抑即想象并且表现这万劫不复的人们……他们也是法律的制定者，文明社会的创立者，他们更是导师……"又说："一切崇高的诗都是无限的；它好像一颗橡实，潜藏着所有的橡树。我们固然可以拉开一层一层的罩纱，可是潜藏在意义最深处的赤裸的美却永远不曾揭露出来。一首伟大的诗是一个源泉，永远泛溢着智慧与快感的流水……"他甚至说："诗人是世间未经公认的立法者。"②为什么雪莱和渥兹渥斯一样，一方面说诗是情感的自然流露，可另一方面又说诗是知识的"源泉"，这不是自相矛盾吗？实际上，浪漫主义文学观念的转向，并不完全表明对西方文学本质认识的转向。有一点是一以贯之的，那就是从古到今，西方都认为文学无论是摹仿，还是情感的流露，都是知识的发现。

　　19世纪西方各国的批判现实主义与浪漫主义并行不悖，无论是主张摹仿现实还是主张理想的表现，都认为文学与科学具有同等地位，它们都是知识。

---

①　[英]渥兹渥斯：《〈抒情歌谣集〉序言》，见刘若端编：《十九世纪英国诗人论诗》，人民文学出版社1984年版，第6、7页。

②　[英]雪莱：《为诗辩护》，见刘若端编：《十九世纪英国诗人论诗》，人民文学出版社1984年版，第119—169页。

如俄国大批评家别林斯基，仍然认为文学是"复制"（即摹仿），他在论述文学与其他科学的区别时说："诗也是要议论和思考的——这并不错，因为诗的内容同思维的内容同样都是真理；然而诗是通过形象和图画而不是依靠三段论法与双关论法来议论和思考的。"①别林斯基的意思是，科学和文学都在揭示真理，都是知识，只是一个用逻辑，一个用形象。

20世纪，由于西方社会进入资本主义的晚期，各种社会矛盾丛生。文学也从现实主义进入现代主义，再进入后现代主义。象征主义的诗歌、意识流小说和荒诞派戏剧一时间流行起来。这似乎离"摹仿"说越来越远，但如果我们透过现象看本质，那么20世纪西方文学追求的仍然是"真理"。这一点在有些作家那里就看得很清楚。英国诗人艾略特在他著名的论文《传统与个人才能》中，强调诗歌实际上是"感情的脱离"，"个性的脱离"，诗人要"不断地使自己服从于比自己更有价值的东西"。那么这"更有价值的东西"是什么呢？这就是"科学"，或者说"科学真理"。因为艾略特说："正是在个性消灭这点上才可以说艺术接近科学。"②过去我们一直认为文学家是更要个性，更要感情的，所以我们不能理解艾略特的"个性消灭"、"感情脱离"的观点，但如果我们把它放到整个"欧洲思想"的发展史中，我们也就能够理解了。美国海明威是20世纪具有代表性的作家，他的《老人与海》，讲了一个老渔夫桑迪亚哥的故事。他84天没有捕到鱼了。但他坚持着，终于费尽周折捕到一条与他的小船一样大的鱼。他把这条大马林鱼设法捆绑在他的小船旁，开始返航，但大大小小的鲨鱼不断地来抢吃他捕获到的鱼肉，他费尽力气与它们搏斗，可当他的小船驶近岸边的时候，他发现他捕获的鱼只剩下一个鱼架子了，鱼肉都被鲨鱼抢吃光了。但老人会就此罢休吗？不会。他还会出海。这个不动声色的似乎远离感情和个性的现代主义小说故事，意在说明人面临着生存的困境，但人要鼓足勇气活下去，或者用中国的话来说：明知不可为而为之。这里所揭示的仍然是生活的真理。海明威的文学观念仍然是认识论的。《等待戈多》，一部典型的荒诞派戏剧，人们在等戈多？戈多是谁？为什么要等他或她或它？为什么始

---

① ［苏］别林斯基：《别林斯基选集》（第5卷），上海译文出版社2005年版，第173页。

② ［英］艾略特：《传统与个人才能》，《艾略特文学论文集》，百花洲文艺出版社1994年版，第11、5页。

终没有等来？我们觉得不可理解。但是，生活在西方话语语境下的人们，就很容易理解这个故事的寓意，这寓意就是西方现代社会的"生活真理"。

"欧洲思想"摹仿论的要点，就是指由德国那些哲学家或文学家们所揭示的哲学公式：个别与一般、现象与本质、偶然与必然、特殊与普遍、有限与无限和个性与共性等，即无论是文学还是科学，它们在内容上是相同的，都可以提供有价值的知识。其中把这个思想说得最明确的就是德国大文豪歌德。他说："诗应该抓住特殊，如果其中有健康的因素，他就会从特殊中表现一般。"①他又说："真正的象征主义就在于特殊呈现出更广泛的一般。"②文学通过个别反映一般，通过现象反映本质，通过偶然反映必然，通过特殊反映普遍，通过有限反映无限，通过个性反映共性，等等。不仅如此，他们还特别重视反映的真实性和典型性问题。所以西方的文学观念在历史的长河中虽有变化，但无论怎么变，都是典型的认识论，与中国古代的审美论是有很大差异的。

三、中西文学观念基本差异的历史文化根源

我们可以从中国的农耕文明与西方的海洋文明的区别，中国的人文精神与西方的人文主义的区别，中国的求实精神与西方的科学精神的区别，来揭示中西文化的区别如何导致文学观念的差异。我说的这几点，也不是新鲜的，但过去不少论者没有真正地把这种文化的差异与文学观念的差异完全联系起来谈。而我所注重的就是中西文化差异与中西文学观念差异的真正联系。

(一)中国的农耕文明与西方的海洋文明的区别

中国古代文学观念为什么把文学看成感情形态的言语表现呢？如果从中华文化根基上来说明，那么我们就必须知道，中华古代文明是农耕文明。中国古人所理解的"四海之内"，就是指以黄河流域和长江流域为界的大陆地区，他们很少谈到海。孔子只有一次谈到海，说："道不行，乘桴浮于海。"③孟子著作中也只有一次提到海："观于海者难为水，游于圣人之门者难为言。"④他们不像西方古代学者苏格拉底、柏拉图、亚里士多德那样整天出入于大海之

---

① ［德］爱克曼辑录：《歌德谈话录》，人民文学出版社1980年版，第147页。
② 同上书，第146—147页。
③ 《论语·公冶长》。
④ 《孟子·尽心上》。

间。中国一直有"上农"的思想，把社会列为士、农、工、商四个阶级。士是地主（其中一部分知识人），农是农民，他们列在前面，因为他们与土地与土地的耕作关系最为密切。商是商人，被列在最后，因为他们不从事生产。农是本，商是末。《吕氏春秋》中有一篇"上农"，美化农民，贬低商人，其中说："民农则朴，朴则易用，易用则边境安，主位尊。民农则重，重则少私义，少私义则公法立，力专一。民农则其产复，其产复则重徙，重徙则死处而无二虑。"对于商人就没有这样多的好话了："舍本而事末则不令，不令则不可以守，不可以战。民舍本而事末则其产约，其产约则轻迁徙，轻迁徙，则国家有患，皆有远志，无有居心。民舍本而事末则好智，好智则多诈，多诈则巧法令，以是为非，以非为是。"①

农耕文明的特点就是以家庭为单位协同劳作，以便获得丰收，解决衣食住行这样的生活基本问题，更进一步则全家和睦相处，这就是幸福了。那么家庭怎样才能协同劳作、和睦相处呢？按照农耕文明所选择的儒家人文伦理，就要父慈子孝，夫唱妇随，兄友弟恭，相亲相爱。这种家庭内部的仁爱的感情延伸出去，那么就转为君臣有义、朋友有信。再延伸出去，就要爱国家、爱乡土、爱家园、爱乡亲、爱山水、爱花鸟……反映到文学上面，那么首先就要以诗情画意抒写父子、夫妇、兄弟、姐妹之情，抒写君臣、友朋之情，更扩大一步，就要抒发对国家、乡土、家园、乡亲、山水、花鸟之情……这也使中国古代文学所抒写的一切情感都是十分素朴的，是对身边之人之事之物的情感，鬼神之类的超验世界在中国文学中较少出现。中国文学理论也讲"神思"，但这是由此及彼的"形在江海之上，心存魏阙之下"的联想与想象，而不会跨入"上帝之城"，中国文学中没有超感觉的"上帝之城"。中国文学的审美论就奠基于农耕文明之上。

为什么西方人在文学上主要持摹仿论的认识论呢？这与西方人的海洋文明、商业文明和其后的工业文明不无相关。首先，以欧洲为代表的西方人生活于大海之间，南邻辽阔的地中海，北对北海、波罗的海和冰封万里的北冰洋，东面则有亚得里亚海、爱奥尼亚海、黑海等，西面则有爱尔兰海、英吉利海峡，更有那无边无际的大西洋，在这些海洋之间，岛屿很多，为了生存，

---

① 《吕氏春秋·上农》。

为了商业的顺利开展，他们不得不面对茫茫的波涛汹涌的大海，面临孤立的岛屿，甚至冒着巨大的危险，出没于各个海岛和海岸之间。为了熟悉大海，熟悉所能遭遇到的各种状况，熟悉不同岛屿上人们的习俗，他们必然具有更多的好奇心和求知欲。因为如果他们不去探索时时变化的外部自然的规律，他们就会遭遇危险，他们的求生的行动就会失败。所以他们的环境更有力地促使他们去获得知识。作为文学的悲剧、正剧和喜剧一类的文学叙述与描写最初也被当作知识的一种，就是很自然的了。其次，也许是更重要的，在西方始终有"上帝之城"，有此岸与彼岸之分。神依凭所制造的无定形的"理式"，是真理的凭据，知识的凭据，但这个真理与知识属于上帝，人们如何能解开上帝所制作的完好的"理式"呢？用柏拉图的话说要依靠"回忆"。用后来科学的话来说，则需要"探究"。"回忆"和"探究"有多种形式，文学的想象和虚构就是其中的一种形式。所以在西方文化那里，文学始终是知识的认识，与中华文化把文学当作生命情感的领悟是不同的。

但上面这些看法还是比较简单和笼统的，我们还必须进一步从人文主义、科学求实精神的角度，形成中西文化比较，才能进一步解读中西文学观念差异的文化原因。

(二)中国的人文传统与西方的人文主义

我们必须从我们的时代精神出发，对中西文化的差异做出更为客观的概括。

不同的文化，都首先要回答一个人从哪里来，人在宇宙中的地位，是以人为本还是以神为本，人具有什么价值，我们应该如何对待人等。在这些问题上，中西文化在其发展过程中就给出了不同的回答。

中国古代人文传统与西方的以"神"或"上帝"为本是不同的。中国古代由于没有像西方基督教那样的宗教，"神"没有位置，于是高度肯定人在宇宙中的位置。"人者，天地之心也。"[1]"道大，天大，地大，人亦大，域中有四大。"[2]这些古代典籍所肯定的是天道与人道的契合，即所谓的"天人合一"。《周易》说："夫大人者，与天地合其德，与日月合其明，与四时合其

---

[1] 《礼记·礼运》。
[2] 《老子·第二十五章》。

序，与鬼神合其吉凶，先天而天弗违，后天而奉天时。"①《庄子》也说："天
地与我并生，而万物与我为一。"②这里所说的天地也就是自然，人是与自然
并生，或者说人是从自然中来的，人与自然是不可分的。进一步说，人不是
神创造的，人无需以神为本。中国人的头脑中没有那种超越感觉的彼岸世界，
避免了中国文化走向基督教式的宗教信仰。著名学者钱穆说："西方人常把
'天命'与'人生'划分为二……所以西方文化显然需要另有天命的宗教信仰，
来作为他们讨论人生的前提。而中国文化，既认为'天命'与'人生'同归一贯，
并不再有分别，所以中国古代文化起源，亦不再需要有像西方古代人的宗教
信仰。"③由此我们可以认识到，对于人从哪里来的问题，中国文化的回答是：
人从自然中来，人与天地万物并生。当然，天地、万物也有神性，但这神性
是人封的，认为它有，它就有，认为它无，它便无。人性与神性是合一的。

既然人是从自然中来的，那么人文的起点就是自然。中国古代思想认为，
人的人文法则是从效仿天地自然中获得的。《周易·系辞下》论述八卦的制作
过程："古者包牺氏之王天下也，仰则观象于天，俯则观法于地，观鸟兽之
文，与地之宜，近取诸身，远取诸物，于是始作八卦，以通神明之德，以类
万物之情。"④这里虽然是在说明八卦的制作过程，但我们可以从中体悟到人
类的文明，不是凭空产生的，是对天地自然的效仿。其实《老子》也说明了这
一点："人法地，地法天，天法道，道法自然。"这里说的"道"就是天文—人文
法则，终是效法自然而来的。

既然人文的起点是自然，并且是效法自然而来，是极其庄重的事情，那
么人和人文就是有极大的价值的。虽然，在中华古籍中，并不特别强调个人
的价值，但对群体的人、社会的人则极为看重，认为人与天地并立，是三才
之一。《礼记·礼运》："人者，天地之心也。"董仲舒更强调说："天地人，万
物之本也。天生之，地养之，人成之。……人之超然万物之上而最为天下贵
也。"⑤作为与天地对应的人"贵"在何处呢？或者说人与人文价值何在呢？《周

---

① 《易·乾卦·文言传》。
② 《庄子·齐物论》。
③ 钱穆：《中国文化对人类未来可有的贡献》，《中国文化》1991 年第 1 期。
④ 《周易·系辞下》。
⑤ 《春秋繁露·立元神》。

易·贲卦·象传》中写道："观乎天文以察时变，观乎人文以化成天下。""观乎天文以察时变"是讲观察自然以知道四季变化的规律，这指明了"天文"的价值；"观乎人文以化成天下"则是讲观察"人文"从而教化天下，促成天下按照人文的法则得到良好的治理。人道和人文的意义是巨大的宝贵的。

　　既然人文有如此大的意义和价值，那么我们应该如何对待人？儒家思想的意义在这里就显示出它的意义。孔子提出了"仁"，孔子用"爱人"来解释"仁"，用"亲亲"来解释"仁"，用"己所不欲，勿施于人"来解释"仁"，用"克己复礼"来解释仁。① 这就回答了中国古代文化处理对待人之道。在"爱人"这个前提下，进一步衍化出"父子"、"君臣"、"夫妇"、"兄弟"、"朋友"等人与人关系的人伦原则，这五种人伦关系被称为"五达道"，是很重要的，这里包含人对人的亲爱、人对人的尊重。到了孟子那里，把"仁"的理论又发展了一步，提出了"民本"思想，说："民为贵，社稷次之，君为轻。"②所以中国古代文化无法接受西方的"人与人之间是豺狼"的理论，也就很自然的了。应该说，中国古代的人文传统，从"四海之内皆兄弟"这种爱人、亲人、尊重人开始，后来打上了慈、孝、义、悌、友、恭、敬等伦理的烙印。中国古代诗歌的所谓思乡、亲情、隐逸、咏史四大主题，都是从中国特有的人文传统中延伸出来的。没有充满人伦的乡村以及人与人的相互依靠，如何会有"举头望明月，低头思故乡"（李白）之感慨？没有内部家庭亲密人伦关系的组织，如何会有"谁言寸草心，报得三春晖"（孟郊）的咏叹？没有人伦感极强的故乡的诗意在，士人们又如何有"羁鸟恋旧林，池鱼思故渊"（陶渊明）的回归？没有故园土地和先人的牵挂所怀有的亲切之感，又如何死后也要落叶归根，而咏叹"埋骨九原江上月，思家百口陇头云"（吴伟业）？没有人伦关系的人文精神所形成的历史血脉，怎会有"西湖一勺水，阅尽古来人"（洪昇）的感叹？总的说这都是根植于农耕文明所表现出的家庭成员之间需要协作以获取物质生存的人文精神的土壤中，与商业文明中那种只讲利润的原则是不同的，因此中国文学的主题与西方文学的主题也就不同。

　　中国历史是发展的，上述儒家的人文传统在不同时期也有升沉，进退、

---

　　① 　参见《论语·颜渊》。
　　② 　《孟子·尽心下》。

变化、起伏，不是固定不变的，总是随着中国之治乱而发生变化的。就是说，在治世，上述人伦道德得以实现，而在乱世则正常的人伦道德也会沉沦。对于文学来说，重视人伦的结果，就是重视对于相关对象的抒情，从而进行情感的评价，这就形成了以审美论为核心的文学观念。

与中国人文传统不同，西方的人文思想传统经历了一个时代的变迁。

英国著名史学家、牛津大学副校长阿伦·布洛克说："一般说来，西方思想分三种不同模式看待人与宇宙。第一种模式是超越自然的，即超越宇宙的模式，集焦点于上帝，把人看成是神的创造的一部分。第二种模式是自然的，即科学的模式，集焦点于自然，把人看成是自然的一部分，像其他的有机体一样。第三种是人文主义的模式，集焦点于人，以人的经验作为人对自己，对上帝，对自然了解的出发点。"①

布洛克所讲的三种模式，也可以理解为西方文化的变迁历史。

中世纪是第一模式时期。第一种模式，所谓"超越自然"的模式，也就是神学的模式。神学模式的特点就是认为上帝创造了人，人的灵与肉是分离的，存在着一个属于"肉"的此岸世界，又存在着一个属于"灵"的彼岸世界。人在彼岸世界有了罪，被罚到尘世世界，人是带着"原罪"来到世上的。因此必须在教会里修炼，洗净原罪，以便人死后灵魂可以上天。这种思想在西方的中世纪时期占据了支配地位。按照西方人自己的看法，一般都把从公元 5 世纪西罗马帝国灭亡到公元 15 世纪东罗马帝国灭亡称为"中世纪"。多数西方史学家把中世纪看成是"黑暗时代"。在西方的中世纪，在制度上实行农奴制，在生活上实行禁欲主义，特别是在思想上教会主宰一切，人的思想和感情都受到钳制。因为教会有许多清规戒律，人不能不遵守，这就是所谓的蒙昧主义统治人们的思想。特别是宗教裁判所，又称异端裁判所，是专门从事侦察和审判有关宗教案件的机构。这种法庭不允许任何有违基督精神的"异端邪说"存在、生长，不时地残酷镇压当时进步的思想家和提出新假设的科学家。13世纪英国的培根，因为有新的思想，就曾被教会逮捕入狱，关押长达 14 年之久。中世纪最伟大的科学家哥白尼，很早就发现了地球是围绕太阳运转的，但

---

① ［英］阿伦·布洛克：《西方人文主义传统》，生活·读书·新知三联书店 1997 年版，第 12 页。

是这个观点违犯了教会的"上帝所创造的地球是宇宙的中心"的观点，哥白尼对教会十分恐惧，害怕遭受迫害，犹豫了很多年，直到临死前，才公开发表自己的学说。16世纪意大利著名的物理学家伽利略，坚持以科学精神探索宇宙，遭到教会的严刑拷打和长期监禁。最为悲惨的是16世纪意大利著名的哲学家布鲁诺。布鲁诺接受并坚持了哥白尼的观点，就被教会判为"异端"，开除了教籍，并被迫离开祖国，长期流浪在异国他乡。后来布鲁诺回到意大利，一踏上祖国的土地，就陷入宗教裁判所的毒手，最后竟被活活烧死。宗教裁判所的所作所为从一个侧面表现出西欧中世纪的确是"黑暗时期"，是反人文主义的时期。

　　文艺复兴时期是第二模式即人文主义模式时期。文艺复兴是发生于欧洲14世纪到17世纪的一次思想解放运动。这次思想解放运动出现了许多文化巨人，如诗人：但丁、彼特拉克；哲学家：伊拉斯谟、马基雅维利；作家：薄伽丘、塞万提斯、拉伯雷、莎士比亚、蒙田；画家：乔托、波提切利、列奥纳多·达·芬奇、拉斐尔、提香；雕刻家：米开朗基罗；建筑师：伯鲁涅列斯基；音乐家：帕莱斯特里那、拉索等。其中，莎士比亚、但丁、达·芬奇，被称为"文艺复兴三巨人"。这次长达三百年的思想解放运动又被称为启蒙主义运动，原因是这次思想解放运动是针对中世纪的"黑暗时代"的"蒙昧主义"的，这些文化巨人的思想很丰富，但有一点是一致的，就是要以"人本"取代"神本"。那么，这些文化巨人从哪里去获得思想资源呢？就是从古希腊那里去寻找思想的启示。"古希腊思想最吸引人的地方之一是，它是以人为中心，而不是以上帝为中心的。苏格拉底之所以受到特别尊敬，正如西塞罗所说，是因为他把哲学从天上带到地上。"①文艺复兴时期的核心思想就是人文主义思想。"人文主义的中心主题是人的潜在能力和创造能力。但是这种能力，包括塑造自己的能力，是潜伏的，需要唤醒，需要让它们表现出来，加以发展，而要达到这个目的的手段就是教育。"②就是说，通过教育唤醒人的潜在能力，这就是人文主义的基本思想。为什么会把"人的潜能"看成是人文主义的基本思想呢？这就与中世纪对人的看法相关。如在中世纪著名思想家奥古斯丁笔

---

　　① ［英］阿伦·布洛克：《西方人文主义传统》，生活·读书·新知三联书店1997年版，第14页。

　　② 同上书，第45页。

下，"人是堕落的生物，没有上帝协助无法有所作为；而文艺复兴时期对人的看法却是，人靠自己的力量能够达到最高的优越境界，塑造自己的生活，以自己的生活，以自己的成就赢得名声。"①这样看来，古希腊罗马时期和文艺复兴时期，人们倾向于用第三种模式即人文主义的模式来看待人。但这并不意味着文艺复兴时期的人们就不信上帝了。诚如阿伦·布洛克所说："文艺复兴时期的人文主义者和艺术家发现，把古典思想和哲学同基督教信念、对人的信任和对上帝的信任结合起来，或者互相容纳起来。"②

　　西欧17、18世纪以后，现代工业开始蓬勃发展起来。从这个时期开始，西方进入了近代，人在世界的地位又一次发生变化，这个时期可以称为用第三种模式即科学模式来看待人的时期。科学模式集焦点于自然，人也被看成自然的一部分，像一切有机体一样。卡莱尔认为："要是我们必须用一句话来说明我们整个时代的特点的话，我们就会首先叫它是机器的时代……同样的习惯不仅支配着我们的行为方式而且支配着我们的思想和感情方式。人不仅在手上而且头脑里和心里机器化了。"③特别是达尔文于1859年出版的《物种起源》，更消除了人与自然科学研究和人的研究的区别，"达尔文的关于进化和进化所依据的自然选择过程的观点，结束了人的特殊地位，把人带到了与动物和其他有机生命相同的生物学范畴。"④与此状况同时发生的是，资本主义和资产阶级的发展，反封建斗争日益激烈。针对上述两种情况，以法国巴黎为中心，以法语为自然语言，出现了作为法国大革命舆论准备的启蒙主义运动，涌现了一大批启蒙主义思想家。如大卫·休谟、亚当·斯密、孟德斯鸠、赫尔德、莱辛、康德、边沁、伏尔泰、卢梭、杰菲特、狄德罗等等。他们的思想诉求各式各样，他们之间争论不休，甚至互相攻讦。但有一点是相同的，那就是要求个性、自由、平等、博爱和人权，并把这些思想运用于建立理性的社会方面。这是启蒙时代人文主义的特点。

　　综上所述，我们可以了解无论是中国古代还是西方世界，都具有人文传

---

①　［英］阿伦·布洛克：《西方人文主义传统》，生活·读书·新知三联书店1997年版，第36页。

②　同上书，第78页。

③　同上书，第159页。

④　同上书，第137页。

统。但具体的内容不同，走向也不同。中国古代的人文传统走向对人伦秩序的规范，生长出以诗情画意般的人伦关系为核心的人文精神；西方则走向对自然的征服和对社会的变革，生长出以人道主义为核心的批判力量。更重要的一点区别是，中国人文传统始终认为人只有一个世界，并没有此岸与彼岸之分，虽然也有"天"的观念，即"天道"，但常常存而不论，所谓"敬鬼神而远之"。中华文明不存在超越感知的世界；而西方的人文精神则面对教会的强大力量，始终承认世界有此岸与彼岸之分，此岸属于"肉"，彼岸属于"灵"。

上述情况，反映到文学上面，那就是：以欧洲为代表的西方的人文主义，无论在哪个时期，都是针对人的压迫和物的压迫的，因此始终贯穿着一根人道主义的红线。欧洲文学的核心精神就是人道主义红线的感性的艺术的展开。从但丁的《神曲》开始，到莎士比亚的戏剧，到19世纪的巴尔扎克和列夫·托尔斯泰的批判现实主义，都是在批判人的异化，而呼喊人性和人道主义的回归。人道主义成为西方文学的主题是在与蒙昧主义斗争中获得的。这与中国传统社会文学始终是在"五达道"中延续是不同的。

（三）中国的务实精神与西方科学传统

中华古代的文明是农耕文明，我们的祖先世世代代在平原或丘陵地上耕作，没有海洋上那般波涛汹涌般的风险，一般而言，玄想对他们是多余的，从农作的过程中切身体验到的是：一分耕耘一分收获。出力大，耕作细，其收获也相应大；出力小，耕作粗，其收获也相应小。说空话无补于事，做实事必有所得。这种思想也影响到士人，如王符在《潜夫论·叙录》中说："大人不华，君子务实。"或者如章太炎所说："国民常性，所察在政事日用，所务在工商耕稼，志尽于有生，语绝于无验。"①这就是说，中华民族原初的文化是重实际而不重玄想，因为玄想对于他们没有实际的益处。我们在讲中华文化的务实精神的时候，并不是说中国古代完全没有科学和科学精神，但我们必须承认这种科学精神在古代始终没有充分发展起来。由于中国古代发展了这种求实精神，反映到文学上面，就有一种不唱高调、不称霸权，而自甘弱小卑微却有一种真气、真意和真趣的审美精神。如"宁与燕雀翔，不随鸿鹄飞"（阮籍），表达了宁与普通人为伍，屈居下位，而不依附权贵，求得显达的精

---

① 章太炎：《驳建立孔教议》，《章太炎政论选集》（下），中华书局1997年版，第689页。

神；"宁为宇宙闲吟客，怕作乾坤窃禄人"（杜荀鹤），所表达的是，宁愿做一个闲人，也不去做白拿俸禄却不为民办事的人；"宁可枝头抱香死，何曾吹落北风中"（郑思肖），这里是写"寒菊"，写出卑微，又写出倔强。"野火烧不尽，春风吹又生"（白居易），这句歌咏卑微的野草的诗，在中国是路人皆知的，也许最能传达中国人的求实精神，也最能传达出由中国求实精神所延伸出来的审美追求。另外，"隐逸"诗在中国古代的发展，反映士人们"邦有道则仕，邦无道则隐"的思想，也是中国求实精神的一种诗歌变体，这在欧洲是很少见的。

与中华文明的务实精神不同，西方文明那里却注重探求自然规律的科学精神。从古希腊时期的亚里士多德开始，就拥有了不以实用为目的的探求自然奥秘的好奇心。所谓"中国人重仁，西方人重智"（康有为）。为什么西方从古代开始就重视对自然规律的探索呢？这还是他们的海洋文明在起作用。西方古代人由于要通过交换性的商业，不得不出没在惊涛骇浪的海洋上，大自然成为他们的对立物，他们自然就逐渐形成了要征服自然的愿望和思想。那么如何才能征服自然呢？使自然为我所用呢？这就需要探究自然的规律，并按照自然故有的规律去征服自然。这样，爱好科学就成为西方人的共同的价值取向。早在公元前4世纪，被称为西方科学之父的亚里士多德就著有《物理学》、《天体学》、《动物史》以及气象学、矿物学等著作，他的关于逻辑学、修辞学、形而上学的理论更为西方科学的发展打下了理性的思维的基础。西方的科学精神主要发展了理性、客观和质疑三种品格。理性是西方科学思维中的核心，主要体现为：客观自然是可以认知的，概念、范畴和逻辑思维是有效的，真理是难能可贵的等。客观精神则表现为：尊重客观的事实和客观的世界，科学研究要注重实证，实证不但要注重逻辑、推理，也要注重实际经验的验证。质疑精神则认为对于自然事物的认识是一个无穷尽的过程，没有绝对真理，只有相对真理，只有在质疑中真理才能前进。

西方人重科学，反映到文学上，就会有充满众神的史诗精神，有堂吉诃德式的幻想精神，有浮士德式的创造精神，有作家巴尔扎克等的批判精神。

中国的务实精神和西方的科学精神有明显区别。中国人的务实精神是以非宗教的"入世"和"经世"的思想为主导的。《周易》就有"君子以经纶"[①]的教

---

① 《周易·屯卦》。

导。"经"就是经纬，"纶"是指纲纪。中国人也有终极关怀，即它引导人们在世上做圣贤，达到所谓"三不朽"（立德、立功、立言），而不引导人们为彼岸的灵魂做救赎。西方人的科学精神重玄想，他们的科学精神与宗教伦理是不矛盾的。他们以为，上帝创造了世界的万事万物，这其中是有规律为依凭的。科学家研究自然事物，就是把这依凭的规律真实地揭示出来，这并不否认上帝的存在。相反，他们认为，科学研究提高了真正宗教的境界，并使宗教的意义更深远了。他们的终极关怀仍在彼岸世界。因此许多科学家仍然是宗教的信徒，如牛顿、海森堡等。

西方经历过的文艺复兴时期，宣扬人文主义。人文主义在西方是与人的教育和修养分不开的。"人文主义的中心主题是人的潜在能力和创造能力。但是这种能力，包括塑造自己的能力，是潜伏的，需要唤醒，需要让它们表现出来，加以发展，而要达到这个目的的手段就是教育。"①那么像荷马、西塞罗、维吉尔等作家的作品就成为必修的书，因为人们可以从这里学习到人文主义的知识，并加强修养。启蒙主义时期，文学作品更被看成让人了解世界的知识矿藏，解除蒙昧的伟大力量。

从上面所做的叙述中，我们可以了解中西文化和文学理论的差异是巨大的，其差异的历史文化原因也是复杂的，但我们必须从中西文化不同入手，才能寻找到中西文学观念不同的文化根源。

历史发展到了近现代，西方的文学理论被不断地引进中国，于是与中国原本的文学理论进行了对话。中西文论的"对话"，建设现代的文学理论，成为近现代以来的主题，这是社会发展的必然。中西文化有巨大差异，但我们不认为中西文化是水火不相容的，我们不同意"文明冲突"论，我们认为中西文化可以互相学习，互相补充，而这互相学习和互相补充的途径就是"对话"。但我们在进行现代文学理论建设的时候，不是照搬古典，也不是照搬西方，而是以现代性的眼光，结合新的文学活动的实践，去吸收和总结我国古典的和外国的文论精华，真正实现我国古代文论的现代转化和创造，真正实现西方文论的中国转化，真正总结"五四"以来一切闪烁着现代光芒的文论成果，在这个基础上，现代的中国的文学理论必定会在实践中逐渐建设起来。这是可以肯定的。

---

① ［英］阿伦·布洛克：《西方人文主义传统》，生活·读书·新知三联书店1997年版，第45页。

双翼齐飞——文化诗学的基本构想①

通过对中国文艺学研究发展之路的反思，可看出其所存在的最大问题就是所谓的"内部研究"与"外部研究"的分离，"自律"研究与"他律"研究的对立，虽然也取得不少成就，但我们不能不承认，继续这样"分离"和"对立"下去，将迎来文艺学所面临的最大危机。如何来解除这个危机，使文艺学的研究走上广阔的道路呢？我们认为这就是"文化诗学"肩负的使命。文化诗学作为一种文艺学的方法论，就是通往综合创新的必经途径。那么，我们对文化诗学的基本构想是怎样的呢？这就是本文要回答的问题。

一、以审美评价活动为中心

从 1999 年正式提出"文化诗学"的构想之后，我们一直认为新的文化诗学的内在结构是这样的：文化诗学研究的对象主要是文学，那么就必须以审美为中心，同时向微观的语言分析与宏观的文化批评发展。

(一)文化诗学的对象是文学

"文化诗学"成立的一个前提就是文学不会走向终结。文学的世纪没有过去。中国古代的光辉灿烂的经典文学作品将继续流传下去，外国翻译过来的具有艺术魅力的经典文学作品将继续为人们所喜爱，中国现代以鲁迅为代表的充满思想与艺术力量的经典文学作品将继续为人们所研究，当代正在发展着的变化多端的文学创造，则需要人们的关注，还有对这些作品批评所形成

---

① 　发表于《甘肃社会科学》2005 年第 6 期。

的文学理论也需要不断加以推进，这些文学、文学思潮、文学流派和文学理论仍然是鲜活的，仍然潜移默化地影响人们的精神世界。通过对上面所说的种种文学研究，挖掘出现实所召唤的、所需要的审美精神、人文精神和历史精神，是我们不可推卸的责任。著名作家余秋雨在谈文学创作时说："艺术，固然不能与世隔绝，固然熔铸着大量社会历史内容，但它的立身之本却是超功利的。大量的社会历史内容一旦进入艺术的领域，便凝聚成审美的语言来呼唤人的精神世界，而不是要解决什么具体的社会问题。在特殊的社会历史条件下有的艺术作品也会正面参与某些社会问题，但是，如果这些作品出自大艺术家之手，它们的内在骨干一定是远比社会问题深远的课题，那就是艺术之所以是艺术的本题。"①总而言之，与文化研究相区别，文学理论不能孤立地去研究。英国诺丁汉特伦特大学社会学与传播教授费瑟斯通在《消费文化与后现代主义》一书中提出所谓的"日常生活审美化"，不去研究城市规划、购物中心、街心花园、超级市场、流行歌曲、广告、时装、美容美发、环境设计、居室装修、健身房、咖啡厅、美人图片等，"文化诗学"的本位研究是文学和文学理论。我们不认为文化诗学研究空间是封闭的、狭窄的，文学是广延性极强的人类实践活动，它形成了一个"文学场"，涉及的面很宽，历史、社会、自然、人生、心灵、语言、艺术、民俗的方方面面及其关系都在这个"场"内。

　　"文学场"的概念是法国学者布迪厄提出来的，其意思也是从文学生产的空间结构、关系结构来考察文学。布迪厄认为要实现对作品与社会现实的科学理解，需要三个步骤："第一，分析权力场内部的文学场(等)位置及其时间进展；第二，分析文学场(等)的内部结构，文学场就是一个遵循自身的运行和变化规律的空间，内部结构就是个体或集团占据的位置之间的客观关系结构，这些个体或集团处于为合法性而竞争的形势下；第三，分析这些位置的占据者的习性的产生，也就是支配权系统，这些系统是文学场(等)内部的社会轨迹和位置的产物，在这个位置上找到一个多多少少有利于现实化的机会(场的建设是社会轨迹建设的逻辑先决条件，社会轨迹的建设是在场中连续占据的位置系列)。"②布迪厄同时认为："艺术品科学自身的对象是两个结构之

---

① 　余秋雨：《艺术创造论》，上海教育出版社 2005 年版，第 209 页。

② 　[法]皮埃尔·布迪厄：《艺术的法则：文学场的生成和结构》，中央编译出版社 2001 年版，第 262 页。

间的关系，即生产场的位置之间（及占据位置的生产者之间）的客观关系结构和作品空间的占位之间的客观关系结构……作品的变化原则存在于文化生产场中，更确切地说，存在于因素和制度的斗争之中。"①

与布迪厄所谓的"文学场"类似，"文化诗学"研究对象向"文学场"位移，实际上是向文学所涉及的"外宇宙"和"内宇宙"开放。如果文学作品描写了自然、社会的各种情景，那么我们也可以从文学的角度去研究这种描写的情境与意义。如果街心花园是诗歌、小说、散文的描写对象，那么我们也可能从文学描写的角度来探索它。

（二）文化诗学"以审美为中心"

文化诗学为什么要以"审美为中心"，道理很简单，就因为我们不是去研究别的东西，我们研究的唯一的对象就是文学。为什么研究文学要以审美为中心呢？人在社会中有各种活动，其中比较重要的有生产活动、政治活动、科学活动、伦理活动、宗教活动和审美活动等。马克思说："人也按照美的规律来塑造"，人的一切活动中都含有"审美"的因素，但只有文学艺术活动才把"审美"作为基本的功能。审美在文学艺术中的实现反映了文学艺术的特征。这就是我们为什么要以审美为中心的理由。就是说，是否把审美作为基本功能这一点把艺术与非艺术区别开来，也把文学与非文学区别开来。王元骧教授指出："把艺术的性质界定为是审美的这应该是确定无疑的，这是艺术作为自身目的之所在；要是艺术也像科学那样只是向人提供知识、帮助人们认识现实，那它就失去了自身存在的意义和价值，充其量也只不过是科学的附属品。"②

文学主要有三个向度：语言的向度、审美的向度和文化的向度。因此文学不能不是这三个向度的同时展开。而审美的向度体现出文学的特征和基本功能。这样，我们面对一部作品的时候，不能不首先检验它的审美品质。正如布罗夫所说过一样："如果一个人很冷漠，缺乏同情心，他就无法同艺术对象打交道，

① ［法］皮埃尔·布迪厄：《艺术的法则：文学场的生成和结构》，中央编译出版社 2001 年版，第 281 页。

② 王元骧：《探寻综合创造之路》，陕西师范大学出版社 2000 年版，第 33 页。

他不可能揭示出对象的真实。"①这也正好比美学家克罗齐所说"动物学家和植物学家不承认有美或不美的动物和花卉"②一样。我曾反复讲过，文学批评的第一要务是确定对象美学上的优点，如果对象(作品)经不住审美的检验的话，就不值得进行批评了。文学首先是艺术，然后才是别的。这一点与那种政治第一，艺术第二的批评准则是不同的。文学首先是艺术，具有审美特性，然后才是别的。恩格斯在 1859 年《致拉萨尔》的信中，提出了这样的批评原则：

> 我是从美学的和历史的观点，以非常高的、即最高的标准来衡量您的作品的……③

恩格斯把"美学的观点"放在批评的第一位绝不是偶然的，他知道自己是在评论拉萨尔的剧本，而不是理论著作，所以他不是把"历史的"尺度放在前面，而是把"美学的"尺度放在前面。他和马克思一起，充分看到了文学批评首先必须要看作品的审美品质，如果某部作品只是"时代精神的单纯的传声筒"(马克思语)，那么就不值得我们去批评了。歌德也说："一种好的文艺作品，固然能够不会有道德上的效果，但是要求作家抱着道德上的目的来创作，那就等于把他的事业破坏了。"④鲁迅在谈到宋代一些小说的时候，也说："宋时理学极盛一时，因之把小说也多理学化了，以为小说非含有教训，便不足道。但文艺之所以为文艺，并不贵在教训，若把小说变成修身教科书，还说什么文艺。"⑤马克思、恩格斯、歌德、鲁迅的话的意思是相似相近的，都在说明文学艺术的基本功能和价值主要不在政治、道德等，而在文艺的审美性上。所以"文化诗学"把"审美"作为中心，就是基于上面所说的理由。刘庆璋教授在阐释文化诗学的诗学新意时，也认为："对于文学来说，无论是创作、鉴赏或理论批评，都直接受制于作者的文化心态，特别是作为文化心态内涵

---

① ［苏］阿·布罗夫：《艺术的审美实质》，上海译文出版社 1985 年版，第 178—179 页。

② ［意］克罗齐：《美学原理》，作家出版社 1958 年版，第 91 页。

③ ［德］恩格斯：《致拉萨尔》(1859 年 5 月 18 日)，《马克思恩格斯论文学艺术》(一)，人民文学出版社 1982 年版，第 182 页。

④ ［德］歌德：《歌德自传——诗与真》，人民文学出版社 1988 年版，第 569 页。

⑤ 鲁迅：《中国小说的历史的变迁》，《鲁迅全集》(第 8 卷)，人民文学出版社 1958 年版，第 331 页。

之一的审美观念。社会物质生活首先作用于人的精神旨趣、情感意象、美学取舍，然后才能作用于文学创作、欣赏与理论批评。"①

二、审美评价活动

那么大家要问，什么是"审美"？什么是文学作品中的"审美"？这两个问题都很大，本身就可以写几部书。我这里只是简明扼要地来谈一谈。

我们先来谈谈"审美"这个不断被重复的概念。

审美的概念最早是由德国哲学家康德提出来的。在《判断力批判》中，康德根据他的《纯粹理性批判》，按照知性形式判断中思维的质、量、关系、方式这四个契机，从质的契机把"审美"鉴赏规定为是人"凭借完全无利害观念的快感与不快感对某一对象或其表现方法的一种判断力"。② 在这个概念中，"无利害观念"、"快感"、"表现方法"和"判断力"几个词最为重要。后人对于康德思想的理解不同、解释不同、强调的方面不同，因此对于康德的审美理论可谓人言言殊。有叔本华的理解，有戈蒂叶的理解。当前突出的还有后现代主义的理解。后现代完全排除审美精神的超越性质，把"审美"理解成单纯的"欲望的满足"，从而视审美为"眼睛的美学"。这与康德的审美原意相去甚远。我这里是从马克思的价值理论来解释审美。这是我的老师黄药眠先生在1957 年提出的理论，20 世纪 80 年代苏联的美学理论家斯托洛维奇终于在《审美价值的本质》一书中形成新的美学体系。黄药眠的美论与朱光潜的"主观与客观的统一"的美论不一样。关键在黄药眠不是谈哲学上的"统一"，而始终认为美是主体对于客体对象的"评价"。在《不得不说的话》的讲演录中，"评价"一词出现了 12 次之多，而且语境都差不多，即认为审美是对客观事物的评价。这就是说，黄药眠先生对哲学上的这个"统一"、那个"统一"不感兴趣，他在讲演开始时就说："将哲学上的认识论的命题（物先于人存在）硬套在美学上，是不适当的。"又说："我以为只抓着哲学上的教条，对美学上的问题是不能解决的。"③他转而从马克思思想武器中寻找新的理论支持，这就是价值论。

---

① 刘庆璋：《文化诗学的诗学新意》，《文艺理论研究》2000 年第 2 期。

② ［德］康德：《判断力批判》（上卷），商务印书馆 1964 年版，第 47 页。

③ 黄药眠：《美是审美评价：不得不说的话》，《黄药眠美学文艺学论集》，北京师范大学出版社 2002 年版，第 28 页。

在"美是一种评价"的命题中，客体要有审美价值性，主体要有审美愿望和审美能力，而主体以自己的审美能力评价客体的审美价值性是一个过程，而评价过程是人的一种活动。这样，黄药眠先生就在很大程度上摆脱了简单揭示"美的本质"的命题，而把这个问题转化为"人的审美活动是什么"的问题。这一提问的转变，以及阐述视角从哲学转向价值学，把美和美感联系起来考察，大大推进了当时的讨论。如果当时有人沿着他的思路研究下去，那么20世纪80年代苏联学者斯托洛维奇的专门从价值论来论述审美的著作《审美价值的本质》，也许就不那么新鲜了。

下面就是我对"审美"的一些思考。审美是人的主体心理处于活跃状态，在一定的中介作用下，对于客体的美的观照、感悟、判断。简言之，审美是对事物的情感评价。我们感觉到花很美，是我们的视觉对于花这一对象的评价。我们感觉某首乐曲很好听，是我们的听觉对这一乐曲的评价。我们感到某部小说很动人，这是我们的心灵对这一小说的评价。这些都是情感的评价。审美也可以理解为评价者与被评价的价值性所构成的关系。

（一）评价者——审美主体

审美的"审"，即评价者的观照—感悟—判断，是作为评价者的人的信息的接受、储存与加工。即以评价者的心理器官去审察、感悟、领悟、判断周围现实的事物或文学所呈现的事物。在这观照—感悟—判断过程中，人作为评价者的一切心理机制，包括注意、感知、回忆、表象、联想、情感、想象、理解等一切心理机制处在高度活跃的状态。这样被"审"的对象，即被评价的对象，包括人、事、景、物以及它们的表现形式，才能作为一个整体，化为评价者的可体验的对象。而且评价者的心灵在这瞬间要处在不涉旁骛的无障碍的自由的状态，真正的心理体验才可能实现。评价者的愿望、动作是审美的动力。主体如果没有"审"的愿望、要求和必要的能力，以及主体心理功能的活跃，审美是不能实现的。但值得特别说明的是，审美主体的愿望、要求和能力，并不是赤条条的生理性的感觉器官，其实我们的心理感觉器官，是社会历史文化积淀的产物，就是说审美主体的人的愿望、要求与能力是社会文化结晶的产物，在其身上具有不同程度和性质的社会关系和历史文化遗传的影响。一个刚刚来到中国的游人，很难欣赏秦代的兵马俑的美。对于长城的壮美景色的欣赏力也是有限的。一个没有欣赏过芭蕾舞的农妇，是看不懂芭蕾舞的，也读不懂一些具有哲理性的诗词的。例如，我们欣赏唐代柳宗元的《江雪》：

> 千山鸟飞绝，万径人踪灭。
> 孤舟蓑笠翁，独钓寒江雪。

欣赏者必须是受过中国传统文化的影响，又有欣赏的愿望、要求，能全身心投入，把自己的感觉、感情、想象、记忆、联想、理解等都调动起来，专注于这首诗歌所提供的画面与诗意，才能进入《江雪》所吟咏的那种与天地融为一体的又是孤寂的诗的世界，并从中感受到一种独特的难言的美，从而实现审美评价。

当然，就评价者层面说，美的呈现与主体的审美能力有密切关系。欣赏音乐要有音乐的耳朵，如果没有音乐的耳朵再美的音乐也对他没有意义。这是马克思说过的道理。评价者的愿望、趣味、审美能力也是审美评价的条件之一。评价者的审美能力是怎样形成的？难道仅仅是人的原始本能吗？这当然不是。实际上，评价主体有两种因素：（1）作为具有正常生理机能的有机体的人（包括群体与个体）；（2）作为具有受过历史社会文化熏染过的社会的人（包括群体与个体）。审美愿望、审美趣味和审美能力就是在历史社会文化实践的过程中形成的。单纯的生物性的人不会具有审美愿望、审美趣味和审美能力的。所以我们必须把一般主体与审美主体这两个概念区别开来。

（二）被评价者——客体的审美价值

审美的"美"是指客观事物或文艺作品中所呈现的事物，这是"审"的对象。对象很复杂，不但有美，而且有丑，还有崇高、卑下、悲、喜等等。因此，审美既包括审美（美丽的美），也包括"审丑"、"审崇高"、"审卑下"、"审悲"、"审喜"等等，这些可以统称为"审美"。当"审"现实和文学艺术中的这一切时，就会引起人的心理的回响性的感动。审美，引起美感；审丑，引起厌恶感；审崇高，引起赞叹感；审卑下，引起蔑视感；审悲，引起怜悯感；审喜，引起幽默感等。尽管美感、厌恶感、赞叹感、蔑视感、怜悯感、幽默感等这些感受是很不相同的，但它们仍然属于同一类型。这就是说，我们热爱美、厌恶丑、赞叹崇高、蔑视卑下、怜悯悲、嘲笑喜的时候，我们都是以情感（广义的，包括感知、想象、感情、理解等）评价事物。客体的"美"是信息源，是

"审美"的对象。没有审美对象，审美活动是不能实现的。另外，所谓审美对象，必须要具有价值性，如果对象不具有价值性，则审美活动是不能实现的。这就是说对于作为被评价的客体来说，也应该分成两个因素：(1)作为单纯自然事物的本性，即事物的自然性；(2)作为具有历史社会文化意义和功能的自然性。马克思提出了"自然的人化"的观点，可以看作是对这个问题的深刻分析。就是说，原始的自然，未经人化的纯自然，对于人来说还是陌生物，还不是审美对象，因此与人不能构成审美评价关系。另外，朱光潜教授提出了"物甲"与"物乙"说，这对我们也是有启发的。朱光潜说："物甲只是自然物，物乙是自然物的客观条件加上人的主观条件的影响而产生的，所以已经不是纯自然物，换句话说，已经是社会物了。"[①]当法国艺术家杜尚的小便池，还摆在自己家里的时候，那么还是物甲，这还不是审美客体，只是一般客体。但他把小便池提到美术展览会，正式摆在展览馆的展台上供人们欣赏的时候，那就是物乙了，就是审美对象了。所以我们必须把一般客体与审美客体区别开来。例如我们欣赏柳宗元的《江雪》，必须有这首诗歌的文字的形迹，语言的声音，节奏的快慢，声律的特点等，以及这些因素的复合所构成的社会文化具体意味的意境。我们才有可能面对具有审美价值性的客体。如前面两句的"绝"与"灭"这两个字，恰好衬托了后面两句中的"孤舟"和"寒江"，"千山"、"万径"与"蓑笠翁"的对比，描写出一种万籁俱寂、一尘不染的雪天气氛，全诗押入声韵，则更给人增加了孤寂之感。没有这些文字、声音、形象、氛围等所构成的整体的具有社会文化的意境，就没有审美价值性，我们对这首诗歌的欣赏就不可能进行。

(三)审美评价活动的审美中介

评价者作为审美主体与审美客体之间如何才能建立起有效的联系，从而使审美活动得以实现呢？这还有赖于评价者与被评价者的审美中介。没有中介层面，审美评价活动也是无法实现的。应该看到，如果审美主体和审美客体只是作为一种孤立的僵硬的存在，两者之间缺乏中介联系，那么审美评价是无法实现的。

---

① 朱光潜：《美学怎样才能既是唯物的又是辩证的》，《美学批判论文集》，作家出版社 1958 年版，第 48 页。

1.“中介”的涵义

我们可以借用心理学的刺激→反应(即 S→R)。这个 S→R 公式被行为主义心理学所采用。这个公式所表达的是动物的生命最原始的反应关系。这个公式只是让我们看到刺激物这一外在的方面,至于反应者的心理的所谓“隐蔽的变量”则完全看不见,完全不适用于人对事物的反应关系。人的反应必须有中间环节,即中介。因为这个公式过分简单,不足以说明人的反应,所以心理学很快抛弃了 S→R 公式。随着心理学的发展,人们发现主体的反应不是那样被动的直接的,主体有充分的能动性,人的反应一定带有先在或先结构的因素,于是提出了 S→O→R 的新公式。O 代表机体人的先在、先结构或图式。O 是有机体反应过程中的中间变量,也是反应过程的中介。这个中介在反应过程中起着举足轻重的作用,没有它反应就不能发生,甚至有时主要就要研究这个有机体的中间变量,然后才能对反应作出说明。那么作为中介的 O 是什么呢? 简单地说,O 就是人的头脑的生物积淀和历史文化积淀的问题。不同民族、不同地区、不同群体、不同个体有不同的 O。人聪明不聪明与先天的生物性积淀有关。但更重要的是后天的社会文化的积淀。“打落水狗”对于 20 世纪 30 年代的中国革命者来说,就是他们的 O,但对于外国人或生活在新世纪的中国人就缺乏这个 O 结构了。一个离家几十年的住在大城市的游子,他时时会有乡愁的冲动,这是他反应外界的中间变量;但对于刚刚离开一个边远的山区到大城市里面来闯荡的年轻人,一心想在城里站稳脚跟,他很少有什么乡愁冲动。我们面对一个很有意思的小品,有的人笑得很开心,有的人根本笑不起来,因为不同的人反应的中间变量是不同的。后来学术又发展了一步,这就是瑞士的哲学心理学家,发生认识论的创始人皮亚杰提出来的新公式:

S→AT→R

S←AT←R　　(双向联系式)

在这个新的公式中,O 被 AT 所取代。A 是个体同化,T 是认知结构。这个公式的意思是:一定的刺激(S)被个体同化(A)在认知结构(T)中,才能对刺激作出反应。这个新的公式的意义在于说明“中介”是一个完整的系统,而且流动着的变化着的,不是固定不变的。无论是 O,无论是 AT,都在说明一个重要之点,它能够面对客体的信息作出整理、归类、改造、创造。三月初春香山樱桃沟山坡上的山桃花，在深绿的松树和柏树丛中静静地开放，远远看去，像黑夜里点亮的一盏又一盏明亮的灯。卧佛寺前面四月底成片开放的碧桃花，远远望去则像那灿烂无比的燃烧着的晚霞。这是"我"这个评价者的中间变量（即中介）对这些景色的改造与创造。审美评价作为审美反映，其"中介"层面的作用就更是重要了。正是中介把审美主体与审美客体联系起来，最终形成了审美评价。

2. 审美中介举例

审美中介的环节很多很多。很难把它说尽。这里仅仅就以下两点举例来具体说明。

(1) 特定的心理时空和心境中介

审美作为一种活动必须有特定的心理时空的关系组合。在审美活动中，孤立的事物若与主体各方面的条件缺乏契合，那是无所谓美或不美的。马克思早就说过：

> 忧心忡忡的穷人甚至对最美的景色都无动于衷；贩卖矿物的商人只看到矿物的商业价值，而看不到矿物的美和特性。①

马克思的话对我们是一个重要的提示：审美不能没有中介环节。在不同的时间，不同的空间，对不同的心境，审美评价是不一样的。如果有人问月季花美不美？这是无法回答的，你还必须问：这对谁？在什么时间和空间下，在怎样的心境下？如果有人问，暴风雨美不美？那是无法回答的。你还必须问：这对谁？在怎样的时间、空间和心境中？如果你是一个农民，正在从事挑柴的劳动，那么每当暴风雨来临，不论你正在山上砍柴，还是正挑着柴走在山路上，这对你来说都是灾难，你绝对不会在这个时候认为暴风雨是美的。但是如果你是一个诗人，此时又安全、悠闲，缺少刺激，这时你在高楼上，突然听见雷电的轰鸣，随后是那排山倒海般的风雨，你觉得那风那雨像刘邦的《大风歌》一样的壮阔雄伟。还有我们多次看见（在电影、电视中）战士出征的画面，伴随着暴风雨，显得特别的悲壮。暴风雨只有在特定的时间、特定的空间和特定的心境的中介作用下，才可能是美的。孤立的作为"关系项"的

---

① ［德］马克思：《1844年经济学—哲学手稿》，人民出版社1979年版，第79—80页。

暴风雨无所谓美不美。同样的道理，如果有人问：柳宗元的《江雪》美不美？那么我们就要反问：这对谁？在怎样的时间与空间？在怎样的心境下？正是特定的时间、空间和心境，把主体与对象联系起来。

（2）历史文化中介

审美评价活动的实现还必须有赖于主体的历史文化知识的中介。因为审美活动不但是瞬间的存在，它的每一次实现都必然渗透人类的民族的历史文化传统，或者说历史文化传统又渗透、积淀到每一次审美评价活动中。人们总是感觉到审美活动让我们想起了似曾相识的东西。所谓"所见出于所知"，人的审美活动往往是审美者历史文化"先见"、"先结构"、"图式"的投射。因为美往往是历史文化凝结而成的。例如我们欣赏柳宗元的《江雪》，就会想起我们在中国漫长的封建主义的严酷统治下，许多知识分子怀才不遇，就是当了官员也常因不合最高统治者的要求而被罢免，或不屑于与统治者同流合污而自动离去，不得不过所谓的"穷则独善其身"的日子。进一步我们还会想到中国历史上道家的生活理想，在纷乱现实中追求"逍遥游"的生活，等等。如果我们对历史上这种情况了解得越多，我们就会对在寒江上的"蓑笠翁"的孤寂心理有越深刻的理解，那么我们就越能欣赏这首诗。从这个意义上说，审美主体的历史文化的积累往往成为一种中介。文学在描写自然，不是描写纯自然，不是描写物甲，是描写物乙。就是说作家以自己在社会文化实践中形成的诗意去把握、拥抱它们。当作家把这些自然写进作品中去的时候，历史文化的中介成为必然的因素，只有如此，他的描写才是意义的世界和艺术的世界。例如，杜甫的《望岳》：

> 岱宗夫如何？齐鲁青未了。造化钟神秀，阴阳割昏晓。
> 荡胸生层云，决眦入归鸟。会当凌绝顶，一览众山小。

这是描写山东泰山的一首诗，意思是说：泰山的形象究竟怎么样啊？从齐地到鲁地都望不尽它的山色。大自然把神奇秀丽都集中于泰山，山的南面与北面，就像早晨与傍晚两个世界。远望山中层云叠出，目送归鸟入山，几乎把眼角都睁裂了。将要登上顶峰，往下一看，那山下众多的山都变得十分的小。全诗似乎只是描写泰山，写从山下望山上，写它的神奇秀丽，写它的山南山北的区别，写山旁边的云层和飞鸟，最后写从山上往山下望的情景。

似乎只是写山，其实不完全是。这是写杜甫眼中心中的山，通过对泰山的描写，表达了对祖国山河的热爱。这里作为自然物的泰山，已经变成了诗人用他的全部的生命的情感掌握过的具有历史文化的符号，它本身已经是独特的精神文化。可以这样说，所有的客体的审美价值，只有经过历史文化的中介，才能进入文学作品，才能成为审美评价活动。

审美评价活动的过程是通过中介层面协同的过程，是创造的过程。也可以说，审美评价活动的根本精神是人的心理器官的全部畅通，是人的内在丰富性的全部展开，是人本质力量的对象化。在审美的瞬间，人们暂时摆脱了周围熙熙攘攘的现实，摆脱了一切功利欲念，最终实现精神超越和净化。

三、文学中的审美评价活动

最后要简要地说明，文学中的审美评价活动，与其他的艺术审美活动相比，有什么特征？这个问题我们之前讲过，这里再做一些补充。

审美活动是到处都存在的。人们的衣食住行中都存在审美。人的活动中无处不存在审美。而各种艺术活动中的审美是审美活动的高级形态。那么作为艺术之一种的文学，与其他艺术中的审美活动相比又有什么特点呢？

(一)文学审美活动具有广阔的包容性

文学是语言艺术。语言有巨大的功能。词语可以与世界上一切事物发生广阔的联系。世界上一切人物、事件、场景、色彩、声音、气味、感觉、知觉、想象、情感、心态……无一不可以用词语符号表示出来，并间接地刺激人的感官。只要作家创作需要，那么大至无边的宇宙，小至一个人一刹那的细微的心理变化，都可以用词语加以描写、表现。凭借语言符号来把握世界的文学，其描写具有无比的广阔性和丰富性。黑格尔说：

> 语言的艺术在内容上和表现形式上比起其他艺术都远为广阔，每一种内容、一切精神事物和自然事物，事件，行动，情节，内在的和外在的情况，都可以纳入诗，由诗加以形象化。①

黑格尔在对比中凸显出文学作为语言艺术的特征，这是符合实际的。例如大家都熟悉的《红楼梦》描写生活的广阔程度是任何艺术都无法达到的。人

---

① 〔德〕黑格尔：《美学》(第3卷)，商务印书馆1979年版，第13页。

们称它为封建社会的百科全书，称它为全景小说，是毫不夸张的。王希廉（号护花主人）评《红楼梦》时，曾写下这样一段文字：

> 一部书中，翰墨则诗词歌赋，制艺尺牍，爰书戏曲，以及对联扁（匾）额，酒令灯谜，说书笑话，无不精善。技艺则琴棋书画，医卜星相，及匠作构造，栽种花果，畜养禽鸟，针黹烹调，巨细无遗。人物则方正阴邪，贞淫顽善，节烈豪侠，刚强懦弱，及前代女将，外洋诗人，仙佛鬼怪，尼僧女道，倡（娼）妓优伶，黠奴豪仆，盗贼邪魔，醉汉无赖，色色皆有。事迹则繁华筵宴，奢纵宣淫，操守贪廉，宫闱仪制，庆吊盛衰，判狱靖寇；以及讽经设坛，贸易钻营，事事皆全。甚至寿终夭折，暴病亡故，丹戕药误，及自刎被杀，投河跳井，悬梁受逼，并吞金服毒，撞阶脱精等事，亦件件俱有，可谓包罗万象，囊括无遗。①

像《红楼梦》这种百科全书式的巨著，其反映生活的丰富广阔，不要说绘画、雕刻、音乐、舞蹈等特别受时间空间限制的艺术难以表现，就是一百集电视连续剧也无法再现。不但文学描写生活的广度别的艺术无法相比，而且文学描写的细致入微、深入曲折的程度也是其他艺术无可比拟的。例如王蒙的意识流小说《春之声》写主人公岳之峰从国外归来之后坐闷罐子车回到阔别多年的故乡度春节的内心感受。故事十分简单，可对主人公心态的描写的细致、深入、微妙是惊人的。王蒙在解释自己这篇小说时曾说："……我打破常规，通过主人公的联想，突破时间和空间的限制，把笔触伸向过去和现在，外国和中国，城市和乡村，满天开花，放射性线条，一方面是尽情联想，闪电般的变化，互相切入，无边无际，一方面却是万变不离其宗，放出去都能收回来，所有的射线都有一个共同的端点，那就是坐在八〇年春节前夕里的闷罐子车里的我们的主人公的心灵。"②《红楼梦》之所以能把生活展现得如此丰富宽阔，《春之声》之所以能把生活描写得如此细致入微，这不能不归功于语言的神力。文学如果不是借助语言，就不可能如此宽广如此细致地反映生活。

---

① 引文见曾祖荫等选注：《中国历代小说序跋选注》，长江文艺出版社1982年版，第229页。

② 引文见《小说选刊》1980年第1期。

文学的这一特点充分地映现在文学审美活动上面。审美活动不是封闭的，而是开放的。审美可以融化生活的一切内容。所以文学的审美最为辽阔丰富。文学的审美对象中有美，也有丑，有悲，也有喜，有崇高，也有卑下……就是说在文学的审美活动中，人们可以以自己的情感或拥抱或排斥或喜爱或憎恨一切，生活里的一切都可以被当作审美观照的对象，都可以成为作家和读者的诗意的过滤。文学审美活动所具有的包容性，是别的艺术所不可企及的。

(二)文学审美活动具有思想的深刻性

文学作为语言艺术，它所蕴含的思想往往比其他艺术更深刻。因为词语并非物质性材料，具有实质性内容的词义是一种精神性表象，这样，"语言在唤起一种具体图景时，并非用感官去感知一种眼前外在事物，而永远是在心领神会"①，人们的这种心领神会直接趋向认知、思考，便于对生活进行理性的、深入的把握。所以，我们不能不说文学是所有艺术中最富思想性的艺术，甚至可以直接称其为思想的艺术。一幅画，让我们看到一些构图、色彩；一首乐曲，让我们听到一连串声音；一段舞，让我们看到一些人体的姿态、动作……这些都可以给我们情绪以感染，也能给我们一些思想的启迪。但文学则除了给我们情绪的感染之外，还能给我们以大量的、强烈的、深刻的、理性的认识。马克思在谈到英国批判现实主义作家时说："现代英国的一批杰出的小说家，他们在自己的卓越的、描写生动的书籍中向世界揭示的政治和社会真理，比一切职业政客、政论家和道德家加在一起所揭示的还要多。"②恩格斯在谈到巴尔扎克时也说："……他在《人间喜剧》里给我们提供了一部法国'社会'特别是巴黎'上流社会'的卓越的现实主义历史，他用编年史的方式几乎逐年地把上升的资产阶级在 1816 年到 1848 年这一时期对贵族社会的日甚一日的冲击描写出来……他汇集了法国社会的全部历史，我从这里，甚至在经济细节方面（如革命以后动产和不动产的重新分配）所学到的东西，也要比从当时所有职业的历史学家、经济学家和统计学家那里学到的全部东西还多。"③我们认为马克思、恩格

---

①　［德］黑格尔：《美学》（第 3 卷下册），商务印书馆 1981 年版，第 6 页。

②　［德］马克思：《英国资产阶级》，《马克思恩格斯全集》（第 10 卷），人民出版社 1962 年版，第 686 页。

③　［德］恩格斯：《致玛·哈克奈斯》，《马克思恩格斯选集》（第 4 卷），人民出版社 1972 年版，第 462—463 页。

斯这两段话，不仅是在充分肯定英国和法国一批批判现实主义作家作品的认识价值，而且也说明了文学作为一种语言艺术其思想认识的深刻性特点是其他艺术无法比拟的。为什么巴尔扎克敢于宣称自己要做"法国社会的书记"，就因为他手里拿的笔不是画笔，而是能够源源不断地流出蕴含深刻思想的语言文字的笔。

作为语言艺术的文学比其他艺术更能蕴含深刻的思想性，突出地表现在语言最为凝练的诗里。诗最能达到"言有尽而意无穷"的境界，最具有哲学的深度。如"此中有真意，欲辩已忘言"（陶渊明）、"江流天地外，山色有无中"（王维）、"相看两不厌，只有敬亭山"（李白）、"野火烧不尽，春风吹又生"（白居易）、"春蚕到死丝方尽，蜡炬成灰泪始干"（李商隐）、"无可奈何花落去，似曾相识燕归来"（晏殊）、"春色满园关不住，一枝红杏出墙来"（叶绍翁）、"横看成岭侧成峰，远近高低各不同"（苏轼）、"山重水复疑无路，柳暗花明又一村"（陆游）……这些诗句都有鲜明的形象，可形象背后却蕴含着深刻的哲学意味。

文学所蕴含的思想的深刻性在文学审美活动中同样得到充分的体现。文学的审美活动的一个特点，是人的感性和理性都充分活跃起来。因为人面对的文学是一个言—象—意的结构，在审美活动中就不会停留在对作品表面的语言的阅读和形象的感受上面，而必然深入到"意"这个层面。换句话说，文学的审美评价活动必然要深入到文学的最深层的内容中。例如在文学审美评价活动中必然要追问这句话这个形象有何意味，这个悲剧是怎样酿成的，那个卑下的人物与社会的关系，等等。正是这种审美追问和随后的审美判断使思想的深刻性得到充分的体现。

也因此，我们所说的文学中的审美评价，从来不是纯审美，不是什么审美主义。我们始终认为，文学中的审美具有一种溶解力，它可以把历史、道德、伦理、政治、民俗等一切都溶解于审美中。我一直使用一个比喻，审美就是水，而历史、道德、伦理、政治、民俗等就是盐，盐溶解于水中，体匿性存，无痕有味。但是现在有些批评我的人，就拿这个比喻做文章，说，你看，你不是把一切都让"水"冲掉了吗？这不是"唯审美论"是什么？我请这些人不要曲解我的比喻，我的意思是文学作为审美的形态，不能把它当成时代精神的简单的传声筒，要让思想倾向在审美的形态中自然而然展现出来，思想倾向不要特别标志出来，不要特别喊出来。表面看的确是审美形态，可

"盐"——历史、道德、伦理、政治、民俗等——仍然在其中，只是它"无痕有味"而已。请问，"味"在不就是"盐"在吗？

四、宏观与微观的"双向拓展"

"文化诗学"的构想是：以审美评价活动为中心的同时，还必须双向展开，既向宏观的文化视野拓展，又向微观的言语的视野拓展。我们认为不但语言是在文学之内，文化也在文学之内。审美、文化、语言及其关系构成了文学场。文化与言语，或历史与结构，是文化诗学的两翼。两翼齐飞，这是文化诗学的追求。程正民教授深刻指出："文艺学研究可以从历史出发，也可以从结构出发，但如果是科学的研究，它所追求的必然是历史与结构的统一。文艺学如果从历史出发，那么历史研究的客体就是审美结构；如果从结构出发，那么也只有靠历史的阐释才能理解结构的整体意义，对结构的认识和理解只有通过历史的阐释才能得到深化。"①这种看法把历史的与结构的研究结合起来，是很合理的，很有启发性的。只有这样去做，才能克服所谓的"内部研究"与"外部研究"所带来的片面性，文学研究也才能实现再一次的"位移"，即移到整体的"文学场"及其要素的联系上面来。

（一）向宏观的文化语境拓展

在研究文学问题（作家研究、作品研究、理论家研究、理论范畴研究等）的时候，要向宏观的文化视野拓展，以历史文化的眼光来关注研究的对象，把研究对象放回到原有的历史文化语境中去把握，不把研究对象孤立起来研究，因为任何文学对象都是更广阔的文化的产物。这样，研究文学和文学理论都要充分考虑到"历史的关联"、"社会的关联"。恩格斯曾经称赞过黑格尔的"伟大的历史感"，认为"他是第一个想证明在历史中有一种发展、一种内在联系的人"，认为他"在现象论中，在美学中，在历史哲学中，到处贯穿着这种伟大的历史观，材料到处是历史地、即放在与一定的历史联系中来处理的"。恩格斯的观点表明了一种历史主义的观念和方法。②别林斯基也深刻指出："不涉及美学的历史批评，以及反之，不涉及历史的美学批评，都将是错

---

① 程正民：《俄罗斯文艺学的历史主义传统与创新》，《程正民自选集》，山东文艺出版社 2007 年版，第 249 页。

② 《马克思主义经典作家论历史科学》，人民出版社 1961 年版，第 215—216 页。

误的。"①"历史优先"是文化诗学的基本原则。只有把研究的对象放置于原有的历史文化语境中，才能充分揭示对象的意义和价值，才能开掘出审美精神、历史精神和人文精神来。

我们北师大文艺学研究中心一直从事"中国文化与诗学"教学科研的李春青教授也同样认为重建历史文化语境对文化诗学研究起着重要的作用。他认为："任何意义只有在具体的文化语境中才是可以确定的。不顾文化语境的研究可以称为架空立论，只是研究者的主观臆断，或许会有某种现实的意义，但算不上是严格意义上的学术研究。"他通过"诗经学"研究中种种脱离语境的"架空立论"的情况进行了梳理分析，指出了脱离具体语境"主观化"说诗的弊病，进而得出了"文化诗学的入手处就是重建文化语境"。②

但是，要进入历史文化语境并不是容易的。历史常常离我们很久远，我们怎么能知道离我们已经很久远的情况呢？仅仅看历史书是不够的。因为历史书或者是对于历史语境的描述不够详尽，或者所写的情况与你考察的问题相关性不够，或者资料不够，或者是有错误的，这样我们就要花大力气去"重构"历史语境，要寻找相关的历史资料，甚至最原始的资料，经过整理、理解和合理的想象，才有可能把历史语境重建起来。

重建历史文化语境是困难的。人们用了过多的"恢复历史的本来面目"、"揭示历史真相"一类的词语。我们要追问的是，有谁能够"恢复历史的本来面目"、"揭示历史真相"呢？

我们当然要从历史唯物主义观点出发，肯定某个历史人物和事件的本真状态是存在过的，但是这种历史的本真状态已经基本上不可追寻。要知道，历史的本真与历史家笔下的历史文本所描绘的情况是需要加以区别的。历史的本真状态，特别是离我们久远的历史本真状态，虽然存在过，但已经不可追寻。因为那时候没有现场的摄影师录音师，不可能完整地具体地逼真地按其原来的面貌保存下来。就是有摄影师和录音师也未必就能保存下来。历史家没有亲历现场，他们笔下的历史文本不完全靠得住，因为其中有许多不过

---

① ［俄］别林斯基：《别林斯基选集》(第3卷)，上海译文出版社1980年版，第595页。

② 李春青：《论文化诗学的研究路向——从古今〈诗经〉研究中的某些问题说开去》，《河北学刊》2004年第5期。

是历史家根据传说虚构出来的。我曾在一篇文章里面说过："被鲁迅称为'史家之绝唱，无韵之离骚'的《史记》，其中不也有不少推测性的虚构吗？'鸿门宴'上那些言谈和动作，离《史记》的作者司马迁少说也有六七十年，他自己并未亲睹那个场面，他根据什么写出来的呢？他的《史记》难道不是他构造的一个文本吗？"①如果进一步说，司马迁所写的很多内容不过是出于他的虚构而已。如《五帝本纪》、《夏本纪》、《殷本纪》之类属于根据传说而写的，很难说是"历史本相"。其中如写黄帝"教熊罴貔貅貙虎，以与炎帝战于阪泉之野"，不过是神话式的无稽之谈。这样的写法，生动是生动，但很难说那就是"历史真相"。如为人们所津津乐道的《淮阴侯列传》中写韩信平定齐国后，派人到刘邦处，请求刘邦允许他当齐国的假王，其中写道："韩信使者至，发书，汉王大怒，骂曰：'吾困于此，旦暮望若来佐我，乃欲自立为王！'张良、陈平蹑汉王足，因附耳语曰：'汉方不利，宁能禁信之王乎？不如因而立，善遇之，使自为守。不然，变生。'汉王亦悟，因复骂曰：'大丈夫定诸侯，即为真王耳，何以假为！'"这里的确把刘邦前后两次骂写得很生动传神，把刘邦那种对韩信既要用之又要防之的心理，可以说刻画得合乎情理又淋漓尽致。但我们提出的问题是这是文学描写还是历史本真？如果说这是想象的艺术真实的话，那么说它同时记录了历史的本真，是历史的真相，恐怕就很难令人信服了。

历史真相是什么？为什么历史文本不可能完全达到历史真相的揭示？历史的真相是历史人物与事件的原始状态。它是存在过的，是"有"，但人物与事件的状态，既千变万化，又稍纵即逝。它的原始性、复杂性、发展性、延伸性、偶然性、暂时性和混沌性等，是无法把握的。就是亲历现场的人，虽然亲睹亲闻，也很难完全把握。这样这些历史人物和事件的原始性、复杂性、发展性、延伸性、偶然性、暂时性和混沌性，对于任何人来说，就可能从"有"转到"无"。且不要说几百年前发生的事情，且不要说千年以上发生的事情，就是离我们很近的事件，我们也只能掌握一个大概的轮廓而已，很多场面，很多情景，很多细节，都如过眼烟云，随风飘散。所以，从客观上说，完全的绝对的历史真相是不可能掌握的。这是从客观的角度来看。如果我们再从主观的角度来看，每

---

① 童庆炳：《重建·隐喻·哲学意味——历史文学三层面》，《社会科学辑刊》2006 年第 6 期。

个人的立场、观点、视点、关注点是不同的，即使我们面对的是同一个人物和事件，也会有不同的说法、不同的理解、不同的判断，那么究竟谁说的、理解的、判断的更真实、更符合历史真相？这都是无法说清的。

历史本真或历史真相如此难于把握，那么我们如何来看《二十四史》、《资治通鉴》一类的历史文本呢？这些历史文本所记述的只是一个历史人物、历史事件的大致的框架、概貌和空间的方位、时间的断限等，而且会因观点的不同对人物与事件作出不同的甚至是完全不同的判断，其中有偏见也在所难免。鲁迅说："在历史上的记载和论断有时也是极靠不住的，不能相信的地方很多，因为通常我们晓得，某朝的年代长一点，其中必定好人多；某朝的年代短一点，其中差不多没有好人。为什么呢？因为年代长了，做史的是本朝人，当然恭维本朝的人物，年代短了，做史的是别朝人，便很自由地贬斥其异朝的人物，所以在秦朝，差不多在史的记载上半个好人也没有。曹操在史上年代也是颇短的，自然也逃不了被后一朝人说坏话的公例。"①鲁迅所说极是。这说明历史文本有时离历史真相有多远。任何一个历史学家都不敢说他的描写就是历史真相。正如美国当代著名学者海登·怀特所说的那样："一个优秀的职业历史学家的标志之一就是不断地提醒读者注意历史学家本人对在总是不完备的历史记录中所发现的事件、人物、机构的描绘是临时性的。"②这样，随着新的相关历史文件、历史文物或别的新的证据的发现，就要不断地修正它，而且这种修正是不会完结的，于是任何历史文本只是一种不完全靠得住的临时物。既然历史本真或历史真相难以追寻，而历史文本有时又不完全靠得住，那么对于文化诗学来说，也就只剩一条路：寻找到尽可能多的史料，"重建"历史。正如海登·怀特说："已故的 R. G. 柯林伍德（Collingwood）认为一个历史学家首先是一个讲故事者。他提议历史学家的敏感性在于从一连串的'事实'中制造出一个可信的故事的能力之中，这些'事实'在其未经过筛选的形式中毫无意义。历史学家在努力使支离破碎和不完整的历史材料产生意

---

①　鲁迅：《魏晋风度及文章与药及酒之关系》，《鲁迅论文学》，人民文学出版社 1959 年版，第 34 页。

②　[美]海登·怀特：《作为文学虚构的历史文本》，见张京媛编：《新历史主义与文学批评》，北京大学出版社 1993 年版，第 161 页。

思时，必须要借用柯林伍德所说的'建构的想象力'（constructive imagination），这种想象力帮助历史学家——如同想象力帮助精明能干的侦探一样——利用现有的事实和提出正确的问题来找出'到底发生了什么'。"①怀特这里是说历史文本需要"建构的想象力"，那么对于文化诗学来说，就更需要"建构的想象力"了。在我看来，这里所说的"建构"，正确的说法是"重建"，即重新建构。如何来重建历史？这又是一个很难解决的问题。大体上说，历史文学作家为了艺术地提供一个能够传达出某种精神的历史世界，只能用艺术地"重建"的方法。"重建"的意思是根据历史的基本走势、大体框架、人物与事件的大体定位，甚至推倒有偏见的历史成案，将历史资料的砖瓦，进行重新的组合和构建，根据历史精神，整理出似史的语境。这就有似文物中的"整旧如旧"的意思。我们说要想把文学作品放回到原有历史文化语境中去把握，就只能走这条"重建"之路，此外没有别的路可走。

在重建历史文化语境问题上，美国的新历史主义的观点的确值得我们借鉴。新历史主义从未把他们的"文化诗学"看成学说，他们主要是在研究莎士比亚的时候提出来的一种方法。他们的最大贡献，就是他们提出了新历史观。他们的新历史观，简单地说，就集中在两句话上：文本是具有历史性的，历史是具有文本性的，研究者应加以双向关注。这就是美国的"新历史主义"的最大贡献。怎样理解"历史是具有文本性的"呢？这是说任何文本都是历史的产物，受历史的制约，具有历史的品格，因此，任何文本都必须放到原有的历史语境中去考量，才能揭示文本的本质；怎样理解"历史具有文本性"呢？这是说任何历史（包括历史活动、历史人物、历史事件、历史作品等）对我们今人来说，都是不确定的文本，我们总是以今天的观念去理解历史"文本"，改造和构设历史文本，不断地构设出新的历史来，而不可能把历史文本复原。之所以会如此，关键的原因是作为认识主体的人和人所运用的语言工具。人是具体历史的产物，他的一切特征都是特定历史时刻的社会因素所刻下的印痕，人永远不可能超越历史；语言也是如此。按结构主义的意见，语言是所指和能指的结合，这样，语言的单一指称性就极不可靠。当具有历史性的人

---

①　［美］海登·怀特：《作为文学虚构的历史本文》，见张京媛编：《新历史主义与文学批评》，北京大学出版社 1993 年版，第 163 页。

运用指向性不甚明确的语言去阅读历史文本时，会发生什么情况呢？肯定地说，他眼前所展现的历史，绝不是历史的本真状况，只是他自己按其观念所构设的历史而已。就是历史学家笔下的历史也只具有"临时性"。今天说某段历史是这样的，明天又可能被推翻，换成另一种说法。① 这就是新历史主义的新历史观。例如，我们在面对司马迁的《史记》文本的时候，我们一方面认为他写的那些人物、故事不过是他用他的语言书写出来的，虽然他根据一定的史料，但他笔下的历史文本经过了加工、分析、解释，这已经不完全是真实的历史，所以历史是文本的；但另一方面，我们又要看到，司马迁用他的言语所书写的《史记》，必然受司马迁所在那个时期的社会、文化诸多历史条件的制约，他写来写去，也不可能完全超越他所处的历史文化条件，所以文本是历史的。这样解释相当合理。可以说，它与马克思的历史观确有相似之处。马克思在《路易·波拿巴的雾月十八日》一书中说：

> 人们自己创造自己的历史，但是他们并不是随心所欲地创造，并不是在他们自己选定的条件下创造，而是在直接碰到的、既定的、从过去承继下来的条件下创造。一切已死的先辈们的传统，像梦魇一样纠缠着活人的头脑。当人们好像刚好在忙于改造自己和周围的事物并创造前所未闻的事物时，恰好在这种革命危机时代，他们战战兢兢地请出亡灵来为他们效劳……

马克思这段著名的话，表达了双重的意思，一方面，历史是既定的存在，对我们来说，它永远不会过去，先辈的传统永远纠缠着活人，因此，任何一个新创造的新事物都要放到历史的天平上加以衡量；另一方面，今人又不会恭顺历史，他们以自己长期形成的观念去理解、改造历史，甚至"请出亡灵来为他们效劳"。因此，今人所理解的历史，已不是历史的原貌，而只是人们心中眼中的历史。如果把马克思的观点运用于文学研究，那么一方面要把作品放置到特定的历史背景中去考察，另一方面则要重视评论主体对作品的独到的解说。文本是历史的，历史是文本的这一说法，继承了马克思的历史观又有所发

---

① 以上意思可参见《新历史主义与文学批评》中斯蒂芬·葛林伯雷和海登·怀特等人的论文，北京大学出版社 1993 年版，

挥。由此可见，美国的"文化诗学"仍然有许多学术养分值得我们吸收。

历史不过是一种文本，具有"临时性"，那么我们如何将文学作品放回到原有的历史文化语境中去把握呢？这就是我在前面所说的要想尽一切办法去"重建""似史"的历史文化语境。所以对于文化诗学来说，"历史优先"原则仍然是重要的。

(二)向微观的语言细读拓展

语言永远是文学的第一要素。作家创作在一定意义上是写语言，我们阅读文本，也是在阅读语言。我们要把握文本所含的审美情感流动的脉络，看看它在什么地方感动或打动了我们，让我们的心震颤起来，看看它在什么地方给我们以智慧的启示；然后我们用专业的眼光来分析它，除了分析出艺术意味以外，还要分析出文化意涵，这一切都必须通过语言阅读，舍此就没有别的途径。所以通过文本语言的分析，特别是语言细读，揭示作品的情感和文化，这就是我们的基本路径。在这路径的入口，就是文本的语言。这里我们要特别指出的是，我们提出语言分析，不是孤立地认为语言本身就是文学的一切，而是因为语言中渗透了情感与文化，包括我们提倡的审美精神、历史精神和人文精神，都隐藏在文本语言中。所以不顾语言所隐藏的情感与文化，回到以前那种悬空谈感受的所谓社会学批评，不是我们所要的批评。文本中一个词、一个句子在运用的变化，都隐含艺术的追求和文化的意味。所以回到文本，回到语言，也就是回到文学所不可缺少的美学优点，回到情感与文化。审美也好，历史文化也好，离开文本的语言分析，也就无从谈起。

在语言细读方面，中外资源都非常丰富。中国古代的诗文小说评点，俄国形式主义，英美的新批评，结构主义批评，都重视语言分析。形式主义的批评流派的文学观念把文学封闭在语言之内，这是不可取的。但他们提倡文本的语言分析则是很重要的。

中国古代的诗话，作为对文本的评点，在一定程度上就是语言细读。北宋欧阳修的《六一诗话》是我国最早的诗话，他的宗旨是："居士退居汝阴而集，以资闲谈。"自欧阳修首创，其后效仿者不断，逐渐形成气候。北宋末年，诗话家许彦周认为："诗话者，辨句法，备古今，纪盛德，录异事，正讹误也。"他把"辨句法"放在首位，是符合实际的。后来诗话分成两派，一派"论诗及事"；一派是"论诗及辞"。后一派就是以语言分析为主的。今天我们所说

"寻章摘句"，就是这一派的兴趣所在。不少诗话在诗句分析上细致入微，极见功力。这里仅就金圣叹《杜诗解》中对杜甫的《画鹰》前四句的评点，做一点介绍。原诗前四句是：

> 素练风霜起，苍鹰画作殊。㧑身思狡兔，侧目似愁胡。

这几句诗的意思是：在白色的绢布上面画苍鹰，其威猛如挟风霜而起。其神态特异不凡。它㧑动翅膀想抓住狡兔，它侧目就像那焦虑凝神的猢狲。金圣叹评点说："画鹰必用素练，乃他人之所必忽者，先生之所独到，只将'风霜起'三字写练之素，而已肃然若为画鹰先做粉本。自非用志不分，乃凝于神者，能有此五字否？三、四即承'画作殊''殊'字来，作一解。世人恒言传神写照，夫传神、写照乃二事也。只是此诗，'㧑身'句是传神，'侧目'句是写照。传神要在远望中出，写照要在细看中出。不尔，便不知颊上三毛，如何添得也。"显然，金圣叹用了传统的"传神写照"来评点此诗，一下子就把杜甫诗句的细微精彩之处点出来了。

俄国形式主义批评提出"文学性"概念，而文学性就在语言中。什克洛夫斯基的"陌生化"、托马舍夫斯基的"节奏的韵律"，都是他们所热衷的语言分析。

英美新批评提出语言细读，首先也是观念上的改变，其次才是一种通过分析文本语言来阐释文学的方法。如理查兹的"情感语言"，燕卜荪的"含混"，布鲁克斯的"悖论"和"反讽"，退特的"张力"，兰色姆的"肌质"，沃伦的"语像"，等等。结构主义的"关系项"、"关系"，还有从结构主义延伸出来的叙事学。这些都是属于语言批评。

但是所有这些所谓文本语言细读批评，除中国古代的评点外，都存在一个根本的缺陷，那就是他们把文本的语言孤立起来分析，把语言看成是文学的"内部"，其他都是文学的"外部"。"外部"就不是文学本身了。俄国形式主义批评的代表人物雅各布森提出所谓的"文学性"观念："文学研究的对象并非文学而是文学性，即那种使特定作品成为文学作品的东西。"[①]那么他们就把语言，特别是扭曲的语言看成是文学性，语言所蕴含的意义被排除在"文学

---

① ［法］托多洛夫编：《俄苏形式主义文论选》，中国社会科学出版社1989年版，第24页。

性"之外。但是他们的理论是有矛盾的。例如什克洛夫斯基论文学语言的"陌生化"，说那种自动化的语言是"习惯性"的，让人习以为常，习惯就退到无意识的自动的环境里，从而失去了对于事物的感觉。这说得很对。于是他主张文学语言的"陌生化"。他说：

> 为了恢复对生活的感觉，为了感觉到事物，为了使石头成为石头，存在着一种名为艺术的东西。艺术的目的是提供作为视觉而不是作为识别的事物的感觉；艺术的手法就是使事物奇特化（陌生化）的手法，是使形式变得模糊、增加感觉的困难和时间的手法，因为艺术中的感觉行为本身就是目的，应该延长；艺术是一种体验事物的制作的方法，而"制作"成功的东西对艺术来说是无关重要的。①

这里的矛盾是：你一方面说，你使用语言陌生化的手法，是"为了恢复对生活的感觉，为了感觉到事物，为了使石头成为石头"，也就是说为了使生活变得新鲜，能够让读者因你的语言手法的改变而觉得你的描写更耐人寻味（所谓"增加感觉的困难"），可是另一方面你又说这只是"制作"，"制作"成功的东西，即语言描写的意义对艺术来说又无关紧要。这不是自相矛盾吗？语言是一种符号世界，符号世界表达一种意义世界，符号世界与意义世界是无法分开的。你怎么能把连为一体的东西活活地切割开来呢？所以语言与意义、话语与文化、结构与历史本来就在一个场内，是不能分开的，为什么硬要把它们分割开来呢？什克洛夫斯基谈到语言的陌生化，喜欢举列夫·托尔斯泰的例子，如他举了托尔斯泰的《霍斯托密尔》的小说，这篇小说写主人公与他的小马的谈话，但小马总是听不懂主人的话，如为什么人总喜欢"我的马"、"我的土地"、"我的空气"、"我的水"，它听着"实在别扭"。这种陌生化描写不正是在批判私有制吗？让你感觉私有制是如此不合情理，这就是托尔斯泰的陌生化描写要凸显的东西，而且凸显得很成功，真的"使石头成为石头"，读者如何仅仅能称赞这种描写本身，而把控诉私有制的思想情感排除掉呢？这完全是不可能的。

总之，纵观西方 20 世纪文论所走过的历程，其内部运演呈现出一种俄国

---

① ［法］托多洛夫编：《俄苏形式主义文论选》，中国社会科学出版社 1989 年版，第 65 页。

形式主义—英美新批评—结构主义—符号论—新历史主义等的递进消解的曲线图式，这也不难想象有学者指出"新历史主义是形式主义末路的崛起"，西方这种通过各种学说"内部"与"外部"形态的冲突、消解、互补，而后又打着"新历史主义文化诗学"的旗帜要求回归文学研究，要求从文化的视角、历史的维度、跨学科的空间、人类学方法的"厚描"（thick description）去重新面对文学文本，揭示文本背后隐含的社会权力的运作。其实，只要进一步仔细思考，我们不难发现：无论是西方的新历史主义学派还是我国所提倡的"文化诗学"，尽管两者存在巨大的差别，但似乎都有一个共同点——那就是强调文学研究要回归历史，与哲学"分手"而重新与历史"结盟"，用一种历史生成的视野来重新观照社会。结合当代文学理论的大背景，我们再进一步理论深思会发现——"文化诗学"其实就是对西方"逻各斯中心主义"①（logocentrism）的消解和超越。西方逻各斯（the logos，类似"理性"）将追求世界本原、终极实在、绝对真理视为中心，甚至将上帝视为哲学思想的最后依托，只关注形而上学、强调逻辑的推演，直接造成了历史本质化、固定化的危险，而这也就导致了理论与实际脱离，根本不能解释新产生的文艺问题。于是，强调打破形式主义内设的语言牢笼，主张在文本与社会间双向往来的"新历史主义学派"以及强调重建历史语境，主张文学与文化间互动互构研究的"中国文化诗学"，都在自己的社会文化语境中，在自己的民族土壤中得以生根、发芽。

小　结

　　文化诗学所要做的事情，就是恢复语言与意义、话语与文化、结构与历史本来的同在一个"文学场"的相互关系，给予它们一种互动、互构的研究。对于文学来说，语言与意义、话语与文化、结构与历史是两翼，就让它们在审美的蓝天上双翼齐飞吧！

---

　　①　按照德里达的定义，"逻各斯中心主义"是一种在场的形而上学。这不仅体现为言语先于文字，而且也表现在对符号本身的认识上。它割断所指和能指的关系，将所指奉为不变的中心，以构筑形而上学的大厦。逻各斯中心主义在语言观上表现为言语或语音中心主义（phonocentrism），德里达之所以要批判逻各斯中心主义，是因为它与西方在场的形而上学密切联系，其批评的矛头直接指向了亚里士多德、卢梭和黑格尔。德里达还从索绪尔《普通语言学教程》入手试图解构西方的逻各斯传统。参见张隆溪：《道与逻各斯》，江苏教育出版社 2006 年版，

文学语言与社会文化的互动、互构

　　从本讲开始将进入文学形式与社会历史文化之间的互动、互构的关系的讨论。在构思这个问题下面讲什么的时候，颇费斟酌。我最初的构想，可以分为三讲来讨论，首先讨论文学语言与社会文化；其次讨论文学话语与社会文化；再次讨论故事形态与社会文化。我觉得文学语言是讲文学语言的共性问题，即作家作为一个群体他们的作品有共同的特征，文学话语是讲文学的个性问题，即不同作家因个性不同有不同的话语。但是我拿不定主意，不知这样讲是否合乎语言学的逻辑和规则。有一天，在研究中心，恰好碰上赵勇博士、精通法国文论的钱瀚博士和一直在研究文体论的姚爱斌博士，我于是就把自己准备讲的题目拿出来向他们请教。其中，钱瀚认为，话语是与权力、意识形态相关的概念，比较之下带有更多"共性"，而语言可以理解为个人的言语，他建议先讲话语，再讲语言。回家后，对此仍不甚放心，于是又看了一些书。我意识到语言问题是 20 世纪人文学科关注的焦点问题，不同的学科、不同的学者各有各的说法。分歧与误解到处可见。"话语"提出的历史很短，似是超越索绪尔的语言与语言的问题。正在我犹豫不决之际，理论语言学的专家伍铁平教授因事给我打了一个电话，我趁机就我思考的问题请教他。他的回答完全是索绪尔式的，他认为索绪尔的语言二分法是根本，即把语言分成语言和言语两个层面，"语言"是"体"，是系统的规则；"言语"是"用"，是按照语言的规则通过人说出的或写出的话，"话语"也是一种言语，文学语言也是一种言语，文学语言中抒情语言、叙事语言也都是言语。我觉得伍铁平教授说得比较合理，所以我最终决定，在文学言语层面来探讨"文学语言与社会文化的互动互构"，这里的"文学语言"实际上是指"文学言语"，"社会文化"则指"社会的历史文化"。

一、文学语言及其生成机制

文学语言就是索绪尔语言体系的言语，是诗人、作家根据某个民族的语言规则所写下的"话"，这些"话"联成一片构成了一个又一个文学文本。虽然每个诗人作家的语言是不同的，具有个性的，但如果把诗人、作家写在文本中的语言，与日常生活中的语言相比，我们立刻就会发现文学语言的共同特色或特性。

(一)文学语言及其特性

首先我们还是要来讨论文学语言对于文学来说具有什么意义。因为传统的语言观和现代的语言观对这个问题还是有很大的分歧的。大家知道，20世纪80年代到90年代文学理论界出现了所谓的"语言论转向"，认为语言就是文学的本体，甚至认为"不是人说话，是话说人"。我们要结合文学语言在作品中的地位来讨论一下"语言论转向"有没有道理。

1. 语言在文学中的地位和功能

从古典到现代，人们都非常重视语言在文学中的地位。但他们对语言在文学中究竟占有什么地位具有什么功能的看法是各异其趣的。中外古典文论所持的是"载体"说，语言只是一种"形式"、"工具"、"媒介"、"载体"，它的功能在于表达生活的和情感的内容，内容有"优先权"，形式则处于被内容决定的地位。20世纪西方科学主义文论则持"本体"说，认为语言是文学的"本体"，文学就是语言的建构，语言是文学存在的家园。古代文论与20世纪西方文论的文学语言观就这样分道扬镳。

那么文学语言观念从古典到现代的转变是怎样发生的呢？

20世纪西方哲学和人文科学领域发生的一个重大事件就是所谓的"语言论转向"。在西方，19世纪以前，占主导地位的是理性主义，理性制约一切，所以理性作为文学的内容也自然处于"统治"地位，语言只被看成是传达理性内容的工具。20世纪初叶以来，由于资本主义危机不断发生，人的生存境遇恶化，人性的残缺化越来越严重，人们觉得过去崇拜的理性不灵了，反理性的思潮应运而生。这就导致了所谓的"语言学转向"。人们不再追问语言背后的理性，而认为"语言是存在的家"（海德格尔），"想象一种语言意味着想象一种生活方式"（维特根斯坦）。语言不是单纯的媒介、手段、载体，它是存在本身。人是语言的动物。王一川教授还告诉我们："更根本的原因则是物质生产的发展。语言从次要的工具一跃而拥有中心权力，并非偶然。这里起最终作用的正是物质生产的发展所导致的语言表达方式的飞跃，从而是语言的重要性的大大增强。最初的口头语言和手写语言传达能力有限，信息相对封闭，适应于集权意识形态，这是受原始、奴隶和封建时代的物质生产水平制约的。随着现代资本主义工业化进程，印刷术得以普及和发展，这就使语言可以成批印刷和传播，让更多的人去接触、使用，从而令语言的作用发生改变并大大增强。例如，《圣经》一向以手抄本传世，握有它的少数人便握有万能的阐释权力。但当印刷术普及和发展，《圣经》可以大量复制了，普通人也可能拥有它，从而可能打破少数人对阐释权力的集权垄断。正是这一物质基础与其他因素一起促成了 16 世纪路德新教革命。这也可以看作由手抄本'语言'到印刷本'语言'的语言表达方式的革命。尤其是到了 19 世纪末、20 世纪初期，不仅印刷术持续发展，而且无线电通讯、摄影和电影也相继发明和发展，这就极大地拓展了语言表达方式，从而给人们生活带来重大影响。……这里的语言显然已不再是过去那种单纯的'工具'，而直接参与、构成人们的新的存在方式本身。"①王一川从媒介的变化的历史令人信服地说明了"语言论转向"的深层原因。

语言观上的这种变化，很自然引起文学观念的变化。21 世纪形成的科学主义的文论流派在文学语言观上一脉相承。他们认为作品中的语言就是文学的本体。俄国学者什克洛夫斯基在其重要论文《艺术作为手法》中在反复强调文学语言的特异性之后说："这样，我们就可以给诗歌下个定义，这是一种困难的、扭曲的话语。"②法国结构主义大师罗兰·巴尔特走得更远，他强调"语言和文学之间的一致性"，认为"从结构的角度看，叙述作品具有句子的性质"，"叙述作品是一个大句子。"③超过语言层就是文学的"外界"。

---

① 王一川：《修辞论美学》，东北师范大学出版社 1998 年版，第 18—20 页。

② ［法］托多罗夫编：《俄苏形式主义文论选》，中国社会科学出版社 1989 年版，第 77 页。

③ ［法］罗兰·巴尔特：《叙事作品结构分析导论》，见《马克思主义文艺理论研究》编辑部编选：《美学文艺学方法论》（下），文化艺术出版社 1985 年版，第 535—536 页。

这种现代语言论的文学观念有没有道理呢？应该说，是有一定的道理的。我们似乎可以从"人"和"文化"这两个视角来证明文学语言本体论有其理论基础。

人的角度的说明。人与动物的区别是不是与拥有语言符号密切相关呢？这一点似乎可以肯定下来。20世纪哲学界一个特异的现象就是从符号学的角度来研究人自身。其中最杰出的代表就是德国哲学家恩斯特·卡西尔。他在他的最后一部著作《人论》中考察了人之所以为人的根据。他得出结论说：

> 我们应当把人定义为符号动物来取代把人定义为理性的动物。只有这样，我们才能指明人的独特之处，也才能理解对人开放的新路。①

语言是人的最重要的一种符号，因此，在卡西尔看来语言也是区别人与动物，并指明人的独到之处的一个重要方面。卡西尔说有两种不同的语言，一种是情感语言；一种是命题语言。在类人猿那里有情感语言，它可以表达情感，但不能指示和描述。因为它不具有"延迟摹仿"和"移位"的认知机制，也不具备转换、开放的机制。因此，只有在人这里，才用具有认知、转换、开放机制的"命题语言"进行交往活动。人才是真正的语言符号动物。在人类的远古时代，我们祖先的一种新的感叹，就可能是生活的一种新意向。感叹与意向之间只是一种表里关系，不是思想内容与传达工具的关系。进一步说，人的语言与人的感觉、知觉、想象、理解等心理机能是同一的。语言不是外在于人的感觉的，是内在于人的感觉的。就以个体的人的语言发展而言，他的语言与他的感觉是一致的。一个老年人说不出儿童那样天真烂漫的话，是因为他已经在社会化过程中失去了"童心"，找不到儿童的感觉。同样的道理，儿童有时会说出一些完全不合理不合逻辑但却极生动和极富诗意的话，就是因为他们无知，他们还没有"社会化"，他们的语言与他们的幼小心灵的感觉是同一的。在现代，语言"宰割"生活的现象到处都存在。一个"走资本主义当权派"的词语的出现，把成千上万完全不同的人推到了同样的境地。一个"改革开放"的新词多么"武断"地把多么不同的事件纳入其中。生活交往中拥有一个新词或新的词语组合，就表明对生活的一种新态度，或者是人们的一种旧

---

①　[德]恩斯特·卡西尔：《人论》，上海译文出版社1985年版，第34页。

的生活方式的结束，或者是一种新的生活的开始，或者显示某种生活正处在变动中。

　　文化角度的说明。语言又是一种文化，从而它能够规定人们思考的不同方式。过去说语言是文化的载体，这个说法还不够。应该说，语言本身就是一种文化。因为人是必须用语言来思考问题的，语言不同，思考的方式自然不同，作为思考的产物的文化也就不同。操英语的人和操汉语的人，不仅仅是用不同的语言工具，实际上是拥有不同的文化和对事物的不同理解。例如"梅花"这个词，整个欧洲都没有，因为欧洲没有梅花。那么中国人十分熟悉的"松、竹、梅岁寒三友"的观念，欧洲人也就不可能有。他们对中国文学中各种"咏梅"诗词同样也难于理解。"狗改不了吃屎"，"老鼠过街，人人喊打"，"痛打落水狗"作为汉语文化的产物的流行语，对我们来说是理所当然的。但你若在英法美等国家说这些话，英国人、美国人就会觉得中国人"太残忍"。狗（他们心中的宠物）落水了已经够可怜的了，还要"痛打"，这不是发疯了吗？所以他们既不能理解，也不能接受。相反，像法国古典主义时期，在文学作品中，不能直呼"chien"（法文，狗），而要称为"de la fidelite respectable soutien"（忠诚可敬的帮手），对我们而言，也是无法理解的，甚至觉得很可笑。追根到底这里显示出欧美的基督教文化与中国的儒家文化的差异，是文化差异导致的生命意识的根本不同。从这个意义上说，语言的不同归根结底是文化的不同，不仅仅是使用的工具不同。

　　以上两点可以说明，20世纪以来的语言论的文学观念，即把语言看成是文学的本体是有一定的道理的。但我们说它有"一定的道理"并不是说它全对。"理性工具崇拜"论是不对的，可"语言拜物教"也未必全对。实际上，传统的语言"载体"说和现代的语言"本体"说，都有它的片面性。我认为两者都不能完全客观地揭示语言在文学中的功能和地位。上述两种理论倾向，尽管在观点上截然对立，但在思想方法上的偏颇则是相同的。"载体"说没有看到文学作品中语言的特殊性，把文学语言与其他领域中的语言混为一谈。"本体"说则过分夸大了文学语言特性，而没有看到文学语言与其他领域中的语言的共同性，即任何文学语言都建立在日常的语言的基础上，它不是文学家造出来的另一类语言。钱中文教授在《文学是语言结构的审美创造》一文中就针对形式主义的内容与形式相互剥离的现象提出批评，他认为："文学作品使用的语言，并非语言学中的语言，而是超越了语言规范的活生生的、具有内容性的语言。把文学语言完全划归到形式一边，就使语言变成语言学中的抽象语言了。"①

巴赫金认为，文学语言具有"全语体性"。所谓"全语体性"就是指各种语言体式在作品中实现了交汇，它既是交际和表达的手段，同时它又有了新质、新的维度，它本身就是被加工的对象，就是构筑成的艺术形象。简括地说，文学语言既是手段又是对象。巴赫金说：

> 语言在这里不仅仅是为一定的对象和目的所限定的交际和表达的手段，它自身还是描写的对象和客体。……在文学作品中我们可以找到一切可能有的语言语体、言语语体、功能语体，社会的和职业的语言等等。……②

"全语体性"正是文学基本特性所使然。这里巴赫金似乎对俄国形式主义的文论有所吸收，又有所改造。这就是说，文学作品中的语言仍然要传达交往中的信息，因此语言的实用功能仍然在发挥作用，没有一篇作品不蕴含一定的审美信息，审美信息也是信息，那么传达这些信息仍然有必要把语言当成"载体"、"手段"和"工具"，以便让读者能够无障碍地接受作品所传达的信息。但是文学语言之所以是文学语言，而不同于日常语言、科技语言、公务语言，就在于它本身的确又成为了对象和客体，语言的美学功能被提到主要的地位。作家作为主体加工这个那个，实际上都是把话语当成对象来加工。而且在这种加工中有其独特的规则，与日常语言中的规则不同。

从上面讨论中，我们似乎可以得出结论，文学言语在文学中是载体，但又不仅是载体，它更重要的是文学的对象，文学赖以栖身的家园。

2. 文学语言的特征

讲到这里我们就要转入本节的另一个话题，就是与日常生活语言相比，文学语言具有哪些特色或特征呢？我在前面已经说明，各民族只有一种语言，

---

① 钱中文：《文学是语言结构的审美创造》，《文艺研究》1987 年第 6 期。
② ［苏］巴赫金：《文学作品中的语言》，《巴赫金全集》（第 4 卷），河北教育出版社 1998 年版，第 276 页。

文学语言与日常生活语言同属一种语言，它们所发的音、所用的词语、语法、修辞大体是一样的，不能把文学语言理解成另外一种语言，这是一方面；但另一方面我们又不能不看到，文学语言是对日常生活语言的艺术加工，那么艺术加工后的文学语言与日常生活相比，又显示出自身的特色，即作家们笔下的文学语言具有某些不同于日常生活语言的特性。文学语言有哪些特征呢？让我们从举例子切入我们要讨论的问题。

（1）文学语言的体验性

俄国学者鲍里斯·艾亨鲍姆认为，把"诗的语言"与"实际语言"区分开来是"形式主义者处理基本诗学问题活的灵魂"。为此英国学者伊格尔顿通过比较以下两个句子通俗地解释了上述"诗的原则"："你委身'寂静'的完美的处子"；"你知道铁路工人已经罢工了吗？"即便我们不知道第一句话出自英国诗人济慈的《希腊古瓮颂》，我们仍然可以立即作出判断：前者是文学语言，而后者不是。[1] 同样，我们也可以举例说："羁鸟恋旧林，池鱼思故渊"，父亲对儿子说："今年燕子又飞回咱家筑巢，你不知道吗？"即使我们不知道前两句出自陶渊明的《归田园居》，我们仍然可以断定前者是诗的语言，而后者不是。再同样，我们可以举例说，"细雨鱼儿出，微风燕子斜"，"你去农贸市场了吗？现今鳜鱼涨到三十元一斤"，即使我们不知道前两句出自杜甫的《水槛遣心二首》第一首，我们仍然能够断定第一句是诗的语言，第二句不是……我们可以这样一直举例下去，举到无穷，这样我们就能体认出日常实际语言只传达信息，而文学语言虽然也传达一定的信息，但其突出特征是语言中带有诗人的审美体验。王一川教授认为："审美体验是与'诗意'相关的东西。……诗意，是指诗所蕴含的审美体验意味，审美体验的活的风貌。诗意就是审美体验的充满。"[2]

那么究竟什么体验呢？什么叫做文学语言的体验性呢？我们先把这个问题放一放，待讲完了文学语言的其他特征之后，再联系文学语言的主要的特征一起来讲。

---

① 参见周小仪：《文学性》，见赵一凡等主编：《西方文论关键词》，外语教学与研究出版社 2006 年版，第 592—593 页。

② 王一川：《审美体验论》，百花文艺出版社 1999 年版，第 25 页。

　　(2)文学语言的"内指"性

　　文学的真不等于自然的真。文学从本来的意义上说，并不是对一件真实事件或一个人物的真实叙述，它是作家创造出来的作用于人的知觉和情感的幻象。诚如美国学者苏珊·朗格所说："这种创造出来的幻象却是一种不受真实事件、地区、行为和人物的约束的自由创造物。"①或者可以说，文学世界中发生的事件只是文学事件，不是生活中的真实事件。更进一步说，文学是文学语言编织出来的事件。这样，普通生活中的客观世界和文学作品的艺术世界的逻辑是不同的。在文学世界中说得通的东西，在客观世界未必说得通。反之，在客观世界说得通的东西，在文学世界未必是合乎逻辑的。在这两个世界的叉道上，文学语言与日常实际语言也就分道扬镳了。虽然就语言结构系统看，文学语言与日常语言并没有什么不同。同一个词语，既可以在日常话语中运用，也可以在文学话语中运用，文学并没有一种独立的语言系统。但正如巴赫金所认为的那样，日常语言一旦进入小说，就发生"形变"：

　　　　它们(指文学语体等)在自身构成过程中，把在直接言语交际条件下形成的各种第一类(简单)体裁吸收过来，并加以改造。这些第一类体裁进入复杂体裁，在那里发生了形变，获得了特殊的性质：同真正的现实和真实的他人表述失去了直接的关系。例如，日常生活中的对话对白或书信，进入长篇小说中以后，只是在小说的内容层面上还保留着自己的形式和日常生活的意义，只能是通过整部长篇小说，才进入到真正的现实中去，即作为文学艺术现实的事件，而不是日常生活的事件。②

　　巴赫金想说明的是，日常生活语言进入文学作品后，就属于文学事件的统辖，而与原本的现实的语言失去了直接的关系。这个看法是对的。可以这样说，日常语言是外指性的，而文学语言是内指性的。日常语言指向语言符号以外的现实环境，因此它必须符合现实生活的逻辑，必须经得起客观生活的检验，也必须遵守各种形式逻辑的原则。譬如，如果你的一个朋友见面时

---

①　[美]苏珊·朗格：《艺术问题》，中国社会科学出版社1983年版，第145页。
②　[苏]巴赫金：《言语体裁问题》，《巴赫金全集》(第4卷)，河北教育出版社1998年版，第143页。

问你："你住在哪里?"你必须真实地回答"我住在北京北太平庄北京师范大学学生宿舍"之类,你不能回答说:"我住在天堂,我同时也住在地狱!"因为前者可以检验,而后者则无法验证。文学语言是"内指性"的语言,它指向作品本身的世界,它不必符合现实生活的逻辑,而只需与作品艺术世界相衔接就可以了。例如,杜甫的名句"露从今夜白,月是故乡明",明显地违反客观真实,月亮并非杜甫家乡的才明,但由于它不是"外指性"的,而是"内指性"的,因此在诗的世界里它不但说得通,而且深刻地表现了杜甫对故乡的情感的真实。鲁迅的小说《故乡》的开头那段话,不必经过气象学家的查证,读者就乐于接受。因为它指向小说的内部世界而不指向实际的外部世界。实际的外部世界,即鲁迅回故乡那一天,是不是深冬时节,天气是否阴晦等是无关紧要的,只要这段话与下面所描写的生活有诗意的联系就可以了。列夫·托尔斯泰的《安娜·卡列尼娜》的开头,"幸福的家庭都是相似的,但不幸的家庭各有各的不幸。"这句话也是指向托尔斯泰构筑的小说世界,因而也不必经过科学论证。只要它能与上下文连接得上,能够成为作品内在世界的一部分,读者就可以不必追究它的正确、科学的程度。概而言之,文学语言的"内指性"特征,只要求它符合作品的艺术世界的诗意逻辑,而不必要经过客观生活的验证。从这个意义上说文学作品中的语言的确带有"自主符号"的意味。"内指性"是文学语言的又一个总体特征,它表明了文学语言可以不受客观事件的约束,只管营造文学自身的世界。

当我们说文学世界里所发生的是文学事件,是语言编织出来的事件的时候,并不表明文学可以作伪。事实是,现实生活中人们可以作伪,而作家却无法在其作品中作伪。因此,上面所述的文学语言作为一种"内指性"的不必经过现实检验的语言,并不是指作家笔下的语言可以随意扭曲生活。恰恰相反,文学语言必须是真实的,不是一般的逼真,是深刻的心理真实。这样作家在语言与体验的疏离的痛苦中,就力图寻找一种更贴近人的心灵、人的审美体验的语言,一种带着生命本初的新鲜汁液的语言,一种与人的审美体验完全合拍的语言,一种更具有心理真实的语言。

(3)文学语言的非指称性

文学不但要求真实,而且还要求新鲜。这就要求文学语言新鲜而奇特。语言的"陌生化"命题,就是为适应文学的新鲜感而提出来的。文学语言"陌生化"的思想可能早已有之。我国中唐时期就有一批诗人对诗歌语言有特别的追求，如韩愈、孟郊等，在主张"陈言务去"的同时，以"怪怪奇奇"的恣肆纷葩的语言为美，欣赏所谓的"盘硬语"。又如19世纪初叶英国诗人渥兹渥斯也说："我又认为最好是把自己进一步拘束起来，禁止使用许多的词句，虽然它们本身是很合适而且优美的，可是被劣等诗人愚蠢地滥用以后，使人十分讨厌，任何联想的艺术都无法压倒它们。"那么怎么办呢？诗人提出"使日常的东西在不平常的状态下呈现在心灵面前"。① 这不仅指题材，而且也指语言。这说明语言"陌生化"问题前人已隐隐约约感到了。但作为学术观点正式提出来的，的确是俄国的学者什克洛夫斯基。

什克洛夫斯基在《艺术作为手法》这篇重要的论文中，把"陌生化"与"自动化"对立起来。他认为"自动化"的语言缺乏新鲜感。他说："如果我们研究一下感觉的一般规律，我们就会看到，动作一旦成为习惯性的，就会变成自动的动作。这样，我们的所有的习惯就退到无意识和自动的环境里：有谁能够回忆起第一次拿笔时的感觉，或是第一次讲外语时的感觉，并且能够把这种感觉同一万次做同样的事情时的感觉作一比较，就一定会同意我们的看法。"②"自动化"的语言，由于我们反复使用，词语原有的新鲜感和表现力已耗损殆尽，已不可能引起我们的感觉。因此在"自动化"的语言里，"我们看不到事物，而是根据初步的特征识别事物。事物仿佛被包装起来从我们身边经过，我们根据它所占的位置知道它是存在的，不过我们只看到它的表面。在这样的感觉的影响下，事物首先在作为感觉方面减弱了，随后在再现方面也减弱了。"③这样，什克洛夫斯基就提倡"陌生化"的言语作为文学的手法。他说：

> 为了恢复对生活的感觉，为了感觉到事物，为了使石头成为石头，存在着一种名为艺术的东西。艺术的目的是提供作为视觉而不同作为识

---

① ［英］渥兹渥斯：《〈抒情歌谣集〉序言》，见刘若端编：《十九世纪英国诗人论诗》，人民文学出版社1984年版，第9、2页。

② ［法］托多罗夫编：《俄苏形式主义文论选》，中国社会科学出版社1989年版，第63页。

③ 同上书，第64页。

别的事物的感觉；艺术的手法就是使事物陌生化（又译奇特化——引者）的手法，是使形式变得模糊、增加感觉的困难和时间的手法，因为艺术中的感觉行为本身就是目的，应该延长。①

根据我对什克洛夫斯基这一思想的理解，所谓"陌生化"语言，主要是指描写一个事物时，不用指称、识别的方法，而用一种非指称、非识别的仿佛是第一次见到这事物而不得不进行描写的方法。什克洛夫斯基举了许多列夫·托尔斯泰的例子。他说：

> 列夫·托尔斯泰的作品中的奇特化的手法，就是他不直呼事物的名称，而是描绘事物，仿佛他第一次见到这种事物一样；他对待每一事件都仿佛是第一次发生的事件；而且他在描写事物时，不是使用一般用于这一事物各个部分的名称，而是借用描写其他事物相应部分所使用的词。②

其实，这种非指称性、非识别性的描写在中国的小说中也屡见不鲜。如《红楼梦》第六回，写到刘姥姥一进荣国府，她来到王熙凤的厅堂等待王熙凤，在这里她第一次"遭遇"到"挂钟"：

> 刘姥姥只听见咯当咯当的响声，大有似乎打箩柜筛面的一般，不免东瞧西望的。忽见堂屋中柱子上挂着一个匣子，底下又坠着一个秤砣般一物，却不住的乱晃。刘姥姥心中想着："这是什么爱物儿？有甚用呢？"正呆时，只听得当的一声，又若金钟铜磬一般，不防倒唬的一展眼。接着又是一连八九下，方欲问时，只见小丫头子们齐乱跑，说："奶奶下来了。"

刘姥姥因是平生第一次看到挂钟这种东西，叫不出来，只好用她农村熟悉的事物来理解和描画，这既自然真实，又使平常之物如浮雕般，让读者深切可感，增添了神采与趣味，延长了审美感受时间。这种非指称性的语言把表现功能充分展现出来了。我觉得文学语言不要像俄国形式主义者所主张的

---

① 〔法〕托多罗夫编：《俄苏形式主义文论选》，中国社会科学出版社1989年版，第65页。

② 同上书，第66页。

那样，"对普通语言实施有系统的破坏"，倒是上面这种非指称性的对事物原本形态的描写更为可取。就是说日常生活语言常常是指称性，文学语言则常常是非指称性的。对于文学语言来说，最好不要指东道西，而是对事物原本的面貌用有趣的语言静静地加以描写。

孙绍振教授在《文学性讲演录》中关于"表达力：语义的颠覆与重构，有理陌生化和无理陌生化"①一文中对俄国形式主义的"陌生化"理念也提出了他的见解。孙绍振教授是通过分析著名诗人余光中的诗《月光光》来加以分析的。我们先来看看他所引的这首诗以及他的分析：

> 月光光，月是冰过的砒霜
> 月如砒，月如霜
> 落在谁的伤口上？
> ……
> 我也忙了一整夜，把日光掬在掌，注在瓶，
> 分析化学的成分
> 分析回忆，分析悲伤
> 恐月症和恋月狂，月光光。

孙绍振认为，余光中在这首诗中把"月光"比作"冰过的砒霜"是对传统的彻底颠覆，因为月光不仅不是温馨甜蜜的感觉并且还有毒，它是一种陌生化，但它却是合理的，与自动化的汉语联想机制是有联系的。"月是冰过的砒霜"在表层是陌生化，而在深层则是自动化，这个自动化与余光中的感情经历是紧密相关的。孙绍振认为，诗的关键是这个"伤口"。为什么月光照在身上有落在伤口上的感觉呢？他认为"伤口"这个词语本来是生理的，而这里却是心理的，因为逗引人思乡的月光居然变成了伤口，这是思乡而不得回乡的结果，衬托出了这位台湾诗人心灵深处的隐痛。

此外，"月光"的语义衍生、颠覆、陌生化了还不算，还在颠覆的基础上再颠覆，在陌生化的基础上再陌生化，使之互相矛盾，既有"恐月症"又是"恋月狂"，因为月光而想到故乡，又因为不能回故乡所以看到月光就有一种难以

---

① 孙绍振：《文学性讲演录》，广西师范大学出版社 2006 年版，第 140—141 页。

解脱的怀念。通过这首诗的分析，孙绍振教授指出："陌生化有两种：一种是与母语自动化联想机制互为表里的陌生化，一种是脱离了自动化联想机制的无理陌生化"，进而对俄国形式主义陌生化理论提出质疑并进行了完善。

我认为，孙绍振教授的分析是有道理的。我们讲文学不但要求真实，而且还要求新鲜。艺术之所以为艺术很大的一个原因就在于其以审美为中心的情感体验特性。在艺术创作中，作家就是要敢于将平常之物，加以解构与重构，并将艺术家的情思融入审美对象之中，通过"非指称性"的表述，不断更新、丰富语言的能指内涵，增添艺术的神采与趣味，这样就能极大地延长读者的审美感受时间，增添艺术作品的感染力。

（4）文学语言音乐性

这一点大家已经谈得很多，已经成为常识。不想一般地重复一般教材中的看法。这里先来介绍启功先生的一些看法。启功先生对文学语言的语音层特别重视。他认为汉文学语言是一种特别讲究声律的语言，他在《古代诗歌、骈文、语法问题》、《诗文声律论稿》这两部著作中，十分详尽地阐述了这一点。西方的英语、法语、德语等也有声律问题，但它们的声律主要是语调，就单独的词来看，没有抑扬的变化，只有在整个句子的语调中才有抑扬的变化。因此就其文学语言声律看，除押韵脚外，就只能靠句子语调的变化了。汉语的声律情况不同，它除了讲究句子语调的变化外，还有每个"字"的声调的变化。因此，就汉语文学语言声律看，就特别重视四声平仄的对应安排。在中西语言声律的这种比较中，我们不难看出，汉语储藏的"花样"比西语多，这在学习起来要麻烦一些，但运用到文学上面，就使汉语文学语言的声律比西语文学语言更丰富、更具有表现力。四声平仄问题，对汉语文学语言具有特殊的意义，启先生特别强调这一点，并以他的深厚的功力，对此中的规律做出了独特的详尽的研究，有许多发现，这可以说抓住了并说透了汉文学语言的一个根本特征，其学术意义无疑是十分重要的。美国著名语言学家爱德华·萨丕尔在《语言论》一书中说："艺术家必须利用自己本土语言的美的资源，如果这块调色板上的颜色很丰富，如果这块跳板是轻灵的，他会觉得很幸运。"①启先生抓住诗、词、曲、文中的四声平仄的规律不放，并对它做出

---

① ［美］爱德华·萨丕尔：《语言论》，商务印书馆 1985 年版，第 202 页。

了充分的研究，可以说是抓住了汉语文学语言的"美的资源"，揭示出汉语文学语言是一种审美因素极为丰富的语言。著名语言学家赵元任先生也特别重视汉语诗的韵律，他说：汉语这个符号系统优点很多，"更加微妙的是韵律，诗人可以用它来象征某种言外之意。试看岑参离别诗的开头四句：

北风卷地白草折，
胡天八月即飞雪；
忽如一夜春风来，
千树万树梨花开。

这四句诗用官话来念，押韵字'折'和'雪'，'来'和'开'没有什么特别的地方。可是用属于吴语的我家乡方言常州话来念，由于古代的调类比较分明，头两句收迫促的入声，后两句收平声，这种变化暗示着从冰天雪地到春暖花开两个世界。换句话说，这是象征着内容。"①我认为这四句诗的成功，首先是汉语本身提供了"美的资源"，具体说就是启功先生所着力研究的平仄的变化对应，西方的多数语言是写不出这样的诗句的，因为它们没有平仄这种变化。萨丕尔带着不无遗憾的口气说：

我相信今天的英语诗人会羡慕中国即兴凑句的人不费力气就能达到洗练手法，这里有一个例子：
吴淞江口夕阳斜，北望辽东不见家。
汽笛数声大地阔，飘飘一苇出中华。
但是我们不要过分妒忌汉语的简约。我们的东倒西歪的表达方式自有它的美处。②

这里且不说萨丕尔用"东倒西歪的表达方式自有它的美处"的自我解嘲的态度，单拿这首诗的"美处"说，首先不是什么"简约"，而是它的平仄对应的声律美。这一点萨丕尔看不出来。四声平仄的变化的声律美，是中国诗、词、

---

①　参见赵元任：《谈谈汉语这个符号系统》，《CIC 远东语言研究所文集》（第四卷），1973 年版。

②　［美］爱德华·萨丕尔：《语言论》，商务印书馆 1985 年版，第 204 页。

曲、文的特殊标志。这里我还想再次引用赵元任先生的话，来证明启功先生
对汉语诗文声律研究的重要的学术价值。他说："论优美，大多数观察和使用
汉语的人都同意汉语是美的。有时人们提出这样的问题：汉语有了字的声调，
怎么还能有富于表达力的语调？回答是：字调加在语调的起伏上面，很像海
浪上的微波，结果形成的模式是两种音高的代数和。"①启先生深知此点，所
以他的"汉语现象论"，首先推重汉语的声律美，用了许多篇幅作了过细的研
究，其中所揭示的奥妙，连中国学者也未意识到。像我这样一个搞文学理论
的人，在读了《诗文声律论稿》之后，才了解汉语的平仄变化规律那种微妙之
处，是令人惊奇的。汉语是我们的母语，我们每天说它，但真正了解汉语声
律的"美处"的人又有多少呢？而能自觉运用它的声律的"美处"进行文学创作
的人就可能更少了。这里特别值得指出的是，启功先生讲汉语文学语言的声
律美，讲得特别彻底和"到位"。他不但认为诗、词、曲、骈文要讲平仄的声
律，而且认为古代那些优秀的散文也讲平仄的声律变化。在《诗文声律论稿》
中，他举了《史记·屈原列传》、王安石的《读孟尝君传》和韩愈的《柳子厚墓志
铭》为例，来说明散文若是有平仄声律的变化，也有益于增强文章的表现力。
如他所举韩愈的《柳子厚墓志铭》，对此启功先生说："这段文作者为表达一种
悲愤的心情，所以前全取抑调，最后'石焉'一扬，结句仍归于抑。但各句的
各节，则大部分是平节抑节相间。读起来，虽有连续抑调，却毫不死板沉闷。
散文这种抑扬，本是一般具有的，只因为它不如骈文那样明显，所以读者不
易觉察。"②启先生这些分析是十分恳切的。这就是讲，散文虽然"散"，但在
运用平仄声律上却不"散"。对优秀的散文来说，散文的抑扬是一般规律，一
个有"强烈汉语感"的作家，自觉不自觉就要"陷"入这抑扬的规律中去。启先
生的分析还包括另一层意思："悲愤"的感情与抑调相配合，那么"热烈"的感
情就与扬调相配合，"连续抑调"就与"悲愤"感情的抒发有关了。这就揭示了
平仄声律与人的情绪之间有一种"同构对应"关系。这样，启先生的分析就揭
示了两条规律：第一，散文也有平仄变化，不论你觉察到了没有；第二，散

---

①　参见赵元任：《谈谈汉语这个符号系统》，《CIC 远东语言研究所文集》(第四卷)，
1973 年版。

②　参见启功：《汉语现象论丛》，中华书局 2000 年版，第 245 页。

文的平仄变化与感情的表达相关，其中声律与情绪有"同构对应"关系。

再一点，我认为文学语言的音乐美，以节奏最为重要。节奏是一个音乐术语，指音乐中交替出现的有规律的强弱、长短的现象。对语言来说，就是强弱、高低快慢的"节拍"。例如，汉乐府《江南》：

> 江南可采莲，莲叶何田田！
> 鱼戏莲叶间，鱼戏莲叶东，
> 鱼戏莲叶西，鱼戏莲叶南，鱼戏莲叶北。

就诗的题材而言，不过是讲鱼在莲叶间游戏，十分地单调、平淡。要是用散文意译出来，绝对不会给人留下什么艺术印象。但这个平淡无味的题材一经诗的语言节奏的表现，情形就完全不一样。我们只要一朗读它，一幅秀美的"鱼戏莲叶间"的图画就在我们眼前呈现出来，一种欢快的韵调油然而生。清代诗人、学者焦循有首《秋江曲》：

> 早看鸳鸯飞，暮看鸳鸯宿。
> 鸳鸯有时飞，鸳鸯有时宿。

题材的单调在节奏韵律的征服下，变异出一种深远的意境和动人的情调。我们甚至可以说，只要有好的文学语言节奏，无论题材多么简单都可以是真正的诗和歌。诗人郭沫若对此深有体会，他曾介绍说，日本有一位著名的俳人松尾芭蕉，有一次他到了日本东北部一个风景很美的地方——松岛。他为松岛的景致所感动，便作了一首俳句，只是："松岛呀，啊啊，松岛呀！"这位俳人只叫了两声"松岛"，可因为有节奏，也就产生了一个意味深长的情绪世界，居然也成为名诗。所以郭沫若说："只消把一个名词反复地唱出，便可以成为节奏了，比如，我们唱：'菩萨，菩萨，菩萨哟！菩萨，菩萨，菩萨哟！'我有胆量说，这就是诗。"①郭沫若的说法未必全妥，但他作为一个诗人看到了节奏的力量，看到节奏激发的情感可以克服题材本身的单调。

大量诗歌的题材就其所指向的意义来说，是悲哀的，悲惨的，要是在生

---

① 郭沫若：《诗歌底创作》，《郭沫若谈创作》，黑龙江人民出版社 1982 年版，第 44 页。

活中真的遇到这件事，这种场面，除了引起我们的哀号之外，再不会有什么别的感受。但诗人以节奏去征服它，于是变成了一种歌唱。

> 车辚辚，马萧萧，行人弓箭各在腰。
> 耶娘妻子走相送，尘埃不见咸阳桥。
> 牵衣顿足拦道哭，哭声直上干云霄。

　　这是杜甫《兵车行》开头一段描写。要是用散文将其内容意译出来，就只能引起我们的悲哀，但读了诗人诗的节奏歌唱出来的诗句，我们除感到悲哀之外，还感到一种可以供我们艺术享受的美，节奏在这里起到了逆转作用，这样，悲哀与美相结合就转化出了一个与题材本身完全不同的艺术世界。

　　诗的语言可以克服诗的题材，歌德早就注意到了。据说他自己曾写过两首内容"不道德"的诗，其中有一首是用古代语言和音律写的，就"不那么引起反感"。所以他说："不同诗的形式，会产生奥妙的巨大效果。如果有人把我在罗马写的一些挽歌体诗的内容用拜伦在《唐·璜》里所用的语调和音律翻译出来，通体就必然显得是靡靡之音了"，① 作为一个伟大的诗人，歌德深刻地指出了诗的形式与其题材之间的对抗关系，以及形式克服题材的巨大力量。值得注意的是马克思也注意到这一点，他在写给当时《新德意志报》的编辑约瑟夫·魏德迈的一封信中这样说："附在这封信中的是弗莱里格拉特的诗和他的私人信。请你：（1）要精心把诗印好，诗节之间应有适当的间隔，总之，不要吝惜版面。如果间隔小，挤在一起，诗就要受很大影响。"②马克思如此关切诗节之间的间隔，决不是仅仅为了好看，这与诗的内容的表达密切相关。在一定意义上说。在诗里，语言节奏具有举足轻重的作用。甚至毫无诗意的语言，要是以诗的语言的节奏来表现，也会产生出意外的效果。我们随便从《人民日报》上抄下这样一个标题："企业破产法生效日近，国家不再提供避风港，三十万家亏损企业被淘汰。"这不过是一个枯燥的叙述，它提出警告，它引起我们的严峻感，但现在我们采用"阶梯诗"的形式，把它改写成这样：

---

　　① ［德］爱克曼辑录：《歌德谈话录》，人民文学出版社 1980 年版，第 29 页。

　　② ［德］马克思：《致约·魏德迈》，《马克思恩格斯全集》（第 28 卷），人民出版社 1972 年版，第 473—474 页。

中国的

　　　　企业破产法

悄悄地

　　　　悄悄地

逼近了

　　　　生效期，

国家

　　　　不再提供

　　　　　　不再提供

避风港。

　　　　三十万家

　　　　　　三十万家啊

亏损企业

　　　　将被淘汰，将被淘汰！

在这里，我们只是对这个标题改动了几个字，并对其中的个别词作了重复处理，可由于用了诗的排列方法，产生了节奏感，于是，就出现了一种与原话情感指向完全不同的情感色调：警告似乎已变为同情，严峻感似乎转化为惋惜感。

文学语言编织的文学世界是作家表现自己的体验的真实与新鲜的具有音乐美的幻象。与"体验"、"幻象"、"真实"和"新鲜"这四点相对应，文学语言的一般特征是"体验性"、"内指性"、"非指称性"和"音乐性"。

(二)文学语言在审美体验中生成

文学语言上述这些特征是如何生成的呢？难道仅仅是作家认为地把它码成这样的吗？这就要回到上面没有说清楚的一个问题，即文学语言的体验性。这个问题如果我们换一个角度来看，那就是文学语言与审美体验的关系。这个问题的实质是：文学语言如何在作家的审美体验中生成？

普通的日常生活语言经过作家的艺术加工，变为具有特点的文学语言，在这个过程中，是否作家仅仅把语言当作一个载体、工具，仅仅用自己的艺术技巧去精雕细刻呢？当然不是。

我们这里似乎可以从两个角度来说明文学语言在审美体验中生成：第一个角度，是审美体验赋予文学语言"大语境"性；第二个角度，是审美体验使作家使用原初性的语言。

从第一个角度看，审美体验赋予文学语言以"语境性"。就文学语言说，大体上可以分成两大类，一类是描写景物、人物、事件的语言，一类是人物的对话（包括独白）。

前一类语言主要以景物、人物和事件作为描写对象，但是正如巴赫金所说："描写性语言多数情况下趋向于成为被描写的语言，而来自作者的纯描写的语言也可能是没有的。"①这是很有见解的论断。作家似乎是用语言描写对象，风花雪月如何如何，阴晴圆缺如何如何，但其实他的描写性语言是他的审美体验的结晶。因为在真正的作家那里，文学语言与他的审美体验与描写性语言是同步的，结果给人的印象是作家的审美体验掌握了词句，词句成为了被掌握的对象或客体。体验不可能不带语句，文学语句实际上是在审美体验中生成的。例如杜甫的《船下夔州郭宿，雨湿不得上岸，别王十二判官》：

> 依沙宿舸船，石濑月娟娟。风起春灯乱，江鸣夜雨悬。
> 晨钟云外湿，胜地石堂烟。柔橹轻鸥外，含凄觉汝贤。

这首诗写的是杜甫坐船到夔州，天晚了靠岸住宿。原想第二天早晨上岸，去拜访他的朋友王十二判官。但船一靠岸，就下起大雨来。杜甫忧心忡忡，担心受风雨的阻隔而上不了岸。果然，第二天仍然阴云密布，杜甫知道上岸已不可能，只得心中告别朋友，继续自己的行程。在诗中有对月色、风雨、江水、钟声、鸥鸟的描写等等。杜甫是一位特别重友情的人，他忧心风雨大作影响他与朋友的会面，于是在他的感觉中、体验中，船上春灯的晃动被描写为"春灯乱"，"乱"字既是写春灯晃动的样子，又写出了他的心情。夜间大雨被描写成"夜雨悬"，"悬"即挂的意思，雨怎么会"悬挂"在空中呢？这里既是写雨，也是写诗人的心情（即体验），从一个忧心人的眼中，那雨就像一根从天而降的绳子，永不断绝地悬挂在那里了。钟声如何会"湿"呢？这是从一

---

① ［苏］巴赫金：《文学作品中的语言》，《巴赫金全集》（第4卷），河北教育出版社1998年版，第276页。

位多情诗人听觉所产生的变异，钟声从密布的阴云中传过来，似乎被云沾湿而有点暗哑。这些描写性的语言，如"乱"、"悬"、"湿"等，似乎不是诗人从语言中选择出来的，而是与诗人的审美体验和生活遭际密切相关的，词语只是被显露出来而已。"乱"、"悬"、"湿"在这首诗里已经改变了它们的词典意义，原因是它们处在杜甫的体验中，处在全诗的"语境"中。

文学作品中语言的另一类就是人物对话。作品中的人物对话与现实生活中的人物对话是不同的。在现实生活中，人物的对话只是传达对话人的信息，哪怕这些话含有情态性质，也只是传达具有情态的信息而已。所以，一般而言，现实生活中的语言，还只是信息的"载体"。但在文学作品中，人物对话也被当成了被体验的对象，经过这种审美体验，人物的对话有丰富蕴含。它虽然有传达信息的一面，但又不止于传达信息。巴赫金曾这样分析托尔斯泰《复活》中的人物对话：

> 作品作为统一整体的背景。在这个背景上，人物的言语听起来完全不同于在现实的言语交际条件下独立存在的情形：在与其他言语、与作者言语的对比中，它获得了附加意义，在它那直接指物的因素上增加了新的、作者的声音(嘲讽、愤怒等等)，就像周围语境的影子落在它的身上。例如，在法庭上宣读商人尸体的解剖记录(《复活》)，它有速记式的准确，不夸张、不渲染、不事铺张，但却变得十分荒谬，听上去完全不同于现实的法庭上与其他法庭文书和记录一起宣读那样。这不是在法庭上，而是在小说中；在这里，这些记录和整个法庭都处在其他言语(主人公的内心独白等)的包围中，与它们相呼应。在各种声音、言语、语体的背景上，法庭验尸记录变成了记录的形象，它的特殊语体，也成了语体的形象。①

巴赫金的这些分析很精彩，揭示了文学作品中人物对话与现实生活中人物对话的不同，并深刻说明了这种不同是如何产生的。第一，巴赫金首先洞见到这里"增加了新的、作者的声音(嘲讽、愤怒等等)，就像周围语境的影子

---

① ［苏］巴赫金：《文学作品中的语言》，《巴赫金全集》(第 4 卷)，河北教育出版社1998 年版，第 283 页。

落在它的身上"，这就是说，在法庭上宣读商人尸体的解剖记录的语言，处在作家的审美体验——嘲讽、愤怒——的包围中，正是这种嘲讽、愤怒的审美性体验，生成这里的语言的色调；第二，巴赫金洞见到文学作品中"人物对话"不仅从自身获得意义，而且还从整篇作品的各种声音、言语、语体的背景上获得意义，并组成为语体形象。这一洞见极为重要。我们这里要对巴赫金作出补充的是，不仅作品中人物对话，而且日常生活的信息语言，一旦纳入到作品中，被作品的背景、特别是其中的语境所框定，就变成文学语言，那么它就不再是单纯的传达信息的"载体"，而是获得了丰富的审美体验的附加意义。这附加意义是指，作品中的全部话语处在同一大语境中，因此任何一个词、词语、句子、段落的意义，不但从它本身获得，同时还从前于它或后于它，即从本作品的全部话语语境中获得意义。话语意义不仅从本身确定，还从其前后左右的话语联系中重新确定。我们似乎可以把这种现象称为"大语境"性。

　　这一点，文学话语与普通话语是不同的。普通语言一般说不是体验性的语言，只具有"小语境"性，而文学话语则具有"大语境"性。这就是说，在普通的日常话语中，由于指称是主要的，所用的意义必然是词典意义，由词所组成的句子或句子群，其本身就是一个符号系统，指涉意义是被句子、句子群（即"小语境"）限定的。一般地说，它不必在整个谈话中再次确定它的意义。但在文学话语中，情况就不同了。文学语言被作家的审美体验所包裹着，在作品中是一个美学整体，而且主要功能是表现。尽管在叙事作品中，也用普通话语写成，但它是一种前设性和后设性的话语。句子和句子群的意义并不是限定于这个句子和句子群，它还从作品的整个话语系统（"大语境"）中获得意义。譬如鲁迅的《故乡》开头关于天气和景物描写这段话：

> 我冒了严寒，回到相隔二千余里，别了二十余年的故乡去。
> 时候既然是深冬；渐近故乡时，天气又阴晦了，冷风吹进船舱中，呜呜的响，从篷隙向外一望，苍黄的天底下，远近横着几个萧索的荒村，没有一些活气。我的心禁不住悲凉起来了。

　　这段话的意义是鲁迅体验的产物，带有他对故乡的体验在里面，所以它的意义不限定于这段话自身，它的意义已远远超出了这段话，而属于作品的整个系统。即是说在这里关于天气的寒冷、阴晦和村庄的萧索的描写，是为"我"在故乡的种种令人失望、忧伤的遭际提供一种烘托。因此，这段话的意义要从后设性的话语中才能获得充分的解读。在这里这段话跟后设话语的关系是一种氛围的标记和联系。这个标记和联系使人联想到另一种情境，而不是字面所传达的意义本身。美国新批评派理论家布鲁克斯在引用了著名诗人 T. S. 艾略特认为诗的"语言永远作微小变动，词永远并置于新的突兀的结合之中"这句话后说："科学的趋势必须是使其用语稳定，把它们冻结在严格的外延之中；诗人的趋势恰好相反，是破坏性的，他用的词不断地在互相修饰，从而互相破坏彼此的词典意义。"① 日常用语中"小语境"性要求用语遵守词典意义，文学语言的"大语境"性，由于蕴含作家及其丰富的体验，所以往往导致文学词语突破词典意义，而属于作品整体的符号系统的意义。"大语境"性使作家在创作时，每落一字一句，都不能不"瞻前顾后"，力求使自己笔下的句子能够属于作品的整体的符号系统。前句与后句之间，前句群与后句群之间，应能形成一种表现关系（即非指称关系、单纯因果关系等），或正面烘托，或反面衬托，或象征，或隐喻，或反讽，或悖论……使作品中的符号系统形成一种审美体验的"表现链"。具有"表现链"的话语，才是真正有表现力的语言。

从上面讨论中，我们似乎可以得出结论，文学言语在文学中是载体，但又不仅是载体，它更重要的是文学的对象，文学赖以栖身的家园。之所以会这样，原因是文学语言在审美体验中生成。没有审美体验，语言只是日常语言。正是审美体验改造了语言的词典意义，改变了日常语言只是传达信息的唯一的性质，使文学语言与作家的蕴含丰富的人生感受合而为一。

从第二个角度看，作家常常使用原初性的语言，也是审美体验的结果。"美作为原始信念，暂且无所谓主客之分，它是属于人类的、原始的、永恒的、不经逻辑反思便确信的东西。但它并不满足于仅仅郁积于内心，而是时时渴望复现于生活中，成为生活本身，成为生活美景。我们经常盼望美就是生活，生活就是美，正是出于这一原始信念。"② 文学语言必须是真实的，但

---

① ［美］克林思·布鲁克斯：《悖论语言》，见赵毅衡编选：《"新批评"文集》，中国社会科学出版社1988年版，第319页。

② 王一川：《审美体验论》，百花文艺出版社1999年版，第17页。

不是一般的逼真，是深刻的心理真实。这样作家在语言与体验的疏离的痛苦中，在言不尽意的困境中，就力图寻找一种更贴近人的心灵、人的审美体验的语言，一种带着生命本初的新鲜汁液的语言，一种与人的审美体验完全合拍的语言，一种更具有心理真实的语言。那么有没有这样一种语言呢？先让我们来听一听语言学家的意见，然后再来看看作家们在创作中的探讨和实践。

苏联一些著名的语言学家提出了一种称之为"内部言语"的概念。A. P. 鲁利亚认为，语言的产生经由内心意蕴的发动到外部言语的实现的基本过程，这个过程可分为四个阶段：

(1)起始于某种表达或交流的动机、欲望，总的意向；(动机)

(2)出现一种词汇较为稀少，句法关系较为松散、结构残缺但都粘附着丰富心理表现，充满生命活力的内部言语；(内部言语)

(3)形成深层句法结构；(深层句法)

(4)扩展为以表层句法结构为基础的外部言语。(外部言语)①

鲁利亚认为，"内部言语"是主观心理意蕴与外部言语表现之间一个十分重要的中间环节，它具有这样两个特点：

(1)功能上的述谓性。即"内部言语"总是与言语者的欲望、需求、动作、行为、知觉、情绪的表达密切相关，动词、形容词占较大的比例。(2)形态上的凝缩性。没有完整的语法形态，缺少应有的关联词，只有一些按顺序堆置起来的中心词语，所含意蕴是密集的。由此不难看出，这种"内部言语"与人的欲望、情绪更贴近，与人的难于言说的审美体验更相对应，因而也更真实。作家若是把这种中间性的"内部言语"直截了当地倾吐于稿纸上，那就可以以本初形态去表现自己的欲望、情绪和种种审美体验，填平语言与审美体验之间因疏离而形成的峡谷。从这个意义上说，法国诗人瓦莱里把"修辞学"分成两种，一种叫"延续修辞学"，一种叫"瞬间修辞学"，也许是有道理的。因为"延续修辞学"属于"外部言语"，而"瞬间修辞学"属于"内部言语"，是无意识层面瞬间形成的，不假修饰的，却更富有创造性。我们古人也懂这个道理，宋代文学家苏轼作诗讲究"冲口而出"，他说：

① 参见[苏]A. P. 鲁利亚：《神经语言学的主要问题》，《国外语言学》1983年第2期。

　　　　好诗冲口谁能择，俗子疑人未遣闻。①

　　　　此数十纸皆文忠公冲口而出，纵手而成，初不加意者也。其文采字画皆有自然绝人之姿，信天下之奇迹也。②

　　所谓"冲口而出，纵手而成"，也就是截获"内部言语"，不加修饰，直接倾吐，结果所得到的"自然绝人之姿"。实际上，不少作家就是尝试着用这种"内部言语"写作的。譬言，法国作家司汤达就喜欢用不假修饰的"内部言语"写作。巴尔扎克对他的小说《帕马修道院》曾大加赞赏，但对他的小说语言表示不满。巴尔扎克批评司汤达在"文法"上有错误，说："一时动词的时间不相符，有时候又没有动词；一时尽是一些虚字，读者感到疲倦，情形就像坐了一辆车身没有搁好的马车，在法兰西的大路上奔波。""他的长句造的不好，短句也欠圆润。"③司汤达在回答巴尔扎克的批评时说："至于词句的美丽，以及词句的圆润、和谐，我经常认为是一个缺点。就像绘画一样，一八四〇年的油画。将在一八八〇年成了滑稽东西；我想，一八四〇年的光滑、流畅而空洞的风格，到了一八八〇年，将十分龙钟，就像如瓦杜尔的书信在今天一样。"他继续说："口授《修道院》的时候，我想，就照草样付印罢，这样我就更真实、更自然、更配在一八八〇年为人悦读，到那时候，社会不再遍地都是俗不堪耐的暴发户了，他们特别重视来历不明的贵人，正因为自己出身微贱。"④司汤达这里所说的那种"更真实、更自然、更配在一八八〇年为人悦读"的"照草样付印"的言语，实际上就是那种更贴近心灵本初、更贴近深度体验的"内部言语"。

　　"内部言语"究竟是什么形态的？这里我想举郭沫若的《天狗》为例：

　　　　我是一条天狗呀！/我把月来吞了，/我把日来吞了，/我把一切的星球来吞了，/我把全宇宙来吞了。/我便是我了！

---

　　①　（宋）苏轼：《腊日游孤山访惠勤、惠思二僧》。
　　②　（宋）苏轼：《跋刘景文欧公帖》。
　　③　[法]巴尔扎克：《拜耳先生研究》，《巴尔扎克论文选》，新文艺出版社1958年版，第189页。
　　④　同上书，第198—199页。

　　我是月底光，/我是日底光，/我是一切星球底光，/我是 X 光线底光，/我是全宇宙底 Energy（能）的总量！

　　我飞奔，/我狂叫，/我燃烧。我如烈火一样地燃烧！我如大海一样地狂叫！/我如电气一样地飞跑！/我飞跑，/我飞跑，/我飞跑，/我剥我的皮，/我食我的肉，/我吸我的血，/我啮我的心肝，/我在我神经上飞跑，/我在我脊髓上飞跑，/我在我脑筋上飞跑。/我便是我呀！/我的我要爆了！

（1920 年 2 月初作）

　　首先，这首诗所用的动词特别多，比例特别大，其中有些动词重复地出现，如"吞"用了 4 次，"是"连接用了 6 次，"飞跑"用的次数最多，共用了 7 次，其他动词如"飞奔"、"狂叫"、"燃烧"、"剥"、"食"、"吸"、"啮"、"爆"等，在诗中占有突出的地位，其意义与诗人的审美体验本身密切相关。这就说明这首诗的语言功能的"述谓性"特别强。诗以"我"作为行为、动作、情绪、欲望的主体，向四面八方发射"我"的动作，达到极为狂放和为所欲为的地步，而且这一切似乎不假思索、随口喷出。使人感到诗人落在纸上的不是词语，而是欲望、情绪本身。其次，诗的言语在语法上、逻辑上都不合规范，如"我便是我呀"、"我的我要爆了"、"我在我神经上飞跑"、"我在我脊髓上飞跑"等等，都有语法、逻辑上的毛病，但这些话语让人获得鲜明的感受，并被人理解。关连词极少，但像"月"、"日"、"星球"、"宇宙"、"皮"、"肉"、"血"、"神经"、"脊髓"、"脑筋"这些系列名词与系列动词结合成中心词语，都按顺序排列，意蕴十分密集。这样就形成了这首诗语言形态的凝缩性特征。这首诗的语言完全是紧贴人的欲望、情感、意绪的，是不假思索就落在纸面上的，保持了语言的本初性特点，从而更充分地更深地保留了诗人的体验。甚至可以说，在这里，语言与体验完全合一。

二、文学语言与社会文化之间的关联

　　文学语言不是像形式主义文论者所说的那样，封闭在语言自身中。文学语言与社会文化同行，社会文化的变化必然引起文学语言的变化，反过来文学语言的变化又增添了社会文化内容。还有，文学语言的语音、词汇、语法、修辞的改变既受社会文化的制约，反过来文学语言的语音、词汇、语法、修

辞的改变，又为社会文化增添了亮点。

（一）文学语言变迁与社会文化的变革

无论中外文学语言都不是一成不变的。我们不妨先来看外国的情形。

1. 欧洲：从拉丁文到俗语的变迁

大家知道古代欧洲各国多用拉丁语写作。拉丁文相当于中国的文言文。14世纪，被恩格斯称赞为"旧世纪最后一位诗人和新世纪第一位诗人"的但丁首先用意大利北部一个邦的方言写作，即用那个地方的俗语写成了著名的《神曲》。结果这部作品所使用的俗语，在一百年左右时间之后，就成为意大利的国语而流行起来。最值得一提的是英语的问世。现在流行的英语当时不过是英格兰"中部土话"，但由于乔叟、威克利夫用这种土话来写作，发生了影响，使用范围不断扩大。等到莎士比亚和伊丽莎白时代，这种英语随着英国的扩张而流行全世界。胡适说："欧洲中古时，各国皆有俚语，而以拉丁文为文言，凡著作书籍皆用之，如吾国之以文言著书也。其后意大利有但丁（Dante）诸文豪，始以其国俚语著作。诸国踵兴，国语亦代起。路得（Luter）创新教始以德文译《旧约》、《新约》，遂开德文学之先。英法诸国亦复如是。今世通用之英文《新旧约》乃1611年译本。距今才三百年耳。故今日欧洲诸国之文学，在当日皆为俚语。迨诸文豪兴，始以'活文学'代拉丁之死文学；有活文学而后有言文合一之国语也。"①这里特别要指出的是意大利的情况，意大利是古罗马帝国统治的范围，当时还是一个神权统治的专制的世界，规则严整的拉丁文正好与少数神父、牧师的身份相匹配。而但丁所主张的俗语，用但丁自己的话来说，是"小孩在刚一开始分辨语词时就从他们周围的人学到的习用的语言"，是"我们摹仿自己的保姆不用什么规则就学到的那种言语"。② 胡适多次谈到意大利的俗语革命，他的白话文学革命可能受此启发。

这里值得指出的是，无论是但丁、薄伽丘，还是乔叟、威克利夫，都是倾向于下层的市民阶层的具有人文主义思想的人，而坚持用拉丁语的则是上

---

① 胡适：《文学改良刍议》，《胡适古典文学研究论集》（上），上海古籍出版社1988年版，第30页。

② ［意］但丁：《论俗语》，见伍蠡甫编：《西方文论选》（上），上海译文出版社1979年版，第162－163页。

层僧侣和贵族。应该说是市民阶层的文化影响和决定了俗语的流行，特别是在文学写作中的流行。但是，正是俗语成就了意大利和英国的文化，如果没有俗语、土话的流行和普遍的使用、流传，就不会有意大利、英国在文艺复兴运动产生出具有世界影响的但丁的《神曲》、薄伽丘的《十日谈》和莎士比亚的悲剧和喜剧，为整个欧洲的文化添上了浓墨重彩的一笔。这就是欧洲文学语言与社会文化互动又互构的最值得书写的情况。

2. 中国：从文言到白话的变迁

我们还是把话题转向中国。中国的文学语言经历了一个从文言到白话的转化。"五四"新文化运动时期是白话开始替代文言的时期。但我们应该看到，中国语言从文言到白话是一种趋势，是在不断发展的，或者说是随着中国的社会文化的发展而发展的。胡适毫不避讳这一点，他说：

> 文学革命，在吾国史非创见也。即以韵文而论：《三百篇》变而为《骚》，一大革命也。又变为五言，七言，古诗，二大革命也。赋之变为无韵之骈文，三大革命也。古诗之变为律诗，四大革命也。诗之变为词，五大革命也。词之变为曲，为剧本，六大革命也。何独于吾所持文学革命论而疑之？[①]

胡适接着说：

> 文亦遭几许革命矣。孔子以前无论矣。孔子至于秦、汉，中国文体始臻完备，议论如墨翟、孟轲、韩非，说理如公孙龙、荀卿、庄周，记事如左氏、司马迁，皆不朽之文。六朝之文亦有绝妙之作，如吾所记沈休文、范缜形神之辩，及何晏、王弼诸人说理之作，都有可观者。然其时骈俪之体大盛，文以工巧雕琢见长，文法遂衰。韩退之"文起八代之衰"，其功在于恢复散文，讲求文法，一洗六朝人骈俪纤巧之习。此亦一革命也。唐代文学革命巨子不仅韩氏一人，初唐小说家，皆革命功臣也（诗中李、杜、韩、孟，皆革命家也）。"古文"一派至今为散文正宗，然

---

① 胡适：《文学改良刍议》，《胡适古典文学研究论集》（上），上海古籍出版社1988年版，第10页。

宋人谈哲理者似悟古文之不适于用，于是语录体兴焉。语录体者，以俚语说理记事。……此亦一大革命也。至元人小说，此体始臻极盛。……总之，文学革命，至元代而登峰造极。其时，词也，曲也，剧本也，小说也，皆第一流文学，而皆以俚语为之。①

按照胡适的看法，如果不遇到明代的前七子的复古潮流，那么中国文学早就语体化了。胡适于1917年在《新青年》杂志上提出了《文学改良刍议》，得到了陈独秀、钱玄同等许多人的强有力的支持，特别是鲁迅小说创作的实践的成功，更推动了白话文运动。胡适主张先从语言文字上改用白话文，形成"国语的文学"，然后再利用作家创作上的运用，形成"文学的国语"。胡适本以为至少"要三五十年内替中国创造出一派新中国的活文学来"。② 但是出乎胡适意外的是，白话和白话文学不过四五年时间就在全国普及了。1918年《新青年》改用白话，《每周评论》也改用白话，1919年全国四百余种报纸采用白话。在当时影响很大的《东方杂志》和《小说月报》也逐渐白话化。教育部受形势所迫，在1920年颁布教令，规定从这一年的秋季开始，全国各地的小学一、二年级的国文课一律采用国语。白话不过几年时间，就如燎原之火，燃遍全国，这是偶然的吗？难道仅仅是胡适、陈独秀几个人提倡就能办得到吗？实际上，早于胡适很久之前，黄遵宪就提过"我手写我口"，梁启超提出过"小说界革命"、"诗界革命"等，也主张用白话，可为什么他们没有成功，胡适他们却成功了呢？胡适一直用"历史进化"的观念来解释，实际上这是解释不通的。根本的原因是社会文化思潮的变化。大家知道胡适提出白话"文学革命"的1917年，世界上发生最为巨大的事件，就是列宁所领导的"十月革命"获得成功，这给中国人民一个鼓舞，为什么俄国人能做到的事情，中国就做不到？这是摆在中国人民面前的问题，也是摆在进步知识分子面前的问题，于是这才有1919年的"五四"新文化运动。民主、科学、自由、平等、博爱等一切西方的思想几乎同时涌入，马克思主义、自由主义等等，一齐涌入，以反对旧制度旧伦理的打倒"孔家店"的社会思想响遍全国，这是两千年的古老中国

---

① 胡适：《文学改良刍议》，《胡适古典文学研究论集》（上），上海古籍出版社1988年版，第10—12页。

② 同上书，第51页。

第一次现代思想解放运动，启蒙主义的社会文化思潮以不可阻挡之势在全国涌动，中国社会文化在"五四"新文化运动中得到一次刷新。正是"五四"新文化运动，促使社会开始转型，社会结构发生了变化，价值观念、心理状态都逐渐改变，归结到一点就是社会文化的巨大而深刻的变化。这种变化起码从两个层面表现出来：第一是从贵族转向平民；第二是社会文化从古典转向现代。

语言体认了社会文化的这两个层面的变化。

第一个层面，白话体认从贵族转向平民的变化。人们可能会想，不论文言、白话都不过是工具，都可以表现士人的思想，也都可表现平民的思想。其实这样想是不对的。文言文的问题，说到底是封建社会上层贵族的语言，闻一多说："文言是贵族阶级产物（知识阶级）。中国正统文学，知识阶级所独有；小说戏剧近平民，不发达。"[1]这种说法是有根据的。文言文在古代的功能基本上（不能说全是）是服务于封建统治阶级的。最明显的例子，就是封建统治阶级通过以文言文为工具的科举制度，从思想和语言上控制知识分子，选择作为奴才的各地官员。因此科举中的"八股文"，无论有何优点，都是文言文中最没有价值的。为什么封建统治阶级不用小说、戏剧作为科举语言工具，那是因为小说、戏剧所拥有的白话属于平民。胡适说：真正的文学"来源于民间。人的情感在各种压迫之下，就不免表现出各种劳苦与哀怨的感情，像匹夫匹妇，旷男怨女的种种抑郁之情，表现出来，或为诗歌，或为散文，由此起点，就引出后来的种种传说故事，如《三百篇》大都民间匹夫匹妇、旷男怨女的哀怨之声，也就是民间半宗教半记事的哀怨之歌。后来五言诗、七言诗，以至公家的乐府，它们的来源都由此而起的……"[2]这种白话文化很难用来表现贵族高层的思想感情。我们不妨举个例子：如唐代的敦煌曲子词的一首《菩萨蛮》：

　　　　枕前发尽千般愿，要休且待青山烂，水面上秤锤浮，直待黄河彻

---

① 闻一多：《中国上古文学》，《闻一多全集》（第 10 卷），湖北人民出版社 1992 年版，第 39 页。

② 胡适：《中国文学过去与来路》，《胡适古典文学研究论集》（上），上海古籍出版社 1988 年版，第 193 页。

底枯。

　　　　白日参辰现，北斗回南面。休即未能休，且待三更见日头。

　　这完全是一曲生动的白话词，语言生动，有气势，有韵调，如果我们用文言写，断断写不出这样的意味来。同样的道理，一段古文，即使是韩、柳、欧、苏的古文，如果用白话来翻译，也必然要丧失原来的意味。原来文言与白话所表现的是不同阶层的思想感情，一种是士人的思想感情，一种是平民的思想感情。不同阶层的文化，是不可以互译的。但我这样说的时候，决无贬低文言文的意思。文言文是中国古代语言中保留古代政治、经济、哲学、历史、文学等信息最多的一种话语。中国古代的文学，特别是先秦到唐宋的文学最有价值的也是用文言文写的。我们不能不看到，像屈原、司马迁、李白、杜甫、李商隐、韩愈、柳宗元、苏东坡等许多诗人作家的作品，都主要是用文言写的。他们的文言作品承载着更厚重的意味，这也是不能否定的。如果我们今天因为流行白话文，全盘否定文言文，那么也就差不多把中国一部文化史给否定了。

　　第二个层面，白话体认从古典到现代的转变。"五四"新文化运动，人们清楚感觉到，为什么时代变了，社会文化变了，人们说的是一种语言，等到写成文章时还要转换成文言呢？为什么新的社会文化思想，还要塞进历史的陈套中去呢？在古代社会，不懂文言，就是文盲，我们所处的已经是新的时代，为何要继续当文盲呢？就是对知识分子来说，为何要从小就接受那种古典语言的训练，把自己的一生都拖进那种古奥生涩的语言解读活动中去呢？所以人们普遍觉得文言束缚思想，所以白话的流行是与告别古典转向现代密切相关的。白话更能自由、贴切地表达现代的新思想、新观念。这一点，胡适也是看到的，他说："形式与内容有密切的关系。形式上的束缚，使精神不能自由发展，使良好的内容不能充分表现。若想有一种新内容和新精神，不能不打破那些束缚精神的枷锁镣铐。"①正是社会文化的急剧的现代转化成就了白话文运动，社会文化的现代化趋向是白话普及的根据，没有社会文化的这种现代变化，就是多少知识分子叫喊，都是不可能让白话成为正宗的话语。

----

　　①　胡适：《谈新诗》，《胡适古典学文学研究论集》（上），上海古籍出版社 1988 年版，第 506 页。

语言体认了新的时代，体认了现代的社会文化。同时，白话的逐渐普及又成就了现代文学的创作。有了白话的流行，这才有鲁(迅)、郭(沫若)、茅(盾)、巴(金)、老(舍)、曹(禺)，才有胡(适)、周(作人)、林(语堂)、沈(从文)、梁(实秋)、张(爱玲)，才有丁(玲)、赵(树理)、艾(青)，才有"五四"以来的现代文学。所以白话又是现代文学的根据，没有白话的流行，现代文学也难以流行。不止于此，正是"五四"以来白话的普及，人们又重新审视过去的文学史，人们发现过去我们就有一部白话文学史，从《诗三百》到《水浒》，从《红楼梦》、《儒林外史》到《老残游记》、《二十年目睹之怪现状》，等等，都被重现发现出来，重新得到整理与评价。无论是现代文学的创作，还是对过去的白话文学史的重新研究，都构成了新的社会文化景观。

从语言随着社会文化变化而变化的过程中，我们可以说语言最先体认了社会文化的变化，社会文化也体认了语言的变化。

(二)文学语言与社会文化的互动、互构

文学语言不但是随着社会文化的变化而变化的，而且语言文本与社会文化文本是互动、互构的。互动是说它们彼此相互促进，互构是说它们相互生成新的景观。我们从以下两点来加以说明：

1. 文学语言文本与儒、道、释文化文本

中国古代文化是儒、道、释的分立与互补。所谓"分立"，就是儒道释三家的"道"不同，是不容混淆的。所谓"互补"就是儒道释三家的相互融合，构成了中国古代文化的特殊状况，儒道释互补体现在古代社会士人的价值选择上，所谓"达则兼济天下，穷则独善其身"，进退自如。但是无论他们是达是穷，都能作诗。于是达的时候可以作"兼济天下"的诗，穷的时候则可以作"独善其身"的诗，要是出家当居士、法师什么的去修炼，也是一种很好的选择，起码那山林、那流水、那美丽的风景、那一尘不染的净地，都被他们占去了，难道不是这样吗？

儒家士人作的诗，采集了表现儒家的思想与感情的语词。举例而言：

> 老骥伏枥，志在千里；烈士暮年，壮心不已。(曹操《龟虽寿》)
>
> 丈夫志四海，万里犹比邻。(曹丕《赠白马王彪》)
>
> 草木有本心，何求美人折。(张九龄《感遇》)

少小离家老大回，乡音未改鬓毛衰。（贺知章《回乡偶书》）

致君尧舜上，再使风俗淳。（杜甫《奉赠韦左丞丈二十二韵》）

夜雨剪春韭，新炊间黄粱。（杜甫《赠卫八处士》）

春风得意马蹄疾，一日看尽长安花。（孟郊《登科后》）

封侯早归来，莫作弦上箭。（李贺《休洗红》）

今来县宰加朱绂，便是生灵血染成。（杜荀鹤《再经胡城县》）

今年花胜去年红，可惜明年花更好，知与谁同？（欧阳修《浪淘沙·把酒祝东风》）

一身报国有万死，双鬓向人无再青。（陆游《夜泊水村》）

人生自古谁无死，留取丹心照汗青。（文天祥《过零丁洋》）

南渡君臣轻社稷，中原父老望旌旗。（赵孟𫖯《岳鄂王墓》）

这仅仅是一些信奉儒家的诗人的诗句，但是仍可以看到像"志"、"壮心"、"丈夫"、"四海"、"万里"、"比邻"、"美人"、"君"、"尧舜"、"风俗"、"离家"、"登科"、"春风得意"、"封侯"、"县宰"、"朱绂"、"报国"、"死"、"丹心"、"汗青"、"君臣"、"社稷"、"旌旗"、"父老"等从儒家文化衍生出来的词语，最容易进入儒家诗人的作品中。因为儒家思想积极入世，最求仕途经济，所以家国情怀、讽谏美刺、追求功名、离家别舍、友朋聚散等就是儒家诗歌最重要的一些主题。所以这些词语为儒家文化的产物，反过来这些诗句又为儒家文化增添内涵，这就是文学语言的词语与儒家文化之间的互动、互构。

信仰道家的诗人作诗，则常用另一些能够表达道家思想感情的词语：

采菊东篱下，悠然见南山。（陶渊明《饮酒》）

荷风送香气，竹露滴清响。（孟浩然《夏日南亭怀辛大》）

山路元无雨，空翠湿人衣。（王维《山中》）

人生得意须尽欢，莫使金樽空对月。天生我才必有用，千金散尽还复来。（李白《将进酒》）

桃花尽日随流水，洞在清溪何处边？（张旭《桃花溪》）

山光悦鸟性，潭影空人心。（常建《题破山寺后禅院》）

荷尽已无擎雨盖，菊残犹有傲霜枝。（苏轼《赠刘景文》）

桃李春风一杯酒，江湖夜雨十年灯。（黄庭坚《寄黄几复》）

　　　　千山鸟飞绝，万径人踪灭。（柳宗元《江雪》）

　　这里仅是具有道家思想的诗人的一些词句，如"采菊"、"东篱"、"悠然"、"南山"、"荷"、"竹"、"山路"、"金樽"、"桃花"、"清溪"、"山光"、"影"、"酒"、"山"、"江湖"等都可能是从道家文化衍生出来的，最易于进入具有道家思想的诗人的作品中。因为道家文化倾向于出世，蔑视功名，拥抱自然，追求人的心境的平静等。

　　释家最初由印度传入，不久与中国道家思想融合，形成了具有中国特色的"禅宗"文化。释与禅对中国的诗语贡献很大。平时我们的一些用语，包括诗歌用语都来自释与禅。我在新加坡讲学时，曾在一个佛寺讲《美在关系说与中国佛像》，讲完后，那个寺庙的主持能度送我一本著作《来自佛教的成语浅解》，其中列了六十个中文成语，一一考证，发现都来自佛教和禅宗的著作中，却在我们的生活中流行开来。如："一尘不染"、"一动不如一静"、"一知半解"、"一丝不挂"、"一厢情愿"、"一瓣心香"、"三生有幸"、"三头六臂"、"大千世界"、"五体投地"、"六根清净"、"不二法门"、"不可思议"、"心心相印"、"心猿意马"、"水中捞月"、"天花乱坠"、"四大皆空"、"石火电光"、"本来面目"、"头头是道"、"白璧无瑕"、"百尺竿头，更进一步"、"回光返照"、"回头是岸"、"当头棒喝"、"自作自受"、"有口皆碑"、"作茧自缚"、"安身立命"、"抛砖引玉"、"空中楼阁"、"放下屠刀，立地成佛"、"现身说法"、"昙花一现"、"盲人摸象"、"独具只眼"、"看破红尘"、"落叶归根"、"解铃还需系铃人"，等等，都是佛家语、禅宗语，它们是佛家、禅宗文化的产物，受佛家思想和禅宗文化的制约，但同时又大大丰富了中华民族整个精神文化。

　　禅与诗的关系，李壮鹰老师有着很精辟的见解，大家可以看他的著作《禅与诗》。他一方面看到了诗与禅的隔阂，一方面又看到了禅与诗的共同点。例如他在书中曾说："唐禅僧孚上座有一首诗：'忆得当年未悟时，一声画角一声悲。如今枕上无闲梦，大小《梅花》一任吹。'闻声而悲是未悟道的表现，而悟道之后，任凭各种《梅花曲》（悲歌）在耳边吹奏，也绝不会动情。"[1]李老师分析得很好，说明禅宗的诗的语言，不是感情语言，是一种不动情的语言，

---

[1]　李壮鹰：《禅与诗》，北京师范大学出版社 2001 年版，第 118 页。

但正是这种诗歌语言文本给中国诗歌增加了一个新的方面。

2. 文学语言文本语境的建构与文化意义的发现

大家听了我前面这种把一些诗句、词句与儒道释的文化所作的类比，一定要感到失望，觉得这样做不是太肤浅了吗？而且，像"山"、"水"、"自然"、"桃花"等等许多词语，不但倾向道家文化的诗人可以用，就是倾向儒家思想的诗人的笔下也常出现这些词语。显然，如果仅仅作这样的类比的确是肤浅的，而且仅从一些词语与诗句上面也很难区别儒道释不同的文化。简单的类比并不是"文化诗学"的方法。文化诗学的方法是语境化的方法。大家知道，在文学语言的文本中，语境对于一个句子、一个篇章文本意义的发现是至关重要的，甚至是决定性的。任何语言文本都不是孤立的，都处于共时的和历时的文化文本的对话关系中，离开对话的语境根本不可能揭示语言文本的文化意义。巴赫金说：一个语言文本"只是在与其他文本(语境)的交往中才有生命。只有在诸文本的这个交会点上，才会出现闪光，照亮来路与去路，引导文本走向对话"。关于这一点，我想詹姆逊所主张的"文化文本"(cultural text)也许能给我们些许启发。詹姆逊在他的《政治无意识》一书中认为"社会和政治的文化文本与非社会和非政治的文化文本之间那种实用的运作区分变得比错误还要糟糕：即是说，它已成为当代生活的物化和私有化的症状和强化"①，"从当下的观点看，对文本进行内在分析、拆解或消解文本的组成部分、描述文本的功能和功能障碍，这个理想不等于整个废除一切阐释活动，而是要求建立一种新的、更充分的、内在的或反超验的阐释模式"②。他还认为："一切文学，不管多么虚弱，都必定渗透着我们称之为的政治无意识，一切文学都可以解作对群体命运的象征性沉思。"③

其实，无论是巴赫金还是詹姆逊，我认为他们都在做一种"症候性"的文本批评实践工作。他们面对文本的征象，不仅仅关注文本叙事本身，更关注隐含于叙事背后所没有道明的事情。正如詹姆逊所说的要"把压制和埋没的这

---

① [美]弗雷德里克·詹姆逊：《政治无意识》，中国社会科学出版社1999年版，第11页。

② 同上书，第14页。

③ 同上书，第59页。

种基本历史现实复归到文本的表面之中"，要"揭示文化制品是社会的象征行为"，从而达到使历史文本本身恢复"充分的言语"的目的。其实，这就相当于我今天所讲的文本语境的建构与文化意义的发现问题。

例如，我们面对"采菊东篱下，悠然见南山"这句诗，孤立起来解读是不可能的。我们必须把这个句子"文本"放到陶渊明的《饮酒》全篇文本的语境中去把握，那么我们就会发现一些文化意义。但仅仅有这"文内语境"的把握还不够，我们还要进一步把《饮酒》文本放到陶渊明的全部文本中去把握（"文外文本"），通过"症候性"的解读，然后我们就会发现，他早就觉得"羁鸟恋旧林，池鱼思故渊"，早就希望"久在樊笼里，复得返自然"，于是发现对于陶渊明来说，"采菊东篱下，悠然见南山"不是一般写景，所表达的是他所热爱的一种生活方式。但这"文外语境"局限于此也不行，我们还必须放到陶渊明的人生道路中的"语境"中去把握，我们就会发现陶渊明虽然生性耿直，不喜应酬，但他开始的时候还做些小官，但后来他实在无法忍受，不能"为五斗米折腰"，主动离开官场，归隐田园，显示出他那种超越世俗思想的另一种文化精神。但局限于此依然是不可取的，我们还要把这句诗、这篇诗放到陶渊明所生活的晋代的社会文化思潮中去把握，发现那是一个混乱的时代，士人无地位，儒家思想逐渐减弱，我们就又会挖掘出更多的文化意义。也许，我们最后还需要把它放到老子的《道德经》和庄周的《庄子》的道家的元经典文本、次元经典的文本联系起来，进入整个道家文化源头的语境，我们才能最终揭示陶渊明这句诗、这篇诗具有道家的真实的文化意义。我的这个思想受孟子的"知人论世"说的启发，但我把它转化为一个"历史语境"与文化意义的建构之间的关系问题。我们似可把这方法用图表示如下：

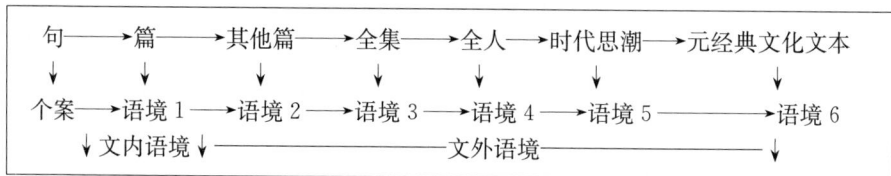

句──→篇──→其他篇──→全集──→全人──→时代思潮──→元经典文化文本
↓　　　↓　　　↓　　　　↓　　　　↓　　　　　　　　　↓
个案──→语境1──→语境2──→语境3──→语境4──→语境5──→语境6
↓文内语境↓─────────────文外语境─────────────↓

个案仅仅是一个句子，设定这是一个文本。我们如何来揭示这个文本的文化意义呢？那就先要放到全篇的"语境1"中去理解，缺少全篇整体文本的解读，是关键的一步。过去我们对于文本的解读，称为"文内语境"的解读，一般也就到此为止。但是，"文内语境"的解读诚然重要，但的确是不够的。这时候就要从本篇文本跨出到作家的其他文本，揭示此文本与彼文本之间的对话关系，去解释个案文本，这称为"文外语境"。"文外语境"不止一个，上图的语境 2、语境 3、语境 4、语境 5 和语境 6 都是"文外语境"。这就是所谓"文本间性"考察的一步步拓展。其中语境 4、语境 5 的考察都是非常重要的。当然这种语境考察不是死板的，先考察哪个语境，后考察哪个语境，也没有固定的程序，但如若要揭示语言文本与社会文化的关系，则这几种文本之间的对话性的语境研究是必须都要顾及的。

我一直喜欢一句诗"群鸡正乱叫，客至鸡斗争"。孤立起来看，大家可能觉得这不像诗，其实是杜甫《羌村三首》的第三首开头两句，让我们进入全诗：

峥嵘赤云西，日脚下平地。
柴门鸟雀噪，归客千里至。
妻孥怪我在，惊定还拭泪。
世乱遭飘荡，生还偶然遂。
邻人满墙头，感叹亦歔欷。
夜阑更秉烛，相对如梦寐。

晚岁迫偷生，还家少欢趣。
娇儿不离膝，畏我复却去。
忆昔好追凉，故绕池边树。
萧萧北风劲，抚事煎百虑。
赖知禾黍收，已觉糟床注。
如今足斟酌，且用慰迟暮。

群鸡正乱叫，客至鸡斗争。
驱鸡上树木，始闻叩柴荆。
父老四五人，问我久远行。
手中各有携，倾榼浊复清。
苦辞酒味薄，黍地无人耕。
兵革既未息，儿童尽东征。
请为父老歌，艰难愧深情。

　　　歌罢仰天叹，四座泪纵横。

　　分析作品一般以一篇为单位，我们发现"群鸡正乱叫，客至鸡斗争"这一句在诗中第三首。这样我们就不能不看第三首写了什么、又怎么写。但为了弄清楚这第三首，我们不能不先读全诗。我们从诗中可以发现杜甫因安史之乱已经很久没有回家，这三首诗是写他回家后当晚和第二天的情况。第一首主要写杜甫到家后与妻子儿女见面。由于在战争中有许多人死亡，死亡变成了常态。现在活着回来，似乎是不可相信的。巨大的幸运落到这个一直缺席丈夫的家，以至于"妻孥怪我在，惊定还拭泪"，"夜阑更秉烛，相对如梦寐"。这种描写包含了杜甫真实而深刻的体验。本来丈夫、父亲回来，做妻子、儿女的应该欢天喜地，如今却写他们感到奇怪，不断流泪；明明是面对面，却觉得是做梦。妻儿的这种"逆向"的"情感反应"似乎是出人意外，却又在情理之中。第二首，写回家后第二天的情境，重点是"晚岁迫偷生，还家少欢趣。娇儿不离膝，畏我复却去"。年纪逐渐大了，还不得不在这兵荒马乱之际"迫偷生"，因此就是回家了也还是觉得"少欢趣"。各种事情在煎熬着自己，从家里回长安后，唐宪宗还会给他"左拾遗"之职吗？还能为国家尽力吗？儿女舍不得让我走，怕我明天抬脚又赶赴长安。可是我能不走吗？第三首，也是回家后第二天发生的事情。正当"群鸡正乱叫"的时候，父老乡亲来了，可鸡还在"斗争"。这景象已经好久未见了。长达数年的安史之乱，总是人在"斗争"，争来夺去，你杀我，我杀你。如今好了，和平似乎来到了，不是人在"斗争"，是"鸡"在"斗争"，这真的令人感到欣慰。不过鸡乱叫乱闹此时是不适宜的，还是让鸡暂时上树去吧，因为父老乡亲携带酒水来看我了，他们的那片深情真让人感动，不管怎么说，我杜甫在朝廷里面总算有一份差事，朝廷没有治理好，发生了战争，让这些父老乡亲也为难，"苦辞酒味薄，黍地无人耕。兵革既未息，儿童尽东征。"这还不是朝廷的责任吗？我不管怎么说，也是朝廷的一位官员，我面对这些父老乡亲真是无言以对，真是惭愧。我给你们唱一首歌来感谢你们吧！"歌罢仰天叹，四座泪纵横"，哪里会想到这歌引得父老们泪流满面呢！杜甫在这三首诗中先写家庭内部的人伦之情，第三首把这种人伦之情扩大到同乡的父老。描写得很具体、很细致、很动人。连鸡的"斗争"，连父老携的酒有"清"有"浊"，连父老们的抱怨，都写得淋漓尽致，表现出在战乱中的杜甫所坚持的夫妇之情、父子之情、乡里之情，表现出一种人与人之间的相互同情。

　　那么《羌村三首》语言文本传达出来的人与人之间的同情，在杜甫的诗中是否只是一种孤立的存在呢？当然不是。杜甫写了很多诗，其中最关切的事情，简单地说，第一是忠君，所谓"自谓颇挺出，立登要路津。致君尧舜上，再使风俗淳"（《奉赠韦左丞丈二十二韵》），所谓"生逢尧舜君，不忍便永诀"（《自京赴奉先咏怀五百字》）。第二是爱民并恨贪官污吏。所谓"穷年忧黎元，叹息肠内热"，"黎元"就是百姓，"穷岁"，就是整年。"彤庭所分帛，本自寒女出。鞭挞其夫家，聚敛贡城阙"、"朱门酒肉臭，路有冻死骨。荣枯咫尺异，惆怅难再述"（《自京赴奉先咏怀五百字》）。他的"三吏"、"三别"就更具体地表现他的同情百姓和憎恨贪官污吏这种思想感情。第三就是与父老乡亲的亲友的亲情、友情和同情。对他的诗友李白满口赞美："白也诗无敌，飘然思不群。清新庾开府，俊逸鲍参军。"（《春日忆李白》）对旧日朋友他不辞路途遥远特地去看望，写了情真意切的《赠卫八处士》，对家人，无论是兄弟、妻儿，都又充满爱恋的诗篇，对兄弟有《月夜忆舍弟》，有"有弟有弟在远方，三人各瘦何人强"之句。对妻儿爱恋的诗就更多，有充满感情的诗篇《月夜》："今夜鄜州月，闺中只独看"的句子，后来还有"老妻画纸为棋局，稚子敲针作钓钩"的句子，从中显露出无穷的爱意。……我们可以把杜甫的其他诗篇文本当作《羌村三首》文本的互文来理解，从中不难看出他在诗中所流露的对妻儿、父老的深情是真实的动人的一贯的。他对那些父老感到"惭愧"，还唱歌来表达这种愧疚之意。他觉得他无论怎样也是朝廷的命官，况且当时觉得还是"左拾遗"。其实他对父老有何愧疚可言，不过是他的忠君思想在作怪，似乎"兵革既未息，儿童尽东征"他有什么责任，是他对不起这些父老。安史之乱完全是当时皇帝和朝廷要员的责任，与他杜甫有何关系，他为何要把责任揽过来。

　　进一步，我们也许还可以考察杜甫的人生与他的《羌村三首》与其他诗篇的对话关系。杜甫一生积极入世，他把自己的一身才能为社会所用。他两次去长安赶考，第一次他自己准备不够，落了榜。他游历江南、华北，积累经验，开阔视野，然后成家立业，又准备了很多年，再次来到长安，结果这次考试因李林甫一个考生也不录取，白白耗费他苦读诗书的大好时光。他不甘心，在十分困难的情况下，在长安住下来，等待朝廷的眷顾。一等就差不多十年。那段日子极端艰辛。"朝扣富儿门，暮随肥马尘；残杯与冷炙，到处潜悲辛。"这是他当时落拓处境的真实描写。他四处托人，给权贵赠诗，希望能够得到一官半职。天宝十载(751)唐玄宗读了他写的三篇《大礼赋》，这是他为唐玄宗祭祀元皇帝、太庙和天地而写的，他以一个诗人的全部功力，夜以继日地写成这三篇洋洋洒洒的文章。皇帝读了他的文章很高兴，可李林甫只给他一个"右卫率府胄参军"，即一个看守兵甲器械、管理门禁钥匙的小官，但他还是欢天喜地，赶回家告诉妻儿。他当了那个小官仅仅一个月左右，安史之乱开始了。在叛军进城时，他没有能够逃出来，被叛军捉住。他不死心，就是在被囚中，仍用自己的血泪写下了至今传诵不断的爱国诗篇《春望》。半年后，他冒险逃离长安，到达凤翔唐肃宗的驻地，唐肃宗看他那种衣衫褴褛、凄惨万状的样子，也为他的忠心耿耿所感动，赐给他左拾遗的官职。但不久因为替朋友说话，得罪了唐肃宗，肃宗就令他回家了，《羌村三首》就是在这次回家时根据实况而写的。后来杜甫丢了左拾遗的官职，到地方做很小的官。这时他已经 48 岁。思想发生变化，辞官到四川投靠朋友，这就开始杜甫的"草堂生活"。杜甫一生历尽坎坷，但他的忠君、爱民、亲情、同情始终不变。杜甫的一生也可以看作是一个文本，我们应该考察《羌村三首》文本与杜甫一生文本的内在联系。

更进一步，还应该把《羌村三首》与唐代由盛转衰时期的文化思想变化联系起来考察。

最后我们应该把杜甫《羌村三首》与孔子、孟子的儒家文化联系起来考察。我们就会发现杜甫的思想感情原来与孔子的"仁者爱人"、"克己复礼"的思想，与孟子的"民贵君轻"的思想，形成了互文、对话的关系。这样我们就能深入地理解《羌村三首》的语言文本与儒家的文化文本的密切关系了。杜甫的诗是受儒家的思想文化制约的，但杜甫诗又丰富了儒家的思想文化。

小　结

文学语言是一种言语，但有其独到的特点。文学语言在具体的作品中作为文本而存在，它总是与社会文化形成了一种"互文性"的对话关系。要揭示文学语言文本的文化意义，重要之点是重构语境，把文学语言文本放到语境中去把握。不但要放到"文内语境"中去把握，还要推展语境，放到"文外语境"中去把握。文学语言文本受社会文化文本的制约，它同时又丰富了社会文化文本，形成新的社会文化景观。所谓"互动"、"互构"就存在于这种"制约"与"丰富"过程中。

文学修辞与社会文化的互动、互构

前面我们讲了文学抒情方式、文学叙事方式与社会文化的互动、互构。其实在文学抒情方式与文学叙事方式内，还有一个更为深入的问题，那就是文学修辞问题。因为无论是文学抒情还是文学叙事最小的单位，是文学言语的修辞。一个文本的言语表达的秩序、言语表达的情调、言语表达的氛围、言语表达的声律、言语表达的色泽，乃至文学体裁、文学风格的确立，都有赖于文学修辞。修辞这个概念也有狭义与广义的区别。广义的修辞，可以包括人与自然的一切方面的姿态、颜色、音响、形状等的修辞性，如自然的修辞，山的高低起伏，峰的险峻神奇，江流的缓急清浊，湖海的宽广深浅，自然气候的明媚、阴晦、清爽、混浊、黑暗、明亮、寒冷、炎热等；人的修辞，如人体的、表情的、手势的、装饰的等；还可以包括故事的修辞，如温暖的、温馨的、清新的、隽永的、悲凉的、悲壮的、悲悯的、幽默的、诙谐的、诗意的、曲折的、平淡的等。狭义的修辞是就文本的语言表达方式及其效果来说的，如中国古代文学文本中赋、比、兴的运用，对偶、夸饰、平仄、详略、繁简、典故的运用，字词的推敲等。在刘勰的《文心雕龙》中，《情采》、《熔裁》、《声律》、《章句》、《丽辞》、《比兴》、《夸饰》、《事类》、《练字》、《隐秀》十篇，都属于修辞批评理论。这里所取的就是文本语言表达的狭义的修辞。这里将重点探讨文学修辞、文学修辞批评和文学修辞批评理论与社会文化的互动关系。

一、文学修辞与中外修辞批评理论的遗产

我们将首先讨论什么是文学修辞，什么是文学修辞批评以及中外文学修辞批评的遗产。

(一)文学修辞的性质、功能和效果

作家面对自己获得了的题材，在开始进入创作过程之前，必然有关于这个题材表达成自己心目中所希望的样子的预设，这就不能不考虑作为语言表达的修辞问题。那么，文学修辞问题主要包括哪些内容呢？刘勰在《文心雕龙·章句》篇指出："夫人之立言，因字而生句，积句而成章，积章而成篇。篇之彪炳，章无疵也；章之明靡，句无玷也；句之清英，字不妄也；振本而末从，知一而万毕矣。"刘勰的意思是，作家写作作为立言活动，无非要考虑到字(词)、句、篇三者及其关系。这就是文学修辞的内容了。文学修辞就是在表达文学题材时用字词、句子和篇章的秩序。这一点并无不同意见。但对刘勰这段话的后半段，"龙学"界有两种不同的解读：其一，认为"篇"是"本"，字(词)、句是"从"，全篇光彩鲜明了，那么各章就无瑕疵了，各章明白美好，句子就不会有毛病了，句子明洁华美，字词就不会有错。这种理解把全篇的修辞安排看成是整体性的东西，整体性的东西安排好了，那么章、句、字词也就稳妥了，所谓"振本而末从，知一而万毕"，就是说的这个意思。第二种理解，认为"字"词是"本"，"篇"是末，认为全篇光彩鲜明，是因为各章无瑕疵，各章明白美好，是因为句子没有缺点，句子明洁华美，是因为用字(词)没有毛病。这就是所谓"因字而生句，积句而为章，积章而成篇"。我是同意后一种看法的。认为文学修辞的要素是字、词、句、章、篇的修饰。字词的修饰是基本的，然后才是句子、章节、全篇的修饰。如果连字词都有许多毛病，如何去讲究句子、章节、全篇的安排呢？但同时我又认为"篇"作为整体的安排也是重要的，或者说是更重要的。这一点刘勰也注意到了，他在《文心雕龙·附会》篇说："夫画者谨发而易貌，射者仪毫而失墙，锐精细巧，必疏体统。故宜诎寸以信尺，枉尺以直寻，弃偏善之巧，学具美之绩，此命篇之经略也。"意思是说，绘画者一味描绘毛发，而所描绘的形貌就会失真。射箭者只见毫毛，而不见整堵的墙，就会因小失大。所以宁可委屈一寸而保证一尺的伸直，宁可委屈一尺而保证一丈的伸直，宁可放弃局部的细巧，也要学会整体完美的功夫，这才是谋篇布局的概要。这里，刘勰实际上讲了这样一

个道理，整体是制约局部的，而局部却不能超越整体。整体优先的原则是十分重要的。这里刘勰所说的寻、尺、寸，也是指篇、章、句、字词的修饰，但强调整体优先。由此看来，刘勰认为文学修辞包括两个过程：一个过程是由篇到章到句到字词的加工，即由整体到部分，在实际创作中，作家对于自己笔下所写的作品的情调、色泽等先有整体的构思，然后才设想具体安排字词、句子、章节时的加工，我们似可以称为"大修辞"；一个过程是由字词到句子到章节到全篇，即由部分到整体，就是说细部的加工会影响到整体的效果，特别是关键的细节的加工，甚至可以决定整篇的情调和色泽等，我们似可称为"小修辞"。

　　如果我们同意刘勰对文学修辞的这种辩证的理解的话，文学修辞的要素是包含了字词、句子、章节和全篇这四者的独特的加工活动。作家面对的是取自社会生活的题材，他们用特有的程序对题材进行独特的加工，结果是这来自社会生活的题材被提升到审美事实，形成了文学作品。如果我们对来自社会生活的题材与加工过的作品进行比较，我们就会发现文学修辞的程序。文学修辞对作家而言，是艺术加工中的言语的双向的运动。一方面，要充分考虑整体言语的修辞效果，从这里出发去追求细部的修辞艺术；另一方面，充分考虑到细部言语的修辞效果，从这里出发去追求整体的修辞艺术。

　　文学修辞具有什么性质和作用呢？

　　首先来谈谈文学修辞的性质问题。文学的题材来自社会生活，它能不能转变成文学作品，受许多因素的影响，文学修辞就是其中最重要的影响之一。我们不能仅仅把文学修辞看成是一种字词、句子、章节、修辞格等语言工具的运用。按照现代的语言观，语言符号对于人来说就是一种存在，在人类有了语言符号之后，语言符号始终先于人而存在。因此，人一出生，就落入到语言的网络中，人们不但不可能从语言符号中挣脱出来，而且不得不通过语言去看这世界。这一点我们在前面已经详细讨论过，这里就不赘述了。这里我们要强调的是语言的修辞性问题。语言的本质是语法还是修辞，结构主义的索绪尔强调的是语法，强调语言是共时性的语法规则，修辞只是语法中的一个子项。这种看法认为共时性的语法，才能使符号清楚表达意义，而且主旨才会凸显出来；但后来的解构主义强调语言的本质是修辞，修辞破坏语法的规范，文学的歧义、朦胧、不可解才得以产生。因此，解构主义认为语言的本质是修辞性的。我的看法是世界是"结构—解构"的运动，语言中既有结构的性质，也有解构的性质，既是共时的，也是历时的，因此语言的本质既是语法，也是修辞。语言的语法性使文学作品意义获得明晰的审美信息，语言的修辞，特别是偏离性的修辞，则又使作品意义获得含混性、朦胧性和歧义性，这前后两种结合正是优秀文学作品可解不可解的原因。例如，杜甫《春望》中的句子"感时花溅泪，恨别鸟惊心"，其修辞的特点是模糊主语，让读者摸不清楚主语是什么。但一方面它的审美信息是清晰的，那就是对"安史之乱"所造成的国恨家仇感到忧心与愤怒；另一方面它的审美信息具体说来又是不清晰的，这里是说人看到花后不觉流下眼泪，见到鸟也觉得惊心呢？还是说在那混乱的时候连花也溅泪鸟也惊心呢？可以作出不同的解释，因此这里又充满歧义和含混。同样，李商隐的《无题》（"相见时难"）全诗用了比喻、象征、对偶等修辞手段，它具有结构性，意思总的说是清楚的，那就是"怀人"；但又具有解构性，诗中究竟是怀念什么人的或求助什么人呢？则是不清楚的。一说认为此诗作于大中五年（851），当时李商隐在徐州卢弘止处当任幕僚，卢弘止死，李商隐从徐州到长安，因为长期在外做幕僚，感到无聊，想通过关系进翰林府。他想向当时出任宰相的令狐绹陈情。但又没有门路，很难见到，所以说"相见时难别亦难"。但他想见令狐绹的心情是那样坚定和急迫，所以就用了比喻的句子："春蚕到死丝方尽，蜡炬成灰泪始干。"想到自己青春易逝，又有"晓镜但愁云鬓改，夜吟应觉月光寒"的比喻，但他没有失望，总觉得还会有人帮助他，所以又有"蓬山此去无多路，青鸟殷勤为探看"的句子。一说认为李商隐为思念他的情人而作，全诗所写，无非是对他的情人的一片真情。此外，还有寄托、艳情、狎游、感遇、政治、悼亡等多种解读。

其次，再来谈谈文学修辞的作用和功能问题。文学修辞通过字词、句子、章节、篇的艺术加工方式，用以加强或改变文学题材本身的性质。文学题材就是作家已经掌握的写作的材料。对诗来说，它的材料就是情景，对小说来说，它的材料就是故事。情景、故事本身是有颜色、温度和情调的，如有热烈的、温暖的、冷淡的、凄凉的、寒冷的、豪放的、婉约的、欣喜的、悲哀的、红色的、黑色的、绿色的、白色的等。文学修辞的作用就是加强或改变这种颜色、温度和情调。一般来说，通过文学修辞来加强题材的颜色、温度和情调，这是比较好理解的。让我们来重读一下大家都熟悉的杜甫的《闻官军收河南河北》：

> 剑外忽闻收蓟北，初闻涕泪满衣裳。
> 却看妻子愁何在，漫卷诗书喜欲狂。
> 白日放歌须纵酒，青春作伴好还乡。
> 即从巴峡穿巫峡，便下襄阳向洛阳。

　　唐代宗广德元年(763)，杜甫避成都徐知道之乱，流落到梓州。宝应元年(762)安史之乱到了尾声。唐军讨伐史朝义，收复东京和河南等地；763年正月，史朝义委任的范阳节度使李怀仙投降，史朝义自缢身亡，李怀仙乘机割其首献唐军，河北诸州叛军皆投降，安史之乱结束。杜甫在梓州听到这个好消息，立即作了此诗。安史之乱这一时期是杜甫一生中最为痛苦的时期，听到这个好消息，其内心的喜悦可想而知。就这首诗的题材而言是喜与乐，是暖色调的。杜甫加强了此诗题材的暖色调，使"暖"变为"热"。杜甫在文本修辞上下了不少功夫，先写喜极而泣，这里用了对比修辞，本来是喜乐之事，应该笑才是，但杜甫偏写"初闻涕泪满衣裳"。接着写"妻子愁何在"，则是用衬托修辞，用妻子的"愁"来衬托诗人的"喜"。"漫卷诗书"一句看似闲笔，但闲笔不闲，表现了诗人那种高兴得不知如何是好的心情。"白日放歌"、"青春作伴"两句是夸张，把暖色调提升为热色调了。最后两句用了由西向东和由南到北的四个地名，诗人想象立刻可以沿着这条路线返回老家了。这里用得最好的是"从"、"穿"、"下"、"向"四个字，正是这四个字把四个地名联成一气，表达了诗人返回老家的急切心情。这首诗被称为"天下第一快诗"。诗人的修辞作用突出地表现为加强了题材的原有的色调。许多作品中修辞的作用和功能，都是顺着题材的颜色、温度和情调，使红者更红，绿者更绿，蓝者更蓝，黑者更黑；使温者更温，冷者更冷；使悲哀者更悲哀，欣喜者更欣喜……

　　文学修辞的另一种作用和功能则是改变原有题材的颜色、温度和情调。这就是说，这种文学修辞是通过词语等形式方法的雕琢，使题材本来的意义发生逆转，黑的似乎变成了红的，暖的似乎变成了冷的，悲的似乎变成了喜的。这里就表现出了修辞功能更为巨大的力量。我过去把这种情况表达为"形式征服内容"。

　　如果我们只是强调修辞对题材的一种适应，一种呈现，那么许多问题都解决不了，比如我们可以提一些问题：为什么艺术家、作家总是热衷于写人生的苦难、不幸、失恋、挫折、伤痛、死亡、愁思、苦闷？"丑"以什么理由进入文学创作中？难道仅仅因为它可以跟"美"对照吗？或者可以供"美"的理想批判吗？为什么现代艺术家往往喜欢写生活里的荒诞、异化、变形、失落、沉重、邪恶？我们可以想到，要是修辞作为形式的因素只是消极地适应和呈现这些题材的话，那么这些文学作品还能产生美感吗？所以一直存在这样一种观点：内容是主人，形式是仆人，形式仅仅是消极的配合、补充内容，服服帖帖地为内容服务。这在古代和现代都有很多人讲。的确题材吁求形式，题材是主人，形式似乎是客人。然而一旦把这个客人请到家里来了，那么这个客人是否处处、时时都要听从主人的安排呢？那就很难讲了。实际上文学创作的实践证明，客人一旦到了主人家里，往往就造起反来，最终是客人征服主人，重新组合、建立起一个新的家，不是原来那个家了。所以作为修辞的形式征服题材，两者在对立冲突中建立起一个新的意识秩序和有生命的艺术世界。我的基本观点是：艺术创作最终达到内容和形式的和谐统一，但是这不是形式消极地适应题材的结果，也不仅仅是加强题材的色调的结果；恰恰相反，有时候作为形式的修辞与题材对立冲突，最终是作为形式的修辞征服题材的结果。所以有时候修辞与题材这两者是相反相成的。讲到这里，大家可能觉得有点枯燥，我给大家举个现成的例子——鲁迅的《阿Q正传》。从题材的角度说，《阿Q正传》是悲剧还是喜剧呢？当然是一个悲剧了。一个年轻的贫苦的农民参加辛亥革命，在革命中糊里糊涂地被人杀害了，在被杀害时还不觉悟。他觉得自己的圈画得不圆，觉得自己赴刑场的时候不能唱一段京戏，为此而苦恼。这是个喜剧还是悲剧？就题材而言，就素材而言，它是个悲剧。但是如果鲁迅通过修辞加强这个悲剧的色调，用这种悲剧的情调来写《阿Q正传》的话，我们会喜欢这部作品吗？我们肯定不会喜欢。鲁迅在修辞上恰好是用喜剧的情调和幽默的情调来征服《阿Q正传》的题材，使我们处处觉得很可笑很幽默。比如阿Q的精神胜利法让我们觉得很可笑：他明明没有钱，他就想，我儿子会比你阔多了。他有许多表现说起来都是非常可笑的。但真正能把《阿Q正传》读进去的读者会知道，第一遍我们读的时候的确是哈哈大笑，但当我们读第二遍、第三遍、第四遍，当我们刚刚要笑的时候我们笑不起来了，原来是笑里包含了一种非常深刻的悲剧。鲁迅正是以一种独特的喜剧性的修辞，用幽默的情调征服了《阿Q正传》的题材，使《阿Q正传》的题材原有的色调发生逆转，这样《阿Q正传》成了名篇佳作，成了一部流传不朽的作品。

在这里我想介绍苏联早期的心理学家、艺术心理学家、艺术理论家列·谢·维戈斯基《艺术心理学》一书中的一些论点。他说要在一切艺术作品中区分开两种情绪，一种是由材料引起的情绪，一种是由形式引起的情绪。他认为这两种情绪处在经常的对抗之中，它们指向相反的方向，而文学艺术作品应该包含向两个相反方向发展的激情，这种激情消失在一个终点上，就好像电路"短路"一样。维戈斯基的意思是说，在许多作品中形式和题材的情调不但是不相吻合的，而且是处于对抗当中的。比如说题材指向沉重、苦闷、凄惨，而形式则指向超脱、轻松、欢快，形式与题材所指的方向是完全相反的，但是又相反相成，达到和谐统一的境界。维戈斯基所举的一个最有名的例子就是俄国作家蒲宁（诺贝尔文学奖得主）的一个短篇小说《轻轻的呼吸》。《轻轻的呼吸》讲一个什么故事呢？讲一个女中学生叫奥丽雅的故事，她在那所中学里是最具有魅力的漂亮姑娘，大家都围着她转，男生围着她转不说，女生也围着她转，魅力四射。但是这个女中学生道德败坏，一方面和一个哥萨克士兵谈恋爱，另一方面又跟一个五十六岁的老地主乱搞，这件事终于被她的恋人知道了，哥萨克士兵来到了她所在的城市，在火车站上一枪把奥丽雅打死了。就是这么一个故事。但整个小说经过作家的文学修辞处理完全不是这么一个内容。我刚才讲的那么一个故事用维戈斯基的话来讲，是"生活的溃疡"，是一段乱七八糟的生活，是一个完全没有什么意思的故事，是一个放荡的女中学生的生活故事，是一个外省女中学生毫不稀奇、微不足道和毫无意义的生活。这么一个故事写出来就是"生活的混沌"、"生活的浑水"、"生活的溃疡"，完全没有什么意思。但是经过作家的叙述和修辞处理以后，即经过形式的征服以后，情况就完全不同了。原来作家在这里强调的不是故事本身乌七八糟的东西，他写出的是一种"乍暖还寒的春天的气息"。作家在写这个故事的时候，安插了一个班主任，这个班主任是个老处女，她已经三十多岁了，但还没有尝过当女人的滋味。她非常羡慕奥丽雅。有一次她在教室旁边听到奥丽雅跟一群女生介绍她怎么能吸引男生。奥丽雅绘声绘色地说，我祖父留下很多书，有一本书叫《古代笑林》，那本书里专门讲女子怎样才变得有魅力，怎样才能吸引男人，比如说，女人的呼吸、喘气，应该是轻轻的，轻轻的，魅力就在这里，就是要轻轻的呼吸。这么说一下子就把那些女生都吸引住了，连那个班主任也被吸引住了：原来我不漂亮没有人爱我，主要是不能轻轻的呼吸啊。整个故事的重点就在这里。这段描写完全是一种文学修辞处理，可是成为了这个故事的一个转折点，用我们中国的话来说，这就是诗眼、文眼，整个故事都集中在这个详细细节的描写上面。而关于奥丽雅最终被打死了这个事情，被镶嵌在一个很长很长的句子里面，如果你不小心看还看不出来她被打死了。这是略写。作家主要靠详写略写的修辞，来达到色调的转换。作家并不强调奥丽雅被打死了。另外，奥丽雅死后，墓碑上有她的一张照片，非常漂亮，微笑着，她的班主任在她死后还到她的墓地来送一把鲜花，在旁边的椅子上坐着沉思——尽管奥丽雅只生活了十五年，但是女人的一切滋味她都尝过了，而我这种生活是不值得过的。你看，这个小说经过作家的独特的修辞给人的印象就完全不同了。与小说所产生的印象截然相反，作者所要表现的真正的主题是"轻轻的呼吸"，而不是一个外省女中学生的一段乱七八糟的故事。这不是奥丽雅的小说，而是一篇写"轻轻的呼吸"的小说。小说的主线是解脱、轻松、超然和生活的透明性的感觉，而这种感觉从作为小说基础的本事本身是无论如何也得不出来的。这就是文学修辞改变了题材的意义。大家可以去看看维戈斯基的《艺术心理学》这本书，书的后面还附有这篇小说，他对这篇小说的分析是非常到位的。维戈斯基的结论是：形式消灭了内容，或者形式消灭了题材的沉重感、溃疡性。题材的可怕完全被诗意的形式征服了。最后维戈斯基的评价是：通篇渗透着一股乍暖犹寒的春的气息。

其实这个故事我在鲁迅文学院的作家班里讲过，莫言一直听我的课，很多课的内容他都忘了，唯独对这篇小说《轻轻的呼吸》，他没有忘，所以后来他给我的一本著作《维纳斯的腰带——创作美学》写序时说，写小说要"轻轻地写"，他想起了我给他们分析的普宁的小说《轻轻的呼吸》。实际上女主人公"轻轻的呼吸"影响了他——创作要轻轻地写，他记住了这个。所以就小说而言，题材与形式的对立是经常的事情。小说的题材就是本事，本事作为生活的原型性的事件，必然具有它的意义指向和潜在的审美效应。然而，当小说家以其独特的修辞、叙述的方式去加工这个材料的时候，完全可以发挥它的巨大功能，对这个材料、这个本事进行重新的塑造，从而引出与本事材料相反的另一种意义指向和审美效应。因为作为文学修辞和叙事方式是负责把本事交给读者，它通过叙述的视角、叙述的语调和刻意地安排，然后把这样一个故事而不是那样一个故事交给读者，它可能引导读者不去看本事中本来很突出的事件——比如说奥丽雅被打死，把它隐没在一个长句中——而去注意本事中并不重要的细节，奥丽雅讲的"轻轻的呼吸"那个细节，引导读者先看什么事件，然后再看什么事件，这样读者从小说中所获得的思想认识和审美感受与从材料中所得到的可能是完全不一样的。《轻轻的呼吸》中的本事并不重要的奥丽雅和她的女同学的一次关于女性美的谈话，通过她的班主任——一个老处女的回忆，被文学修辞大肆地渲染，整个小说就改变了方向，它的思想意义和审美效应就改变了。这个细节非常重要，这个细节就使得整个小说发生了逆转。因此作为形式的修辞与题材对抗进而征服题材。由此可见，文学修辞是非常重要的，文学修辞可以雕刻题材，使题材转化为这样一篇作品，而不是那样一篇作品。维戈斯基上述的观点对我们是有启发意义的。

（二）中外文学修辞批评理论的遗产

作家通过文学修辞创作出作品，那么批评家就要对作品中的文学修辞的方方面面进行评论，这就是文学修辞批评。中国和外国留给我们的文学修辞批评的遗产很丰富。中国古代文论中关于文学修辞批评的内容十分丰富；20世纪俄国的形式主义批评、英美新批评中的文学修辞批评也很有特点，这里仅对此做一点最初步的简要评介。

1. 中国古代文论中的文学修辞批评论

中国古代文论中的文学修辞批评论源远流长。中国最早的歌谣集《诗经》用了许多修辞手法。后人对此进行归纳，提出了"赋、比、兴"的批评理论，这可能就是中国最早的文学修辞批评了。其后对赋、比、兴历代都有不同的解释，这是对文学修辞批评的关注发展。此外，春秋战国时期，学派林立，相互辩论，为了驳倒论敌，说服同情者，不能不运用各种修辞，研究各种修辞，修辞论当然就发展起来了。当时真正把文学修辞论作了系统总结的是刘勰的《文心雕龙》。上面我已经说过从《文心雕龙·熔裁》篇到《文心雕龙·练字》篇都是修辞批评的理论总结。其中有丰富的内容，不是三言两语能说清楚的。我们这里想从文学修辞与文学创作物化阶段的关系，来梳理一下中国古代文论文学修辞批评几个关键的问题。

在文学创作过程中，作家对其所写的内容达到了"胸有成竹"，形成了"心象"，并不等于创作的完成。这"成竹"能不能变成纸上鲜活而生动的"新绿"，"心象"能不能从作家"母胎"中顺利诞生，这仍然是未知的事情。那么这里最重要的就是作家所选取的语言表达的独特方式，这就是文学修辞的事情了。

（1）文学修辞的艰难："文不逮意"

实际上，在心象形成之后，要把"胸中之竹"变成"手中之竹"，通过语言表达方式把心象实现为作品的形象，这里的困难是很大的。魏晋时期的陆机早就提出：

> 余每观才士之所作，窃有以得其用心。夫其放言遣辞，良多变矣，妍蚩好恶，可得而言。每自属文，尤见其情。恒患意不称物，文不逮意，盖非知之难，能之难也。①

这意思是说，陆机常看一些文士的作品，他们自以为对创作的奥秘有体会。可他们所用的文辞实在不敢恭维。其美丑好坏，都还可以议论。陆机认为，自己要是动手创作，就会领悟到创作的甘苦了。最重要的一点是，常怕自己的构思与所表现的事物不相符，运用的文辞不能准确地表现自己酝酿好的心象，这种困难不是道理上不易理解，是实践起来不容易。体道困难，而言道更难，所谓"言不尽意"就是对此而言的。陆机可能受道家学说的影响，加之自己创作的体验，也认识到文学创作中酝酿构思是一回事，而最后用言语表达又是一回事。酝酿构思好，心象鲜明，并不等于创作成功，困难还在于文辞的传达和修辞的成功。这样他就提出了"文不逮意"说。

刘勰也在其《文心雕龙·神思》篇中指出：

> 方其搦翰，气倍辞前，暨乎篇成，半折心始。何则？意翻空而易奇，言征实而难巧也。是以意授于思，言授于意，密则无际，疏则千里。或理在方寸，而求之域表；或义在咫尺，而思隔山河。是以秉心养术，无务苦虑；含章司契，不必劳情也。②

---

① （晋）陆机：《陆机集·文赋》，中华书局 1982 年版，第 1 页。
② 范文澜：《文心雕龙注》（下册），人民文学出版社 1958 年版，第 494 页。

刘勰讲的无疑比陆机又进了一步。他的论述包含了三层意思：第一，肯定了"胸中成竹"不等同于"手中之竹"，不但不等同，而且有时距离很远，所谓"方其搦翰，气倍辞前，暨乎篇成，半折心始"，在下笔之前，气势高涨，以为一定能把心中酝酿的心象，充分地表现出来。等到把心中所想变成了言语文字，才发现表现出来的只有原来所想的一半。在魏晋六朝的玄学讨论的言意之辨中，有"言不尽意"与"言能尽意"的争论。很显然，在这一争论中，刘勰站在了"言不尽意"的学术立场上。第二，刘勰认为在文学创作中，言不尽意乃是心象的不确定性、活跃性所引起的。通过"神思"活动所形成的心象，"意翻空而易奇，言征实而难巧"，意象（心象）凌空翻飞容易出奇，用言语的具体表达就难于精巧。心象来自构思，言语则要根据心象，结合得好，就能表现贴切，结合得不好，就差之千里。有时道理就在方寸，而表现要求之于外域，有时意义就在咫尺，而言语表达起来，又像远隔山河。这就是说，由于心象的流动性、易变性，心象与语言表现之间有很大距离。第三，为了达到语言对心象表现的贴切、精巧，要"秉心养术，无务苦虑；含章司契，不必劳情"，意思是说，要平时加强修养，不靠写作时的冥思苦想，掌握好艺术技巧，不靠写作时徒劳费神。实际上，这里仍是强调"虚静"精神状态的培养，平时静心凝神，勤学苦练，运用时精神放松，自然而然，那么就能像后来苏轼所说的"无意于佳乃佳"，"冲口而出"乃成好诗，达到语言表达与心象神情的一致与贴切。

（2）文学修辞的效果："语不惊人死不休"

尽管文学创作中常常是言不尽意，但是真正的文学家并没有在语言面前退却，相反他们对诗歌等的言语表达提出了很高的要求，并在实践中获得了成功，产生无数优秀的诗篇和其他伟大作品。反映到文学理论上面，也提出了解决语言表达困境的思路。比较早的说法如孔子的"言之不文，行之不远"，"辞达而已"，孟子的"言近而指远者，善言也"①，汉代王符提出"辞语者，以

---

① （战国）孟轲著，焦循注：《诸子集成·孟子正义》（第 1 册），上海书店影印本 1986 年版，第 594 页。

信顺为本，以诡丽为末"①，六朝时期陆机的《文赋》提出语言创新问题，刘勰《文心雕龙》专门列了《章句》篇，对文学创作中的言语问题作出不少有益的分析。司空图等的"言外之意"说十分重要。唐宋后，关于文学创作中语言的推敲的论述更是不计其数，这里不再一一枚举。

这里要突出提出杜甫的诗句"为人性僻耽佳句，语不惊人死不休"②，着重阐明其文学修辞意义。杜甫的这句诗历来都脍炙人口，但一般都仅仅从杜甫作诗刻意求工和重视词语锤炼的角度来理解，很少有人去阐明这两句诗的理论意义。实际上，杜甫写下这两句诗，不仅是对他自己创作精神的描述，而且更重要的是提出了诗歌中言语表达及其追求的问题。所谓"语不惊人死不休"，就是讲诗歌言语表达要有惊人的效果，而且要创新，不能陈陈相因，落入窠臼，而必须别出心裁。

陆机在《文赋》中说："谢朝华于已披，言夕秀于未振"。这里是以比喻说明古人反复用过的词语，如早晨的花朵一样凋谢了，古人未用的或少用的词语，犹如晚出之秀，未经他人振刷，则应予以启用。杜甫所说的"语不惊人死不休"与陆机提出的文辞创新的观点一脉相承，不过杜甫作为一位伟大的诗人说得更动情，也更具效果。杜甫之后，呼唤文学语言创新最力者乃是散文家、诗人韩愈。

　　　　体不备不可以为成人，辞不足不可以为成文。③

　　　　当其取于心而注于手也，惟陈言之务去，戛戛乎其难哉！④

　　　　气，水也；言，浮物也。水大而物之浮者大小毕浮。气之与言犹是也，气盛则言之短长与声之高下者皆宜。⑤

---

　　①　（东汉）王符著，汪继培笺：《诸子集成·潜夫论》（第 8 册），上海书店影印本 1986年版，第 7 页。

　　②　（唐）杜甫著，钱谦益笺注：《钱注杜诗》（下册），上海古籍出版社 1979 年版，第390 页。

　　③　（唐）韩愈：《韩昌黎文集校注》，上海古籍出版社 1986 年版，第 145 页。

　　④　同上书，第 170 页。

　　⑤　同上书，第 171 页。

在这里，韩愈提出了四点：文辞对创作的重要，"辞不足不可以为成文"；陈言务去，因为陈言没有表现力；言语的创新是不容易的，是戛戛其难的；解决文学言语的表达和创新，主要是创作主体要"气盛"，"气盛言宜"。只要气盛，不论言语的长短、声音的高下，都必然合宜。韩愈的这些见解是很有价值的。其核心之点还是要创新，要去陈词滥调，与杜甫出语"惊人"的思想相呼应。语言创新一直是中国古代文论的重要命题，在韩愈之后，其门下李翱、皇甫湜、孙樵等更提出"趋奇走怪"的论点。苏轼、元好问、杨慎、袁枚等人对文辞出新也都有精辟深微的论述。

在文学创作中，文学语言如何才能适应内容的表达，如何才能出新，如何才能取得"惊人"的艺术效果？总结古人的论述，似可从以下三个方面努力。

第一，接受自然的馈赠。文辞的创新实乃出于文意的创新，而文意的创新，又离不开对自然的精细体察和生动描摹。因此诗人必须贴近自然，才能在描摹自然景物中创意造言，令文句"拔天倚地，句句欲活"。对此，皇甫湜说："夫意新则异于常，异于常则怪矣；词高则出于众，出于众则奇矣。虎豹之文，不得不炳于犬羊；鸾凤之音，不得不锵于乌鹊；金玉之光不得不眩于瓦石：非有意先之也，乃自然也。"[1]孙樵在《与王霖秀才书》中也认为："鸾凤之音必倾听，雷霆之声必骇心。龙章虎皮是何等物，日月五星是何等象。储思必深，饬辞必高。道人之所不道，到人之所不到，趋奇走怪，中病归正。"他们的意思是说，事物不同，个性也不同。虎豹与犬羊不同，其毛皮的光泽也不同。鸾凤与鸟雀不同，其鸣叫的声音也不同，金玉与瓦石不同，其明暗亮度也不同。这都是自然本身的规定。所以意新语奇，并非文人故意造作，不过是接受自然的馈赠而已，按自然的本色行事。"趋奇走怪"之论未必妥当，但他们对诗文词意创新的论述，还是很有见地的。的确是这样，诗人、作家若能忠实于生活，精细入微地体察生活，听取自然的声音，那么从他们笔端流出的言语自然是清新惊人的。例如，对杜甫《水槛遣心二首》中"细雨鱼儿出，微风燕子斜"诗句，金圣叹在《杜诗解》中评道："'细雨出'，'出'字妙，所乐亦既无尽矣。'微风斜'，'斜'字妙，所苦亦复无多矣。"但"出"、"斜"二

---

① （唐）皇甫湜：《答李生第一书》，见叶幼明等编：《历代书信选》，湖南人民出版社1980年版，第278页。

字如何用得妙呢？金圣叹并未说明白。凡认真观察过大自然的人都会知道，在细雨中，平静的江河水面突然遭到小雨点的轻轻敲击，本在深水中的鱼儿，就会以为有食物从天而降，纷纷探出头来寻觅。在微风中，也只有在微风中，燕子才会在天空中倾斜着轻轻地抖动自己的翅膀。在无风或大风中，燕子都不会有这种动作形态。杜甫在诗中用"出"和"斜"二字，的确是新鲜而又传神的。杜甫之所以能恰到好处地用这两个字，乃是由于他对自然景物的细微变化都有过细致的考察。如"芹泥随燕嘴，花蕊上蜂须"（《徐步》），"风起春灯乱，江鸣夜雨悬"（《船下夔州郭宿，雨湿不得上岸，别王十二判官》），"星垂平野阔，月涌大江流"（《旅夜书怀》）等，都可谓"一语天然万古新"（元好问语）。生活之树常青，执着于生活的诗人作家，其文意词意也能常新。

第二，自出机杼，诗中有我。"语"要"惊人"、创新，还必须敢于别出心裁，大胆抒写自己的所感所见所闻，以俯仰随人为耻，以自出机杼为荣。如果诗文中的一切都从自己眼中见出，从自己胸中悟出，从自己手中化出，那么，自然就能闯前人未经之道，辟前人未历之境，造前人未造之言。清代学者袁枚说："为人，不可以有我，有我，则自恃倔用之病多，孔子所以'无固'、'无我'也。作诗，不可以无我，无我，则剿袭敷衍之弊大，韩昌黎所以'惟古于词必己出'也。北魏祖莹云：'文章当自出机杼，成一家风骨，不可寄人篱下。'"[1]这是说得很对的。李白的诗歌"拔天倚地，句句欲活"，其重要原因就是诗中"有我"，极富个性色彩。如"花间一壶酒，独酌无相亲。举杯邀明月，对影成三人"（《月下独酌》四首），"安能摧眉折腰事权贵，使我不得开心颜"（《梦游天姥吟留别》），"弃我去者昨日之日不可留，乱我心者今日之日多烦忧"，"抽刀断水水更流，举杯消愁愁更愁"（《宣州谢朓楼饯别校书叔云》），"长风破浪会有时，直挂云帆济沧海"（《行路难三首》），"君不见黄河之水天上来，奔流到海不复回"（《将进酒》）等，都渗透了李白自己的个性倾向、感情色彩和主观愿望，每一句都从自己心中化出，所以这些豪放、潇洒、奇崛、天真的语句，才能够"惊人"传世而万古常新。

第三，熔古今于一炉，自成面貌。"语"要"惊人"、创新，并不是要割断传统，把前人说过的话全部丢弃，自造一些"怪怪奇奇"的语句。唐代裴度针

---

[1]　（清）袁枚：《随园诗话》（上册），人民文学出版社1962年版，第216页。

对韩愈门下一些诗人一味追求奇诡的弊病，提出了批评。他主张继承传统，认为古代经典之作，"虽大弥天地，细入无间，而奇言怪语，未之或有。意随文而可见，事随意可行。此所谓文可文，非常文也。"与传统完全对立是不行的，他在《寄李翱书》中说："昔人有见小人之违道者，耻与之同形貌，共衣服，遂思倒置眉目，反易冠带以异也，不知其倒之反之之非也。虽非于小人，亦异于君子矣。故文之异，在气格之高下，思致之深浅，不在磔裂章句、隳废声韵也。"裴度的批评无疑是有道理的。但对传统也不能亦步亦趋。食古不化也是没有前途的。实际上如何在继承传统中又能有所创新，这里有一个变旧为新的"度"的问题。这可能是熔古今于一炉中最难于解决的问题。在这个问题上，比较有价值的论述，可以举出清代李渔和顾炎武两人的论点。李渔说：

> 世道迁移，人心非旧，当日有当日之情态，今日有今日之情态。传奇妙在入情，即使作者至今未死，亦当与世迁移，自啭其舌，必不为胶柱鼓瑟之谈，以拂听者之耳。况古人脱稿之初，便觉其新，一经传播，演过数番，即觉听熟之言，难于复听，即在当年，亦未必不自厌其繁而思陈言之务去也。我能易以新词，透入世情三昧，虽观旧剧，如入新篇，岂非作者功臣。……但须点铁成金，勿令画虎类狗；有须择其可增者增，当改者改。万勿故作知音，强为解事，令观者当场喷饭。①

李渔从世道人心变易的角度，要求对旧篇易以新词，透入世情三昧，以变旧为新的方法，来达到对文学内容与语言的更新。这是很有价值的见解。顾炎武则说：

> 《三百篇》之不能不降而《楚辞》，《楚辞》之不能不降而汉魏，汉魏之不能不降而六朝，六朝之不能不降而唐也，势也。用一代之体，则必似一代之文，而后为合格。诗文之所以代变，有不得不变者。一代之文沿袭已久，不容人人皆道此语，今且千数百年矣，而犹取古人之陈言，一一而摹仿之，以是为诗，可乎？故不似则失其所以为诗，似则失其所以为我。李杜之诗，所以独高于唐人者，以其未尝不似而未尝似也。知此

---

① （清）李渔：《李渔随笔全集》，巴蜀书社1997年版，第57页。

者，可与言诗也已矣。①

顾炎武从历史变化的角度，说明文体代变的道理，并提出对于文学传统应取"未尝不似未尝似"的辩证态度，李杜的成功是既不抛弃古人又不一一摹仿古人，对于传统在似与不似之间。顾炎武的论述也有价值，他的"似"又"未尝似"，就把握住了一种合理的"度"，因此是有启发性的。当然，在继承传统和革新创造问题上面，最值得重视的，还是杜甫在《戏为六绝句》中提出的"不薄今人爱古人"、"转益多师是汝师"的理论原则。杜甫强调要创新，提出了"语不惊人死不休"，同时又认为创新与以前人为师并不矛盾。但以前人为师又不是对某一个古代诗人的照搬照描，而是兼取众长，无所不师而无定师，即不论是谁之作，皆采取"清辞丽句必为邻"的态度。这就是所谓"读书破万卷，下笔有如神。"能驱驾众家，才能卓然自成一家，而雄视百代。

（3）文学修辞的创新："惟陈言之务去"

杜甫的"语不惊人死不休"和韩愈的"惟陈言之务去"作为一种文学言语表达和创新理论，是符合现代心理学所揭示的知觉规律的。

杜甫所追求的语言的"惊人"效果和韩愈所说的"惟陈言之务去"，其文学语言观的相通之点是反对因袭，主张出新和对普通语言的某种疏离。因袭的、陈腐的、反复使用的语言不宜于诗，是因为这种使人的感觉"自动化"和"习惯化"。而一种语言若是自动化、习惯化了，那么就必然会退到无意识领域，从而不再感觉到或强烈地意识到它。譬如，一个人学习一种外语，当你第一次用这种外语与一个外国人结结巴巴地对话，每说一句都不规范，不是让自己脸红，就是让对方感到尴尬。多少年后，你仍能记住这次谈话，你仍能感到这种"新鲜"的体验。后来，你的外语学得非常好，你甚至在国外操着那种外语过着日常生活。这时候，你说外语的感觉完全退到无意识领域，你不再感觉新鲜。试想，你能想起第一万次用外语与人对话的新鲜感吗？当然不会。因为这已经成为"自动化"、"习惯化"行为。文学语言的表达也存在这种自动化、习惯化的问题。当某些诗人第一次运用某些词语，人们会感到很新鲜很

---

① （清）顾炎武著，黄汝成集释：《日知录集释》（下册），花山文艺出版社1990年版，第932—933页。

动人，人们不能不细细地体味它。但当这个词语已被反复使用过，已变成了陈词滥调，那么，你再去使用它时，人们就仅仅把它作为一个记号不加感觉地从自己的眼前溜过去，这个词语的表现功能已在反复使用中磨损耗尽。例如，最初用"阳关三叠"、"一曲渭城"、"折柳"等词语来表现送别，本来是很生动的，能够使人细细体味的。但如果人人都用这几个词语来表现送别，那么它就变成陈腐不堪的语言，不再能够引起我们的新鲜感觉了。像古诗中"飘零"、"寒窗"、"斜阳"、"芳草"、"春闺"、"愁魂"、"孤影"、"残更"、"雁字"、"春山"、"夕阳"等词语，由于反复使用，其表现功能已经耗损殆尽，再用这些套话作诗，就必然引起人们感觉的自动化、习惯化，而使诗篇失去起码的表现力。由此可见，杜甫要求出语"惊人"，韩愈要求"陈言务去"是有充分的心理学依据的。

更进一步说，杜甫和韩愈的文学语言创新理论，实际上是要求文学语言在某种程度上疏离与异化普通言语及用法。因为如果对普通言语及用法完全没有距离，没有丝毫的疏离与异化，那么也就必然是陈言累篇，达不到惊人的效果。"文学语言疏离或异化普通语言；然而，它在这样做的时候，却使我们能够更加充分和深入地占有经验。平时，我们呼吸于空气中但却意识不到它的存在；像语言一样，它就是我们的活动环境。但是，如果空气突然变浓或受到污染，它就会迫使我们警惕自己的呼吸，结果可能是我们的生命体验的加强。"①对于这个心理学规律，韩愈、杜甫都似乎认识到了。韩愈在《答刘正夫书》中谈到语言必须创新时说："夫百物朝夕所见者，人皆不注视也；及睹其异者，则共观而言之，夫文岂异于是乎？"又说："足下家中百物，皆赖而用也；然其所珍爱者，必非常物。夫君子之于文，岂异于是乎？"这就是说，对视觉而言，一般来说，寻常之物不能成为一种强烈刺激，不能引起我们的重视。诗人、作家创作中使用的词语也是这样，某些异态的、扭曲的、偏离普通言语的词语，就易于引起读者的重视，而且有惊人的艺术力量。

前面曾提到杜甫的《船下夔州郭宿，雨湿不得上岸，别王十二判官》一诗中的句子："风起春灯乱，江鸣夜雨悬。""乱"、"悬"两个字极好，特别富于表

---

① ［英］特雷·伊格尔顿：《二十世纪西方文学理论》，陕西师范大学出版社1986年版，第5页。

现力。究其原因，是杜甫对普通言语作了某种疏离与异化。灯在江风中晃来晃去，摇来摇去，因此，"春灯晃"或"春灯摇"似乎更贴切，但杜甫偏用与实际保持距离的"乱"字，把人的感觉和情感投入进去了。"乱"不仅仅形容灯在春风中摇晃，而且透露出诗人因"雨湿不得上岸"，与朋友在此种情景中告别的那种骚动不安的心情。"江鸣夜雨悬"中的"悬"字也用得新鲜而奇特，人们只说"下雨"、"降雨"、"落雨"，从来不说"悬雨"，"悬雨"完全是一种陌生化语言，是对普通的言语"下雨"、"降雨"、"落雨"的疏离与异化，但杜甫用此一"悬"字，就把那雨似是永久悬在空中的情景，把江鸣雨声，无休无止，通宵不绝于耳的那种感觉，鲜明而强烈地表现出来了，这就使我们的生命体验大大加强了。杜甫以他的创作实践提醒人们，他所说的"语不惊人死不休"有着深刻理论内涵。如果作家们都有杜甫这样的文学修辞的自觉意识，那么就一定能把"胸中之竹"化为"手中之竹"，心象就一定能变成作品中栩栩如生的却又定型了的艺术形象。

中国古代诗话、词话、小说评点中都有丰富的有关文学修辞的精彩之论，限于篇幅不能一一谈到。

2. 西方20世纪文学修辞批评论简述

西方的文学修辞批评论也有长久的历史。古希腊、古罗马时期，出于当时学派论辩的需要，也很重视对话和演说中的文学修辞。20世纪以来，俄国形式主义文论、英美新批评文论、结构主义文论，都由于其文学观念转向语言，文学修辞批评问题就更加显示出它的重要性。这里我们不打算全面系统介绍它们的观点，而只是从文学修辞批评的角度做一点简述。

（1）俄国形式主义文学批评流派的文学修辞批评

俄国形式主义批评是兴起于1915年到1930年的文学理论批评流派。"形式主义"并不是它们自己的自称，是批判它们的人给予的蔑称。其代表人物都是当年一些年轻语言学家，如雅各布森、什克洛夫斯基等。这些年轻的语言学家感觉到在当时的俄国，文艺学都被哲学、社会学、心理学等学科所统治，没有自己独特的研究对象，成为别的学科的婢女，因此他们要从语言的角度切入，寻找文学区别于非文学的特性，让文学理论回到科学的道路上来。

他们首次提出了"文学性"这个概念，雅各布森说："文学研究的对象不是文学，而是文学性，即那个使特定的作品成为文学作品的东西。"这意思是说，文学的特性不要到语言的内容、作品的信息、来源、历史、社会、传记、心理学等方面去寻找，文学性就是语言形式本身，就是文学作品中语言的技巧运用和文学修辞。什克洛夫斯基和雅各布森各举了一个例子，来说明文学性。什克洛夫斯基说："我的文学理论是研究文学的内部规律，如果用工厂的情况作比喻，那么，我感兴趣的不是世界棉纱市场的行情，不是托拉斯的政策，而是棉纱的支数及其纺织方法。"可见文学性只能从语言文本中去找。雅各布森则举例说，文学性就好像烹调用的食油，人不可能单纯地去喝食油，但是可以把它当作调料，与其他食物一起加工处理，结果它改变了食物的味道，被食油加工过的食物与没有被加工过的食物是完全不同的，如新鲜的沙丁鱼与用食油加工过的沙丁鱼不但颜色变了，更重要的是味道变了。所以文学性不是材料，是加工过程中食油的加工作用和取得的效果。简言之，文学性与社会生活材料、内容无涉，仅仅是语言形式的选择与运用。

那么如何才能让读者感受到文学性呢？他们又提出了言语"陌生化"。什克洛夫斯基认为："那种被称为艺术的东西的存在，正是为了唤回人们对生活的感受，使人感受到事物，使石头更成其为石头。艺术的目的是使你对事物的感觉如同你所见的视象那样，而不是如同你所认知的那样；艺术的手法是事物的'陌生化'手法，是复杂化形式的手法，它增加了感受的难度和时间长度，既然艺术中的领悟过程是以自身为目的的，它就理应延长；艺术是一种体验事物之创作的方式，而被创作物在艺术中已无足轻重。"①同时，他们还认为"陌生化"与"自动化"是相对立的。在日常生活中，我们做一些事情，如骑自行车，日复一日年复一年地骑，那么骑自行车就成为"自动化"动作，我们不再能像第一次骑自行车那样去获得新鲜的感受。文学创作也是如此，如果我们老是用大家都熟悉的语汇、句式等，这样的作品就成为"自动化"没有新鲜感的东西，甚至成为陈词滥调。因此所谓的"陌生化"就是要使言语扭曲，以奇特的、非常态的词语、句式呈现在读者面前，或者用一种非指称性的描写，即似乎第一次遇到一个不认识的事物，不得不按照自己看到的样子如实去加以描写，而不是按照通常所说的那样：这是山桃花，这是碧桃花之类。

---

① ［俄］什克洛夫斯基：《作为手法的艺术》，见［爱沙尼亚］扎娜·明茨、伊·切尔诺夫编：《俄国形式主义文论选》，郑州大学出版社 2005 年版，第 216 页。

既然写作就是言语的陌生化，那么文学修辞就成为写作的主要方面。俄国形式主义批评家对于诗句中的词语的表达方式特别重视，其追求就是疏离日常生活中习用的言语的表达方式。其一，让写出的言语具有阻拒性，让读者似乎第一次看到，感觉到似乎不可理解，不得不反复地感受它，以便延长感觉的时间，如"太阳甜甜的"，"他抬头一望，是一轮黑色的太阳"。其二，是非指称性的描写，而不是指称性的描写。作家描写的是私有制，偏偏不说这里实行私有制，而有意从一匹马的眼光来看，说我不理解你们说的话，老是说什么东西是"我的"，"这是我的土地"，"这是我的马"，"这是我的庄园"。总的说，俄国形式主义提倡偏离日常语言中常态的文学修辞，疏离规范，目的是唤起人的新鲜感觉，以免读者在阅读中陷入"套板反应"。

俄国形式主义注重文学特异性的寻求，而且在语言形式中来寻求，它是西方 20 世纪文学修辞批评最早的流派，它们的确为文学批评推开了一扇门，让一股新鲜空气吹进来。可它们的缺点也是致命的，那就是它们完全把"文学性"与社会历史文化切割开来。在 1930 年前后遭受到左派批评家批判后，这个文学批评流派很快也就结束了。但它们提出的文学修辞论则没有随风飘散，而是在几十年后又似乎复活了。

(2)英美新批评流派的文学修辞批评

英美"新批评"开始于 20 世纪初，是盛行于 20 世纪四五十年代的一种文学批评流派。代表人物有初期的艾略特和理查兹，此外还有威廉·燕卜荪、兰色姆和艾伦·退特等人。这派批评家也是对流行于 19 世纪的社会历史批评、道德伦理批评、传记心理批评不满，觉得这些批评围着文学的外部转，而没有进入作品的内部进行阐释，而提出了文学的本体究竟在哪里的问题。他们通过对所谓的"意图谬误"和"感受谬误"的批评，认为文学的本体即不在作者的创作意图中，也不在读者的阅读感受中，而只能在文学作品本身。文学批评"不应着眼于诗人，而应着眼于诗篇"，作品本体论就是他们的第一个基本观点。从这一观点出发，从而主张作品"细读法"，他们把每一个词、每一句都放到放大镜下面加以考察，揭示词语和句子的本义、引申义、联想义、暗含义等，不仅如此，他们还进一步阐释词与词之间、句与句之间的微妙关系，直至揭示全篇的语言秩序的整体结构。

为了使细读获得确实的效果，他们还提出了一系列具有文学修辞性质的概念和理论，如"含混"、"张力"、"反讽"、"悖论"等。

燕卜荪提出了"含混"（ambiguity）概念。他认为文学作品中言语所表达的意义常常是多义的、不确定的。读者面对诗中的一段话，在追究意义时处于举棋不定的状态。这就是燕卜荪所理解的含混。燕卜荪写了《七种类型的含混》一书，把文学作品的含混分为七种，即参照系的含混、所指含混、意味含混、意图含混、过渡式含混、矛盾式含混和意义含混。例如，所谓的"意味含混"，燕卜荪的说明是这样的："当所说的内容有效地指涉好几种不同的话题、好几种话语体系、好几种判断模式或情感模式时，第三种含混就产生了。"燕卜荪举了弥尔顿如下的诗句：

> 那美丽而奸佞的妖怪，给我设下了高明的圈套。

这里所说的是一位陷害丈夫的妻子。一个词能把两种意思纳入其中，不但没有让意思受到损害，而且还增添了趣味。这就是"意味含混"。这种用语上的巧妙，明显具有文学修辞意味。

艾伦·退特提出了"张力"（tension）说，他在 1937 年发表了《论诗的张力》一文。他认为诗歌语言也像形式逻辑那样包含外延与内涵。外延是指词的本义，也就是指称意义，内涵则指词的引申义，包括众多的联想意义和暗示意义。在外延与内涵之间，在指称意义和引申意义之间，即在两个极端之间，保持着张力结构。退特的主张是诗歌既要倚重内涵，又要倚重外延，形成外延意义和内涵意义的统一体。例如，李商隐最有名的诗句"相见时难别亦难，东风无力百花残"，从外延意义上说是很明确的，"相见时难"句指他与某人见时难别时亦难，"东风无力"句则是说春光消逝，百花凋零，难以挽回。但内涵意义则可能很丰富。首先是他苦苦要见的人是谁呢？是一位女子？是一位朋友？还是一位官员？在这里都不确定，因此可以做许多种联想和暗示，解读出许多联想意义和暗示意义，总之它的内涵意义是十分丰富的。

布鲁克斯于 1947 年发表论文《悖论语言》，通过对渥兹渥斯的《在西敏寺桥上》一诗的分析来说明他的观点。他认为："科学家的真理要求其语言清除悖论的一切痕迹；很明显，诗人要表达的真理只能用悖论语言。"[①]悖论，按

---

① 赵毅衡编选：《"新批评"文集》，中国社会科学出版社 1988 年版，第 314 页。

照一般的理解就是矛盾，如"道可道，非常道"，就是悖论。但布鲁克斯认为一切诗歌都要用悖论语言来修辞。他在文章中特别引了渥兹渥斯在《〈抒情歌谣集〉序言》(第二版)中的话，诗人通常"从普通的生活场景中选取事物和场景"，但是他的处理方式是使"普通事物，以其非常的状态呈现于头脑中。"他又引柯勒律治的话：诗人"给日常的事物以新奇的魅力"①。布鲁克斯引英国这两位诗人的理论，意在说明他所说的"悖论语言"，实际上也是指诗人所写的可能是日常的普通的事物，可艺术处理(包括文学修辞)则能给读者带来"惊奇"。例如，《诗经》的句子"昔我往矣，杨柳依依；今我来思，雨雪霏霏"，在这里，用王夫之的话来分析"以乐景写哀，用哀景写乐，一倍增其哀乐"②。实际上，哀情用乐景并置，乐情用哀景并置，这就是诗的矛盾，引起读者的惊奇，也就是布鲁克斯的"悖论语言"了。

布鲁克斯在 1949 年又发表了《反讽——一种结构原则》一文，提出了新批评的"反讽"概念。"反讽"的概念是早就有的。在古希腊是指戏剧中某个角色"佯装无知者"。高明的对手说傻话，但傻话却证明是真理。后来这个概念变为"嘲讽"的意思。艾略特、瑞恰慈和燕卜荪都谈过"反讽"。布鲁克斯的"反讽"是指"语境对于一个陈述语的明显的歪曲"。他举例说："我们说这是一个大好局面"，"这句话的意思恰巧与字面相反"，"语境使他颠倒，很可能还有说话的语调标出这一点"。③ 这类诗语在西方的诗中特别多，中国诗中较少，但在现代中国小说里面则很多。所谓"正话反说"的修辞经常被使用，如王朔、王蒙的小说中"反讽"的修辞是常见的。

新批评流派所提出的"含混"、"张力"、"悖论""反讽"等概念，广泛用于对文本的分析，可以说是典型的文学修辞批评理论。

结构主义、解构主义批评也含有丰富的文学修辞批评理论，限于时间，这里就不谈了。应该看到的是，俄国形式主义、英美的新批评的文学修辞批评，被称为"本体批评"，在西方文学理论史上，还从来没有批评家像他们这样执着于文学修辞批评，走进文学文本的内部，他们把文学中的语言解读得

---

① 赵毅衡编选：《"新批评"文集》，中国社会科学出版社 1988 年版，第 318 页。

② (清)王夫之：《姜斋诗话》，人民文学出版社 1962 年版，第 140 页。

③ 赵毅衡编选：《"新批评"文集》，中国社会科学出版社 1988 年版，第 335 页。

如此细致，揭示得如此淋漓尽致，他们的贡献是不可抹煞的。但是他们走到了一个极端，认为文学就是与社会历史文化隔绝的单纯的文学修辞技巧，把社会历史文化置于文学之外，这又不能不说是很片面的理论，其局限性也是明显的。什克洛夫斯基所举的例子，认为文学仅仅是纺织厂里面棉纱的支数和纺织的方法，与世界棉纱市场的行情无关，与托拉斯的政策无关等，这是难以令人同意的。纺织厂作为棉纺织业的一部分，当然要考虑订单和行情、数量与质量等，你只顾你的纺织厂内部的棉纱的支数和纺织的方法，完全不理睬原材料、产品的样式、产品出售的情况、产品的行情……最终你经营的纺织厂岂不要倒闭吗？因此，我们应该辩证地看待。诚如北京大学专门从事结构主义叙事学研究的申丹教授所说的："作为以文本为中心的形式主义批评派别，叙事学也有其局限性，尤其是它在不同程度上隔断了作品与社会、历史、文化环境的关联。这种狭隘的批评立场无疑是不可取的，但其研究叙事作品的建构规律、形式技巧的模式和方法却大有值得借鉴之处。"①

二、文学修辞与社会文化的相互关联

文学修辞就是一种文化存在，一方面它受特定民族、特定时代的文化传统和文化氛围的影响，另一方面文学修辞也集中折射了特定民族、特定时代的文化的精神品格。文学修辞文化也是社会的产物，是在社会的物质和精神的交汇中生成的。离开社会的现实文化存在来谈文学修辞，只能是单纯的修辞论，看不出作家为什么要采用这种修辞而不是那种修辞。所以，讨论文学修辞与社会文化的关联，揭示它们之间的互动和互构关系是文化诗学的基本要求。

(一)文学修辞受社会文化的深刻影响

文学不是孤立的。作家的文学修辞意识不是孤立的。作品中文学修辞也不是孤立的。一定历史时期的文化作为语境，总是这样或那样影响着文学修辞。我们现在读着一些古代诗歌中的字词、句子、篇章，都似乎在诉说着产生它那个时代的社会历史，只有那个时代的社会历史才可能影响作家写出这样的字词、句子和篇章来。为什么会这样呢？从创作机制来说，作家的言语

---

①　申丹：《总序》，见[美]兰瑟：《虚构的权威：女性作家与叙述声音》，北京大学出版社2002年版，第1页。

修辞，根源于他的体验，这种体验不是凭空产生的，而是作家在一定历史文化语境中，对于周围的事物接触、感受的结果，因此历史文化的种种状况不能不渗透到他笔下的言语修辞中。就是说文学修辞，不单纯是技巧的变化，它不能不受社会历史文化的深刻影响。

刘勰《文心雕龙》就文学修辞写了十篇文章，这就是《情采》、《熔裁》、《声律》、《章句》、《丽辞》、《比兴》、《夸饰》、《事类》、《练字》、《隐秀》。这里我们仅就《声律》、《丽辞》和《事类》三篇所论的文学的声律、对偶、用典三个最具汉民族特色的文学修辞，试论证其如何受社会历史文化的深刻影响。

1. 声律与社会文化

从声律上看，中国古代文学最重要的修辞现象就是诗文中"韵律"的运用。刘勰《文心雕龙》专列《声律》篇加以讨论。关于诗文的声律自古就有，按照启功先生的说法，汉语的声律与汉字有关："中华民族文化的最中心部分——汉语（包括语音）和汉文字，自殷周至今有过许多变化，但其中一条是未变或曾变也不大的，就是：一个文字表示一个记录事物的'词'，只用一个音节。无论其中可有几个音素，当它代表一个词时，那些音素必是融合成为一个音节的。"[1]因此，在诗文中有韵律是自古就有的。但是，启功先生认为，注意到汉语有四声，大概是汉魏时期的事。他举出了《世说新语》中写王仲宣死了，因为王仲宣生前喜欢学驴叫，于是送葬的时候，大家就学驴叫。启功先生说，为什么大家都大声学驴叫呢？"我发现，驴有四声。驴叫有 ēng、ěng、èng，正好是平、上、去，还有一种叫是'打响鼻'，就像是入声了。王仲宣活着的时候为什么爱听驴叫？大概就是那个时候发现了字有四声，驴的叫声也像人说话的声调。"[2]启功先生这种说法并不是无根之谈，这种可能性是很大的。他还说："诗、文，尤其是诗的和谐规律，在理论上作出初步归纳，实自南朝时始。"[3]一般的论述，特别是宋以后的论述，都认为汉语四声是南齐时期沈约的发现，沈约所撰写的《宋书·谢灵运传论》中说："夫五色相宣，八音协畅，由乎玄黄律吕，各适物宜。欲使宫羽相变，低昂舛节。若前有浮声，则

---

①　启功：《诗文声律论稿》，中华书局 2002 年版，第 203 页。

②　同上书，第 205 页。

③　同上书，第 107 页。

后须切响。一简之内，音韵尽殊；两句之中，轻重悉异。妙达此旨，始可言文。"启功先生的《诗文声律论稿》一书，也曾引过此语。但他后来发表的《"八病"、"四声"的新探讨》一文中，认为最早发现发现"四声"的可能是写出了名句"池塘生春草，园柳变鸣禽"的谢灵运等，他说，如果把春读平声，那么这个句子是不合声律的平仄相对的。但他发现"春"，可读"蠢"，那么正句是"平平平仄仄"一个律句。因此，启功先生认为沈约的观点"其实也是为大谢（指谢灵运）议论作证的"①。汉语的"平、上、去、入"四声的发现，使文人做诗文开始自觉地讲究平仄相对，并成为中国文学中最重要的文学修辞现象之一。齐梁时期谈论诗文声律问题的还有刘勰和钟嵘。

刘勰在《文心雕龙·声律》篇中说："凡声有飞沉，响有双叠，双声隔字而每舛，叠韵杂句而必睽；沉则响发而断，飞则声飏不还，并辘轳交往，逆鳞相比，迂其际会，则往蹇来连，其为疾病，亦文家之吃也。夫吃文为患，生于好诡，逐新趣异，故喉唇纠纷；将欲解结，务在刚断。左碍而寻右，末滞而讨前，则声转于吻，玲玲如振玉；辞靡于耳，累累如贯珠矣。是以声画妍蚩，寄在吟咏，滋味流于下句，风力穷于和韵。异音相从谓之和，同声相应谓之韵。韵气一定，则余声易遣；和体抑扬，故遗响难契。属笔易巧，选和至难，缀文难精，而作韵甚易，虽纤意曲变，非可缕言，然振其大纲，不出兹论。"刘勰在这里大体上说明了诗文声律修辞上的要求与原则，他认为声律要解决的主要问题是字音的和谐与押韵。并认为不同声音的搭配叫做和谐，收音相同的音前后呼应叫做押韵。而要达到这个目标的方法则是：第一，双声字和叠韵字，不能被别的字隔离开，不可分离在两处；第二，全句既不能都用低沉的字音，也不能都用飞扬的字音，要把两者相互搭配。这一点就是后来人们说的平仄相对的做法。当然，刘勰认为这两者搭配能不能让人满意，要通过"吟咏"来检验。第三，要用标准音，不要用方言音。

钟嵘在《诗品·序》中说："古曰诗颂，皆被之金竹，故非调五音，无以谐会。若'置酒高堂上'、'明月照高楼'，为韵之首……余谓文制本须讽读，不可蹇碍，但令清浊流通，口吻调利，斯为足矣。至平上去入，则余病未能；蜂腰鹤膝，闾里已具。"钟嵘的观点比较通达，强调"清浊流通，口吻调利"就

---

① 启功：《诗文声律论稿》，中华书局 2002 年版，第 194 页。

可以了。

但自"四声"和平仄规律被发现后，诗人就都追求平仄相对，以求诗歌"声有飞沉，响有双叠"的音乐美修辞。到了唐代就形成了近体诗，诗歌创作的平仄相对的修辞艺术，发展到了巅峰状态。对此启功先生有所谓的"长竿"说：

> 我们知道，五、七言律诗以及一些词曲文章，句中的平仄大部是双叠的，因此试将平仄自相重叠，排列一行如下：
>
> 1　2　3　4　5　6　7　8　9　10　11　12　13　14……
> 平　平　仄　仄　平　平　仄　仄　平　平　仄　仄　平　平……
>
> 这好比一根长竿，可按句子的尺寸来截取它。五言的可以截出四种句式……七言句是五言的头上加两个字，在竿上也可以截出四种句式……①

启功先生的"长竿"说十分清楚地总结了声律的修辞法则，把它的基本形式和变化规则用很少的文字就说明白了，这是很难得的。

下面的问题就是：为什么古代汉语诗歌会生长出这样的"长竿"来呢？究竟受什么样的社会文化的影响而走上平仄双叠的道路呢？为什么恰恰是六朝时期发现了四声而让诗人自觉地追求声音的抑扬顿挫呢？我们知道，不论汉语还是别的语种，诗歌押韵都是有的，这是共同性的修辞规律。这不必说了。这里单说汉语声律的平仄双叠、抑扬变化的社会文化根由。

首先是汉字文化的特点，导致了平仄声律的产生。汉字是中国文化的中心部分。汉字又承载了中国文化。在古代，汉字中一般多一字一词，字词一致，字就是词，很难区分。例如，"温故而知新"这个句子中，"温"、"故"、"而"、"知"、"新"，都是一字一词。当然，也有两个字一个词的，如"关关雎鸠，在河之洲"，"雎鸠"就是两个字一个词。可两个字一个词在古代汉语中比较少。一个字又一个音节，而不论这个字具有几个音素，当字是一个词的时候，那些音素融合成为一个音节。所以汉语是一字即一音，一音即一词。更重要的是，一个字的发音都有几个声调，形成不同的意义，如书、薯、鼠、树，同一个字，因为声调不同，构成不同的意义。这种语言现象肯定在殷周

---

① 启功：《诗文声律论稿》，中华书局 2002 年版，第 22 页。

时期就是如此了，但长期以来没有人去深究，没有总结出规律来。不过汉字和汉语文化已经为后来四声的发现和平仄相对的自觉运用准备了基础。试想，如果没有汉字、没有汉语上述特点，中国古代汉语诗歌中平仄相对的声律是不可能形成的。

其次，六朝盛行的佛教文化的影响。虽然最古老的诗歌中也有平仄相对的，但那是不自觉的，并没有引起注意。直到六朝齐梁时期，周颙、谢灵运、沈约等才发现四声，这又是怎么回事？原来这与佛教在六朝的大量传入密切相关。根据史料记载，南北朝时期，佛教在魏晋的基础上继续上升，在佛寺方面，数目有很大增加。仅建康一地计数，东晋时约有佛寺三十所，梁武帝时累增到七百所。建康以外，各地佛寺增加的比例十分类似。梁郭祖深上书说："都下佛寺，五百余所，穷极宏丽。僧尼十余万，资产丰沃，所在郡县，不可胜言。"在造像方面，多用金属铸造佛像，宋文帝时，萧摹之请限制用铜造像，可见当时因造佛像用铜很多。此后，宋孝武帝造无量寿金像，宋明帝造丈四金像，梁武帝造金银铜像尤其多，他曾造丈八铜像置光宅寺，又敕僧佑造剡溪石像，坐躯高五丈，立形高十丈，建三层高的大堂来保护石像。其余王公贵族造像也不少。齐竟陵王萧子良设斋大会众僧，亲自给众僧送饭送水，也就是舍身为奴的意思。至梁武帝舍身同泰寺，表示为众僧作奴……在这种佛教兴盛的氛围下，翻译佛教经书，诵读佛教经典，也成为很平常的事情。问题是印度的佛教如何在这个时候影响到汉语四声的发现呢？进而影响到诗文的骈体化和平仄化呢？这方面陈寅恪有重要的论证。他在 1934 年发表的《四声三问》一文中首先提问：

> 中国何以成立一四声之说？即何以适定为四声，而不定为五声，或七声，抑或其他数之声乎？答曰：所以适定为四声，而不定为其他数之声者，以除去本易分别，自为一类之入声，复分别其余之声为平上去三声。综合通计之，适为四声也。但其所以分别其余之声为三声者，实依据及摹拟中国当日转读佛经之三声。而中国当日转读佛经之三声又出于印度古时声明论之三声也。据天竺围陀之声明论，其所谓声 Svara 者，适与中国四声之所谓声者相类似。即指声之高低言，英语所谓 Pitch accent 者是也。围陀声明论依其声之高低，分别为三：一曰 Udātta，二曰

Svarita，三曰 Azudatta。佛教输入中国，其教徒转读经典时，此三声之分别当亦随之输入。至当日佛教徒转读其经典所分别之三声，是否即与中国之平上去三声切合，今日故难详知，然二者俱依声之高下分为三阶则相同无疑也。中国语之入声皆附有 k，p，t 等辅音之缀尾，可视为一特殊种类，而最易与其他之声分别。平上去则其声响高低相互距离之间虽有分别，但应分别之为若干数之声，殊不易定。故中国文士依据及摹拟当日转读佛经之声，分别定为平上去之三声。合入声共计之，适成四声。于是创为四声之说，并撰作声谱，借转读佛经之声调，应用于中国之美化文……①

陈寅恪所说的当日佛经的"转读"，即用古代印度的语言梵文来读佛教经典，围陀声明论明确地把声音分别为三调，与汉语平上去相似，这就影响到当时的文士用这种"转读"来分析汉语的声调。这种"转读"在当时是否发生，也有不同意见②，但根据陈寅恪文章中那么多高僧所列的"转读"的事实，应该是大体可信的。进一步的问题是，天竺经声流行中国，上起魏晋，下迄隋唐，都有通晓天竺经声的人，为什么恰恰在南齐永明年间，由周颙、沈约等发现汉语四声呢？对此问题，陈寅恪的回答是：

南齐武帝永明七年二月二十日，竟陵王子良大集善声沙门于京邸，造经呗新声。实为当时考文审音之一大事。在此略前之时，建康之审音文士及善声沙门讨论研求必已甚众而且精。永明七年竟陵京邸之结集，不过此新学说研求成绩之发表耳。此四声说之成立所以适值南齐永明之世，而周颙、沈约之徒又适为此新学说代表人之故也。③

陈寅恪所论以事实为依据，是可信的。这就说明了，古代汉语四声的发现与当时输入中国的佛教经典的转读有密切关系，同时也与当时上层贵族对佛教文化的深入提倡有关。中国古代原用宫商角徵羽标声调，这是用乐谱标

---

①　陈寅恪：《金明馆丛稿初编》，生活·读书·新知三联书店 2001 年版，第 367—368 页。

②　饶宗颐和俞敏都不同意陈寅恪的看法。

③　陈寅恪：《金明馆丛稿初编》，生活·读书·新知三联书店 2001 年版，第 368 页。

声调。到南齐永明年间，才开始发现四声，用平上去入来标声调，这根源于佛学经典的转读，用陈寅恪的话说：是"中体西用"，与当时中印的文化交流相关，特别是与印度佛教经典的翻译、诵读相关。也有另一种解释，这就是朱光潜认为当时梵文的输入对中国学者的启发，他说：

> 梵音的输入，是促进中国学者研究字音的最大的原动力。中国人从知道梵文起，才第一次与拼音文字见面，才意识到一个字音原来是由声母(子音)和韵母(母音)拼合成的。这就产生合两音为一音的反切。梵音的研究给中国字音学者一个重大的刺激和一个系统的方法。从梵音输入起，中国学者才意识到子母复合的原则，才大规模地研究声音上种种问题。按反切，一字有两重功用，一是指示同韵(同母音收音)，一是指示同调质(同为平声或其他声)。例如"公，古红反"，"古"与"公"同在"见"纽，同用一个字音，"红"与"公"不仅以同样的母音收声，而且这个母音上必属平声。四声的分别是中国字本有的，意识到这种分别而且加以条分缕析，大概起于反切；应用这种分别于诗的技巧则始于晋宋而极盛于齐永明时代。当时因梵音输入的影响，研究声韵的风气盛行，永明诗人的音律运动就是在这种风气之下酝酿成的。①

朱光潜此论从中国字的特点和梵音输入的影响的角度，也说得合情合理，应受到重视。然而，不论是陈寅恪"转读"说，还是朱光潜的"反切"说，都可以归入到外来的佛教文化影响的题目下。

最后，四声发现后，作为文学修辞迅速推广，与六朝时期文士追求文学形式的美化又密切相关。魏晋六朝强调"文以气为主"，主张"诗赋欲丽"，骈体文流行，所谓"文学自觉"的时代到来，新发现的汉语四声作为一种语言声律的文学修辞纷纷被文士所采用，形成了一种风气，这个风气一直延续到唐代，终于导致近体诗律的兴起与成熟。

以上三点说明了，平仄相配的声律作为一种文学修辞，并非没有社会文化的根据。可以这样说，汉字文化是汉语声律的基础，佛教文化输入是汉语

---

① 朱光潜：《中国诗何以走上"律"的路》，《朱光潜美学文学论文选集》，湖南人民出版社1980年版，第250—251页。

声律规则被发现的条件，南齐时期所流行华丽文风则是汉语平仄相配的文学修辞广被采用的文化气候。没有这基础、条件和气候，汉语的四声和平仄搭配的修辞，是不可能被发现的，即使被发现也不可能在文学创作上流行起来。

　　2. 对偶与社会文化

　　对偶是中国古代文学修辞中具有民族特色的一种。今天仍然在现代汉语中流传、使用，富有极强的生命力。对偶是一种具有对称美的修辞方法，它将字数相等、词性相同的两个词组或句子成对地排列起来，形成整齐的具有艺术性的句式。例如，杜甫的《绝句》：

> 两个　黄鹂　鸣　翠柳，
> 一行　白鹭　上　青天。
> 窗含　西岭　千秋　雪，
> 门泊　东吴　万里　船。

　　前两句和后两句，都形成对偶，"两个"对"一行"，"黄鹂"对"白鹭"，"鸣"对"上"，"翠柳"对"青天"等。在严格的对偶句中，不但上下两句字数相同，对应位置的词性相同，而且声调平仄也要相对，如李白的《送友人》：

> 青　山　横　北　郭，
> 平　平　平　仄　仄
> 白　水　绕　东　城。
> 仄　仄　仄　平　平

　　对偶修辞具有悠久的历史。《文心雕龙·丽辞》篇讨论对偶修辞。他指出："唐虞之世，辞未极文，而皋陶赞云：'罪疑惟轻，功疑惟重。'益陈谟云：'满招损，谦受益。'岂营丽辞，率然对尔。《易》之《文》、《系》，圣人之妙思也。序《乾》四德，则句句相衔；龙虎类感，则字字相俪；乾坤易简，则宛转相承；日月往来，则隔行悬合；虽句字或殊，而偶意一也。至于诗人偶章，大夫联辞，奇偶适变，不劳经营。自扬马张蔡，崇盛丽辞，如宋画吴冶，刻形镂法，丽句与深采并流，偶意共逸韵俱发。至魏晋群才，析句弥密，联字合趣，剖毫析厘。然契机者入巧，浮假者无功。"这段话描述了对偶修辞的历史演变。其意思是说，对偶句产生得很早，在《尚书》中就有"罪疑惟轻，功疑惟重"（罪行可疑虽重也要从轻判罚，功劳可疑虽轻也要从重赏赐）、"满招损，谦受益"的对偶句，至于《易传》中的《文言》、《系辞》，《诗经》中的篇什，春秋时期列国大夫的外交辞令，骈偶之辞到处可见。到了汉代，扬雄、司马相如等著名赋家，崇尚骈偶，作品中"丽句与深采并流，偶意共逸韵俱发"，就更具艺术性了。魏晋作家也十分讲究对偶的运用。由此可见，先秦时期是对偶修辞的发生阶段，两汉和魏晋是对偶的昌盛阶段。

刘勰总结了对偶的四个种类，即"言对"、"事对"、"反对"、"正对"。他认为"言对"容易，是词语相对而不用事例，如司马相如《上林赋》中所写的"修容乎礼园，翱翔乎书圃"；"事对"比较难，它需要对举前人的故实，如宋玉《神女赋》中"毛嫱鄣袂，不足程式，西施掩面，比之无色"；"反对"是事理相反可旨趣相同，如王粲《登楼赋》："钟仪幽而楚奏兮，庄舄显而越吟"。"正对"是事情不同而意思一样，如张载《七哀诗》："汉祖想枌榆，光武思白水。"刘勰还认为，"言对"容易，是因为只需要用言辞说出心中所想；"事对"较难是因为用典要验证一个人的学问；"反对"为优是因为用一囚禁一显达的事例来说明相同的志向是更具有艺术性的；以贵为天子的事情表达共同的心愿，这是较少艺术性的。刘勰对于对偶句的总结，至今仍是比较合乎规律的。

在今天的现实生活中，对联、偶句仍随处可见。启功先生说就是在"红卫兵"的大字报中也会出现"东风吹，战鼓擂"这样的对偶句，可见对偶修辞的生命力有多么强。

那么，对偶修辞与中华民族的文化有何联系呢？首先还是汉字文化的作用。汉字一字一词，或两字一词，加上它的形体是方形的，每个字所占的空间几乎是一样的，排列起来是整齐的对称的，汉字一字一音，且有平仄区别，可以交错出现，如果没有汉字的这种形体的声音的特性，就不能形成对偶修辞。还有，汉字构形本身就特别重视对称，像繁体字的"人"、"天"、"山"、"美"、"麗"、"兩"、"林"、"門"、"開"、"關"、"問"、"聞"、"閃"、"朋"、"東"、"西"、"南"、"北"、"背"、"輩"、"口"、"品"、"景"、"井"、"樂"、"幽"、"哭"、"笑"、"幕"、"暮"、"答"、"半"、"小"、"大"、"甲"等许多字，都是稳重的、方正的、对称的。这本身就启发了人们的对称感和秩序感。假如汉字也是长短不一的拼音文字，字与字之间的空间不整齐，那么对偶修辞就不可能存在了。因此，我们仍然要说，汉字的这种形、音、义的特性是对偶修辞能够存在的基础。

　　进一步的问题是，为什么中国如此喜欢用对偶修辞呢？启功先生的解答是，与中国人的生活表达习惯有关，他说："我们的口语里有时说一句不够，很自然地加一句，为的是表达周到。如'你喝茶不喝？''这茶是凉是热？''你是喝红茶还是喝绿茶？'表示是多方面地想到了。还有叮咛，说一句怕对方记不住，如说'明天有工夫就来，要是没空儿我们就改日子'。这类内容很自然地就形成对偶。"①启功先生所说符合中国人的人情，是中国文化的"基因"，对我们很有启发。但问题似乎并没有完全解决，为什么中国人的人情是这样的呢？这里有没有更深层的原因？其实，刘勰在《文心雕龙·丽辞》篇首就指出："造化赋形，支体必双；神理为用，事不孤立。夫心生文辞，运裁百虑，高下相须，自然成对。"这就是说，自然之道的哲学文化，才是中国人喜欢用对偶的根据所在。大自然赋予人的肢体和万事万物，都是成双成对的，这是自然之理所起的作用，使得事物不会孤立存在。发自内心的文章，经过运思来表达各种想法，上下前后相互衔接配合，自然形成对偶的句式。自然别的民族（如西方的民族）也面对成对的自然，但中华民族自古以来以农为本的生活，尚农的思想，使我们更亲近大自然，更能体会"造化赋形，肢体必双"的外界，农民对于天地相对、阴阳相对、春秋相对、冬夏相对、朝夕相对、阴晴相对、雨雪相对、风雷相对、人畜相对、父子相对、母子相对、夫妻相对、兄弟相对、姐妹相对、山水相对、花鸟相对、土石相对、忧乐相对、悲喜相对、穷达相对、生死相对等，具有更深切的感受，因为这些事物"自然成对"就在他们的周围，他们时时接触它，时时感受它，并且要利用这"自然成对"来为他们以耕作为中心的生活服务。

　　朱光潜也认为汉字的特点影响了中国人的习惯，习惯又影响了中国人的思想，对偶与此有关。他说："文字的构造和习惯往往影响思想，用排偶文既久，心中就于无形中养成一种求排偶的习惯，以至观察事物都处处求对称，说到'青山'便不由你不想到'绿水'，说到'才子'便不由你不想到'佳人'。中国诗文的骈偶起初是自然现象和文字特性所酿成的，到后来加上文人的求排偶的心理习惯，于是便'变本加厉'了。"②

---

① 启功：《诗文声律论稿》，中华书局 2002 年版，第 209 页。
② 朱光潜：《中国诗何以走上"律"的道路》，《朱光潜美学文学论文选集》，湖南人民出版社 1980 年版，第 245 页。

李壮鹰教授的一篇文章还把对偶与中国人的思维模式和对美的理解联系起来，他说："化学家告诉我们：雪花之所以皆成六角，是由于水的分子结构使然。同样的，汉语多对偶，汉语多骈，也应取决于中国人思维的内在模式。自古以来，我们的先民们不但以两相对立的范畴来看待事物、分析事物，诸如天地、乾坤、阴阳、刚柔等等，而且也把他们的理想建筑在对立两端的平衡上。儒家所谓'中'，道家所谓'两行'，实际上都是这种追求平衡的倾向在哲学上的反映。古人眼中的秩序就是对称与均衡。现在我们所说的'美丽'的'丽'，在古代是并列对偶的意思。'丽'字不但从字形还是音韵上看，它与表示双、偶的'两'字都是同源的。……在对动与静、变化与稳定的选择上，中国人向来是比较倾向于静态和稳定的。而对称则恰恰是最具稳定感的模式，古人炼句讲'稳'，我理解这个'稳'，就是从偶句的平衡、对称、不偏袒来的。"①这些看法很有见地，的确对偶与中国人的思维方式有密切的关系。

由此看来，汉字的音、形、义特性是对偶修辞的基础，崇尚自然的哲学文化和思维方式是对偶修辞的思想根基，农耕生活是对偶修辞最后的文化根据。因此，我们不能不说，汉语对偶修辞的发达深受中国民族文化的影响。

3. 用典与社会文化

用典，也叫用事，是指人们在行文中引用（或借用）前人的言论和事迹等表达想要表达的意思。用典作为一种文学修辞，如刘勰所说的"据事以类义"、"援古以正今"，其功能主要是使文辞更为含蓄和典雅。用典修辞古今中外都有，这就是每一个时代的文人创作，都不能不面对前人的言论与故事，这些言论与故事所包含的意义，又正好与自己想表达的意思相似，与其直说，不如用典，既显示自己的学问，又能委婉地表达，让人把前人的言论与故事，与今人的言论与故事加以联想，常常能收到雅致的效果。

用典可以有广义与狭义的区别，所谓广义的，就是指那些被引的言论与实际刚过去不久，或还在流行中，人们就可以把它加以引用，以说明自己的意思。如有些人言论太粗暴，或做法太极端，人们就可以说："这简直是红卫兵式的"。"红卫兵"就是"文化大革命"时期的事物，离我们不太远，当我们这

---

① 李壮鹰：《对偶与中国文化》，《汉语现象问题讨论文集》，文物出版社1996年版，第114—115页。

样引用的时候，就是"用典"了。所谓狭义的，就是距离我们很久以前较有名的言论和事迹，被我们压缩成一个"符号"，成为了成语，成为了俗语，成为了文学用语，如"一日三秋"、"一去不返"、"一叶知秋"、"七手八脚"、"九牛一毛"、"三令五申"、"完璧归赵"、"唇亡齿寒"、"黔驴技穷"、"狐假虎威"、"良药苦口"、"玩火自焚"、"画龙点睛"、"画蛇添足"、"画饼充饥"、"画虎类犬"、"青出于蓝而胜于蓝"、"解铃还需系铃人"、"树倒猢狲散"等。这些作为话语的典故很多，可以写出一部书来，它们被人们用在文中，不但使文章获得委婉和雅致的效果，而且可以大大提高效率，本来要很多话才能说清楚的问题，只用几个字就把话说明白了。

中国古代用典修辞早就有之。引用事类以援古证今，是古代写文章的一种传统。刘勰在《文心雕龙·事类》篇说："明理引乎成辞，证义举乎人事，圣贤之鸿谟，经籍之通矩"。意思是说，说明道理时引用前人的成辞，证明用意时举出过去的事例，便是圣贤宏大的用意和经典通用的法则。刘勰用周文王作《易经》引用了商高宗伐鬼方等故事，来说明古代圣贤知识渊博，常能引经据典。到了汉代扬雄、刘歆等人，开始多用故实；到了东汉，崔骃、班固、张衡、蔡邕等作家博取经史事类，文章写得华实并茂。

刘勰提出了用典的原则与方法：(1)"务在博见"。要广博地吸取知识。他说："狐腋非一皮能温，鸡蹠必数十而饱"，意思是一张狐腋皮不能制成狐裘取暖，鸡掌也要吃数十只才能吃饱，知识只有丰富才能运用。(2)"取事贵约"。古代的事类情节复杂，要用很多话才能说明白，运用时，压缩成几个字，如"毛遂自荐"，就代表了一个符号，用事贵在简约。(3)"校练务精"。古代的事类很多，运用时候要加以挑选，不要用得太多，罗列成文。用事贵在精当。(4)"捃理须核"。对于所用之事情，要加以核对，务使真实、正确，而不出错误。(5)"自出其口"。引用别人言论和典故要如同己出，不使生硬，显露痕迹。(6)放置得当。用刘勰的话说："或微言美事，置于闲散，是缀金翠于足胫，靓粉黛于胸臆"。意思是有时精微的言辞和美妙的事例被安排在无关紧要的地方，那就好比金银翡翠被装饰在腿上，把粉黛涂抹在胸脯上了。刘勰以上所论，至今仍然是用典必须注意的原则与方法。

唐代以后，用典在诗词曲赋中用得越来越多，越来越自觉。杜甫、韩愈的诗中有不少典故。苏轼的诗词中也时见典故。特别是宋代黄庭坚江西诗派，把用典的文学修辞技巧抬到了前所未有的地步。黄庭坚等人提出了"夺胎换骨"的作诗方法。所谓，"夺胎"就是体会和借用前人诗意，改为自己的作品。例如，白居易有诗云："百年夜半分，一岁春无多"的句子，黄庭坚改为"百年中去夜半分，一岁无多春再来"。所谓"换骨"是意同语异，用前人的诗意，用自己的语言。他们主张学习杜甫，却提出杜甫的诗"无一字无来处"，专学习杜甫如何用典。用典用到了这种地步，是宋诗的一个特点，很值得注意。

　　更值得注意的是，在 20 世纪的西方文论中，出现了"互文性"（又译为"文本间性"）的说法，其实这个说法与中国古代的用典的意思是相似的。西方文论提出的"互文性"，大体的意思是：一个文本不可能是完全自己的创造，一定从别的文章中引用了、化用了一点什么。或是明写，或是暗化在自己的文章中。互文性理论萌芽于俄国什克洛夫斯基的《情节编构手法与一般风格手法的关系》（1929）一文，"我还要补充一条普通规律：艺术作品是在与其他作品联想的背景上，并通过这种联想而被感受到的。艺术作品的形式取决于它与该作品之前已存在过的形式之间的关系。不单是戏拟作品，而是任何一部艺术作品都是作为某一样品的类比和对立而创作的。"①其后是巴赫金也有相似的说法。20 世纪 60 年代法国茱莉亚·克里斯蒂娃曾提出"互文性"概念，认为："每一个文本把它自己建构为一种引用语的马赛克；每一个文本都是对另一个文本的吸收和改造。"用典变成了"互文性"，传统的文学修辞法变为现代的文学修辞法。

　　进一步的问题是，用典与社会文化有何联系呢？难道黄庭坚"夺胎换骨"的作诗方法与社会文化无关吗？现代"互文性"的提出又受什么社会文化的影响？

　　首先，用典这种文学修辞方法与社会精神文化的生成过程密切相关，换句话说，正是社会精神文化的不断生成导致了用典这种文学修辞。社会精神文化是怎样由无到有、由少到多的呢？社会精神文化的最初生成可能是由民间到上层的，下层的百姓在劳动实践中，由于有感受、有需要，形成了最初的歌谣。这一点正如《吕氏春秋·仲夏纪·古岳》云：

---

① 　［俄］什克洛夫斯基：《散文理论》，百花洲文艺出版社 1994 年版，第 31 页。

昔葛天氏之乐，三人操牛尾，投足以歌八阕：一曰："载民"；二曰："玄鸟"；三曰："遂草木"；四曰："奋五谷"；五曰："敬天常"；六曰："建帝功"；七曰："依地德"；八曰："总禽兽之极"。①

又如《淮南子·道应训》论劳动歌谣：

今夫举大木者，前呼"邪许"，后亦应之，此举重劝力之歌也。②

这都说明最初的精神文化是由劳动实践创造的，后来如普列汉诺夫等对艺术起源于劳动，都有更深刻的论证。问题是下层劳动者创作的歌谣，必然会被上层的士人看中，于是拿过去加工，成为诗歌或其他作品。这种情况一代又一代这样持续下来。而士人从下层劳动者那里"拿过来"的过程，在一定程度上就是"用典"了，他们可能增加或减少一些字句，改变一些字句，或者师其意而不师其辞……这个过程从广义上说，就是用典。中国士人加工、改造、整理过的最早的诗歌（如《诗三百》），不断被后人"引用"或"化用"，创作成新的诗歌作品，这就更是"用典"了。因此"用典"是精神文化生成过程的重要一环，也可以说，社会精神文化的生成过程使"用典"成为一种文学修辞。"用典"是社会精神文化生成的产物。

其次，再从社会精神文化的发展看，一方面是一代有一代的文化，另一方面是后一代的文化总是从前一代、前几代的文化里面继承了一些成分。这种继承，必然要引用前代若干具体的资料，以说明新的文化意义，这就是典型的"用典"了。若用刘勰的话来说，文学的发展离不开"通变"两个字，"变"是根据现实状况提出新主张作出新篇章，这是对古之变；"通"就是要学习古典，熟悉古典，吸收古典，使"变"建立在"通"的基础上。那么在这"通变"中，"用典"也就自然成为创造中重要的环节了。还有一点也很重要，文学的创造需要才与学两点，刘勰说："文章由学，能在天资"。文学的创造者，一是才，一是学。"学贫者迍邅于事义，才馁者劬劳于辞情"。才情不够的人，一般就常借用前人的比较精辟的话，这就是用典。

---

① （战国）吕不韦：《吕氏春秋》，《诸子集成》（第6册），中华书局1992年版，第51页。

② （汉）刘安：《淮南子》，《诸子集成》（第7册），中华书局1992年版，第190页。

　　更重要的一点是，各个时代的社会文化情况不同，士人崇尚的风气不同，这又区别出"用典"的多少、好坏等。为什么到了宋代，会出现以黄庭坚为首的"江西诗派"，把"用典"推到极端，提出"夺胎换骨"和"字字有来处"的主张呢？文学史家刘大杰先生回答说："诗作到宋朝，经过长期与无数诗人的创作，在那几种形式里，是什么话也说完了，什么景也写完了，想再造出惊人的言语来，实在是难而又难。在这种困难情况下，黄庭坚创出了换骨与夺胎两种方法。"①刘大杰的话可能说得过分了。生活在不断变化，新的话语新的景物随时都可能涌现出来，如果诗人沉潜于生活中，怎么会把话说完了，怎么会把景写完了？"夺胎"与"换骨"的路径是用典。"换骨"，就是看前人佳作中的诗意，用自己的话说出来，即意同语异；"夺胎"，则是点窜前人的诗句和诗意，改为自己的作品。这种作诗法很大程度上就是依靠用典来拼凑成篇。南宋时期，为什么会出现这种情况呢？这就与南宋士人推崇的风气有关。他们更看重书本，而看轻了生活，或者说从现实逃向书本领域，如他们推重杜甫和韩愈，这当然是他们的自由。问题是你推重杜甫和韩愈诗篇中的什么呢？是杜甫和韩愈那种博大的精深的精神和面对现实的勇气呢？还是别的什么？实际上，黄庭坚生活的时代，现实社会问题堆积如山，如与北方民族矛盾已经十分严重，内部纷争不断，为什么不可以从杜甫、韩愈那里来学习他们是如何面对现实的呢？问题是他们觉得他们解决不了所面对的现实问题。他们逃向书本是他们与现实矛盾无法协调的产物。这样，黄庭坚把自己的观点"投射"到杜甫和韩愈身上，他看重的是杜甫和韩愈的诗"字字有来处"，他曾说："自作语最难。老杜作诗，退之作文，无一字无来处。盖后人读书少，故谓韩杜自作此语耳。古之能为文章者，真能陶冶万物，虽取古人之陈言入于翰墨，如灵丹一粒，点铁成金也。"（《答洪驹父书》）看来黄庭坚一派人提倡的风气就是读书，搜集陈言，而不主张面对生活、体验生活，从生活中去发现新的话语、新的景物。

　　以上所述，说明了文学修辞中的声律、对偶和用典的种种情况，其最深根源仍然在社会文化中。我们不能离开社会文化的状况孤立地来理解文学修辞中的种种问题。

---

　　①　刘大杰：《中国文学发展史》（中），上海古籍出版社1982年版，第681页。

(二)社会文化得益于文学修辞

文学修辞与社会文化之间是互动互构的。文学修辞根源于社会文化，社会文化反过来也得益于文学修辞。

在文学发展历史上，没有一种文学是纯粹地孤立地玩弄文学修辞的。文学修辞永远有它的对象性和目的性。

文学修辞属于艺术技巧的范围，它本身对于文学并没有意义和价值，例如，汉语四声及其所构成的平仄本身，只是反映了汉语的部分特点，只有当文学家艺术地运用它的时候，它才会有意义和价值。所以文学修辞只有在雕塑对象的时候，积极地成为构成对象的力量的时候，在对象中实现出来的时候，文学修辞的功能才充分显现出来。文学修辞的根源在社会文化中，但它又反过来积极地参与对社会文化的构建。社会文化也因此得益于文学修辞。

文学修辞与社会文化之间的这种互动、互构关系在中西方都有很好的例证。在西方学者眼中，结构主义的叙事学就被认为是一种修辞。如美国叙事学家詹姆斯·费伦在他的论著中就指出："认为叙事的目的是传达知识、情感、价值和信仰，就是把叙事看成修辞。隐喻有多种多样，而所有的隐喻似乎都不足以说明作者、文本和读者之间的如下关系：交互作用、交流、交换和交媾。……我不想费心寻找另一个隐喻，而提议用修辞作为这个缩写。即是说，在本书中，当我谈论作为修辞的叙事时，或谈论作者、文本、读者之间的一种修辞关系时，我指的是写作和阅读这一复杂和多变的过程，要求我们的认知、情感、欲望、希望、价值和信仰全部参与的过程。"① 从詹姆斯·费伦的论说中我们可以看出，在文本分析的建构中，叙事学作为一种修辞，显然是与社会文化相结合，共同传达着叙事文本中所蕴含的辽阔的文本旨趣的。中国的情况也是一样。我们可以想象一下，如果不是在六朝时期发现了汉语的四声，如果不是汉字的对称均衡所形成的对偶，如果没有永明体，唐代的诗人能够运用这些文学修辞因素进而最终形成具有严格格律化的近体律诗吗？唐代近体律诗的形成，是中国文学史上的重大事件，也是中国社会文化的重大事件。因为唐代诗歌的许多名篇佳作，不是绝句，就是律诗。唐代

---

① ［美］詹姆斯·费伦：《作为修辞的叙事——技巧、读者、伦理、意识形态》，北京大学出版社 2002 年版，第 23—24 页。

以降，绝句、律诗成为中国诗歌的重要品种，成为中国社会文化的一道亮丽的景观。宋代的词、元代的曲，也是平仄相对，也是对偶工整，是律诗的变体，其中平仄声韵和对偶规则的文学修辞是"使情成体"的关键因素。不但如此，中国传统社会文化中的许多瑰宝，都与平仄、押韵、对偶和用典的文学修辞密切相关。例如，章回小说中的开场诗，甚至章回小说中的内容，都由平仄、押韵、对偶构成。《红楼梦》第十七回"大观园试才题对额"，就是贾政要试试贾宝玉的才情，要给大观园内各处题匾额，其中主要的内容，就是结合各处景致，题贴切的、雅致的对子。所以这一回若没有题对子的文学修辞，也就失去了存在的理由。而贾宝玉所题的对子，无论"述古"，还是编新，都把大观园的美丽景致画龙点睛地凸现出来了。假如我们进一步深入到小说的对话中去，我们就会发现，连贾宝玉等人的思维方式，也是对偶式的、平仄式的。例如，贾宝玉不同意其父亲和众门客对"稻香村"的称赞，说："……此处置一田庄，分明是人力造作而成：远无邻村，近不负郭，背山山无脉，临水水无源，高无隐寺之塔，下无通市之桥，峭然孤出，似非大观，怎似先处有自然之理，得自然之趣？虽种竹引泉，亦不伤穿凿。古人云'天然图画'四字，正畏非其地而强为其地，非其山而强为其山，即百般精巧，终不相宜……"贾宝玉此时并不是在题对子，而是在说话。但所说的话中，出于古人思维方面的训练，也有许多信口而出的"对子"，如"远无邻村，近不负郭"、"背山山无脉，临水水无源"、"高无隐寺之塔，下无通市之桥"、"有自然之理，得自然之趣"、"非其地强其为地，非其山强其为山"……如果我们仔细分析，就不难发现，在这些话语中，不但两两对称，而且平仄相间，对偶、平仄等文学修辞构成了文学人物的生活本身，由此可以体悟到我们的古人喜好对称、平衡的思维方式了。

散文中的排比句，更是对偶施展的天地。还有各种场合、场景中的联句，平仄、押韵、对偶、用典等成为必用的文学修辞。在中华大地上，没有一个喜庆节日不贴对联，没有一处景点不挂对联，没有一个书法家不写对联……正是对联给中国人的生活营造了一种特殊的氛围、气息、韵调和色泽。从一定意义上说，文学修辞构成了文学的基础，也构成了中国人的文化特征。由此可见，文学修辞的确是有对象性的，它雕刻了中华民族的文学，营造了具有浓郁中华民族气息的独特文化。

中心、基本点、呼吁——文化诗学的开放结构①

　　20世纪90年代，在邓小平视察南方后，中国的社会主义市场经济逐渐形成。商业主义也逐渐发展，"拜物"与"拜金"的思想开始流行。80年代轰动一时的文学也沉寂下来。在这种历史语境中，80年代活跃的文学理论话语也逐渐萎缩。但文学理论学人不甘寂寞，于是从国外引进了两种思潮：第一种是所谓的"语言论转向"，宣扬俄国形式主义文论和英美的"新批评"，最终成果比较显著的是文学叙事学的研究，企图在文学文本细读和叙事技巧中寻找到新的政治的避风港，并展示了中国独特的文学叙事研究成果；第二种是欧洲文化批评（又称文化研究）理论的引进，对纯文学本身不再感兴趣，而着意提倡所谓的"日常生活审美化"探讨，实际上这种或推崇时尚趣味，或批评商业主义带来的弊端的话语，已经溢出了文学理论，而进入了文化社会学的范围。幸亏这期间带有"文学性"的影视文化、摄影文化等大众视觉文化得到了大发展，所以一些具有批判精神的理论家在大众文化问题方面取得了有效的研究成果。那么，那些不愿左顾右盼的要在文学理论这块园地里耕耘的学人怎么办呢？他们受到美国新历史主义的启发，特别是受它的"历史的文本性，文本的历史性"这句话的启发，于20世纪90年代后期提出了根植于中国文学土壤上的研究方法，这就是"文化诗学"。其中，北京师范大学文艺学研究中心和闽南师范大学文化诗学研究所，始终如一地坚持这一文学研究的理想。文化

---

　　① 发表于《福州大学学报》2012年第2期。

诗学的意义就是力图把所谓的"内部批评"和"外部批评"结合起来，把结构与历史结合起来，把文本与文化结合起来，加强文学理论和文学批评的历史深度和文化意味，走出一条文学理论的新路来。

我于 1998 年在第一次"扬州会议"上第一次提出中国的"文化诗学"。1999 年连续发表了《中西比较文论视野中的文化诗学》、《文化诗学的学术空间》和《文化诗学是可能的》三篇文章，之后，还相继发表了多篇论文。我对"文化诗学"的解释和理解不断有所发展。至今为止，我的"文化诗学"构想，大体上可以用体操的喊声"一、二、一"来概括，即"一个中心，两个基本点，一种呼唤"。

一、"一个中心"

所谓"一个中心"，是指文学审美特征而言的。文化诗学所研究的对象是文学，那么首先把文学特征大体确定下来，是顺乎情理的。新时期以来，我质疑别林斯基的文学形象特征，又用很大的力气论证文学审美特征。我最近出版的一个专题论文集《文学审美论的自觉》，就是对文学审美特征论的一次总结。我从 20 世纪 80 年代初开始反复讲过：如果一部文学作品经不起审美的检验，那么就不值得我们去评价它了，因为它还没有进"艺术文学"这个门槛。"审美"作为 20 世纪 80 年代的美学热的"遗产"，我认为是可以发展的，是不能丢弃的。不但不能丢弃，而且还要作为"中心"保留在"文化诗学"的审美结构中。为什么？历史经验不容忘记。在新中国成立后的十七年和十年的"文革"中，我们的文学理论差不多就是照搬苏联文学理论，其中最核心的是"社会主义现实主义"理论，这个理论对于文学特征有一个规定，那就是继承了别林斯基关于文学与科学特征的理解："人们只看到，艺术和科学不是同一件东西，却不知道它们之间的差别根本不在内容，而在处理一定内容所用的方法。哲学家用三段论法，诗人则用形象和图画说话，而他们所说的是同一件事。"①如季摩菲耶夫《文学概论》中说：文学的特征是"以形象的形式反映生活"。这种文学形象特征论是与西方古老的摹仿论相搭配的。这种说法，在西方文化背景下也许不会使文学走向教条化、公式化、概念化，但在苏联的意识形态的文学宪法"社会主义现实主义"指导下的文学创作中，别林斯基的文

---

① ［苏］别列金娜选辑：《别林斯基论文学》，新文艺出版社 1958 年版，第 20 页。

学形象特征论，就不能不产生问题，公式化、概念化在斯大林时期屡见不鲜。在斯大林去世后，1956 年开始出现了"解冻文学"思潮，就是拿"社会主义现实主义"前面的四个字来做文章。因为"社会主义现实主义"是把一个政治概念和一个文学概念捏合在一起，结果是政治压倒文学，这就产生了很严重的问题。西蒙诺夫提出了"社会主义时代的现实主义"，并建议把"社会主义现实主义"定义中"用社会主义精神从思想上改造和教育劳动人民的任务结合起来"半句话删去，结果引起了热烈的讨论，这种讨论也波及当时中国文坛。为什么"社会主义现实主义"这样的口号，就会引导出公式化、概念化的作品呢？原因之一就是要用所谓"历史具体性"的形象描写去图解政策和概念。所以 1956 年开始的苏联的"解冻文学"的讨论结果之一是，有的学者如阿·布罗夫在《美学应该是美学》一文中，就对诸如文学是"用形象的形式反映生活"等提法提出质疑，认为"这里没有充分解释出艺术的审美特性（哲学的定义不会提出这个任务），所以这还不是美学定义"。

　　实际上，我们应该从 20 世纪 80 年代的美学热中体会到，审美是大问题。在"文革"时期，十亿人只有十个样板戏，我们处在审美饥饿中，那日子是很难过的。有的时候，为了满足一点点审美的需要，是要付出生命的代价的。那期间朝鲜的一部俗气的电影《卖花姑娘》在中国放映，大家蜂拥去看，这是有案可查的。那么，审美的重要性在哪里？审美是与人的自由密切相联系的。80 年代美学热，大谈审美，这在当时就是要摆脱刚刚过去的"文革"的"极左"政治和思想的严重束缚，使人的思想感情得到一次解放和自由。大家也许还记得当时的北京美术馆举办裸体绘画展，引起了轰动，队伍排得很长，美术馆周围等待参观者真是人山人海，这是为什么？肯定裸体绘画是美的，不是邪恶的，这是思想感情的一次大解放。这也是有案可查的。今天这个问题解决了吗？当然没有。不同的是，过去我们的文艺完全被政治束缚住，今天我们的文艺往往是被商业主义的意识形态，被一心想赚钱的文化老板的思想束缚住了，我们手中没有权力，我们所能掌握的只是文学艺术话语，因此，我们搞文学研究也好，搞文学批评也好，审美的超越、审美的自由就成为我们的话语选择。我们选择审美的话语来抵制商业主义的意识形态。正是基于此，我把"审美"检验作为文化诗学结构的中心，道理就在这里。文学必须首先是文学。如果一篇文学作品被称为深刻的智慧的，却没有起码的艺术审美品质，那么文学不会在这里取得胜利。不要让那些没有意义或只具有负面意义的商业文化作品一再欺骗我们，我们需要的是真正具有审美价值和积极社会意义相融合的文学艺术精神食粮。

那么，什么是审美？什么是文学中的审美？这是一个很复杂的问题。这里只能极简要地谈谈我的理解。审美是一种对象性活动，在这一活动中，人们实现了情感的评价。对象物具有价值性，人以情感去观照它、评价它，形成所谓的"情以物兴"与"物以情观"（刘勰语）的双向交流活动。一方面是"物"触动了人的情感，使人的情感敏感起来，兴奋起来，甚至激动起来；另一方面，人以情感去观照物，使物罩上了情感的色彩，温暖的色彩和冷漠的色彩等。"情以物兴"是由外及内、由物及心，"物以情观"是由内及外、由心及物。就在这心与物的双向的交流和评价活动中，人的心理随所面对的对象物的不同，而产生了美感、厌恶感、崇高感、蔑视感、悲哀感、幽默感等。唐代诗人柳宗元在《邕州柳中丞作马退山茅亭记》中说："夫美不自美，因人而彰。兰亭也，不遭右军，则清湍修竹，芜没于空山矣。"[1]由于强调人对于物在观照中的彰显作用，我以为此言最能说明审美的实质。文学的美由于是社会美，因而它的美中必然融化进政治的、道德的、伦理的、民族的、民俗的、地域的因素。但在审美评价活动的瞬间，人的心理则处于无障碍的自由状态。

二、"两个基本点"

所谓"两个基本点"：一点是分析文学作品要进入历史语境；另一点是要有过细的文本分析，并把这两点结合和关联起来。换句话说，我们在分析文学文本的时候，应把文本看成是历史的暂时的产物，它不是固定的、不变的，因此不能就文本论文本，像过去那样只是孤立地分析文本中的赋、比、兴，或孤立地分析文本隐喻、暗喻、悖论与陌生化，而要抓住文本的"症候"，放置于特定的历史语境中，以历史文化的视野去细细地分析、解读和评论。

首先来谈谈"两个基本点"的第一点——历史语境的问题。

语境本来是语言学的术语。语言学上有"本义"与"语境义"的区别。"本义"就是字典意义，一个词，在词典中，都会有它的"本义"。例如，"闹"这个词的本义是"喧哗"、"不安静"的意思，查一下《现代汉语词典》就可弄清楚。

---

[1] （唐）柳宗元：《柳宗元集》（第 3 册），中华书局 1979 年版，第 730 页。

但在"红杏枝头春意闹"这句诗中，这个"闹"字获得了独特语境，它的意思已不是"喧哗"、"不安静"的意思，是指春天生机勃勃之意。这"生机勃勃"在这句诗的语境中就是"闹"字的"语境义"。

这个道理，我们的古人很早就明白了。刘勰在《文心雕龙·章句》篇中，提出了"章明句局"的理论，他说："夫人之立言，因字而生句，积句而成章，积章而成篇。篇之彪炳，章无疵也；章之明靡，句无玷也；句之清英，字不妄也。振本而末从，知一而万毕也。"对这段话，我的理解是：人们进行写作，是由单个的文字组成句子。由句子组成章节，然后积累章节构成文章。但是，文章只有全篇焕发光彩，那么章节才不会有枝节和毛病；章节明白细致，那么句子才无差错；句子干净利落，那么用字才不会虚妄。所以抓住全篇命意这个根本，那么章节、句子这些枝节才会安置得当，抓住"本"或"一"这个整体，那么万千的句子、字词（即"从"或"末"）才会有着落。刘勰在这里所说的"振本而末从"的"本"和"知一而万毕"的"一"就是指整体的语境，"从"或"万"则是字、词、句而已，即我们阅读文章一定要看语境来解释或理解字词句的意义。反过来说也是一样，意义是从整体语境这个"本"或"一"中看出来的。

以上所述是"语境"的"本义"，后来各个人文社会学科都用"语境"这个词，那就是"语境"这个词的引申义。当然，问题不是很简单的。在现代，要谈"语境"这个概念，我们会遭遇到许多麻烦。因为各个专业和学科，各种学术流派，都已经不完全把"语境"限于书写文本字与字、词与词的上下的关联性上面。例如，马林诺夫斯基很早就把语境的概念扩大，他提出了所谓的"情景语境"与"文化语境"。马林诺夫斯基的发现与他的学科背景有关，他是在新几内亚东部的特洛布兰德群岛做调查时，开始研究语言与社会和文化的关系，先后提出"情景语境"和"文化语境"的概念。他发现对于那些土著人来说，如果不了解他们的活动情景，就很难理解他们的言语。例如，一个驾着独木舟的人把划船的桨，说成是"wood"（木头），这个叫法与其他地方的人的叫法不同，如果我们不了解这些人的话与当时语境的结合，就不能理解这些土著人说 wood 是指什么意思。马林诺夫斯基根据大量的例子，得出结论说："话语常常与周围的环境紧密联系在一起，而且语言环境对于理解话语来说是必不可少的；人们无法仅仅依靠语言的内部因素来分辨话语的意义；口头话语的意义总是由语言环境决定的。"①后来他又发现言语与文化的密切关系，提出了"文化语境"概念。马林诺夫斯基的说法成为后来伦敦语言学派的重要学术背景。

马林诺夫斯基的"情景语境"和"文化语境"一般已经离开了书写文本的语境。但我们又不能不说，最原始的语境概念就是从书写文本语境产生的。现在有的学者把语境分成语言内语境——语言学中的狭义"语境义"以及语言外语境——我们正在讨论的广义的"历史语境"。当然，这狭义的语境和广义的语境又是有联系的。书写文本语境就是语言环境，进一步说，文本意义产生于句子、句子群与句子、句子群的组成关系中。一个文本的结构展现为系统的特征，它由若干句子或句子群组成，任何一个组成部分的变化，都必然引起其他成分的变化。因此，文本语境的核心观念在于句子与句子或句子群与句子群之间的关系，重于句子或句子群。刘勰《章句》篇所透露出来的意识，几乎包含了文本语境的基本要素。刘勰认为"句局"，即句子(包含停顿)是有局限的，孤立的句子或停顿，只是田间小路，不可能构成语境，从而不能显示完整意义；所以刘勰期待的是"章"，他强调"章明"，"章"作为句子构成的系统才可能"明"情达理，因为"章"才有"体"。这"体"就是"体式"，指语境而言。所以刘勰认为文本语境是由"前句"、"中篇"和"绝笔"(首尾文辞)三者的关系构成的；并认为"前句"预先包含了"中篇"的意义，而"绝笔"则追附了"前句"和"中篇"的意涵。换句话说，章节中，有前设句、中设句和后设句，前设句启示了中设句、后设句的意义，又需要中设句和后设句来确定它的意义。中设句的意义，也不可能孤立获得，它的意义取决于前设句与后设句，但它又给前设句和后设句以意义的制约。后设句意义取决于前设句和中设句，但它的存在又使前设句和中设句获得意义。三者形成有机的整体。刘勰认为狭义文本语境的核心是前中后各个句子的关联性，所以强调"辞失其朋，则羁旅而无友"，最后的"赞"再次提出"辞忌失朋"。

但是刘勰的《文心雕龙·章句》篇的局限就在于没有论述广义的历史语境问题，因为文本的意义不仅仅存在于文本本身的语境之中，还在于时代的变化中，或者说历史语境的变化中。例如，《文心雕龙》谈到了历代许多诗人作

---

① 转引自封宗信：《现代语言学流派概论》，北京大学出版社 2006 年版，第 40 页。

家，独独就没有提到陶渊明和他的诗篇。① 陶渊明在唐代虽然已经有影响了，但他在唐代的影响在"二谢"之下。星移斗转，一直到了宋代，到了苏轼那里，因苏轼自身有了独特的经历和隐逸的体验，对陶渊明的诗有情感的共鸣，以他在宋代文坛的崇高地位，给予陶渊明以极高的评价，说："吾于诗人，无所甚好，独好渊明之诗。渊明作诗不多，然其诗质而实绮，癯而实腴，自曹、刘、鲍、谢、李、杜诸人，皆莫及也。"②苏轼为什么这样评价陶渊明，使陶渊明声名鹊起，这就不但要进入陶渊明诗的历史语境，还要进入苏轼所处的历史语境，包括文化语境和情境语境双重语境，并结合分析陶渊明的作品，才能做出合理的解释。杜甫的诗篇在中国抗日时期特别受到推崇，可以说是流行一时，妇孺皆知，作为诗人，杜甫的地位也被大大提高。杜甫还是那个杜甫，为什么在中国抗战中，似乎就与我们站在同一个战壕里，这就与杜甫诗中的爱国主义情感特别浓烈有关，这不但与杜甫诗歌的文化语境有关，更与抗日战争的历史语境密切相关。这种文学现象很多。

　　历史语境正是文化诗学构思中面临的一个基本点。对于"历史语境"的理解我的看法是要与马克思主义的历史主义联系起来考察。马克思在《哲学的贫困》中说："人们按照自己的物质生产的发展建立相应的社会关系，正是这些人又按照自己的社会关系创造了相应的原理、观念和范畴。所以，这些观念、范畴也同它们所表现的关系一样，不是永恒的。它们是历史的暂时的产物。"③马克思说的多么好，所揭示的原理、观念和范畴都是"历史的暂时的产物"。这也就是说，精神产品，其中也包括具有观念的文学作品，都是由于某种历史的机遇或遭遇，有了某种时代的需要才产生的；同时这些精神产品也不是永恒不变的。某个时期流行的精神产品，在另一个历史时期，由于历史语境的改变而不流行了。正如恩格斯所说："当我们深思熟虑地考察自然、人类历史或我们自身的精神活动时，在我们面前首先呈现的是种种联系和交互作用的无限错综的图画，其中没有任何东西是不动和不变的，万物皆动、皆

----

① 现存刘勰的《文心雕龙·隐秀》篇有一处提到陶渊明，云："彭泽之豪逸，心密语澄，而俱适乎庄采"。清代纪晓岚说，明代《永乐大典》所收此篇已经残缺，缺的部分大概是明人所补。一般研究者都同意纪晓岚的判断。此句是在补文之内。

② （宋）苏轼：《苏轼文集》（六），中华书局1986年版，第2515页。

③ 《马克思主义经典作家论历史科学》，人民出版社1961年版，第122页。

变、皆生、皆灭。……"①恩格斯在著名的《费尔巴哈与德国古典哲学的终结》一书中进一步说："要是我们研究工作中经常抱着这种观点（指形而上学），那么凡要达到最终解决和永久真理的要求就永远失去意义了；我们永远不要忘记，我们所获得的一切知识，是必然受到我们在获得这些知识时所处的环境的局限和制约的。同时，那些在旧的，但还十分流行的形而上学看来不能克服的对立，如真理与谬误，善与恶，同一性和差别性，必然性与偶然性等，再也不能使我们对之表示过度的尊敬了。我们知道，这些对立仅有相对的意义：凡是今天被承认是真理的东西，都有现时隐蔽着的而过些时候会显露出来的错误的方面；同样，凡现在被承认是谬误的东西，也都有真理的方面，因而，它从前才被认作真理；那些断定为必然的东西，是由种种纯粹的偶然所构成的，而被认为是偶然的东西，则是一种有必然性隐藏在里面的形式。"②这些话已经把事物的历史发展与变化说得十分透彻，不需要再作任何解释了。正因为如此，列宁就把这个问题提到更高的高度来把握，说："在分析任何一个社会问题时，马克思主义理论的绝对要求，就是要把问题提到一定的历史范围之内。"③很清楚，在历史的联系中去把握对象，不是一般要求，而是"绝对要求"。

我们所提出的"历史语境"，有一个思想灵魂，它就是马克思、恩格斯所阐明的历史发展观。离开马、恩所讲的伟大"历史感"、"历史性"和历史发展观这一点来理解历史语境，我们就不可能真正理解历史语境。

有人要问，你这里讲的历史语境和以前常说的"历史背景"是不是一样的？我的回答是，它们是有联系的，但又是不同的。所谓两者有联系，是说无论"历史背景"和"历史语境"都力图要从历史的角度去理解文学的发展与变化。所谓两者又是不同的，是说"历史背景"只是关注到那些作家作品和文学的发生和发展，产生于哪个历史时期，那个历史时期一般的政治、经济文化的状况是怎样的。这段历史与这段文学大体上有什么关系等。这完全是浅层的联系。"历史语境"则除了包含"历史背景"要说明的情况之外，要进一步深入到

---

① 同上书，第122—123页。
② 《马克思主义经典作家论历史科学》，人民出版社1961年版，第126页。
③ 同上书，第202页。

作家、作品产生的历史具体的机遇、遭际之中，切入到产生某个作家或某部作品或某种情调的抒情或某个场景的艺术描写的历史肌理中去，这就是深层的联系了。这样，对于历史语境来说，就需要历史地具体展现大到文学思潮的更替的原因，小到某部作品细节描写的文化语境和情境语境，并紧密结合该文学现象作出深刻而具体的解释。换句话说，"历史背景"只讲外在的形势，而"历史语境"则除了要讲外在的形势之外，还要把作家、作品产生的文化状态和情境语境都摆进去。一些评论家只是从外在的历史形势背景来评价作品，作出的解释和结论是一般的肤浅的，说不到关节点上，而若作家自己来谈自己的作品，他必定会把自己写作时候的文化和具体情境摆进去，把"我"摆进去，所得出的解释和结论就不一样。这里，我想举郭沫若的一个例子。郭沫若于1959年写历史剧《蔡文姬》，评论家异口同声评论说：这是"为曹操翻案"。对于这个解释和结论，只要了解三国时期历史背景和20世纪50年代的历史背景就可以得出来了。可郭沫若对自己这个剧本最重要的评价是"蔡文姬就是我"。对于郭沫若的自我评价仅仅根据历史背景是得不出这个结论的。很多人对郭沫若的这句话都不能理解，一般都说：郭沫若无非对蔡文姬的遭遇比较同情，所以有此一说。这样的评论是不痛不痒的。我因为2004年主持教育部重大攻关课题"历史题材文学创作重大问题研究"，重读了郭沫若的全部历史剧。我特别研究了郭沫若在《〈蔡文姬〉序》中说的话："我也可以照样说一句：蔡文姬就是我！——是照着我写的"，"其中有不少关于我的感情的东西，也有不少关于我的生活的东西"，因为"在我的生活中，同蔡文姬有过类似的经历，相近的感情"。我就去翻郭沫若自己的书，研究一下《蔡文姬》怎么会有郭沫若"感情的东西"，跟蔡文姬有什么样的"类似的经历"、"相近的感情"，怎么会说蔡文姬是"照着我写的"？我终于发现了郭沫若"蔡文姬就是我"这个自我评价。

原来，1937年抗日战争爆发，郭沫若冒着风险从日本回国，参加抗战。他回来后，写了一篇散文，发表于1937年8月上海的《宇宙风》月刊第47期上。题目是《我从日本回来了》。这篇散文是篇日记。大革命失败后，郭沫若于1928年逃亡日本，与安娜相识、相恋，终于结婚。他们在十年间生下了五个孩子，相依为命，度过了艰难的日子。日本发动侵略中国的卢沟桥事变后，他决定立刻回国参加抗日战争。他回国的情境的确与当年蔡文姬的选择相似。一边是故国的召唤，一边是妻子、儿女的爱恋，所以他感到无限的痛苦。蔡文姬到匈奴那里之后，与左贤王结婚，生下了两个儿女。左贤王当时对他说，你要是想回故国，你可以回去，但两个儿女决不许带走。所以，蔡文姬感到十分痛苦，一边是故国相召唤，这是她日思夜想的事情，她无论如何要回去，一边是要与自己还处于年幼的子女分离，这也是她不舍的。所以她的心情处在极度矛盾中。郭沫若离开日本，返回中国参加抗战，与蔡文姬的处境的确十分相似。郭沫若在那篇散文中写道："昨夜睡甚不安，今晨四时半起床，将寝衣换上一件和服，踱进了自己的书斋。为妻及四儿一女留白，决心趁他们尚在熟睡中离去。……我怕通知他们，使风声声张起来，同时也不忍心他们知道后的悲哀。我是把心肠硬下了。……自己禁不住淌下眼泪。……走上了大道，一步一回首地，望着妻儿所睡的家。灯光仍从开着的窗户露出，安娜定然是仍旧在看书，眼泪总是忍耐不住地涌。走到看不见家的一步了。"①从郭沫若的这个叙述中，我们就看得出，郭沫若写蔡文姬离开左贤王和儿女，不是凭空的。他是以他1937年离开日本回国作为情境语境来写的，因而写得十分真切。"语境"的重要性早就有不少作家和学者意识到了。例如，法国的萨特在他的重要著作《什么是文学？》中举过这样的例子："假如有一张唱片不加评论反复播放普罗万或者昂古莱姆一对夫妻的日常谈话，我们根本听不懂他们在说什么；因为缺乏语境，即共同的回忆和共同的感知；这对夫妇的处境及他们的谋划，总之缺少对话的每一方知道的向对方显示的那个世界。"②萨特所举的例子，说明作者的"历史性"和读者的"历史性"以及"写作和阅读是同一历史事实的两个方面。"他的思想是深刻的。

　　由此，我们不难看出，所谓"历史背景"所指的一段历史的一般历史发展趋势和特点，最多是写某个历史时期的主要事件和人物，展示某段历史与某段文学发展的趋势和特点大体对应。"历史语境"则不同，它除了要把握某个历史时期一般的历史发展趋势和特点之外，还必须揭示作家或作品所产生的具体文化语境和情境语境。换言之，历史背景着力点在一般性，历史语境着力点在具体性。文化诗学之所以强调历史语境，是因为只有揭示作家和作品所产生的具体的历史契机、文化变化、情境转换、心理状态等，才能具体地深入这个作家为

---

① 郭沫若：《郭沫若集》，花城出版社2006年版，第350—352页。
② 桂裕芳等编：《萨特读本》，人民文学出版社2005年版，第565页。

何成为具有这种特色的作家，这部作品为何成为具有如此思想和艺术风貌的作品。这样的作家和作品分析才可以说是历史具体性的和深刻性的。

其次，再来谈谈文化诗学第二个基本点——过细"文本分析"问题。

"文本细读"不能仅仅是俄国形式主义文论和英美新批评的遗产，中国古代的诗文小说评点，也是一种文本细读。我们谈到文本细读不但可以吸收俄国形式主义文论和英美新批评的传统，更应该重视中国古代诗文小说评点的传统。什么是文本细读是众所周知的，问题是如何进行文本细读，又如何把文本细读与历史语境结合起来。

我的大体看法是，无论是研究作家还是研究作品，都要抓住作家与作品的"症兆性"特点，然后把这"症兆"放置于历史语境中去分析，那么这种分析就必然会显示出深度来，甚至会分析出作家的思想和艺术追求来。人们可能会问，你说的作家或作品的症兆又是什么？"症兆"是什么意思呢？法国学者阿尔都塞提出的"症候阅读"，最初属于哲学词语，后转为文学批评话语。此问题很艰涩，不是三言两语能说清楚的。我们这里只就文本话语的特征表现了作者思想变动或艺术追求来理解的。

我这里想举一个文论研究为例子。清华大学罗钢教授，花了十年时间，重新研究了王国维的《人间词话》提出的"境界"说。他的研究就有抓"症候"的特点。由于王国维的《人间词话》有好几种不同文本，文本话语的增加、改动或删掉，都可能成为王国维的思想变化的"症候"。罗钢对此特别加以关注，并加以有效的利用。如他举例说，《人间词话》手定稿第三则原本中间有一个括号，写道："此即主观诗与客观诗所由分也"，但在《人间词话》正式发表时，这句话被删掉了。为什么被删掉？罗钢解释说："比较合乎情理的解释还是王国维在写作这则词话时思想发生了变化。"再一个例子也是罗钢论文中不断提到的，就是王国维的《人间词话》原稿中都有一则词话："昔人论诗词，有景语、情语之别，不知一切情语，皆景语也。"他发现，这则"最富于理论性"的词话被删掉了，这又是怎么回事呢？罗钢告诉我们："王国维此处'一切景语皆情语'的说法，其实脱胎于海甫定，即他在《屈子文学之精神》中所说的'其写景物也亦必以自己之深邃之感情为之素地'。但这种观点和他在《人间词话》中据以立论的叔本华的直观说产生了直接的冲突，如果把'观'分为'观我'和'观物'两个环节，那么'观物'必须做到'胸中洞然无物'。只有在这种'洞然无物'的条件下，才能做到'观物也深，体物也切'。这种'洞然无物'是以取消一切情感为前提的，所以王国维才说'客观的知识与主观的情感成反比例'，这种'观物'与'观我'是相互联系的两个方面，它们统一于一种审美认识论，假如站在这一立场上，'一切景语皆情语'就是大谬不然的。这就是王国维最后发生犹疑和动摇的原因，这也说明，王国维企图以叔本华的'观我'来沟通西方认识论和表现论美学，最终是不能成功的。"①罗钢对于"症候阅读"法的运用，使他的论文常常能窥视到王国维等大家的思想变动的最深之处和最细微之处，从而作为有力的证据来说明他想说明的问题。但我对罗钢的分析，也不完全同意。实际上，"一切景语皆情语"，属于中国文论的"情景交融"说，是中国文化中天人合一的产物。王国维在发表《人间词话》之日，恰恰是他对德国美学入迷之时，他的整个《人间词话》的基因属于德国美学，所以他觉得"一切景语皆情语"不符合他信仰的德国美学，特别不符合德国叔本华的认识论美学，所以王国维发表时把这句话删除了。

文化诗学的两个基本点，即历史语境与文本分析，从我们上面的解释中，可以看得很清楚，它们不是独立的两点，而是密切结合的。我们之所以强调历史语境的重要性，是因为它可以帮助我们深入细致分析文本，我们强调文本分析，是置放于历史语境的文本分析，不是孤立的分析。所以，这两个基本点的关系应该是：我们面对分析的对象（作家、作品、文论），先要寻找出对象的症兆性，然后再把这症兆性放到历史语境中去分析，从而实现历史语境与文本细读的有效结合，使我们的研究具有整体性、具体性、深刻性和具有现实针对性。

三、"一种呼吁"

我在《文学评论》发表过一篇论文，题目是《植根于现实土壤的文化诗学》，我提出的理由是"'文化诗学'的根由在现实的需要中"。我这样说过："一段时间以来，我们的文学批评囿于语言的向度和审美的向度，被看成是内部的批评，对于文化的向度则往往视而不见，这样的批评显然局限于文学自身，而对文本的丰富文化蕴含置之不理，不能回应现实文化的变化。文学这种自外

---

① 罗钢：《眼睛的符号学取向——王国维"境界说"探源之一》，《中国文化月刊》2006年冬卷，第81—82页。

于现实的这种情况应该改变。文学是诗情画意的。诗情画意的文学本身包含了神话、宗教、历史、科学、伦理、道德、政治、哲学等文化含蕴。在优秀的文学作品中，诗情画意与文化含蕴是融为一体，不能分离的。'文化诗学'应该而且可以放开视野，从文学的诗情画意和文化含蕴的结合部来开拓文学理论和批评的园地。当一个批评家从作家的作品的诗情画意中发掘出某种文化精神来，而这种文化精神又能弥补现实文化精神的缺失，或批判现实文化中丑恶的、堕落的、消极的和缺乏诗意的倾向，那么这种文学理论与批评不就实现了内部批评与外部批评的统一，不是凸显了时代精神了吗?"我当时这样想，我今天仍然觉得是对的。这就是萨特在他的《什么是文学?》所说的写作的"介入"："不管你是以什么方式来到文学界的，不管你曾经宣扬过什么观点，文学把你投入战斗：写作，这是某种要求自由的方式；一旦你开始写作，不管你愿意不愿意，你已经介入了。"①作家要"介入"，为什么文学批评家不可以"介入"？文学理论应该摆脱自闭状态，去介入现实。

我一再说新时期以来的改革开放取得了巨大的成果，我们民族正在复兴，这是不容否认的事实。但同时，社会主义市场经济也给我们带来了许多严重的问题，环境污染，官员贪腐，房价高涨，贫富不均，坑蒙拐骗，金融动荡，物价通胀，矿难不断，城乡发展不平衡，东西部发展不平衡，任何一个对国家事务关心的人，都可以列出十大矛盾，情况难道不是这样吗？我们的部分作家意识到了这个问题，艺术地反映高房价给人民带来苦难的作品有之，艺术地反映官员贪污腐败的作品有之，艺术地反映城市化侵犯农民的土地和利益的作品有之，艺术地反映工业化给祖国带来环境污染的作品有之，……我们的理论家和文艺批评家为什么不可以通过对这些作品的评论而介入现实呢？文化诗学就是要从文本批评走向现实干预。因此关怀现实是文化诗学的一种精神。

但现在我又有了一种具有超越性的想法。那就是以文化诗学内部批评与外部批评的结合，结构与历史的结合，文本批评与介入现实的结合，以这些结合所暗含的走向平衡的精神，对现实进行一种呼吁——走向平衡。我甚至可以说，今天的中国也要"文化诗学"化。因为，我们前面所指出的十大社会问题，几乎都是社会失衡的表现。单纯追求 GDP，而不考虑环境的污染，这

---

① 桂裕芳等编：《萨特读本》，人民文学出版社 2005 年版，第 563 页。

就如同一种单一的"内部批评"；官员贪腐，而不思考制度性的约束，这也如同单一的"内部批评"……其他问题都可作如是观。

实际上，如果我们要是从意识形态的角度，来思考20世纪所出现的一系列的文学理论批评形态，其背后都在暗示一种呼吁，一种文化，一种政治。俄国形式主义文论在20世纪初，以语言分析的面貌出现，似乎与政治无关，实际上它的提出者和推崇者，是要在当时俄国上空飘扬什么样的颜色，与政治当局者吵架。英美新批评似乎是在文本的隐喻、悖论等词语上做文章，实际上其背后也是有深刻的社会原因的。有学者指出："特别在美国，新批评的普及对文学研究的平民化起到了至关重要的作用。二战结束后大批复员军人面临再学习再就业的压力，而他们既没有足够的知识背景也没有受到过足够的知识训练。他们无法分享学院派掌握的那些浩如烟海的档案资料。他们在文学的立身之本只能是文学作品本身。通过对文本的分析，他们获得了一种非传统的、非学究式的接近文学的方法。另一种对新批评意识形态性的分析，新批评对结构与形式等文本秩序的追求代表了当时人们对于社会秩序的渴望以及对工业社会人异化的批判……"①

中国的文化诗学在20世纪90年代末和21世纪初被提出来，是因为社会在发展中许多地方失去平衡，它的出现是对社会发展平衡的一种呼吁。它是一个文学理论话语，但这个话语折射出社会的时代要求。我们似乎也可以从这样一个角度来看待文化诗学提出的问题意识和现实意义。

小　结

我认为，只要我们认清了文化诗学这个学科研究路径，就不要过多地提它，总是去论证它。我们爱护文化诗学最好的途径是在我们研究文学理论问题和文学批评的实践中，按照这条路走下去。最终用我们的研究成果来证明它的有效性和时代精神。不要总是在下定义作说明。"文化诗学：一、二、一、一、二、一、……"让我们操练起来吧！

不论人们怎么说，如果我们的研究和批评按照"文化诗学"这条路去实践，我们的文学研究与批评的学术前途将一片光明。

---

① 周小仪：《从形式回到历史——20世纪西方文论与学科体制探讨》，北京大学出版社2010年版，第42页。

审美文化——文化诗学建构的理论支点

1999 年，我在《江海学刊》上发表了《文化诗学是可能的》一文，曾认为："从文化视角中来考察和研究文学，这是一个独特的视角。这个视角的意义在于，它不是从文学的微观视角来考察研究文学，而是从宏观的文化视角来考察研究文学。不是从单一的学科来考察文学，而是从跨学科的视角来考察文学。"①我至今仍坚持认为，要摆脱文学理论的危机，其路径就在于走多学科综合研究的道路。作为一种方法论的变革与更新，我多年来一直倡导的"文化诗学"，则正为文艺理论的蓬勃生机提供了可能。文化诗学不同于过去文艺理论单纯的概念玄辩、逻辑推演，而试图彻底摆脱这种认识论、本质论的陈旧模式，通过深入文学作品的内部研究其文化意义的载体，通过文学的文化样式与异文化之间的影响研究文学与语言、神话、政治、历史、哲学、伦理等文化形态间的互动关系。可以说，通过"文化"的中介或纽带，"文化—诗学"的互动互构，不仅超越了单一的学科视角，还从传统的"内部研究"与"外部研究"的割裂中跳出，为文学研究提供了一条更加宽广、更具学理，也更为有机系统的阐释学方法。

当然，正如我在另一篇探讨《"文化诗学"作为文学理论的新构想》一文中所提出的"文化诗学的旨趣首先在它是诗学的，也即它是审美的，是主张诗情

---

① 　童庆炳：《文化诗学是可能的》，《江海学刊》1999 年第 5 期。

画意的，不是反诗意的，非诗意"①的一样，"文化诗学"要坚持文化视野走多学科综合研究之路，其"文化"首先在于它的"诗学"前提与"审美"旨趣，即"审美文化属性"。也就是说，"文化诗学"的基本视点与理论诉求就在于重视和强调文学的审美文化属性。那么，为什么要强调文学的审美文化属性？坚持文学研究的审美文化属性其目的与特色何在？作为"文化诗学"的理论支撑点，"审美文化"与历史语境与文学研究之间又该如何达到互动、互构的关系呢？这就是我们要重点阐明的问题。

一、"诗意的裁判"：文学的文化品格与审美诉求

我们且先从当代学者刘再复先生的专著《双典批判——对〈水浒传〉和〈三国演义〉的文化批判》一书谈起。正如该书导言所说，刘先生试图"悬隔审美形式"，不作文学批评，而是"直接面对文学作品的精神取向"进行文化批判。依此逻辑，他对这两部历来被视为国人必读的古典文学名著得出研究结论，指出："五百年来，危害中国世道人心最大最广泛的文学作品，就是这两部经典。可怕的是，不仅过去，而且现在仍然在影响和破坏中国的人心，并化作中国人的潜意识继续塑造着中国的民族性格。……这两部小说，正是中国人的地狱之门。"②刘再复得出这一结论的理论依据在于，"《水浒传》文化，从根本上，是暴力造反文化。造反文化，包括造反环境、造反理由、造反目标、造反主体、造反对象、造反方式等等，这一切全都在《水浒传》中得到呈现"，小说文本蕴含的两大基本命题就是"造反有理"、"欲望有罪"；而相较于此，《三国演义》则是"更深刻、更险恶的地狱之门"，因为《三国演义》是一部心术、心计、权术、权谋、阴谋的大全。三国中，除了关羽、张飞、鲁肃等少数人之外，其他人，特别是主要人物刘备、诸葛亮、孙权、曹操、司马懿等，全戴面具。相比之下，曹操的面具少一些，但其心也黑到极点。这个时代，几乎找不到人格完整的人"。③

毫无疑问，将《水浒传》、《三国演义》这样两部历久弥新的"文学经典"竟

---

①　童庆炳：《"文化诗学"作为文学理论的新构想》，《陕西师范大学学报（哲学社会科学版）》2006 年第 1 期。

②　刘再复：《双典批判——对〈水浒传〉和〈三国演义〉的文化批判》，生活·读书·新知三联书店 2010 年版，第 5 页。

③　同上书，第 27、99 页。

然视为"灾难之书",一部搞"暴力崇拜",一部搞"权术崇拜",进而"影响和破坏中国的人心",刘再复这一研究结论真可谓"标新立异",但却也耸人听闻。

通览全书便会发现,刘先生之所以得出这样"匪夷所思"的结论,是不足为怪的。因为他违反的正是我反复提倡和强调的"文学作为一种审美文化"这一根本原则。他所谓的不是"文学批评"而是"价值观批判"的方法对"文学经典"的重新"解读",在违背"诗意"的前提下,不仅用"政治批判"肢解和取消了"文学作为文学"的持久永恒的美学魅力,还几乎彻底否定了代表中国古典小说制高点的一大批经典名著,更直接将《三国演义》、《水浒传》视为中华民族原形文化的伪形产物,打入了"祸害人心"的"政治冷宫"中。当然,我并不否定刘再复书中的一些观点,甚至其中有些观点仅就政治伦理的人道主义视角来看,我认为还是较有新意、很有创见的。但若从全书总的思路和所得研究结论来看,我又绝不苟同。仅以《水浒传》中观众喜闻乐见的武松"血洗鸳鸯楼"的片断为例,我们从刘再复先生的《双典批判》及其对金圣叹评点的评价中便可看出其研究的尺度与偏颇。

> 武松如此滥杀又如此理直气壮,已让我们目瞪口呆了。可是,竟有后人金圣叹对武松的这一行为赞不绝口,和武松一起沉浸于杀人的快乐与兴奋中。武松一路杀过去,金圣叹一路品赏过去。他在评点这段血腥杀戮的文字时,在旁作出欢呼似的批语,像球场上的拉拉队喊叫着:"杀第一个!""杀第二个!""杀第三个!""杀第七个!""杀第八个!""杀第十一个、十二个!""杀第十三个、十四个、十五个",批语中洋溢着观赏血腥游戏的大快感。当武松把一楼男女斩尽杀绝后自语道:"方才心满意足",而金圣叹则批上:"六字绝妙好辞。"观赏到武松在壁上书写"杀人者,打虎武松也"时,他更是献给最高级的评语:"奇文、奇笔、奇墨、奇纸。"说"只八个字,亦有打虎之力。文只八字,却有两番异样奇彩在内,真是天地间有数大文也"。一个一路砍杀,一个一路叫好;一个感到心满意足,一个感到心足意满。武松杀人杀得痛快,施耐庵写杀人写得痛快,金圣叹观赏杀人更加痛快,《水浒》的一代又一代读者也感到痛快。……金圣叹和读者这种英雄崇拜,是怎样的一种文化心理?是正常的,还是变态的?是属于人的,还是属于兽的?是属于中国的原形文化心理,还

是伪形的中国文化心理？①

　　从刘先生对《水浒传》以及对金圣叹评点的批判中可以看出，其批判的政治性视角是十分鲜明的。刘再复与金圣叹，前者是"悬隔审美意识"的政治文化批判，而后者则正是基于"审美意识"的文学性视野内进行文学的审美赏析与情感评价，这是两人对《水浒传》进行批评的逻辑前提，也是学术立场上的根本分歧。刘再复对文本解读的问题在于：他一边要搁置文学批评进行文化批判，而另一边却要反过来对诸如金圣叹的"文学评点"进行大加否定，实可谓前后矛盾，毫无统一的批评"标准"或"原则"可言。

　　对待同一部文学经典，刘再复之所以得出与金圣叹截然对立的两种观点，其症结就在于他们"裁判"文学的视角或价值标准在"文学性"与"政治性"的逻辑起点上便发生了分离。金圣叹在评点"血溅鸳鸯楼"时曾明确地指出：

　　　　此文妙处，不在写武松心粗手辣，逢人便斫，须要细细看他笔致闲处，笔尖细处，笔法严处，笔力大处，笔路别处。如马槽听得声音方才知是武松句，丫鬟骂客人一段酒器皆不曾收句，夫人兀自问谁句，此其笔致之闲也。杀后槽便把后槽尸首踢过句，吹灭马院灯火句，开角门便掇过门扇句，掩角门便把闩都提过句，丫鬟尸首拖放灶前句，灭了厨下灯火句，走出中门拴前门句，撇了刀鞘句，此其笔尖之细也。前书一更四点，后书四更三点，前插出施恩所送棉衣及碎银，后插出麻鞋，此其笔法之严也。抢入后门杀了后槽，却又闪出后门拿朴刀。门扇上爬入角门，却又开出角门掇过门扇，抢入楼中杀了三人，却又退出楼梯让过两人。重复随入楼中杀了两人，然后抢下楼来杀了夫人。再到厨房换了朴刀，反出中堂拴了前门。一连共有十数个转身，此其笔力之大也。一路凡有十一个"灯"字，四个"月"字，此其笔路之别也。②

　　非常明显，金圣叹的评点紧扣文学文本，在作品言语的细读品味中，体验人物的形象、动作、心理乃至于文本的表现技法。其意在于"文"，而并非

---

　　①　刘再复：《双典批判——对〈水浒传〉和〈三国演义〉的文化批判》，生活·读书·新知三联书店 2010 年版，第 44—45 页。

　　②　（清）金圣叹、（明）李卓吾点评：《水浒传》，中华书局 2009 年版，第 261—262 页。

"文本"之外的政治伦理的道德谴责。强调"因文生事"，即重视从艺术作品的审美形式、叙事结构等文学内部审美规律出发去刻画人物性格，塑造人物典型，从而揭示小说的叙事特点及其艺术价值。金圣叹在《水浒传·序三》中还曾说道：

> 《水浒传》所叙，叙一百八人，其人不出绿林，其事不出劫杀，失教丧心，诚不可训。然而吾独欲略其形迹，伸其神理者，盖此书七十回、数十万言，可谓多矣，而举其神理，正如《论语》之一节两节，浏然以清，湛然以明，轩然以新，彼岂非《庄子》、《史记》之流哉！①

在此，金圣叹"独略其形迹，伸其神理"也正是注重一种文学的"审美"的阅读，而非对"绿林"好汉们"劫杀"、"丧心"的政治伦理的社会学批判。

《水浒传》如此，《三国演义》亦然。如果我们总是如刘再复君一样，搁置"审美"的眼光，而纯粹地从一种道德伦理的角度去解读文学作品，那么且不说貂蝉、孙夫人（孙权妹妹）等人物形象仅仅只是一个个"政治马戏团里的动物"，即便如刘备、曹操、诸葛亮、司马懿、关羽、张飞等家喻户晓、喜闻乐见的人物典型也仅仅只是好用儒术、法术、道术、阴阳术、诡辩术的"伪君子"了。如此丰满多姿、栩栩如生、形态各异的人物典型，一旦被纳入到刘再复君"悬隔审美形式"的政治视野的"文化批判"中，便个个成为了同一模式中机械复制的、索然寡味且充满"匪气"、"暴力"的"无法无天"的一串"政治符号"了。

从刘再复与金圣叹的分歧中，我们可以清楚地意识到：如果忽视文学自身独特的审美规律，仅仅从单一的道德伦理的政治性的角度去解读文学作品，进行文化批判，我们是不可能从中体验到丝毫的"文学之所以为文学"的美学意涵及其审美快感的。问题的病症就在于：用单一的政治性社会性的眼光取代了"审美的"批评标准，不是以一种"美学"的眼光，从文学的历史的审美规律出发去分析作品，从中体验文学蕴含的审美价值。对于刘再复先生《双典批判》中所持的"批评偏执"，我们同样可以借用恩格斯评价歌德作品时所作的评论来加以批评，恩格斯曾指出：

---

① （清）金圣叹：《金圣叹批评本水浒传·序三》，凤凰出版社 2010 年版，第 6 页。

我们决不是从道德的、党派的观点来责备歌德，而只是从美学和历史的观点来责备他；我们并不是用道德的、政治的、或"人的"尺度来衡量他。我们在这里不可能结合着他的整个时代、他的文学前辈和同代人来描写他，也不能从他的发展上和结合着他的社会地位来描写他。①

正如恩格斯在致拉萨尔的信中评价《济金根》"是从美学的观点和历史观点，以非常高的，即最高的标准来衡量您的作品"②所指出的一样，文学艺术作品的价值，关键在于它具有一种特殊的审美感染力量。而这种艺术的感染力则源自于人们特有的"裁判"——"诗意的裁判"，即从"美学的历史的观点"进行文学的审美评价，而非道德的、政治的、非审美属性的评判标准。其原因在于，文学所表现的东西并不仅仅只是生活本身，而是作家对社会生活的体验，是作家情感的把握和评价。苏珊·朗格在分析长篇小说时也曾批评说：

但是它是小说，是诗，它的意义在于详细描绘的情感而不在于社会学或心理学的理论。正像 D. 戴克斯教授所说，它的目的简直就是全部文学的目标，就是完成全部艺术的职能。所以，对它的评价无论从哪方面说都是一种文学判断。……今天的多数文学批评家，往往把当代小说当作纪实，而不是当作要取得某种诗的目标的虚构作品来加以赞扬或指责。③

应该承认，"文学是满足人的审美需要的活动，其本质是审美"④，因此，如果我们忽视了《三国演义》、《水浒传》等文学经典的创生语境以及作者的写作目的，忽视了文学作品无法取代的自身独特的审美规律与特色，而一味地从后现代的政治性视角切入加以社会性的批判，就必然在审美的流失与取代中"破坏"或"肢解"文学艺术的文化品位及其"诗意"魅力，造成"文学经典"解读的庸俗化、浅薄化。

当然，我也想附带说一点的是，刘再复先生的《双典批判》尽管在立论的

---

① 《马克思恩格斯全集》（第 4 卷），人民出版社 1958 年版，第 257 页。
② 同上书，第 347 页。
③ ［美］苏珊·朗格：《情感与形式》，中国社会科学出版社 1986 年版，第 333 页。
④ 童庆炳：《文学活动的美学阐释》，陕西人民出版社 1989 年版，第 78—79 页。

逻辑起点上因"政治立场"而"搁置"了文学的审美意涵，导致对文学经典解读的偏差，但是，如果我们不涉及文学的审美评价，也单纯地仅从政治性的视角去阅读，却也不失为开阔视野、研读文学作品提供了一种研究思路。因为对文学艺术的判断，有描述性判断，也有评价性判断，前者强调对作品的直接审美经验，而后者侧重于社会性因素的参与。从《双典批判》的阅读中，我们能够清晰地感受到刘再复从一种政治价值的伦理立场企图在"文化批判"的评价中，尝试提出一种"改良"或"劝导"的目的，因而势必对其中的"文学性"要素加以撕扯和抹煞，但我们完全可以站在"审美文化"的立场，权当刘先生为自己的政治理想确立了一种"标准"或"理由"，而且这种"标准"也只涉及让人们"如何去观看和评价一件艺术品"，而不关乎"为我们提供一种判定一件艺术品好坏的永恒性标准"①。所以，可以去阅读，开阔研究视野，但不必赞同其观点和结论。

　　总而言之，"文化诗学"主张文化批评的视野，因为从文化视角出发能够超越传统的就文本而讨论文本的"新批评"式的自闭性缺陷，从"品质阅读"上升到"价值阅读"中，从而加深并拓宽对文学作品意蕴的理解。但是，从文化视角进行批评，又绝非如刘再复君一样，为达到一种"改良"或"劝导"的政治性目的，而不惜"搁置"文学的审美属性，简单化地采取一种单一的政治伦理的批判视角，进而导致对"文学经典"阅读的功利化、浅薄化。我们提倡的"文化诗学"，具有文化的品格，并注重文学的审美文化属性。因此，需要从文学作品自身出发（而非脱离开作品的形式和语言从社会学、政治学的角度空谈其意义），并将文学当成一种"审美的精神文化"来加以对待，在此基础上，再通过文化视野的引入，在文学与政治、文学与伦理、文学与哲学、文学与美学、文学与历史、文学与宗教等的"文化圆周"上加以综合整体地考察研究。这样，我们不仅能够"入乎其内"——在文学的语言之维、情感之维上，研究文学的语言、形式、叙事结构、人物形象，体验作品深层的审美意蕴，还能够"出乎其外"——在文学的文化之维上，通过"互文性"的互动参照，在历史语境的追问中揭示文本背后所隐藏的作家的审美理想及其价值意图。

---

　　①　［美］H. G. 布洛克：《美学新解》，辽宁人民出版社 1987 年版，第 383 页。

二、认识论—泛文化—审美文化：研究范式的革新

从刘再复先生的《双典批判》中我们已经清楚地看到，如果仅仅从某个单一的视角对文学作品进行解读，就会发生偏执甚至偏见。当然也并不排除有新的研究发现，如刘再复先生书中的某些论点。但就总体来说，这种泛文化的"文化批判"模式所得结论在某一方面也许很深刻、很尖锐，然而，它却不可能全面广泛地深入到文学作品中以解决文学理论自身面临的问题。历史已经证明：在文学艺术问题的研究中，倘若采取一种单一的认识论，单一的政治性视界，单一的社会学批判，单一的概念推演，逻辑玄辩，而没有从文学自身规律出发，采用多学科综合整体性的研究方法，是不可能有出路的。而当前及过去很长一段时间学界热议的所谓"文学理论的危机"，其症结也就在于此。我以为，要摆脱这种局限，或者说要摆脱文学理论研究中的困境，就必须坚持跨学科的整体性研究视野，走综合多元的道路。这也正是我多年来反复呼吁并倡行"文化诗学"的学理意图。因为，作为一种方法论的变革更新，"文化诗学"为我们的文学研究走向更深、更广的层次提供了一套行之有效的思维方法与理论体系。

自 1949 年以来，在我们的文学理论研究中，大体存在着三种不同的研究范式。其一，受"苏式"马克思主义的话语影响，继承过去政治性的"革命话语"传统，并秉持"苏化"马克思主义"唯物认识论"的思维方法。这种研究模式在政治意识形态异常严酷的话语语境中具有"权威性"和唯一有效的"合法性"，并深深烙印在 20 世纪五六十年代关于文艺特征的讨论、美学问题的哲学论辩以及 80 年代初期的文艺理论研究中。其二，受西方文化研究的影响，试图从前一阶段的认识论、本质论的模式中跳出，而转换为"泛文化"的研究方法。这种研究模式 80 年代末至 90 年代初中期"文化热"及"文化转向"的语境中热度很高，并延伸到世纪之初关于"日常生活审美化"及美学的"生活论转向"中。其三，试图摆脱第一阶段认识论的研究模式，也反对第二阶段中脱离文学文本的"泛文化研究"模式，但同时又希望将"文化研究"视野纳入到文学研究中，因此，受西方新历史主义跨学科综合整体性研究的话语启发，提出了"文化诗学"的研究方法。而纵观文学理论发展的历史脉络中如上三种研究范式，只有坚持"审美文化"路径，走多学科综合研究的"文化诗学"之路，才是我们文艺理论未来发展的必然选择。究其原因，下面我将对此进行逐一论证。

在 1949 年前后的文学理论研究中，因深受"苏式"马克思主义话语的影响，我们的文艺理论研究、美学研究等，均深陷在单一的"认识论—反映论"的话语模式中，严重制约并阻碍着学术的进一步发展。1949 年前较有代表性的无疑就是作为"先知者"与"孤寂者"的马克思主义理论家——蔡仪。在 1942 年出版的《新艺术论》中，在讨论艺术与现实的关系时，蔡仪开宗明义就指出："为什么艺术和现实在我们意识里会这样混淆呢？难道是如朗格（Lange）所说的错觉吗？不是的，这和一般的所谓错觉不同，它们在我们意识里发生混淆，其实是它们都能诉之感性而给予我们具体的印象，这原因又是由于艺术是以现实为对象而反映现实的，也就是艺术是认识现实并表现现实的。"①蔡仪将人的感性意识均看成是对现实的"认识"和"反映"，他的学理逻辑究竟是什么呢？蔡仪指出："艺术是作者的意识的一种表现，而就社会说，它是社会的一种意识形态。社会意识形态虽然归根结底同是基础的反映，同是上层建筑，同是服务于基础而巩固基础，然而也有正确的意识形态（如科学）和歪曲的意识形态（如宗教），也就还有不同的性质和不同的意义。……艺术的作为社会意识形态，正确地反映现实的就是符合于客观真理的意识形态，而歪曲地反映现实的则是违反客观真理的意识形态，因此两者的性质和意义也还是有不同的。"②这种将对"客观真理"的反映作为科学与文学艺术共同遵循的理论原则，不仅造成了随后《新美学》中"一切学问都是根据着人们的认识，而美学既是一种学问，也就是要根据着人们对于客观的美的认识"因而"美在于客观事物，那么由客观事物入手便是美学的唯一正确的途径"③这一基本观点，更直接为 1949 年后的文艺美学问题奠定了马克思唯物主义认识论的理论基调。延续着蔡仪《新美学》的思路与逻辑，爆发于 1956 年由"批判朱光潜资产阶级唯心主义美学"而展开的"美学大讨论"在论争的起点上也陷入到"美是什么"的"本质论"模式中。人们毫无例外地从马克思主义经典著作中找寻理论资源，以批判别人的"主观唯心主义"并证明自己的"客观唯物主义"立场。而被广泛引证并遵循的"社会存在决定社会意识"的反映论原则就正如当时年轻的李泽

---

① 蔡仪：《新艺术论》，《美学论著初编》（上），上海文艺出版社 1982 年版，第 4 页。
② 同上书，第 23 页。
③ 蔡仪：《新美学》，群益出版社 1951 年版，第 17、20 页。

厚所说："美具有不依存于人类主观意识、情趣而独立存在的客观性质。美感和美的观念只是这一客观存在的反映，模写。美是第一性的，基元的，客观的；美感是第二性的，派生的，主观的。承认或否认美的不依存于人类主观意识条件的客观性是唯物主义与主观唯心主义的分水岭。"①正是在这种论争逻辑的主导下，"美学大讨论"长期受限于"主观—客观"的认识论的模式阈限内，并在一种"白板式"的反映中扼杀了人的"主体性"。因此，美学研究也在"西方现代美学模式"的强行阻断以及"苏联认识论美学模式"的强行取代、普及推广中发生了历史的滞退。

　　与此类似的同样反映在 1949 年前后直至"文化大革命"前后的文艺理论问题中。自 1953 年由平明出版社出版的季摩菲耶夫的《文学概论》将文学"鲜明凸出的特质"确定为它的"形象性"，认为文学的本质在于"形象的生活的反映"②后，随后出版的谢皮洛娃的《文艺学概论》也将文学视为"艺术反映生活"并将之看成"意识形态的一种特殊形式"，认为文学的意义就在于"反映生活并特别积极地促进对社会生活的理解"③。受此影响，在中国文学理论的研究领域中，从反映论、认识论出发将文学看成是形象的社会生活的反映，便成为了不容置疑的"金科玉律"并加以"教条化"地沿袭。例如，由蔡仪主编的《文学概论》中即指出"文学是社会生活的反映，社会生活是文学的唯一源泉，这正是马克思列宁主义反映论的原则在文学问题上的运用"，只不过文学不同于科学对社会生活的反映，它的基本特征在于"通过形象反映社会生活"。④ 这种思想同样体现在以群主编的《文学的基本原理》中，"文学艺术的基本特点，在于它用形象反映社会生活"，哲学、社会科学和文学、艺术的共同点就其来源和作用看都是"来源于客观世界，是客观存在在人们头脑中反映的产物"。⑤可以说，很长一段时间，这种哲学上的"反映论—认识论"思想几乎笼罩着整个"十七年"的文学研究。在这种模式阈限内，无论是文学创作上的公式化、概念化、脸谱化，还是理论研究与批评中的简单化、庸俗化，都严重阻碍了

---

①　李泽厚：《门外集》，长江文艺出版社 1957 年版，第 22 页。

②　［苏］季摩菲耶夫：《文学概论》，平明出版社 1953 年版，第 127 页。

③　［苏］谢皮洛娃：《文艺学概论》，人民文学出版社 1959 年版，第 13—14 页。

④　蔡仪主编：《文学概论》，人民文学出版社 1984 年版，第 4、17—18 页。

⑤　以群主编：《文学的基本原理》，上海文艺出版社 1983 年版，第 34—35 页。

文学研究的向前发展。

从上可看出，文学研究中的"认识论"范式，因其思维方法上的二元对立以及模式背后渗透的"政治意识形态"的干预，它根本无法解释各种文学艺术及美学上的问题，更无法肩负起文学研究的使命，因而注定了在随后"形象思维讨论"、"文学反映论的反思"中日渐被"审美意识形态论"所取代。

文学理论研究的第二种范式也正是当下仍较为"火热"的"泛文化研究"模式。这种思维方法在理论的缘起上深受西方"文化研究"的影响，并希望通过这种话语机制的转换超越传统的局限于经典作家作品的研究，而换以对"文艺的自主性进行历史的、社会学的分析"，并在知识社会性的考察与历史自省中试图超越过去的"认识论文艺学"、"工具论文艺学"及"本质化文艺学"模式。① 众所周知，西方"文化研究"主要是指英国伯明翰大学 1964 年成立的"当代文化研究中心"（CCCS），其主要代表有霍加特、威廉斯及霍尔等人。中心成立之初是为亚文化族群，特别是个人阶级文化和青年亚文化族群作辩护，研究的对象也主要是阶级、文化及传播学，但他们对于文化研究的定义莫衷一是，或是"日常生活的文化形式和实践"，或是"文化与空间的关系"，或是"探究权利的形形色色，各不相同，包括性别、种族、阶级、殖民主义等等"，或是认为"文化研究是一个人们用来将他们对大众文化的迷恋合法化的技术性词汇"。② 雷蒙德·威廉斯在《现代主义的政治——反对新国派》一书中认为，文化研究对早期社会学和马克思主义研究的突破是从对作品的详细分析开始的，但立场也是非常鲜明的，那就是"以一种资产阶级经济作为先决条件，然后是一种资产阶级意识形态，接着是某些复制了资产阶级意识形态的文本"③。文化研究作为"一种新的研究文化（the study of culture）的方式"，其策略在于将"许多学科——其中主要是人类学、历史学、文学研究、人文地理学及社会学"，"带入到对文化的研究之中"。④ 在"伯明翰学派"跨学科研究的推动下，

---

① 陶东风、徐艳蕊：《当代中国的文化批评》，北京大学出版社 2006 年版，第 12—14 页。

② 朱立元：《当代西方文艺理论》，华东师范大学出版社 2005 年版，第 452 页。

③ ［英］雷蒙德·威廉斯：《现代主义的政治——反对新国派》，商务印书馆 2002 年版，第 260 页。

④ ［英］阿雷恩·鲍尔德温等：《文化研究导论》，高等教育出版社 2004 年版，第 5 页。

文化研究成为了 20 世纪 80 年代后最为活跃的一个理论领域，并且这种研究还将注意力从过去以"精英文化"为主体的文化现象推衍到了边缘领域，如大众文化以及与大众密切相关的日常生活领域中。于是，广告、时装、流行歌曲、摔跤节目等等，这种对日常生活现象的关注与批判成为了文化研究学者"介入"社会的一种批判方式。① 受西方思潮的影响，加上中国改革开放后市场经济的发展以及全球化的进程，这种"文化研究"的思路与方法不仅契合了改革开放后市场化、庸俗化的消费主义之风，还与当代中国知识分子参与并介入社会的热情这一学术语境形成了同构关系。因为，文化市场与文化工业崛起、大众文化的蔓延等新的文化景观需要人文知识分子作出应对。而包含现实性批判意识并强调跨学科研究的西方"文化研究"模式恰好提供了理论的范式。因此，在中国的"文化研究"中，其指向的也仍是日常生活文化、大众文化，它关注大众传媒，关注全球化，关注人的身份认同，展现的是与主流权利话语相对抗的质疑、消解和批判的立场，正如赵勇教授所说："文化研究从它的诞生之日起，就在倡导'穿越学科边界'的'跨学科方法'，也在积极地把文化研究打磨成一种进行社会斗争、从事社会批判的武器。"②可见，文化研究作为一门学科或领域，其开放性的批判是次要的，更为重要的是，文化研究是一种政治层面的强烈介入，是一种文化与权力关系的探讨，是一种对社会不良政治经济制度和操控舆论的坚决反击和批判。

因文化研究注重和强调的仍是一种知识社会学的政治性批判，是人文知识分子在社会转型中凸显自己的社会责任意识与参与意识的回应与表达。所以，"文化研究"范式其关注的重心已非传统的作家作品，而是"已经完全离开文学研究的传统对象，转而研究一些像城市的空间建构（广场、酒吧、咖啡馆、民俗村、购物中心），广告，时装，电视现场直播，校庆，等等"③。这种研究倾向与西方文化研究的思路是近乎一致的，即：与传统文学研究注重历史经典不同，文化研究注重研究当代文化；与传统文学研究注重精英文化

① 可参阅［美］约翰·费斯克：《理解大众文化》，中央编译出版社 2001 年版，
② 赵勇：《透视大众文化》，中国文史出版社 2004 年版，第 15 页。
③ 陶东风、徐艳蕊：《当代中国的文化批评》，北京大学出版社 2006 年版，第12—14页。

不同，文化研究注重大众文化，尤其是以影视为媒介的大众文化；与传统文学研究注重主流文化不同，文化研究重视被主流文化排斥的边缘文化和亚文化，如资本主义社会中的工人阶级亚文化、女性文化以及被压迫民族的文化经验和文化身份；与传统文学研究将自身封闭在象牙塔中不同，文化研究注意与社会保持密切的联系，关注文化中蕴含的权利关系及其运作机制，如文化政策的制定和实施；提倡一种跨学科、超学科甚至是反学科的态度与研究方法。① 那么，这种文艺理论的"泛文化研究"范式又能否解决文学理论的问题呢？我认为，这种文化研究的方法我们既要提倡，又要加以改造。在《植根于现实土壤的"文化诗学"》中，我曾指出：

> 文化研究对于文学理论来说，既是挑战，也是机遇。说它是挑战，就是文化批评对象的转移，解读文本的转移，文学文本可能会在文化批评的视野中消失。说它是机遇，主要是文化批评给文学理论重新迎回来文化的视角，文化的视角将看到一个极为辽阔的天地。②

正因为"文化研究"引入了跨学科的知识，强调文学与政治、社会、历史、哲学等学科的互动互构关系，这种文化视野的拓展不仅改变了传统的"认识论"模式以及单一的学科视角，还能够极大地拓宽我们文学研究的理论格局，这是它的可取之处。但是，这种脱离文学文本自身而一味与政治社会勾连的"泛文化研究"模式，不仅远离了文学文本丧失了"文学理论起码的学科品格"，更在"越权"式地承担文化批判、政治学批判、社会学批判的任务中将文学拉向远离文学的疆场。③ 因此，从学科发展的长远角度来看，"泛文化研究"的范式也不能很好地解决文艺理论存在的问题。

文学理论研究的第三种范式——"文化诗学"的研究方法，它是基于以上两种研究范式均是在无力解决文学理论存在的问题这一根本困境基础上而生发出来的。它不仅在反思"认识论"范式中重视文学的"自律性"及其"审美性品

---

① 罗钢、刘象愚主编：《文化研究读本》，中国社会科学出版社 2000 年版，第 1 页。
② 童庆炳：《植根于现实土壤的"文化诗学"》，《文学评论》2001 年第 6 期。
③ 李圣传：《文化诗学的理论困境与突围对策》，《福建师范大学学报（哲学社会科学版）》2012 年第 5 期。

格"，也在反思"泛文化研究"范式中强调文学的"他律性"及其"文化视野"。因此，作为一种方法论的变革，走一条既重视文学的"富于诗意"的"审美性品格"，又关注文学之外的更为广阔的"文化视野"的"文化诗学之路"，成为了文艺理论未来发展的必然选择。最关键的原因有三。

其一，文化诗学采取了多学科综合整体性的研究视野，强调文学与其他学科之间的互动互构关系，这有效防止了"认识论研究"模式中单一性的学科视角，为将文学研究引向更深、更广的学理层次提供了理论可能。

其二，文化诗学重视"文化研究的视野"，但又坚持"诗学"的落脚点，坚守文学研究的诗意品格，强调文学的"审美文化"属性，因而既更新了文学研究的思维方法，又有效防止了"泛文化研究"模式中学科品格的流失。

其三，文化诗学作为一种方法论的革新，提供了一套既切合文学本体又更加贴近实际的知识话语体系。它不仅满足了历史文化语境中文学与整个人类社会生活相交织因而体现出的话语复杂性这一"现实性实际"，能够在文学与多学科视角的参照中揭示这种作品的复杂性；还满足了多元媒介融合时代下文学面临新问题、新对象而传统研究范式又无法涵盖与无力言说这一"理论性实际"，能够在"文学性"与"审美文化属性"这一前提下提供一套更加全面合理，更加有机系统的"文化—诗学"的阐释路径，有效地化解文学研究的方法论危机，肩负起文学理论的时代职责。

三、"审美文化"作为文化诗学的基点与特色

"文化诗学"因坚持文学的"审美文化"属性，重视文学艺术与其他文化形态间的互涵互动关系，因而相较于过去的"认识论"研究范式以及"泛文化研究"范式，它能更加合理有效地解决文艺理论存在的问题，而且在传统文论研究范式的反思与改进中，能够将文学研究的理论格局提升到一个更深更广的全新高度上。正是在这一层面上，我们完全有理由将"审美文化"视为文化诗学理论体系的支撑点与核心骨架。

关于"审美文化"，我们大体认同叶朗先生《现代美学体系》一书中的界定："审美文化是由三个基本部分构成的。第一是审美活动的物化产品，包括各种艺术作品，具有审美属性的其他人工产品，如衣饰、建筑、日用工艺品等，经过人力加工的自然景观，以及传播、保存这些审美物化产品的社会设施，诸如美术馆、影剧院等。第二是审美活动的观念体系，也就是一个社会的审

美意识，包括审美趣味、审美理想、审美价值标准等。第三是人的审美行为方式，也就是狭义的审美活动。这种独特的人类行为方式，通过审美创造和审美鉴赏两种行为，不断地将审美观念形态客体化，又把物化的审美人工制品主体化，形成审美对象，产生审美感兴。"①因审美文化与美学及文化学紧密关联，因此，文化诗学强调研究文学的审美文化特性，这就与一般的非审美文化以及现实中一般的日常生活划开了界限。此外，将文学视为一种审美文化，也就意味着文学中的各种社会的、政治的、经济的、道德的、伦理的思想只有呈现在这一特殊的文学文本之内，这种复杂的审美意蕴及其所包孕的社会学层面的生活内容才具有现实性意义。文化→审美文化→文学，作为渐次深入的领域，文学话语空间生产的知识意义就在于三者合力状态所形成的多元互渗与沟通的整体性场域中。

首先，文学作为一种审美话语，其本身就是一种"审美文化"的表现，正因审美话语的组织结构与表现，才形成了文学语言、文学话语、文学叙事与文学修辞等一系列话语组织形式，形成了文学自身独特的审美规律与文化特征。韦勒克、沃伦曾认为"每一件文学作品都只是一种特定语言中文字语汇的选择"，"文学是与语言的各个方面相关联的。一件文学作品首先是一套声音的系统，因此，是一种特定语言声音系统中的选择"。② 文学作为一种语言的艺术，一种人的审美创作活动，它就必然是一种审美的对象。卡勒也指出："审美对象，比如绘画或者文学作品，通过把作用于感官的形式(色彩、声音)和精神的内涵(思想理念)融为一体来实现把物质与精神结合在一起的可能性。一部文学作品就是一个审美对象，这是因为在暂时排除或搁置了其他交流功能之后，文学促使读者去思考形式与内容相互间的关系。"③可见，对文学的研究，首先需要高度重视从语言分析入手的文本细读，只有将文本语言作为研究的入手处，进而抓住作品中的人物、性格、心理、神态及其历史社会场景，才能完成对文本进行的"症候性"解读。文化诗学也就是要在语言分析与

---

① 叶朗：《现代美学体系》，北京大学出版社 1999 年版，第 242—243 页。

② ［美］勒内·韦勒克、奥斯丁·沃伦：《文学理论》，江苏教育出版社 2009 年版，第 195—198 页。

③ ［美］乔纳森·卡勒：《文学理论入门》，译林出版社 2008 年版，第 35 页。

审美批评的基础上，加入文化的视野，这样也才能在双向拓展中真正揭示文学作品的美学魅力及其价值意涵。

其次，"审美文化"为文学艺术确立了一种文化的审美诗意特性，搭建了"历史理性"与"人文关怀"的价值坐标，同时也为文学艺术与别的文化形态间的互动互构提供了一套开放的文化系统。众所周知的是，当代审美文化因与市场经济的媾和而在娱乐、消遣的"大众狂欢"中渐趋发生扭曲与变形，作为一种精神文化的文学艺术也在一味的媚俗中流失其自主性与个性，其精神价值与人文品格日渐丧失。有学者指出："审美文化的某些领域，特别是大众文本本来的自由特征就为商业目的和交换价值所取代，'诗意的'表现转化为'散文的'工具价值，最终为了实现某种审美之外的商业目标。……文化从诗意状态向散文状态转变的一个重要标志，是艺术越来越放弃它所固有的诗的视野和胸襟，把艺术和日常生活混杂起来，并以一种日常生活的方式来看待艺术，而不是以审美的方式来看待生活。"①这种从"雅趣"向"畸趣"的趣味转变，不仅背离了传统的诗意追求，还消解了文学艺术的审美韵味。而"文化诗学"因强调审美文化，并主张一种"诗意化"的价值旨趣与人文精神，因而恰能对此进行鞭笞与修正，维护文学艺术的精神本色。在此，"历史理性"与"人文关怀"是文化诗学重要的两个学理维度，也是评判艺术的重要尺度。"历史—人文"的双重价值尺度不仅体现了作家的情感立场与文学艺术的价值导向，更有效地取代了"过去的那种僵硬的政治律条作为批评标准"②。此外，因审美文化作为文化系统的一部分，它本身就具有表层文化所具备的属性功能，这就恰好能够为审美文化内层的文学提供一种与母系统—文化之间互涵互动的视野。而人类文化的"'人性'的圆周"上又是由"语言、神话、艺术、宗教"等形态功能的扇面有机组织而成③，所以，从文化系统出发审视文学，也就为文学与各个文化扇面之间的相互关系提供了一种跨学科研究的可能。因此，文化诗学坚持以"审美文化"作为基本点，也正因为它为文学艺术摆脱了过去孤立封闭的文学研究以及单一的政治社会批判视角，实现了"审美"与"文化"之

---

① 周宪：《中国当代审美文化研究》，北京大学出版社 1997 年版，第 322 页。
② 童庆炳：《美学与当代文化讲演录》，广西师范大学出版社 2007 年版，第 227 页。
③ ［德］恩斯特·卡西尔：《人论》，上海译文出版社 1986 年版，第 87 页。

间的视域融通，为文学的文化研究提供了一条更加广阔而有机的新的方法论范式。

最后，以"审美文化"为中介和辐射，文学、文化与历史之间的张力关系形成了一个循环流动的"力场"，在这相互协同与有机联系的网络关系中，为文学研究深入历史文化语境、深入文学的文化意义载体、深入文本中隐含的意识形态及其人类生产方式提供了多向度的阐释视界。弗雷德里克·杰姆逊曾指出"真正的解释使注意力回到历史本身，既回到作品的历史环境，也回到评论家的历史环境"①，由此，他认为："一定文本板结的既定东西和材料在语义上的丰富性与拓展必须发生在三个同心的构架之内：这是一个文本从社会基础意义展开的标志，这些意义的概念首先是'政治历史'的，狭义地以按时间的事件以其发生时序编年地扩展开来；继之是'社会的'，现时在构成上的紧张与社会阶级之间斗争在较少历时性和拘于时间意义上的概念；最终，历史在其最宽泛的意义上被构想，即生产方式的顺序和种种人类社会形态的命运和演进之中，从史前期生命到等待我们的无论多么久远的未来史的意义。"②根据杰姆逊的理解，一部作品是在三个渐次展开的阐释视界内呈现，第一层是狭义的个别文本；第二层是扩展到社会秩序的文化现象中的文本，它在宏大的集体和阶级话语形态中被重构；第三层是处于一个新的作为整体人类历史的最终视界。杰姆逊这种"新历史主义"的思维与我们主张的"文化诗学"在方法上应该说有一定的相似之处，即是说，文学艺术应该走出文本自身的封闭系统，通过"文化系统"的中介，揭示"文学作品、文学作品的社会—文化语境以及二者之间的联系"③，并在"语境化"与"互文性"的视域内把握文学的文化内涵。当然，与美国新历史主义文化诗学代表格林布拉特、海登·海特、杰姆逊等人热衷于关注"文本"外的政治社会性的权力意识形态这一路径指向不同的是，中国文化诗学的旨趣则体现在"审美文化"的精神品格中，即通过对文学艺术的批评，承担对社会大众审美文化趣味的培养，担负社会道

---

① ［美］弗雷德里克·杰姆逊：《快感：文化与政治》，中国社会科学出版社 1998 年版，第 4 页。

② 同上书，第 67 页。

③ ［美］海登·海特：《评新历史主义》，见张京媛编：《新历史主义与文学批评》，北京大学出版社 1993 年版，第 96 页。

德伦理以及日常生活准则的价值引导的责任。审美文化强调学术品格与文化品位，文艺作品肩负树立和弘扬社会主义核心价值观的使命。因此，作为文学艺术方法论的文化诗学，坚持审美文化的基点不动摇，坚持人文精神的内核不动摇，就必然在适应现实与时代需求的发展中迎来文学批评以及文学创作的蓬勃生机。

总之，"审美文化"作为文化诗学的理论支撑点，它不仅是对文学艺术审美性的情感评价，也是文化学的批评，它不仅凸显了文学作品的文化属性，也为文学研究沟通"语言—文化"，打通"内—外"提供了可供操作的学理依据。"文化诗学"作为一种研究范式的革新，它因将文学研究的理论基点搭建在"审美文化"的构架上，也有效地打破了过去孤立封闭的文学研究以及单一的政治社会性的批判视角。通过将审美话语的多元形式及其文化形态作为考察研究的对象，"文化诗学"既能在微观的"语言分析"中深入作品内部，从而揭示文本隐含的症候性，又能在文化视野内通过与其他文化形态的互动关系进行"审美评判"，进而拓展其文化内涵。可以说，通过"审美文化"的基点确立，文化诗学为作为一种审美话语和审美文化表现的文学真正找到了一条既能回归"文学本体"，又能同时通向一种"多元文化对话"的多学科综合融通的理论研究路径，预示着文学理论的光明未来。

小　结

文学作为一种审美话语，本身就是一种审美文化，因此，文化诗学突出强调文学的"审美文化"属性，就是要凸显文学艺术自身存在的独特品格与学理特色。文化诗学因重视"文化研究"的视野，又强调"诗学"的落脚点，坚守文学研究的"诗意"品格，因此，强调文学的"审美文化"属性，既能在"文化视野"的引入上及时更新文学研究的思维方法，还能在"审美性"的诗意前提下有效防止"泛文化研究"模式中学科品格的流失。此外，通过"审美文化"的基点确立，作为一种范式的革新，"文化诗学"不但让文学研究真正回归到"文学本体"中，还能在"文化——诗学"的辩证互动中为文学研究提供一条通往多元文化对话的更加宽广、更具学理，也更为有机系统的方法论阐释模式。

主要参考文献

中共中央马克思恩格斯列宁斯大林著作编译局编：《马克思恩格斯选集》人民出版社 1995 年版。

陆梅林辑注：《马克思恩格斯论文学与艺术》，人民文学出版社 1982 年版。

马克思：《1844 年经济学－哲学手稿》，人民出版社 2000 年版。

中共中央马克思恩格斯列宁斯大林著作编译局编：《列宁选集》，人民出版社 1972 年版。

中共中央文献研究室编：《毛泽东文艺论集》，中央文献出版社 2002 年版。

中共中央文献研究室编：《毛泽东文集》，人民出版社 1999 年版。

文化部文学艺术研究院《周恩来论文艺》编辑组编：《周恩来论文艺》，人民文学出版社 1979 年版。

中共中央宣传部文艺局编：《邓小平论文艺》，人民文学出版社 1989 年版。

人民出版社编：《马克思主义经典作家论历史科学》，人民出版社 1961 年版。

（清）郭庆藩：《庄子集释》，中华书局 1961 年版。

（汉）刘安：《淮南子》，《诸子集成》（第 7 册），中华书局 1992 年版。

（南朝梁）刘勰著，范文澜注：《文心雕龙注》，人民文学出版社 1958 年版。

（晋）陆机：《文赋》，中华书局 1982 年版。

（唐）孔颖达：《春秋左氏传正义》，凤凰出版社 2008 年版。

（唐）柳宗元：《柳宗元集》，中华书局 1979 年版。

（宋）严羽著，郭绍虞校释：《沧浪诗话校注》，人民文学出版社 1962 年版。

（宋）苏轼：《苏轼文集》，中华书局，1986 年版。

（清）王夫之：《姜斋诗话》，人民文学出版社 1962 年版。

（清）袁枚：《随园诗话》，人民文学出版社 1962 年版。

（清）李渔：《李渔随笔全集》，巴蜀书社 1997 年版。

（清）顾炎武著，黄汝成集释：《日知录集释》，花山文艺出版社 1990 年版。

（清）金圣叹、（明）李卓吾评点：《水浒传》，中华书局 2009 年版。

张少康、庐永璘编选：《先秦两汉文论选》，人民文学出版社 1996 年版。

周祖谟编选：《隋唐五代文论选》，人民文学出版社 1990 年版。

蔡景康编选：《明代文论选》，人民文学出版社 1999 年版。

王运熙、顾易生、王镇远、邬国平编选：《清代文论选》，人民文学出版社 1999 年版。

曾祖荫选注：《中国历代小说序跋选注》，长江文艺出版社 1982 年版。

梁启超：《梁启超文集》，中国广播电视大学出版社 1992 年版。

朱维铮校注：《梁启超论清学史二种》，复旦大学出版社 1985 年版。

王国维：《王国维文集》，燕山出版社 1997 年版。

王国维：《静安文集续编》，上海书店出版社 1983 年版。

胡适：《胡适古典文学研究论集》，上海古籍出版社 1988 年版。

鲁迅：《鲁迅论文学》，人民文学出版社 1959 年版。

鲁迅：《鲁迅全集》，人民文学出版社 1973 年版。

郭沫若：《郭沫若集》，花城出版社 2006 年版。

彭放编：《郭沫若谈创作》，黑龙江人民出版社 1982 年版。

瞿秋白：《瞿秋白文集》，人民文学出版社 1953 年版。

闻一多：《闻一多全集》，湖北人民出版社 1992 年版。

陈寅恪：《金明馆丛稿初编》，生活·读书·新知三联书店 2001 年版。

刘大杰：《中国文学发展史》，上海古籍出版社 1982 年版。

钱穆：《中国文化对人类未来可有的贡献》，《中国文化》1991 年第 1 期。

陆定一：《百花齐放，百家争鸣》，《人民日报》1956 年 6 月 16 日。

周扬：《周扬集》，中国社会科学出版社 2000 年版。

周扬：《周扬文集》(二～四)，人民文学出版社 1985、1990、1991 年版。

胡风：《胡风选集》，四川人民出版社 1996 年版。

黄药眠：《黄药眠文艺论文选集》，北京师范大学出版社 1985 年版。

陈雪虎、黄大地编：《黄药眠美学文艺学论集》，北京师范大学出版社 2002 年版。

朱光潜：《朱光潜全集》，安徽教育出版社 1987 年版。

邵荃麟：《邵荃麟评论选集》，人民文学出版社 1981 年版。

张光年：《张光年文论选》，人民文学出版社 1992 年版。

蔡仪：《现实主义艺术论》，作家出版社 1958 年版。

蔡仪：《新艺术论》，《美学论著初编》，上海文艺出版社 1982 年版。

秦兆阳：《文学探路集》，人民文学出版社 1984 年版。

钱谷融：《艺术·人·真诚——钱谷融论文自选集》，华东师范大学出版社 1995 年版。

钱谷融：《论"文学是人学"》，人民文学出版社 1981 年版。

巴人：《点滴集》，浙江人民出版社 1982 年版。

彭克巽主编：《苏联文艺学学派》，北京大学出版社 1999 年版。

以群主编：《文学的基本原理》，上海文艺出版社 1963 年版。

蔡仪主编：《文学概论》，人民文学出版社 1979 年版。

钱钟书：《宋诗选注》，人民文学出版社 1982 年版。

启功：《汉语现象论丛》，中华书局 2000 年版。

启功：《诗文声律论稿》，北京，中华书局 2002 年版。

佛雏：《王国维诗学研究》，北京大学出版社 1999 年版。

李泽厚：《美学论集》，上海文艺出版社 1980 年版。

彭会资编：《中国文论大辞典》，百花文艺出版社 1999 年版。

钱中文：《走向交往对话的时代》，北京大学出版社 1999 年版。

钱中文：《新理性精神文学论》，华中师范大学出版社 2000 年版。

钱中文：《钱中文文集》，黑龙江教育出版社 2008 年版。

王春元：《文学原理·作品论》，社会科学文献出版社 1989 年版。

杜书瀛：《文学原理·创作论》，社会科学出版社 1989 年版。

杜书瀛、钱竞主编：《中国 20 世纪文艺学学术史》，上海文艺出版社 2001 年版。

王向峰：《〈手稿〉的美学解读》，辽宁大学出版社 2004 年版。

王向峰：《现代美学论稿》，辽宁大学出版社 2010 年版。

童庆炳：《文体与文体的创造》，云南人民出版社 1994 年版。

童庆炳：《童庆炳文集》，新星出版社 2005 年版。

童庆炳：《文学概论》，红旗出版社 1984 年版。

童庆炳：《文学审美特征论》，华中师范大学出版社 2000 年版。

童庆炳：《维纳斯的腰带：创作美学》，上海文艺出版社 2000 年版。

童庆炳：《文化诗学是可能的》，《江海学刊》1999 年第 5 期。

童庆炳：《根植于现实土壤的"文化诗学"》，《文学评论》2001 年第 6 期。

童庆炳：《"文化诗学"作为文学理论的新构想》，《陕西师范大学学报》2006 年第 1 期。

童庆炳：《重建·隐喻·哲学意味——历史文学三层面》，《社会科学辑刊》2006 年第 6 期。

王元骧：《综合创造之路》，陕西师范大学出版社 2000 年版。

王元骧：《审美反映与审美创造》，杭州大学出版社 1992 年版。

王先霈：《文艺心理学读本》，华中师范大学出版社 2000 年版。

王先霈：《圆形批评与圆形思维》，陕西师大出版社 2000 年版。

李衍柱：《马克思主义典型学说概述》，山东文艺出版社 1984 年版。

程正民：《程正民自选集》，山东文艺出版社 2007 年版。

朱立元：《理解与对话》，华中师范大学出版社 2000 年版。

朱立元：《当代西方文艺理论》，华东师范大学出版社 2005 年版。

朱立元主编：《新时期以来文学理论和批评发展状况的调查报告》，春风文艺出版社 2006 年版。

　　孙绍振：《文学性讲演录》，广西师范大学出版社 2006 年版。

　　黄药眠、童庆炳主编：《中西比较诗学体系》，人民文学出版社 1991 年版。

　　古风：《意境探源》，百花洲文艺出版社 2001 年版。

　　余秋雨：《艺术创造论》，上海教育出版社 2005 年版。

　　刘再复：《双典批判——对〈水浒传〉和〈三国演义〉的文化批判》，生活·读书·新知三联书店 2010 年版。

　　畅广元：《主体论文艺学》，中国社会科学出版社 1989 年版。

　　李壮鹰：《诗与禅》，北京师范大学出版社 2001 年版。

　　顾祖钊：《艺术至境论》，百花文艺出版社 1993 年版。

　　陶东风：《文体演变及其文化意味》，云南人民出版社 1994 年版。

　　陶东风：《中国当代的文化批评》，北京大学出版社 2006 年版。

　　陶东风主编：《文学理论基本问题》，北京大学出版社 2004 年版。

　　陶东风：《日常生活审美化和文艺社会学的重建》，《文艺研究》2004 第 1 期。

　　北京师范大学文艺学研究中心编：《文学审美意识形态论》，中国社会科学出版社 2008 年版。

　　佛雏：《王国维诗学研究》，北京大学出版社 1999 年版。

　　罗钢：《历史汇流中的抉择》，中国社会科学出版社 2000 年版。

　　罗钢、刘象愚：《文化研究读本》，中国社会科学出版社 2000 年版。

　　罗钢：《意境说是德国美学的中国变体》，《南京大学学报》2011 年第 5 期。

　　罗钢：《眼睛的符号学取向》，《中国文化研究》2006 年第 4 期。

　　罗钢：《学说的神话——"中国古代意境说"》，《文史哲》2012 年第 1 期。

　　罗钢：《七宝楼台，拆碎不成片段——王国维"有我之境，无我之境"说探源》，《中国现代文学研究丛刊》2006 年第 2 期。

　　李春青：《论文化诗学的研究路向——从古今〈诗经〉研究中的某些问题说开去》，《河北学刊》2004 年第 5 期。

　　刘庆彰：《文化诗学的诗学新意》，《文艺理论研究》2000 年第 2 期。

　　陆梅林、盛同主编：《新时期文艺论争辑要》，重庆出版社 1991 年版。

涂光群：《五十年版文坛亲历记》，辽宁教育出版社 2005 年版。

郝怀明：《如烟如火话周扬》，中国文联出版社 2008 年版。

蒋孔阳：《美和美的创造》，江苏人民出版社 1981 年版。

叶朗：《现代美学体系》，北京大学出版社 1999 年版。

周宪：《中国当代审美文化研究》，北京大学出版社 1997 年版。

本刊评论员：《为文艺正名——驳"文艺是阶级斗争工具"说》，《上海文学》1974 年第 4 期。

钱中文：《论人性共同美及其评价问题》，《文学评论》1982 年第 6 期。

林兴宅：《论文学艺术的魅力》，《中国社会科学》1984 年第 4 期。

刘再复：《文艺思维空间的拓展》，《读书》1985 年第 2、3 期。

刘再复：《论文学主体性》，《文学评论》1985 年第 6 期。

孙绍振：《论实践主体性、精神主体性和审美主体性》，《文学评论》1987 年第 1 期。

陈涌：《文艺学方法论问题》，《红旗》1986 年第 8 期。

姚雪垠：《创作实践与创作理论》，《红旗》1986 年 2 期。

周小仪：《文学性》，《西方文论关键词》，外语教学与研究出版社 2007 年版。

周小仪：《唯美主义与消费文化》，北京大学出版社 2002 年版。

赵勇：《透视大众文化》，中国文史出版社 2004 年版。

中国社会科学院外国文学研究所外国文学研究资料丛刊编辑委员会编：《欧美古典作家论现实主义和浪漫主义》，中国社会科学出版社 1980 年版。

《马克思主义文艺理论研究》编辑部编选：《美学文艺学方法论》，文化艺术出版社 1985 年版。

刘若端编：《十九世纪英国诗人论诗》，人民文学出版社 1984 年版。

［古希腊］柏拉图：《柏拉图文艺对话集》，人民文学出版社 1959 年版。

［古希腊］亚里士多德：《诗学》，人民文学出版社 1962 年版。

［法］波瓦洛：《诗的艺术》，人民文学出版社 1959 年版。

［英］锡德尼、扬格：《为诗辩护　试论独创性作品》，人民文学出版社 1998 年版。

［英］阿伦·布洛克：《西方人文主义传统》，生活·读书·新知三联书店1997年版。

［英］特雷·伊格尔顿：《二十世纪西方文学理论》陕西师范大学出版社1986年版。

赵毅衡编选：《"新批评"文集》，中国社会科学出版社1988年版。

王秋荣编：《巴尔扎克论文学》，中国社会科学出版社1986年版。

桂裕芳等编：《萨特读本》，人民文学出版社2005年版。

［法］皮埃尔·布迪厄：《艺术的法则：文学场的生成与结构》，中央编译出版社2001年版。

［法］托多罗夫编：《俄苏形式主义文论选》，中国社会科学出版社1989年版。

［意］克罗齐：《美学原理》，作家出版社1958年版。

［美］苏珊·朗格：《艺术问题》，中国社会科学出版社1983年版。

［美］爱德华·萨丕尔：《语言论》，商务印书馆1985年版。

张京媛主编：《新历史主义与文学批评》，北京大学出版社1993年版。

［苏］别列金娜选辑：《别林斯基论文学》，新文艺出版社1958年版。

［俄］别林斯基：《别林斯基选集》（第3卷），上海译文出版社1980年版。

［俄］车尔尼雪夫斯基：《生活与美学》，人民文学出版社1957年版。

［俄］车尔尼雪夫斯基：《车尔尼雪夫斯基选集》，生活·读书·新知三联书店1958年版。

［德］康德：《判断力批判》，商务印书馆1964年版。

［德］黑格尔：《美学》，商务印书馆1979年版。

［德］爱因斯坦：《爱因斯坦文集》，商务印书馆1979年版。

［德］爱克曼辑录：《歌德谈话录》，人民文学出版社1980年版。

［德］恩斯特·卡西尔：《人论》，上海译文出版社1985年版。

［苏］季摩菲耶夫：《文学原理》，平明出版社1954年版。

［苏］毕达可夫：《文艺学引论》，高等教育出版社1958年版。

［苏］日丹诺夫：《日丹诺夫论文学与艺术》，人民文学出版社1959年版。

［苏］阿·布罗夫：《美学应该是美学》，《美学与文艺问题论文集》，学习杂志社1957年版。

〔苏〕谢皮洛娃：《文艺学概论》，人民文学出版社 1959 年版。

〔苏〕阿·梅特钦科：《继往开来》，中国社会科学出版社 1983 年版。

〔苏〕格·尼·波斯彼罗夫：《论美与艺术》，上海译文出版社 1981 年版。

钱中文主编：《巴赫金全集》，河北教育出版社 1998 年版。

〔苏〕斯托洛维奇：《现实中和艺术中的审美》，上海译文出版社 1985 年版。

〔苏〕斯托洛维奇：《审美价值的本质》，中国社会科学出版社 1984 年版。

索　引

后 记

这本小书不是系统的中国当代文学理论史，只是对中国文学理论发展过程中的某些节点、人物和问题做一些粗浅的勾勒和初步的探索，力图为陷于困局中的当代中国文学理论寻找经验、教训和出路。这些论述是否妥当，一时还很难定论，但我想提出来供热心文学理论研究的人们讨论，也许是有益的。

本书所指的"当代"，是指新中国成立后直到 1978 年以来的改革开放时期。这是中国社会转型的时期，这个时期的文学理论也随之产生多次的变化。不能否认，我们的前辈老师、同辈朋友和年轻的同行，在文学理论方面是做出了成绩的，这里有他们的心血，留给我们不少经验。但回顾这些年文学理论的发展，问题很多：20 世纪 50 年代学习苏联的教条式的文学理论，其影响至今尚未完全清除；六七十年代"文化大革命"和"极左"的狂热，完全把文学捆绑在"文化大革命"的政治上面，使文学完全失去了生机；80 年代直至 20 世纪末，照搬西方现代文论，成为一时的时髦，使文学理论不能从中国文学发展的实际出发，时至今日这种已被西方摈弃的理论，仍在当代中国文坛流行，这实在有悖于马克思主义理论联系实际的要求。本书由若干篇论文拼凑而成，本可以多写几篇，如郭沫若、茅盾、何其芳、巴人、邵荃麟、王朝闻、李泽厚等，都可以独立成篇，但由于未能写成论文，只好付阙。

我本无意写这些东西。我开始关注这些问题有一个机缘：2001 年，我的朋友程正民教授申报到了一个题为《20 世纪马克思主义文艺理论国别研究》的项目，我其时担任北师大文艺学研究中心主任的职务，这个项目也是中心的重大项目,程正民教授邀请我参加,并不得不负责组织人员参加中国卷的撰写,我这才开始涉足这个领域。我时断时续地写一些论文,作为项目中的一些章节,先后在《文学评论》《文艺研究》《文艺争鸣》等刊物发表。程正民教授负责的项目历经七年终于完成出版。我负责的《20世纪中国马克思主义文艺理论研究》一书也出版了。本书一些篇章就是我为上书撰写的章节,另有一半篇幅是近期对于当代文学理论的困局和出路的思考,这些文章也发表在各种报刊上。还有几篇是没有发表的。

在这本书中,几部分字数长短不一,是因为:一方面,有些问题研究得还不够深入;另一方面,有些文章是发表在报纸上的,又往往受字数的限制。

这次能汇成小书,我首先要感谢国家社科基金给予本书出版资助,其次还要感谢我的学生姜洪真和席志武在书稿编辑中给予的帮助。

童庆炳
2014年冬

图书在版编目(CIP)数据

中国当代文学理论的经验、困局与出路/童庆炳著.—北京：
北京师范大学出版社，2015.4
(国家哲学社会科学成果文库)
ISBN 978-7-303-18720-1

Ⅰ.①中… Ⅱ.①童… Ⅲ.①中国文学－当代文学－文学
研究 Ⅳ.①I206.7

中国版本图书馆 CIP 数据核字（2015）第 049207 号

营销中心电话	010-58802798 58806546
北师大出版社高等教育分社网	http://gaojiao.bnup.com
电 子 信 箱	gaojiao@bnupg.com

ZHONGGUO DANGDAI WENLUE LILUN DE JINGYAN
KUNJU YU CHULU

出版发行：北京师范大学出版社 www.bnup.com
　　　　　北京新街口外大街 19 号
　　　　　邮政编码：100875
印　　刷：北京京师印务有限公司
装　　订：北京利丰雅高长城印刷有限公司
经　　销：全国新华书店
开　　本：170 mm×240 mm
印　　张：31
插　　页：3
字　　数：520 千字
版　　次：2015 年 4 月第 1 版
印　　次：2015 年 4 月第 1 次印刷
定　　价：105.00 元

策划编辑：谭徐锋　　　责任编辑：李 克 王 宁
美术编辑：王齐云　　　装帧设计：肖 辉 王齐云
责任校对：王 婉　　　责任印制：马 洁